Dieter Schneider

angefüttert

Thriller

Edition Knurrhahn
im Thomas Rüger Verlag
Nürnberg

Die Deutsche Bibliothek – CIP-Einheitsaufnahme

Ein Titeldatensatz für diese Publikation ist bei Der Deutschen Bibliothek erhältlich

Impressum:

angefüttert
Thriller
von
Dieter Schneider

© für diese Ausgabe
bei der Edition Knurrhahn
im Thomas Rüger Verlag, Am Graben 38, 90475 Nürnberg
www.thomasruegerverlag.de.vu
und beim Autor

Printed in Germany.
Druck: Gruner Druck, Erlangen
Umschlaggestaltung: Matthias Schloßbauer
Foto: Thomas Weißenfels www.c-promo.de

1. Auflage Mai 2008
Alle Rechte vorbehalten.
ISBN 978-3-932717-30-7

Für Sigrid, Matthias und Mariella

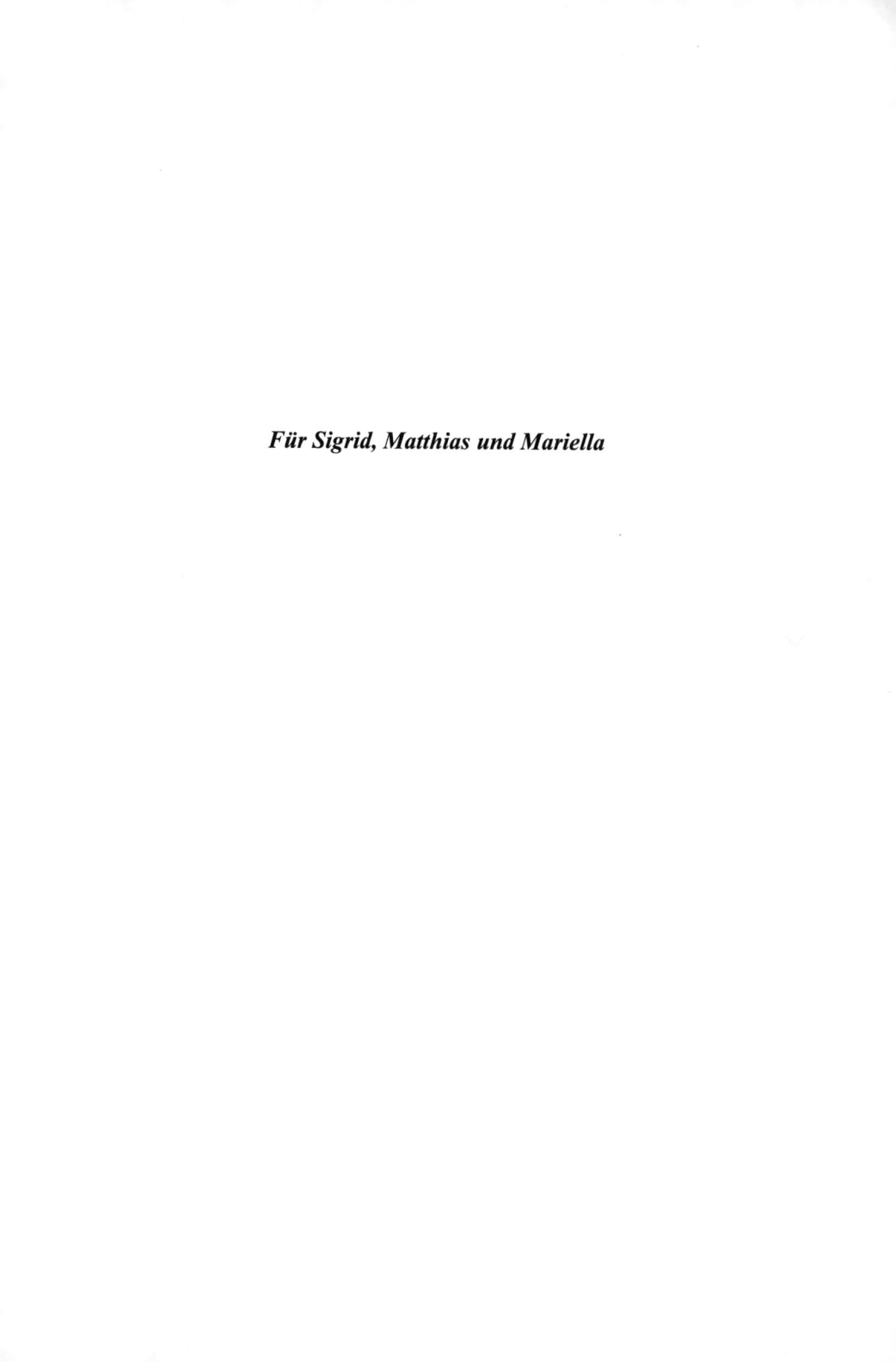

Prolog:

Manchmal fragte er sich zwar immer noch, wie es dazu gekommen war, aber in letzter Zeit waren diese Momente immer seltener geworden. Sie hatten etwas Selbstzerstörendes und machten ihm Angst. Er fragte sich dann immer, ob er dabei war, den Verstand zu verlieren oder möglicherweise schon gar nicht mehr zurechnungsfähig war. Aber inzwischen akzeptierte er die Dinge meist so, wie sie waren, und damit kam er eigentlich ganz gut klar. Selbst wenn er nicht mehr zu den Normalen zählte, ihm manche sicher auch eine gewisse Abartigkeit attestieren würden (hätten sie gewusst, was er tat, wenn er nachts mit seinem LKW auf irgendeinem Rastplatz stand), so war das, was er tat, seiner Meinung nach vergleichsweise harmlos. Schließlich las man nicht selten in den Zeitungen davon, dass andere, die sein Schicksal teilten und ähnliche Neigungen entwickelt hatten, ganz anderes damit umgingen als er. Einmal hatte er sogar mit dem Gedanken gespielt, sich jemandem anzuvertrauen, Hilfe zu suchen, bei einem Arzt oder besser noch bei einem Psychologen. Doch nach längerem Abwägen hatte er wieder davon Abstand genommen, denn die Tatsache, dass man ihn nicht verstanden hätte - was sehr wahrscheinlich war - hätte alles kaputt machen können.

Inzwischen hatte er einen sechsten Sinn für die Situation entwickelt. Es war erstaunlich, wie viele Menschen sich auf Rastplätzen in ihren Autos näher kamen und sich dabei unentdeckt wähnten. Der einfache Mann auf der Straße würde ihn wahrscheinlich einen Spanner nennen, damit musste er leben. Aber der einfache Mann auf der Straße wusste nicht, wie viele Monate er nachts wach gelegen hatte, nachdem ihn seine Frau verlassen hatte. Was er tat, tat niemandem weh. Er belästigte die Leute nicht, er beobachtete sie nur. Und auch das tat er nur, so lange es nötig war, denn dann, wenn die Situation perfekt war und er sie mit seiner Digitalkamera festgehalten hatte, begab er sich stets unverzüglich in das kleine Atelier hinter seinem Führerhaus und begann zu malen. Spätestens zu diesem Zeitpunkt, war er - so hoffte er - auch für den einfachen Mann auf der Straße kein Spanner mehr, sondern ein Künstler. Diese Momente waren kostbar, denn dann hatte er alles vergessen: seine Einsamkeit, seine Rastlosigkeit und das Verlangen, endlich wieder schlafen zu können.

1.

Ralf Sommer schaute ihr lange nach, doch sie drehte sich nur noch einmal nach ihm um. Auch Menschen mit einem weitaus geringeren IQ wäre nicht entgangen, dass sie selbst das nur aus Mitleid getan hatte. Er war standhaft geblieben, bis zuletzt darauf hoffend, dass sie es sich doch im letzten Moment noch einmal anders überlegen und wieder zu ihm zurückkommen würde. Als sie vom *City Point*, einem Einkaufszentrum mitten in Nürnberg, in die Breite Gasse abgebogen und damit längst aus Ralfs Blickfeld verschwunden war, blickte er ihr immer noch enttäuscht hinterher und malte sich aus, dass aus ihrem entschlossenen Schritt ein leidenschaftliches Laufen geworden wäre, an dessen Ende sie sich ihm nicht nur um den Hals geworfen, sondern ihn außerdem um Verzeihung gebeten hätte.

Wie hatte er auf diesen Augenblick hingearbeitet. Abgesehen von all den vielen Aufmerksamkeiten, mit denen er sich nicht nur während der Unterrichtsstunden um sie bemüht hatte, hatte er ihr Hilfe beim letzten Hausaufsatz angeboten und sie außerdem bei der Recherche für ihr Sozialkundereferat zum Thema „Topterrorismus" unterstützt. Als sie in Frau Oberts Projektgruppe an dem Kinoführer gearbeitet hatte, war es Ralf gewesen, der ihr seine Digitalkamera zur Verfügung gestellt hatte. Oder - es spielte eigentlich keine Rolle, wann es war - nur Ralf wusste, dass es am 20. März gewesen war, als Herr Goller wieder einmal in einer Konferenz festsaß und die Klasse deshalb vor dem verschlossenen Chemiesaal wartete. Alle hatten gedacht, Ralf würde, als er nur teilnahmslos an der Wand zu lehnen schien, den letzten Chemieeintrag in seinem Ordner studieren, doch er hatte jedes Wort, jede Silbe ihre Konversation mitangehört. Sie hatten sich über Filme im englischen Original unterhalten. Christine und die anderen. Joe, Silke, Justin und Sandra. Und dann hatte Christine davon gesprochen, dass sie sich wünschte, „Einer flog über das Kuckucksnest" mit Jack Nicholson einmal im Original auf DVD anschauen zu können. Noch am selben Tag hatte Ralf den Film, von dem er noch nie zuvor etwas gehört hatte, bei ebay für 11,50 € zuzüglich Versandkosten ersteigert. Als die DVD drei Tage später bei ihm angekommen war, hatte er sie ihr in der Pause in die Hand gedrückt. Der gute Geist des Mozartgymnasiums - eigentlich hätte man ihn so nennen müssen. Nein, er hatte nicht viel Aufhebens um die Sache gemacht.

„He Chris", hatte er nur gesagt. Und als sie sich zu ihm umgedreht hatte, hielt er ihr die DVD vor ihr hübsches Gesicht. Wie sie ihn dabei angeschaut hatte? Er sah es noch genau vor sich. Überrascht. Sicher.

Ganz sicher. Doch da war mehr. Er sah ein *Wow* auf ihrer Stirn. Und ihre blaugrünen Ozeanaugen hatten gefunkelt. Das hatten sie, verdammt noch mal. Und noch bevor sie etwas hatte entgegnen können, sagte er, genauso wie er es geprobt hatte:
„Lass nur. Geht schon in Ordnung. Ich hab nur neulich zufällig mitbekommen, dass Du auf den Film stehst. Wenn Du ihn nicht mehr brauchst, kannst Du ihn mir ja wieder zurückgeben! Ich muss jetzt weiter!"
Sie hatte sich immer wieder bei ihm bedankt, ihm angeboten, auch einmal etwas für ihn tun zu können. Doch Ralf hatte stets mit jenem selbstlos heroischen Lächeln abgelehnt, das er wochenlang vor dem Spiegel geübt hatte und gegen das ein freundliches Lebensrettergesicht nur eine verschlagene Kriminellenvisage war. Damals wusste er, dass der richtige Zeitpunkt noch nicht gekommen war. Er spürte, dass sie ihn zu diesem Zeitpunkt lediglich sympathisch fand, doch das genügte ihm nicht. Er wollte gewappnet sein. Es mussten alle Vorkehrungen geschaffen und ihr Feld für die Ernte bestellt werden. Aus der Hilfe und Aufmerksamkeit, der Fürsorge und Selbstlosigkeit, die er gesät hatte, sollte eine wunderbare Pflanze sprießen: ihre Liebe zu ihm, von deren Früchte er ein Leben lang kosten wollte. Aber die kleine Schlampe hatte ihm einen Korb gegeben. Er biss sich auf die Unterlippe, bis sie blutete. Immer noch starrte er auf jenen Punkt, wo sie aus seinem Blickfeld verschwunden war. Sein Drang, laut schreiend dem kleinen Gör, das ihn auf halblinks fragend beäugte, das Eis aus der Hand zu schlagen, war größer, als der Harndrang eines Freibierchampions. Doch er war gut und er wusste, dass er gut war. Auch wenn es die anderen nicht sahen, noch nicht sahen. Könnte Christine ihn jetzt sehen und seine Gedanken lesen, so wäre sie Zeuge davon, wie er sich unter Kontrolle hatte. Er atmete ruhig ein und aus, zeigte dem Kind den Mittelfinger und machte sich auf den Weg zur Hans-Sachs-Tiefgarage.
Als er mit dem schwarzen TT in die Abenddämmerung raste, sah er auf Höhe des Wöhrder Talübergangs von weitem einen jungen Mann, der mit seiner kleinen Tochter auf dem Fahrradweg unterwegs war. Es hätte ihn nicht mehr Mühe gekostet, die beiden vom Rad zu holen, als eine CD einzulegen. Genau genommen war das Einlegen einer CD sogar ein weitaus schwereres Unterfangen, denn Kruse, der Drecksack von Geschäftsführer seines Vaters, wollte nicht, dass er seine CDs in den Leihwagen hörte. Also hatte Ralf keine CD mit in den Wagen genommen. Natürlich wusste er, dass es besser war, die beiden Radler ungestört weiter fahren zu lassen. Aber er hätte es machen können. Zack! Wer von den beiden wohl weiter geflogen wäre? Ralf tippte auf das Kind.
„Glaubt ihr, ich bin blöd!", rief er ihnen vom Wagen aus zu, schaltete auf den vierten Gang und fuhr mit fast 100 Stundenkilometern an ihnen vorbei

in Richtung Ostendstraße, darauf bedacht, das *Haus der toten Kühe* zu ignorieren.
Das wäre nicht gut gewesen, denn der Wagen hätte sicher den einen oder anderen Kratzer davon getragen. „Absolute Zuverlässigkeit" – rettete den beiden vielleicht das Leben. Denn mit diesem Slogan warb die *Autovermietung Sommer,* und Ralf wollte nicht, dass morgen vielleicht ein Kunde seine Unzufriedenheit zum Ausdruck brachte, weil der geliehene schwarze TT Lackschäden aufwies. Eigentlich interessierten ihn die zufriedenen Kunden einen Scheißdreck. Das Problem war, dass sein Vater ihm dann den Zugriff auf das Schlüsselbrett des Fuhrparks verwehren würde. Er lächelte. Denn er wusste, dass die Naivität seines Vaters schier unermessliche Ausmaße annahm. Möglicherweise hätte er ihm sogar die Lackschäden erklären können. Wenn er seinen „Ich konnte doch wirklich nichts dafür" - Gesichtsausdruck dazu in die Waagschale geworfen hätte, wer weiß, ob sein Vater ihn nicht sogar noch getröstet hätte.
Aber nicht den Bogen überspannen. Dazu bestand im Moment überhaupt keine Veranlassung. Er hatte andere Pläne.

Der kleine Köter stand etwa zehn Meter vom Gartenzaun entfernt. Es war ein großes Grundstück, und die Familie hatte sicher keine finanziellen Probleme. Das hatte wahrscheinlich kaum eine Familie in Erlenstegen, nach wie vor eine der nobelsten Wohngegenden der Stadt. Doch das war jetzt nicht wichtig. Ralf wusste nicht, wie lange er den Köter schon angefüttert hatte. Es war jedoch lange genug, dass dieser ihm mittlerweile buchstäblich aus der Hand fraß. Obwohl er sicher war, dass ihn niemand beobachtete, zog er sich die Kapuze seines Bundeswehrparkas (den er ebenfalls ersteigert hatte und niemals in seinem Ralf Sommer-Leben in der Öffentlichkeit getragen hätte) tief ins Gesicht. Mittlerweile war es fast dunkel. Er hatte keine Ahnung, warum der Köter immer noch im Garten herumlaufen durfte. Ein fataler Fehler, zweifellos. Trotz ihres Wohlstandes war der Familie scheinbar nicht klar, dass es gefährlich war, junge, kleine, niedliche Hunde in der Dämmerung unbeobachtet im Garten herumlaufen zu lassen. Zugegeben - das Scheißen war eine wichtige Sache. Und Hundescheiße machte sich im Garten besser als auf dem Perserteppich, ganz klar. Aber kleine Hunde, die nicht in ihrem Körbchen waren, wenn das Hundesandmännchen bereits ein „Gute Nacht Lied" angestimmt hatte, lebten nun einmal gefährlich.

Wie immer, hatte er das Auto kurz vor dem Waldrand, etwa hundert Meter von der Hundevilla entfernt, abgestellt. Er hatte den TT gegen einen blauen Standardgolf getauscht, den Bundeswehrparka unter den Automobilen. Er war sicher, dass ihn niemand gesehen hatte. Die Villa war das letzte Haus

vor dem Waldrand. Bei allen Anwesen waren bereits die Rollos heruntergelassen. Der Sommer – der Jahreszeiten-Sommer im Gegensatz zu Ralf Sommer - war noch zu weit entfernt, als dass man kurz vor acht bei Tageslicht noch im Freien sitzen konnte. Es war erst April, und Ralf konnte frei schalten und walten. Als der Köter seine Witterung aufnahm, kam er schwanzwedelnd ans Gartentor gelaufen. Ralf zog das erste Stück Putenfleisch aus der Plastiktüte und lächelte. Als der Kleine nach dem dritten Stück Fleisch an Ralfs Hand leckte, war es Zeit zu gehen.
„Na schön, Herr Schramm, dann wollen wir mal", flüsterte er und hob den Köter über den Gartenzaun. Der Hund war nicht im Geringsten überrascht. Statt eines von Panik erfüllten Bellens, „Hilfe, der Typ will mich entführen" in der Hundesprache, wollte er Ralfs Gesicht ablecken.
„Lass die Scheiße, Schramm!", flüsterte dieser und schob den Hund unter seinen Parka. „Zeit für eine kleine Spazierfahrt, Alter!"
Als er bereits auf der Autobahn in Richtung Heilbronn unterwegs war, glaubte Ralf in der Dämmerung zu erkennen, dass ihm der Köter vom Fußbereich der Beifahrerseite noch immer zulächelte.
„Ja, das gefällt Dir, Herr Schramm! Das dachte ich mir schon!", fing Ralf an, auf den Hund einzureden. „Ich glaube, das ist eine günstige Gelegenheit, um einmal ein paar Dinge klarzustellen, verstehst Du?"
Der Hund ließ die Zunge aus der Schnauze hängen und hechelte glücklich.
„Also, Du Scheißer, bestimmt interessiert es Dich, warum ich Dich „Herr Schramm" nenne, oder? Ehrlich gesagt, habe ich mir schon die ganze Zeit überlegt, welcher Name zu Dir passt. Spiderdog hätte mir gefallen. Aber seit heute weiß ich, dass Herr Schramm genau der richtiger Name für so einen kleinen Drecksköter wie Dich ist. Dabei weißt Du wahrscheinlich nicht einmal, wer Herr Schramm ist, hab ich recht?"
Der Hund hechelte Ralf weiterhin glücklich an. Dieser nahm den Autoatlas aus dem Türfach der Fahrerseite und warf ihn blitzschnell auf das Tier. Die Aktion traf den naiven Hund völlig unvorbereitet. Ein lautes Quietschen begleitete dessen Rückzug. Er rollte sich zusammen und zitterte. Ralf lächelte. Die schöne, heile Hundewelt bekam die ersten Risse.
„Schon besser, Herr Schramm. Du sollst gefälligst zuhören, wenn ich mit Dir rede. Nun, Herr Schramm ist mein Deutschlehrer, verstehst Du? Und um ehrlich zu sein, der Typ war mir schon immer suspekt. Die ganze Klasse steht auf ihn. Aber er hat kein Profil, wenn Du mich fragst."
Der Hund lag immer noch zusammengerollt auf dem Boden der Beifahrerseite, neben dem aufgeschlagenen Autoatlas. Doch Ralf achtete nicht mehr auf ihn. Er sah in Gedanken das Gesicht des echten Herrn Schramm vor sich und sprach weniger zu dessen vierbeinigem Namensvetter als zu sich selbst.

„Aber ganz ehrlich, bisher hatte ich nichts gegen diesen Typen, er war ein armer, einfältiger Lehrer, nicht mehr und nicht weniger. Und die Noten passen, verstehst Du? Er steht auf meinen Stil. Naja, eigentlich hab ich's drauf, so zu schreiben, wie es ihm gefällt. Weißt Du, Du musst einfach nur den Stil eines Deutschlehrers treffen, dann hast Du's. Der Zweier ist gepachtet. Dauerkarte. Das bedeutet dann wohl aber noch lange nicht, dass ich dem Typen huldige, oder ihm irgendwelche Karamellbonbons in den Arsch schiebe. Und die Sache ist ganz gut gelaufen, er hat mich in Ruhe gelassen, ich habe ihn in Ruhe gelassen! Dein Chauffeur ist ein Profi, in jeder Hinsicht!"

Für kurze Zeit kam der Hund wieder in Ralfs Sinn. Er schaltete die Innenbeleuchtung an, denn es war inzwischen dunkel geworden. Der Köter schreckte hoch. Man konnte ihm ansehen, dass er sein naives, angefüttertes Vertrauen noch nicht wieder erlangt hatte. Ralf nickt kurz. Dann schaltete er das Radio an und drehte die Lautstärkenregler fast auf die höchste Stufe. *Walking on Sunshine!* schrien *Kathrina and the Waves*. Ralf spürte die Lautstärke in seinen Eingeweiden. Für kurze Zeit schloss er die Augen.

„Das ist Macht!", flüsterte er zu leise, als dass es der Hund hätte wahrnehmen können, der vor Angst winselte.

„Na gefällt Dir der Song, Alter?", schrie Ralf, als er die Augen wieder öffnete.

Genauso abrupt, wie er das Radio angestellt hatte, beendete er das Zwischenspiel wieder. Der Hund jaulte.

„Und dann..., halt's Maul!"

Es entstand eine Pause, in der nur das Geräusch der Autobahn wahrzunehmen war.

„Gut so Schramm!", lobte Ralf den Hund, der die Aufforderung verstanden zu haben schien.

„Weißt Du, was komisch ist? Ich hatte immer schon ein Scheißgefühl bei Schramm. Es gibt da jemanden in meinem Leben. Sie verzückt mich, weißt Du? „Liebliche Verzückung", habe ich in einem Gedicht geschrieben, das ich ihr gewidmet habe. Sie ist etwas ganz Besonderes. Ich habe alles für sie getan, alles. Ich war immer da, habe ihr jeden Wunsch von den Augen abgelesen. Habe sie vergöttert, ihr mein Herz zu Füßen gelegt. Das Feld bestellt, verstehst Du? Das Feld – liebliche Verzückung, emotionaler Overkill!"

Der Hund vergrub den Kopf in seinen Vorderpfoten.

„Und soll ich Dir noch etwas sagen? Heute bin ich mit ihr ausgegangen. Gut - ausgegangen ist vielleicht ein bisschen dick aufgetragen, sie hat mich auf ein Eis eingeladen. Ich hatte sie soweit. Sie hat mir zugehört, ich habe alles geplant, weißt Du? Ich war in Hochform, hab mir alles von der Seele geredet. Nein, ich bin nicht mit der Tür ins Haus gefallen, keine Angst. Hey, es war wie in einem Scheiß-Drehbuch. Wenn Du ihre Augen gesehen hättest, so tief wie der Indische Ozean, kann ich Dir sagen. Und ihre Titten, sie trug dieses enge mintgrüne T-Shirt. Ich hätte locker nach ihnen greifen können. Sie war Wahnsinn. In meine Hose kam Bewegung, wenn Du verstehst, was ich meine!"

Wieder zog er die Nummer mit dem Autoradio durch. Nur vielleicht noch eine Spur lauter. Dieses Mal schrie *Bruce Dickinson* von *Iron Maiden* „*Run for your life!*" Die Angst des Hundes entlud sich in einem unkontrollierten Urinstrahl.

„*Run for your life!*", lachte Ralf manisch, „genau das ist es!", schrie er und drehte der eisernen Jungfrau wieder den Ton ab.

„Renne um Dein Leben. Renne, Dreckschwein...! Und dann wie aus dem Nichts, sagt mir diese Schlampe, dass sie nichts von mir will. Das musst Du Dir reinziehen, Alter. Sie will nichts von mir. Run for your life, sage ich nur. Mir war natürlich gleich klar, dass es an Unger, diesem Homo liegen musste. Wahrscheinlich ist sie einfach noch nicht über die Sache weg. Naja, Ansgar Unger. Wie man so einen Scheißnamen haben kann? Unger war ihr erster. Und die Weiber brauchen immer ein bisschen länger, bis sie über so etwas weg sind. Das war einleuchtend, und um ehrlich zu sein, ich hatte sogar damit gerechnet. Aber weißt Du, was dann passiert ist, Herr Schramm?"

Das Licht war immer noch angeknipst. Und dann erstarrte er beinahe!

„Neeeeeiiinn, Du verdammter Scheißköter!" Er nahm den Fuß vom Gas und versuchte, nach dem Hund zu treten, aber er war zu unsportlich, um über den Schalthebel der Gangschaltung zu kommen.

„Du Drecksköter! Niemand pisst hier im Auto herum! Das hast Du nicht umsonst gemacht, ich schwör's Dir. Das wirst Du mir büßen!"

Er hatte den Golf auf einem unscheinbaren Parkplatz abgestellt. Außer einem LKW parkte dort niemand. Ralf ging auf dem Seitenstreifen der Autobahn entlang. Der Hund war wieder in seinem Parka versteckt.

„Weißt Du, Herr Schramm, eigentlich wollte ich Dich nur irgendwo aussetzen, in einer anderen Stadt, wo es auch nette Familien gibt. Ich wollte Dich versetzen, Dich nicht mehr um mich haben! Aber Du hast es vorgezogen, das Auto vollzupissen, und das war zu viel."

Er spürte, wie der Hund zitterte.

„Ich muss Dir wohl noch die Pointe erzählen, alter Pisser. Es lag nämlich gar nicht an Ansgar Unger. Sie hat es mir nicht leicht gemacht, wollte es mir nicht sagen. Aber Mitleid erhaschen war immer schon eine meiner leichtesten Übungen. Ich war gut, habe sogar Tränen ins Spiel gebracht. Naja und irgendwie war sie dann im Zugzwang, schließlich war sie mir

jetzt ein bisschen mehr schuldig als ein verfluchtes Spaghettieis. Ich musste schwören, dass ich es niemandem erzähle. Und das tat ich dann. Was ist schon ein Schwur, wenn man an Infos rankommt! Eigentlich sollte ich es ja keinem erzählen. Ich denke mal, dass man bei Hunden durchaus eine Ausnahme machen kann. Oder? Und dann sagte sie mir doch tatsächlich, dass sie sich in diesen Schramm verliebt hat. In dieses verfluchte Arschloch von einem Deutschlehrer. Und das wirst Du jetzt büßen, Herr Schramm. Einen besseren Namen gibt es nicht für einen kleinen Scheißer wie Dich!"
Er wartete zehn Minuten. Als dann endlich einmal für kurze Zeit kein Auto in Sicht war, legte er sich in den Straßengraben, so dass ihn niemand sehen konnte.
„Gut so!" Er öffnete den Reißverschluss des Parkas und nahm den Hund heraus.
„Jetzt kommt Dein Auftritt, Herr Schramm! Und wenn der klappt, würdest Du Spiderman glatt die Show stehlen. Versetzung wäre mir nach Deiner Pissaktion zu billig. Ralf Sommer lässt sich nicht gerne anpissen, weder von Hunden noch von Menschen!"
Er stellte den Hund auf den Fahrbahnrand und sah die Autos von weitem kommen. Dann nahm er die Hände von dem Tier und gab ihm einen Tritt, der den Welpen auf die mittlere Spur der Autobahn katapultierte.
Run for your life, Herr Schramm!", schrie Ralf Sommer dem Hund nach. Dieser lief verängstigt und orientierungslos die Fahrbahn auf und ab. Einigen Autofahrern gelang es noch, dem Hund auszuweichen. Ralf suchte Deckung hinter der Böschung, um alles gut beobachten zu können. Als er endlich sah, dass der Köter einem roten Kleinlaster nicht würde ausweichen können, leckte er sich zufrieden die Lippen!
„Mahlzeit Herr Schramm!", flüsterte er.

2.

Andreas Schramm hatte keine Ahnung von Computern - wenn man den Wissensstand des Jahres 2006 als Maßstab anlegte. Natürlich nannte er einen PC sein eigen, wie so ziemlich jeder Lehrer auf der Welt. Doch er benutzte den Kasten im Grunde genommen nur zum Verfassen von Texten, die er als Arbeitsblätter oder Tests an die Schüler aushändigte. Manchmal musste er auch den einen oder anderen Bericht erstellen, oder er schrieb einen Leserbrief - soweit dies ein Leben als Studienreferendar noch zuließ - an irgendeine Zeitung. Das war's dann aber auch schon. Er hatte keine

Ahnung, wie man eine Excel-Tabelle erstellte, geschweige denn, wie man seine Zeugnisnoten damit ausrechnete. Sein Computer verfügte weder über einen CD- noch über einen DVD-Brenner. Auch einen Scanner kannte er nur aus Erzählungen. Wahrscheinlich zählte er zu den absoluten Spätaufspringern auf den Internetzug. Und wenn er sich jetzt doch einmal auf den Weg ins Netz machte, war er wie erschlagen von der Fülle der Informationen, die dort auf ihn warteten. Die Motivation, seine Bankgeschäfte per Homebanking zu erledigen, war für ihn etwa ebenso groß, wie die, sich einen Mercedes zuzulegen. Manchmal versuchte er diesen Mangel an Computerkenntnissen zumindest ab und an durch neue Erkenntnisse wett zu machen, in dem er sich als stiller Zuhörer einer bestimmten Form von Gesprächen widmete. Dialoge, die er beispielsweise im Lehrerzimmer aufschnappte, wenn zwei Kollegen sich über Computer austauschten. Doch ziemlich schnell entwickelten sich derartige Gespräche meist zu Informationsfragmenten. Andreas hatte nämlich oft Mühe, die Bedeutung diverser Begriffe zu entschlüsseln, für die es keine Codes zu geben schien. Es fehlte ihm schlichtweg die essentielle Basis an Fachwissen, um seine Computerkenntnisse durch einfaches Zuhören zu erweitern. Er wusste zu wenig, um sich Dinge, die er nicht verstand, zusammenreimen zu können. Verrückt. Ein Teufelskreis, eigentlich. Doch im Grunde genommen machte ihm dies nicht unbedingt etwas aus, denn er kam ja auch so ganz gut über die Runden. Es zählte zu seinen Stärken, einen intelligenten Gesichtsausdruck zu mimen, obwohl er keinen blassen Schimmer von der Materie besaß. Nicht unbedingt ein Nachteil, wenn man Tag für Tag vor Schülern einen kompetenten Eindruck machen musste. Trotzdem sah er sofort, dass dieser Kalender genial war. Er hätte eher vermutet, dass das Ding in einem Grafikbüro von einem Dutzend Vollprofis konzipiert worden war, deren Ärsche mit ihren Schreibtischstühlen verwachsen waren und von denen manche dicke Hornbrillen trugen. Nie und nimmer hätte er gewagt zu vermuten, dass dieses Meisterwerk von Schülern des Mozartgymnasiums erstellt worden war. Dabei handelte es sich keineswegs um Abiturienten, die bereits einen Informatikstudiengang in der Tasche hatten. Es waren Schüler mit Liebeskummer, Schüler, die am Wochenende in Discos unterwegs waren, die gegenseitig die Hausaufgaben austauschten, Arctic Monkeys, Die Ärzte, 50 Cent oder Green Day hörten, ganz normale Durchschnittsschüler aus der neunten und zehnten Klasse.
„Wahnsinn, der ist echt genial!"
Er ließ die dreizehn Kalenderblätter - ein Deckblatt und die zwölf Monate - langsam durch seine Finger gleiten.

„Ja, da staunst Du, was?", fragte ein sichtlich stolzer Christian Fischer, der eigentlich Biologie und Mathe unterrichtete, und im abgelaufenen halben Jahr das Projekt *Schulkalender* geleitet hatte. Die beiden saßen allein im Lehrerzimmer. Der Stundenplan wollte es so, dass sie am Mittwoch in der dritten Stunde gleichzeitig eine Freistunde hatten. Andreas hatte sich schnell mit Christian angefreundet. Sie hatten sich vor eineinhalb Jahren kennen gelernt, als Andreas die erste Etappe seiner Referendarzeit gestartet hatte und bereits für ein halbes Jahr am Mozartgymnasium unterrichtet hatte. Gleich in der ersten Woche waren die beiden abends ein Bier trinken gewesen. Seit gut zwei Monaten war Andreas wieder am Mozartgymnasium tätig, wo er noch weitere vier Monate bis zu den Sommerferien abzuleisten hatte. Erst dann würde er endlich sein 2. Staatsexamen in der Tasche haben. Vorausgesetzt, er würde die restlichen Prüfungseinheiten erfolgreich über die Bühne bringen.
Christian war 1,95 groß und erinnerte eher an einen schlaksigen Basketballcoach als an ein Mathematikgenie. Er war 38 und hatte bereits ziemlich graue, aber sehr volle Haare, was ihn zwar älter, aber nicht unattraktiv machte. Weil er aus Bremen stammte, sprach er lupenreines Hochdeutsch. Eine Eigenschaft, um die ihn Andreas, der Deutsch und Englisch unterrichtete, ab und zu beneidete.
„Das kann doch eigentlich nicht sein, dass das die Kids alles selbst gemacht haben!", zweifelte Andreas.
„Jetzt lass mal die Kirche im Dorf. Das Projekt lief von September bis März, im Schnitt zwei Stunden pro Woche. Und Du glaubst nicht, welche Talente in den Schülern schlummern. Das bleibt im normalen Unterricht einfach nur unentdeckt!"
Andreas blätterte den Kalender ein zweites Mal durch, dieses Mal langsamer. Jedes der Bilder hatte das gewisse Etwas, spiegelte den Schulalltag des Mozartgymnasiums wider. Da gab es ganz triviale Dinge, wie zum Beispiel die Zigarettenkippe in der Schultoilette, oder ein Spickzettel, der unter einer Schulbank klebt. Einfache Fotos. Andere Kalenderblätter hingegen waren weniger einfach. Sie waren subtil und erzählten gleichwohl eine Geschichte. Auf dem Juniblatt war der Hinterkopf des glatzköpfigen Herrn Lutz, einem Lehrer für Wirtschafts- und Rechtslehre, zu sehen. Lutz hatte ein Buch unter dem Titel „Die Macht der Werbung" verfasst, auf dem er im Unterricht angeblich bei jeder Gelegenheit herumritt. Auf seinem Hinterkopf war der Schriftzug „Hier könnte ihre Werbung stehen!" aufgedruckt!
Andreas schaute von dem Bild zu Christian auf.
„Nicht schlecht. Und das gibt keinen Ärger?"
Der Mathelehrer zuckte die Achseln.

„Ich habe die kritischen Fotomontagen den betroffenen Kollegen vorgelegt. Die meisten haben ihren Segen dazu gegeben. Schließlich war es ja nicht meine Idee, die Schüler haben sich die Motive selbst ausgedacht. Ich habe ihnen nur bei der Umsetzung mit dem Computer den einen oder anderen Tipp gegeben und am Layout rumgefeilt!"
„Und wie läuft das eigentlich mit den Projekten? Muss ich das als Lehrer machen? Darf man sich ein Thema und eine Klasse aussuchen?"
„Keiner kann Dich im Grunde genommen zwingen, aber der Chef ist natürlich froh, wenn sich der eine oder andere Kollege freiwillig meldet. Dann muss er niemanden damit belästigen, der es eigentlich nicht gerne macht. Das Thema kannst Du frei wählen. Und eines muss ich echt sagen, die Schüler waren wirklich super motiviert!"
„Und was passiert jetzt mit dem Kalender?"
„Der wird nächste Woche während des Präsentationstags verkauft!"
„Präsentationstag?"
„Ich vergesse immer, dass Du erst ein gutes halbes Jahr da bist - alles in allem. Also am Präsentationstag stellen die Projektgruppen ihre Ergebnisse in einigen Klassenzimmern und der Aula vor; die Schüler und Lehrer können sich darüber informieren. Naja ... und diese Ergebnisse, wie dieser einzigartige Kalender hier, können dabei käuflich erworben werden!"
Dann stieß Andreas auf ein Kalenderblatt, dessen Geschichte er nicht verstand. Das August-Blatt zeigte einen knackig braunen, nur mit Boxershorts bekleideten jungen Mann, der sich auf einer Hängematte ausruhte. „The Lion sleeps tonight..." stand neben dem Foto. Das alles hätte keinerlei speziellen Bezug zum Mozartgymnasium hergestellt, gäbe es da nicht eine kleine, kosmetische Veränderung des Fotos: Der Jüngling auf der Hängematte hatte nämlich das Gesicht von Herrn Löwe, dem Schulleiter.
Andreas richtete einen fragenden Blick auf seinen Kollegen.
„Sind da etwa einige Insiderinfos an mir vorbeigegangen?"
Christan Fischer erstarrte.
Bist Du der einzige Mensch, der nicht weiß, dass Beckham nicht der Name eines Sandwiches ist?, sagte dieser Gesichtsausdruck.
„Du weißt es wirklich nicht, stimmt's? Das ist kein Test?"
Wie aus dem Nichts überkam Andreas eine unangenehm schmerzende Form von Unwissenheit. Anders als sein Computer-Amateurstatus, machte ihn Christians Reaktion mehr als unsicher. Es schien fast so, als sei er der einzige in der ganzen Schule, der nicht wusste, worauf das Bild abzielte. Einfältig oder naiv – oder beides zusammen – es nagte an ihm. Er wollte das Kalenderblatt begreifen, mehr als alles andere.
„Ich muss mich wohl outen, ich habe nicht den blassesten Schimmer!"

Christian lächelte. Es war ein eigenartiges Lächeln, ein bisschen so, als habe er ein schlechtes Gewissen.
„Tja, dann gehen wir besser irgendwo einen Kaffee trinken!" Christian schaute auf die Uhr: „Knapp 20 Minuten haben wir noch! Das dürfte reichen!"

3.

Christine Neuhaus wurde das Gefühl nicht los, einen Fehler begangen zu haben. Sie konnte sich aber nicht erklären warum. Es gab wahrscheinlich auch keine Erklärung dafür, aber es kam ihr so vor, als würde ihr ihre Ehrlichkeit von gestern noch einmal wahnsinnige Scherereien bereiten. Vor ihrem Computer sitzend, versuchte sie die Bilder, die sie von den Kinos gemacht hatte, zu bearbeiten. Aber wie schon in der Schule, konnte sie sich auch jetzt nicht auf ihre Arbeit konzentrieren, obwohl das Projekt in spätestens zwei Tagen fertig sein musste, wenn der Kinoführer in Druck ging. Das was gestern passiert war, nagte an ihr wie ein böser Traum. Sie befürchtete in diesem Moment, Ralf womöglich die ganze Zeit schon falsch eingeschätzt zu haben. Bis gestern war er für sie einfach ein verwöhntes, großes Kind gewesen, das keiner Fliege etwas anhaben konnte und Gewichtsprobleme hatte. Er saß in der zweiten Reihe, meistens allein und im Grunde genommen schien es ihm auch nicht unbedingt etwas auszumachen, dass er keine Banknachbarn hatte. Das barg auf den ersten Blick sicherlich genug Potential, ein echter Einzelgänger zu werden. Doch dies wurde allein schon durch Ralfs Hilfsbereitschaft ausgeglichen. Christine hatte ihn nie unsympathisch gefunden. Bis gestern. Gut, wenn sie ehrlich war, war es ihr eigentlich schon länger nicht mehr recht gewesen, dass er ihr einen Gefallen nach dem anderen tat. Sie fühlte sich nicht wohl, hatte stets das Gefühl, sich dafür revanchieren zu müssen.
„Sanfter Druck", diese beiden Worte hatten sich gerade in ihren Gedankengängen verloren und drückten das, was Ralfs Nettigkeiten bewirkten, ganz gut aus. Wobei es bis gestern allenfalls ihr Unterbewusstsein angekratzt hatte.
Jetzt kam es ihr so vor, als sei die ganze Höflichkeit einfach nur irgendein taktisches Spielchen gewesen, mit der Ralf die ganze Zeit versucht hatte, bei ihr anzukommen. Andererseits zog er seinen Hosenbund mitunter bis knapp unter die Brustwarze, was ihm die Spitznamen *Gürtelschnalle* - oder die eine oder andere Abwandlung davon - eingebracht hatte. Natürlich benutzte man jene Namen nicht in Ralfs Beisein, aber jeder in der Klasse

wusste, was sich hinter den Decknamen verbarg. Es war dieses etwas hilflos wirkende, tollpatschige Gehabe, das Christine bis gestern im Glauben ließ, Ralf sei einer der nettesten Leute der Klasse, mit denen man sich einfach nur ganz gut unterhalten konnte. Ein bisweilen hilfloser, ein wenig vergeistigter Tollpatsch, dem schlichtweg die Notwendigkeit entging, sich vorteilhaftere Hosen zuzulegen oder ein wenig abzuspecken. Grund genug, um ihn auf ein Eis einzuladen, denn schließlich hatte er ihr seine Digitalkamera geliehen, mit der sie die Bilder für den Kinoführer hatte schießen können.

Sie hatte mit allem gerechnet, nur nicht damit, dass er ihr aus heiterem Himmel mit der Einfühlsamkeit eines Sattelschleppers seine Liebe gestehen würde. Sie hatte alles geben müssen, um nicht laut loszulachen. Und in diesem Moment machte sie einen Fehler. Menschen machen Fehler, wenn sie überrascht werden. Der Überrumplungseffekt, der dem Ganzen anhaftete, ließ Chris in die Falle tappen. Dabei wusste sie eigentlich gar nicht, ob es eine Falle war. Doch anstatt Ralf in Ruhe zu erzählen, dass sie sich zwar geschmeichelt und geehrt fühlte von seiner Ehrlichkeit, er sich jedoch keine falschen Hoffnungen machen sollte, hatte sie richtigen Bockmist gebaut. Allein die Tatsache, dass sie heute den ganzen Tag über permanent an die Unterhaltung denken musste, genügte im Grunde genommen schon, um sich zu wünschen, ihn am besten überhaupt nicht zum Eis essen eingeladen zu haben.

Sie schloss die Augen und versuchte, sich die Szene von gestern noch einmal genau vorzustellen. Da war seine peinliche Liebeserklärung gewesen. Irgendwie hatte er es sogar mit Poesie versucht, wobei die Betonung auf „versucht" lag. Sie wusste nicht mehr, was dazwischen lag, hatte den zeitlichen Bezug verloren. Sie erinnerte sich nur noch daran, dass er sie immer wieder nach einer Erklärung gefragt hatte. Und dann hatte sie ihm von Schramm erzählt.
Plötzlich überkam sie auch einen Tag später - allein bei dem Gedanken daran - ein unangenehm warmes Gefühl, vergleichbar mit dem, wenn man feststellt, dass man seiner Geldbörse mit allen Ausweispapieren verloren hatte. Doch hatte man sie gestern nicht ihrer Geldbörse, sondern ihrer intimsten Geheimnisse beraubt. Immer wieder rief sie sich die Situation, als er ihr gegenübergesessen hatte, vor Augen. Und dann wusste sie es. Sie sah es so klar vor sich, als wäre es real. Die Augen! Es waren seine Augen. Sie hatten sich verändert, als sie ihm von Schramm erzählt hatte. Sie waren unangenehm fordernd gewesen. Ganz anders als sonst. Mit einem Mal wich ihr Verlustgefühl einer eisigen Leere, für die es einen viel besseren Namen gab: Angst.

4.

Andreas konnte dem Drang einfach nicht widerstehen. Er musste den Plan, den er sich im Laufe des Nachmittags in fast schon beängstigend klarem Maße zurechtgelegt hatte, durchziehen. Er hatte keine Ahnung, wie viele Menschen an seiner Stelle ähnliche Strategien entwickelt hätten, er hoffte jedoch, dass es fast jeder so getan hätte. Doch auch das war letztlich nicht wichtig, denn wie man es auch drehen und wenden wollte, der Gedanke ließ Andreas einfach nicht mehr los. So musste es einem Wilderer gehen, der sich nachts, sein Gewehr schulternd, in die Anonymität der Dunkelheit schlich, um unbeobachtet ein Tier zu erlegen, was ihm nichts brachte, abgesehen von der Befriedigung seines Tötungsdrangs. Insofern war der Vergleich vielleicht doch nicht ganz passend, denn Andreas würde sehr wohl einen gewissen Nutzen haben, gesetzt den Fall, sein Plan würde funktionieren.

„Vielleicht finden viele die Idee auch einfach genial?", fragte er in die Küche, in der eine Wok-Pfanne, ein Topf und der eingeschaltete Grill des Herdes damit beschäftigt waren, ein romantisches Abendessen für zwei zu kreieren. Andreas führte bei dem Szenario Regie und registrierte nicht ohne Stolz, dass sich dieses in die Richtung zu entwickeln schien, welche das aufgeschlagene Kochbuch prophezeit hatte. Es gab Filetsteak mit einer Soße aus frischen Champignons und einem Schuss Rotwein, frisches Wokgemüse und kross gebackene Kroketten. Andreas war extra auf dem Hauptmarkt gewesen, um frische Zutaten bei seinem Lieblingsgemüsestand zu erwerben. Im Kühlschrank stand ein trockener Frankenwein mit dem wohlklingenden Namen „Gössenheimer Homburg", den Petra besonders liebte. Mittlerweile hatte sich der Duft nach dem fast vollendeten Abendessen in der Wohnung im Stadtteil Johannis ausgebreitet. Andreas hatte den Tisch gedeckt und eine Kerze angezündet. Sogar passende Servietten waren Teil seiner Strategie. Im CD-Player wartete eine Scheibe von Styx, eine Band, die leider ihre Karriere beendet hatte, jedoch von Petra vergöttert wurde. Er wollte sich nicht vorwerfen lassen, etwas unversucht gelassen zu haben.

Eigentlich musste sie jeden Moment kommen. Es war kurz vor neun und ihr Dienst als Krankenschwester war heute um 8.45 Uhr zu Ende. Manchmal gab es noch die eine oder andere Besprechung, und vom Südklinikum nach Johannis brauchte man mitunter auch eine halbe Stunde.

Er machte sich nichts vor. Sie gehörte ganz sicher nicht zu den Menschen, die an seiner Stelle einen ähnlichen Plan geschmiedet hätten. Und die Wahrscheinlichkeit, dass der Abend in einem Streit enden würde, war mit Sicherheit höher, als die Regenwahrscheinlichkeit für die kommende

Nacht, die der Wettermann vor einer guten Stunde auf 40 Prozent beziffert hatte. Aber man durfte das Essen und den damit verbundenen Romantik-Kick nicht unterschätzen. Andreas war sicher, dass das ganze Ambiente durchaus genügend Potential bot, um die Streitregenwolken von dannen ziehen lassen zu können, ehe sie sich ausgeregnet hatten. Petra liebte es nämlich, wenn sie bekocht wurde. Möglicherweise ahnte sie aber auch, dass der ganze Aufwand nicht umsonst geschah.
Andreas dachte lange darüber nach: Fakt war, dass sie alles andere als naiv war. Er hätte also noch alles abblasen können, aber das schaffte er einfach nicht. Er hätte so tun können, als sei das gute Abendessen einfach nur eine Spontanaktion ohne jeglichen Hintergedanken. Man konnte allerdings nicht wegdiskutieren, dass sich hier eine Riesenchance auftat, die vielleicht nicht dem Zufall entsprungen, sondern so etwas wie Fügung des Schicksals war. Außerdem hätte er das Ganze jetzt nicht mehr hinunterschlucken und ohne weiteres vergessen können. Nicht ohne das eine oder andere Furunkel in Kauf nehmen zu müssen. Und dann hörte er Petras Schlüssel. Er nahm die Filetsteaks vom Herd und atmete tief durch.

5.

Als sie die Wohnung betrat, traute sie zunächst ihrer Nase nicht. Hinter ihr lag ein anstrengender Tag im Krankenhaus. So erfüllend der Job als Krankenschwester für sie auch war, an Tagen wie diesem wünschte sie sich manchmal, einfach nur irgendwo in einem Büro sitzen zu können. Sie hatte wieder einmal keine Zeit gehabt, etwas zu essen. Und die vier Tassen Kaffee, die sie, auf die sieben Stunden Dienst verteilt, mehr im Vorbeigehen in sich hineingeschüttet, als getrunken hatte, um gegen die Müdigkeit gewappnet zu sein, taten ihr Übriges in punkto ungesunder Ernährung. Es war fast schon pervers, wenn man sich vor Augen hielt, dass sie Tag für Tag Teller, randvoll mit gesundheitsbewussten Speisen, an ihre Patienten verteilte. Ihre Großmutter hatte früher immer gesagt, die Schuster würden die schlechtesten Schuhe tragen. Inzwischen wusste Petra, was sie gemeint hatte. Auf dem Heimweg, als sich ihr verwaister Magen lautstark bemerkbar gemacht hatte, war Petra erst bewusst geworden, wie hungrig sie war. Und als jetzt, nachdem sie bereits ihre Jacke an die Garderobe gehängt hatte, der gleiche Duft nach köstlichem Essen noch immer nicht verzogen war, wusste sie, dass es sich nicht um eine Fata Morgana ihrer Geschmacksnerven handelte. Es war real, Andreas hatte tatsächlich gekocht.

Sie hatte eigentlich noch nie davon geträumt. Aber man hätte tatsächlich glauben können, Andreas hätte einen Heiratsantrag geplant. Wahrscheinlich würde sie ohne Zögern zustimmen, wäre es doch im Grunde genommen nichts anderes mehr als Formsache. Sie liebte alles an ihm. Deshalb wusste sie, dass er einen Heiratsantrag anders verpacken würde, als in Verbindung mit einem selbst zubereiteten Candle-Light-Dinner. Dieses Szenario stellte sicher nicht die Rahmenbedingung einer Unterhaltung dar, mit der besiegelt werden sollte, künftige Steuererklärungen gemeinsam zu machen. Da gab es etwas anderes – Petra sah es an den roten Wangen ihres Freundes. Auch dafür liebte sie ihn. Sie wusste, dass er jetzt zunächst so tun würde, als sei der ganze Aufwand nur einer spontanen Laune entsprungen. Sie wusste außerdem, dass er glaubte, dass sie ihm das Theater abkaufen würde.

„Hallo Schatz, da bist Du ja! Das nenne ich Timing!"

Er ging ihr drei Schritte entgegen und sie sah, dass die linke Seite seines Dreitagebartes mit Soßeflecken bedeckt war. Bevor sie antworten konnte, umarmte er sie und strich ihr sanft über den Hintern.

„Fühlt sich gut an!", flüsterte er.

„Gibt es was zu feiern?" – fragte sie mit gespielter Neugierde.

„Nein, nein, ich meine – keine Ahnung, wir finden sicher auch noch einen Grund, irgendetwas zu feiern!"

Er löste die Umarmung und schaute tief in ihre braunen Augen.

„Weißt Du, dass Du die schönsten Augen hast, die ich je gesehen habe?"

„Weißt Du, dass Du die besten Soßen machen kannst, die ich je gegessen habe?"

Er lächelte.

„Wie kommst Du auf meine Soßen?"

„Sie hängt an Deiner Backe und hat sich in Deinem Bart verfangen, Schatz!"

Der rote Fleck auf seiner Wange wurde größer, zu seiner Aufregung war noch ein Schuss Verliebtheit gekommen. Da klingelte die Eieruhr und kappte die Knospen der Romantik.

„Hab jetzt weder Zeit für meine, noch für deine Backe! Der Herd ruft – ich glaube die Kroketten brauchen mich jetzt!"

Er klopfte ihr ein weiteres Mal auf den Hintern, hastete mit gespielter Hektik zum Backofen und rief über seine rechte Schulter zurück:

„Du kannst ja schon mal den Wein aufmachen!"

Während des Essens hatten sie sich über die Arbeit im Krankenhaus unterhalten. Petra hatte vom üblichen Stress in der Abteilung erzählt. Am Nachmittag war ein junger Mann eingeliefert worden, der aus dem 2. Stock

seiner Wohnung gefallen war, und sich an der Wirbelsäule verletzt hatte. Dem behandelnden Arzt zufolge bestand zu 50 Prozent die Gefahr, dass er querschnittsgelähmt bleiben könnte.
„Muss er operiert werden?", fragte Andreas interessiert.
„Das entscheidet sich morgen. Er hatte trotzdem noch Glück, denn wie es aussieht, hat er keine inneren Verletzungen!"
„Magst Du noch ein Stück Fleisch?"
Ihr Blick wandte sich an die Stelle ihres Körpers, wo dicke Menschen einen Bauch haben.
„Rundungen im Anflug!"
Ihr Freund zog die rechte Augenbraue hoch und lächelte. Dann schüttelte er den Kopf und legte ihr ein weiteres Filetstück auf den Teller.
„Rundungswahrscheinlichkeit negativ! Topfigur nicht in Gefahr!"
Petra atmete zufrieden durch.
„Wenn Chef all cuisine das sagt, dann wird es wohl stimmen!"
Ohne zu antworten, legte er auch noch Beilagen nach, gab ein wenig Soße darüber und füllte das leere Weinglas seiner Freundin wieder auf.
Und dann geschah etwas, das dem Phänomen der Gedankenübertragung recht nahe kam. Ihre Blicke kreuzten sich und als hätte ein imaginärer Magnet seine Finger im Spiel, blieben sie aneinander haften. Andreas, der während der letzten halben Stunde sein Mitteilungsbedürfnis in erstaunlich kontrollierbaren Sphären halten konnte, wollte endlich seine Informationen loswerden. Doch er war immer noch nicht sicher, ob er sich damit nicht in Lawinengefahr begab. Petra hingegen spürte, dass ihr Freund etwas sagen wollte. Sie rechnete es ihm hoch an, dass er nicht mit der Tür ins Haus gepoltert war und stattdessen ein angenehmer Zuhörer gewesen war, als sie vom Krankenhaus erzählt hatte. Sie spürte, dass er nicht damit anfangen wollte. Und bevor die Stille drohte, unangenehm zu werden, sagte sie intuitiv das Richtige:
„Wie war's denn heute bei Dir?"
Sie ahnte nicht, dass genau das die Sache ins Laufen brachte.
Andreas stellte die Schüssel mit den Kroketten ab und bekam mit einem Mal sehr viel ernstere Züge. Seine Lippen wurden schmal, und er griff instinktiv zu seinem Wasserglas. Es war, als wolle er sich die Kehle schmieren, für das, was es zu erzählen gab.
„Wenn Du wüsstest, was Du da eben gefragt hast!"
Petra, die gerade den Mund voll hatte, hob achselnzuckend Messer und Gabel.
„Erzähl es doch!", verkündete diese Geste.
„Bevor ich anfange, muss ich Dir gleich sagen, dass es vielleicht etwas ist, was..", er suchte nach den richtigen Worten, „na ja, Dir nicht unbedingt

gleich gefallen könnte. Aber tu mir den Gefallen und denke erst einmal darüber nach. Wenn Du es dann immer noch für keine besonders gute Idee halten solltest, dann vergiss es einfach, in Ordnung?"
„Geht es um eine andere Frau?"
In ihrem Blick lag etwas, das Andreas bisher nicht kannte. Sie schien die Frage tatsächlich ernst gemeint zu haben.
„Hey, Schatz, oh Mann, nein, oh Gott!" Er stand auf, kniete sich vor seine Freundin und lächelte:
„Was für ein Unsinn, keine andere Frau. So ein Quatsch. Komm, lass uns anstoßen!"
Er stand auf, nahm sein Glas und kniete sich erneut vor ihren Stuhl:
„Ich liebe Dich, Schatz, ganz, ganz arg, und das weißt Du, oder?"
Da waren wieder die roten Flecken auf seiner Wange! Sie grub ihre Hände in sein dichtes, dunkles Haar und flüsterte:
„Ich liebe Dich auch!"
„Dann nimm Dein Glas und lass uns darauf trinken, dass es immer so bleibt wie jetzt, ja!"
„Gut, darauf trinke ich gern: Dass es immer so bleibt wie jetzt. Du kochst jeden Abend etwas Leckeres und kniest vor mir nieder!"
Er lächelte. Und nachdem sie getrunken hatten, küssten sie sich.
„So, und jetzt erzähl mir, was passiert ist!"
Andreas drückte die Start-Taste des CD-Players und ohne Widerwort zu geben, begannen *Styx* den Song *Lights* zu singen. Dann setzte er sich wieder an den Tisch und schaute seiner Freundin weiter beim Essen zu.
„Also was jetzt, mach's nicht so spannend!"
Er atmete tief durch.
„Gut. Dann versuch ich's mal. Also wenn ich Dich frage, was das unkalkulierbare Moment in unseren Zukunftsplanungen ist, was würdest Du sagen?"
Petra zuckte, als hätte man einen leichten Stromschlag durch ihren Körper gejagt.
„Bitte?" Nicht nur ihr Tonfall verriet, dass sie nicht im Entferntesten wusste, worauf er hinaus wollte.
„O.K., vergiss es. War ein blöder Einstieg. Vielleicht sollte ich mich zunächst einfach mal auf die Fakten konzentrieren, bevor ich mit der Zukunft anfange!"
„Ganz ehrlich, ich habe keinen blassen Schimmer, was Du von mir willst!"
„Also, ich habe mich heute länger mit Christian unterhalten und der hat mir was total Witziges erzählt." Andreas wartete kurz, suchte Blickkontakt zu seiner Freundin, die gerade mit einer Serviette den Mund abtupfte und glücklich lächelte.

„Und das Komische an der Sache ist, dass ich scheinbar der Einzige bin, der das bisher nicht wusste!"
„Der was bisher nicht wusste?"
„Dass der Löwe schon zweimal im Direktorat übernachtet hat!"
„Der Löwe hat im Direktorat übernachtet - das hört sich wie eine Nummer von Siegfried und Roy an", witzelte Petra, „hatte er viel zu tun? Gab es eine Party? Oder war doch eine Frau im Spiel?"
„Nein, jetzt mal ernsthaft, er ist einfach irgendwie im Büro eingeschlafen. Naja, er kam jedenfalls beim ersten Mal nicht von der Arbeit nach Hause und seine Frau machte sich wirklich Sorgen. Sie rief in der Schule an und auf dem Handy ihres Mannes, keine Reaktion. Dann hat sie irgendwann die Polizei verständigt. Es muss so um neun Uhr abends gewesen sein, nachdem die Familie bereits alle Register gezogen hatte, um rauszukriegen, wo Oberstudiendirektor Kurt Löwe abgeblieben war. Die Cops sind dann irgendwann trotzdem zur Schule gefahren, und als das Auto von Herrn Löwe auf dem Parkplatz stand, hat man schon das Schlimmste befürchtet. Der Hausmeister hatte um neun abgeschlossen, nachdem der letzte Sportverein die Turnhalle verlassen hatte, weil er annahm, es sei niemand mehr im Gebäude. So wie immer um diese Zeit. Er hat den Fehler gemacht, nicht mehr auf dem Lehrerparkplatz nachgeschaut zu haben, dann wäre ihm aufgefallen, dass Löwes Auto noch da war. Und als die Polizei dann irgendwann nach 23 Uhr den Hausmeister anrief, musste der im Bademantel vorbeifahren und wieder aufsperren. Kannst Du Dir das vorstellen? Angeblich hat man sogar Löwes Frau angerufen. Und dann hat der ganze Trupp die Schule nach ihm abgesucht: Der Hausmeister, Frau Löwe und die zwei Bullen. Christian erzählte, dass der Hausmeister gesagt haben soll, die hätten sogar ihre Waffen gezogen. Als sie dann ins Direktorat kamen, lag der Chef so regungslos in seinem Ledersessel, dass seine Frau in Tränen ausbrach, weil sie annahm, er sei tot. Aber als einer der Bullen ihn dann ziemlich energisch am Arm schüttelte, kam er endlich zu sich. Und er war wach, ein bisschen schlaftrunken vielleicht, aber ansonsten topfit. Kannst Du Dir diese Blamage vorstellen? Ich meine, wenn Dir so was passiert? Christian glaubt, man hätte sogar den Hausmeister geschmiert, damit dieser nicht damit an die Öffentlichkeit ging. Stell Dir die Schlagzeile vor: *Schuldirektor verschläft Feierabend und muss von Polizei geweckt werden!*"
Anstatt zu lächeln, vergrub Andreas den Kopf in den Händen. Petra wusste nicht, ob dies schon alles war. Weil sie nicht den Eindruck hatte und ihren Freund nicht aus dem Konzept bringen wollte, hielt sie es für besser zu schweigen. Es dauerte nicht lange und Andreas fand den Faden wieder.

„Weißt Du, da gibt es dieses Lied: ‚*Only the good die young!*' Kennst Du das?"
„Ja, klar. Es ist schon älter, ich weiß nicht genau von wem, aber ich kenne es!"
„Es ist schon blöd, irgendwie, einem Idioten passiert so etwas normalerweise nicht, ich meine, der Löwe ist wirklich in Ordnung. Und dann so etwas. Und als so langsam Gras über die ganze Story gewachsen war, da passierte es noch einmal. Dieses Mal hat ihn der Hausmeister entdeckt, nachdem ihn Löwes Frau angerufen hatte. Und jetzt, kein Scherz, seitdem hat Löwe eine Couch in seinem Büro stehen!"
„Und alle verarschen ihn, richtig?"
„Hab ich auch gedacht, aber, ich hab es auch erst heute erfahren, dabei bin ich schon seit zwei Monaten wieder an der Schule. Man macht wohl seine Witze, ja, aber es hält sich in Grenzen. Löwe wird immer noch akzeptiert, das hat ihm nicht geschadet. Und Christian sagt, dass er selbst auch total offen mit der Geschichte umgeht!"
„Und zwar?"
„Man hat wohl festgestellt, dass er manchmal einen zu niedrigen Blutdruck hat, was sich auf seinen Kreislauf auswirkt. Deshalb legt er sich manchmal während der Mittagspause eine halbe Stunde aufs Ohr und er macht jeden Nachmittag eine Kaffeepause, falls er länger im Büro bleibt. Früher hat er wohl nur Tee getrunken. Und stell Dir vor, ich hab Dir doch von dem Projekttag nächste Woche erzählt, oder?"
Petra nickte interessiert.
„Da gibt es eine Gruppe, die Christian betreut. Die haben einen Kalender für das neue Schuljahr gemacht. Zwölf Kalenderblätter, für jeden Monat ein Motiv, das mit dem Mozartgymnasium in Zusammenhang gebracht werden kann. Und auf dem einen Blatt ist so ein Fotomontage-Six-Pack Muskelpaket mit Löwes Gesicht, das in einer Hängematte liegt. Und darunter steht in Großbuchstaben: *THE LION SLEEPS TONIGHT!*"
„Im Ernst? Ganz schön hart!"
„Ja, ganz schön hart, super hart, wenn Du mich fragst. Ich weiß nicht, aber es gibt wenige, die sich da nicht angemacht fühlen würden. Aber Löwe fand es klasse, er hat, ohne auch nur eine Sekunde zu überlegen, sein O.K. gegeben, als Christian ihm das Kalenderblatt vor die Nase gehalten hat. Und jetzt geht das Ding mit diesem Blatt in die Produktion!"
„Und Du willst jetzt so einen Kalender kaufen und hier ins Wohnzimmer hängen, richtig?"
Andreas wurde wieder ernst. Er starrte auf etwas, das gar nicht da war. Irgendeinen Punkt knapp neben Petras leerem Teller. Dabei rieb er sich die rechte Augenbraue, so wie er es häufig tat, wenn er sich konzentrierte.

„Nein, nein. Verstehst Du denn nicht?" Er schien es mehr zu sich selbst zu sagen als zu seiner Freundin.
„Es geht nicht darum, ob ich irgendeinen Kalender kaufen will oder nicht. Es geht darum, dass ich durchaus hätte dabei sein können?"
„Entschuldige, ich kann nicht folgen!"
„Ich bin zu schnell, sorry. Ich meine, ich habe mir den ganzen Nachmittag den Kopf zerbrochen über die Geschichte!"
„Und bist zu welchem Ergebnis gekommen?"
„Also. Du hast selbst gesagt, dass Du Dir wünschen würdest, dass wir ein bisschen besser planen können, richtig. Ich meine, das hast Du gesagt, und nicht nur einmal!"
„Ja, das habe ich gesagt, aber ich wüsste nicht, was das mit dieser Einschlafnummer deines Chefs zu tun hat!"
„Gut. Aber ich weiß es! Du hast richtig gesagt, dass Du Dir das mit dem Medizinstudium erst dann überlegen kannst, wenn klar ist, dass wir im Raum Nürnberg bleiben, in den nächsten Jahren, das stimmt doch, oder?"
„Ja, klar. Ich könnte in Erlangen studieren und nebenbei im Klinikum arbeiten, ja. Aber wenn Du keinen Job kriegst und irgendwo in Hof oder was weiß ich wo arbeiten wirst, dann hat sich das erledigt. Ich hab keinen Bock auf irgendwelche Wochenendbeziehungen!"
„Was würdest Du sagen, wenn ich im nächsten Jahr eine volle Lehrerstelle am Mozartgymnasium antreten könnte? Du würdest in Erlangen einen Studienplatz bekommen, vorausgesetzt Du bewirbst Dich darum. Ich meine, wartezeitmäßig hast Du die Voraussetzungen allemal erfüllt, das stimmt doch?"
„Soll das heißen, Du kannst nächstes Jahr im Mozartgymnasium anfangen, das wolltest Du heute feiern! Das ist ja Wahnsinn, Schatz!"
Sie strahlte über das ganze Gesicht. Doch noch bevor sie es aus seinem Mund hörte, wusste sie, dass es anders war, denn ihr Freund kratzte sich wieder die Augenbraue.
„Nein, nein Schatz. Nein, das heißt es nicht, aber was würdest Du sagen, wenn es so wäre? Dann könntest Du Dich anmelden und die Zukunft wäre planbar. Auf normalem Weg kann es August werden, bis ich erfahre, ob ich eine Chance habe, am Mozartgymnasium oder sonst wo bei der Stadt Nürnberg für die Fächerkombination Deutsch/Englisch unter zu kommen!"
„Auf normalem Wege ... was soll das heißen: auf *normalem* Wege? Gibt es auch einen *nicht normalen* Weg?"
Andreas spürte, dass es ihr nicht gefiel. An dieser Stelle hätte er noch einen Rückzieher machen können, doch die Sache war ihm zu wichtig. Er konnte nicht, selbst wenn er gewollt hätte. Stattdessen nahm er seine Freundin an der Hand und führte sie auf die Couch, um es sich bequemer zu machen.

Styx sangen in dem Song *Babe* gerade, dass man sich trennen musste. Hoffentlich kein schlechtes Omen.

„Ich weiß, dass das, was ich jetzt sage, na ja, vielleicht ein Stück weit nicht ganz astrein ist. Aber ich muss es Dir einfach sagen. Wenn ich es *Dir* nicht sagen kann, wem dann?"

Petras Gesichtsausdruck spiegelte eine Mischung aus Überraschung und Skepsis wieder. So eine seltsame Form von Enthusiasmus hatte sie bei ihrem Freund noch nie beobachtet.

„Also Christian hat mir erzählt, dass Löwe die Leute, die er wirklich möchte, normalerweise auch bekommt. Bei ihm war es genauso. Christian war auch schon während der Referendarzeit am Mozartgymnasium. Und Löwe hat ihm so eine gute Beurteilung geschrieben, dass Christian im Sommer nach Ablauf der Referendarzeit den Job bekommen hat, obwohl es notenmäßig zwei bessere Bewerber gegeben hatte!"

Petras Augen verrieten, dass sie immer noch nicht wusste, worauf er hinaus wollte.

„Christian sagt, dass er die Beurteilung aus Aktennotizen bastelt, die er von den Referendaren erstellt. Das hat Löwe ihm einmal während der Weihnachtsfeier erzählt. Christian hat Löwe dann gefragt, warum er nicht wenigstens vorher mal andeutungsweise einen Hinweis darauf gegeben hat, dass man im Sommer die Stelle kriegen könnte. Antwort von Löwe: Er ist Profi. Er möchte nicht irgendwelche Gerüchte oder falschen Hoffnungen wecken, für den Fall, dass es dann am Ende doch nicht klappen könnte. Aber Christian ist überzeugt, dass Löwe einen großen Einfluss hat, wenn er einen Lehrer wirklich will. Scheinbar geht da intern bei den Vorstellungsrunden über diese Beurteilung so einiges!"

„Meinst Du, Du hättest eine Chance?"

„Warum nicht, ich glaube Löwe mag mich. Und im Sommer hört die Kluge auf, die gibt Englisch und der Ommert, der gibt Deutsch. Die Fächerkombi würde passen. Und ich bin sicher, er hat schon einige solcher Aktennotizen gemacht, vielleicht sogar schon die Beurteilung, keine Ahnung!"

„Willst Du ihn fragen?"

„Das würde nichts bringen, verstehst Du, er hält seine Formalien ein, damit ihm niemand ans Bein pinkeln kann, wenn er jemandem vorher die Beurteilung zeigen würde. Die fließt ja ins Staatsexamen ein und über die Gesamtnote entscheidet letzten Endes ein Fuzzi von der Regierung. Aber offensichtlich ist die Beurteilung für die Bewerbungsrunden bei der Stadt Nürnberg superausschlaggebend!"

Wieder kratzte er sich. Dann nahm er Petras Hände:

„Stell Dir vor, ich wäre dabei gewesen, als Löwe in den Dornröschenschlaf gefallen wäre!"
„Ich stelle mir vor, Du wärst dabei gewesen. Gut. Du hättest ihn aufwecken können, jede Menge spöttische Bemerkungen von ihm abwenden können und als Gegenleistung hätte er Dich im Sommer eingestellt. Ich könnte mich für mein Medizinstudium anmelden und ..."
„Nein Schatz, nein. Ich hätte ihn nicht aufgeweckt..."
„Sondern?"
Er schaute seiner Freundin tief in die Augen. Der Song *Boat on the River* lief. Andreas musste daran denken, dass er einmal einen Artikel über dieses Lied gelesen hatte, in dem der Verfasser behauptet hatte, das Boot am Fluss würde den letzten Weg symbolisieren, den man im Leben zu gehen hatte. Wer fürchtete sich nicht vor diesem Weg? Wer wollte schon sterben? Dann zog Andreas seine Freundin an sich heran und küsste sie.
„O.K., es klingt hart, im ersten Moment. Aber stell Dir vor, Du kommst ins Direktorat und er schläft. Du redest mit ihm - keine Reaktion. Er schläft tief und fest. Du kannst schalten und walten wie Du willst. Es ist eine Sache von" - er überlegte kurz - „maximal fünf Minuten. Du suchst den Ordner, in dem er seine Aktennotizen aufbewahrt, findest die Teile, oder sogar die Beurteilung, wer weiß und Bingo - Du hast es schwarz auf weiß. Wenn die Sekretärinnen nicht mehr da sind, kannst Du Dir im Sekretariat sogar noch Kopien davon ziehen. Keiner hat auch nur irgendeinen Nachteil davon!"
Petra nickte anerkennend.
„Ich wusste gar nicht, dass mein Freund über eine solch blühende Fantasie verfügt!"
„Sei ehrlich, das tut doch niemandem weh, oder?"
„Nicht unbedingt. Ich verstehe allerdings nicht, weshalb Du Dich so in die Sache reinsteigerst, denn schließlich warst Du nicht da, als er eingeschlafen ist!"
„Genau, das ist exakt der Punkt. Ich war nicht dabei. Die ersten beiden Male!"
Petra lachte laut auf. „Die ersten beiden Male, was ist das denn für ein Quatsch? Willst Du Dich Tag und Nacht unter seinem Schreibtisch verstecken und hoffen, dass er wieder einschläft? Oder willst Du eine Webcam in seinem Büro verstecken und warten, bis er wieder einmal in den Schlaf gleitet?"
„Auch eine Idee. Aber ich habe eine bessere. Es geht darum, einfach den richtigen Zeitpunkt zu ermitteln, wann er sich wieder Schlaf gönnen wird!"
„Den Zeitpunkt ermitteln? Hab ich richtig gehört? Willst Du in die Zukunft reisen?"

„Nein Schatz, nein. Ich will den Zeitpunkt beeinflussen!"
„Ach, Du willst den Zeitpunkt beeinflussen!" Sie betonte die vier Silben des letzten Wortes extrem abgehackt und laut, um ihm die Absurdität seiner Idee zu verdeutlichen.
„Willst Du ihm die Biographie von Dieter Bohlen vorlesen und hoffen, dass er darüber einschläft?"
„Es gibt noch etwas Besseres. Ich bringe ihm seinen Kaffee, irgendwann am Nachmittag, wenn die Sekretärinnen gegangen sind und auch sonst niemand mehr da ist. Der Donnerstag wäre prädestiniert dafür!" Jetzt rückte er wieder ganz nahe an Petra heran, dann flüsterte er:
„Und in seinem Kaffee ist ein schönes Schlafmittel!"
Instinktiv stieß sie ihren Freund von sich.
„Du bist total bescheuert! Das kann nicht Dein Ernst sein!"
„Ich wusste, dass Du so reagierst, ich würde auch so reagieren, viele würden das. Aber denke mal darüber nach, denke nur einmal kurz darüber nach. Was gibt es für ein Risiko? Wenn er einschläft, wird jeder sagen, dass es wieder einmal an der Zeit war. Und?"
Er breitete die Arme aus.
„Aller guten Dinge sind drei!"
„Das ist ein krummes Ding, und das weißt Du. Was machst Du, wenn er aufwacht, während Du in den Akten herumwühlst? Das kann Dich um Kopf und Kragen bringen!"
Er räusperte sich zweimal. Sie hatte angebissen, denn sie redete darüber. Der „worst case", den er angenommen hatte, war, dass Petra spätestens an diesem Zeitpunkt wutschnaubend das Zimmer verlassen hätte und ihn mit seinem Plan und jeder Menge schmutzigem Geschirr allein gelassen hätte.
„Vielleicht hast Du Recht. Vielleicht ist es wirklich ein krummes Ding. Aber als sie damals einfach so den Numerus Clausus für Medizin um zwei Zehntel nach unten verändert haben, und Du ihn um ein Zehntel verpasst hast, das war legal? Überlege doch mal, wir könnten die Sache durchziehen, gemeinsam planen, nicht immer nur davon reden! Du musst nur irgendein gutes, wirksames Schlafmittel organisieren, ich meine Du hast den Schlüssel zum Medikamentenschrank. Als ich neulich die Erkältung hatte, hast Du mir auch etwas mitgebracht!"
Petra fühlte, wie ihr die Luft wegblieb. Er hatte es geschickt angestellt, sehr geschickt. Sie war ihm auf den Leim gegangen, denn sie wollte im Grunde genommen nichts mehr, als im Sommer endlich einmal langfristig planen zu können. Aber andererseits spürte sie, dass der Plan nicht so einfach zu realisieren war, wie Andreas dies darstellte.
„Das kann man wohl nicht ganz vergleichen, junger Mann. Was Du von mir verlangst, ist Medikamentenmissbrauch. Zugegeben, es würde nie-

mandem auffallen, aber heute ist es Valium und morgen sind es irgendwelche Medikamente, die unter das Betäubungsmittelgesetz fallen. Ich habe keine Lust auf solche Sachen!"
„Petra, ich habe auch keine Lust auf solche Sachen, und ich weiß, dass Du Recht hast. Aber ich musste es Dir einfach erzählen. Vielleicht ist es auch so etwas wie ein Wink des Schicksals, keine Ahnung. He, ich liebe Dich Schatz - und das weißt Du. Ich möchte mein Leben mit Dir verbringen und ich schwöre, dass das nicht so ein pseudoromantisches Gesülze ist. Wenn Du „Nein" sagst, dann bleibt es dabei! Aber vielleicht kannst Du es Dir ja einfach noch einmal überlegen, eine Nacht drüber schlafen, was weiß ich. Ich möchte nur nicht, dass ich es später einmal bereuen muss, dass ich Dir nie was davon erzählt hatte."
„Du kannst von mir jetzt nicht verlangen, dass ich ja oder nein sage!"
„Das verlange ich auch nicht, Schatz, wirklich. Weißt Du was, mach es Dir einfach auf der Couch bequem. Ich habe nichts mehr zu tun, bin mit den Unterrichtsvorbereitungen fertig. Jetzt räume ich hier das Chaos auf und dann können wir ja noch eine Runde spazieren gehen!"
Petra versuchte unbekümmert zu reagieren. Doch zu mehr als einem gequälten Lächeln war sie nicht in der Lage.

6.

Schramm ereiferte sich gerade über eine Kurzgeschichte von Nadine Gordimer. Hin und wieder drehte er sich zur Tafel, um dort Ergebnisse der Diskussion im Klassenverband festzuhalten. *Der Gürtel* Ralf Sommer beobachtete ihn von der zweiten Reihe aus. Er mimte wie immer den eifrigen, wissbegierigen und zuvorkommenden Schüler und hatte sich bereits drei Mal während der vergangenen 20 Minuten gemeldet und damit mehr als sein Soll erfüllt. Der Rest der Klasse 11a versuchte artig, dem Lehrer das Gefühl zu geben, gut bei den Schülern anzukommen. Schramm war beliebt. Die Zeiten, in denen dies Ralf Sommer egal war, gehörten jedoch seit seinem Rendezvous mit Christine Neuhaus der Vergangenheit an. Der zusammengematschte, leblose Klumpen, der einmal ein kleiner Hund gewesen war, hatte Ralf nur für gut einen Tag ein wenig Befriedigung gebracht. Inzwischen loderte der Hass auf seinen Deutschlehrer stärker denn je. Seit gut fünf Minuten hatte er sich gedanklich von dem Unterrichtsgespräch vollkommen ausgeklinkt. Er beschäftigte sich stattdessen mit seinen persönlichen Hasscharts. Und die waren in den vergangen beiden Tagen geradezu revolutioniert worden. Bis dahin hatte Ansgar Unger unangefochten auf Platz eins gestanden. Ralf drehte seinen Kopf leicht nach links: Dort in der vierten Reihe am Fenster saß dieser armselige Irre. Er war ein geborener Verlierer. Zugegeben, er schindete gehörigen Eindruck mit seiner Sportlerfigur. Aber mehr als Volleyballspielen konnte er nicht. Intelligenzmäßig war er seit langem schon an seine Grenzen gestoßen. Und sein Vater war arbeitslos. Das hieß, finanzielle Spritzen waren ebenso wenig zu erwarten wie irgendwelche geschäftlichen Beziehungen. Das Leben würde ihn über kurz oder lang auf die Verliererspur manövrieren, das war sicher. Und in ein paar Jahren würde kein Hahn mehr danach krähen, dass er der beste Spieler der Schulmannschaft gewesen war, selbst wenn er sie zur diesjährigen Stadtmeisterschaft führen würde. Vorausgesetzt er schaffte das Abitur überhaupt, würde Ansgar Unger nicht die finanziellen Mittel haben, um ein Studium in Angriff nehmen zu können. Gehobene Mittelklasse war wohl das Höchste der Gefühle. Trotzdem hasste ihn Ralf, denn Unger hatte sich mit Chris eingelassen. Aber er war auf Platz drei abgerutscht. Hätte man dies Ralf vor zwei Tagen erzählt, er hätte es nicht für möglich gehalten.

Von 0 auf Nummer zwei geschossen und damit Aufsteigerin des Jahres war Christine Neuhaus. Anfangs hatte er geglaubt, die Enttäuschung schnell abzuhaken, doch sie hatte ihn beleidigt, brüskiert, wie einen Idioten dastehen lassen. Ein Ralf Sommer ließ sich aber nicht wie ein Idiot behandeln. Sie saß in der mittleren Reihe neben Silke Hofmann, weniger als vier Meter von seinem Platz entfernt. Er wartete darauf, dass sie sich zu ihm herüberdrehte. Das tat sie manchmal. Doch heute hatte er bisher vergeblich darauf warten müssen. Dafür gab es nur eine logische Erklärung: Sie musste ein schlechtes Gewissen haben, vielleicht tat es ihr sogar Leid. Aber da war sie bei Ralf Sommer an der falschen Adresse. Er war Profi. Keine Zeit für Sentimentalitäten. Er hatte einen Gedichtband über seine Gefühle zu Chris schreiben wollen. Aber das war nun vorbei, ein für allemal. Er hatte genug von ihr, was auch immer geschah, selbst wenn sie irgendwann angekrochen kommen würde. Möglicherweise würde er den Gedichtband trotzdem schreiben, wenn, dann allerdings über ganz andere Emotionen.

Der absolute Spitzenreiter machte sich gerade vor der Klasse zur Lachnummer. Die anderen, einfältigen Durchschnittsarschlöcher hatten nur keinen Blick dafür. Deshalb war Ralf der einzige, der über Schramm nur lachen konnte. Es bereitete ihm freilich nicht die geringste Schwierigkeit, jenes Lachen zu unterdrücken. Stattdessen stellte er sich vor, dass er nicht diesen kleinen Köter, sondern den echten Schramm über die Autobahn getrieben hätte. Er sah ihn vor sich, wie er nackt um Gnade winselte. Aber

hinter dem Steuer des roten Kleinlasters in Ralfs Fantasie saß kein übermüdeter Baumaschinenvertreter aus Paderborn. Nein, meine Herrschaften. Ralf höchstpersönlich hatte das Lenkrad fest im Griff. Er hielt damit genau auf die armselige Kreatur zu, dessen Deutschlehrertage gezählt waren, nicht ohne dabei das Gaspedal bis zum Anschlag durchzutreten.
Und als sich Andreas Schramm ein weiteres Mal zur Tafel umdrehte, flüsterte Ralf Sommer: *Run for your life!*

7.

Während der zweiten Pause saß Andreas im Lehrerzimmer und bemühte sich vergeblich, einen klaren Gedanken zu fassen. Weil er in einer solchen Situation nicht von einem Kollegen angesprochen werden wollte, tat er so, als würde er einen Artikel in der Zeitung lesen. Seine Kollegen stärkten sich mit Kaffee oder Tee, aßen eine Kleinigkeit und waren in Gespräche vertieft. Einige standen vor der Lehrerzimmertüre, weil sie von Schülern kontaktiert wurden. Zwei Gedanken, die um Andreas' Aufmerksamkeit buhlten, ließen keinerlei Kommunikation zu. Umso tiefer steckte er deshalb seine Nase in die aufgeschlagene Tageszeitung.
Er setzte sich zum einen damit auseinander, ob Petra das Schlafmittel organisieren würde und damit verbunden, seine Gedankengänge nachvollziehen konnte oder zumindest akzeptieren würde. Für ihn war klar, dass ihre Beziehung, für den Fall, dass sie die Tabletten nicht besorgen würde, nicht mehr so sein würde wie bisher. Bis dahin hatten sich die beiden blind vertraut. Andreas befürchtete, es könnte zu Rissen, wenn nicht sogar bleibenden Schäden führen. Und - auch das war ihm klar - diese Schäden gingen einzig und allein auf sein Konto.
Die zweite Sache, die ihn beschäftigte, war die Literaturstunde in der Klasse 11a. Mag sein, dass er übersensibel auf die Stimmung in den Klassen reagierte oder Probleme witterte, wo es keine gab, aber er war nicht mit dem Verlauf der Stunde zufrieden. Dies lag nicht an den Schülern, denn die hatten sich wirklich große Mühe gegeben. Das rechnete er ihnen hoch an. Es lag vielmehr an ihm selbst, denn er musste sich eingestehen, nicht gut auf die Stunde vorbereitet gewesen zu sein. So etwas war ihm bisher eigentlich noch nie passiert. Er hatte den Fehler gemacht, die Kurzgeschichte vorher nicht noch einmal zu lesen. Stattdessen hatte er zum ersten Mal in seinem noch sehr jungen Lehrerleben angenommen, die relevanten Textstellen im Griff zu haben und sowohl sprachlich als auch inhaltlich wichtige Passagen der Erzählung bei Bedarf parat zu haben. Die

Annahme stellte sich leider als Trugschluss heraus. Gut, er hatte die Stunde über die Bühne geschaukelt, und das Tafelbild, das er während der Diskussion erarbeitet hatte, erfüllte in jedem Fall seinen Zweck. Doch zweimal hatte er sich durch Schülerfragen aus dem Konzept bringen lassen. Beim ersten Mal hatte er *selbst* noch gerade so die Kurve gekriegt, beim zweiten Mal hatte ihm Christine Neuhaus aus der Patsche geholfen.
„Sieht so aus, als kennt Chrissi die Geschichte besser als Sie, Herr Schramm!"
Ansgar Unger, der damit den Nagel auf den Kopf getroffen hatte, sorgte damit für kollektives Gelächter bei den Schülern und roten Wangen beim Lehrer. Zum Glück hatte er noch ein Lächeln zustande gebracht, von dem er hoffte, dass es souverän genug aufgesetzt gewesen war, um von der Klasse als echt abgekauft zu werden. Eines war klar: Ein solcher Auftritt bei einer Lehrprobe und er würde mit einer Fünf abtreten. Doch Andreas hatte seine drei Prüfungslehrproben bereits hinter sich. Es fehlten nur noch die schriftliche und die mündliche Prüfung, dann war das Referendariat gelaufen.

Die Sache mit Löwe und seiner Beurteilung ließ ihn einfach nicht mehr los. Er hatte sich während der Deutschstunde mehrmals dabei ertappt, als er sich gerade gedanklich mit seinem Schlafmittelplan beschäftigte. Das war - gelinde formuliert - unprofessionell, um nicht zu sagen fahrlässig gewesen, und wurmte ihn gehörig. Er musste unbedingt den Kopf wieder frei bekommen.
Als der Gong die Pause beenden wollte, nahm er seinen Rucksack, um sich auf den Weg in die 5c zu machen, wo er Englisch unterrichtete. Doch da spürte er eine Hand auf seiner Schulter:
„Wo wollen Sie denn hin?"
Es war Frau Obert, eine sehr nette, stets gut gelaunte Kollegin Anfang 50, die Latein und Französisch unterrichtete und ihn freundlich mit strahlend weißen Zähnen anlächelte.
„Nicht so stürmisch, haben Sie denn die Durchsage nicht gehört?"
Andreas hatte keine Ahnung, wovon sie redete, was Frau Obert wiederum nicht zu entgehen schien.
„Sie sind ein bisschen überarbeitet, wie mir scheint!", frotzelte sie, „am Ende der Pause sollte man im Lehrerzimmer bleiben, weil der Chef noch etwas ansagen möchte!"
„Oh, ja, hatte ich völlig vergessen!", log Andreas, der sich an keine Durchsage erinnern konnte. Ab und zu informierte Löwe das Kollegium während der Pausen über Informationen, die besonders kurzfristig mitgeteilt werden

mussten oder sehr wichtig waren. Scheinbar war Andreas die Durchsage entgangen. Langsam begann er sich Sorgen zu machen.
„Dann setze ich mich mal wieder hin!", sagte er mehr zu sich selbst, als zu seiner netten Kollegin.
„Tun Sie das, und machen Sie sich nichts draus, in meinem Alter ist es ganz normal, wenn man irgendwann nur noch die Hälfte mitbekommt. Ich bin ja froh, wenn es Euch Jungen das eine oder andere Mal auch so geht!"
„Was habe ich heute noch alles nicht mitgekriegt?", fragte irgendeine Stimme in seinem Kopf.
Bevor er sich ernsthaft um eine Antwort bemühen konnte, betrat Löwe das Lehrerzimmer. Er strahlte trotz seiner Schlafgeschichten genügend natürliche Autorität und Souveränität aus, um nur durch seine Anwesenheit fast alle Gespräche verstummen zu lassen. Allein dafür fand Andreas Bewunderung, und sofort bekam er ein schlechtes Gewissen. Das Projekt *The Lion sleeps tonight* hatte völlig von ihm Besitz ergriffen.
„Einen guten Tag all denen von Ihnen, die ich heute noch nicht persönlich begrüßt habe. Ich möchte Sie an dieser Stelle zunächst noch einmal kurz an unseren Terminplan erinnern: Morgen findet das traditionelle Volleyballendspiel der Nürnberger Schulen statt. Wir sind in diesem Jahr nicht nur mit unserer Mannschaft vertreten, sondern auch Gastgeber. Deshalb schließt der Unterricht morgen um 11.30 Uhr. Ich bitte Sie auch, die Sonderbehandlung der Spieler zu beachten. Dieses Gentleman-Agrement liegt mir sehr am Herzen. Doch der eigentliche Grund für dieses kurze Zusammentreffen ist eine Sache, die ab morgen für ein paar Unannehmlichkeiten sorgen wird, für die ich mich an dieser Stelle jetzt schon bei Ihnen entschuldigen möchte. Wie Sie wissen, sollten in vier Wochen, pünktlich mit dem Beginn der Pfingstferien, die Wände unserer Flure gestrichen werden. Das war mit der Stadt auch so abgesprochen. Ich erhielt heute um halb neun jedoch einen Anruf, in dem mir mitgeteilt wurde, dass die Arbeiten schon am kommenden Montag beginnen müssen!"
Ein kurzes Raunen ging durch das Kollegium.
„Ich möchte vielleicht den positiven Aspekt erläutern, den wir der verfrühten Maßnahme abgewinnen können: Wir werden so auf jeden Fall die Gewissheit haben, dass die Teilrenovierung der Schule bis zum Ende der Pfingstferien abgeschlossen sein wird. Daraus ergibt sich, dass die Maßnahmen auf keinen Fall in die Phase der Abiturprüfungen fallen werden, wo wir doch alle angespannt genug sind. Die Unannehmlichkeiten entstehen vor allem aufgrund der Kurzfristigkeit der Maßnahme. Bitte stellen Sie sich darauf ein, dass ab Montag ein Gerüst an den Wänden der Gänge angebracht sein wird. Dies ist aufgrund unserer hohen Räume und Flure unumgänglich. Und wenn Sie daran denken, dass der Abschluss an

der Glasfront, die oberhalb der Türstöcke verläuft, eine gewisse Sorgfalt von den Arbeitern verlangt, nehmen Sie hoffentlich das Gerüst auch in Kauf. Sie müssen außerdem damit rechnen, dass die Putzkolonnen für die Dauer der Sanierung nur einmal pro Woche durch die Gänge gehen, weil die Maler bis 16.00 Uhr mit Streichen beschäftigt sein werden und die Putzkolonnen um 15.30 Uhr fertig sein müssen. Das heißt, am Dienstag geht die Putzgruppe ganz normal durch, dafür hören die Arbeiter bereits um 14.00 Uhr auf. Ich bitte Sie, in den Pausen und vor dem Unterricht darauf zu achten, dass sich die Schüler von den Gerüsten fernhalten. Ich möchte nicht, dass es zu einem Unfall kommt. Ich werde aber eigens noch einmal mit der SMV darüber sprechen. Zur Dauer der Arbeiten kann ich nur sagen, dass die Aktion in zwei Wochen abgeschlossen sein soll. Gut, in wieweit dieser Zeitraum eine verlässliche Größe darstellt, bin ich im Moment selbst noch überfragt, doch Sie können sicher sein, dass ich den Leuten schon Druck machen kann, wenn ich sehe, dass sie es mit der Motivation nicht so ernst nehmen."
Das Kollegium kommentierte die Bemerkung mit einem kurzen Lächeln.
„Ja, das war es eigentlich von meiner Seite. Haben Sie noch Fragen?"

Niemand meldete sich. Der Geräuschpegel begann wieder zu steigen.
„Gut, dann vielen Dank für Ihr Verständnis, liebe Kolleginnen und Kollegen, und noch einen schönen Tag!"

8.

Alles, was Petra zu tun hatte, war ein Medikament aus der Gruppe der Benzodiazepine zu organisieren. Wenn man davon ausging, dass sich Löwe jeden Nachmittag einen kurzen Mittagsschlaf gönnte und zusätzlich eine Tasse Kaffee trank, um gegen die Schlafattacken gewappnet zu sein, so würden nach Petras Einschätzung 10mg möglicherweise zu wenig sein. Es war genug, um ihn in einen Dämmerzustand zu befördern. Doch wenn man ausschließen wollte, dass Andreas während seiner Suchaktion mit einer unliebsamen Unterbrechung durch seinen Chef zu rechnen hatte, musste man die Dosis des Wirkstoffes sicher zwischen 15 und 20mg ausloten. Valium war genau das, was den Anforderungen genügen würde.
Obwohl Andreas in der Hinsicht Recht hatte, dass sie ohne das geringste Risiko an das Medikament herankam, denn schließlich war sie die Frau des Medikamentenschrankschlüssels, fühlte sie sich nicht wohl in ihrer Haut.

Sie befürchtete, dass sie gerade dabei war, einen großen Fehler zu machen. Andererseits tat es tatsächlich niemandem weh, abgesehen davon, dass Löwe danach möglicherweise eine Menge Hohn und Spott ernten würde. Doch wenn man Christian Fischers Ausführungen glauben konnte, ging Löwe ausgesprochen souverän mit der Geschichte um.
Bevor Petra vor zwei Stunden die Wohnung Richtung Krankenhaus verlassen hatte, hatte sie sich im Internet über den Anmeldezeitrum zum Wintersemester bei der ZVS (Zentralstelle zur Vergabe von Studienplätzen) informiert. Stichtag war der 15. Juli. Bis dahin würde Andreas mit Sicherheit noch keine offizielle Note des Zweiten Staatsexamens erfahren haben. Somit würde mindestens ein weiteres halbes Jahr ungenutzt verstreichen, bis man offiziell wusste, wie es mit ihm weiterging. So gesehen, musste sie den illegalen Erwerb einer Valiumtablette mit 20mg Benzodiazepin investieren, um als Gegenleistung in den Genuss einer verlässlichen Zukunftsperspektive zu kommen. Wenn man davon ausging, dass nicht gerade wenige Haushalte dieses Medikament eh im privaten Apothekenschrank hatten, ein mehr als überschaubares Risiko. Gesetzt den Fall, alles lief nach Plan.
Inzwischen war es 14.30 Uhr und Petra kümmerte sich um die Medikamente, die den Patienten zum Abendessen gereicht werden sollten. Für jeden Patient existierte ein kleines Schächtelchen, in dem man die Mengen der einzelnen Präparate portionieren konnte. Die Schächtelchen waren auf einem großen Tisch in der Schwesternstation nach Zimmernummern sortiert. Petra hatte den Medikamentenschrank geöffnet. Mit Hilfe eines Computerausdrucks, auf dem der aktuelle Patientenstamm der Station mit den individuell zu verabreichenden Medikamenten aufgelistet war, stellte sie die erforderlichen Präparate zusammen. Insgesamt waren unter anderem 23 Tabletten Valium erforderlich. Mit zitternden Händen und der Pulsfrequenz eines 100m Läufers gelang es ihr, zwei weitere Tabletten in ihren Schwesternkittel zu befördern. Zuvor hatte sie sich allerdings dreimal umgedreht, um sicher zu sein, dass sie auch wirklich niemand beobachtete. Keine zwei Sekunden, nachdem sie die Pillen hatte verschwinden lassen, klopfte ihr Susanne auf den Rücken.
„Aufpassen, dass du alles richtig machst!"
Nur mit äußerster Beherrschung gelang es Petra nicht zu schreien.
„Mein Gott, Du hast mich vielleicht erschreckt. Willst du, dass ich eine Herzattacke bekomme!"
„Gott bewahre, in Zeiten des Pflegenotstandes wird jeder gebraucht. Hast wohl ein schlechtes Gewissen, was?"
„Klar, ich habe immer ein schlechtes Gewissen, besonders dann, wenn ich Medikamente sortiere!", konterte Petra.

„Ich mache Kaffee, ja?"
„Gut, ich hab's jetzt auch!", antwortete Petra und schloss den Schrank ab. Mit einem Tablett, auf dem die einzelnen Medikamente nach Präparaten sortiert lagen, ging sie zu dem großen Tisch, auf dem die Plastikschächtelchen auf Nachschub warteten. Irgendwie war sie sogar froh, dass Susanne dazugekommen war, so hatte sie wenigstens keine Zeit, sich mit ihrem schlechten Gewissen auseinander zu setzen. Dafür war auf der Heimfahrt noch genügend Zeit. Und wenn das schlechte Gewissen die Oberhand bekommen sollte, konnte sie die beiden Valiumtabletten noch immer irgendwo auf der Regensburger Straße aus dem Fenster ihres Wagens werfen.
„Jetzt ist der Typ schon wieder da!", sagte Susanne, die gerade die Kaffeemaschine angeworfen hatte.
„Was hast du gesagt?" Petra konzentrierte sich darauf, die Medikamente richtig zu verteilen. Dies war eine Arbeit, die sie immer sehr gewissenhaft machte. Im Grunde genommen wurden die Präparate dreimal gecheckt, bevor sie die Patienten erreichten: Wenn sie aus dem Medikamentenschrank genommen wurden, beim Einsortieren in die Schächtelchen und bei der Essensausgabe, wo die Schwester normalerweise auch noch einmal die Präparate in den Patientenschächtelchen mit dem Computerausdruck verglich.
„Der Typ da draußen, irgendetwas stimmt mit dem nicht. Er läuft jetzt schon fast eine Stunde lang ständig hier rum!"
Petra unterbrach ihre Tätigkeit.
„Wo?"
Susanne deutete auf eine Gestalt, die gerade dabei war, am Ende des Flurs um die Ecke Richtung Aufzug zu biegen.
„Jetzt ist er gegangen!"
„Vielleicht hat er sich verlaufen!"
„Dachte ich zuerst auch, aber der ist jetzt mindestens schon dreimal hier durchgelaufen! Ist er Dir noch nicht aufgefallen?"
„Ne, vielleicht hat er ja auch nur auf jemanden gewartet!"
„Vielleicht, ist ja auch egal. Sah jedenfalls ein bisschen seltsam aus."
„So, wie sah er denn aus?", wollte Petra wissen, die kontrollierte, ob die beiden Valiumtabletten noch immer an Ort und Stelle waren.
„Irgendwie depressiv, nicht besonders glücklich. Und ganz schön ungepflegt, wenn Du mich fragst!"
„Obdachloser?"
„Ne. Eher arme Sau, um die sich niemand kümmert!"

Dann blinkte ein Licht in der Schwesternstation, wofür ein Patient in Zimmer 210 verantwortlich war. Petra blickte zu ihrer Sortierarbeit hinüber.

„Kein Problem, ich gehe schon", sagte Susanne, „das ist bestimmt wieder die Gerling und will ein Schmerzmittel."

„Danke. Ich mach das hier fertig, ja!"

„Kein Problem!"

9.

Die kleine Reibe hatte ihren festen Platz im Gewürzregal und war eigentlich dazu da, Muskat zu zerkleinern. Doch Andreas stellte zu seiner Zufriedenheit fest, dass sie sich auch hervorragend dazu eignete, Valiumtabletten zu pulverisieren. Es war kurz nach 22 Uhr am Donnerstag, den 24. April. Wenn es noch eine letzte Etappe bei der Absegnung von *Projekt schlafender Löwe* gegeben hatte, so hatte Andreas diese mit der problemlosen Herstellung des Schlafmittels genommen. Jetzt galt es die Feinabstimmung des Projekts zu koordinieren und zwar so perfekt, dass die Wahrscheinlichkeit einer erfolgreichen Realisierung bei nahezu hundert Prozent lag.

Petra saß auf der Couch und las einen Roman von Ken Follett. Andreas schien sie überzeugt zu haben. Es machte ihr offensichtlich nichts mehr aus, denn schließlich hatte sie die Tabletten besorgt. Natürlich konnte er nicht ganz sicher sein, er konnte keine Gedanken lesen. Doch er hoffte, dass ihm seine Freundin von ihrem möglichen Unbehagen in Zusammenhang mit seinen Plänen erzählt hätte. Sie hatte sich sogar schon im Internet über die Anmeldefristen der ZVS erkundigt. Das hätte sie wohl nicht getan, wenn sie nicht hinter seiner Aktion stehen würde. Andreas blickte von dem kleinen Tisch neben der Wohnzimmertüre, von dem aus er die einzelnen Schritte plante, zu ihr hinüber. Sie schaute müde aus, aber nicht unglücklich. Wenn er ehrlich war, hatte er schon ein bisschen Angst vor der ganzen Sache. Manchmal passierten die verrücktesten Dinge, und man konnte nie ganz sicher sein, dass ein Plan auch exakt in die Tat umsetzbar war. Umso filigraner galt es an dem Plan zu feilen. Das, was ihm im Moment viel mehr zu schaffen machte, war die Tatsache, dass er heute völlig konfus gewesen war und sich nicht auf die wesentlichen Dinge seines Berufs hatte konzentrieren können. Deshalb war für ihn das wichtigste im Zusammenhang mit dem *Projekt schlafender Löwe*, dass er die Nerven behielt und sich immer auf das konzentrierte, was als nächstes anstand. Von ihm hing es letztendlich ab, ob er den Löwen ohne besondere Vorkommnisse in den Schlaf singen konnte.

Vor ihm lag ein Zettel, auf dem das Wort „Datum" stand. Gedanklich ging er noch einmal den Inhalt von Löwes heutiger Ansprache im Lehrerzimmer durch. Er klopfte dabei geistesabwesend mit dem Bleistift auf den Zettel. Da war die Sache mit dem Gerüst. Was das Projekt schlafender Löwe im Grunde genommen nicht behinderte. Gut, es waren Maler im Haus, aber sie waren in den Fluren zugange und nicht in den Räumlichkeiten des Direktorats. Trotzdem war es natürlich optimal, wenn Andreas die Aktion zu einem Zeitpunkt durchzog, an dem mit so wenig unliebsamen Überraschungen wie möglich zu rechnen war. Auf eine solche Überraschung hatte ihn Löwe selbst aufmerksam gemacht, als er die Putzkolonne erwähnt hatte. Weil die zumindest einmal in der Woche ihren Job machen sollten, arbeiteten die Maler am Dienstag nur bis zum frühen Nachmittag. Wenn Andreas richtig zugehört hatte, dann machten sie wohl schon um 14.00 Uhr Schluss. Am Nachmittag war immer nur eine Sekretärin da und die ging am Dienstag bereits um 15.00 Uhr. Das bedeutete, gesetzt den Fall, Löwe würde am Dienstagnachmittag in der Schule sein, wären die Voraussetzungen nach 15.30 Uhr geradezu optimal. Keine Maler, keine Putzkolonne, keine Sekretärin. Risikofaktoren stellten lediglich Schüler oder Lehrer dar. Doch soweit er wusste, wurde nach 15.30 Uhr kein Unterricht mehr gehalten, sah man einmal davon ab, dass sich möglicherweise in der Turnhalle noch Sport-Neigungsgruppen aufhielten. Gegen Abend kamen dann die Sportvereine, doch da würde die Sache hoffentlich schon gelaufen sein. Außerdem hielten sich die Sportvereine nicht in der Nähe des Direktorats auf. Andreas legte die Hände auf sein Gesicht. Er ging die Dienstag-Version noch einmal im Geiste durch, auf der Suche nach Unwägbarkeiten. „Der Hausmeister!", flüsterte er und kratzte sich am Hinterkopf. Der konnte theoretisch zum Problem werden. Doch ihm war noch nie aufgefallen, dass Weimer freiwillig aus seinem Reich im Keller den Weg ins Direktorat fand, außer vielleicht wenn Löwe ihn ausdrücklich darum gebeten hatte. Er saß regungslos auf dem Stuhl, noch immer die Hände vor das Gesicht haltend. Man hätte meinen können, er sei eingeschlafen.
Dann hatte er eine Idee.
„Er muss einfach die Türe schließen!", flüsterte er.
Er schrieb mit dem Bleistift die beiden Worte *nächsten Dienstag* neben das Wort Datum. In der nächsten Zeile des Zettels notierte er: *Nach 15.30 Uhr!* Als nächstes schrieb er das Wort *Motiv* und malte drei dicke Kreise darum.

Es gab zwei Strategien: Den offiziellen Weg oder die Überrumpelungstaktik. Er musste nicht lange überlegen, um den offiziellen Weg in einer entlegenen Sackgasse seiner Gehirnwindungen zu parken. Dies hätte bedeutet, sich ein Thema aus den Fingern zu saugen, über das er mit Löwe hätte sprechen müssen. Es könnte ihn verdächtig machen, barg somit ein viel zu großes Risiko. Wenn er ein Gespräch mit seinem Chef führen wollte, konnte er dies ohne Probleme auch an einem Vormittag tun. Nein, es musste die zweite Variante sein. Er würde einen gestressten Eindruck mimen, was einem Referendar angesichts der Vielzahl von Schikanen, die es zu überstehen galt, nicht besonders schwer fiel. Er würde Kaffee gekocht haben, um auf Touren zu bleiben. Und weil noch eine Tasse übrig sein würde, würde er am Büro seines Chefs klopfen, um ihn zu fragen, ob dieser nicht auch einen Kaffee ...
Er lächelte. Genau so. Und wenn er Löwe dann den Kaffee bringen würde, konnte er sich ja wieder von dannen machen. Kein Hausmeister der Welt würde ihn dabei bei etwas Illegalem überrumpeln. Er blickte wieder zu Petra. Die schien seinen Blick zu spüren und lächelte. Das tat gut. Wenn sie Recht hatte, würde Löwe spätestens nach zehn Minuten schlafen. Dann konnte Andreas wieder das Direktorat aufsuchen. Und wenn es geklappt hatte, konnte er die Türe des Direktorates von innen schließen und in aller Ruhe mit dem Suchen beginnen.

10.

Es war nicht nur *eine* emotionale Lawine, die Andreas lostrat, kurz nachdem er am nächsten Tag sein Notenbuch gezückt hatte und in der Klasse 11a zur Abfrage bitten wollte.
Am Abend zuvor, nachdem der Valiumplan ausgefeilt gewesen war, hatte er mit Petra noch ein Glas Rotwein getrunken. Eigentlich wollte er sich nur noch ein wenig unterhalten, doch stattdessen hatten sie sich wie zwei Teenager geliebt, die gerade einmal drei Wochen zusammen waren. Danach hatte er wie ein Baby geschlafen. Heute Morgen hatte er geduscht, gut gefrühstückt und sich voller Tatendrang in den Tag gestürzt. Alles schien perfekt zu sein. Doch dann war ihm der Name Ansgar Unger über die Lippen gekommen. Und die Lawinen rollten.
Christine Neuhaus bekam sofort Herzklopfen. Sie hielt nur schwer dem Drang stand, sich ihrem Exfreund zuzuwenden. Der Rest der Klasse machte sich die Mühe nicht. Chrissi spürte sofort, dass es böse enden konnte. Sie kannte Ansgar gut genug, um zu wissen, dass sein Gerechtig-

keitssinn auch vor ihm selbst nicht Halt machen würde. Schließlich hatte sie sich deshalb einmal in ihn verliebt. Sie beobachtete den Lehrer, der ihr Herz schneller schlagen ließ. Noch immer hatte er sein Notenbuch in der Hand. Seitdem er Ansgars Namen ausgesprochen hatte, waren keine zwei Sekunden vergangen, Christine kam es jedoch wie zwei Stunden vor. Sie hätte Schramm gerne geholfen, aber sie wollte sich nicht outen. Gerne hätte sie eingegriffen, wusste jedoch nicht, was sie hätte tun sollen, um die emotionalen Lawinen zu stoppen und Schramm unbeschadet aus der Sache herauszuholen.

Die zweite Lawine rollte über das Gesicht von Ralf Sommer. In das schwammige, ausdruckslose Pseudo- Pokerface wurde Adrenalin gepumpt. Seine Wangen wurden rosig, die Augen leuchteten und ein nicht zu übersehendes Lächeln legte sich um seine beiden Mundwinkel. Er leckte sich die Lippen und stützte seinen Kopf ganz leicht auf den Daumen und Zeigefinger seiner rechten Hand. Er drehte die beiden Finger leicht nach links, gerade so weit, dass er Ansgar Ungers schockierte Visage im Blickfeld hatte. Dann drehte er seinen Kopf wieder in die Ausgangsposition zurück. Dieses Mal verharrte sein Blick auf Schramm, das kleine Stück Scheiße, das noch immer sein Notenbuch in der Hand hielt. Und als dann ein Raunen durch die Klasse ging, nutzte er die Gelegenheit, um unbemerkt zu flüstern:

„Kleiner Pisser hat Fehler gemacht!"

Die dritte emotionale Lawine schoss freilich weitaus tosender zu Tal. Ansgar konnte nicht glauben, dass Schramm gerade *seinen* Namen vorgelesen hatte. Er musste sich verhört haben. Es kam ihm zunächst in den Sinn nachzufragen und die Sache klar zu stellen, aber er war nicht in der Lage zu sprechen. Er blickte nervös in die Runde und sah all die Blicke, die auf ihm hafteten. Dann blieb sein Blick auf seinem Deutschlehrer haften, der sein Notenbuch zuklappte und auf dem Pult ablegte. Es vergingen zwei bis drei Sekunden der Stille, in der Ansgar zunächst nicht sprechen konnte. Wie konsterniert fixierte er weiter seinen Lehrer. Dann schwappte ein kollektives Raunen durch das Klassenzimmer.

„Das kann nicht Ihr Ernst sein!"

Überrascht zuckte Schramm zusammen.

„Wie bitte, was hast Du gesagt?", fragte er zurück, darauf bedacht, seine Unsicherheit zu überspielen, die durch die Unruhe im Klassenzimmer zusätzliche Nahrung erhielt.

„Sie können mich nicht abfragen und das wissen Sie!", erwiderte Ansgar selbstbewusst. Jetzt wurde es still im Klassenzimmer. Alle Schüler starrten Schramm erwartungsvoll an. Er konnte nicht verhindern, dass eine uralte,

vermoderte Erinnerung den verrosteten Deckel seines Unterbewusstseins nach oben klappte.
Er war acht Jahre alt und musste während einer Adventsveranstaltung in der Grundschule ein Gedicht vortragen. Er hatte die Verse immer und immer wieder zu Hause zum Besten gegeben, so hartnäckig, dass er seinen Eltern damit die letzten Nerven geraubt hatte. Es war ihm so leicht gefallen, die Verse zu behalten, dass er sich auf den Vortrag freute. Er wusste, dass er es gut machen würde und hatte deshalb all seine Verwandten zur Adventsfeier eingeladen. Der Raum war überfüllt mit Menschen, einige mussten sogar stehen. Er war der Vorletzte, der auftreten musste. Während des Wartens am Rand der Bühne hatte er schadenfroh über jeden Versprecher gelächelt, der den anderen Kindern bei ihren Vorträgen unterlaufen war. Er konnte seinen Auftritt nicht mehr erwarten, wusste, dass er der Beste sein würde. Und dann war es endlich soweit. Er war überhaupt nicht aufgeregt, schließlich hatte er sich den ganzen Abend darauf gefreut. Selbstbewusst war er auf die Bühne getreten, Blickkontakt zu seinen Eltern suchend, die zufrieden und erwartungsfroh in der zweiten Reihe auf Andreas' Auftritt gewartet hatten. Eine freundliche Lehrerin hatte das Mikrophon an seinen Mund geschoben und auf die richtige Höhe eingestellt. Und als er dann endlich beginnen wollte, hatte er alles vergessen. Er stand da und wartete. Nichts. Er versuchte zu lächeln, aber es wollte ihm nicht gelingen. Verzweifelt versuchte er sich wenigstens an die Überschrift seines Gedichtes zu erinnern. Aber es half alles nichts. Seine Mutter formte irgendwelche Worte, aber er verstand sie nicht. Wie angewurzelt stand er auf der kleinen Bühne, darauf hoffend, endlich erlöst zu werden. Und dann brandete das Gelächter los. Er versuchte mitzulachen, doch es war vergeblich. Stattdessen stieg eine Hitzewallung auf, die er zunächst nicht einordnen konnte. Dann spürte er etwas Warmes in der Unterhose – er hatte sich vollgepinkelt.
All diese Erinnerungen waren plötzlich wieder da. Und sie waren so frisch, dass er sogar den unangenehmen Uringestank in der Nase hatte. Er wusste, dass er etwas sagen musste, ganz gleich was es war. Er konnte nicht darauf warten, dass ihn seine Mutter von der Bühne führte.
„Wie kommst Du darauf, dass ich Dich nicht abfragen kann, Ansgar. Ich bat Euch, *Clowns im Glück* bis heute vorzubereiten und das Tafelbild zu lernen." Er versuchte ruhig zu atmen, mit wenig Erfolg.
„Wie lange sind Sie jetzt schon auf dem Mozartgymnasium, ich meine insgesamt?"
Andreas spürte, dass er möglicherweise so tief in einem Schlamassel steckte (den er allerdings nicht genau definieren konnte, im Grunde genommen hatte er keinen blassen Schimmer, worum es eigentlich ging),

dass er es wahrscheinlich nicht mehr bewerkstelligen konnte, unbeschadet den Rückzug anzutreten. Egal was er auch tat. Allein das Beantworten der Frage konnte ein Zeichen von Schwäche sein. Er spürte, wie sich seine Unsicherheit in Erregung, blanke Aggression gegenüber Ansgar Unger umwandeln wollte. Das waren nicht gerade die optimalen Vorzeichen, um das Ganze zu entschärfen. Er musste irgendetwas sagen, etwas, das ihn da herausholen konnte. Aber er hatte nicht viel Zeit.
„Macht es Dir etwas aus, Deine Emotionen zu schildern?"
Er sah an Ansgars Gesichtsausdruck, dass dieser mit der Gegenfrage nicht gerechnet hatte. Andreas wusste selbst nicht genau, wer ihm diese Frage in den Mund gelegt hatte.
„Meine Emotionen?"
„Ja, sei bitte so nett!"
„Und was soll das bringen?"
Andreas hatte keine Ahnung, was es *bringen* sollte, aber offensichtlich hatte er mit der Frage ein wenig Druckausgleich geschaffen. Und es brachte Zeit.
Die Gesichter der Schüler spiegelten eine Mischung aus Neugierde und Skepsis wider.
„Vertrau mir einfach, es ist ein kleines Experiment!"
„Mach schon!", rief Ümit, ein netter Türke, der in der Fensterreihe saß.
Ansgar atmete tief durch. Dann lächelte er.
„Also schön. Ich bin wahnsinnig aufgeregt, denn in", er schaute auf die Uhr, „nicht einmal zwei Stunden findet das Endspiel statt, und da wird, naja, gelinde gesagt, ganz schön viel von mir erwartet! Und das was ich gerade am wenigsten gebrauchen kann, ist irgendeine Kurzgeschichte aus Südafrika!"
Das war es also. Andreas hätte sich in den Hintern beißen können. Löwe hatte gestern ausdrücklich noch einmal darauf hingewiesen, Spieler der Volleyballmannschaft zu verschonen. Und ihm fiel nichts Besseres ein, als den Mannschaftskapitän, den Volleyballgott, den mit Abstand besten Spieler des Teams über eine Kurzgeschichte abzufragen. Wie hatte das nur passieren können? Er versuchte ein weiteres Mal zu lächeln und dieses Mal schaffte er es.
„Gut, vielen Dank. Ich würde sagen, allein deshalb gebührt Dir schon ein dicker Applaus!" Und dann begann er zu klatschen. Er hörte nicht eher damit auf, bis die Schüler in sein Klatschen mit einstimmten. Er sah in ihren Gesichtern, dass sie nicht wussten, was das alles sollte. Doch da waren sie nicht allein, denn ihm ging es genauso. Und dann öffnete er die erste Seite des Buches, das er mit der Klasse gerade las. Während des Studiums hatte er sich einige Zeilen des Vorwortes angestrichen, von denen er

sich jetzt erhoffte, dass sie bedeutungsschwanger genug sein würden, um sich wie auch immer auf diese Situation übertragen zu lassen.
„Jetzt hört mir bitte genau zu", sagte er, verbunden mit der Hoffnung, die Schüler würden sich widerstandslos darauf einlassen. Dann las er die angestrichene Passage vor:
„*Aber indem die Autorin jeweils das Besondere beobachtet, das sich in einem Blick, einer Gebärde, einem Zögern im Gespräch enthüllt, indem sie von ihrer Freude, ihren Enttäuschungen und ihren Unzulänglichkeiten erzählt, von den großen Konflikten und den kleinen Problemlösungen, ...*"
Andreas war so dankbar für diese Textstelle, dass er es noch einmal wiederholte:
„*...und den kleinen Problemlösungen, erfährt der Leser viel mehr über Menschen!*"
Er hatte das Wort *Südafrikas* vor dem Wort *Menschen* unterschlagen und mit dem Lesen aufgehört, weil er es instinktiv für angebracht hielt. Dann legte er das Buch zur Seite.
Er ließ seinen Blick über die Klasse schweifen. Leise zählte er in Gedanken: Einundzwanzig, zweiundzwanzig, dreiundzwanzig, vierundzwanzig. Dann setzte er einen sehr ernsten Blick auf und fragte:
„Und was hat das jetzt damit zu tun, dass ich Ansgar abfragen wollte?"
Er hoffte, dass einer der Schüler irgendetwas sagen würde, sei es auch noch so nichtssagend. Irgendetwas, das die anderen im Glauben lassen konnten, die ganze Aktion sei von Anfang an geplant gewesen.
Und dann meldete sich Christine Neuhaus. Mit dem Anflug eines Triumphgefühles lächelte er ihr zu.
„Naja, ich glaube, Sie wollten uns demonstrieren, dass es manchmal Missverständnisse im Leben zwischen Menschen gibt, über die man einfach reden muss, ehe es zu einem großen Problem werden kann. Und wenn Sie Ansgar abgefragt hätten, hätten Sie ein Problem mit der Klasse bekommen können und Ansgar mit seiner Deutschnote! Und all dies nur wegen eines Missverständnisses!"
Andreas hatte keine Ahnung was das Mädchen sagen wollte, aber er lächelte anerkennend. Denn es war genau das, was er brauchte.
„Besser hätte ich es auch nicht sagen können, Chrissi, Hut ab!" Dann ging er mit ausgestreckter Hand auf Ansgar Unger zu.
„Sorry, dass ich mit Dir das Experiment durchgezogen habe! Ich wünsch Dir heute viel Glück; die haut ihr aus der Halle, da bin ich mir ganz sicher!"

11.

Man konnte sein eigenes Wort nicht mehr verstehen. Fast niemand in der Turnhalle saß noch auf seinem Platz. Die Zuschauer, Lehrer wie Schüler, waren aufgesprungen und skandierten Ansgar Ungers Namen, der sich gerade katapultartig am Netz aufgebaut und mit einem platzierten Schmetterball den nicht mehr für möglich geglaubten Satzausgleich besorgt hatte. Was niemand nach den ersten beiden Sätzen für möglich gehalten hatte, die Volleyballmannschaft des Mozartgymnasiums hatte ein praktisch schon verlorenes Spiel wieder offen gestaltet. Man hatte zum 2:2 ausgeglichen, es ging in den entscheidenden fünften Satz, alles war wieder möglich. Abgesehen von den Schülern des Willstätter Gymnasiums, die jetzt apathisch unterhalb der Anzeigetafel saßen und nicht fassen konnten, dass ihr Team praktisch wieder bei Null anfangen musste, gab es nur wenige, die sich nicht in den kollektiven Freudentaumel einklinken wollten. Christine Neuhaus zählte zu dieser Randgruppe. Spätestens seit dem Intermezzo mit Ansgar Unger interessierte sie sich nicht mehr besonders für Volleyball. Wenn sie ehrlich war, hatte es ein solches Interesse im Grunde genommen nie gegeben. Es war nicht so, dass ihr dieses Spiel völlig egal war, oder sie dem Team den Sieg nicht gönnen wollte, es gab einfach nur eine gewisse Distanz zu dem, was auf dem Volleyballfeld direkt unter ihr vor sich ging. Wenn sie ehrlich war, gab es allerdings noch einen weiteren Grund dafür, dass das Spiel allenfalls das zweitwichtigste war, was es in der Turnhalle zu fokussieren gab. Denn von ihrem Platz aus hatte sie einen sehr guten Blick auf ihren Deutschlehrer, der im Innenraum das Spiel, auf einer Matte sitzend, verfolgte. Man hätte meinen können, er sei ein Schüler. Er sah jedenfalls definitiv jünger aus, als er war. Das lag nicht nur an seinem modernen Outfit und seinen gegelten Haaren. Seine ganze Körpersprache, sein sympathisches Lächeln - er wirkte einfach nicht wie ein typischer Lehrer. Das, was er kurz zuvor im Unterricht gemacht hatte, war einfach genial. Anfangs hatte sie wirklich Angst gehabt, die Situation könnte unkontrollierbar werden. Sie kannte Ansgar gut genug. Sein Gerechtigkeitsfanatismus konnte ihn in Rage versetzten. Dann sagte er Dinge, die er besser für sich behalten hätte. Doch Schramm war einfach cool geblieben. Er hatte nicht nur die Nerven behalten, nein, er hatte alles sogar so geplant. Chrissi fand, es gehörte jede Menge Mut dazu, einen solchen Schritt zu wagen. Beim Gedanken daran bekam sie Herzklopfen. Sie war froh, dass niemand aus ihrer Klasse neben ihr saß. So war sie nicht der Gefahr ausgesetzt, dabei beobachtet zu werden, wie sie permanent ihren Lieblingslehrer musterte. Alle fieberten mit der eigenen Mannschaft, so konnte sie ihren Augen bedenkenlos die Freiheit gönnen, vorwiegend

Schramm zu begutachten, anstatt sich mit der Flugbahn des Volleyballs abzumühen.
„Sag mal, gaffst Du den Referendar dort unten an?"
Sie musste sich nicht erst umdrehen, um zu wissen, wer ihr ins Ohr gebrüllt hatte. Sie brauchte sich auch nicht lange Hoffnungen zu machen, sich verhört zu haben. Und sie wusste, dass sie rot wurde, ebenso wie sie wusste, dass Steffi sie gleich darauf aufmerksam machen würde.
Noch ehe sie sich zu ihr umdrehen konnte, hatte sich Steffi schon neben sie auf die Tribünenbank gezwängt. Der Jubel war immer noch sehr laut.
„Ich habe recht!", schrie Steffi ihr wieder ins Ohr. „Ich weiß, dass es stimmt, denn das Fräulein wird rot!"
Chrissi lächelte, dann vergrub sie kurz ihren Kopf in den Händen.
Steffi klopfte ihr auf den Rücken, was Chrissi mit Kopfschütteln beantwortete.
„Gehen wir einen Kaffee trinken!", schrie Steffi.
Chrissis Kopf wanderte langsam wieder nach oben, einem schüchternen Tier gleich, das sich allmählich aus seinem Versteck traute. Sie wusste, dass ihre Wangen knallrot waren. Und es gab keinen Menschen, abgesehen vielleicht von ihrer Mutter, die Chrissi besser kannte als Steffi.
„Oder willst Du warten, bis der Referendar die Turnhalle verlässt?"
Die zwei kleinen Falten auf Steffis linker Wange spiegelten Neugierde und Sorge wider. Der Jubel in der Halle ließ langsam nach, man gönnte sich eine kurze Verschnaufpause. Es war die Ruhe vor dem Sturm des fünften. Satzes.
„O.K., lass uns gehen!" antwortete Chrissi kurz.

Die beiden kannten sich seit dem Kindergarten. Schon am ersten Tag hatten sie ohne Unterbrechung zusammen auf dem Klettergerüst geturnt. Chrissi konnte sich nicht mehr daran erinnern, aber ihre Mutter erzählte ihr mindestens einmal im Jahr davon. Bereits nach einer Woche hatte die damals gerade dreijährige Chrissi so sehr gebeten, mit Steffi spielen zu dürfen, dass sich Frau Neuhaus nicht mehr anders zu helfen wusste, als Steffis Mutter anzurufen und sofort einen Spieltermin festzuklopfen. Es war so etwas wie Liebe auf den ersten Blick gewesen, und die daraus entstandene innige Freundschaft hatte bis heute gehalten. Bis zum letzten Schuljahr waren die beiden fast so etwas wie siamesische Zwillinge gewesen. Vom Kindergarten bis in die 10. Klasse waren sie immer zusammen gewesen. Daran hätte sich wahrscheinlich auch nie etwas geändert, wenn Steffi nicht im letzten Jahr die Klasse freiwillig wiederholt hätte. Nach dem überraschenden Tod ihres Vaters, der auf der Autobahn mit einem Geisterfahrer zusammengestoßen und noch in seinem Wagen gestorben war, war

die Schule für Steffi bedeutungslos geworden. Sie hatte nicht die Kraft, Hausaufgaben zu machen oder zu lernen. Manchmal schaffte sie es nicht einmal, den Unterricht zu besuchen. Obwohl man ihr in der Schule keine Steine in den Weg gelegt und niemand sie unter Druck gesetzt hatte, ihr sogar angeboten hatte, trotz des Leistungsabfalls auf Probe in die 11. Klasse vorzurücken, hatte sie sich in den letzten Sommerferien dazu entschlossen, das Jahr zu wiederholen. In dieser Zeit hatten die beiden Freundinnen sehr viel Zeit miteinander verbracht. Sie waren sogar für zehn Tage ohne Eltern zusammen in Griechenland gewesen. Das hatte unheimlich gut getan, und Steffi würde ihrer Freundin nie vergessen, dass sie ihr nächtelang einfach nur zugehört hatte. Zur damaligen Zeit hatte sich die Sache mit Ansgar Unger gerade angebahnt. Der hatte überhaupt nicht verstehen wollen, dass Chrissi mit Steffi diesen Urlaub durchziehen wollte. Damals schon war ihr irgendwie klar geworden, dass Ansgar vielleicht doch nicht unbedingt zu ihr passte. Hätte sie auf ihre innere Stimme gehört, es wäre ihr eine Menge Ärger erspart geblieben. Außerdem hätte sie im letzten Jahr auch nicht den Kontakt zu Steffi eingeschränkt – das hatte sie nämlich definitiv. Daran war nicht nur die Tatsache Schuld, dass Steffi jetzt nicht mehr in ihrer Klasse war. Das war nur ein Nebenaspekt. Der Hauptgrund war, dass Ansgar sie für sich alleine beansprucht hatte. Außerdem waren sie beide im Januar jeweils zu unterschiedlichen Terminen mit ihren Klassen eine Woche weg gewesen, und so hatte es zum ersten Mal überhaupt zwei Wochen am Stück gegeben, wo sich die beiden Freundinnen nicht gesehen hatten. Doch dank Email und SMS waren sie natürlich immer in Verbindung geblieben.
Inzwischen hatten sie das SMV-Zimmer im 2. Stock des Westflügels erreicht, das etwa fünf Gehminuten von der Turnhalle entfernt lag. Steffi war zu Beginn des Schuljahres nicht nur zur Klassensprecherin gewählt worden („das ist der Sitzenbleiberbonus" – wie sie es selbst immer gerne auszudrücken pflegte), sie wurde wenig später sogar zur zweiten SMV – Sprecherin gewählt. Das hatte sie unheimlich stolz gemacht und Chrissi spürte, dass dies in den Augen ihrer Freundin nicht nur eine nette Abwechslung war. Vielmehr hatte ihr der Ausgang der Wahl und die damit verbundene Verantwortung einerseits und das entgegengebrachte Vertrauen andererseits geholfen, die Sache mit ihrem Vater ein wenig zu verdrängen. Zu einem der Privilegien einer SMV-Sprecherin zählte es, einen Schlüssel zu jenem Zimmer zu besitzen, in dem die drei Sprecher einmal täglich zur Sprechstunde baten. In diesem Zimmer stand eine Kaffeemaschine. Zusammen mit einem Milchschäumer, den ein Mitglied des Elternbeirats gespendet hatte, konnte man damit leckeren Cappuccino zubereiten.

„So mein Häschen, bitte schön, ein Cappuccino!"
Steffi stellte die beiden Tassen auf den kleinen quadratischen Tisch, der in der Mitte des Raums stand. Sie setzte sich auf einen alten, durchgesessenen Sessel, der nichts an Bequemlichkeit zu wünschen übrig ließ. Ihre Freundin hatte es sich direkt neben ihr auf dem gleichen Modell bequem gemacht.
„Danke schön, Schnecke!"
„Ich sag Dir gleich, ich will es wissen, keine Ausreden, keine Storys, ich will die Wahrheit, die reine Wahrheit und nichts als die Wahrheit! Außerdem, deine Wangen lügen nicht, auch wenn es dein Mund versuchen sollte!"
Chrissi lächelte. Dann nahm sie ihre Tasse, blies ein wenig Milchschaum in die Höhe und nahm einen ersten Schluck.
„Hm, der erste Schluck ist doch immer der beste!"
Steffi grinste.
„Was Du nicht sagst! Hast Du mit dem Referendar auch schon einen Kaffee getrunken?"
„Was glaubst Du denn? Sehe ich so aus, als würde ich mich einem Lehrer um den Hals schmeißen?"
„Naja, ich weiß nicht, in der Turnhalle hast Du jedenfalls nicht so viel vom Spiel mitbekommen!"
„Schon gut. Ja. Er ist süß, irgendwie. Ich mag ihn unheimlich gern. Ich meine ..."
„Ja?"
Chrissi gab keine Antwort.
„Du meinst?"
„Er nimmt uns irgendwie Ernst!"
„Ach Du Scheiße, das ist ja viel schlimmer als ich dachte! Ich hab gemeint, Du stehst auf seinen Arsch, aber Du hast Dich ja in den Typen verliebt!"
„Du musst es ja wissen!"
„Und ob ich das weiß, Schatz! Aber das eine sage ich Dir, lass die Finger von ihm, zumindest solange er hier auf der Schule ist, das würde einen Skandal geben!"
„Bist Du irre, meinst Du vielleicht, ich stürze mich auf ihn?"
„Keine Ahnung, was weiß denn ich, wie das bei Dir ist, wenn Du plötzlich einen unkontrollierbaren Kinderwunsch hegst!"
Der Milchschaum flog durch das halbe Zimmer. Chrissi musste sogar zum Waschbecken laufen, um den Kaffee loszuwerden, der bereits auf dem Weg in ihre Luftröhre war.
Und dann kam das Lachen. Steffi versuchte erst gar nicht dagegen anzukämpfen. Beide legten ein unglaubliches Lachduett hin.

„Noch einmal so eine Meldung ohne Vorwarnung und ich ersticke. Dann hast Du ein Problem, Schätzchen!"
„Noch einmal Cappuccino verschütten, dann musst Du das SMV-Zimmer putzen!"
Steffi presste ihre Lippen plötzlich so fest zusammen, dass sie nur noch zwei weiße Striche waren.
„Jetzt mal ehrlich, Du darfst das niemandem erzählen. Nie-man-dem, hörst Du?"
„Ne, werde ich nicht, ich ..."
Chrissi schüttelte unmerklich den Kopf.
„Oh mein Gott. Das ist nicht wahr, sag bitte, dass es nicht wahr ist!"
Ein Blick in das Gesicht ihrer Freundin genügte.
„Doch", flüsterte Chrissi schuldbewusst.
„Wie kannst du jemandem so etwas erzählen?"
„Er hat mir versprochen, dass er es für sich behält!"
„Ansgar, hast Du es Ansgar erzählt? Das geht ihn doch überhaupt nichts an, Mensch Chrissi, ich kapier's nicht!"
„Nein, es war nicht Ansgar. Es war der Gürtel!"
Für kurze Zeit herrschte Funkstille. Steffi setzte an, wollte etwas sagen. Aber sie brach wieder ab und schüttelte den Kopf.
„Oh, nein! Nürnberg, wir haben ein Problem. Welcher Teufel hat dich denn geritten, dass Du diesem Psychopathen solche Sachen erzählst?"
Chrissi las im Gesicht ihrer Freundin, dass jedes Wort so gemeint war. Eine Sorgenfalte hatte sich quer über Steffis Stirn gelegt.
„Meinst Du wirklich, er ist nicht ganz dicht?"
„Ja, verdammt! Seine Mutter-Theresa-Masche ist doch alles nur Spiel. In Wirklichkeit ist er ein kleiner Hannibal! O.K., er frisst vielleicht keine Menschen, wobei die Betonung auf vielleicht liegt!"
„Jetzt lass den Unsinn. Er ist komisch, das vielleicht, aber sonst ist er doch ganz in Ordnung."
„Ganz in Ordnung? Dann lehn Dich mal zurück, denn das dürfte Dich vielleicht interessieren. Du kennst doch Frank Popp aus meiner Klasse, oder? Popey, den kleinen süßen Blonden!"
„Ja, und?"
„Sein Vater arbeitet bei dem Alten vom Gürtel in der Firma. Und der erzählt, dass der Gürtel sich aufführt wie ein Möchtegern-Juniorchef. Der macht voll den Arsch in der Firma!"
„Das ist doch alles nur Wichtigtuerei, der kann doch keiner Fliege was zu Leide tun!"
„Mag sein, dass er Fliegen nichts zu Leide tun kann, aber Meerschweinchen!"

„Meerschweinchen?"
„Ja. Franks Vater hat ihn dabei beobachtet, wie er ein lebendes Meerschweinchen an ein Auto gebunden hat und mit ihm eine kleine Spritzfahrt über den Firmenhof veranstaltet hat!"
„Was? Jetzt red keinen Scheiß!"
„Das ist noch nicht alles, Schätzchen. Dann, als das arme Tier endlich tot war, hat er es abgebunden und hammerwurfmäßig aus dem Firmengelände geschleudert!"
„Ne, sorry, aber das kann ich nicht glauben. Vielleicht war es ein Scherzartikel, ein Plastiktier oder so was, und er wollte nur Aufmerksamkeit. Kein normaler Mensch macht so etwas, noch dazu wenn er weiß, dass er Zuschauer hat!"
„Und selbst wenn es nur ein Scherzartikel war, ist es dann vielleicht normal? Das ist ein Austicker, wenn Du mich fragst! Der hat sein Haus auf der Allee des Wahnsinns gebaut. So einer der zuschlägt, wenn es niemand sieht! Und er hat nicht mitbekommen, dass es Popeys Vater gesehen hat. Er fühlte sich unbeobachtet, verstehst Du?"
„Nee. Ich gebe zu, dass er vielleicht ein bisschen seltsam ist, aber er ist auf gar keinen Fall aggressiv, zumindest nicht, soweit ich es mitbekommen habe!"
„Du scheinst ihn ja gut zu kennen, wenn Du ihm sogar die Sache mit dem Referendar erzählt hast. Mir hast Du es ja erst jetzt erzählt. Eigentlich musste ich es Dir geradezu aus der Nase ziehen. Das wird mir langsam irgendwie suspekt. Warum eigentlich erst jetzt? Und wie kommt es, dass es der Gürtel schon viel länger weiß?"
Chrissi, die die ganze Zeit am Waschbecken gelehnt stand, ließ sich wieder in ihren Sessel fallen.
„O.K. Du willst es wirklich wissen? Ich erzähle es Dir, alles. Gibt es noch einen Kaffee? Es kann nämlich ein bisschen länger dauern!"
Steffi stand auf.
„Am Kaffee soll's nicht liegen, kommt sofort. Dann schieß mal los, ich hab Zeit!"

12.

Projekt Schlafender Löwe war wie ein dicker Nasenpickel. Man wusste, dass er da war, aber niemand sprach darüber. Andreas und Petra hatten das Wochenende genutzt und waren nach Würzburg zu Petras Eltern gefahren. Sie hatten sich dort auch mit David und Kerstin, einem befreundeten Ehepaar, getroffen. Am Sonntag waren sie im Kino gewesen. Es war ein sehr kurzweiliges Wochenende gewesen, das Beste was einem passieren konnte, wenn man der Gefahr ausgesetzt war, zu viel zu grübeln. Den Sonntagabend hatte Andreas dafür verwendet, um die Englischarbeit seiner 7. Klasse zu korrigieren. Petra war früh zu Bett gegangen, weil sie am Montag Frühschicht hatte.

Montag war Andreas' Seminartag. Da tauschte er jedes Mal die Lehrerrolle mit der Schülerrolle. Zusammen mit den anderen Referendaren des Bezirks Mittelfranken saß er in einem Klassenzimmer des Willstätter Gymnasiums und wurde von einem Experten in Sachen Schul- und Beamtenrecht sowie Unterrichtsmethodik und Unterrichtsdidaktik geschult. Für Andreas war dies verlorene Zeit, doch er musste wie alle anderen Referendare versuchen, dies für sich zu behalten. So bestand Montag für Montag die einzige Herausforderung darin, die Zeit irgendwie totzuschlagen, ohne dem Seminarvorstand - so der offizielle Titel des Experten - seine Langeweile zu zeigen. Dieses Mal war es nicht besonders schwer, denn er hatte mit dem *Projekt Schlafender Löwe* genügend geistige Nahrung. Immer wieder war er seinen Plan durchgegangen. Eine etwas füllige Kollegin, mit sehr nettem Gesicht und sympathischer Stimme, deren Namen er nicht kannte, hielt ein Referat über die verschiedenen Phasen des Unterrichtes. Sie ließ sich gerade darüber aus, wie wichtig es war, den Unterricht genau durchzuplanen, weil sie wusste, dass der Seminarvorstand dies so hören wollte. Denn sie war von dem Vorstand abhängig, so wie alle anderen auch. Es war pervers, ein Mann konnte über Sein oder Nichtsein entscheiden, denn er segnete am Ende des Jahres ein Notenranking mit den Namen der einzelnen Junglehrer ab. Von irgendeiner anderen Stelle im Schulapparat wurde dem Seminarvorstand dann ein Notendurchschnitt diktiert. Dieser gehorchte und zog irgendwo auf der Liste eine Linie. Die Personen, die oberhalb der Linie standen, bekamen einen Brief vom Freistaat Bayern, in dem ihnen irgendwo zwischen Aschaffenburg und Oberstdorf eine Stelle angeboten wurde. Wer das Pech hatte, auf der unteren Hälfte der Liste zu stehen, bekam auch einen Brief. Darin stand, dass der Freistaat Bayern nicht an einer Anstellung interessiert war. Dabei fragte natürlich niemand danach, welches Verhältnis man zu seinen Schülern, den Eltern oder den Kollegen hatte, oder gar was diese über einen dachten. Für diese armen Schweine galt es jetzt zu hoffen, dass einer von oben noch absprang, oder dass man irgendwo anders unterkam. Wie bei der Stadt Nürnberg zum Beispiel. Und allein deshalb schon musste Andreas die Chance am Schopfe packen und seinem Chef den Schlafcocktail mixen. Andreas wusste, dass es Löwe auf keinen Fall weh tun würde. Das Schlimmste, was ihm passieren konnte, war die eine oder andere gut gemeinte Frotzelei. Löwe war viel zu souverän, als dass er darunter ernsthaft zu leiden hätte. Es tat Andreas zwar jetzt schon leid, aber auf der anderen Seite konnte ihm die Aktion die Erkenntnis auf eine mögliche Festanstellung am Mozartgymnasium bringen. Dann würde er über solche Referate nur noch lachen können. Eigentlich tat er es in gewisser Weise jetzt schon. Die Referentin hatte gerade eine Folie auf den Overhead Projektor gelegt, auf dem ein Unterrichtsphasenmodell skizziert war. Sofort kam Andreas die letzte Stunde in der 11a in den Sinn, für die der Titel *Der Tanz auf der Rasierklinge* prädestiniert war. Vielleicht hatte der Lehrergott Mitleid mit ihm gehabt und ihm eine Eingebung eingeflößt. Eigentlich hatte er nur nichtssagende Dinge von sich gegeben. Im Nachhinein glaubte er, dass die Tatsache, nicht die Beherrschung verloren zu haben, den Ausschlag gegeben hatte. Die Schüler hatten ihm geglaubt. Von einem Unterricht, der in verschiedene Phasen gegliedert und durchgeführt werden wollte, konnte nicht im Entferntesten die Rede sein. Trotzdem hatte es funktioniert und zwar so gut, dass ihn in der Turnhalle mehrere Schüler angesprochen hatten. Und als er Ansgar Unger nach dem gewonnenen Spiel gratuliert hatte, war dieser ihm um den Hals gefallen. Anschließend hatte der Junge ihm sogar zur *coolen Stunde* gratuliert.

13.

So wie jeden Dienstag lagen um diese Zeit bereits drei Stunden hinter ihm. In der ersten Stunde eine Stunde Englisch in der 7. Klasse und gleich im Anschluss eine weitere Englischstunde in der 5. Klasse. Es folgten zwei Freistunden - die längsten seines Lebens - ehe er sich dann in seiner 11. Klasse ein wenig ablenken konnte. Im Grunde genommen sein bester Tag, denn normalerweise ging er um 12.15 Uhr nach Hause. Doch dieses Mal wartete noch ein Projekt auf ihn und Andreas Schramm war fest davon überzeugt, es durchzuziehen.
In den nächsten Tagen wollte er in der 11. Klasse eine Kurzgeschichte schreiben lassen. Einfach um zu sehen, was die jungen Leute zustande brachten, wenn sie ihre schriftstellerische Kreativität ausleben durften. Die nötige Zerstreuung und Gelassenheit vorausgesetzt, hätte er in diesem Moment eigentlich selbst eine Kurzgeschichte schreiben können. Das Warten – es hätte keinen besseren Titel dafür gegeben, denn es war wirklich unerträglich, das Warten. Er fühlte sich wie ein Skirennläufer oder ein Bobpilot, der sich dadurch auf ein bevorstehendes Rennen vorbereitet, dass er mit geschlossenen Augen noch einmal die Strecke durchging. Sein Kör-

per wiegte dabei von rechts nach links, peinlich genau das Profil der Strecke abbildend. Andreas hatte einmal gelesen, die Sportler würden die Strecke so verinnerlichen, dass ihre Konzentrationsphase nur unwesentlich von der Zeit abwich, die sie später für das reale Zurücklegen der Strecke benötigten. Andreas saß allein in einem freien Klassenzimmer, schloss die Augen und ging das, was er irgendwann nach 15.30 Uhr geplant hatte, wieder und wieder durch. Gleichzeitig griff er regelmäßig in seine Hosentasche, um das unscheinbare kleine Päckchen zu ertasten. Dieses Pulver konnte sein Leben verändern. Irgendwann kam dann der Punkt, an dem er es nicht mehr aushielt. Er brachte es nicht mehr fertig, einfach nur da zu sitzen, die Sache immer wieder im Kopf durchzugehen und zu warten, bis die Zeit verging. Je öfter er sein geplantes Vorgehen im Geiste durchspielte, desto größer wurde seine Unsicherheit. Es genügte einfach nicht, alles nur vor seinem geistigen Auge durchzugehen. Er konnte sich nicht konzentrieren, sah die Dinge nur äußerst verschwommen. Er hatte keinerlei halbkriminelle Vergangenheit, aus deren Erfahrungsschatz er auf der Suche nach etwas Gelassenheit hätte schöpfen können. Im Gegenteil: Er begann nervös zu werden. Deshalb beschloss er, eine Streckenbegehung durchzuführen.

Er nahm - wie immer - die Treppe. Eigentlich hätte er auch den Aufzug benutzen dürfen, doch so war es ihm lieber. Einerseits fühlte er sich in Aufzügen grundsätzlich nicht besonders wohl, andererseits traf er so ab und zu einen Schüler auf dem Gang. Gespräche mit Schülern außerhalb des Unterrichts waren ihm sehr wichtig, so konnte er die Schüler auch von einer anderen Seite kennen lernen. Oft sprach er mit ihnen über ihre Hobbys oder die Musik, die sie mochten. Heute allerdings war er froh, weder Schüler noch Kollegen zu treffen. Die 6. Stunde war in vollem Gang. Er glaubte nicht, dass er in diesem Moment in der Lage gewesen wäre, Smalltalk zu machen. Als er den ersten Stock erreicht hatte, sah er, dass die Anstreicherkolonne nach wie vor auf Hochtouren arbeitete. Der Flur links vom Lehrerzimmer in Richtung Westflügel erstrahlte inzwischen fast vollständig in einem fröhlichen Orangeton. Andreas gefiel die Farbe sehr gut. Ein Arbeiter war noch damit beschäftigt, die Feinarbeit zu leisten. Er zog mit einem dünnen Pinsel die Konturen entlang der Fensterfront nach. In wenigen Minuten würde er das Fenster über der Lehrerzimmertür erreicht haben. Er kniete in etwa drei Metern Höhe über dem Flurboden auf einem Gerüst und pfiff das Lied *Don't Stop* von den Rolling Stones. Dabei war er so in seine Arbeit vertieft, dass er Andreas nicht einmal wahrnahm. Andreas fragte sich, welchen Sinn diese Fensterfront eigentlich haben sollte, schließlich verliefen die Fenster unmittelbar unter der Zimmerdecke. Außerdem trennten sie die Zimmer nicht von der Außenwelt, sondern vom

Flur. Möglicherweise sollte ein wenig mehr Licht in die Zimmer fallen. Obwohl er nicht glauben konnte, dass dies einen so großen Unterschied machte, als dies ohne Fenster der Fall gewesen wäre. Irgendwer in seinem Kopf riet ihm, sich mit anderen Dingen zu beschäftigen, als mit dem Sinn oder Unsinn der Fensterfront.
Die anderen Arbeiter waren mit dem Trakt rechts neben der Treppe Richtung Ostflügel beschäftigt. Sekretariat und Direktorat lagen bereits hinter ihnen. Sie bahnten sich ihren Weg entlang der Klassenzimmer. Und es sah tatsächlich so aus, dass sie zumindest die Grobarbeiten im 1. Stock bis 15.30 Uhr würden abschließen können. Andreas beschloss noch einmal ins Lehrerzimmer zu gehen.

Er war froh, dass er allein im Lehrerzimmer war. Keine Kommunikation nötig. Wieder vergewisserte er sich vom Vorhandensein des Schlafpulvers. Dann ging er in die Lehrerküche und betrachtete die Kaffeemaschine als sei sie eine neue, revolutionäre Erfindung. Er hob den Deckel, klappte den Filter heraus und begutachtete die Skala der Wasserstandsanzeige. Dann nickte er der Maschine zu, als wollte er sagen: *Kein Problem, ich habe Dich durchschaut!* Er öffnete der Reihe nach alle Schränke, bis er Kaffeepulver, Zucker und Tassen ausfindig gemacht hatte. In der Küche hatte er sich noch nicht allzu oft aufgehalten, was nicht nur daran lag, dass er kein Kaffeetrinker war. Er fühlte sich dem Kollegium einfach noch nicht zugehörig genug.
Als er das Lehrerzimmer wieder verließ, war der Anstreicher mit dem Sockel über der Lehrerzimmertüre beschäftigt. In seinen Händen hielt er eine leere Kaffeetasse, die auf einer Untertasse stand. Das Wort *Probelauf* hatte sich in seine Gedankenwelt gemogelt. Er überlegte, wie viele Schritte er wohl vor sich hatte. Dann sprach er zu sich selbst, ohne es zu bemerken:
„Gut, zuerst an der Treppe vorbei, vielleicht vier bis fünf Schritte. Dann so etwa sechs Schritte Wand, die Türe zum Sekretariat, zwei Schritte. Das macht insgesamt etwa dreizehn Schritte!"
„Haben Sie was gesagt?"
Andreas erschrak so sehr, dass er fast die Tasse fallen gelassen hätte. Er brauchte einen Moment, bis er die Stimme dem Anstreicher zuordnen konnte.
„Nein, äh ...!"
„Ich würde einen Schritt zur Seite gehen, na ja, nicht dass ich noch Ihr Hemd ...!"
Unbeholfen trat Andreas unter dem Gerüst hervor.
„Oh ja, sorry!"
„Kein Problem, Chef. Gibt's Kaffee?"

„Ich..., ja, ach so, ja, es gibt Kaffee!"
Der Arbeiter nickte, nahm den Pinsel und begann wieder den Stones-Song zu pfeifen.
Andreas fuhr sich hektisch durchs Haar. Als er dies bemerkte, biss er sich auf die Lippe, um wieder ruhiger zu werden.
„Scheiß auf die dreizehn Schritte!", flüsterte er. Dann ging er los. Darauf bedacht, die Tasse so waagerecht wie möglich zu halten, schritt er den Weg vom Lehrerzimmer zum Direktorat ab. Dabei versuchte er, so gelassen wie möglich zu wirken. *Alltag mit einer Tasse Kaffee*, meldete wieder ein nicht zuordenbarer Gedanke. Es waren 14 Schritte bis zum Sekretariat.
„Gar nicht schlecht, mein Junge!", flüsterte er. Und dann blieb er abrupt stehen.
Denkfehler mit einer Tasse Kaffee!, funkten seine Gedanken. Und sie hatten Recht. Er konnte die Höhle des Löwen nicht von außen erreichen. Die Türe war immer abgeschlossen. Er musste durch das Sekretariat gehen. Wie konnte ihm das entgangen sein? Es stellte eigentlich kein Problem dar. Doch er konnte sich nicht erinnern, beim Erarbeiten der Strategie daran gedacht zu haben. Das wiederum bedeutete, dass er möglicherweise auch andere Faktoren nicht beachtet hatte, wichtige Faktoren. Letztlich spielte dieser Probelaufmist keine Rolle, es war reiner Zeitvertreib. Und ob es nun 22 Schritte, 25 Schritte oder 30 Schritte waren, wen kümmerte es? Er konnte die restliche Strecke auch vom Sekretariat aus zurücklegen. Es ging einzig und allein darum, Fehler zu vermeiden, Fehler, die nicht nur das *Projekt Schlafender Löwe* zum Scheitern bringen, sondern seine ganzen Zukunftspläne ruinieren konnten. In diesem Augenblick war er nahe dran, alles abzublasen. In Zeit ausgedrückt, fehlten vielleicht noch drei Minuten, vielleicht sogar weniger. Drei Minuten, 180 Sekunden und seine Versagensangst hätte das Rennen gemacht. Er wäre zurück ins Lehrerzimmer gegangen. Er hätte seine Jacke und seine Tasche genommen, wäre auf den Lehrerparkplatz gegangen, in seinen alten Toyota gestiegen und nach Hause gefahren. Dann wäre er vielleicht eine Runde Joggen gegangen und wenn Petra vom Krankenhaus gekommen wäre, hätte er ihr einfach gesagt, er hätte es sich anders überlegt.
„Wir werden es auch so schaffen, Schatz!" – das wäre ihm bestimmt über die Lippen gekommen. Doch es fehlten drei Minuten.
„Sieh an, Herr Kollege, wollen Sie mir einen Kaffee bringen?"
Er brauchte sich nicht umzudrehen, um zu wissen, wer hinter ihm stand. Sein Chef hatte ihn aus seiner Gedankenwelt ins richtige Leben zurückgeholt.

„Oh, hallo, Herr Löwe. Nein, ..., ich, ich wusste gar nicht, dass Sie Kaffee trinken!"
„Nun ja, es gab einmal eine Zeit, da bevorzugte ich Tee, aber in der Zwischenzeit gönne ich mir jeden Nachmittag eine Tasse Kaffee!"
„Also, ich - na ja ich bin heute Nachmittag auch noch etwas länger da, wenn Sie wollen, kann ich Ihnen dann eine Tasse vorbeibringen!"
Sofort hatte er Angst, etwas Falsches gesagt zu haben. Doch als er in Löwes Augen blickte, sah dort nicht die geringste Spur von Misstrauen.
„Das nenne ich aber mal einen guten Vorschlag. Heute sind die Sekretärinnen nämlich nur bis 15.00 Uhr im Haus. Sie wollen sich wohl bei Ihrem Chef beliebt machen?"
„Muss ich das denn?"
Löwe schüttelte väterlich lächelnd den Kopf.
„Keine Sorge, Herr Kollege. Dann bin ich mal auf ihren Kaffee gespannt! Bis dann, Herr Schramm!"
Und noch ehe Andreas antworten konnte, war sein Chef durch die Türe des Sekretariates verschwunden.

Etwas Besseres konnte ihm gar nicht passieren. Löwe erwartete, dass er ihm am Nachmittag Kaffee vorbeibrachte. Es war geradezu perfekt. Er musste nur noch darauf warten, dass es 15.30 Uhr werden würde. Womöglich konnte er das Ding sogar schon früher durchziehen. Sobald die Arbeiter und die Sekretärinnen das Feld geräumt hatten, war die Bühne für seinen Auftritt frei. Doch da gab es zwei kleine Nager, die sich anschickten, zwei empfindliche Stellen seines Gedankenwirrwarrs anzuknabbern. Es waren kleine, winzige, kaum wahrnehmbare Nager. Möglicherweise hätte ein Bierchen ihre Arbeit im Keim erstickt. Doch Andreas hatte nicht den Nerv, sich zu betrinken, und deshalb hatte er beim Türken in der Sulzbacher Straße eine Apfelschorle vorgezogen. Er schaute auf die Uhr: 14.20 Uhr. Eine gute Stunde noch. Vor ihm stand ein Teller, auf dem der Rest des Döners lag. Der erste Nager in seinem Kopf hatte eine Gedankenleitung freigelegt, die sich mit der Frage befasste, ob Löwe wohl gerade darüber nachdachte, weshalb Andreas noch in der Schule war. Er musste damit rechnen, dass Löwe ihn darauf ansprechen würde, wenn er ihm den Kaffee vorbeibrachte. Andreas hatte folgende Antworten parat: Noten eintragen, Bücher aus dem Seminar kopieren, im Computerraum eine Exceltabelle erstellen (was er natürlich niemals fertig gebracht hätte), ein Tafelbild für den nächsten Tag proben, korrigieren ...es gab genügend Möglichkeiten. Inzwischen hatte der zweite Nager seine Arbeit erledigt. Dessen freigelegter Gedanke wollte wissen, ob es ein Fehler war, mit Löwe über

Kaffee gesprochen zu haben? Andreas schloss die Augen. Es war dunkel, natürlich. Und dann schüttelte er langsam den Kopf.
„Warum sollte es?", flüsterte er.
Er riss die Augen auf. Richtete den Blick so unauffällig wie möglich nach links und nach rechts, um zu sehen, ob ihn jemand gehört hatte. Wenn er sich an Löwes Blick erinnerte, dann gab es dort nicht die geringste Spur von Misstrauen. Schließlich hatte er über irgendetwas reden müssen. Und war es denn nicht so, dass Löwe sogar das Thema Kaffee angeschnitten hatte? Andreas war sich fast sicher. Er schaute auf seine Uhr – viertel vor drei. Zeit zu gehen!

14.

Immer wenn er auf Beobachtungstour war, benutzte Ralf den dunkelblauen Golf. Und wenn er kleine Hunde in den Tod beförderte. Ein Standardwagen. So erregte er kaum Aufmerksamkeit - und das war doch wohl das oberste Gebot, für jemanden, der auf der Lauer lag. Er wusste nicht, was Schramm, dieser Drecksack, vorhatte. Fakt war jedenfalls, dass sein klappriger Japser noch immer auf dem Lehrerparkplatz stand und er hier irgendwelchen Türkenfraß hinunterschlang. Normalerweise verließ Schramm dienstags immer sehr früh die Schule. Heute nicht, und das wiederum weckte Ralfs Neugierde. Schließlich war der Scheißtyp Schuld daran, dass er die Pläne mit seinem Traummädchen begraben musste. Ralf saß keine 20 Meter von dem Türkenimbiss entfernt in seinem Golf und hatte Schramms Visage durch seine Digitalkamera auf keine zwei Meter an sich herangezoomt.
„Kleine Made!", flüsterte er und schoss noch einige Bilder, ehe er zurück in die Schule fuhr.

Er konnte sich auf seinen Instinkt verlassen, denn schon gute 15 Minuten später lief Schramm über den Schulhof des Mozartgymnasiums. Der Psychopathengott hatte es gut mit Ralf gemeint und den Bauwagen auf den Schulhof gestellt, in dem die Maler, die sich seit zwei Tagen in der Schule breit gemacht hatten, ihre Klamotten wechselten. Die Männer waren bereits gegangen, aber der Wagen war nicht einmal abgeschlossen. Wie bescheuert die Arbeiter sein mussten, sie hatten ihm einen echten Bärendienst erwiesen.
Als Schramm die Schule durch den Hintereingang betreten hatte, auf den man durch das kleine Fenster des Bauwagens einen hervorragenden Blick

werfen konnte, brauchte Ralf nicht lange nachzudenken. Schon während er auf das Eintreffen seines Deutschlehrers gewartet hatte, waren ihm die Malerklamotten aufgefallen, die an einer behelfsmäßigen Kleiderstange hingen. Er nahm einen der mit Farbspritzern bedeckten Anzüge und machte sich auf den Weg zu seinem Golf, den er in der Tetzelgasse, keine drei Gehminuten vom Egidienplatz, geparkt hatte. Dort öffnete er den silbernen Koffer, den er auf dem Rücksitz des Wagens deponiert hatte. Neben einem Diktiergerät, das er auf den Beifahrersitz legte, enthielt der Koffer vor allem Utensilien, mit denen er sein Aussehen verändern konnte. Er wählte eine schwarze Perücke und einen dazu passenden Schnauzbart. Nach nur wenigen Handgriffen, schien er um mindestens zehn Jahre gealtert zu sein. In einer Plastikschüssel fand er eine dunkle Hornbrille. Er schaute in den Rückspiegel des Wagens und flüsterte:
„Zeig dem kleinen Wichser, wo's langgeht, Highway-King!"
Dann nahm er die Brille wieder ab und fuhr mit seinem Wagen in das Hans-Sachs-Parkhaus, um sich dort ungestört umziehen zu können. Bevor er mit dem Wagen zurück in die Schule fuhr, übte er noch einen besonderen Gang. Er entschied sich dafür, das linke Bein leicht nachzuziehen. Nachdem er etwa 20 Meter von seinem Parkplatz entfernt nach links gegangen und anschließend die gleiche Strecke wieder zu seinem Auto zurückgegangen war, war er mit seiner Gangart zufrieden. Das gleiche galt für den Sitz der Perücke und des Schnauzbartes. Er entwertete seinen Parkschein und machte sich auf den Weg zurück zur Schule.
Auf der kurzen Strecke dorthin befürchtete er, Schramms Kiste würde nicht mehr dastehen. Doch seine Sorge war unbegründet, denn als er mit leicht nachgezogenem linken Bein das Schulgebäude über den Lehrerparkplatz betrat, war der Toyota seines Lehrers noch immer vor Ort. Er hätte ihm ohne Probleme auf die Windschutzscheibe pinkeln können, wahrscheinlich würde es noch nicht einmal jemand bemerken. Stattdessen hinkte er professionell an Schramms Japser vorbei. Dabei griff er abwechselnd in die linke und rechte Tasche seines Malerkittels und ertastete das Diktiergerät und die kleine Digitalkamera. Bevor er das Schulgebäude betrat, stattete er dem Bauwagen noch einen weiteren Besuch ab, um sich den dreckigen Jeanshut zu holen, den er dort hatte liegen sehen.
„Sicher ist sicher, ihr verfluchten Idioten!", flüsterte er. Als er dabei war zu gehen, sah er die halb volle Limonadenflasche und lächelte.
„Ihr wollt es ja nicht anders, Jungs!"
Er knöpfte seine Hose auf und pinkelte statt auf Schramms Windschutzscheibe in die Flasche, bis sie fast wieder voll war.
„Lasst es Euch schmecken, Anstreichercombo!"

15.

Das heiße Wasser bahnte sich zielsicher und verlässlich den Weg durch den Filter, um als frischer Kaffee in der Kanne anzukommen. Andreas saß auf einem Stuhl, keinen halben Meter von der Kaffeemaschine entfernt und leckte sich die Lippen. Er spürte seinen Herzschlag. Niemand außer ihm war im Lehrerzimmer. Er hatte keine Angst mehr vor der Valiummixtur, die noch immer unscheinbar in dem kleinen Tütchen auf ihren Einsatz wartete.

„Es geht doch nichts über eine gute Tasse Kaffee!" sagte er, ohne sich dabei die Mühe zu machen, leise zu sprechen. „Oder was meinst Du, kleines Schwein?"

Das Sparschwein stand auf dem kleinen Tisch neben der Kaffeemaschine und trug ein Halsband, auf dem *Kaffeekasse* stand.

„Für jede Kaffeetasse, wirf was in die Kasse!", reimte Andreas aufgeregt. „Willst Du kein Schwein sein, dann wirf was in meinen Bauch rein!"

Dann klopfte er dreimal auf das Schwein, so als würde er sich davon Glück versprechen.

Als er seinen Blick wieder auf die Kaffeemaschine richtete, hatte diese ihren Job fast beendet.

„Na schön, dann wollen wir mal!", flüsterte Andreas und nahm das Valiumpäckchen in die Hände. Mit einem Mal bemerkte er, dass er schwitzte. Er konnte das Päckchen kaum halten. Er griff nach dem Handtuch, das über einem Stuhl hing, um sich damit die Handflächen trocken zu reiben. Doch als er das Handtuch zu sich heranziehen wollte, berührte er mit dem Ellenbogen eine der beiden Tassen, die er bereits auf den kleinen Tisch gestellt hatte. Ehe er reagieren konnte, war die Tasse bereits zersprungen. Er schloss die Augen, wusste, dass er jetzt nicht die Nerven verlieren durfte.

Das Gute daran ist, dass noch kein Pulver drin war. Sonst könntest Du gleich wieder abdüsen! Er wusste nicht genau, woher die Stimme kam, es spielte im Grunde genommen auch gar keine Rolle. Tatsache war, dass sie absolut Recht hatte.

„Alles wird gut!", flüsterte er. Unter der Spüle fand er einen kleinen Besen und eine Schaufel. Eine Minute später hatte er sämtliche Scherben in den Mülleimer befördert. Dann tauchte für kurze Zeit der Gedanke daran, dass ihm das gleiche auch mit dem Schlafcocktail hätte passieren können, wieder auf.

„Nie und nimmer!", entgegnete Andreas und hoffte, damit jegliche innere Unruhe im Keim zu ersticken. Er nahm das Päckchen und riss es mit den Schneidezähnen auf. Ein winziger Teil des Pulvers landete auf seinem Pullover.

„Wir ziehen das jetzt durch!", flüsterte er und schüttete den Inhalt des Päckchens in die übrig gebliebene Tasse. Nachdem er das Pulver fast eine Minute eingerührt hatte, füllte er auch die zweite Tasse, seine Tasse, mit Kaffee. Als er die Kanne wieder zurück in die Maschine stellte wollte, sah er, dass er zitterte. Er konnte sich nicht daran erinnern, schon einmal so gezittert zu haben.
Er schloss die Augen und bemühte sich, ruhig zu atmen.
„Du hast alles im Griff!", flüsterte er.
Dann blickte er auf seine Uhr. Es war bereits 20 Minuten vor vier.
Er griff nach der Tasse und wollte sich auf den Weg machen. Doch dann, keinen Meter von der Lehrerzimmertür entfernt, blieb er stehen.
„Dummheit hat einen Namen - Andreas Schramm!", flüsterte er und stellte die Tasse auf einem Tisch ab. Er rannte zurück in die Küche, um sich ein Milchdöschen und zwei Stück Würfelzucker zu holen.
„Schon wieder ein Amateurfehler!", rief er viel zu laut, als er in der Küche nach Zucker suchte. Als er mit einem kleinen Tablett, auf dem sich Milch und Zucker befanden, zu der Tasse zurückkam, stand diese noch unberührt auf ihrem Platz. Er schaute wieder auf die Uhr. Zwei weitere Minuten waren verstrichen.
„Na gut, dann wollen wir mal!", flüsterte er und drückte die Klinke nach unten.

Nicht einmal eine Minute später, stand er im Sekretariat. Keine Sekretärinnen. Wie geplant. Und dann hörte er Löwes Stimme. Die Durchgangstür zu seinem Büro stand offen. Offensichtlich telefonierte er. Er war außerhalb von Andreas' Blickfeld. Dieser überlegte kurz, ob er die Tasse einfach kommentarlos auf den Tisch seines Chefs stellen und schnell wieder verschwinden sollte. Nein, das war keine gute Idee. Was, wenn das Schlafmittel zu gut wirkte und er während des Telefongespräches einschlafen würde. Nein, er musste warten, auf jeden Fall. Erst wenn Löwe das Gespräch beendet hatte, konnte er in Aktion treten. Und dann, mit einem Male fühlte er sich schlecht, wirklich schlecht. Er fragte sich, wozu er das alles tat. Und in diesem Augenblick schienen sich all die logischen Erklärungen, die plausible Strategie, die auf Zukunftsplanungen ausgerichtete Vorgehensweise in Nichts aufzulösen, wie das Valium in der Kaffeetasse.
„Verpiss dich einfach!" forderte ihn jemand in seinem Kopf auf. Und als er gerade darauf hören wollte, hatte Löwe sich von seinem Gesprächspartner verabschiedet.
„Ist jemand draußen?", rief sein Chef.
„Ja. Ich bin es, Herr Löwe, ich bringe Ihnen Ihren Kaffee, wie versprochen!"

Im gleichen Moment betrat Andreas das Direktorat.
„Ja, ich habe schon auf Sie gewartet, das nenne ich aber Wort halten!" Er notierte sich irgendetwas auf einem Block, der als Schreibtischauflage diente und blickte Andreas über seine Lesebrille an.
„Service, nicht mehr und nicht weniger!", versuchte Andreas so beiläufig wie möglich zu antworten.
„Milch und Zucker?"
„Nur Milch, danke!"
„Ich stelle das Milchdöschen einfach mit dazu. Bedienen Sie sich!"
Löwe lächelte.
„Vielen Dank, Herr Kollege. Haben Sie noch viel zu tun?"
„Ich..., nein, ich wollte gerade gehen. Ich brauche vielleicht noch 10 Minuten!"
Andreas wusste nicht, was sein Chef mit der Frage bezweckte. Ob er misstrauisch geworden war? Dann sah er aus den Augenwinkeln, dass Löwe die Tasse an seinen Mund führte. Er war nicht stark genug, um den ersten Schluck mit eigenen Augen zu verfolgen, stattdessen richtete er seinen Blick auf die besagte Couch, die ihm erst jetzt auffiel und keine drei Meter links neben Löwes Schreibtisch stand. Er wartete darauf, dass Löwe den Cocktail ausspucken würde, weil er so ganz anders schmeckte.
„Hm, wirklich gut, Ihr Kaffee. Nicht ganz so stark. So mag ich ihn. Wissen Sie, ich war früher eigentlich Teetrinker. Im Grunde meines Herzens bin ich das wohl immer noch."
„Ja, ich mag Tee eigentlich auch viel lieber!", entgegnete Andreas und sah, wie Löwe die Tasse schon wieder an seinen Mund führte. Nach einem weiteren Schluck gähnte sein Chef.
„Ob das Zeug schon wirkt?", fragten Andreas' Gedanken.
Er hatte keine Ahnung, er wusste nur, dass er nicht länger zuschauen konnte, wie Löwe sich vor seinen Augen selbst betäubte.
„Ja, dann werde ich mich mal auf den Weg machen, Herr Löwe. Genießen Sie Ihren Kaffee und noch einen schönen Feierabend!"
Löwe lächelte wieder.
„Ja, das werde ich, Herr Schramm und nochmals vielen Dank!"
„Keine Ursache, also dann, einen schönen Abend noch, falls wir uns nicht mehr sehen!"

16.

Ralf Sommer machte sich so klein wie möglich und hielt die Luft an. Jetzt stand Schramm direkt unter ihm. Sommer sah durch einen Spalt des Gerüstes, dass der Irre schon graue Haare bekam. Er hätte ihm locker auf den Kopf spucken oder ihm jedes graue Haare einzeln ausrupfen können. Schon etwa drei Sekunden lang stand der Deutschlehrer regungslos unter dem Baugerüst, auf dem Ralf noch immer die Luft anhielt. Er spürte, dass er unter Perücke und Hut zu schwitzen begann. Lange konnte er nicht mehr so daliegen. Was wollte der kleine Scheißer, warum ging er nicht weiter? „Das könnte es gewesen sein!", sagte Schramm mit einem Mal deutlich hörbar. Er schien sich vollkommen unbeobachtet zu fühlen. Als er endlich weiter ging, steuerte er auf das Lehrerzimmer zu. Ralf sog langsam wieder Luft in seine Lungen, bemühte sich, leise ein- und auszuatmen, was ihm jedoch nur bedingt gelang. Er drehte sich über die rechte Schulter nach seinem Deutschlehrer um und musste dabei seinen getarnten Kopf über das Gerüst beugen. Als Schramm das Lehrerzimmer betreten hatte, pendelte sich Ralfs Atmung langsam wieder auf ein normales Maß ein. Er legte sich wieder rücklings auf das Gerüst, auf dem er nun schon fast zwanzig Minuten verbracht hatte. Zunächst hatte er Schramm durch die Fensterfront des Lehrerzimmers beobachtet. Leider war die Schabe schnell in der Lehrerküche verschwunden, die Ralf von seinem Beobachtungspunkt nicht einsehen konnte. Als Schramm dann mit einer Tasse Kaffee den Weg ins Sekretariat angetreten hatte, war Ralf ihm, mit etwas zeitlichem Abstand auf dem Gerüst entlangkriechend, gefolgt. Das Gerüst war ein echter Segen, als hätte es der Dämon der Psychopathen eigens für Ralf aufgebaut. Ralf war schnell genug oben gewesen, um durch die Fensterfront des Direktorates zu beobachten, wie Schramm dem Löwen einen Kaffee brachte. Alter, mieser Schleimer. Ralf hatte seine Digitalkamera gezückt und zwei Fotos geschossen. Er wusste nicht, ob er dieses Foto jemals brauchen konnte. Anderseits konnte er nicht verstehen, was das alles sollte. Was wollte Schramm um diese Zeit noch in der Schule? Und warum war er vorher beim Türken gewesen und nicht nach Hause gefahren? Ralfs krankes Gehirn witterte Lunte. Doch er musste vorsichtig sein. Schramm war nicht blöd. Es war besser, wenn er nicht zu viel riskierte. Gut, er konnte wieder zum Lehrerzimmer zurückrobben, doch möglicherweise trat sein Lehrer in Kürze den Heimweg an. Anderseits war er gut genug verkleidet, selbst für einen Pisser wie Schramm. Vielleicht war es das beste, wenn er auch nach Hause ging. Er nahm seine Digitalkamera und klickte sich zu den beiden letzten Bilder durch: Gut getroffen, beide Male konnte man sowohl Schramm, als auch den Löwen gut erkennen.

Er beschloss, den Rückzug anzutreten, nahm die Kamera und verstaute sie in dem Malerkittel. Während des Aufrichtens blickte er eher unabsichtlich noch einmal kurz durch die Fensterfront in Löwes Büro. Er glaubte seinen Augen nicht zu trauen. Er verharrte für den Bruchteil einer Sekunde, dann realisierte er sofort, dass er vielleicht das große Los gezogen hatte. Er wurde ganz ruhig. Langsam zog er die Kamera wieder aus dem Malerkittel. Zuvor drehte er sich noch einmal zum Lehrerzimmer um. Nichts, noch keine Spur von Schramm. Dann schoss er zwei Fotos von Löwe, der mit dem Gesicht nach unten regungslos auf seinem Schreibtisch lag. Er schien zu schlafen, und Ralf wurde das Gefühl nicht los, dass Schramm etwas damit zu tun hatte. Er beschloss zu gehen. Als er seinen unsportlichen Körper schon fast von seinem Beobachtungspunkt gewunden hatte, harrte er plötzlich noch einmal wie ferngesteuert inne.
Was ist, wenn das noch nicht alles war? Instinktiv drehte er seinen Kopf ein weiteres Mal Richtung Lehrerzimmer. Der Drecksack war immer noch da. Warum war er nicht schon gegangen? Vielleicht kam er ja noch einmal zurück? Langsam kletterte er wieder auf das Gerüst. Er blickte wieder in das Büro des Löwen. Regungslos. Er schlief wie ein Stein. Die Sache konnte noch viel heißer werden. Er schaute auf seine Uhr: 16.03. Schon ziemlich spät. Andererseits gab es niemanden, der zu Hause auf ihn wartete. Die Erinnerung an das, was ihm Christine Neuhaus angetan hatte, stieg wieder in ihm hoch. Und all das nur wegen dieses Schweins. Doch er musste zugeben, dass er Schramm unterschätzt hatte. Der Typ führte etwas im Schilde, was es auch war, Ralf würde es ...
Er hörte eine Tür. Instinktiv kehrte er in seine Lauerstellung zurück. Dann nahm er Schritte wahr, die auf ihn zukamen. Es waren die gleichen Schritte, die sich vor knapp zehn Minuten von ihm wegbewegt hatten. „Die Schabe kriecht aus der Küche!", flüsterte Ralf - der Gürtel - Sommer und fummelte umständlich ein weiteres Mal seine Digitalkamera aus der Jackentasche.

17.

Die längsten zehn Minuten seines Lebens lagen hinter ihm. Wenn man ihn später fragen würde, was er in dieser Zeit gemacht hatte, Andreas würde es nicht mehr wissen. Jetzt stand er in der Durchgangstüre zwischen Sekretariat und Direktorat, und das bizarre Bild seines Chefs, der an seinem Schreibtisch schlief, wurde irgendwo in Andreas' Kopf abgespeichert. Es wurde ihm unangenehm warm. Er hatte Mühe zu atmen. *Dafür könntest*

Du ins Gefängnis wandern. Wie eine Mauer hatte sich der Gedanke vor ihm aufgebaut. Er klatschte sich ins Gesicht. Eingerissen. Es wirkte. „Los schließ die Türe ab", flüsterte er und steuerte zielsicher auf den Schlüsselkasten zu, der neben dem Kleiderschrank im Sekretariat hing. Er drehte den Schlüssel zweimal um. Dann wandte er sich Löwes Aktenschrank zu. Dort reihte sich Ordner an Ordner. Dank Löwes Akribie musste Andreas nicht jeden Ordner einzeln durchsuchen, denn sein Chef hatte die Unterlagen gewissenhaft und vorbildlich beschriftet. Er fand einen Ordner mit der Aufschrift *Referendare.* Bevor er danach griff, drehte er sich noch einmal zu Löwe um, der die Schlafposition noch nicht gewechselt hatte. Noch immer lag er mit der Stirn auf der Tischplatte, so als würde er durch zwei Löcher im Tisch seine Füße beobachten. Das Valium verbrachte wahre Wunderdinge. In dem Ordner befanden sich Klarsichthüllen, die mit Namen beschriftet waren. Andreas hatte die Namen noch nie gehört. Er sah jeweils am Datum, dass es sich dabei um Referendare handelte, die vor ihm am Mozartgymnasium tätig gewesen waren. Die Hüllen enthielten Beurteilungskopien der ehemaligen Referendare. Immer hektischer durchblätterte er den Ordner, darauf hoffend, seine eigene Beurteilung doch noch zu entdecken. Nichts. *Wie sollte es auch, schließlich bist Du noch drei Monate da. Er hat sie einfach noch nicht geschrieben.* Wieder drehte er sich zu Löwe um. Unverändert. Er stellte den Ordner zurück und ging noch einmal die Beschriftungen der anderen Ordner durch. Nichts. Er spürte, wie sein Herz wieder schneller zu schlagen begann. Vielleicht war es besser zu gehen. Dann sah er, dass Löwes Computer noch lief. *In der Ruhe liegt die Kraft* stand auf dem Bildschirmschoner seines Chefs. Wenn sich jemand diesen Spruch extra für ihn ausgedacht hatte, dann lag er damit genau richtig. Ohne lange zu überlegen, näherte er sich Löwes Schreibtisch. Er sah, dass etwas Speichel aus dem rechten Mundwinkel seines Chefs lief und dass er tatsächlich noch seine Brille trug. Und wieder beschlich ihn dieses seltsame, warme Gefühl. Wäre Löwe auf der Tastatur seines Computers gelandet, hätte Andreas wohl den Rückzug angetreten. Aber Löwes Kopf lag knapp daneben. Andreas legte die Hand auf die Maus und der Bildschirmschoner zog den Rückzug an. Seine Computerkenntnisse reichten aus, um die Word-Dokumentenleiste seines Chefs aufzurufen. Er fand ein Verzeichnis mit dem Namen *Kollegium.* Darin gab es einen weiteren Ordner *Referendare.* Nach einem weiteren Doppelklick öffnete sich unter anderem ein Verzeichnis mit dem Namen *Aktennotizen.* Wieder einen Doppelklick später, fand er schließlich einen Ordner mit dem Namen *Schramm.* Er leckte sich die Lippen. Sein Blick wanderte zu Löwe - er schlief wie ein kleines Kind. Vollkommen regungslos. Nachdem er den Ordner mit seinem Namen geöffnet hatte, erschien der Anfang von etwa

eineinhalb DinA4-Seiten Informationen auf dem Monitor. Er begann vor Aufregung zu zittern. Er sah, dass es kein zusammenhängender Text war, sondern einzelne, mit dem jeweiligen Datum versehene Einträge. Er fuhr sich über die Stirn und sah, dass er schwitzte. Dann betätigte er die Druckfunktion. Er erschrak, weil er glaubte, Löwe hätte sich bewegt. Er musterte seinen Chef. Nichts. Dann bemerkte er, dass der Drucker, der hinter ihm die beiden Seiten ausspuckte, das Geräusch produzierte. Jetzt hatte er tatsächlich das Material, nach dem er gesucht hatte, doch er hatte nicht mehr die Nerven, die einzelnen Einträge an Ort und Stelle durchzugehen. Sein Herz raste, er musste hier raus. Darauf bedacht, Löwe nicht zu berühren, schloss er der Reihe nach alle Dokumente, die er geöffnet hatte. Und dann hätte er fast einen Fehler begangen, denn er wollte auch Löwes Dokument schließen.
Scheiße! Jetzt konzentrier' Dich noch einmal. Gleich hast Du's! Er sah die Kaffeetasse und fragte sich, ob er sie mitnehmen sollte. Nein. Auf gar keinen Fall. Andererseits, wenn Löwe auf die Idee kam, den Kaffee zu untersuchen... Gut. Auch die kleinste Unwägbarkeit ausschließen. Er wollte die Tasse in einen von Löwes Blumentöpfen kippen. Was aber, wenn Löwe wusste, dass er die Tasse nicht ganz ausgetrunken hatte? Welches war das kleinere Risiko? Er drückte beide Fäuste in seine geschlossenen Augen, so als wollte er eine Entscheidung aus seinem Kopf pressen. Entschlossen griff er schließlich nach der Tasse und kippte den Rest in den riesigen Topf einer Palme, die fast bis zur Decke reichte. „Schlaf gut", flüsterte er und stellte die leere Tasse auf Löwes Schreibtisch zurück. Dann nahm er die Aktennotizen vom Schreibtisch, faltete sie und steckte sie in seine Gesäßtasche. *Raus hier.* Ein letztes Mal vergewisserte er sich von Löwes Zustand. *Er schläft wie ein Murmeltier - Valium wir danken dir.* Dann öffnete er die Tür des Sekretariats und hing den Schlüssel zurück. Das einzige, was jetzt noch passieren konnte, war, dass ihn jemand überraschte. Es waren nur noch fünf Schritte bis zur Tür.
Dann kam ihm doch noch ein Gedanke. Die Maus, Deine Fingerabdrücke... Er entwickelte kriminelle Energien. Nein, das war doch nicht wichtig, oder? Niemand wusste, dass er sich an Löwes Computer zu schaffen gemacht hatte. Aber er wollte sich nicht mit dieser Erklärung zufrieden geben. Er überlegte kurz. Das würde bedeuten, dass er noch einmal absperren musste. Andererseits ... Er nahm das Handtuch, das neben dem Waschbecken hing, und betrat noch einmal das Büro seines Chefs. Vorsichtig fuhr er mit dem Handtuch über die Maus. Er hatte keine Ahnung, ob dies genügte, die Fingerabdrücke wegzuwischen. All dies war für ihn noch nie wichtig gewesen. Er musterte seinen Chef ein letztes Mal. Nach wie vor

das gleiche. Was waren das für Wundertabletten? Und dann läutete das Telefon.
Es kam zu überraschend, als dass Andreas einen Schrei unterdrücken konnte. Von der Lautstärke, welche die Stille zerriss, wäre selbst Dornröschen hochgeschreckt. Irgendwie hatte er auch das Gefühl, Löwe hätte sich bewegt. Jetzt konnte alles den Bach runter gehen. Er war noch konzentriert genug, das Handtuch wieder zurückzuhängen. Keine zwei Sekunden später hatte er das Sekretariat verlassen. Als er endlich mit rasendem Puls auf dem Gang stand, hörte er noch immer das Läuten des Telefons.

18.

„Er hat wirklich geschlafen, wie ein Baby - es war unglaublich. Diese Dinger haben wahre Wunderdinge vollbracht, Schatz! "
Petra hörte in seiner Stimme, dass ihr Freund ein bisschen angeheitert war. Es lag an dem Buchstaben W. Manchmal, wenn ihm der Alkohol ein wenig zu Kopf gestiegen war, sprach er ein *W* ein bisschen wie ein *U* aus. Man merkte es kaum, Petra glaubte sogar, dass es außer ihr sonst niemand bemerkte, aber sie kannte Andreas lange und gut genug. „Wahre Wunderdinge" hörte sich nach einem Margarita zu viel wie *wuare Wuunderdinge* an.
Die beiden saßen im *Enchillada*, einem Mexikaner, in dem sie oft zu Abend aßen, wenn es etwas zu feiern gab. Zwischen 18.00 und 20.00 Uhr, bekam man die Margaritas zum halben Preis, genau das Richtige für einen armen Referendar. In seinem Übermut hatte Andreas einen Pitcher Strawberry-Margarita bestellt. Normalerweise trank er so gut wie keinen Alkohol, wenn dann nur zu besonderen Anlässen. Wenn das kein besonderer Anlass war, was dann?
Inzwischen hatten sie auch schon die Nachspeise hinter sich, die sich an ein hervorragendes Essen gereiht hatte. Andreas hatte die Geschichte wieder und wieder erzählt. Petra hatte nicht viel gesagt, denn irgendwie konnte sie immer noch nicht glauben, dass er es tatsächlich getan hatte. Nicht dass sie es nicht gewollt hätte, es war nur ... sie hätte es ihm einfach nicht zugetraut. Aber jetzt konnte man es eh nicht mehr rückgängig machen und sie musste wirklich zugeben, dass es nicht hätte perfekter laufen können. Nicht nur, dass das Valium *wahre Wunderdinge* vollbracht hatte, da waren die beiden DIN A4-Seiten mit Aktennotizen des Löwen. Man musste wirklich kein Jurist sein, um zu dem Schluss zu kommen, dass diese Vorstufe der Beurteilung gut war, sogar sehr gut. Aber am überzeugendsten

war der letzte Eintrag: *Empfehlung zur Festanstellung im neuen Schuljahr.* Dies war ein Volltreffer, keine Frage. Aber Andreas hatte nicht damit geprahlt. Es war ihm fast ein wenig peinlich, das sah sie an seinen Augen. Es schien fast so, als würde er feiern, dass er das *Projekt schlafender Löwe* heil überstanden hatte. Aber da waren die W's, die wie U's klangen. Petra sah, dass der Pitcher noch fast halb voll war. Sie wusste, dass er ihn trotz seiner vorherigen Ankündigung nicht mehr austrinken würde.
Er konnte ihre Gedanken lesen, trotz des Alkohols.
„Aber ich habe es wenigstens versucht...!"
Und in diesem Augenblick wusste sie, dass sie diesen Mann wirklich liebte. Sie liebte ihn und sie konnte nichts dagegen tun, auch wenn das, was er heute getan hatte, überhaupt nicht zu ihm passte.
„... Na schön, Du hast gewonnen. Ich gebe auf!"
Er zog sein Portemonnaie aus der Gesäßtasche und lächelte.
„Wollen wir zahlen?"
Wieder hörte sie die U's.
„Meinst Du wirklich, Du wirst die Stelle bekommen?"
Er zuckte die Achseln. Dann griff er zu den beiden DIN A4-Blättern und las: *„Empfehlung zur Festanstellung im neuen Schuljahr!,* wenn das nicht reicht ..., was meinst Du?"
Im gleichen Moment huschte etwas Kaltes über ihr Herz. Es war wie ein kühler Luftzug am Abend eines heißen Sommertages. Sie begann unweigerlich zu frösteln, doch ehe sie es realisierte, war es auch schon wieder vorbei.
„Also ich glaube schon, aber ... - Du hattest verdammtes Glück, weißt Du das, ich meine in jeder Beziehung!"
Er erinnerte sich plötzlich an den Anruf, der ihn in Löwes Büro fast aus dem Konzept gebracht hätte. Sie hatte Recht. Nur ein Verrückter oder ein Krimineller würde so etwas tun. Er hoffte, dass keines von beiden auf ihn zutraf, wenn er aber die Wahl hatte, dann würde er lieber verrückt als kriminell sein. Nein, das war eine einmalige Sache, eine wirklich einmalige Sache.
„Ich weiß, Schatz. Ich glaube, ich habe mich verhalten wie ein Verrückter und das eine weiß ich, das war das erste und das letzte Mal."
„Das hoffe ich für Dich, denn noch mal mache ich so etwas nicht mit!"
Er sah ihr an, dass sie es ernst meinte. Wenn es schief gegangen wäre, hätte er sie auch mit hineingezogen. Es war vielleicht besser, ihr nichts von dem Telefonanruf zu erzählen. Die Stimmung war nach wie vor gut, und er wollte nicht, dass sie kippte.
„Nie mehr, nie mehr, Schatz!"
„Lass uns gehen, vielleicht geht ja dann noch was!"

Ihr linker Mundwinkel erzählte ihm, dass sie glücklich war!
„Vielleicht? Wollen wir wetten?", fragte Andreas, darauf bedacht, die W's so gut wie möglich wie U's klingen zu lassen!

19.

Da war diese Band. Tesla. Andreas war mit knapp 20 auf sie aufmerksam geworden, als irgendwann nach Mitternacht einer ihrer Songs im Radio gespielt wurde. Auch damals schon hatte die Mainstream - Musikindustrie alles unter Kontrolle und man musste warten, bis das Mainstream - Publikum schlief, um gute Musik im Radio zu hören. Damals hatte er sich pro Woche im Schnitt drei Alben gekauft. Musik war mehr als nur ein Teil seines Lebens gewesen. Damals. Eine dieser Bands hieß wie gesagt *Tesla*. Das gute an dieser Band war nicht nur ihre Musik, sondern auch der Bandname an sich. Denn mit dem Namen waren zusätzlich gewisse Erkenntnisse verbunden gewesen. Erkenntnisse, die Andreas' Allgemeinbildung gut getan hatten. Er war sich auch heute noch sicher, dass kein Physiklehrer der Welt ihm diese Information nachhaltiger hätte vermitteln können. Nicht einmal einen Tag, nachdem Andreas das erste Tesla-Album gekauft hatte, hatte er sich über den Bandnamen schlau gemacht. Er war in die Stadtbibliothek gegangen und hatte recherchiert. Und nach einer guten Stunde hatte er Bescheid gewusst über *Nikola Tesla*, das vergessene Genie. Kaum jemand hatte je von ihm gehört, obwohl Tesla Dinge erfunden hatte, die bahnbrechender nicht sein konnten: das Radio, den Wechselstrom, das Radar, das Neonlicht... Aber die Lorbeeren für all diese Erfindungen hatten die Edisons dieser Welt eingefahren, die Teslas Ideen einfach geklaut hatten. Die Geschichte dieses Erfinders hatte Andreas so beeindruckt, dass er später alles, was er über Tesla in die Finger bekommen konnte, gelesen hatte.
Der Lehrer in ihm wusste, dass es keine bessere als diese von innen heraussprudelnde Lernmotivation gab, die man im Fachjargon als *intrinsisch* bezeichnete. Was ein Bandname alles bewirken konnte – definitiv mehr als vier Jahre Physikunterricht. Und jetzt, auf dem Weg zur Schule, in einem unbeschreiblichen, sehr intensiven Glücksgefühl schwelgend, lief ein Tesla-Song in seinem Wagen, der eigens für seinen momentanen Gefühlszustand geschrieben worden zu sein schien.
„I don't want nobody else, I only want you ..."
Es tat so gut, dass es beinahe weh tat. Man sollte sparsam mit Superlativen umgehen, doch in diesem Moment war sich Andreas sicher, dass er nie-

mals zuvor in seinem Leben so glücklich gewesen war. Er konnte nicht glauben, dass es so etwas gab, ohne Haken oder doppelten Boden. Und er wollte nicht daran denken, dass es gestern in Löwes Büro auch ganz anders hätte laufen können. Nein, das wollte er wirklich nicht. Irgendjemand da oben hatte einfach auf ihn aufgepasst, er hatte Glück gehabt, verdammtes Glück. Die Erinnerung an gestern Abend erfüllte schnell wieder sein ganzes Denken. Wie gut es tat. So gut, dass im Verkehrsnetz seiner Emotionen, nur eine Seitenstraße entfernt, die Angst lauerte. *I don't want nobody else, I only want you!* Und er wollte, dass es nie aufhörte.

Als er schon nahe genug an die Schule herangekommen war, dass er die dortigen Vorkommnisse hätte wahrnehmen können, schwelgte er immer noch in diesem beängstigend wohligen Glücksgefühl. All das, die Erinnerung an die gestrige Nacht und die von der Musik ausgehende Stimmung, erzeugte eine beinahe absolute innere Ausgeglichenheit. Und selbst als er nur noch zwanzig Meter vom Lehrerparkplatz entfernt war, schien er noch immer gefangen in seinen Emotionen. Doch dann, als er langsam abbremste wegen der für diese Tageszeit ungewöhnlich vielen Menschen auf dem Parkplatz, sah er endlich den Leichenwagen, der inmitten einer Traube von Schaulustigen neben dem Haupteingang parkte.

20.

Das Aufeinandertreffen zweier Unwägbarkeiten wollte es, dass es schon weit nach Mitternacht war, als man Kurt Löwe fand. Peter Weimer, der Hausmeister des Mozartgymnasiums, hatte eine ziemlich starke Grippe mit Fieber, Gliederschmerzen und allem was dazu gehörte und war deshalb schon fünf Tage krank gewesen. Er hätte sofort gemerkt, dass etwas nicht in Ordnung war, schließlich hatte Löwe es mittlerweile bereits zwei Mal vorgezogen, in seinem Büro einzuschlafen. Weimer warf seitdem routinemäßig einen Blick auf den Lehrerparkplatz, nachdem er den letzten Sportverein gegen 21.30 Uhr aus dem Schulgelände gelassen hatte. Er wohnte keine zehn Gehminuten vom Egidienplatz entfernt, deshalb machte es ihm nichts aus, die Sportler selbst aus der Schule zu geleiten, anschließend den Haupteingang abzuschließen und noch einmal nach dem Rechten zu sehen. Meistens verband er die Aktion damit, James Bond, seinen kleinen Promenadenhund, noch einmal Gassi zu führen. Bis vor zwei Jahren hatte der jeweils letzte Sportverein den Schlüssel immer in den Briefkasten der Schule geworfen. Eines Morgens jedoch war kein Schlüssel im Kasten gewesen, was ziemlich großen Ärger verursacht hatte. Am Ende mussten alle

Schlösser des Schulgebäudes ausgewechselt werden. Seitdem kümmerte sich Peter Weimer persönlich um die Schlüsselübergabe. Wäre er am gestrigen Abend nicht krank gewesen, so hätte er Löwe wahrscheinlich spätestens um 22.00 Uhr gefunden, denn dessen Auto stand - wie auch die beiden Male zuvor - noch auf dem Lehrerparkplatz. Der Springer, der Weimer vertrat, wusste natürlich nichts von Löwes Problem. Außerdem hatte er einen ziemlich weiten Nachhauseweg und war froh, als der Sportverein das Weite gesucht hatte. Der Springer hatte weder einen Blick auf den Lehrerparkplatz, noch in Löwes Büro geworfen. Er wollte so schnell wie möglich nach Hause.

Für die zweite Unwägbarkeit war Kurt Löwes Frau Jutta verantwortlich, denn sie war für drei Tage nach Traunstein gefahren, um sich um Lukas, ihren Enkel, zu kümmern. Lukas' Eltern, Jutta Löwes Tochter Steffi und deren Mann Frank, verbrachten ihren fünften Hochzeitstag in London, und so war die Oma natürlich gerne eingesprungen. Als ihr Mann das erste Mal im Büro eingeschlafen war, hatte sie den Alarm ausgelöst, weil sie vergeblich zu Hause auf ihn gewartet hatte. (Das zweite Mal war es der Aufmerksamkeit von Peter Weimer zu verdanken gewesen.) Doch dieses Mal war es bereits nach 22.00 Uhr, als sie zum ersten Mal zu Hause anrief. Als sich nur der Anrufbeantworter meldete, befürchtete sie sofort, dass etwas nicht in Ordnung war. Aber dann hatte Lukas nach ihr gerufen. Der Kleine war wach geworden, weil er schlecht geträumt hatte. So dauerte es weitere 20 Minuten, bis sie sich wieder um ihren Mann sorgen konnte. Es konnte natürlich sein, dass er sich noch mit Freunden traf, aber normalerweise hätte er ihr am Abend vorher davon erzählt. Als sich auch beim zweiten Mal nur der Anrufbeantworter meldete, bekam sie langsam Angst. Sie versuchte es mit der Handynummer ihres Mannes. Sie ließ es zwanzig Mal klingeln. Vergeblich. Die Uhr zeigte 22.43 Uhr. Obwohl sie spürte, dass die Angst langsam in ihr hoch kroch, war ihr Kopf noch vollkommen klar. Sofort war da die Erinnerung an die beiden Abende, an denen ihr Mann im Büro eingeschlafen war. Ohne es zu bemerken, führte sie Selbstgespräche:

„Ich könnte Doktor Hahn anrufen. Aber was soll der machen? Nein, das Beste ist, wenn ich den Hausmeister... aber ich habe die Nummer nicht. Mensch Kurt, was machst Du auch immer für Sachen!"

Sie wusste, dass sich ihr Mann gegen 20 Uhr melden wollte. Allein schon deshalb, weil er dann noch mit seinem Enkel reden konnte. Insofern war sie sich sicher, dass er wieder in seinem Büro lag. Sie wollte ihm ersparen, am Morgen von einer Sekretärin gefunden zu werden. Aber jetzt saß sie hier und hatte das Gefühl, nichts tun zu können. Wenn sie doch nur die Nummer des Hausmeisters hätte...

Als es bereits weit nach 23 Uhr war und sie ein drittes Mal nur den Anrufbeantworter erreicht hatte, hielt sie es nicht mehr aus. Sie machte sich wahnsinnige Sorgen. Deshalb rief sie die Telefonauskunft wegen Weimers Nummer an. Sie verschwendete keinen Gedanken daran, dass es schon spät war und er wahrscheinlich schon schlief. Nicht nur was dies betraf, lief die Zeit gegen sie. Je später sie ihn erreichen würde, desto größere Unannehmlichkeiten würde sie dem Hausmeister bereiten. Andererseits konnte sie es sich nie verzeihen, wenn sie ihren Mann dadurch...
Peter Weimer schien keinen Anrufbeantworter zu haben. Es kam ihr so vor, als sei die Welt außerhalb dieses Hauses in den letzten Stunden ausgestorben. Mit wem sie auch telefonieren wollte, sah man einmal von der Frau ab, die ihr vor wenigen Minuten Peter Weimers Telefonnummer gegeben hatte, niemand nahm den Hörer ab.
„Ja?"
Sie erschrak, konnte zunächst nicht antworten.
„Hallo, wer ist da?"
Die Stimme klang müde und schwach. Jutta Löwe hörte sofort, dass es ihm nicht gut ging.
„Herr Weimer?"
„Ja, ja, wer ist denn da?"
„Ich, oh, entschuldigen Sie, ich bin's, Frau Löwe!"
„Frau Löwe?" Weimer schaute auf seinen Radiowecker, 23.33 Uhr. „Was gibt es denn, Frau Löwe?"
„Entschuldigen Sie, dass ich so spät noch anrufe, Herr Weimer, ich erreiche meinen Mann nicht, wissen Sie!"
„Ihren Mann? Ist er nicht nach Hause gekommen?"
„Nein, das heißt, ich weiß es nicht, ich bin selbst nicht zu Hause. Ich bin bei meiner Tochter in Traunstein und passe auf unseren Enkel auf!"
„Ja, ich verstehe, jetzt verstehe ich. Ich hatte schon geschlafen, deshalb saß ich wohl ein bisschen auf der Leitung..."
„Oh, es tut mir sehr Leid, Herr Weimer, ich wollte ihnen keine Unannehmlichkeiten bereiten ..."
„Nein, Sie bereiten mir doch keine Unannehmlichkeiten, es ist nur wegen meiner Grippe. Der Arzt hat mir Ruhe verordnet und deshalb liege ich fast den ganzen Tag im Bett, außer wenn ich mit James Bond rausgehe, aber das sind auch nur abgespeckte Runden!"
Jutta Weimer lächelte, obwohl ihr überhaupt nicht danach zu Mute war. Aber James Bond, der Name...
„Das tut mir Leid, ich wusste nicht, dass Sie krank sind, dann können Sie ja auch nicht wissen, ob er wieder eingeschlafen ist. Ich sitze hier rum und kann einfach nichts tun."

Peter Weimer wusste sofort, was die Frau bedrückte. Zum ersten Mal seit er sich mit der Grippe herumplagte, kehrten die Lebensgeister in seinen Körper zurück.
„Jetzt warten Sie mal, das ist überhaupt kein Problem. Machen Sie sich keine Sorgen, es wird alles gut. Ich kümmere mich darum. Wenn er wirklich wieder eingeschlafen sein sollte, kriegen wir das in Griff!"
Jutta Löwe konnte nicht so tun, als wäre alles nicht so schlimm. Sie schaffte es nicht zu sagen, er solle sich keine Umstände machen und einfach im Bett bleiben, um sich auszukurieren.
„Wollen Sie das wirklich tun? Das würde ich Ihnen nie vergessen, Herr Weimer!"
„Na, das ist wirklich überhaupt kein Problem, der Hund freut sich, wenn er noch einmal rauskommt. Vielleicht tut mir die Luft ja auch gut! Ich ziehe mich jetzt an, und gehe mit James noch mal rauf zur Schule - ist eh seine Gassi-Strecke."
„Oh, Herr Weimer, Sie wissen ja gar nicht, was sie mir da für einen großen Gefallen tun, ich habe einfach Angst um ihn, wissen Sie!"
Peter Weimer hustete. Er hörte sich wirklich krank an. Wenn es ihr nicht so wichtig gewesen wäre, hätte sie ihm sicher spätestens jetzt gesagt, er solle sich den Weg sparen und sich wieder hinlegen.
„Das mache ich wirklich gern. Ihr Mann ist auch immer für mich da, wenn ich ihn brauche. Er hat mir damals wirklich sehr geholfen, als das mit meiner Frau..."
Plötzlich war es für kurze Zeit still in der Leitung.
„Machen Sie sich keine Gedanken. Ich melde mich wieder bei Ihnen!"
Eine Träne der Erleichterung lief über ihre linke Wange. Frau Löwes Sorgen entluden sich in einem tiefen Seufzer.
„Gut, vielen, vielen Dank, Herr Weimer!"
„Kein Problem, Frau Löwe." Er pfiff kurz, und als er nach einer weiteren Hustenattacke die Sprache wieder gefunden hatte, sagte er:
„Komm James Bond, jetzt gehen wir noch mal Gassi! Jetzt sollten Sie ihn mal sehen, Frau Löwe!"
„Also, dann noch mal vielen Dank!"
„Kein Problem, wir melden uns dann, Frau Löwe!"

Die Strecke von der Winklerstraße bis zum Egidienplatz ging ein Stück bergauf. Umso erstaunter war Peter Weimer, dass er kaum ins Schwitzen kam, als er den unteren Teil des Burgberges hinaufging. Wahrscheinlich hatte er den Zenit der Grippe bereits überwunden. James Bond jauchzte vor Freude, und seine Nase konnte scheinbar nicht genug kriegen. Er schnüffelte permanent irgendwelche Fassaden und Straßenstücke ab. Der

Hund war ein wichtiger Teil im Leben des Hausmeisters. Seit seine Frau vor sechs Jahren an Krebs gestorben war, hatte James Bonds Anwesenheit seinem Leben wieder einen Sinn gegeben. Die Wohnung war nicht mehr so leer. Der Gedanke an seine verstorbene Frau versetzte Peter Weimer noch immer einen solchen Stich, als wäre sie erst gestern gestorben. Er schaute James Bond nach, der den Burgberg hinauf lief und ab und zu die Wand des Rathauses beschnupperte. Das Schlimmste für Peter war, dass seine Marianne eine echte Freundin gewesen war, der wichtigste Mensch in seinem Leben. So viele Ehepaare lebten einfach nebeneinander her. Aber Marianne und Peter Weimer waren Freunde, auch nach 24 Jahren hatten sie sich noch geliebt wie am Anfang. James Bond kam Schwanz wedelnd auf ihn zu. Peter wollte von ihm davonlaufen, eines der Lieblingsspiele des Hundes: Fang das Herrchen. Doch bereits nach wenigen Metern wurde Weimer von einem Hustenanfall jäh gestoppt. So viel zum Überschreiten des Grippezenits.
„Nein, es geht noch nicht, James. Komm, lauf, wo ist die Schule..."
Der Hund bellte.
„Ja, braver Hund!"

Er betrat das Schulgelände über den Hintereingang, dort wo sich auch der Lehrerparkplatz befand. Nachdem er das Hoftor aufgesperrt hatte, sah er Löwes silbernen Mercedes neben der Eingangstüre stehen. Außer einem Bauwagen, in dem die Maler ihre Utensilien aufbewahrten, waren keine weiteren Fahrzeuge im Hof. Als er sich der Schultüre näherte, schaltete der Bewegungsmelder die Außenbeleuchtung an. Bond stand bereits aufgeregt am Eingang und beschnüffelte eine weitere interessante Stelle unmittelbar vor der Türe. Er wedelte mit dem Schwanz und bellte.
„Psst, was ist denn? Sei ruhig!", rügte Peter Weimer.
Der Hund schaute ihn mit großen Augen an. Peter öffnete die Türe, und James Bond machte sich sofort auf den Weg in den ersten Stock. Es schien fast so, als wüsste er, wo sein Herrchen hinwollte. Peter sperrte die Tür hinter sich ab und betätigte den Lichtschalter. Sofort gingen sämtliche Lichter des Unter- und Erdgeschosses an. Er bemerkte nicht, dass James Bond bereits aus seinem Blickfeld verschwunden war. Als Peter den Eingang des Direktorates erreicht hatte, stand der Hund aufgeregt vor der Tür. Er wedelte mit dem Schwanz und bellte.
„He, he, langsam. Ist ja gut. Ist ja gut!"
Zu diesem Zeitpunkt wusste Peter Weimer, dass sein Chef wieder eingeschlafen war. Es war genauso wie beim letzten Mal. Der Hausmeister öffnete die Tür und sein Hund rannte hinein, als würde er eine Katze ver-

folgen. Bond steuerte zielstrebig auf den Schreibtisch des Direktors zu.
„Langsam, James! James, was ist denn heute los mit Dir?"
Peter Weimer schaltete das Licht an.
Da lag Löwe, mit dem Kopf auf der Tischplatte. Anders als beim letzten Mal, als er auf dem Sofa geschlafen hatte. Der Hund hatte aufgehört zu bellen, selbst das Schwanzwedeln hatte er eingestellt. Peter spürte, dass es ihm heiß wurde, doch das hatte nichts mit der Grippe zu tun. Langsam ging er auf seinen Chef zu.
„Herr Löwe, hallo! Herr Löwe, ich bin's, der Hausmeister. Sie müssen aufwachen, Ihre Frau..."
Er berührte ihn an der linken Schulter. Sofort kippte sein Chef nach rechts weg und fiel vom Stuhl. Mit offenen Augen starrte er in Weimers Richtung, aber die Augen konnten den Hausmeister nicht sehen: Kurt Löwe schlief nicht - Kurt Löwe war tot.

21.

Andreas Schramm war soeben in die emotionale Parallelstraße eingebogen, die Angst hieß, doch er hatte es noch nicht registriert. Es schien so, als hätte sich Nebel dort breit gemacht. Deshalb konnte er keinen Bezug herstellen zwischen dem, was er sah und dem, was gestern Nachmittag hier passiert war. Es war vielleicht auch besser so, obwohl es nicht mehr lange dauerte, bis er realisieren würde, was passiert sein musste. Dann würde er auch endlich seine Angst spüren. Aber noch schien sein Denken blockiert zu sein, blockiert vom Nebel, den seine Anspannung hatte aufziehen lassen. Er stellte seinen Wagen auf dem Parkplatz ab. Im Rückspiegel konnte er den Leichenwagen erahnen. Die Sicht darauf war fast gänzlich von Schaulustigen verdeckt. Als er gerade aussteigen wollte, klopfte jemand an das Seitenfenster seines Wagens. Erschrocken fuhr er herum und sah Christian Fischer, der seine Lippen so fest zusammenpresste, dass nur noch zwei weiße Striche zu sehen waren. Noch bevor Andreas die Wagentüre selbst öffnen konnte, hatte dies sein Kollege bereits getan.
„Was ist denn hier los?", fragte Andreas.
„Wahnsinn, es ist Wahnsinn, Mann!"
Der Schock stand Christian ins Gesicht geschrieben, und in diesem Moment drang die Angst endlich zu Andreas durch. Er stieg aus dem Wagen, ohne den Blick vom entsetzten Gesicht seines Kollegen zu wenden. Und dann nur drei Worte später, zog es Andreas fast die Beine weg:
„Löwe ist tot!"

Von diesem Moment an war alles anders. Sein ganzes Leben, all das, was noch vor wenigen Minuten wie der Inbegriff des Glücks ausgesehen hatte, geriet völlig aus den Fugen. Die Angst und die damit verbundene Ohnmacht kamen nicht schleichend langsam, sie warteten auch nicht irgendwo auf eine günstige Gelegenheit, um ihn zu treffen. Sie kamen wie ein Tsunami, und sie rissen alles ein, was er sich in all den Jahren aufgebaut hatte. Er hatte nicht mehr die Möglichkeit, sich mit dem, was seine Augen sahen, auseinander zu setzen. Es war kein Platz mehr in seinem Denken, um die schmale, grauhaarige Frau, die immer wieder ihre Hände knetete und vom Weinen ganz rote Augen hatte, als Löwes Frau zu identifizieren. Er konnte auch nicht der Frage nachgehen, wie das alles hatte passieren können. Der emotionale Tsunami ließ zunächst nur die alles entscheidende Frage zu: *Wie soll es jetzt weiter gehen?* Zu diesem Zeitpunkt konnte er auch noch nicht an Petra denken. Er wollte einfach nur aus dieser alles zerstörenden Welle herauskommen. Aber er wusste, dass es nicht möglich war. Er wusste, dass alles, was es vorher gegeben hatte, weggespült worden war. Sein Leben würde nie mehr so sein, wie es gewesen war. Und als diese Schockwelle langsam abebbte, wollte ein zweiter Gedanke von ihm wissen, ob er die Kraft hatte, das alles zu überstehen. Denn endlich kam ihm Petra in den Sinn. Beim Gedanken an sie hätte er am liebsten laut losgeschrien.
I don't want nobody else, I only want you - hatte Tesla gesungen. Andreas wusste sofort, dass er seine Freundin möglicherweise verlieren würde. Nicht unbedingt körperlich, aber emotional. Und er wusste auch, dass sie nie über das, was soeben passiert war, hinwegkommen würde. Niemals. Er kannte Petra gut genug, um zu wissen, dass sie die Sache ihr ganzes Leben lang nicht vollständig verarbeiten würde.

22.

Niemand wusste mit der Situation umzugehen, und das war vielleicht das einzig Positive, so makaber es auch war. Wenngleich sein Schockzustand den seiner Kollegen um ein Vielfaches übertraf, so hatten diese auch mit diesem alles lähmenden Gefühl zu kämpfen. Alle mussten irgendwie einen Zugang zum Tod ihres beliebten Chefs finden, und so registrierte niemand den erbärmlichen emotionalen Zustand von Andreas Schramm.
In gewisser Weise war jeder froh, als Frau Gerling, die stellvertretende Schulleiterin, endlich das Lehrerzimmer betrat. Sie kam in Begleitung

eines Polizeibeamten. Eine Tatsache, die Andreas' Befinden nicht gerade verbesserte. Das Wort „Ermittlungen" nahm sofort von seinem Denken Besitz. Schnell verstummten die wenigen, zumeist im Flüsterton geführten Unterhaltungen. Alle richteten ihren Blick auf Frau Gerling und den Polizisten. Man sah, dass es ihr nicht gut ging. Rote Flecken bedeckten ihr Gesicht und ihr verschmiertes Make-up zeugte davon, dass auch sie geweint hatte, so wie eine ganze Reihe der Kollegen.

„Ja, liebe Kolleginnen und Kollegen, ich weiß auch nicht wie ich..." Das Sprechen fiel ihr sehr schwer, weil sie immer noch mit den Tränen kämpfte. Dann biss sie sich auf die Unterlippe und nahm Blickkontakt zu dem Polizisten auf, der ihr daraufhin etwas ins Ohr flüsterte. Sie holte tief Luft und versuchte es erneut:

„Entschuldigen Sie bitte. Also ich denke, wir können alle nicht fassen, was passiert ist. Ich kann nur für mich sprechen, ich weiß im Moment auch nicht, was ich sagen soll... es ist einfach...", sie schüttelte den Kopf, „...es ist einfach schrecklich..." In diesem Moment begannen einige Mitglieder des Kollegiums wieder zu weinen. „Ja, ich weiß, Sie haben viele Fragen, und ich finde, Sie haben ein Recht darauf, zu erfahren, was eigentlich passiert ist. Zu diesem Zweck würde ich Ihnen jetzt gerne Herrn Auer vorstellen. Herr Auer ist mit den Geschehnissen vertraut und gibt Ihnen Auskunft über den Stand der Dinge!"

Der Polizist räusperte sich kurz. Dann nickte er Frau Gerling zu.

„Ja, meine Damen und Herren, zunächst möchte ich Ihnen mein Beileid aussprechen. Wie Sie inzwischen alle wissen, ist Herr Kurt Löwe gestern Abend verstorben. Der genaue Todeszeitpunkt ist uns im Moment noch nicht bekannt; die Erkenntnisse werden uns voraussichtlich im Laufe des Vormittags vorliegen. Es war so, dass Herr Löwe gestern Abend nicht von der Schule nach Hause gekommen war, woraufhin sich seine Frau mit dem Hausmeister dieser Schule, Herrn Weimer, in Verbindung gesetzt hat. Frau Löwe war in den letzten Tagen nicht in Nürnberg und wunderte sich, dass ihr Mann sich nicht bei ihr gemeldet hatte. Herr Weimer ging daraufhin noch einmal in die Schule und fand Herrn Löwe gegen 0.20 Uhr leblos in seinem Büro. Nach einem Anruf bei der Polizei schickte die Wache zwei Beamte, die dann den Notarzt verständigten. Dieser bestätigte gegen 1.00 Uhr den Tod von Herrn Löwe. In solchen Fällen wird ermittlungstechnisch zunächst von einer unnatürlichen Todesursache ausgegangen, weswegen die Kripo eingeschaltet und der Tatort auch sofort abgesichert wurde. Gegen 4.30 Uhr heute Morgen konnten wir dann über Frau Löwe den Hausarzt der Familie, Herrn Hahn, ermitteln. Der wiederum untersuchte den Leichnam und diagnostizierte daraufhin Tod durch Herzversagen. Herr Löwe ist wohl einfach eingeschlafen!"

Alle senkten den Blick. Niemand sprach ein Wort. Auch Andreas richtete seinen Blick nach unten. Er konnte seine Tränen jetzt auch nicht mehr zurückhalten. Zu all diesen furchtbaren Gedanken, kam nun auch noch eine Spur Erleichterung, denn offensichtlich wurden von Seiten der Polizei keine weiteren Ermittlungen veranlasst. Man dachte, Löwe sei einfach eingeschlafen - und warum sollte dies nicht auch der Wahrheit entsprechen? Aber was war, wenn es nicht so war?
„Ich möchte Sie bitten, sich von ihren Sitzen zu erheben zu einer Minute des Schweigens im Gedenken an Herrn Löwe!" Die Stimme gehörte zu Herrn Uhlmann, einem evangelischen Pfarrer, der gleichzeitig als Religionspädagoge Mitglied des Kollegiums war.
Alle Lehrerinnen und Lehrer erhoben sich schweigend. Sie alle einte der Gedanke an einen der liebenswertesten und souveränsten Menschen, den sie kannten. Andreas aber konnte nicht nur daran denken – er wollte außerdem Gewissheit, dass er nichts mit dem Tod seines Chefs zu tun hatte.

23.

Petra goss gerade die Blumen in der Schwesternstation, als sie den Typen wieder sah, der ihrer Kollegin Susanne Schuster vor einer knappen Woche schon einmal aufgefallen war. Er schlich über den Gang mit einem sehr depressiven Gesichtsausdruck. Er trug schmutzige Jeans, eine braune, löchrige Jacke, die ihm zu klein war, und abgelatschte No-Name-Turnschuhe. Vor wenigen Sekunden war er an der Schwesternstation in Richtung Aufzug vorbeigegangen. Petra überlegte, ob sie ihm nachgehen sollte, entschied sich aber dagegen. Vielleicht hatte er ja doch nur jemanden besucht. Schließlich musste man ja nicht jeden Besucher kennen. Sie wandte sich Gisela, einer Palme, zu, die Schwester Doris zu ihrem Abschied vor fast drei Jahren auf der Station gelassen hatte.
Sprich mit mir, dass ich wachsen kann, stand auf einem Schild, das in Giselas Erde steckte.
„Hallo Gisela, na wie geht es heute? Du Scheinst ganz schön durstig zu sein, Mädchen! Wächst wohl wieder, was?"
Petra gab der Pflanze etwas Wasser. Im selben Moment ging der Typ wieder an der Schwesternstation vorbei.
„Hallo, warten Sie, hallo!"

Sie stellte die Gießkanne auf den Schreibtisch und ging auf den Gang hinaus. Der Typ war nur etwa drei Meter von ihr entfernt, aber er reagierte nicht. Es schien so, als sei er taub.
„He, hallo, suchen Sie jemanden?"
Endlich drehte er sich um.
„Meinen Sie mich?", seine Stimme war so leise, dass Petra ihn fast nicht verstanden hätte.
„Ja, sicher, sonst ist doch weit und breit niemand zu sehen!"
Er drehte sich nach allen Seiten um, um sich von Petras Worten zu vergewissern.
„Suchen Sie jemanden?"
„Nein, nein. Ist schon in Ordnung!"
„Nein, ich glaube, es ist nicht in Ordnung... was ist denn los mit Ihnen?"
Er war nicht sehr alt, vielleicht noch nicht einmal 18. Es war schwer zu sagen, jedenfalls wirkte er körperlich noch ziemlich jung. Aber sein Gesicht sah aus wie das Gesicht eines Erwachsenen. Seine Augen waren gerötet, es schien fast so, als hätte er geweint.
„Nichts, nichts. Ich wollte Sie nicht belästigen, wirklich. Ich gehe jetzt besser!"
„Sie belästigen mich nicht. Warum gehen Sie denn hier immer wieder den Gang auf und ab? Gibt es da einen Patienten, den Sie besuchen wollen?"
Petra wusste nicht, wie Sie den jungen Mann einschätzen sollte, offensichtlich ging es ihm aber alles andere als gut. Sie hatte das Gefühl, dass er dringend Hilfe benötigte.
„Nein, nein, ich möchte niemanden besuchen, wirklich... ich wünschte ..."
„Was? Was wünschten Sie sich? Fühlen Sie sich nicht wohl?"
„Doch ... mir geht es gut, wirklich, mir geht es gut!" Er richtete seinen Blick nach unten. Offensichtlich fiel es ihm schwer, Petra in die Augen zu blicken.
„Gut. Wenn es Ihnen gut geht, dann ist ja alles in Ordnung. Ich habe eigentlich genug zu tun. Aber wissen Sie was: Es ist schon merkwürdig, wenn ein junger Mann wie Sie in einem Krankenhaus auf- und abgeht, der niemanden besuchen will und dem es gut geht, finden Sie nicht auch?"
Er versuchte zu lächeln.
„Naja, da haben Sie schon Recht!"
„Und?" Petra lächelte zurück.
„Ich, ich weiß auch nicht, wie ich es sagen soll, ich meine, Sie sagen ja selbst, Sie haben jede Menge zu tun..."
„Das habe ich. Jetzt sagen Sie mir schnell was los ist, oder wie ich Ihnen helfen kann. Denn wenn Sie es mir nicht schnell sagen, dann kann ich meine Arbeit nicht machen, und das wollen Sie doch nicht, oder?

Schließlich haben Sie gerade selbst gesagt, dass sie mich nicht belästigen wollen."
Er nickte.
„Das stimmt, ja, das will ich nicht, will ich wirklich nicht!"
„Gut, dann sind wir uns ja einig. Dann schießen Sie mal los, ich bin ganz Ohr!"
Wieder blickte er nach unten. Dann fuhr er sich langsam durchs Haar.
„Es geht um unsere Mama, wissen Sie!"
„Nein, ehrlich gesagt weiß ich es nicht!"
„Sie will nicht zum Arzt gehen. Wegen der zehn Euro!"
„Wegen der Praxisgebühr?"
„Ja, genau, wegen der Praxisgebühr. Sie ist arbeitslos, und sie sagt, wir müssen sparen, wissen Sie! Aber ...aber...!"
„Aber?", hakte Petra nach.
„Sie ist wirklich sehr krank, glaube ich!" Er atmete tief durch.
„Was hat sie denn?"
„Sie hat Schmerzen, hier...!" Er deutete auf seinen Bauch, „und ich weiß, dass sie..."
„Dass sie was... - was ist mit ihr?"
„Sie hat Blut gemacht!"
Zunächst konnte Petra mit der Aussage nichts anfangen. Dem Jungen fiel es nicht leicht, sich zu artikulieren.
„Blut gemacht?"
„Ja, auf der Toilette, wissen Sie ..."
„Oh, ach Sie meinen, sie hatte Blut im Stuhl, Ihre Mutter?"
Er nickte. Und dann begann er zu weinen.
Petra überlegte, ob Sie ihn berühren sollte, ihm vielleicht den Arm um die Schulter legen sollte, hielt es aber für keine besonders gute Idee. Es hatte ihn genug Überwindung gekostet, über diese ganze Sache zu reden. Er war sehr hilflos, da war für Gefühlsduselei wohl keine Zeit.
„Sie müssen Ihrer Mutter sagen, dass sie unbedingt zu einem Arzt gehen soll, verstehen Sie das?"
„Ich weiß, ich meine, das mache ich ja immer. Aber sie sagt, sie muss sich um die Kinder kümmern!"
„Haben Sie noch Geschwister?"
„Ja, wir sind fünf insgesamt!"
„Fünf Kinder?"
„Ja!"
„Und Ihr Vater?"
„Der ist vor 13 Monaten an Lungenkrebs gestorben!"

„Scheiße aber auch!" Petra hätte sich für den Ausspruch in den Hintern treten können.
„Naja und meine Mutter, ich habe einfach Angst, wissen Sie!"
„Ja, das ist doch ganz normal. Gerade wenn man schon einen Menschen verloren hat. Sie müssen unbedingt mit Ihrer Mutter reden, sie muss einsehen, dass sie es ja auch für ihre Kinder macht, wenn sie zum Arzt geht!"
„Ja, das mache ich, aber sie glaubt, sie muss ins Krankenhaus, und sie weiß nicht, wer sich dann um die Kinder kümmert. Der Jüngste ist erst fünf...!"
Warum ist das Leben manchmal nur so brutal? Petra hätte ihm so gerne geholfen, aber sie wusste nicht wie. Die Tatsache, dass der Junge hier auf dem Gang entlang lief, war ein einziger Hilferuf.
„Kann ich Ihnen helfen?"
„Ich weiß auch nicht genau, ehrlich gesagt. Manchmal habe ich das Gefühl, dass Mama einfach mit jemandem reden müsste. Jemanden wie Ihnen, vielleicht!"
„Ja, das verstehe ich. Warum bringen Sie Ihre Mutter nicht einfach mal mit, dann kann ich mit ihr sprechen!"
„Seitdem das mit Papa passiert ist, ist sie irgendwie anders. Und sie sagt immer, sie geht in kein Krankenhaus mehr, das sagt sie immer!"
„Manchmal läuft das Leben einfach mies, nicht wahr!"
„Das stimmt, das ist echt wahr!" Er knetete die Hände und versuchte zu lächeln.
„Wie heißen Sie eigentlich?"
„Andreas, aber Sie können ruhig Andi zu mir sagen!"
„Das ist ja ein Zufall, mein Freund heißt auch Andreas! Dann kann ich mir Ihren Namen leicht merken! Ich bin Petra!"
Sie reichte ihm die Hand. Andi drückte überhaupt nicht zu. Es war die Art Händedruck, die Petra nicht mochte.
„Gut, ich fürchte, ich muss jetzt wirklich wieder an die Arbeit. Sie sollten einfach versuchen, mit ihr zu reden, Andi. Sagen Sie ihr, sie tut es für die Kinder und es kann sein, dass es ja gar nichts Ernstes ist. Wenn sie schon nicht zum Arzt gehen will, dann bringen Sie sie einfach mit hier her!"
Andi versuchte zu lächeln.
„Ja, gut. Das werde ich machen, vielleicht klappt's ja!"
„Ich bin sicher, dass es klappt. Dann wünsche ich Ihnen viel Glück!"
„Vielen Dank, das kann ich gut gebrauchen."
Er drehte sich um und ging, ohne sich noch einmal umzudrehen.
Petra ging zurück auf die Schwesternstation, um die restlichen Pflanzen zu gießen. Irgendwie hatte sie das Gefühl, den jungen Mann nie mehr wieder zu sehen.

24.

Niemand freute sich, dass der Unterricht abgesagt wurde. Sowohl die Lehrer, als auch die Schüler konnten nur sehr schwer mit der Situation umgehen. Es wurden Blumen gekauft, die vor dem Eingang zum Direktorat niedergelegt wurden. Die Schülersprecher stellten einen Tisch in die Aula, auf dem ein Kondolenzbuch ausgebreitet wurde. Daneben standen ein Bild von Herrn Löwe und ein weiterer Blumenstrauß. Sofort bildete sich eine Schlange von Schülern und Lehrern, die etwas in das Buch schreiben wollten. Viele von ihnen weinten. Manche Lehrer stellten sich zur Verfügung, um Schülern, die das Bedürfnis hatten, über ihre Trauer zu sprechen, Trost zu spenden. Die Renovierungsarbeiten wurden ebenfalls unterbrochen. Für Andreas war das alles zu viel. Er hatte nicht die Kraft, sich unter die Menschen zu mischen. Er wollte einfach so schnell wie möglich aus dem Gebäude raus, weil er Angst hatte, die Nerven zu verlieren. Eine Mixtur aus Angst, Schmerz und seinem schlechtem Gewissen setzte ihn beinahe lahm. Er konnte nicht sagen, wie er alles in den Griff bekommen wollte, er wusste nur, dass das Schlimmste für ihn war, mit Petra darüber zu sprechen. Als er es endlich zu seinem Wagen geschafft hatte, stand plötzlich Christine Neumeyer vor ihm.
„Oh, Herr Schramm, ist es nicht schrecklich?"
„Hallo Chrissi, ja, es ist einfach furchtbar!"
„Haben Sie auch schon in das Buch geschrieben?"
„Ich, ähm, nein ich, ich dachte es ist besser, wenn ich morgen etwas reinschreibe!"
Und dann fing das Mädchen zu weinen an.
„He, Chrissi, komm..."
„Er, er, er ...", sie holte zitternd Luft, „er war so ein netter Mensch! Warum, warum musste er sterben?"
Andreas konnte nicht antworten. Das Mädchen sprach aus, womit er sich die ganze Zeit beschäftigt hatte. Nur dass für Chrissi das alles Ausdruck der Trauer war, während sich Andreas tatsächlich mit dem Sinn der Worte auseinander setzte. Er wollte auch wissen, warum Löwe sterben musste. Er musste erfahren ob Löwe gestorben war, weil er ihm diese verfluchten Tabletten verabreicht hatte! Er wollte einfach nicht, dass er etwas mit dem Tod seines Chefs zu tun hatte, er wollte nur...
„Warum musste er sterben...- warum, Herr Schramm?"
„Ich weiß es nicht, ich ... es ist manchmal nicht fair, weißt Du. Das Leben ist nicht immer fair. Vielleicht, ich meine, vielleicht wussten wir alle nicht, wie krank er wirklich war!"

„Ja, das sagen viele. Man erzählt, es wäre sein Herz gewesen und dass er einfach eingeschlafen ist."
„Ja, das habe ich auch gehört, er soll einfach eingeschlafen sein!"
„Dann hat er vielleicht gar nichts gemerkt?"
„Ja, ich meine, nein, ich glaube, er hat wirklich nichts gemerkt!"
Sie nickte. Eine Träne rann über ihre linke Wange.
„Ich wollte Sie nicht aufhalten, ich ...!"
„Du hältst mich nicht auf, Chrissi!", versuchte Andreas sie zu beruhigen, obwohl er sich nichts mehr wünschte, als endlich alleine zu sein.
„Meinen Sie, es geht weiter?"
„Ja, es muss irgendwie weiter gehen. Ich denke, Frau Gerling wird die Geschäfte weiter führen!"
„Nein, das meine ich nicht. Ich weiß nicht, wie ich morgen wieder zum Unterricht kommen kann!"
Das wusste Andreas auch nicht. Er wäre am liebsten nie mehr hierher zurückgekommen. Aber das Mädchen erwartete Trost.
„Weißt Du, ich bin genauso geschockt wie Du. Auch wir Lehrer haben nicht auf alles eine Antwort. Aber vielleicht hilft es uns, wenn wir uns an Herrn Löwe erinnern. Erinnerungen bleiben, niemand kann sie einem nehmen. Und ich glaube, sein guter Geist wird weiter hier bleiben. Vielleicht würde er von uns sogar erwarten, dass wir weiter machen. Auch wenn es sehr, sehr weh tut!" Er versuchte vergeblich zu lächeln.
„Ja, ja, ich glaube, das stimmt. Er würde wollen, dass wir es versuchen. Das stimmt. Ich ...", sie lächelte, „Danke schön, das hat mir geholfen!"
Dann berührte das Mädchen den Arm von Andreas. Der wusste nicht, wie er damit umgehen sollte. Langsam zog er seinen Arm zurück.
„Entschuldigen Sie, das wollte ich nicht ..."
„Nein, schon gut. Ich glaube, es ist besser, wir gehen jetzt beide nach Hause!"
„Ja. Ich, ich wollte Sie nicht belästigen, ich meine, es ist nur ..."
„Kein Problem, wir sehen uns morgen, Chrissie!"

Als das Mädchen gegangen war, war er endlich allein. Und dann wurde es erst wirklich schlimm. Er startete seinen Toyota und wusste nicht, wohin er fahren sollte.

25.

Das seltsame Gefühl, das ihn beinahe paralysierte, war schlimmer als Angst. Es beherrschte alles, auch den abgelegensten Winkel seines Verstandes. Er saß im Wohnzimmer, die Aufsätze, die auf dem Tisch lagen, waren nichts als Dekoration. Den Versuch, sich mit Korrigieren auf andere Gedanken zu bringen, hatte er nicht einmal gestartet. Was er tat, konnte man mit *Warten auf den emotionalen Absturz* zusammenfassen, wobei es sein konnte, dass er sich bereits inmitten eines solchen Absturzes befand. Doch es würde noch schlimmer kommen, viel schlimmer. Das Einzige aus der realen Umgebung, auf das er sich fixieren konnte, war die Uhr, die über dem Fernseher hing. Sein Zeitgefühl war ihm abhanden gekommen, und so musste er sich durch Blicke auf die Uhr über die Frist informieren, die ihm noch blieb. Wenn es so lief wie immer, würde sie etwa um 18.30 Uhr nach Hause kommen.

Immer wieder hatte er in Gedanken versucht, das Szenario des vergangenen Tages durchzugehen. Doch er schaffte er es einfach nicht, sich darauf zu konzentrieren. Denn meist mündete seine Reflexion schnell in ein noch bevorstehendes, möglicherweise viel schlimmeres Szenario. Wenn er sich beispielsweise gerade damit befasste, ob Löwe noch geatmet hatte, als er sich an dessen Computer zu schaffen gemacht hatte, hebelte der Gedanke daran, wie skeptisch Petra von Anfang an gewesen war, sein Erinnerungsvermögen aus den Angeln. Dann fragte er sich wieder und wieder, weshalb er nicht auf sie gehört hatte. Doch auch damit konnte er sich nicht lange genug befassen, um eine Antwort darauf zu finden, denn er malte sich aus, was wohl passieren würde, wenn sie nach Hause kommen und alles erfahren würde. All diese Gedanken verfolgten sich gegenseitig, und die damit verbundene Ohnmacht wurde von Minute zu Minute greifbarer. In diesem Moment wurde ihm klar, dass der Gedanke, sich selbst das Leben zu nehmen, unter gewissen Konstellationen vielleicht der einzig logische war. Er befürchtete, dass er nicht mehr sehr weit davon entfernt war, solche Gedankenspiele zu Ende zu denken. In gewisser Weise waren seine Schuldgefühle das Schlimmste. Aber selbst das war nicht unbedingt die ganze Wahrheit, schlimmer war der Gedanke an die Schuldgefühle, die Petra haben würde. Dann wieder musste er an den Polizisten denken. Es war wohl in solchen Fällen normal, dass die Polizei eingeschaltet wurde. Wenn er den Polizisten richtig verstanden hatte, war die offizielle Todesursache Herzversagen. Das hieß doch, dass Löwe, zumindest offiziell, eines natürlichen Todes gestorben war. Aber selbst wenn es Andreas gelingen würde, diesen Strohhalm zu ergreifen, Petra würde niemals auf diesen Gedankenzug aufspringen. Nein, er wollte auch nicht, dass sie das tat.

Er wollte sie nur nicht verlieren, er wollte sie einfach nicht verlieren. Es gab Phasen, in denen er an überhaupt nichts denken konnte, so als hätte die Angst die Festplatte seines Gehirns mit einem Virus versehen, der das Ausführen irgendwelcher Denkvorgänge unmöglich machte. Wenn er ehrlich war, waren diese Momente vielleicht sogar die angenehmsten. Aber diese dauerten meist auch nicht lange. Wie aus dem Nichts sah er sich dann wieder neuen, von Angst gesteuerten Gedanken und Bildern ausgesetzt, wie beispielsweise dem verzweifelten Gesicht von Christine Neumeyer, die sich Hilfe von ihm versprochen hatte. Er hatte sich in den letzten Stunden sogar damit auseinandergesetzt, ob es nicht besser wäre, alles hinzuschmeißen, den Job, Petra, sich einfach aus dem Staub zu machen und irgendwo neu anzufangen. Sei es auch nur, um nicht der Selbstmord-Offerte zu erliegen. Aber dazu war er nicht feige genug. Doch was war, wenn sie es schon vorher erfahren hatte, vielleicht aus dem Radio? Andreas hatte das Radio bewusst nicht angestellt. Es war denkbar, dass der eine oder andere Lokalsender bereits über die Vorgänge berichtete. Und was war, wenn Petra ihrerseits die Konsequenzen zog und gar nicht mehr nach Hause kommen würde? Er hätte es ihr nicht verübeln können und so wich schließlich die Angst davor, mit Petra zu reden, der Angst, dass es eine solche Konfrontation gar nicht mehr geben würde, weil sie keinen Wert mehr darauf legte. Als es fast 19.00 Uhr war, schien diese Befürchtung langsam zur Gewissheit zu werden. Und als er sich gedanklich schon damit beschäftigte, sie suchen zu müssen, hörte er ihren Schlüssel in der Wohnungstür.

Er sah ihr sofort an, dass sie nichts wusste. Nein, sie hatte keine Ahnung, es ging ihr nicht schlecht, im Gegenteil. Sie sah glücklich aus, erschreckend glücklich. Sie lächelte, und er wünschte sich so, dass es für immer anhalten würde, immer und ewig. *I don't want nobody else, I only want you* - der Tesla-Song, den er glaubte, vor Jahren gehört zu haben, war wieder da. Er wollte etwas abhaben von ihrem Gefühl und der guten Laune, die von ihr ausströmte. Doch er wusste, dass er gleich alles kaputt machen musste. Und für kurze Zeit war da der Plan, die Sache einfach zu ignorieren, es einfach nicht zu erwähnen, so zu tun als...
„Hallo Schatz, wie siehst Du denn aus, ist jemand gestorben?"
Sie lächelte immer noch, als sie auf ihn zuging. Er wusste, dass sie ihn küssen wollte. Und dann diese Frage, mit der sie ihn eigentlich hatte aufmuntern wollen.
„Nein, nein warte!" Er hob die Hand und stand auf. Sie blieb abrupt stehen, ihr Lächeln war verschwunden. Es war einfach verschwunden, aus-

gelöscht, und er hatte Angst, dass er es nie wieder zu sehen bekommen würde.
„Was ist? Es ist etwas passiert, etwas Schlimmes, stimmt's?"
Ihre Arme hingen schlaff an ihrem Körper herunter, so als gehörten sie nicht zu ihr. Um ihren rechten Mundwinkel war ein leichtes Zucken zu erkennen, wie immer, wenn sie unsicher wurde.
„Ja, es ist, es ist ganz schlimm, es, es ist etwas ganz Schlimmes passiert, Petra! Und ich, ich allein bin Schuld, weißt Du, ich habe, es ist einfach, ich kann..."
„Du willst Schluss machen, stimmt's?"
Er hätte es nie für möglich gehalten, aber er musste tatsächlich lachen. Wobei dieses Lachen weniger von Heiterkeit, denn vom Wahnsinn gespeist wurde.
„Oh nein, nein Petra. Nein Schatz, oh Gott, nein, ich, ich will eigentlich genau das Gegenteil, verstehst Du, ich will doch nur, dass es so bleibt, für immer, für immer und ewig!"
Er redete wie ein Kind, und er wusste, dass sie es auch bemerkte, aber irgendwie fühlte er sich auch wie ein Kind. Ein Kind, dem die Worte fehlten, um ein unbekanntes Gefühl zu artikulieren. Er hatte Angst, furchtbare Angst sie zu verlieren.
Und auf einmal kehrte ihr Lächeln wieder zurück.
„He, was soll das? Du wirst mich nicht verlieren, warum solltest Du mich verlieren, ich liebe Dich!"
Das war zu viel. Ohne es verhindern zu können, schossen ihm die Tränen ins Gesicht. Und er fing an zu weinen, zu heulen. Wieder erinnerte er an ein kleines Kind. Er konnte nicht sprechen, vergrub den Kopf in seinen Händen und schluchzte. Und dabei fühlte er sich wie ein Feigling, ein richtiges Arschloch. Er sollte nicht heulen, er wollte stark sein, wenigstens stark genug, um die Wahrheit auszusprechen. Aber in dem Moment erhaschte er wohl gerade Mitleid, und das hatte er nicht verdient. Er hatte verdient, dass sie ihn hasste und nicht dass sie ihn liebte! Als sie ihn auf das Sofa führte und sich zu ihm setzte, um ihm die Hand auf die Schulter zu legen, hatte er sich wieder unter Kontrolle. Er blickte sie an, sah ihre warmen, braunen Augen, die wie ein Hafen der Geborgenheit waren.
„Petra, ich... es ist ... Löwe!"
„Löwe?" - Und jetzt sah er, dass sich in ihrem Blick etwas verändert hatte! Wahrscheinlich wusste sie es selbst noch nicht, aber die ersten Angstpfeile hatten sie bereits getroffen!
„Ja, Herr Löwe, er ist, er ist tot, Petra. Er lebt nicht mehr!"
Sie schüttelte den Kopf. Er sah, dass es noch nicht an der Verzweiflung lag, sondern einfach daran, dass sie nicht verstand, was er ihr sagen wollte.

„Mein Gott, das ist ja schrecklich, hatte er einen Unfall?"
Sie konnte noch keinen Zusammenhang herstellen!
„Nein, nein, er hatte keinen Unfall!"
„Ich verstehe nicht, was Du mir sagen willst, ich meine, was ...?"
„Er ist nicht mehr aufgewacht, er ist einfach nicht mehr aufgewacht, verstehst Du?"
Er fasste sie an den Händen und blickte sie an. Egal was kommen würde, er musste jetzt stark sein. Und dann passierte etwas, was vielleicht das Schlimmste an der ganzen Geschichte war: Bevor sie etwas sagen konnte, sah er in ihren Augen, ihrem Gesicht schon alles voraus. Sie ging alles im Kopf durch, kombinierte, ihr Kopf fügte in Bruchteilen ein Puzzle zusammen. Und mit jedem Puzzlestück rückten ihre Augen emotional von ihm ab, im gleichen Ausmaß, wie die Stärke ihres Händedrucks abnahm. Und dann wollte sie ihre Hände zurückziehen, doch Andreas griff fester zu. Sie zog, aber er griff noch fester zu.
„Nein, nein, nein, das nein, das ist nicht wahr! Sag mir, dass es nicht wahr ist, ich will, dass Du jetzt sagst, dass das nicht wahr ist, Andreas! Es darf nicht sein, das darf nicht sein!" Sie hatte zunächst geflüstert, doch jetzt schrie sie. Und als er immer noch ihre Hände halten wollte, schrie sie: „Lass mich los, Du sollst mich loslassen!"
Sie warf sich auf den Boden. Das Gesicht von ihm abgewandt, als wollte sie in den Boden kriechen. Auf bizarre Weise erinnerte es ihn an Löwe, der auch mit dem Gesicht auf dem Tisch gelegen hatte.
Er stand auf, wollte sie berühren, hatte aber Angst davor.
„Petra!"
Sie reagierte nicht.
„Petra!" Dann drehte sie sich langsam um. In ihren schönen Augen lag jetzt Verzweiflung, eine Verzweiflung, die Andreas noch nie gesehen hatte.
„Ich habe es gewusst!", flüsterte sie.
Er schüttelte langsam den Kopf.
„Ich weiß, ich weiß. Warum habe ich nicht auf Dich gehört?"
„Du warst wie besessen, wie besessen!"
„Ich weiß nicht, ich dachte einfach nur...!"
„Du dachtest einfach nur? Was dachtest Du einfach nur? Meine Freundin macht das schon? Die verstößt gegen das Betäubungsmittelgesetz, und dann bringen wir gemeinsam meinen Chef um, dachtest Du das? Er ist tot! Oh nein, er ... ist ... tot!"
Er wollte sie an der Hand berühren, doch sie zog sie zurück.
„Nein, nein, ich kann jetzt nicht!"

Sie stand auf und ging auf den Flur hinaus in Richtung Schlafzimmer. Andreas ging ihr nicht hinterher. Er wusste, was sie vorhatte. Er hatte insgeheim gehofft, dass sie es nicht tun würde, aber vielleicht war es sogar besser so. Dann hörte er, wie sie die Türe zuzog und telefonierte.

Keine fünf Minuten später kam sie mit einer gepackten Tasche zurück.
„Ich schlafe heute Nacht bei Simone, und es kann sein, dass ich noch ein paar Tage dort bleiben werde. Ich muss nachdenken, ich muss einfach nachdenken, weißt Du!"
Sie weinte.
„Und vielleicht solltest Du das auch!"

26.

Zumindest was seine schulischen Verpflichtungen betraf, hatte Andreas mehr Zeit zum Nachdenken, als ihm lieb war, denn am nächsten Morgen wurden die Lehrkräfte davon in Kenntnis gesetzt, dass die Schüler bis zu Löwes Beerdigung vom Unterricht befreit waren. Die Beisetzung wurde für Samstagvormittag terminiert. Am Montag würde der Unterricht mit dem Projekt-Präsentationstag fortgesetzt werden. Auch wenn man keine Gelegenheit mehr haben würde, die Präsentationen vorher mit den Schülern einzuüben, glaubten die Lehrkräfte, dass dieses Defizit dadurch mehr als ausgeglichen wurde, dass die Schüler durch ein hohes Maß an Aktivität besser mit der belastenden Situation umgehen konnten. Zum Grübeln blieb wenig Zeit, und das war gut so.
Es war Andreas gelungen, am Donnerstag alleine klar zu kommen. Er hatte sich natürlich dazu zwingen müssen, aber er hielt dem Bedürfnis, Petra anzurufen, erfolgreich stand. Am Freitag hatte er allerdings nicht mehr die Kraft dazu. So hatten sie gegen Mittag etwa fünf Minuten miteinander telefoniert, wobei keiner von beiden den Tod von Kurt Löwe erwähnt hatte. Als könne man die Vorkommnisse durch ihr Ignorieren ungeschehen machen. Dies änderte jedoch nichts an der Tatsache, dass Petra sehr niedergeschlagen klang. Den Freitagnachmittag hatte Andreas damit verbracht, sich einen dunklen Anzug und eine schwarze Krawatte für Löwes Beerdigung zu kaufen. Wenn er unter Menschen war, ging es ihm noch am besten.
Er konnte nicht genau sagen, was er an den vergangenen beiden Tagen gefühlt hatte. Es kam ihm so vor, als sei er gar nicht in seinem Körper gewesen. Er schien das, was sich um ihn herum abspielte, von einer emotio-

nalen Insel zu reflektieren, die außerhalb seines Körpers lag. Ab und zu wurde etwas Gefühlstreibgut an die Insel geschwemmt, doch noch ehe er sich damit beschäftigen konnte, hatte es die Brandung bereits wieder mit ins Meer genommen. Bildlich gesprochen, trennte jener Ozean Andreas von seiner Welt der Emotionen. Es blieb nicht mehr viel übrig. Das Wort *dumpf* charakterisierte den Zustand vielleicht am besten, wobei Andreas nicht sicher war, ob die Angst oder der Schock für das alles verantwortlich war. Vielleicht strömte einfach auch so viel auf ihn ein, dass irgendwo eine emotionale Sicherung sämtliche Kanäle gekappt hatte. Eine Art Selbstschutz möglicherweise. Doch dies änderte sich in der Nacht von Freitag auf Samstag, als Löwe ihn in seinen Träumen besuchte.

Andreas konnte sich kaum rühren. Es war ihm nicht möglich, seinen Kopf zu Seite zu drehen, er konnte den Blick nur nach vorne richten. Dort sah er Löwe, der denselben Anzug wie am Dienstag trug und langsam auf ihn zukam. Auf seinem Rücken war er ein rucksackähnlicher Kanister geschnallt. Sein Kopf war von einer Baseballkappe bedeckt mit der Aufschrift *Gratiskaffee*. Als er sich Andreas näherte, sah dieser, dass Löwes Gesichtsfarbe einen Grünstich hatte. Löwe versuchte etwas zu sagen, doch mehr als ein Röcheln brachte er nicht zustande. Dann sah Andreas, dass aus Löwes linkem Mundwinkel Blut zu laufen schien. Er wollte sich um seinen Chef kümmern, doch er konnte sich nach wie vor nicht bewegen. Der Direktor griff nach hinten zum Kanister und ertastete einen Schlauch, an dessen Ende ein Getränkeeinfüllstutzen angebracht war. Er kam weiter auf Andreas zu, doch das Gehen schien ihm sehr schwer zu fallen. Aus dem Blutrinnsal war ein richtiger Strom geworden, und erst jetzt sah Andreas, dass Löwes Anzug und vor allem sein weißes Hemd bereits vor Blut triefte. Nach wie vor quälte sich der Direktor auf Andreas zu. Dieser fühlte sich noch immer zu beengt, um herauszufinden, wo er war. Er konnte den Blick nicht von dem jammervollen Anblick seines Chefs wenden, der ihm etwas sagen wollte, was von dem Blutröcheln erstickt wurde. Und mit einem Mal schien sich die Perspektive zu verändern. War Löwe die ganze Zeit noch auf gleicher Höhe mit Andreas, so blickte sein Chef nunmehr aus der Vogelperspektive auf ihn hinab. Andreas sah, dass das Blut aus Löwes Mundwinkel nun auch auf sein eigenes Hemd tropfte, denn Löwe stand gut drei Meter über ihm und blickte auf ihn hinunter. Jetzt endlich verstand Andreas, wo er war: Er lag in seinem eigenen Grab. Der Sargdeckel war geöffnet. Löwes grünes, mit Blut verschmiertes Gesicht blickte auf ihn hinunter. Der Direktor öffnete den Mund und Andreas sah, dass nur noch ein kleiner Fetzen seiner Zunge übrig geblieben war. Es sah aus, als wäre der Rest davon weggeätzt worden. Ein letztes Mal versuchte Löwe, sich zu artikulieren, dann richtete er den Einfüllstutzen des Schlauches auf Andreas. Bevor ihn der Strahl der Flüssigkeit treffen konnte, gelang ihm schreiend die Flucht aus seinem Albtraum.

Als er am Nachmittag auf das offen stehende Grab seines ehemaligen Chefs blickte und den Sarg sah, der daneben darauf wartete, in das Grab gelassen zu werden, waren die Bilder des Traums wieder da. Sobald er die Augen schloss, sah er das blutverschmierte Gesicht von Löwe vor sich, der ihm irgendetwas sagen wollte. Er stand etwa zwanzig Meter vom Grab entfernt. Das dumpfe Gefühl war verschwunden. Er schien alles um sich herum aufzusaugen und konnte nicht damit umgehen. Es war furchtbar. Eine Erinnerung war von irgendwoher in sein Bewusstsein gedrungen: die Angst vor seinem eigenen Tod. Möglicherweise war der gestrige Albtraum daran schuld. Seit er ein Kind war, hatte sich nichts daran geändert. Damals, im Alter von fünf Jahren, hatte er die aufgebahrte Leiche seiner entstellten Großmutter gesehen. Seitdem fürchtete er sich vor seinem eigenen Tod. Es gab eine Zeit, da war diese Angst ein Teil von ihm, dann wieder war sie Jahre lang verschüttet geblieben, so als sei sie nicht mehr existent. Augenblicke wie diese ließen sie jedoch wieder an die Oberfläche seines Denkens gelangen. Sie war freigespült, in all ihren Konturen und Facetten, dass sie beinahe körperlich spürbar war. Er konnte nicht damit umgehen. Obwohl er schon oft darüber gesprochen hatte, war es ihm nicht gelungen, seinen Gesprächspartnern die Intensität dieses Angstgefühls zu schildern. Er hatte richtige Wahnvorstellungen, in denen er sich immer, im eigenen Sarg liegend, langsam verwesen sah. Bestimmt hatte er damals als Fünfjähriger ein Trauma zurückbehalten. Wahrscheinlich konnte nur ein Gespräch mit einem Psychologen helfen, doch davor fürchtete er sich beinahe ebenso sehr. Er versuchte sich Löwe in seinem Sarg vorzustellen. Ob sich seine Leiche schon verändert hatte? Ob es für Löwe weiter ging? Wo er jetzt wohl war? Ob er ihn sah? Wusste er, ob es ein Unfall war, oder ob Andreas es zu verantworten hatte, dass er nicht mehr am Leben war? Direkt vor dem kalten Grab stand Löwes Frau. Sie versuchte, stark zu sein, doch immer wieder wurde sie von kurzen Weinkrämpfen geschüttelt. Rechts neben ihr stand eine junge Frau, links daneben ein junger Mann, wahrscheinlich ihre Kinder. Der gesamte Westfriedhof schien von einer unvorstellbar großen Menschenmenge bedeckt zu sein. Andreas konnte schlecht schätzen, aber er glaubte, dass es sicher weit über 1000 Personen waren. Nahezu sämtliche Schüler und viele Eltern waren da und natürlich alle Kollegen. Er versuchte, nach Petra Ausschau zu halten, doch es waren einfach zu viele Menschen, als dass er sie hätte sehen können. Er wünschte sich, sie würde da sein. Immer wieder wurden Reden gehalten. Andreas konnte nicht sagen, wie viele es waren, es schien nicht aufzuhören. Viele weinten. Und dann kehrte wieder die Angst vor seinem eigenen Tod zurück. In diesem Augenblick wirkte die Beerdigung beinahe künstlich, inszeniert. Er hatte das Gefühl, dass so etwas Schreckliches nicht in Wirklichkeit ablaufen konnte. Er glaubte, Teil eines Theaterstücks oder eines Films zu sein. Er hatte zwar keinerlei Erfahrung mit solchen Spielen, aber so in etwa stellte er sich Computerprogramme vor, bei denen man in eine virtuelle Realität eintauchen konnte. Man erlebte die Trauer, die bedrückende Stimmung, die Tränen der Familienangehörigen, aber wenn man das Headset abgenommen hatte, konnte man das Spiel beenden. „Alles ist nur gespielt" - flüsterte dann jemand in seinem Kopf. Aber es war nicht gespielt und es gab auch kein Headset ...

Das Furchtbarste an der Beerdigung wartete auf Andreas, als er glaubte, alles sei schon überstanden. Man hatte Löwes Sarg, der mit unzähligen Blumen bedeckt war, bereits in das Grab hinab gelassen. Andreas hatte den Nelkengeruch in der Nase. Es herrschte bedrückende Stille. Löwes Frau warf Erde auf den Sarg ihres Mannes und als die Erde aufschlug, hätte man meinen können, Löwe würde von innen gegen den Sargdeckel klopfen. Wie auf Knopfdruck hatte sich die Sonne durch die Wolkendecke gekämpft, und von Andreas' Platz sah es aus, als fielen ihre Strahlen direkt in Löwes Grab. Dann bewegten sich zwei Schüler aus der Menge auf das Grab zu. Andreas kannte sie nur vom Sehen, sie waren wohl in der Kollegstufe. Etwa fünf Meter davor blieben sie stehen. Die Menschen wichen etwas zur Seite, und so sah Andreas erst jetzt das elektrische Klavier, an das sich der größere der Schüler setzte. Der andere schnallte sich eine Gitarre um. Niemand der Trauernden sprach ein Wort. Und als der Schüler, der an dem Klavier saß, die ersten Töne gespielt hatte, wusste Andreas sofort was es war. *Morning has broken.* Die Melodie des Liedes war schon über 150 Jahre, stammte aus Irland. Der ursprüngliche in gälischer Sprache verfasste Text, gehörte zu einem Weihnachtslied. Andreas hatte sich während des Studiums sehr lange mit der Geschichte des Volksliedes befasst, dessen Melodie *Cat Stevens* - mit dem Text einer Kinderbuchautorin - im Jahr 1971 zu einem großen Hit verhalf.
Es war unvorstellbar schön und unvorstellbar grausam. Die beiden waren hervorragend. Der Schüler mit der Gitarre sang mit einer so klaren und durchdringenden Stimme, dass Andreas die Tränen in die Augen schossen. Der andere spielte nicht nur hervorragend Klavier, er stimmte immer dann, wenn der Refrain kam, die zweite Stimme an. Andreas bekam eine Gänsehaut, die sein gesamtes Inneres nach außen kehrte: Trauer, Angst, Hilf-

losigkeit, Schuldgefühl. Er hatte noch nie ein Lied gehört, das so schön und gleichzeitig so brutal war.

27.

Sein Auto wartete auf einer Seitenstraße, abseits des Weges, den die meisten Trauergäste eingeschlagen hatten. Er war froh, dass er mit niemandem reden musste, zu sehr zehrten die Schuldgefühle an ihm. Andreas wusste, dass es gut so war, denn es wäre ihm nicht gelungen, ein normales Gespräch zu führen. Nicht in dieser Situation. Irgendwie spürte er jetzt zum ersten Mal fast so etwas wie die Gewissheit, für Löwes Tod die alleinige Verantwortung zu haben. Er erinnerte sich an eine Dokumentation, die er vor einiger Zeit im Fernsehen gesehen hatte. Kern des Beitrages war die Tatsache, dass es weit mehr Serientäter gab, als allgemein angenommen. Vor allem bei Frauen gab es eine hohe Dunkelziffer, denn anders als die Männer, welche die Morde meist sehr brutal durchführten und deshalb auch viele von Kriminologen verwertbare Spuren zurückließen, mordeten die Frauen subtiler, denn sie benutzen oft Gift.

Ein Schüler ging an ihm vorbei und begrüßte ihn. Ehe Andreas es registrieren konnte, war der Schüler schon weitergegangen. Was hatte das Leben so überhaupt noch für einen Sinn? Und dann sah er den Zettel, der an der Windschutzscheibe seines Toyotas hing. Es war ein Zeichen. Auf diese Art und Weise hatten er und Petra zu Beginn ihrer Beziehung oft miteinander kommuniziert. In den verrücktesten Momenten hatte Petra ihm irgendwo einen Zettel mit einer Nachricht zukommen lassen: auf einem Tablett in der Mensa, in der Hosentasche, im Schuh, auf der Geldbörse gepinnt, am Fahrrad oder, später dann, auf der Windschutzscheibe des Autos. Auch Andreas hatte oft mehrere solcher Zettel am Tag für Petra geschrieben. Manchmal hatten die beiden ein richtiges Spiel daraus gemacht. Oft stand nicht mehr als ein Satz auf den Zetteln, manchmal sogar nur ein Wort. Doch die Nachricht verfehlte nie ihren Zweck, einfach zu zeigen, dass der andere da war. Seit die beiden eine gemeinsame Wohnung hatten, war das Zettel-Schreiben allerdings eingeschlafen. Aber hier und jetzt ... - sie hatte ihm tatsächlich einen Zettel geschrieben. Einen Zettel, der ihm sagte, dass sie da war. Er bekam Herzklopfen, er liebte sie so sehr, denn er wusste, dass sie ihn verstand und es wieder probieren wollte. Es lag vielleicht ein sehr beschwerlicher Weg vor ihnen, aber sie konnten es schaffen. Am

Ende würde sie all das vielleicht sogar noch stärker machen. Er liebte sie so sehr...

28.

Auch wenn es vielleicht auf den ersten Blick wie ein Spiel mit dem Feuer aussah, Ralf Sommer genoss das Spiel. Auf eine bizarre Art und Weise erregte es ihn sogar beinahe ebenso wie das Anfüttern von Tieren. Er wagte sich immer weiter in die Welt des Opfers hinein und genoss jeden Schritt. Allerdings hinkte der Vergleich beim genaueren Hinsehen doch ein wenig. Zum einen fütterte er Schramm nicht an, er beobachtete ihn. Aber tat er das gleiche am Anfang mit den Hunden nicht auch? Bei den Hunden erschlich er sich allerdings deren Vertrauen, was bei Schramm definitiv nicht der Fall war. Hier ging es einzig und allein um Informationen. Und die Tatsache, dass er seinen Golf keine drei Meter neben Schramms Rostkiste geparkt hatte, ohne dass dieser es registrierte, lag nicht unbedingt an Ralfs Talenten, es lag vielmehr daran, dass Schramm in seiner jetzigen mentalen Verfassung mehr als angeknockt war. Es ging ihm nicht gut, und das genoss Ralf in vollen Zügen. Er wusste nicht, wie viele Fotos er in den letzen drei Tagen von seinem Deutschlehrer gemacht hatte. Die Quantität war auch nicht das Entscheidende. Es ging um die Qualität, und in dieser Beziehung hatte er einen reichlichen Fundus an ausgezeichnetem Material: Es fing bei den Aufnahmen in Löwes Büro an, damit, dass Schramm sich an dessen Computer zu schaffen gemacht hatte. Er hatte Bilder von Schramms Freundin, als diese Hals über Kopf mit einer Reisetasche die Wohnung verließ. Dann hatte er eine Aufnahme von Schramm, als dieser sich einen Anzug kaufte. Beim Fotografieren dieser Szene beschlich ihn das Gefühl, von Schramm registriert zu werden, und er befürchtete, sich in jener Phase des Observierens möglicherweise etwas zu weit herangetastet zu haben. Doch gut getarnt mit einer dunklen Perücke und einer Real Madrid-Baseballmütze, hätte Schramm ihn niemals erkannt.
Er hatte die Beerdigung in dem Moment verlassen, als die beiden Vollidioten ihr Lied angestimmt hatten. Natürlich hatte er zunächst noch ein Bild des heulenden Deutschlehrers gemacht. Er fragte sich, ob er seine Tränen aus Mitleid oder Selbstmitleid vergoss. Diese Memme von einem Mann. Jetzt saß Ralf in seinem Golf und wartete auf ihn. Er verkürzte sich die Zeit mit dem Betrachten der Fotos der Beerdigung. Das vorletzte Bild war das beste: Man konnte Schramms Tränen sehen. Das hatte etwas.

Er hatte sich einen braunen Vollbart angeklebt und den bewährten Bundeswehrparka angezogen. Auch wenn es etwas warm im Wagen war, wusste er, dass er nicht noch mehr Risiko eingehen konnte. Er wollte den Anblick unbedingt festhalten, und bei dem, was er noch alles geplant hatte, war die Tarnung einfach mehr von Nöten denn je. Das Gute an der Sache war, dass Schramm seine Kiste ziemlich weit weg vom Friedhof geparkt hatte, so war man gewissermaßen unter sich. Wobei Schramm sicher glaubte, unbeobachtet zu sein. Aber das hatte er letzten Dienstag ja auch getan ...

Und dann sah er ihn. Erst jetzt registrierte Ralf, dass Schramm den neuen Anzug trug. Aber der Anzug war nur Fassade: Was für einen jämmerlichen Eindruck er doch machte, gebückt, den Kopf auf den Boden gerichtet, wie ein geprügelter Hund, ohne jedes Selbstvertrauen. Ralf konnte sich ein Lächeln nicht verkneifen. Doch eines wusste er: Nach dem, was jetzt gleich passieren würde, musste er wieder wachsamer und vorsichtiger werden. Ab jetzt hieß es auf der Hut sein, jeden Schritt genau planen, denn das hier würde Schramm einen Tiefschlag versetzen. Von nun an würde er richtig angeschlagen sein, getroffen. Ralf leckte sich die Lippen, er genoss die Situation: Ein angeschossenes Tier war am gefährlichsten, das wusste er. Das war gut so, es konnte endlich richtig losgehen.

29.

Es traf ihn völlig unvorbereitet. Wie ein Blitzschlag aus einem wolkenlosen Himmel. Dabei hatte es nicht den kleinsten Hinweis gegeben. Er war auf den Zettel zugelaufen, darauf hoffend, dass es sich dabei um einen Strohhalm der Hoffnung handeln würde, an dem er sich klammern konnte. Er hatte eine Nachricht von Petra erwartet. So wie dies schon so oft, seit die beiden ein Paar waren, bei derartigen Botschaften der Fall gewesen war. Das Wort *Neuanfang* hatte sich in seinem Denken ausgebreitet, als er die Nachricht hastig mit rasendem Herzschlag entfaltete. Er fühlte sich wie frisch verliebt, für einen kurzen Moment zumindest. Und mit diesem Gefühl ging das Bewusstsein einher, dass jetzt alles gut werden würde, weil er nicht allein war.

MÖRDER!
STELL DICH DEN
BULLEN ODER DU
BEREUST ES!

Er musste es mehrmals lesen. Dann wurde es ihm wieder unangenehm warm. Das Gefühl, bloßgestellt zu sein, nahm von ihm Besitz. Er verspürte den Drang, Wasser zu lassen. Apathisch faltete er die Nachricht wieder zusammen und setzte sich in seinen Wagen. Er war nicht imstande zu reagieren, auch nur irgendetwas zu tun. Er vergrub das Gesicht in den Händen und wartete darauf, dass etwas passierte. Sämtliche Lebensgeister schienen zunächst aus seinem Körper gewichen zu sein.
Der erste verschwommene Gedanke, den er schließlich zu fassen bekam, galt Kurt Löwe. Auch wenn er sich davor fürchtete, es war nicht zu leugnen: In diesem Moment beneidete er seinen ehemaligen Chef. Er beneidete ihn dafür, dass dieser keine Sorgen mehr hatte.
„Denk nach, Du musst ruhig werden!", forderte er sich schließlich selbst auf. Er wusste nicht, wie lange er wie paralysiert auf dem Fahrersitz seines Wagens gesessen hatte. Endlich gelang es ihm, wieder klar zu denken. Konnte es sein, dass Petra diese Nachricht verfasst hatte? ...Unmöglich. Dann bedeutete dies, dass noch jemand Bescheid wusste, noch jemand außer ihm und Petra. Er entfaltete den Zettel ein weiteres Mal. Sein Herz begann wieder schneller zu schlagen. Was sollte das alles? Die Nachricht war aus lauter verschiedenen Buchstaben zusammengesetzt, die offensichtlich aus Illustrierten stammten, sorgfältig ausgeschnitten und aufgeklebt auf einem weißen DIN A 4 Blatt. Das alles erinnerte an verstaubte Krimis, bei denen Erpresser auf diese Weise mit ihren Opfern kommunizierten. Bedeutete dies, dass er erpresst wurde? War er jetzt das Opfer?

30.

Sie wusste, wie sehr Andreas auf eine Nachricht wartete. Ein Blick auf die Uhr in der Schwesternstation verriet ihr, dass die Beerdigung wohl schon zu Ende war. Es wäre leicht, die Tatsache, dass sie der Beisetzung von Löwe nicht beigewohnt hatte, damit zu erklären, dass sie Wochenenddienst schieben musste. Aber die Wahrheit war subtiler, schließlich hätte sie den Dienst problemlos tauschen können. Es lag einfach daran, dass sie nicht konnte. Sie brachte es nicht fertig. Dabei wurde sie das Gefühl nicht los, dass allein sie an Löwes Tod Schuld war. Da nützten auch ihre Recherchen nichts, die besagten, dass Löwe durchaus eines natürlichen Todes gestorben sein konnte. Ihre Gefühle folgten jedoch einer nicht weniger wahrscheinlichen These: Löwe hatte das Schlafmittel nicht vertragen. Aufgrund seines ohnehin instabilen Kreislaufes hatte die Verabreichung des Schlafmittels letzten Endes zu seinem Tod geführt. Es ging hier jedoch nicht darum, was wahrscheinlicher war. Sie würde nie einen Zugang zum Tod von Kurt Löwe finden. Sie musste versuchen, das alles zu verarbeiten, das war ihre einzige Chance. Und dies war schwer genug. Sicher, sie könnte zu einem Psychologen gehen, doch selbst wenn man diese Möglichkeit ernsthaft ins Auge fasste, so war es noch viel zu früh dazu. Außerdem hätte sie über die Vorfälle sprechen müssen, und das schien im Moment absolut ausgeschlossen.

Es war nicht so, dass sie Andreas nicht vermisste. Aber sie konnte nicht einordnen, ob es Gewohnheit oder Liebe war. Sie dachte sehr oft an ihn, aber irgendetwas hielt sie davon ab, ihn anzurufen. Sie war noch nicht so weit. Der Mix aus Schuldgefühlen, Mitleid, Angst, Enttäuschung und Perspektivlosigkeit schien sie außerdem emotional zu lähmen. Doch manchmal gab es so etwas wie einen Silberstreif am Horizont ihrer Hilflosigkeit: Wiedergutmachung. Sie musste das Gegenteil von dem tun, was sie in die Situation gebracht hatte. Sie musste jemandem helfen, am besten aus einer scheinbar aussichtslosen Lage befreien. Natürlich wusste sie, dass dies bei Familie Löwe nicht mehr möglich war. Aber da war doch dieser junge Mann, der vor einigen Tagen auf der Station mit ihr gesprochen hatte. Fast schon komisch war, dass dieser auch Andreas hieß. Es konnte natürlich auch sein, dass sie sich etwas vormachte, doch sie hatte das Gefühl, damit den richtigen Weg zu gehen. Für das, was sie verarbeiten musste, gab es wahrscheinlich kein Patentrezept. Aber sie schien einem inneren Drang ausgesetzt zu sein. Dieser war ebenso stark wie der, Andreas vor nunmehr gut einer Woche die Sache mit dem Schlafcocktail auszureden. Damals hatte sie den Fehler gemacht, diesem starken inneren Gefühl nicht nachzugeben, ein zweites Mal würde sie dies nicht tun. Und sie spürte, dass sie erst danach wieder in der Lage sein würde, über die Zukunft ihrer Partnerschaft nachzudenken. Natürlich wusste sie, dass Andreas Löwes Tod nicht gewollt hatte. Sie wusste auch, dass es ihm wahrscheinlich genau so schlecht ging wie ihr selbst. Doch das alles war jetzt nicht wichtig. Bevor sie ihrem inneren Antrieb, das alles wieder gut zu machen, nicht gefolgt war, konnte sie nicht zu Andreas zurückgehen. Als ob es nicht schon schlimm genug war, gesellte sich jetzt ein weiterer Gedanke zu ihren Überlegungen, und von dem ging nicht weniger Angst aus: *Was mache ich, wenn der Junge nicht mehr kommt?* Schon mehrere Male hatte sie ihren Kopf aus der offenen Tür der Schwesternstation gestreckt, um nach ihm zu schauen. Nichts. Wie es dem Jungen wohl jetzt ging? Ob sich der Zustand seiner Mutter weiter verschlechtert hatte? Eine bisher nie da gewesene Leere nahm mit einem Mal Besitz von ihr. Sie versuchte sich vorzustellen, wie wohl ihre Zukunft aussah. Das Gefühl uneingeschränkten Glücks und wohliger Zufriedenheit schien Jahre und nicht erst wenige Tage her zu sein. Dann sah sie auf der Kontrolltafel der Station, dass ein Patient ihre Hilfe benötigte. Sie war dankbar, aus den Gedanken an ihre Zukunft gerissen zu werden, denn es beschlich sie das Gefühl, dass sie von der nahen Zukunft nicht viel Positives zu erwarten hatte.

31.

Andreas war froh, als er am Montag wieder zur Schule gehen durfte, denn so hatte zumindest äußerlich der Alltag wieder Einzug in sein Leben gehalten. Eigentlich war Seminartag, aber er hatte bereits vor mehreren Wochen den Seminarleiter gebeten, ausnahmsweise an jenem Montag die Schule besuchen zu dürfen - des Projekt-Präsentationstages wegen. Vor wenigen Tagen noch hatte er sich auf diesen besonderen Tag gefreut, hatte mit Vorfreude der Abwechslung entgegengeblickt. Jetzt glich sein Inneres jedoch einer Wüstenlandschaft, aus der sich jegliches Leben zurückgezogen hatte. Als Physiklehrer hätte er vielleicht von einem unterbrochenen Kreislauf der Gefühle gesprochen. Dies war die einzige Möglichkeit, um mit der Situation fertig zu werden. So waren es momentan nur noch Kopfbotschaften, mit denen er sich auseinander zu setzen hatte. Den ganzen Sonntag hatte er versucht, sich eine Erklärung für jene unmissverständliche Botschaft zusammenzureimen, die jemand während Löwes Beerdigung an die Windschutzscheibe seines Wagens geheftet hatte. Doch er war trotz einer schlaflosen Nacht zu keinem Ergebnis gekommen. Die einzige Erklärung war, dass Löwe selbst den Zettel geschrieben haben musste, denn wer außer ihm hätte sonst von den Vorfällen des letzten Dienstags wissen können? Er musste daran denken, wie Löwe ihn in der Nacht vor der Beerdigung in seinen Träumen besucht hatte. So gesehen war die Tatsache, dass er die ganze Nacht nicht hatte schlafen können, vielleicht sogar ein Segen. Er wollte sich lieber nicht ausmalen, wie Löwe sein Unterbewusstsein inzwischen umgepflügt hatte. Das reichte womöglich für lebenslange Alpträume der feinsten Sorte. Und dann war da natürlich nach wie vor die Sorge um Petra. Er konnte nicht verstehen, weshalb sie sich nicht meldete. Waren dies die Vorboten der endgültigen Trennung?
Er hatte natürlich auch Angst vor der Schule, denn schließlich wusste er nicht, ob sein Gefühlskreislauf noch immer unterbrochen sein würde, wenn er wieder vor einer Klasse stand. Andererseits war diese Angst bei weitem nicht so groß wie die, von seinen Schuldgefühlen aufgefressen und in den Selbstmord getrieben zu werden. Er brauchte die Ablenkung, und so war er dankbar dafür, dass für heute der Präsentationstag der Projekte angesetzt

war. Da er selbst keine Projekte betreut hatte, konnte er einfach eigenständig durch die einzelnen Klassenzimmer gehen und sich die ausgestellten Schülerarbeiten anschauen.
Auf dem Weg vom Parkplatz in das Schulgebäude fiel ihm der Kalender wieder ein, das Projekt von Christian und seiner Computer-Gruppe. *The Lion sleeps tonight* ... mit diesem Kalenderblatt hatte alles begonnen. Ob Christan den Kalender trotzdem präsentierte? Bei dem Gedanken daran bekam Andreas eine Gänsehaut.
Die Schüler und Lehrer drängten sich gleichermaßen durch die Gänge, in denen nach wie vor die Gerüste der Malerfirma standen. Sie alle schienen sehr an den Projekten interessiert zu sein. Andreas hatte das Gefühl, dass es vielen von ihnen ähnlich ging wie ihm selbst. Sie waren froh, dass der Alltag wieder etwas Ablenkung und Zerstreuung brachte. Und so herrschte in allen Ausstellungsräumen reger Betrieb. Stolz präsentierten die Projektgruppen ihre Arbeiten und beantworteten geduldig die Fragen der interessierten Schüler. Fast hätte man den Eindruck gewinnen können, die Sache mit Löwe wäre nie passiert, wäre da nicht das Kondolenzbuch gewesen, das noch immer auf einem schlichten Tisch neben dem Haupteingang lag. Ein lächelnder Kurt Löwe blickte Andreas von einem schwarz gerahmten Porträtfoto an, das hinter dem Buch stand. Links davon stand eine Vase mit roten Rosen - die Schüler wollten, dass Rosen auf dem Tisch standen - links davon eine bunte Kerze, die halb abgebrannt war. Löwes Blick schien Andreas magisch anzuziehen, und so ging er immer näher auf den Tisch zu. Er drehte sich kurz um, um sich davon zu vergewissern, dass ihn niemand beobachtete.
„Worauf wartest Du?"
Er wusste nicht, ob er es sich eingebildet hatte. Er musste es sich eingebildet haben, aber die Stimme klang so echt. Andreas hatte nicht den geringsten Zweifel daran, dass es Löwes Stimme war. Er hatte das Gefühl beobachtet zu werden, beobachtet von dem Porträtfoto eines toten Menschen. So viel zu der Tatsache, dass er seine Gefühle ausgeschaltet hatte. Er musste hier weg. *Geh einfach, lass das verdammte Foto und schau Dir die Schülerprojekte an, warum quälst Du Dich?*
Er konnte nicht sagen, ob er laut gesprochen hatte, hielt es aber für nicht besonders besorgniserregend, schließlich hatte es im allgemeinen Trubel mit Sicherheit niemand bemerkt. So beschloss er, möglichst unauffällig am Kondolenzbuch vorbeizugehen und zielstrebig das nächstbeste Klassenzimmer anzusteuern.
Die Hand auf seiner Schulter war definitiv keine Einbildung. Der Schreck kam so überraschend, dass er fast aufgeschrien hätte. Noch bevor er sich umdrehen konnte, hörte er Christine Neuhaus' Stimme:

„Oh, entschuldigen Sie, Herr Schramm, ich wollte Sie nicht erschrecken!"
Ihr Lächeln tat wirklich gut. Sie schien den Schock von Löwes Tod gut verarbeitet zu haben.
„Hallo Chrissi! Kein Problem, ich war gerade mit den Gedanken ganz woanders!"
Ihr Blick fiel auf das Kondolenzbuch.
„Ich verstehe, Sie wollten etwas in das Buch schreiben, stimmt's!"
„Ich ..., wie?"
„In das Kondolenzbuch, Sie wollten bestimmt auch noch ein paar Gedanken ..."
„Oh ja, ja, genau, das wollte ich! Sieht man mir das wohl an?"
„Naja, besonders glücklich wirken Sie nicht gerade, aber wer ist das schon im Moment? Um ehrlich zu sein, ich kenne viele, die nicht wussten, was sie schreiben sollten. Zuerst hat man das Gefühl, einen ganzen Roman schreiben zu können, aber dann ... es ist einfach so schlimm, dass man es mit Worten gar nicht ausdrücken kann, finden Sie nicht?"
Andreas nickte.
„Wissen Sie, ich muss immer an das denken, was Sie mir am letzten Mittwoch gesagt haben, als Sie mich getröstet haben!" Sie lächelte.
„Ja, natürlich, ich erinnere mich!" antwortete Andreas, der sich kaum noch daran erinnern konnte, überhaupt mit dem Mädchen gesprochen zu haben.
„ ,*Sein guter Geist wird für immer hier bleiben!*' - Ich glaube, ich habe verstanden, was Sie meinen, Herr Schramm." Und dann lächelte sie wieder, fast verlegen.
„Sein guter Geist ...!" Andreas musste alles aufbieten, um nicht in Tränen auszubrechen. Irgendwie gelang es ihm, eine Art Lächeln zustande zu bringen.
„Haben Sie eigentlich unser Projekt schon gesehen?"
„Nein, ich bin noch nicht dazu gekommen!" Er war dankbar für den Themenwechsel.
„Nein? Das sollten Sie aber. Sie würden wirklich etwas verpassen und abgesehen davon kann ich nicht versprechen, dass ich es Ihnen verzeihen würde, wenn Sie sich die Sachen nicht anschauen würden!"
„Das würde ich nie tun, niemals. In welchem Zimmer seid ihr denn?"
„Im zweiten Stock des Westflügels, Zimmer 215. Und wissen Sie was?"
„Ich höre!"
„Es sind eigentlich zwei Projekte, denn das vom letzten Jahr ist ebenfalls ausgestellt. Weil wir dafür nämlich im Dezember des letzten Jahres noch einen Preis vom Deutsch-Amerikanischen Institut bekommen haben. So gesehen ein Muss für jeden Englischlehrer!"
„Aber ich bin doch eigentlich Euer Deutschlehrer!"

„Herr Schramm, glauben Sie wirklich, dass es an dieser Schule noch irgendeinen Schüler der höheren Klassen gibt, der nicht weiß, welche Fächer Sie unterrichten? Über gutaussehende, beliebte Referendare hat man Bescheid zu wissen! Da gibt es so gut wie keine Geheimnisse!"
Die Wangen des Mädchens erröteten!
„Oh, es,..., es tut mir Leid... ich, entschuldigen Sie...!"
„Kein Problem, schließlich hat ein Kompliment noch keinem geschadet, und als solches ist es doch wohl zu werten!"
„Unbedingt, unbedingt Herr Schramm. Wissen Sie was? Vielleicht liegt es an Herrn Löwes Geist, dass wir beide uns so gut unterhalten, ich glaube wirklich, Sie haben recht!"
„Ich weiß nicht, ob das hier eine Rolle spielt. Aber genau wissen kann man es natürlich nicht. Wo sagtest Du noch einmal, werden Eure Projekte ausgestellt?"
Christine blickte auf ihre Armbanduhr.
„Oh mein Gott, ich muss zurück. In drei Minuten kommt eine siebte Klasse, und ich muss einen Vortrag halten. Westflügel, Zimmer 215!"
„Gut, dann sehen wir uns auf jeden Fall. Ich bin schon ganz neugierig!"
„Es wird ihnen gefallen." Sie lächelte drehte sich um, und ein paar Sekunden später hatte sie die Schülermenge verschluckt.

Andreas stand noch immer keine zwei Meter vom Kondolenzbuch entfernt. Nur kurz spielte er mit dem Gedanken, doch noch etwas in das Buch zu schreiben. Nein. Es ging einfach nicht. Er fühlte sich ein wenig besser und er wusste, dass er auf keinen Fall Löwes Bild noch ein weiteres Mal anschauen durfte, wenn er nicht Gefahr laufen wollte, den Verstand zu verlieren. Und so beschloss er, sich langsam den Weg zu Zimmer 215 zu bahnen.

32.

Thomas Auer hatte eigentlich genug zu tun. Er saß in seinem Büro der Kripo Nürnberg, das er sich zusammen mit seinem fast zwanzig Jahre älteren Kollegen Helmut Zimmermann teilte. Thomas war seit fast drei Jahren bei der Kriminalpolizei. Vor nunmehr 16 Jahren hatte er den mittleren Polizeidienst angetreten. Elf Jahre lang hatte er nach der Ausbildung in der Polizeischule Würzburg zunächst Streifen- und Innendienst verrichtet, bis er sich irgendwann auf eine interne Stellenausschreibung bei der

Kripo beworben hatte. Einige Monate später hatte er dann tatsächlich seinen Dienst bei der Kripo angetreten.
Zu seinem Arbeitsfeld gehörte auch die öffentliche Aufklärungsarbeit an Schulen. In diesem Zusammenhang wurde er oft von den Schülern gefragt, weshalb er den Polizeiberuf gewählt hatte. Diese Frage konnte er eigentlich bis heute nicht richtig beantworten. Wenn er ehrlich war, lag es wohl daran, dass er – anders als viele seiner damaligen Mitschüler - es sich im Alter von 17 Jahren nicht hatte vorstellen können, sein ganzes Arbeitsleben in einem Büro zu verbringen. Er schaute sich in seinem Büro um. Wie man sich bei der Berufswahl täuschen konnte! Eine weitere Frage, die es oft zu beantworten galt, war die, was seiner Meinung nach einen guten Polizisten ausmachte. Dies konnte Thomas recht präzise beantworten: Für ihn war ein guter Polizist jemand, der einen guten Instinkt hatte; der von seiner eigenen Neugierde angetrieben wurde und Dinge hinterfragte, die andere ignorierten. Dieser Instinkt war einem gegeben.

Wie gesagt, eigentlich hatte er genug zu tun ...wenn da die letzten Einträge in seinem kleinen schwarzen Ringbuch nicht gewesen wären. Darin notierte er normalerweise seine Beobachtungen, wenn er zu einem Einsatz gerufen wurde. Er hätte die Aufzeichnungen eigentlich herausreißen und in den Papierkorb werfen können, doch seine Neugierde hatte etwas dagegen. Dort gehörten sie freilich offiziell hin. Es gab keinerlei Veranlassung, dies nicht zu tun, denn der Fall war kein Fall mehr für die Kripo. Im Grunde genommen war er es nie gewesen. *Natürliche Todesursache* hatte die Diagnose des Arztes gelautet. Und das klang plausibel, schließlich hatte auch die Frau des Verstorbenen keinerlei Zweifel daran gehegt. Und sie konnte unmöglich etwas damit zu tun haben, war sie doch zum Todeszeitpunkt irgendwo in Südbayern gewesen. Trotzdem gelang es ihm nicht, seiner Neugierde Einhalt zu gebieten. Die einzige Möglichkeit, die ihm in diesem Fall blieb, war, auf eigene Faust etwas herumzuschnüffeln. Er war felsenfest davon überzeugt, dass der Arzt Recht hatte, trotzdem war er neugierig. Aber auf seinem Schreibtisch stapelte sich die Arbeit. Im Polizeijargon nannte man das, was er vorhatte, den *kleinen Dienstweg* zu beschreiten. Was nichts anderes hieß, dass er der Sache nicht offiziell nachgehen konnte. Es war eine „halb private" Angelegenheit. Er hätte mit seinem erfahrenen Kollegen Zimmermann darüber sprechen können, aber der war gerade in seinem Häuschen an der Atlantikküste. Eigentlich ein weiteres Argument, um die Sache auf sich beruhen zu lassen.

33.

Wenn Ralf Sommer noch nach einer letzten Bestätigung dafür gesucht hatte, dass Schramm ein Perverser und Christine Neumeyer eine Schlampe war, dann war dies hiermit geschehen. Der Anblick war kaum zu ertragen. Es waren so viele Schüler und Lehrer um ihn herum, dass er die beiden ungestört beobachten konnte. Keine drei Meter trennten ihn von dem Tisch, an dem sie gerade saßen. Sie lächelte ihn an wie eine Schwachsinnige und zeigte ihm alle Ergebnisse der Projektarbeiten - der Projektarbeiten, also nicht nur das Ergebnis der Arbeit des laufenden Schuljahres, sondern auch der des letzten Jahres. Und das war ja eigentlich sein Baby gewesen, schließlich hatte er damals die Idee gehabt, eine eigene Schrift zu entwickeln und so weiter. Im Grunde genommen hätte man ihm das Copyright dafür geben müssen. Damals war Schramm noch nicht einmal an der Schule gewesen, dieser verfluchte Drecksack. Was wollte der? Wie konnte er einfach so dasitzen, als wäre nichts geschehen? Und wie um alles in der Welt konnte er dabei so entspannt mit Tina quatschen? Man könnte fast meinen, die beiden hätten etwas miteinander. Doch Ralf wusste es natürlich besser, schließlich hatte er über Schramms Leben in den letzten Tagen akribisch Buch geführt. Die Datenlage war eindeutig - Kontakte zu Tina Neumeyer Fehlanzeige. Dieses Schwein. Er hatte Löwe auf dem Gewissen, das war doch wohl klar. Am liebsten hätte er sich jetzt auf einen Tisch gestellt, um auf Schramm zu pinkeln. Bestimmt hätte er erstaunte Blicke dafür geerntet, möglicherweise sogar irritierte Blicke. Ja, sie hätten es vielleicht nicht verstanden, diese Idioten. Aber was hätte das schon bedeutet, schließlich hatte er ja noch seine Sprache. Seine Sprache und die Daten. Und seine Sprache hätte die irritierten Blicke ohne weiteres in entsetzte Fratzen verwandeln können.
„Er hat Löwe umgebracht!"
Mehr hätte er nicht sagen müssen. Gut, vielleicht hätte er noch hinzufügen können: „Ich habe Beweise!" Wie sie ihn dann wohl angeblickt hätten? Und wie sie sich dann wohl von dem Schwein abgewendet hätten? Wahrscheinlich hätten sie darauf geschlossen, dass Tina mit ihm unter einer Decke steckte, so wie sie hier mit ihm redete, ohne das geringste Anzeichen von Scham, diese...

Aber das war zu einfach, viel zu einfach. Nein, so billig würde der kleine Pisser nicht davon kommen. Nicht so. Da galt es ganz andere Kaliber aufzufahren. Und eines war klar, lange konnte er nicht mehr warten, denn Schramm hatte immer noch nicht auf seine Nachricht reagiert. Wenn er ehrlich war, hätte er ihm so viel Kaltblütigkeit gar nicht zugetraut. Er durfte diesen Irren nicht unterschätzen. Sicherheitshalber machte er ein Foto von den beiden, dieses Mal ganz legal, denn schließlich hatte er sich bereit erklärt, Fotos von den Besuchern der Projektausstellung zu machen. Als Schramm bemerkte, dass er fotografiert wurde, versuchte er zu lächeln. Ralf wusste, warum er nur ein gequältes Fratzengrinsen zustande brachte. Na also, doch nicht so cool. Gut so. Ohne auch nur die geringste Anstrengung gelang es Ralf, seinen Mitleid erhaschenden Gesichtsausdruck aufzulegen, was er dadurch zu verstärken versuchte, dass er umständlich an der Digitalkamera herumfummelte. Schramm hob kurz die Hand in Ralfs Richtung. Ralf lächelte unsicher zurück, eine Million Mal geübt und für glaubwürdig befunden. Auch jetzt. Er stellte sich vor, wie weit Schramms Gehirn wohl spritzen würde, wenn er ihm hier und jetzt eine Kugel durch den Kopf jagen würde. Bestimmt würde Tinas weißes T-Shirt mit dem Bandlogo von Green Day mehr als nur ein paar Spritzer abbekommen. *Der Tag der Rache ist nah.* Ralf hatte keine Ahnung, von woher ihm der Spruch in den Sinn gekommen war, doch er fand, dass er es nicht besser hätte formulieren können. Es war wohl an der Zeit, die nächste Ebene des Spiels zu betreten. Und er wusste auch schon, wer ihm bei dem, was er plante, behilflich sein konnte. Es war an der Zeit, sich an Jesper zu wenden, denn Jesper wusste viel und konnte alles besorgen.

34.

Andreas glaubte nicht, dass das Mädchen wusste, was sie gerade für ihn tat. Für Tina war es scheinbar kaum mehr als eine Routinesache. Sie erklärte einem ihrer Lehrer die Ergebnisse, die sie mit ihrer Projektgruppe in den vergangenen Monaten erarbeitet hatte. Doch sie hatte keine Ahnung davon, dass es für ihren Deutschlehrer in diesen Minuten zum ersten Mal eine Ablenkung von seinen Problemen gab. Die Arbeiten gefielen ihm nämlich so gut, dass er während Tinas Erläuterungen erstmals nicht an Löwes Tod oder an Petra denken musste. Selbst die Drohung, die an seine Windschutzscheibe geheftet worden war, konnte er für kurze Zeit vergessen.
Im Unterricht gehörte Tina eher zu den zurückhaltenderen Schülerinnen, aber hier bestach sie sowohl fachlich, als auch rhetorisch. Sie stand hinter dem, was sie sagte, wusste, wovon sie redete, und drückte sich sehr routiniert aus. Vor ihnen auf dem Tisch lag eine Ausgabe von „Mozart's Cinema Guide", einem 80 Seiten starken, gebundenen Buch, das ebenso informativ wie sprachlich ansprechend über die Kinos im Raum Nürnberg

informierte. Dabei war auch das Layout nahezu professionell gestaltet, mit gestochen scharfen Fotos der Räumlichkeiten, Porträts von den Schülerinnen und Schülern, welche die Kinos jeweils in verschiedenen Kategorien bewerteten, die da hießen: *Preis, Ermäßigungen, Ambiente, Aktualität, Komfort, Website, Specials, vorher – nachher.* In jeder Kategorie wurden zwischen einem (mies) und fünf (genial) *Mozarts* (als Alternative für Punkte) vergeben. Den Mozart hatten die Schüler selbst gestaltet, eine Karikatur von Wolfgang Amadeus, der eine Filmrolle in der Hand hielt. Zum Schluss wurde nach jeder Detailbewertung ein kurzes Fazit gezogen, dem die Gesamtbewertung an Mozarts beigefügt wurde. Andreas, der durchaus als Cineast gelten konnte, war begeistert vom Ergebnis der Projektarbeit.

Die Arbeit des vergangenen Jahres beeindruckte ihn allerdings nicht minder. Sie war so gut, dass die Klasse sogar einen Preis des Amerikahauses dafür erhalten hatte. Die gleichen Gedanken waren ihm auch vor einigen Tagen durch den Kopf gegangen, als ihm Christian den Schulkalender gezeigt hatte. Allerdings kam es Andreas vor, als wären seitdem nicht Tage, sondern Jahre vergangen. Mit jenem verfluchten Kalenderblatt des schlafenden Löwen hatte alles seinen Lauf genommen.
Bei diesem Projekt hier ging es um die Vereinigten Staaten von Amerika. Ziel war es, laut Tinas Ausführungen, zum einen über die USA zu informieren, wobei allerdings nicht nur von den Städten und Staaten die Rede sein sollte, welche die meisten Schüler ohnehin schon kannten. So wurde gezielt auch über unbekanntere Staaten wie beispielsweise Wisconsin oder Oregon berichtet. Neben der Fachinformation legten die Schüler auch darauf Wert, über skurrile oder witzige Dinge und andere nicht immer ganz ernst gemeinte, eher außergewöhnliche Fakten der jeweiligen Staaten Auskunft zu erteilen. So erfuhr man zum Beispiel, dass die erste Schreibmaschine 1867 in Wisconsin hergestellt wurde. Man wurde darüber informiert, dass es in der Stadt Eugene, Oregon bis 1970 gesetzlich verboten war, an Sonntagen Filme zu zeigen oder Autorennen zu besuchen.
Jeder Schüler hatte sich für einen bestimmten Staat entschieden und darüber Informationen zusammengetragen. Abgesehen von den bereits erwähnten Rubriken, berichteten die Schüler auch über berühmte Persönlichkeiten, Sport-Teams, Nationalparks oder Sehenswürdigkeiten der jeweiligen Staaten. Ein wahrer Fundus für jemanden, der sich für die USA interessierte, und dazu gehörte Andreas zweifellos. Er war beeindruckt, vom Informationsgehalt ebenso wie von der Umsetzung der Thematik. Zu jedem Staat existierte ein eigenes Plakat, außerdem gab es eine Mappe, in der die Detailaspekte nochmals gesondert aufgelistet wurden. Die Klasse hatte sich sogar T-Shirts drucken lassen, wobei jeder Schüler ein individu-

elles Exemplar mit seinem Staat besaß. Tina zeigte ihrem Deutschlehrer ein Gruppenfoto der Klasse, auf dem alle Schüler ihre T-Shirts trugen.
„Ich bin echt beeindruckt!", gestand Andreas.
„Sehen Sie, ich habe also nicht zu viel versprochen. Und ist Ihnen bei den Plakaten vielleicht noch etwas aufgefallen?" Tina lächelte.
„Sie sind perfekt, würde ich sagen. Und sie sind alle nach dem gleichen Schema aufgebaut, die Umrisse des Staates, dann die Informationen auf der linken Seite und die witzigen Sachen rechts von der Karte ..."
„Stimmt genau und vielleicht noch etwas...?"
Andreas blies die Backen auf und kratzte sich an der Stirn.
„Wenn ich ehrlich bin, ich weiß es nicht. Sollte mir vielleicht noch etwas auffallen?"
„Eigentlich schon, aber das ist sehr schwer. Man muss sich auch ein bisschen auskennen in punkto Layout, Schriftarten um es genauer zu sagen. Sehen Sie sich einmal die Namen der Staaten an!"
Andreas verglich die Schriftarten der Staaten von Wisconsin, Kentucky und Oregon miteinander.
„Ja, ich denke, dass es immer die gleiche Schriftart ist, richtig?"
„Gut, aber es kommt noch besser, Herr Schramm, es ist eine extra für dieses Projekt entwickelte Schriftart!"
„Du meinst, ihr habt extra eine neue Schriftart für das Projekt erfunden?"
„Kann man so sagen, ja! Also es waren Simon und Andy aus der Klasse. Wenn Sie genau hinschauen, dann sehen Sie, dass im linken oberen Eck des jeweiligen Buchstabens immer ein kleiner Schatten zu erkennen ist. Das ist es. Nicht schlecht, oder?"
„Wahnsinn, was da eine Arbeit dahinter steckt. Das ist echt klasse!"
„Wenn Sie wollen, können Sie sich die einzelnen Mappen der Staaten ruhig noch länger anschauen, Herr Schramm. Ich muss mich jetzt um eine siebte Klasse kümmern, die sich die Projektergebnisse des Kinoführers anschauen möchte!"
„Ja, das werde ich bestimmt. Vielen Dank, Tina, super Sache. Hat mir wirklich gefallen!"
„Ich habe zu danken, wir sehen uns spätestens morgen im Unterricht!"
„Das werden wir!", antwortete er. Im selben Moment holte ihn der Gedanke an den toten Schulleiter wieder ein. Er konnte es sich nicht vorstellen, jemals wieder vor eine Klasse zu treten. Als Tina ihn anlächelte, versuchte er das Lächeln zu erwidern, aber es gelang ihm nicht.

35.

Irgendwie hatte er mittlerweile wohl so etwas wie einen Riecher dafür. Anders konnte Ralf Sommer es sich nicht erklären, dass gerade er den Hund scheinbar ohne Herrchen hier herumlaufen sah. Er konnte nichts dagegen tun, es überkam ihn einfach. Es musste schnell gehen, wenn er die Chance ergreifen wollte. Was bitter nötig war, denn die Aggressionen, die sich in den letzten Tagen aufgestaut hatten, waren kaum noch zu kontrollieren. Mitansehen zu müssen, wie Schramm sich mit diesem Flittchen unterhalten hatte, hätte ihn fast die Kontrolle verlieren lassen. Und das konnte er sich einfach nicht leisten.
Eigentlich wollte er sich an einer Ente zu schaffen machen. An dieser Stelle des Wöhrder Sees war das Uferdickicht so dicht, dass er dort ohne Probleme auf eine Ente warten konnte. Er hatte seinen Baseballschläger dabei. Damit hatte er eigentlich so lange auf das Vieh einschlagen wollen, bis nur noch Matsch übrig geblieben wäre.
„Ich tue der Menschheit eigentlich einen Gefallen und bewahre sie vor der Vogelgrippe!", flüsterte er.
Woher der Köter plötzlich gekommen war, wusste er nicht, fast wäre ihm der Spruch „Dich schickt der Himmel" über die Lippen gekommen. Doch er war nicht unbedingt angebracht, angesichts seines Vorhabens, das Hundevieh ja in die Hölle schicken zu wollen. Er wusste nicht, weshalb ihn gerade Hunde so faszinierten. Möglicherweise, weil er dabei besser aufpassen musste und der Gefahr ausgesetzt war, beobachtet zu werden. Bestimmt war das Herrchen dieses kleinen braunschwarzen Scheißers auch nicht weit weg. Es war unabhängig davon schon deshalb riskant genug, weil schließlich jederzeit ein Jogger oder Radfahrer auftauchen konnte.
Er bückte sich, und der Hund lief schwanzwedelnd auf ihn zu. Er war noch sehr jung und unerfahren. Ralf drehte sich noch einmal nach potentiellen Beobachtern um - nichts. Er war wirklich allein hier, kaum zu glauben. Aber woher kam dann das Hundevieh? Ob der Hundehalter irgendwo lauerte? Möglicherweise war es einfach an der Zeit, etwas an der Risikoschraube zu drehen. Das war wohl Teil des Spiels ... und wann bot sich sonst die entsprechende Gelegenheit? Er hatte den Baseballschläger in unmittelbarer Reichweite neben sich ins Gras gelegt. Der Hund war jetzt weniger als einen Meter von ihm entfernt. Ralf hatte keine Ahnung, um welche Rasse es sich handelte. Irgendwie sah das Vieh aus, als wäre er an einer Straßenecke gezeugt worden.
„Keiner gibt einen Scheiß auf Dich, Kleiner!"
Er drehte sich ein weiteres Mal um. Noch immer niemand zu sehen. Dann griff er nach dem Schläger und versetzte dem Hund einen heftigen Schlag.

Es traf das Tier völlig unvorbereitet, es hatte nicht einmal die Möglichkeit zu schreien. Der Baseballschläger traf die rechte Seite des Hundes mit voller Wucht. Das Blut spritzte in alle Richtungen und man konnte hören, wie der Schädel des Tieres zersprang. Wie ein k.o.- gegangener Boxer flog der Hundekörper nach links, drehte sich einmal um die eigene Achse und blieb schließlich im geschützten Dickicht liegen. Ralf leckte sich die Lippen. Aber er war aufmerksam genug, um zu begreifen, dass er jetzt sehr schnell sein musste. Das Vieh war noch nicht tot. Es winselte, kaum hörbar. Die rechte Hälfte des Kopfes war eingedrückt. Es erinnerte Ralf an einen platten Fußball. Das rechte Auge des Hundes fehlte. Der Bauch bewegte sich sehr schnell auf und ab, und die Blutlache, in der das Tier lag, wurde immer größer. Ralf drehte sich ein weiteres Mal um und dieses Mal kamen zwei Jogger von links auf ihn zu. Es gab also doch noch andere Menschen auf dem Planeten. Er nahm einen Stein und versuchte, ihn unbeholfen auf der Wasseroberfläche des Sees tanzen zu lassen. Die beiden Läufer verlangsamten ihr Tempo.
„Weißt Du, wie spät ist es?", rief der kleinere der beiden.
Ralf drehte sich langsam um und ging einen Meter nach links, um sich vor den sterbenden Hund zu stellen, der etwa zwei Meter hinter ihm lag.
„Es ist 10 Minuten nach drei, Jungs! Zeit für 'ne Kaffeepause!", entgegnete Ralf ruhig und lächelte.
„Merci!"
Und schon war er wieder ungestört!
„Ihr Ahnungslosen", flüsterte er. Dann nahm er den Hund an den Hinterbeinen und schleuderte ihn, so weit er konnte, auf den See hinaus. Mit einem lauten Platschen landete der Hundekörper etwa fünfzehn Meter von Ralf entfernt.
„Schwimm schön, du kleiner Pisser. Wer nicht aufpasst, bekommt eben Probleme mit Ralfi!"
Dann registrierte er, dass einige Enten auf den untergehenden Hundekörper zuschwammen.
„Das schmeckt euch bestimmt nicht, ihr dummen, dummen Enten!"
Jetzt sah er, dass seine linke Hand blutverschmiert war. Doch anders als sonst, löste es dieses Mal kein Gefühl des Ekels in ihm aus. Im Gegenteil, es tat irgendwie gut. Er schmierte sich das Blut langsam auch an die rechte Hand und dann führte er Bewegungen durch, als würde er seine Hände im Blut waschen.
„Die Trophäe des Racheengels!", flüsterte er schließlich und strich sich langsam mit den blutverschmierten Fingern über die Stirn.
„Nein, es war nicht meine Schuld, ganz bestimmt nicht!" flüsterte er. Er nahm seinen Baseballschläger und machte sich auf den Weg zurück zu sei-

nem blauen Golf. Keine Minute später kamen ihm zwei kleine Jungs entgegen.
„Struppi, Struppi, wo bist Du?", riefen sie aufgeregt.
„Struppi sucht nach Tim auf dem Grund des Sees", flüsterte Ralf leise, als er lächelnd an den beiden vorbeiging.

36.

Die Sache mit Struppi hatte Ralf ruhiger gemacht, und das war auch bitter nötig. Er spürte, dass er sich womöglich nicht mehr unter Kontrolle gehabt hätte, wenn Struppi ihm nicht über den Weg gelaufen wäre. Zugegeben, die Ente wäre, mit etwas Abstand betrachtet, wohl nicht nur eine Alternative, sondern auch die sichere Version gewesen. Denn man musste kein Prophet sein, um zu dem Ergebnis zu kommen, dass das mit Struppis Liquidation verbundene Risiko so hoch war wie nie zuvor. Er hasste Amateure, doch heute Nachmittag hatte er sich selbst wie einer verhalten.
Er hatte dieses Mal keinerlei Sicherheitsmaßnahmen getroffen. Die ganze Aktion wurde weder vorher durchgeplant, noch an einem Ort durchgeführt, wo man sich unbeobachtet fühlen konnte. Als die beiden Jogger auftauchten, war es richtig eng geworden. Um ein Haar hätten ihn die beiden Idioten beim Spielen mit Struppi gesehen, das war nicht zu leugnen. Fakt war aber auch, dass er eine bisher nie da gewesene Befriedigung empfand, als er dem Köter den Schädel eingedroschen hatte. Sei es drum, niemand hatte Wind von der Sache bekommen, und insofern hatte sich das Risiko sogar gelohnt. Möglicherweise lag auch gerade in der Gefahr des Entdecktwerdens dieses bisher unbekannte Potential an Befriedigung. Und so hatte er sich im Augenblick, den Umständen entsprechend, wieder ganz gut unter Kontrolle. Sein Hass war zwar immer noch da, aber er war in jedem Fall wieder kontrollierbar. Wenn er die nächste Ebene betreten wollte, dann konnte er sich allerdings keine Fehler erlauben. Doch Fehler waren unvermeidlich, wenn er seine Triebe nicht unter Kontrolle halten konnte. Insofern war das Oberziel für das, was vor ihm lag, das Risiko so gering wie möglich zu halten. Auch wenn das Risiko des Entdecktwerdens eine neue Dimension der Befriedigung bereithielt, würde es ihn nicht weiter bringen. Nicht in diesem Fall. Nicht bei Andreas Schramm. Dazu war dieser viel zu intelligent.

Bei dem Projekt Struppi war er allerdings nicht nur unvorsichtig gewesen. Er hatte noch einen weiteren Fehler begangen, denn er hatte den Köter dieses Mal nicht angefüttert. Struppi hatte keinerlei Vertrauen zu ihm gehabt. Auch das hätte ihm zum Verhängnis werden können. Für Ralf war das Anfüttern vielleicht das Wichtigste bei dem ganzen Spiel. Wenn einem die Köter vertrauten, dann leckten sie einem die Hand. Wenn sie einem die Hand leckten, dann fraßen sie einem auch daraus, und dann ging alles von ganz allein. Wie hatte er dies nur vergessen können? Es machte ihm Angst. Wie konnte er nur seine bisherigen Prinzipien wegen Schramm einfach über Bord werfen? Das würde ihm bei seinem verhassten Deutschlehrer schlichtweg zum Verhängnis werden. Wenn es ihm schon nicht gelingen würde, seinen Hass auf Schramm abzubauen, dann musste er wenigstens die Sache professionell durchziehen. Und das hieß im Klartext, eine gezielte Vorbereitung und eine Vorgehensweise, die jegliches Risiko minimal halten würde. Es war letztlich nicht von Bedeutung, ob ihm das Risiko des Entdecktwerdens einen Kick verschaffen würde. Für den Kick waren andere Begebenheiten ebenso Erfolg versprechend. Zu diesen Begebenheiten würde es aber nur dann kommen, wenn er sich wie ein Vollprofi verhalten würde.

Manche Dinge wurden nicht besser, wenn man sie hinterfragte. Sie brachten einem auch keine neuen Erkenntnisse, ebenso wenig, wie sie sich veränderten. Jesper gehörte zu jener Kategorie. Ralf hatte anfangs versucht, mehr über Jesper herauszufinden, über dessen Identität und den Grund seiner Integrität. Darüber, weshalb Jesper so viel wusste und warum er so bereitwillig darüber Auskunft gab. Es war Ralf jedoch trotz einiger Anstrengungen letztendlich nicht gelungen, mehr zu erfahren. Sämtliche Bemühungen hatten zu keinem brauchbaren Ergebnis geführt. All die Anstrengungen waren nur mit einem unnötigen Energieaufwand verbunden. Deshalb hatte Ralf Jesper irgendwann einfach als das akzeptiert, was er war: eine nahezu unerschöpfliche Informationsquelle. Woher Jesper all die Dinge wusste? Wieso er im Grunde genommen ständig erreichbar war? Warum Jesper kaum unnötige Fragen stellte? All dies war nicht wichtig. Abgesehen davon hätte es Ralf nicht unbedingt weiter gebracht. Im Gegenteil, wahrscheinlich wären aus den Antworten immer weitere Fragen entstanden und Ralf wollte keine Fragen beantworten, sondern er wollte Fragen stellen. Und er bezahlte für die Antworten. Das war das Geschäft. Vielleicht war Jesper einfach nur ein Vollprofi. Er erbrachte seine Leistung und man bezahlte ihn dafür. Alles online, klar.
Trotzdem half es Ralf Sommer, wenn er sich Jesper als Person vorstellte. Mittlerweile existierte er in Ralfs Phantasie. Er sah Jesper in einem Büro vor einem Computer sitzen, der mit sämtlichen technischen Schikanen ausgestattet war. In Ralfs Phantasie war Jesper etwa 40 Jahre alt und an

den Rollstuhl gefesselt (vermutlich durch einen Unfall, nicht so wie James Stewart in Hitchcocks *Das Fenster zum Hof*). Früher hatte er einen Beruf ausgeübt, zu dem ein Studium nötig gewesen war, vielleicht war er ein Techniker oder Mediziner gewesen. Denn, was das Fachgebiet der Medizin betraf, war es fast schon beängstigend, was Jesper wusste. Sein Zimmer war nicht sehr hell. Helligkeit war nicht gut für Jespers Augen, die wahrscheinlich ohnehin nicht besonders gut waren, wegen der vielen Stunden vor dem Monitor. Er hatte vermutlich eine Haushalts- oder Putzhilfe, die sich um ihn kümmerte. Vielleicht tat dies auch seine Frau, doch die Wahrscheinlichkeit, dass Jesper verheiratet war, war nicht sehr groß. Wie dem auch sei, es half Ralf, wenn er sich Jesper als Person und nicht nur als verschlüsselte Email-Adresse und Bankverbindung vorstellte. Wahrscheinlich hatte er eine Brille und einen Bart, der dunkel war und graue Strähnen hatte. Er hatte längere, mehr graue als schwarze Haare, die möglicherweise zu einem Zopf zusammengebunden waren. Das einzige, was Ralf sich nicht vorstellen wollte, war, dass Jesper vielleicht einen Hund hatte, der ihm Gesellschaft leistete. Doch man konnte nie wissen ...

Das Beste an Jesper war, dass er immer erreichbar war. Und das war im Moment das Einzige was zählte.

```
Hallo Jesper, bist du online?
```
Was kann ich für dich tun, Bundyted86?
```
Ich brauche deine Hilfe?
```
Um was geht's?
```
Wo kann ich Chloroform bekommen?
```
Chloroform? Möchtest du es als Betäubungsmittel verwenden?

Eine weitere Eigenschaft, die Ralf an Jesper schätzte. Er stellte wenig Fragen, und wenn, so diente dies dazu, langwierige Konversationen abzukürzen. Jesper hatte oft den richtigen Riecher, und er hatte auch dieses Mal die richtige Fährte aufgenommen.

```
Ja, das stimmt. Ich möchte etwas ausprobieren!
```
Wenn du Chloroform zu Betäubungszwecken verwenden möchtest, dann lass die Finger davon. Was im Film so einfach aussieht, ist in Wirklichkeit eine sehr diffizile Angelegenheit. Zum einen ist Chloroform nicht einfach zu besorgen, zum anderen ist es auch für den Anwender gesundheitsgefährdend. Ich zitiere aus der Betriebsanleitung für Chloroform: „Der Kontakt mit Augen, Haut und Schleimhäuten führt zu Reizungen. Verschlucken verursacht Übel-

keit und Erbrechen. Einatmen von Dämpfen bedingt Hustenreiz und Atemnot." Abgesehen davon kannst du dich selbst unter Narkose setzen und ich denke nicht, dass das deine Absicht ist. Was in alten Filmen so einfach aussieht, ist in Wirklichkeit äußerst schwierig. Nur so viel noch: Bereits 1847 wurde Chloroform in Krankenhäusern zur Anästhesie eingeführt. Wenn du dir überlegst, dass man sich damals noch mit Pferdekutschen fortbewegt hat...Heute wird das vielleicht noch in abgelegenen Teilen Russlands oder der 3. Welt in Krankenhäusern eingesetzt.
```
Ich habe verstanden. Was rätst du mir alternativ?
```
Ich klammere einmal Substanzen aus, die in Krankenhäusern unter Verschluss gehalten werden, denn an die kommt man nicht so einfach ran. Ich würde dir ein Präparat mit dem Namen „Dormicum", ein Präparat, das auf dem Wirkstoff „Midazolan" basiert, empfehlen. Das Präparat gehört zur Gruppe der Benzodiazepine, worunter man Beruhigungs- und Schlafmittel zusammenfasst. Das Gute daran ist, dass über die Dosierung die Dauer der Wirkung sehr gut steuerbar ist.
```
Gut. Wie kann man dieses Dormicum verabreichen?
```
Wenn du damit meinst, in welcher Form, dann so viel: Es ist flüssig oder in Tablettenform erhältlich. Hängt davon ab, was du genau vorhast.
```
Wahrscheinlich ist es in flüssiger Form besser.
Woher weiß ich, wie viel ich nehmen muss?
```
Das kann ich dir erklären. Es hängt letztlich vom Gewicht und dem Alter der Person ab.
```
Wie lange hält die Wirkung an?
```
Wie bereits erwähnt, das richtet sich danach, wie hoch die Dosierung war. Ein weiterer Vorteil des Präparats ist, dass die Person langsam einschläft und sich später an nichts mehr erinnern kann.

Ralf war fasziniert. Er brauchte dieses Wundermittel.

```
Du meinst, man wacht auf und weiß nicht mehr, was
vorher passiert ist?
```
In etwa so, ja. Es ist vielleicht mit einer Art Filmriss vergleichbar.
```
Gut. Gut. Dann bestelle ich das hiermit bei dir.
Kannst du mir auch die Dosierung erklären?
```
Das ist kein Problem. Sobald du mir 150,00 € (Beratung und Lieferung inklusive) überwiesen hast, kommen wir ins Geschäft.
```
Danke, das war alles für heute.
```

Bis zum nächsten Mal.

Keine zwei Minuten später hatte Ralf, die Gürtelschnalle das Geld per Online-Banking überwiesen.

37.

Petra hatte nicht den geringsten Zweifel: Es war Andi, der gerade aus dem Aufzug in den Flur trat. Sie sah ihn durch das Fenster der Schwesternstation. Er war tatsächlich noch einmal hier her gekommen, sie konnte es kaum glauben. Es musste ihn einiges an Kraft gekostet haben, das war wohl sicher. Und sie wusste, dass sie jetzt für ihn da sein musste, nicht nur seinetwegen. Sie öffnete die Tür der Station und lief dem jungen Mann entgegen.
„Hallo, das ist ja eine Überraschung, ich dachte schon, Sie kommen nicht mehr zurück!"
„Hallo!", antwortete der junge Mann, dessen Augen nach wie vor sehr unglücklich aussahen. Sie reichte ihm die Hand und wieder drückte ihr Gegenüber beim Händedruck nicht zu. Sie brauchte ihn nicht lange zu mustern, um zu sehen, dass er nicht sehr gepflegt war. Seine Kleidung war zerschlissen und schmutzig.
„Na, wie geht es ihrer Mutter?"
„Ich, ich weiß nicht genau. Sie sagt, es sei besser, aber ich glaube, sie möchte nicht, dass ich mir Sorgen mache!"
„So sind Mütter. Mütter wollen immer funktionieren."
„Ja. Ja das stimmt. Haben Sie denn auch Kinder?"
Von der einen auf die andere Sekunde wurde Petra von der Frage emotional fast aus den Schuhen gehauen! Auch wenn sie es in den letzten Tagen fertig gebracht hatte, all ihre Gefühle in ein emotionales Gefrierfach zu packen, so genügte diese eine Frage, um alles wieder aufzutauen. Und sie war froh darüber, denn sie wollte ihre Emotionen nicht einfrieren. Sie wollte sie ausleben mit allen damit verbundenen Höhen und Tiefen. Und so war sie dankbar für die Frage und dafür, dass der junge Mann ihr gegenüberstand, denn ohne seine Anwesenheit hätte sie vermutlich sofort die Fassung verloren.
„Nein", sie schluckte, „nein, wir haben noch keine Kinder!"
„Wollen Sie einmal welche haben?"
Sie spürte, dass das Gespräch in eine Richtung gesteuert wurde, in die sie nicht wollte.

„Um ehrlich zu sein, haben wir uns darüber noch keine Gedanken gemacht, mein Freund und ich!"
Andi lächelte unsicher.
„Stelle ich mir auch schwer vor, so eine Entscheidung, ich ..." Er knetete seine Hände, so wie schon beim letzten Mal. Seine Unsicherheit war fast greifbar.
„Waren Sie denn schon bei einem Arzt mit Ihrer Mutter?"
Andi blickte auf den Boden und schüttelte den Kopf.
„Sie wissen, dass das nicht gut ist!"
„Ja, ich weiß", flüsterte der junge Mann.
„Warum sind Sie denn wieder gekommen?"
„Ich weiß auch nicht so genau, ich dachte einfach, dass Sie ...!"
„...dass ich?" Petra versuchte ihn zum Weiterreden zu ermutigen.
„Naja, Sie waren einfach nett. Und vielleicht ist es doch eine gute Idee, ich meine, was Sie das letzte Mal vorgeschlagen haben!"
Petra wusste nicht genau, was er wollte.
„Sie müssen mir helfen, was meinen Sie denn genau?"
„Ich dachte einfach, weil Mama ja nicht in ein Krankenhaus gehen will, vielleicht können Sie ja einmal mit ihr reden!"
Petra war froh. Im Grunde genommen war es genau das, was sie hören wollte. Sie wusste, dass es möglicherweise der Schlüssel dazu war, alles, was in den letzten Tagen völlig aus dem Ruder gelaufen war, wieder in den Griff zu bekommen. Und in diesem Augenblick wusste sie, dass sie sich, nachdem sie sich mit der Mutter dieses jungen Mannes unterhalten hatte, wieder bei Andreas melden würde. Sie spürte, dass sie ihren Freund nicht nur aus Gewohnheit vermisste, und sie war so dankbar für dieses Gefühl. Auch wenn es im Moment ziemlich wehtat.
„Gut, das ist doch schon mal ein Wort. Wenn Sie glauben, dass es ihr hilft, dann kann ich mich gern mit ihr unterhalten!"
Und mit einem Mal sah sie wirkliche Hoffnung in Andis Gesichtsausdruck.
„Was? Das würden Sie machen? Das würden Sie wirklich machen? Sie würden wirklich mit Mama reden?"
„Ja, ja, ja, das würde ich. Ich würde es sogar sehr gern tun."
Eine Träne lief über seine linke Wange. Er wischte sie schnell ab, scheinbar wollte er nicht, dass Petra es sah. In diesem Moment kam er ihr einerseits sehr tapfer, andererseits noch wie ein Kind vor.
„Danke. Ich weiß wirklich nicht, was ich sagen soll, es ist einfach ..."
„Nein, das ist schon in Ordnung. Wann wollen wir denn miteinander sprechen?"
„Zuerst muss ich mit Mama reden. Seit der Sache mit Papa ist sie sehr verunsichert, wissen Sie. Aber ich glaube, das kriege ich hin."

„Gut. Dann reden Sie mit ihr. Ich habe in dieser Woche jeden Abend bis 20.45 Uhr Dienst. Wenn Sie das Gefühl haben, ihre Mutter ist soweit, dann kommen sie einfach vorbei und ich versuche mein Bestes!"
Er strahlte und knetete seine Hände. Dann schüttelte er den Kopf.
„Sie sind ein Engel, wissen Sie das?"
(Ein Todesengel – hallte es irgendwo in ihrem Unterbewusstsein und ließ Petra einen kalten Schauer über den Rücken laufen.)
„Nein, nein, ich versuche einfach nur zu helfen!"
„Trotzdem, ich glaube, das ist schon außergewöhnlich! Es ist schön, dass es Menschen wie Sie gibt, Petra!"
Petra stutzte. Er hatte sie noch nie mit ihrem Namen angesprochen. Dies schien ihm nicht zu entgehen, sofort wurde er wieder unsicher, was daran abzulesen war, dass er wieder seine Hände knetete. Dann deutete er auf das Namensschild auf Petras Schwesternkittel.
„Es, es steht hier, Petra."
„Ja, es steht hier, kein Problem. Gut, dann sprechen Sie in aller Ruhe mit Ihrer Mutter und - wie gesagt - diese Woche würde es immer nach 20.45 Uhr möglich sein!"
„Ja, dann vielen Dank noch einmal!"
„Keine Ursache!" Petra nahm ihren Piepser und drehte sich zur Station um. Sie tat so, als würde ein Patient auf sie warten, weil sie nicht wollte, dass sie dem jungen Mann noch einmal die Hand schütteln musste.
„Die Arbeit ruft, melden Sie sich, ja!"
„Das werde ich ganz bestimmt!"
Er drehte sich um und ging Richtung Aufzug zurück. Petra sah, dass seine Hosen mindestens drei Zentimeter zu kurz waren. So wirkte er noch unbeholfener, als er eh schon war. Und doch war er dafür verantwortlich, dass sie wieder einen Silberstreif am Horizont ihres Lebens sah.

38.

Man konnte es drehen und wenden, wie man wollte: Andreas war betrunken. Das ganze war nicht vorsätzlich passiert, obwohl es dafür nicht wenige durchaus nachvollziehbare Gründe gegeben hätte. Nein. Es hatte ganz harmlos begonnen. Seitdem Petra ausgezogen war, so musste man es wohl mittlerweile nennen, hatte er keinen Menschen mehr, mit dem er sich austauschen konnte. Er hatte jeden Abend zu Hause verbracht und begonnen zu grübeln. Dabei stellte er sich immer wieder dieselben Fragen, drehte sich im Kreis. Er wartete darauf dass etwas passierte und sah sich

der Gefahr ausgesetzt, darüber irgendwann den Verstand zu verlieren. Was ihm am meisten zu schaffen machte, war die Tatsache, dass er zur Passivität verdammt war. Er konnte Petra nicht einfach überreden, wieder zu ihm zurück zu kommen. Sie brauchte Zeit. Ebenso wenig konnte er seinen Schuldkomplex abbauen. Wenn er es überhaupt jemals schaffen würde, dann würde er viel Zeit dazu brauchen. Was blieb ihm also noch, außer zu warten? Er konnte sich nicht einmal mit Korrigieren die Zeit vertreiben, denn morgen wurde der Unterricht erst wieder normal durchgeführt, so dass er sich Arbeit mit nach Hause nehmen konnte. Aber Andreas war noch nie ein Mensch gewesen, der darauf wartete, dass irgendetwas passierte.
Also hatte er es mit *Und täglich grüßt das Murmeltier* und einer Flasche Frankenwein versucht. Er hatte den Film bestimmt schon zehnmal gesehen, immer zusammen mit Petra. Doch so wenig wie dieses Mal hatte ein Billy Murray in Hochform ihn noch nie aufmuntern können. Der Film verfehlte fast seine Wirkung. Was man über den Wein jedoch nicht sagen konnte. Andreas pflegte normalerweise nur in seltenen Fällen mehr als ein Glas Wein am Abend zu trinken, doch dieses Mal war es anders. Möglicherweise war mangelnde Erfahrung der Grund dafür, dass er zu spät registrierte, bereits mit der ersten Flasche fertig zu sein. Zu spät, um nüchtern aus der Sache herauszukommen. Ohne lange darüber nachzudenken, entkorkte er die zweite Flasche. Er schaute auf die Uhr: 19.08.
„Nicht schlecht, mein Lieber. Du betrinkst Dich hier vor Sonnenuntergang!"
Er schenkte sich ein weiteres Glas ein und ließ ihn zusammen mit Billy Murray auf sich wirken.

Das Lied *I've got you babe* von *Sony und Cher* wurde zum wiederholten Mal gespielt und Bill Murray quälte sich erneut aus dem Bett in dem Bewusstsein, jenen 2. Februar ein weiteres Mal erleben zu müssen.
„Du hast es gut, mein Freund, du hast es so gut!"
Andreas hatte noch genügend nicht vom Alkohol benebelten Verstand, um sich zu wünschen, Bill Murray zu sein. Nicht der Schauspieler, sondern der Bill Murray in diesem Film. Wenn man ihn dem gleichen Fluch aussetzen würde, dann wäre dies die perfekte Lösung seines Problems.
„Dann wäre alles wieder gut, alles!", flüsterte er.
„Warum kann ich den letzten Dienstag nicht auch noch einmal erleben, nur noch ein einziges Mal, bitte!"
Er nippte an seinem Wein.
„Ich habe es doch nicht gewollt. Warum habe ich nicht auf Dich gehört, Schatz?", flüsterte er.

In diesem Moment läutete es an seiner Tür.

„Sie hat mich gehört. Mein Mädchen kommt zurück!"
Andreas sprang Vom Sofa, und noch bevor er richtig stand, fiel er wieder rückwärts dorthin zurück. Als er es beim zweiten Mal mit weniger Schwung versuchte, gelang es ihm, das Gleichgewicht zu halten. Dann bewegte er sich langsam auf die Wohnungstüre zu. Er wäre gerne schneller gegangen, doch der Rausch setzte seinem Gleichgewichtssinn mehr zu, als er gedacht hatte. Dann kam von irgendeiner Galaxie seiner Gedankenwelt ein Einwand: Wenn es Petra ist, warum sollte sie läuten? Sie hatte einen Schlüssel.
Das stimmte. Andreas blieb stehen. Er versuchte, sich einen Reim auf die Situation zu machen.
„Vielleicht hat sie den Schlüssel vergessen!", flüsterte er. Er horchte in sich hinein, hoffte auf eine Bestätigung. Nichts.
„Oder sie will mich nicht überraschen, weil sie glaubt, ich hätte die Wohnung nicht aufgeräumt, schließlich hat sie sich lange nicht gemeldet!" Wieder nichts. Stattdessen läutete es erneut. Wer, wenn nicht Petra, konnte da draußen stehen? Ob es der Typ war, der ihm den Zettel an die Scheibe geheftet hatte?
„Ziemlich unlogisch!", flüsterte er und geriet erneut ins Schwanken. Er ging noch drei Schritte und öffnete die Tür.
„Guten Abend Herr Schramm, entschuldigen Sie bitte, dass ich störe, aber wäre es vielleicht möglich, dass wir uns ein paar Minuten unterhalten können?"
Er hatte den Namen des Mannes vergessen. Möglicherweise lag dies am Alkohol, aber das spielte jetzt keine Rolle, denn er wusste sofort, wer er war: Der Polizist, der das Kollegium im Lehrerzimmer über die Umstände von Löwes Tod informiert hatte.
„Ich, ähm ..., sind Sie nicht der Polizist, ich meine, haben Sie nicht im Lehrerzimmer ...!" Andreas war noch nicht fertig mit dem ersten Satz und hatte bereits das Gefühl, sich verdächtig zu verhalten. Woher hatte der Typ seine Adresse? Was wollte er? Hatte man bereits die Ermittlungen gegen ihn eingeleitet?
„Entschuldigen Sie, ich habe mich nicht einmal vorgestellt, mein Name ist Thomas Auer und ich bin bei der Kripo Nürnberg beschäftigt. Ja, ich habe das Kollegium neulich über die Umstände von Herrn Löwes Tod informiert."
„Thomas Auer, richtig?"
„Exakt!"

„Ja, gut, keine Ahnung, was Sie von mir wollen, aber ich meine, wenn ich Ihnen irgendwie weiterhelfen kann, na ja..." - Andreas schwankte nach hinten und hielt sich am Türrahmen fest.
„Um ehrlich zu sein, ich habe heute nicht meinen besten Tag!" Er hatte keine Ahnung, weshalb er plötzlich so ruhig war. Seine Aufregung war wie verflogen. Vielleicht hoffte er insgeheim, dass dieser Polizist ihn mitnahm und damit dem ganzen Spuk ein Ende setzte.
„Komme ich ungelegen?", fragte Auer, der noch immer vor Andreas' Tür stand.
„Ich weiß nicht, ob ungelegen das korrekte Wort ist, es ist einfach nur so, dass ich mich möglicherweise ziemlich betrunken habe, wissen Sie?"
Auer hob die Augenbrauen. So wie es Columbo auch immer getan hatte. Und schon war Andreas' Coolness wieder wie verflogen. Da war die Angst wieder, und zwar beklemmender als je zuvor. Er hatte plötzlich das Gefühl, schon mit einer Arschbacke in Untersuchungshaft zu sitzen. Abrupter Stimmungswechsel nannte man dies wohl. Wahrscheinlich auch eine Folge des Alkoholkonsums.
„Oh, das ist schlecht. Geht es Ihnen nicht gut?"
(Nein, mir geht es blendend, ich habe vor ein paar Tagen den perfekten Mord begangen, wissen Sie!)
„Kann man so sagen. Meine Freundin ist vor ein paar Tagen ausgezogen, wie soll es einem da schon gehen?"
Auer nickte verständnisvoll.
„Willkommen im Club. Das Gleiche habe ich im Januar durchgemacht. Es ist im Grunde genommen ja auch nicht so wichtig, wissen Sie, ich wollte mit Ihnen einfach ein bisschen über Ihren ehemaligen Chef sprechen! Wir können das aber auch auf ein andermal vertagen, falls Sie nichts dagegen haben!"
„Nein, ich habe nichts dagegen, aber ich möchte auch nicht irgendwelchen Unsinn produzieren, wissen Sie! Nicht dass Sie denken, ich wäre Alkoholiker, oder so, ich meine, normalerweise maximal ein Glas pro Abend!"
Auer lächelte, es war ein sympathisches Lächeln.
„Ich kenne das, kein Problem, ich vertrage auch nicht viel! Wissen Sie was, ich gebe Ihnen einfach meine Karte, und wenn Sie in den nächsten Tagen Zeit haben, dann würde ich mich freuen, wenn Sie sich einmal bei mir melden würden!"
Andreas nahm die Visitenkarte des Polizisten und versuchte sie zu lesen. Als er bemerkte, dass er sich mehr als schwer tat dabei, schob er sie unbeholfen in seine linke Gesäßtasche.
„Ich, ich mach's, ich rufe Sie an, versprochen! Aber, ich meine, es geht mich ja nichts an, aber ist Löwe irgendwie unter anderen Umständen ums

Leben gekommen, als denen wie Sie es uns, ich meine...!" Er merkte, dass er stammelte und sich artikulierte wie ein Betrunkener.
„Nein, ich denke nicht. Es war Herzversagen, das hat auch der Arzt bestätigt!"
„So, na ja. Keine Ahnung, weshalb ...?"
„Weshalb ich mit Ihnen reden möchte? Ich weiß es selbst nicht genau. Ich wollte einfach über Löwe sprechen, wissen Sie. Und ich möchte auch noch einige andere im Kollegium kontaktieren."
„Gut. Gut, kein Problem, kontaktieren Sie mich gerne wieder, wenn mein Alkoholspiegel wieder nach unten gegangen ist, sich mein Zustand normalisiert, Sie wissen schon!"
„Das werde ich. Vielleicht ein Insidertipp: Wechselduschen und Kamillentee - das hilft!"
„Werde ich mir merken! Ich melde mich dann!"
„Einen schönen Abend noch!"
„Wünsche ich auch!"

Der Polizist ging die Treppe nach unten. Andreas schloss die Tür und lehnte sich von innen dagegen.
„Was hatte das zu bedeuten?", flüsterte er in dem Moment, da Billy Murray im Fernsehen von seinem Fluch erlöst worden war.

39.

Die ganze Sache gewann langsam sogar etwas Situationskomisches, denn die Tipps des Polizisten hatten tatsächlich geholfen. Andreas hatte eine Viertelstunde lang abwechselnd heiß und kalt geduscht und anschließend eine große Kanne Kamillentee getrunken. Jetzt war es 22.12 Uhr und er hatte das Gefühl, wieder nüchtern zu sein. Die leichten Kopfschmerzen waren wohl Beleg für einen Minikater. Er lag auf der Wohnzimmercouch und versuchte, sich an den kurzen Dialog mit dem Polizisten zu erinnern. Sein Name war Auer, das hatte Andreas behalten, denn als er in der Realschule war, hatte er zwei Jahre lang neben einem Jungen mit demselben Nachnamen gesessen. Es war nicht so, dass er sich an nichts mehr erinnern konnte. Trotzdem fühlte er sich nicht wohl, weil er nicht genau wusste, was er gesagt hatte, und weil es ihm so vorkam, dass er sich verdächtig benommen hatte. Vielleicht war es nicht gut gewesen, Auer zu sagen, dass es im Moment gerade ungünstig war. Andererseits hatte dieser scheinbar vollstes Verständnis für seine Situation gezeigt. Aber warum war er über-

haupt aufgetaucht, nach fast einer Woche? Woran Andreas sich definitiv erinnern konnte war die Tatsache, dass Auer ihm noch einmal versichert hatte, Löwe wäre eines natürlichen Todes gestorben. Das machte jedoch Auers Besuch nicht nachvollziehbar, gar nicht nachvollziehbar, es sei denn...
Es sei denn, er wusste doch mehr.
Außerdem konnte Andreas nicht verstehen, warum Auer gerade bei ihm geläutet hatte? Woher hatte der Polizist seine Adresse? Ob er, wie er sagte, wirklich auch noch andere befragen wollte? Warum suchte er sich ausgerechnet einen Referendar aus, wenn er, wie er behauptet hatte, über Löwe sprechen wollte? Er hätte doch wissen müssen, dass Andreas ausgerechnet der Lehrer war, der am wenigsten über den verstorbenen Schulleiter wusste. Es müsste Auer auch klar sein, dass Andreas keine privaten Kontakte zu Löwe aufgebaut haben konnte. Also war, auch von dieser Seite beleuchtet, der Besuch des Polizisten nicht besonders nachvollziehbar gewesen.
Es sei denn... - ... er wusste mehr.
Gut. So konnte es natürlich sein. Das wiederum hieß, dass Andreas vorsichtig sein musste. Er musste sich mit dem Gedanken vertraut machen, als verdächtig zu gelten. Verdächtig, aber wofür? Löwe war an Herzversagen gestorben, das hatte Auer noch einmal bestätigt.
Und dann endlich wusste er es. Er ging in sein Arbeitszimmer und zog die Nachricht unter seiner Schreibtischablage hervor. Ob es das war?

MÖRDER!
SAG DEN BULLEN WAS
LOS IST ODER ES
KOMMT GANZ HART!

Egal, von wem diese Nachricht stammte, der Verfasser hatte wohl nicht gepokert. Er musste seine Drohung wahr gemacht haben und zur Polizei gegangen sein. Das bedeutete, dass er Auer darüber informiert hatte, dass Andreas etwas mit Löwes Tod ...
Aber woher konnte überhaupt irgendjemand etwas von der ganzen Sache wissen? Es war doch niemand außer ihm in der Schule gewesen. Das alles ergab einfach keinen Sinn. Zu all dem passte auch Auers Benehmen nicht. Er war nicht im Geringsten fordernd gewesen. Irgendwie hatte er beinahe sympathisch gewirkt. Aber vielleicht war das ja gerade die Strategie des Polizisten. Das Opfer in Sicherheit wiegen und dann zuschlagen. So wie

Columbo. Es war nicht von der Hand zu weisen, dass er Andreas ein wenig an Peter Falk erinnerte.
Langsam befürchtete Andreas, all dem nicht mehr gewachsen zu sein. Er wollte raus aus der Sache. Eine zweite Chance. Bill Murray hatte unzählige bekommen. Aber das hier war kein Hollywood-Film. Wenn es wenigstens einen kleinen Lichtblick geben würde. Das konnte es doch noch nicht gewesen sein.
Und dann läutete das Telefon.

„Hallo?" - er rechnete damit, dass es Auer war.
„Hallo Schatz, ich bin's!"
Tausend Dinge schossen ihm gleichzeitig durch den Kopf. Er wollte so viel sagen. Aber es ging gar nichts. Er war überfordert.
„Andreas? Bist Du noch dran?"
„Ja, ja, ich ... bin noch dran. Du fehlst mir so!" Und dann fing er an zu weinen wie ein kleines Kind. Alles brach auf einmal aus ihm heraus.
„Es, es tut mir Leid, ich, ich weiß auch nicht, Du fehlst mir einfach so!"
„Ich weiß. Du fehlst mir auch!"
„Wirklich? Ich dachte schon, es wäre alles vorbei!"
„Nein, nein. Im Gegenteil, ich weiß jetzt, dass ich Dich liebe!"
„Oh Gott, das ist so schön, ich kann Dir gar nicht sagen, wie gut das tut! Dann komm doch wieder heim, ich brauch Dich so!"
„Deshalb rufe ich an. Mach Dir keine Sorgen, es wird alles gut. Ich muss nur noch etwas erledigen: es kann sein, dass ich noch einige Tage brauche, aber es ist mir wirklich wichtig, weißt Du?"
„Um ehrlich zu sein, weiß ich gar nichts!"
Sie lachte.
„Das kannst nur Du. Diese Sätze haben mir auch gefehlt. Macht nichts, ich werde Dir alles erklären. Bitte gib mir noch ein paar Tage, ja!"
„Naja, was soll ich sagen, es wäre natürlich schön, wenn Du so schnell wie möglich wieder ..."
„Das weiß ich. Aber es ist wirklich besser, wenn ich die paar Tage noch in Simones Wohnung bleibe, sie ist sowieso geschäftlich in Berlin!"
„Gut. Wenn Du meinst, ich habe kein Problem damit: Wollen wir uns nicht wenigstens morgen auf einen Kaffee treffen oder zusammen zu Abend essen?"
„Klingt verlockend, ich habe morgen Spätdienst und es kann sein, dass ich dann schon etwas vorhabe, aber das weiß ich noch nicht genau. Sei bitte nicht böse, ich erkläre Dir alles, wenn ich wieder da bin!"
„Hm. Muss ich mir Sorgen machen?"
„Nein, nein. Ich habe alles unter Kontrolle, wirklich!"

Andreas warf erneut einen Blick auf die Botschaft mit den ausgeschnittenen Buchstaben.
„Wie positiv Du klingst. Das tut echt gut. Ich würde gern auch eine Portion davon abhaben!"
„Ist es so schlimm?"
„Es ist - ach, einfach Scheiße! Morgen ist wieder geregelter Unterricht. Vielleicht ist es dann besser, man hat wenigstens wieder etwas zu tun. Andererseits muss ich wieder in dieses Gebäude, ich habe kein gutes Gefühl dabei!"
„Du bist ein Großer und Du schaffst das, ich weiß es!"
Er war so dankbar. Dankbar dafür, dass sie keinen Kommentar wie *„Warum hast Du nicht gleich auf mich gehört?"* einstreute. So stark hatte er sich noch nie zu ihr hingezogen gefühlt.
„Wenn Du das sagst, klingt es so einfach!"
„Ich habe mich übrigens noch einmal schlau gemacht. Es ist gar nicht so unwahrscheinlich, dass Löwe auch ohne die Tabletten ..."
„Meinst Du wirklich?"
„Sein Zustand war labil, das hat doch wohl auch der Hausarzt bestätigt!"
„Ja, ja, das hat er. Aber ich kann es einfach nicht glauben, nicht verinnerlichen, verstehst Du? Ich denke immer, dass ich es war!"
„Ja, ich weiß. Ich mache mir auch Vorwürfe. Aber seit heute weiß ich, dass ich dabei bin, es in den Griff zu bekommen. Deshalb brauche ich ja auch noch ein paar Tage Zeit!"
„Ja, ich verstehe. Es wäre einfach nur schön zu wissen, dass es tatsächlich nicht an mir gelegen hat! Eine 100%-Bestätigung müsste es sein!"
„Wofür gibt es die denn schon?"
Woher nahm sie nur die Kraft? Sie baute ihn auf, dabei müsste es eigentlich umgekehrt sein!
„Ja, wofür!" Und dann kam ihm der Polizist wieder in den Sinn. Es lag ihm auf der Zunge, Petra davon zu erzählen, doch er entschied sich, es nicht zu tun. Insofern war es vielleicht sogar besser, wenn sie noch ein paar Tage in Simones Wohnung blieb.
„Du hast Recht. Es gibt wohl keine 100%-Bestätigung. Wir werden damit leben müssen!"
„Ja, das werden wir. Und es wird immer eine Rolle spielen in unserer Beziehung, aber es liegt jetzt nur an uns, wie wir damit umgehen. Seit heute habe ich das Gefühl, dass wir es schaffen können. Und das wollte ich Dir sagen, Schatz!"
„Wahnsinn, wofür habe ich eine solche Superfrau verdient?"
„Manches kann man einfach nicht erklären!"
Und jetzt lachte er. Das erste Mal, seit dem sie gegangen war.

„Das stimmt. Ich bin so froh, dass es so ist!"
„Das bin ich auch!"
„Kann ich Dich morgen anrufen?"
„Ja, am besten Du versuchst es im Krankenhaus, nach der Schule vielleicht!"
„Gut. Dann, es tut gut, weißt Du?"
„Ja. Ja, ich weiß. Mir tut es auch gut. Ich habe immer noch Herzklopfen!"
Der Spruch war so alt wie ihre Liebe, und er passte nach wie vor.
„Ich auch!", flüsterte Andreas. „Pass auf Dich auf, ja?"
„Na klar, ich bin eine Große, das weißt Du doch!"
„Dann bis morgen!"
„Bis morgen, Schatz. Ich liebe Dich!"
„Ich Dich auch!"

Er hörte wie sie den Hörer auflegte. Dann atmete er tief ein und aus. Immer wieder. Eigentlich war dies wieder eine perfekte Situation, um sich zu betrinken. Doch nicht nur seine Kopfschmerzen hielten ihn davon ab.

40.

Die Deutschstunde in seiner 11. Klasse war bisher wirklich sehr gut verlaufen. Es lagen noch knapp 15 Minuten vor ihm, und Andreas fühlte sich gut, gemessen an den Umständen. Die Schüler waren motiviert, wie fast jedes Mal. Er hatte sich innerlich darauf vorbereitet, mit der Klasse über Löwes Tod reden zu müssen, doch die Klasse ging sehr routiniert mit der Situation um. Niemand regte eine Diskussion über den verstorbenen Schulleiter an. Andreas hatte sogar das Gefühl, dass die jungen Leute dankbar dafür waren, wieder zum Tagesgeschäft zurückkehren zu dürfen. Seiner Meinung nach war der gestrige Projekttag für die relativ unverkrampfte Stimmung verantwortlich. Da hatten alle - Lehrer, Schüler und Verwaltungsangestellte - die Möglichkeit, in Einzelgesprächen einiges aufzuarbeiten. Andreas war dankbar dafür, dass sich alles so entwickelt hatte. Natürlich konnte er eine gewisse Daueranspannung, aus seiner Unsicherheit und Angst geboren, nicht leugnen. Die Kunst, damit umzugehen, bestand darin, diesem seltsamen Gefühl nicht die Kontrolle zu lassen. Dies schien ihm im Moment ganz gut zu gelingen. Das war wohl vor allem Petras Verdienst. Ihr Anruf war genau zur richtigen Zeit gekommen, hatte seinen Abwärtsstrudel nicht nur gestoppt, sondern ihn sogar ein gutes Stück aus dem emotionalen Sog ins Leben zurückgezogen. Aber auch die

Klasse tat unbewusst ihr übriges. Die jungen Leute waren perfekt, meldeten sich, lieferten fast ausschließlich brauchbare Beiträge. So hatte er aus den Meldungen der Schüler ein Tafelbild entwickelt, aus dem sowohl Stilmittel als auch mögliche Formen des Aufbaus einer Kurzgeschichte ersichtlich waren.
Aber er konnte diese unterschwellige Anspannung nach wie vor spüren. Er stellte sich einen Herzkranken vor, dem ein Herzschrittmacher eingesetzt worden war. Nach der Operation ging es ihm endlich besser, so wie Andreas nach Petras Anruf. Genau wie dem Patienten, war auch Andreas klar, dass alles gut werden konnte, dass er Fortschritte machte. Und was war, wenn er sich dem latenten Druck seines Unterbewusstseins nun doch irgendwann nicht mehr gewachsen fühlte. Würde er die Vorboten dieser Panikattacken spüren? Oder würde alles schnell und unerwartet über ihn hereinbrechen? Führte es zu unkontrollierbaren Handlungen seinerseits? Konnte es womöglich sein, dass er vor einer Klasse die Nerven verlor?
Er musste unbedingt an etwas anderes denken!
„Herr Schramm?"
Es war Christine Neumeyer.
„Ja, Chrissi!"
„Sollten wir nicht noch aufschreiben, dass der Schluss einer Kurzgeschichte ein sehr entscheidendes Merkmal ist?"
„Danke, darauf habe ich noch gewartet!", antwortete Andreas, der mehr deshalb darauf gewartet hatte, weil ihn die Wortmeldung aus seinen selbstzerfleischenden Gedankengängen rettete.
„Möchte jemand von Euch noch etwas zu Chrissies Beitrag sagen, vielleicht ein Beispiel aus den Geschichten nennen, die wir in den letzten beiden Wochen gelesen haben?"
Mehrere Schüler meldeten sich zu Wort.
„Ja, Ümit!"
„Gut, ich denke es gibt mehrere Beispiele. Da wäre zum Beispiel die Geschichte mit dem Typen, der ganz nervös ist wegen seiner Verabredung und so. Der bestellt extra Blumen und lässt sein Auto waschen und was weiß ich noch alles, und im letzten Satz kommt raus, dass er sich anstatt in eine Frau in eine Transe verliebt hatte!"
Die Klasse lachte. Das tat allen im Raum gut - mit Ausnahme von Ralf, der Gürtelschnalle, der allerdings trotzdem mitlachte.
„Vielleicht etwas salopp formuliert, Ümit, trotzdem auf den Punkt getroffen. Ein passendes Beispiel. Gut, ein Blick auf meine Uhr sagt mir, dass wir noch zwei Minuten haben. Also dann hört mal bitte genau zu: Ich möchte, dass ihr als Hausaufgabe eine Kurzgeschichte verfasst. Mir ist es völlig gleich, um welches Thema es in der Story geht. Seid einfach nur

kreativ. Und ich gebe Euch eine Woche Zeit dazu. Ein zusätzlicher Motivationsanstoß: Ich werde die Geschichten benoten, für den Fall, dass sie gut sind, versteht sich. Also wer sich Mühe gibt und eine gute Story schreibt, bekommt eine gute Note."
Ansgar meldete sich. Andreas hatte kein gutes Gefühl dabei. Da war die Sache mit der Abfrage am Tag des Volleyballfinales, aus der er sich nur mit viel Glück herausgewunden hatte.
„Ja, Ansgar, was gibt es?"
„Sie sagen, wenn die Kurzgeschichte gut ist, gibt es eine gute Note, richtig!"
„Exakt!"
„Und wer beurteilt, ob die Geschichte gut ist? Ich meine, das sind doch Sie. Nicht dass ich an Ihrem Urteilsvermögen zweifeln möchte, aber ist es denn nicht doch subjektiv, gerade wenn es um das kreative Schreiben geht? Jemand anderer würde vielleicht zu dem Entschluss kommen, dass eine Geschichte, die Ihnen gut gefällt, vielleicht weniger gut ist, oder umgekehrt, verstehen Sie?"
„Du hast vollkommen Recht, Ansgar, wirklich. Ich sehe es genauso wie Du. Aber ich wollte einfach nur, dass ihr es mal versucht mit dem kreativen Schreiben. Nach all den Problemerörterungen haben manche von Euch vielleicht Lust, es mal mit etwas Literarischem zu versuchen. Und wer weiß, vielleicht schlummern in manchen sogar unentdeckte Talente? Das mit den Noten sollte einfach nur eine kleine Motivation sein, nicht mehr und nicht weniger!"
Er suchte Blickkontakt zu dem Jungen, der noch nicht ganz zufrieden zu sein schien. Ralf befürchtete, dass er erneut ansetzen wollte, doch dann kam der Gong dazwischen und beendete die Stunde. Der Gong war stärker. Ansgar Unger nickte und sagte:
„Gut, wenn Sie es auch so sehen wie ich, dann bin ich zufrieden!"
Andreas lächelte.
„Okay, dann bin ich es auch. Versuche einfach, eine schöne Geschichte zu schreiben, und wenn Du dafür noch eine gute Note bekommst, was gibt es daran auszusetzen?"
„Bei Ansgar weiß man nie. Es gibt nichts, an dem der nicht noch etwas auszusetzen hätte!", rief Ümit. Die Klasse lachte wieder. Andreas hatte es geschafft, und noch ein wenig stärker als gestern spürte er, dass es wieder aufwärts ging.

41.

Es kam ihm jetzt zu Gute, dass er Ansgar gegenüber noch nie sein wahres Gesicht gezeigt hatte. Trotz des unbändigen Hasses und der daraus resultierenden Abneigung, die er für ihn empfand, hatte Ralf nach außen stets eine gewisse Gelassenheit gemimt. Wäre dies nicht der Fall gewesen, hätte er nun nicht den ersten Joker auf dem zweiten Level setzen können. Das Kuriose daran war, dass er nie auf eine solche Strategie gesetzt hatte (bis vor wenigen Minuten hatte er nicht einmal im Traum an eine solche Möglichkeit gedacht). Dabei war es ausgerechnet Schramm selbst, der ihm eine solche Möglichkeit auf dem Silbertablett serviert hatte. Nur Idioten und Versager wie er brachten so etwas fertig. Und dass er in diesem Zusammenhang auch noch Ansgar Arschgesicht Unger ungestraft ans Bein pinkeln konnte, verlieh der ganzen Aktion eine ausgesprochen süffisante Note. Der Ball lag auf dem Elfmeterpunkt und der Torwart hatte wegen Altersschwäche den Löffel abgegeben. Eine solche Chance durfte man sich einfach nicht entgehen lassen. Ralf leckte sich die Lippen und senkte leicht den Kopf. Es konnte losgehen. Er ging langsam auf Ansgar zu, der gerade seine Sachen zusammenpackte.

„He Ansgar, kann ich Dich vielleicht mal kurz sprechen, ich meine, wenn Du Zeit hast natürlich nur."

Er sah sofort an Ungers konsterniertem Gesichtsausdruck, dass er nicht die geringste Ahnung hatte, weshalb Ralf ihn angesprochen haben konnte. Dies galt es zu nutzen.

„Kein Problem, wenn Du keine Zeit hast, ich dachte nur, naja, vielleicht kann ich Dir ja einen Vorschlag machen."

„Einen Vorschlag? Was für einen Vorschlag?"

Ralf hörte die Skepsis in Ungers Stimme und sah sie in seiner Visage. Er musste aufpassen, Unger war ein Weltverbesserer, ein kleiner Pisser, der hinter allem eine Verschwörung witterte.

„Gut, Vorschlag ist vielleicht auch ein bisschen hoch gegriffen." Ralf drehte sich um, um zu sehen, ob jemand zuhörte, doch niemand außer ihnen beiden war noch im Klassenzimmer.

„Es geht um die Kurzgeschichte, ich meine, ich sehe es eigentlich genauso wie Du."

Ansgar zog den Reißverschluss seines Schulrucksacks zu.

„Das ist schön für Dich. Und weiter?"

„Nun, ich dachte, wahrscheinlich hast Du ziemlich viel zu tun, ich meine, wegen Volleyballtraining und so. Hast Du nicht sogar einen Lehrgang am Wochenende?"

„Ja von Freitag bis Sonntag in München, woher weißt Du das denn?"

„Also ich bitte Dich, wenn man schon eine solche Rakete wie Dich in der Klasse hat..., man unterhält sich über Dich, tu doch nicht so, als ob Du das nicht wüsstest. Ich habe es eben aufgeschnappt!"
„Ralf, keine Ahnung worauf Du hinaus willst, geht es um Volleyball?"
Ralf, die Gürtelschnalle, lächelte. Das Eis war gebrochen. Ansgar Arschgesicht war auf Empfang.
„Nein, ich denke nicht, es geht eigentlich darum, dass ich Dich gut verstehen kann. Ich sehe das genauso mit der Kreativität und so, ich meine, wer kann schon sagen, ob eine Geschichte gut ist oder nicht und so. Diese vier Idioten vom Literarischen Quartett haben doch meistens auch fünf verschiedene Meinungen über ein und dasselbe Buch!"
„Literarisches Quartett? Keine Ahnung, wovon Du redest!"
(Weil Du ein armseliger geistiger Tiefflieger bist!)
„Ist ja auch egal, ich meine beim Volleyball, da heißt es: Punkt oder kein Punkt. Aber wenn es um das Schreiben geht? Wer kann da schon mit Gewissheit sagen, ob etwas gut ist oder nicht!"
Ralf spürte, wie er sich langsam erfolgreich ans Ziel pirschte. Ein wenig Schmeichelei und Ansgar-ich-kämpfe-für-die-Gerechtigkeit-der Menschheit fraß ihm fast aus der Hand.
„Sehe ich genauso, aber ich weiß leider immer noch nicht, was Du von mir willst!"
„Ich möchte Dir einen Deal anbieten!"
„Einen Deal, was für einen Deal denn?"
„Also. Es ist so, wie es ist, ich habe das Gefühl, dass Schramm auf meinen Stil steht, weißt Du, worauf ich hinaus will?"
„Nicht so ganz, ehrlich gesagt!"
(Deine Einfältigkeit lässt mich gleich kotzen!)
„Wir hatten bisher drei Aufsätze zu schreiben und ich hatte zwei Mal eine 2 und einmal sogar die Note 1. Ergo - ihm gefällt, wie ich schreibe!"
„Ganz toll, Ralfi, aber was hat das mit mir zu tun?"
Die Gürtelschnalle lächelte wieder, dieses Mal etwas breiter als vorher.
„Wie wäre es denn, wenn wir es drehen könnten, dass ihm auch Dein Schreibstil gefällt, beispielsweise bei der Kurzgeschichte?"
„Oh, jetzt verstehe ich. Du meinst, Du willst mir beim Schreiben der Kurzgeschichte helfen, ist es das?"
„Das geht in die richtige Richtung. Lass mich noch einen draufsetzen: Ich würde die ganze Geschichte für Dich schreiben, und Du gibst sie dann in Deinem Namen bei Schramm ab!"
Ralf musterte Ungers Visage. Er wusste, dass es jetzt ziemlich kritisch wurde. Fairplay war für Unger das Ein und Alles. Deshalb konnte es durchaus sein, dass er Ralf jetzt einfach stehen ließ. Andererseits stand er

in Deutsch zwischen vier und fünf und hatte jeden Tag Training und am Wochenende war dieser Lehrgang. Je länger Ansgar überlegte, desto höher stiegen Ralfs Chancen.

„Du meinst, Du würdest die Kurzgeschichte für mich schreiben? Aber weshalb?"

„Keine Ahnung, weil ich es cool finde, wie Du Volleyball spielst, vielleicht. Naja, es gibt noch etwas, das Du im Gegenzug für mich machen könntest, aber wie findest Du denn die Idee?"

„Eigentlich finde ich die Idee Scheiße. Andererseits, eine 2 - und das Schuljahr wäre so gut wie gelaufen. Aber was ist, wenn er es rauskriegen würde?"

„Wieso sollte er? Es ist eine Kurzgeschichte, dabei ist Kreativität alles, was zählt. Er hat selbst gesagt, das Thema wäre ihm egal. Ich könnte über Dinge schreiben, die Dir ganz wichtig sind, die für Dich und nur für Dich zählen! Was weiß ich, Fairness vielleicht, das Gute im Menschen. Wieso sollte er denn daran zweifeln? Vor allem, nachdem Du auch noch mit ihm darüber diskutiert hast. Er hat gemerkt, wie wichtig Dir der Aufsatz ist. Du hast Dir einfach jede Menge Mühe gegeben. Der glaubt das, vertrau' mir. Und eines verspreche ich Dir, ich werde schweigen wie ein Grab, versprochen!"

„Hört sich nachvollziehbar an, trotzdem verstehe ich nicht, weshalb Du mir das alles anbietest, ich meine, so gut kennen wir uns doch gar nicht!"

„Das stimmt, um ehrlich zu sein, ich hatte das auch eigentlich nicht geplant! Es ist nur so, letzte Woche in der Turnhalle, wie Du da aufgedreht hast, das war einfach genial, weißt Du. Wenn ich Dich ein wenig unterstützen kann, dann tue ich das, keine Frage, Mann!"

„O.K., aber was war mit der anderen Sache, die ich dann im Gegenzug für Dich machen kann?"

„Du lädst mich auf einen Döner ein und zwar so, dass es alle mitkriegen, die ganze Klasse. Ich will einfach auch einmal sehen, wie das ist, wenn man beliebt ist und nicht nur ein pummeliger Streber!" Ralf, die Gürtelschnalle, setzte dabei sein mitleiderheischendes Gesicht auf - nach wie vor eine seiner erfolgreichsten Waffen, die in diesem Augenblick auch Ansgar Unger zur Strecke gebracht hatte.

„Mensch Ralfi, Dich mögen doch alle hier, wie kommst Du denn auf solche Gedanken?"

„Danke, ist echt gut gemeint, Ansgar, aber wenn man gut aussieht und beliebt ist, dann kann man sich nicht vorstellen, wie es den Mitläufern in diesem Gebäude manchmal geht. Es ist nicht so, dass ich nicht damit umgehen könnte, weißt Du, aber manchmal wünscht man es sich schon einmal, zu einer anderen Kaste zu gehören!"

„Irgendwie bist Du sogar ziemlich cool, wusste ich gar nicht. Also lautet der Deal so: Du schreibst für mich eine Kurzgeschichte, und ich lade Dich auf einen Döner ein und zwar so, dass es die ganze Klasse mitbekommt?"
„So in etwa hätte ich es mir vorgestellt!" Ralf reichte Ansgar Arschgesicht die Hand.
„Schlägst Du ein?"
„Ich bin dabei!", antwortete Ansgar und griff nach Ralfs Hand. Und dann wusste er, warum dieser Ralf Sommer nie über den Status der Memme hinauskommen würde, bei diesem laschen Händedruck war nichts anderes zu erwarten.

42.

Andreas saß im Wohnzimmer und wartete. Wieder einmal. Und schon hatte er das Gefühl, möglicherweise einen Fehler gemacht zu haben. Wieder einmal. Das Verlangen, seine Unsicherheit und Hilflosigkeit im Alkohol zu ertränken, kehrte zurück. Wieder einmal. Würde er jemals wieder ein normales Leben führen können?
Er schaute auf die Uhr: 16.32. Auer wollte um 16.00 Uhr kommen. Warum verspätete er sich? Ob er gerade noch einen Haftbefehl gegen ihn ausstellte und deshalb etwas mehr Zeit benötigte? Oder wurde er einfach nur aufgehalten. Egal. Andreas hatte jedenfalls Wort gehalten und ihn angerufen. Das war vor knapp zwei Stunden gewesen, und zu diesem Zeitpunkt war er überzeugt davon, das Richtige zu tun. Davon konnte man allerdings jetzt nicht mehr sprechen. Die Zweifel nagten an ihm wie eine ausgehungerte Kanalratte. Andererseits hatte Auer auch heute einen ausgesprochen sympathischen Eindruck gemacht, sich sofort nach Andreas' emotionalem Befinden erkundigt. Ein Bulle, der jemanden des Mordes verdächtigte, verhielt sich anders. Es sei denn, er war gerissen, wie Columbo alias Peter Falk.
Ob er Kaffee machen sollte? Das würde mehr den Rahmen einer unverbindlichen Plauderatmosphäre denn einer offiziellen dienstlichen Angelegenheit schaffen. Wie war das noch, als er zuletzt für jemanden einen Kaffee zubereitet hatte? Also war Kaffeekochen vielleicht doch keine so gute Idee. Er entschied sich für Tee, zumal Auer ihm gestern den Tipp mit dem Kamillentee gegeben hatte. Als er gerade den Wasserkocher eingeschaltet hatte, läutete es an der Tür. Endlich – Andreas war beinahe erleichtert.

„Hallo, das war wirklich sehr nett, dass Sie mich gleich angerufen haben. He, Sie sehen heute wirklich viel besser aus, wenn ich das mal so sagen darf!"
Andreas hatte keine Ahnung weshalb, aber er traute diesem Typen. Da war zwar eine Spur Unbehagen, trotzdem hatte er nicht das Gefühl, dass Auer in böser Absicht gekommen war.
„Ja, das hoffe ich doch. Wahrscheinlich liegt es auch daran, dass ich gestern Abend einen guten Katerberater hatte. Wechselduschen und Kamillentee - hat wirklich geholfen!"
„Wissen Sie, auch Polizisten haben ihre dunklen Seiten. Da ist ein Alkoholabsturz, nachdem sich die Freundin aus dem Staub gemacht hat, nichts Ungewöhnliches!"
„Auch nicht, wenn Sie danach mit einem Streifenwagen unterwegs sind?"
„Ich befürchte, ich muss hier die Aussage verweigern, Herr Schramm!" Auer lächelte.
„Kommen Sie doch rein, ich bin gerade dabei, Tee zu machen!"
„Da sage ich nicht nein, so lange es kein Kamillentee ist!"

Andreas brachte zwei große Tassen mit Tee und eine Schale mit Süßigkeiten. Die Süßigkeiten gingen langsam zur Neige. Es wurde Zeit, dass Petra wieder zurückkam.
„Gut. Also ich will Sie wirklich nicht lange aufhalten", sagte der Polizist und führte die Tasse mit dem Motiv des Nürnberger Christkindlesmarktes von 2004 an den Mund.
„Ich bin eigentlich, wenn man so will, nicht dienstlich bei Ihnen. Der Fall ist, wie Sie ja auch wissen, bereits abgeschlossen. Im Grunde genommen war es nie wirklich ein Fall für die Kripo. Sie bräuchten mir also, streng genommen, meine Fragen gar nicht zu beantworten."
„Oh, ich, keine Ahnung, wieso sollte ich Ihnen denn nicht antworten?", fragte Andreas, der sich bereits ein bisschen besser fühlte. Könnte es sein, dass Auer wirklich nur zum Plaudern gekommen war und keinerlei anonymen Hinweis erhalten hatte?
„Hm, nicht schlecht der Tee. Ist Vanille drin oder so?"
„Nein Karamell, meine Freundin liebt Karamell!"
Man hätte durchaus den Eindruck gewinnen können, hier säßen zwei Jungs aus der Selbsthilfegruppe „Hilfe, meine große Liebe hat mich verlassen!" zusammen und würden sich über ihre Gefühle austauschen!
„Reden wir über etwas anderes!", schlug der Polizist vor, der offensichtlich einen ähnlichen Eindruck gewonnen hatte.
„Ist mir auch recht!", erwiderte Andreas.

„Was mich interessieren würde: Warum kommen Sie gerade auf mich, ich meine, ich bin ja nur ein kleiner Referendar, der erst seit Februar am Mozartgymnasium ist? Und ehrlich gesagt, mit Löwe habe ich mich eigentlich kaum unterhalten!"

„So ganz genau weiß ich es auch nicht. Es ist nur so, dass Löwes Computer noch lief, als er gefunden wurde, wissen Sie!"

Auer schaute von seiner Tasse auf und blickte Andreas ernst an. Ob er mit ihm spielte und doch mehr wusste? Wollte er, dass Andreas von sich aus zu reden begann? Andreas' positive Grundstimmung mutierte zu einem dumpfen Etwas aus Unbehagen.

„Nein, das, das wusste ich nicht!", log Andreas. Ob Auer wusste, dass er nicht die Wahrheit sagte?

„Naja, woher sollten Sie es auch wissen? Aber das, was mich etwas verwundert hat, ist die Tatsache, dass eines der letzten Dokumente, die Ihr Chef bearbeitet oder besser gesagt geöffnet hatte, sozusagen Ihre Akte war!" Er stellte die Tasse langsam ab, nahm sich ein Mini-Bounty und setze nach: „Haben Sie vielleicht eine Erklärung dafür?"

Es musste jetzt ganz schnell gehen. Irgendwie musste er eine plausible Erklärung finden, etwas womit sich der Polizist zufrieden geben würde.

„Ich kann es mir nur so erklären, dass es vielleicht daran liegt, weil ich mich bei Herrn Löwe an besagtem Tag nach meiner Beurteilung erkundigt habe!"

„Ihrer Beurteilung?"

„Ja. Jede Schule muss die Referendare beurteilen und dies obliegt normalerweise den Schulleitern. Na ja, Löwe sprach mich an, wie es mir an der Schule gefällt und ob ich irgendwelche Fragen hätte. Da habe ich ihn nach meiner Beurteilung gefragt."

„Und was hat er gesagt?"

Auer schien ihm zu glauben.

„Eigentlich das, womit ich eh schon gerechnet hatte, nämlich, dass er noch gar nichts sagen könne, selbst wenn er wollte."

„Was heißt das?"

„Das heißt, dass er die Fristen einhalten muss. Die Referendare bekommen das Ergebnis ihres gesamten 2. Staatsexamens erst an einem bestimmten Stichtag, irgendwann im Juli. Und dann erfahren sie auch ihre Beurteilungsnote."

„Aber warum haben Sie sich denn bereits jetzt, Ende April, nach Ihrer Note erkundigt, wenn Sie, wie Sie selbst sagen, erst Ende Juli die Ergebnisse mitgeteilt bekommen?"

Andreas hatte keine Ahnung, warum Auer dies alles wissen wollte. Für ihn hatte das Gespräch mittlerweile jedenfalls beinahe schon den Charakter ei-

nes echten Verhörs. Er dachte daran, dass ihn Auer darüber informiert hatte, dass er das Recht hatte, die Antworten zu verweigern. Nun, er sah natürlich im Moment keinerlei Notwendigkeit, von diesem Recht Gebrauch zu machen, wollte sich allerdings nicht vorstellen, wie Auer wohl drauf war, wenn er in einem als solches deklarierten Verhör zur Hochform auflief.
„Okay. Wie lange haben Sie denn Zeit?", erkundigte sich Andreas und hoffte, so locker wie nur möglich zu klingen?
„Das hängt ganz davon ab, wie lange Sie Zeit haben, und wenn ich noch einen Tee bekommen kann...!"
„Kein Problem!" Andreas nahm die Kanne und schenkte seinem Gegenüber nach.
„Gut. Eigentlich haben Sie Recht mit Ihrer Frage. Wie Sie selbst schon sagten, zum einen sind noch fast drei Monate Zeit, zum anderen ist meine Beurteilung mit sehr großer Wahrscheinlichkeit eh noch nicht fertig!"
Auer nahm einen weiteren Schluck Tee und nickte.
„Aber wissen Sie, es gibt Schulleiter, die Ihren Referendaren mitunter einen kleinen Hinweis auf das Beurteilungsergebnis geben."
„Woher wissen Sie das?"
„Wir sind allein in Nürnberg 38 Referendare an den verschiedenen Gymnasien. Da kommt man eben so ins Gespräch und einige der anderen haben, ich sage jetzt mal einfach im Rahmen eines eher informellen Gespräches, doch eine gewisse Rückmeldung erhalten, mit der man letztlich ganz gut auf die Beurteilungsnote schließen kann!"
„Alles klar. Ich verstehe. Und ist es dann wohl auch so, dass die Beurteilungsnote eine große Rolle spielt, um später eine Anstellung zu bekommen?"
„Ganz klar. Besonders wenn man, wie ich, an einer städtischen Schule hier in Nürnberg unterrichten will, im optimalen Fall sogar am Mozartgymnasium bleiben kann!"
„Gut. Das heißt, wenn Löwe Ihnen eine gute Beurteilung gibt, ich korrigiere, gegeben hat, dann haben oder hätten Sie auch ganz gute Chancen, an der Schule zu bleiben?"
„Genau, so kann man es sagen!"
„Dann hat es ja was gebracht?"
Andreas wusste nicht, worauf Auer mit dieser Bemerkung hinaus wollte.
„Bitte, ich verstehe nicht!"
„Oh, entschuldigen Sie, ich habe einfach nur laut gedacht. Ich wollte sagen, dann war es ja eigentlich schon ganz gut, wenn Löwe, unmittelbar nachdem Sie nach Ihrer Beurteilung gefragt haben, Ihre Akte sondiert hat, meinen Sie nicht auch?"

„Darüber habe ich mir wirklich noch keine Gedanken gemacht!", log Andreas.
„Darf ich vielleicht noch eine Frage stellen?"
Es war wirklich genau wie Columbo. Dieselbe Masche. Es fehlte nur noch der beige Trenchcoat.
„Nur zu, kein Problem, wenn ich Ihnen helfen kann!"
Andreas hatte keine Ahnung, was die ganze Fragerei überhaupt für einen Sinn hatte.
„Wer wird denn jetzt anstelle von Herrn Löwe Ihre Beurteilung machen?"
Darüber hatte Andreas wirklich selbst noch nicht nachgedacht.
„Ich habe wirklich keine Ahnung. Ich denke, es ist der Job des stellvertretenden Schulleiters, das würde heißen, die Beurteilung würde von Frau Gerling erstellt werden!"
„Eine sehr nette Frau, finden Sie nicht? Ich glaube, sie wird Sie bestimmt sehr gut beurteilen."
„Wie kommen Sie denn da drauf?"
„Sie macht auf mich den Eindruck, dass sie eine gute Menschenkenntnis besitzt und Sie stelle ich mir als einen guten Lehrer vor, der bei den Schülern beliebt ist!"
„Keine Ahnung, wie Sie darauf kommen, aber wenn Sie recht haben, habe ich nichts dagegen!"
Auer schaute auf seine Uhr.
„Der Tee war wirklich sehr gut. Ihre Freundin hat ...oh, entschuldigen Sie!"
„Nein, nein, kein Problem. Seit gestern Abend sieht es wirklich wieder besser aus. Wir haben telefoniert und einiges wieder gerade gebogen!"
„Das freut mich, das freut mich wirklich, dann war der Absturz gestern ja gar nicht nötig. Umsonst einige Gehirnzellen abgetötet!"
„Das stimmt eigentlich, aber ich konnte einfach nicht anders!" (Außerdem war die Sache mit Petra ja nur *ein* Grund für den Rausch!)
„Ja, dann werde ich mich mal auf den Weg machen. Bin wieder ein bisschen schlauer, auch wenn es im Grunde genommen eigentlich gar nicht nötig war. Aber ich kann es Ihnen auch nicht erklären, ich gehöre wohl zu der Sorte Bullen, die ihre Nasen auch in Dinge stecken, die ihnen letztlich gar nichts bringen, außer dass jene Nase vielleicht irgendwann einmal blutig geschlagen wird. Und dass ihr Bett irgendwann viel zu groß wird, wenn Sie verstehen, was ich meine!"
Auer stand auf und nahm sich noch ein Mini-Mars.
„Geht es Ihnen auch so? Langsam aber sicher wird man fett!"
„Da sagen Sie was Richtiges. Aber ich wollte eigentlich wieder mit dem Laufen anfangen!"

„Ja, ja, das ist gut, das müsste ich auch wieder einmal machen. Wie lange laufen Sie so im Schnitt?" Er ließ einfach nicht locker.
„Wenn ich fit bin, so etwa zehn Kilometer!"
„Zehn Kilometer, das ist nicht schlecht, gar nicht übel für Leute in unserem Alter. Nein, ich frage Sie jetzt nicht, wie alt Sie sind!"
„Das ist kein Problem, ich werde im Sommer 31!"
„Sehen Sie, ich bin schon 37. Was für ein Alter!"
Auer ging den Flur entlang zur Wohnungstüre, dann sah er den Irland-Kalender.
„Oh, der ist aber stark, Irland. Waren Sie schon einmal auf der grünen Insel?"
„Ja, schon zwei Mal, letztes Jahr und 1999. Wirklich super!", antwortete Andreas wahrheitsgemäß.
„Wenn es Ihnen nichts ausmacht, ich meine, könnte ich mir die Bilder vielleicht noch einmal kurz anschauen?"
Auer betrachtete Bild für Bild im Stehen und hatte zu jedem mindestens eine weitere Frage. Langsam hatte Andreas das Gefühl, es mit einem Chaoten zu tun zu haben. Einem liebenswürdigen, vielleicht etwas nervigen Zeitgenossen, der zufällig bei der Kripo beschäftigt war. Aber war dies nicht genau das gleiche Image, das Inspektor Columbo ebenfalls vermittelte? Andreas wusste nicht, ob er lächeln sollte, oder besser auf der Hut bleiben musste.
„Wirklich ein super Kalender und ein super Land. Aber ich bin ganz ehrlich, Italien, die Toskana, oder auch der Süden, das hat schon auch seine Reize, finden Sie nicht?"
„Ja, klar, Italien ist einfach genial, keine Frage!"
Der Polizist hängte den Kalender an den Nagel zurück. Er nahm die Türklinke in die Hand und drehte sich noch einmal zu Andreas um.
„Übrigens, haben Sie eigentlich schon diesen Schulkalender gesehen, den einer Ihrer Kollegen mit den Schülern angefertigt hat?"
Genau das war es. Ob geplant oder nicht, die Frage kam völlig unerwartet und bewirkte ein weiteres Mal, dass Andreas vom einen auf den anderen Augenblick wieder sehr unsicher wurde. Es hatte keinen Sinn, es zu leugnen, also antwortete er:
„Ja, sicher, ich habe ihn mir schon angeschaut und ich finde, er ist echt super gelungen!"
„Sehen Sie, das wusste ich. Ich wusste, dass er Ihnen auch gefällt. Ich fand die Fotos wirklich ausgesprochen professionell. Nur das eine, ich muss Ihnen ganz ehrlich sagen, so ganz genau habe ich das nicht verstanden!"
Andreas musste kein Gedankenleser sein, um zu wissen, worauf Auer abzielte!

„Welches Bild meinen Sie?"
„Das mit der Hängematte und dem Löwen. Wie war noch einmal der Slogan?"
„The Lion sleeps tonight!", antwortete Andreas so ruhig er konnte und spürte, wie sein Unterbewusstsein arbeitete.
„Genau, genau so heißt es. Ich würde zu gerne wissen, was das zu bedeuten hat?"
„Das glaube ich Ihnen jetzt aber nicht. Sie wollen mich auf den Arm nehmen, oder?"
Eine seltsame Falte legte sich plötzlich quer über die Stirn des Polizisten.
„Nein, ich, nein. Wie kommen Sie denn darauf, Herr Schramm?"
Und jetzt hatte Andreas tatsächlich das Gefühl, einen Fehler gemacht zu haben.

43.

Weil Andreas seinen Selbstzweifeln und Schuldgefühlen erst gar nicht die Chance geben wollte, sich wieder in seinem Denken einzunisten, nahm er, unmittelbar nachdem Auer seine Wohnung verlassen hatte, den Telefonhörer in die Hand und wählte das Südklinikum an. Er war froh, dass es Petra selbst war, die abhob.
„Hallo Schatz, ich bin's!"
„Ah, hallo, ich habe schon gewartet. Hast Dir ganz schön Zeit gelassen!"
Andreas musste schon wieder an der Wahrheit vorbei rudern, schließlich wollte er seine Freundin nicht dadurch verunsichern, dass er ihr von Auers Besuch berichtete.
„Ja, ich weiß, es ist ein bisschen spät geworden. Ich war noch einkaufen und dann habe ich noch den Unterricht für morgen vorbereitet!"
„Fleißig, fleißig der Mann. Wie war es heute in der Schule?"
„Gut, die Schüler waren perfekt. Erstaunlich gefasst und diszipliniert. Niemand hat sich nach ihm erkundigt."
„Und bei Dir?"
„Naja, den Umständen entsprechend gut, würde ich sagen. Es hätte bestimmt auch viel schlimmer werden können. Ich habe meiner 11. Klasse einen Aufsatz aufgegeben, da habe ich ab dem Wochenende gut zu tun und gar keine Zeit, mir einen Kopf zu machen!"
„Genau, so ist es gut. Aber ich hoffe, Du hast auch ein bisschen Zeit für Dein Frauchen, wenn es wieder heim kommt!"

„Natürlich, alle Zeit der Welt. Aber wann kommt es denn endlich wieder heim, das Frauchen?"
„Es sieht wirklich sehr gut aus, dass ich vielleicht sogar noch heute am späten Abend nach Hause komme, aller spätestens aber morgen nach der Abendschicht!"
Andreas konnte es kaum glauben. Es war ein Gefühl, das er bisher nie gekannt hatte. Auch wenn er wusste, dass die ganze Geschichte mit Löwe immer ein Teil ihrer Beziehung bleiben würde, so spürte er auch, dass sie auf dem besten Weg waren, einen Zugang zu dem, was passiert war, zu finden. In dieser Beziehung war Petra offensichtlich schon einen Schritt weiter als er.
„Das ist so schön. So schön, dass ich es noch gar nicht glauben kann. Warum weißt Du es denn noch nicht ganz genau?"
„Ach, es liegt einfach daran, wie lange ich heute Abend noch brauchen werde, ich habe Dir doch gestern schon erzählt, dass ich etwas erledigen muss, was mir sehr wichtig ist. Und seit einer guten Stunde weiß ich, dass es schon heute klappt. Umso besser, denn dann bin ich wieder zu Hause."
Andreas konnte sich nicht erklären, worauf Petra hinaus wollte, aber es war ihr scheinbar tatsächlich sehr viel an dem, was immer es auch war, gelegen. Er hätte zwar gern mehr darüber erfahren, kannte Petra jedoch gut genug, um zu spüren, dass sie offensichtlich noch nicht darüber reden wollte. Also entschloss er sich dazu, nicht noch weiter zu bohren.
„Du willst mehr wissen, richtig?", hakte sie plötzlich nach.
Es war verrückt, sie konnte Gedanken lesen.
„Nicht einmal am Telefon kann ich Dir meine Gedanken verheimlichen. Aber Du musst wirklich nicht darüber reden, wenn Du nicht willst oder wenn es Dir unangenehm sein sollte!"
„Quatsch, ist mir doch nicht unangenehm. Ich werde Dir alles erzählen, wenn ich wieder da bin. Vielleicht können wir ja dann irgendwo gemütlich essen gehen?"
Die Vorstellung, mit Petra zusammen in einem Restaurant zu Abend zu essen, war zum einen unvorstellbar schön, zum anderen jedoch befremdlich, denn Andreas war einfach noch nicht so weit. Das alles würde nach außen den Eindruck erwecken, alles wäre überwunden und verarbeitet. Und dem war definitiv noch nicht so. Andreas ging es nach wie vor schlecht, auch wenn die Phasen, in denen er sich der Problematik von Löwes Tod einigermaßen gewachsen zu sein schien, langsam länger wurden. Dies lag aber allein daran, dass Petra ihn emotional hochgepäppelt hatte. Insofern wünschte er sich nichts mehr, als dass sie endlich wieder nach Hause kam.

„Ich weiß nicht, ob das so gut ist, ich glaube, ich bin noch nicht so weit!"
Es tat gut, so offen darüber zu reden.
„Muss ich mir Sorgen um Dich machen?", fragte Petra.
„Nein, nein. Ich bin ... mir geht es gut. Da ich weiß, dass Du bald wieder hier bist, glaube ich, wir schaffen es gemeinsam. Muss ich mir vielleicht Sorgen machen um Dich, Schatz?"
„Nein, gar nicht. Ich habe alles unter Kontrolle, vor allem auch weil ich glaube, dass ich irgendwie etwas gutmachen kann!"
„Gutmachen?"
„Das erkläre ich Dir später. Du musst Dir wirklich keine Sorgen machen, auch wenn ich mich mit einem jungen Mann treffen werde. Das ist so ein armes Schwein, dem geht es wirklich sehr dreckig, weißt Du. Es ist nur eine Krankenhaussache, Du brauchst Dir wirklich nichts zu denken. Es ist wirklich nicht der Typ, vor dem man sich fürchten müsste, was man schon daran sieht, dass er einen Händedruck wie eine Erstklässlerin hat!"
Andreas wünschte, sie hätte gar nicht davon angefangen, denn so langsam wurde die Geschichte immer unverständlicher. Er hatte keine Ahnung, was sie ihm eigentlich sagen wollte.
„Naja, ich bin genauso schlau wie vorher, ehrlich gesagt. Aber ich denke, Du wirst wissen, was Du machst!"
„Das tue ich, Schatz, wirklich. Gedulde Dich noch maximal einen Tag, morgen ist alles wieder in Ordnung und wir können gemeinsam nach vorne schauen!"
Er bekam Herzklopfen, mit das schönste Gefühl, das er kannte.
„Na gut, dann drücke ich Dir mal die Daumen, dass das, was auch immer Du noch erledigen musst, gut klappt!"
„Das wird es, davon bin ich überzeugt. Und Du versuche nicht, so viel zu grübeln, ja! Tue irgendetwas, was Dich auf andere Gedanken bringt!"
Er musste sofort an Auer und seine Stirnfalte denken. Andere Gedanken ...
„Ja, ich versuche es, Schatz!"
„Gut, dann werde ich mal Schluss machen für jetzt, ich muss noch mal nach den Patienten schauen. Was auch passiert, denke immer dran, dass ich Dich ganz arg liebe!"
„Oh Mann, das brauche ich, ganz ehrlich. Und ich liebe Dich auch, unbeschreiblich arg!"
„Ich umarme Dich, Schatz!"
Andreas schloss die Augen. Er wünschte sich, sie jetzt spüren zu können!
„Ich freue mich auf Dich!"
„Das tue ich auch. Dann spätestens bis morgen!"
„Bis morgen Schatz!"
Noch bevor sie den Hörer auflegen konnte, rief er noch einmal:

„Petra!"
„Ja, was ist?"
„Pass gut auf Dich auf, ja!"
„Das werde ich, ich verspreche es!"
Und dann wartete er, bis sie aufgelegt hatte. Er hatte keine Ahnung davon, was seine Freundin bald durchmachen musste.

44.

Petra war zu spät, denn es hatte zwei Neueinlieferungen gegeben, die von der Routine abwichen. In Fällen wie diesen musste die Übergabe noch gewissenhafter als sonst vonstatten gehen. Das Nachtpersonal musste genau über den Fall Bescheid wissen, angefangen vom Verlauf der Krankheit, über die Stabilität des Patienten bis zu den zu verabreichenden Medikamenten.
Sie wollte sich für heute Abend mit dem Jungen, Andi, treffen, um mit seiner Mutter zu sprechen. Doch sie war fast eine halbe Stunde zu spät dran, als sie das Krankenhaus durch den Haupteingang verließ. Wenn es ihm wirklich wichtig war, würde er da sein, hoffte sie. Und falls nicht, dann würde er sich vielleicht morgen noch einmal bei ihr melden. Es war ihm heute Nachmittag sicher sehr schwer gefallen, bei ihr auf der Station anzurufen. Er hatte wie schon zuvor unsicher, beinahe verklemmt gewirkt und nur mit sehr leiser Stimme gesprochen. Und auch dieses Mal hatte er sich selbst bei einfachsten Formulierungen äußerst umständlich angestellt. Doch der Junge tat ihr wirklich Leid. Ob er wohl schon arbeitete? Oder ging er vielleicht noch zur Schule? So wie er gekleidet war, lag der Schluss nahe, dass er weder arbeitete, noch zur Schule ging. Sie atmete tief ein und aus. Was für ein Leben. Wie grausam das Schicksal doch manchmal zuschlug. In diesem Moment musste sie an ihren Freund denken. Sie freute sich auf ihn, denn sie liebte ihn, und das tat unglaublich gut. Jetzt bemerkte sie, dass sie ihren Krankenhausausweis noch nicht abgenommen hatte. Als sie sich in der Eile umgezogen hatte, hatte sie ihn an ihr Sweatshirt gesteckt. Sie nahm ihn ab und schob ihn in ihre linke Gesäßtasche. Als sie die 100 Meter zum Parkplatz zurücklegte, waren ihre Gedanken bei ihm allein. Vielleicht war das, was mit Löwe passiert war, tatsächlich nur Zufall gewesen. In einem Gespräch mit einem Arzt hatte sie die Bestätigung dafür erhalten, dass es gar nicht selten vorkam, dass Menschen mit Löwes Vorgeschichte einfach einschliefen und nicht mehr aufwachten. Für den Fall, dass der Junge nicht mehr am Parkplatz warten würde, wollte sie heute

Abend schon zu Andreas nach Hause fahren. Sie brauchte ihn und sie wusste, dass er sie auch brauchte.

Wenige Meter vor dem Erreichen des Parkplatzes sah sie die Konturen des jungen Mannes. Er hatte ihr den Rücken zugewandt und trug die selben verschlissenen Klamotten wie gestern. Kein Zweifel, er hatte auf sie gewartet. Wie viel Hoffnung musste er in sie setzen.
„He, hallo, da sind Sie ja, ich dachte schon, Sie wären gegangen!"
Er drehte sich langsam um.
„Oh, endlich, ich dachte schon, ich meine, es war doch für heute ausgemacht und nicht morgen, oder?"
Er streckte ihr unbeholfen seine Hand entgegnen. Petra dachte an den unangenehmen Händedruck und tat deshalb so, als würde sie seine Geste nicht verstehen. Im Grunde genommen konnte sie nur Mitleid für ihn aufbringen. Warum fiel es ihm nur so schwer, sich zu artikulieren. Ob er aufgeregt war?
„Nein, ist schon in Ordnung, Andi. Wir hatten uns natürlich für heute verabredet. Das passt. Es war meine Schuld, ich musste mich noch um zwei neue Patienten kümmern und dies mit der Nachtschicht absprechen. Kommt manchmal vor, obwohl die Schicht eigentlich schon vorbei ist, wissen Sie!"
„Oh, ja. Das kann ich mir vorstellen. Sie sind wirklich sehr nett, Petra! Machen Sie das wohl öfter, dass Sie sich um Menschen wie mich... dass Sie Menschen wie mir helfen?"
Glaubte er womöglich, sie hätte sich gerade privat um die beiden Patienten gekümmert? Aber sie war zu müde, um dieses vermeintliche Missverständnis gerade zu rücken. Der Junge brauchte ihre Hilfe und sie wollte ihm helfen. Dazu musste sie jetzt seine Mutter kennen lernen. Sie wollte einfach in ihr Auto steigen und es hinter sich bringen, doch seine naiven, fragenden Augen hafteten wie ein Magnetenpaar an ihr.
„Also schön - nein, Andi. Das kommt eigentlich nie vor. Es ist eine Ausnahme, dass ich mich heute mit Dir treffe, aber ich mache das wirklich sehr gerne."
Die Magneten ließen von ihr ab und ließen ein unschuldiges Kinderlächeln im Gesicht des jungen Mannes zurück.
„Das ist schön!"
„Gut, das freut mich. Wie sind Sie denn hier her gekommen?"
„Bitte?"
„Wie sind Sie hier zum Krankenhaus gekommen?"
„Oh, ich bin mit öffentlichen Verkehrmitteln gefahren, wissen Sie!"
„Schön, kein Problem. Dann schlage ich vor, wir nehmen mein Auto!"

Sie lächelte und ging an ihm vorbei.
„Na, was ist, fahren wir!"

Als sie im Wagen saßen, schaute er sie mit fast verklärten Augen an. Ein neuer Gesichtsausdruck, den Petra noch nicht kannte.
„Was ist?", fragte sie, noch bevor sie den Zündschlüssel umdrehte.
„Ach nichts", flüsterte er, „eigentlich!"
„Eigentlich?"
Sie musterte ihn, noch immer den Zündschlüssel in der Hand haltend. Es schien fast so, als wäre der Junge gerade dabei, seine Aufregung etwas besser in den Griff zu bekommen, was jedoch nicht bedeutete, dass er seine Schüchternheit ablegte.
„Es ist Ihr Auto, wissen Sie!"
„Mein Auto? Was ist mit meinem Auto?"
„Ein VW Polo TDI, stimmt doch, oder?"
„Ja, das stimmt. Interessieren Sie sich für Autos?"
„Nein, na ja, ein bisschen. Es ist nur ..., ach egal, nicht so wichtig!"
„Gut, es ist vielleicht nicht so wichtig, aber ich habe wirklich auch kein Problem damit, wenn Sie es mir sagen. Davon bekomme ich keine Pickel und wir kommen ins Gespräch. Also, was ist mit dem Polo TDI?"
Petra tippelte ungeduldig mit ihren Fingern am Lenkrad und beobachtete Andi, der sie nicht anschaute, sondern durch die Windschutzscheibe starrte, als säßen sie in einem Autokino.
„Es ist das gleiche Modell, auf dem ich meinen Führerschein gemacht habe, wissen Sie! Und ich will wirklich nicht, dass Sie Pickel..."
Petra glaubte, sich verhört zu haben. Das hätte sie dem Jungen niemals zugetraut.
„Was, Sie haben einen Führerschein?"
Er lächelte glücklich.
„Da staunen Sie, oder? Und ich habe die Prüfung gleich beim ersten Mal geschafft!"
„Sehen Sie, da haben wir doch endlich ein gutes Gesprächsthema, würde ich meinen!", sagte Petra zufrieden. „Aber es ist wohl endlich an der Zeit loszufahren, bevor meine neue Nachtschicht beginnt!"
„Ist gut. Aber so weit ist es eigentlich nicht! Sie müssen auf die Regensburger Straße Richtung Innenstadt fahren!", sagte Andi und strahlte.
Als Petra die ersten Meter zurückgelegt hatte, begann sie erneut die Konversation:
„Also, dann erzählen Sie mal. Haben Sie auch ein Auto?"
„Nein, nein. Als mein Vater gestorben ist, hatte ich gerade mal eine Woche den Führerschein. Papa hatte einen zwölf Jahre alten Japaner, den mussten

wir dann verkaufen, es war einfach kein Geld da, wissen Sie. Ich bin im Grunde genommen seit über einem Jahr nicht mehr gefahren!"
„Oh, das, das tut mir Leid!"
„Nein!", er knetete seine Hände, heute zum ersten Mal, „das muss Ihnen nicht Leid tun, ich meine, Sie können wirklich nichts dafür!"
Er schien wirklich alles, was sie sagte, ernst zu nehmen, selbst einfachste Höflichkeitsfloskeln. In diesem Moment fragte sich Petra, ob es vielleicht besser war, das ganze abzublasen. Sie wusste nicht, woher der Gedanke so plötzlich gekommen war, aber es hatte wohl mit dem seltsamen Verhalten ihres Beifahrers zu tun.
Für fast zwei Minuten sprachen die beiden kein Wort. Petra befasste sich gedanklich mit ihren Zweifeln und suchte gleichzeitig ein neues Gesprächsthema. Sie bog auf die Regensburger Straße ein, als Andi etwas völlig Unerwartetes sagte:
„Petra, ich würde Sie gerne auf einen Kaffee einladen, bevor wir zu Mama fahren!"
„Wie bitte?" Sie konnte es nicht glauben. Das war wieder etwas, was sie ihm nie zugetraut hatte.
„Naja, was Edles kann ich mir nicht leisten, aber gleich da vorne, da gibt es einen McDonalds auf der linken Seite, direkt an der Regensburger Straße, wo die ganzen Autohäuser sind, BMW, Toyota, Smart und so. Ich würde Ihnen einen Kaffee spendieren und wir könnten ihn im Auto trinken!"
Sie überlegte kurz. Wann hatte sie das letzte Mal in einem Fast Food-Restaurant Station gemacht? Es musste in einem Zeitalter gewesen sein, in dem sie noch nie ein Krankenhaus von innen gesehen hatte. Damals hatte sie sich mit ihrer besten Freundin Tanja nach der Schule immer McDonalds Softeis gekauft. Andererseits hätte sie gegen einen Kaffee nichts einzuwenden und wenn der Junge für seine Verhältnisse schon so aus sich heraus ging ...warum eigentlich nicht? Irgendjemand hatte ihr erst vor kurzem gesagt, das Beste, was es bei McDonalds gab, wäre der Kaffee.
„Okay, warum nicht!"
„Gut, gut!", antwortete er aufgeregt. „Das, das hätte ich wirklich nicht geglaubt, ich meine, ich habe noch nie ..."
Er brach ab.
„Sie haben noch nie ... was?"
„Es tut mir Leid, ich habe nur laut gedacht!"
„He, ist schon in Ordnung, was haben Sie noch nie, Andi?"
„Naja, jemandem einen Kaffee spendiert, meine ich!"
Petra lächelte. Wahrscheinlich wurde er jetzt rot. Aber es war hier im Wagen zu dunkel, um es zu erkennen.

„Wir können es aber auch so machen, dass ich bezahle, Sie haben ..."
„Ich habe eh keine Kohle, ich, ja, das stimmt, stimmt schon!"
„Nein, so habe ich das wirklich nicht gemeint, es ist nur, mir hätte es nichts ausgemacht zu zahlen, wissen Sie!"
„Ja, klar. Aber Sie machen so viel für uns, da ist ein Kaffee das mindeste, wirklich! Da vorn müssen Sie links abbiegen!"
„Also schön, Andi, wenn Sie darauf bestehen, dann laden Sie mich ein!"
„Sie könnten ja..."
„Ich könnte was?", fragte Petra und setzte den Blinker links.
„Naja, wenn Sie nicht damit umgehen können, dass Sie von mir eingeladen werden ...," wieder knetete er die Hände.
„Was? Was könnte ich, sagen Sie schon!"
„Also, wenn es Ihnen nichts ausmacht, vielleicht könnte ich mal ein paar Meter mit Ihrem Polo ...!"
Sie lächelte. Offensichtlich hatte sie ihn unterschätzt. Es bedurfte zwar immer einer gewissen Anlaufzeit, aber scheinbar gelang es ihm bei einer günstigen Konstellation doch, über seine Bedürfnisse zu sprechen. Sie sah den Burgerladen schon. Einerseits war ihr nicht ganz wohl bei dem Gedanken, ihn mit ihrem Wagen fahren zu lassen. Andererseits lag der Fast-Food-Palast an einer sehr kurzen Stichstraße, einem unscheinbaren Fortsatz der Regensburger Straße. Das Stück war nicht sehr befahren und es gab auch einige größere Parkplätze, auf denen sich jetzt gegen Abend nicht mehr viel abspielte. Und wenn sie ihn fünf Minuten hin- und herfahren lassen würde...
„Mal sehen. Vielleicht. Ich würde sagen, ich parke jetzt erst einmal hier und Sie holen einen Kaffee!"
Sie brachte den Wagen zwischen einem alten Mercedes und einem Škoda zum Stehen. Auf dem Škoda klebte ein Sticker von Werder Bremen, der Lieblingsmannschaft ihres Bruders.
„Ich bin gleich wieder da!", rief Andi aufgeregt und öffnete die Beifahrertüre, „bitte nicht wegfahren!" Keine zehn Sekunden später hatte ihn der Burgerladen verschluckt.

45.

Jesper hatte wie immer pünktlich und zuverlässig geliefert. Obwohl das Präparat verschreibungspflichtig war, hatte ihm die Beschaffung offensichtlich keinerlei Probleme bereitet. Natürlich hatte Jesper nicht nur den Dormicum-Saft geliefert, sondern auch die wichtigen Stellen des Beipackzettels markiert. Ralf Sommer war intelligent genug, um sich schnell über die Anwendung des Medikaments klar zu werden. Die entscheidenden Komponenten, die es bei der Bestimmung des Wirkmaximums (wie Jesper es ausdrückte) zu beachten gab, waren das Gewicht und das Alter des Patienten. Für seine Bedürfnisse waren demnach 10 Milligramm des Wirkstoffes Midazolam notwendig, was in etwa 5 Milliliter des Safts entsprach. Nach langem Abwägen war er zu dem Schluss gekommen, das Präparat in eine kleine Spritze zu füllen. (Jesper hatte die Spritzen gleich mitgeliefert). So tat er sich später leichter mit dem Umfüllen. Er öffnete also die Saftflasche, zog eine 5ml Spritze damit auf, das war's. Es konnte losgehen. Prinzipiell. Doch er war ein Profi. Vollprofi, um es genau zu sagen, das hatte er seit jener emotional gesteuerten Amateuraktion mit Struppi noch einmal deutlich und unmissverständlich verinnerlicht. Das hier war jetzt eine andere Liga. Deshalb ging eine gute Stunde für die Verkleidung drauf. Zu diesem Zweck war er mit seinem silbernen Koffer auf die Parkplätze am Reichsparteitagsgelände gefahren. Hier war er ungestört. Mittlerweile kannte er genügend Tricks und Kniffe, um sein Äußeres so zu verändern, dass man ihn nicht mehr erkannte. Dazu leistete nicht nur die schwarze Perücke ihren Beitrag. Auch das Buch, das er übrigens ebenfalls von Jesper erhalten hatte, war Gold wert. Mittlerweile glaubte er über genügend theoretische Erkenntnisse und praktische Erfahrungen zu verfügen, um es mit einem durchschnittlichen Maskenbildner aufnehmen zu können. Als ihm sein Outfit endlich zusagte, das er natürlich niemals in die Welt des Ralf Sommer projiziert hätte, brachte er zunächst alle nötigen Utensilien an jenen Ort, den er als Versteck gewählt hatte. Dazu benötigte er weitere 30 Minuten. Dann machte er sich auf den Weg.

Jetzt schaute er in das arme, einfältige Gesicht des Typen, der hinter dem Tresen seine Bestellung entgegen nahm.
„Zwei Kaffee. Ja. Darf es vielleicht noch etwas zu essen sein, junger Mann?"
Der Hamburgermann konnte sich noch so ins Zeug legen, es gelang ihm trotzdem nicht, etwas an dem Gefühl der Abneigung, das Ralf für ihn empfand, zu ändern. Dieser kleine Frikadellendompteur war ein Loser, geboren um mit seinem Arsch in der untersten Kaste zu verharren. Daran änderte auch seine blau-gelbe Schildmütze und sein einstudiertes Dritte-Klasse-Lächeln nichts.
„Nein danke, das ist alles!", antwortete Ralf professionell.
Er legte der Frikadelle fünf Euro hin, nahm das Wechselgeld und bevor ihm der Angestellte noch einen schönen Abend wünschen konnte, hatte Ralf sich bereits weggedreht. Dann ging er an den kleinen Tisch, an dem

man sich Strohhalme, Servietten und all die anderen Accessoires holen konnte, mit denen das Essen hier zu einem wahren kulinarischen Orgasmus werden konnte. Wie einfältig. Er griff in seine Jackentasche und ertastete die Spritze mit dem Wundercocktail. Wie ein Vollprofi. Wie ein echter Vollprofi. Also ließ er seinen Blick langsam durch die Runde der Burgerfetischisten und Pommesabhängigen schweifen. Niemand schien Notiz von ihm zu nehmen. Trotzdem konnte man nie wissen. Im Eck sah er einen leeren Tisch. Das gute daran war, dass man vom Parkplatz aus nicht gesehen werden konnte. Also nahm er dort kurz Platz und stellte einen Kaffeebecher neben sich auf die Bank. Dann öffnete er den Deckel des Bechers und spritzte Jespers Spezialcocktail langsam hinein. Anschießend verschloss er den Pappbecher wieder.

„Das war's dann wohl!", flüsterte er und leckte sich die Lippen.

„Ihr Arschlöcher", dachte er, als er sich vom Tisch erhob, „unterschätzt mich bloß nicht!"

Und als er gerade dabei war, den Burgerschuppen zu verlassen, meldete sein Profigehirn:

„Was ist, wenn sie Milch oder Zucker will?"

Er nickte und ging lächelnd noch einmal zum Tresen zurück.

46.

Petra sah, dass er die zwei Kaffees langsam zu ihrem Wagen balancierte. Er machte einen kaum noch zu steigernden, unbeholfenen Eindruck, so extrem war es ihr eigentlich bisher noch nicht aufgefallen. Sie öffnete ihm die Beifahrertüre, aber er blieb stehen und schien nicht einsteigen zu wollen.

„Was ist, wollen Sie nicht reinkommen?", fragte sie.

„Ja, klar, es ist nur ..."

Er lächelte.

„Alles in Ordnung?", hakte Petra nach.

„Ja, sicher, ich dachte nur, na ja ..." Er blickte vom Fahrersitz auf den Beifahrersitz.

„Sie wollen Platz tauschen, nicht wahr?"

„Na ja, ehrlich gesagt, es würde mich schon reizen, so eine kleine Runde, einfach so hier. Man muss ja gar nicht raus auf die Regensburger Straße fahren. Glauben Sie, das wäre machbar? Sie könnten dann in aller Ruhe Ihren Kaffee trinken. Ich glaube, ich würde mich gar nicht so schlecht anstellen!"

Petra überlegte kurz. Dann lächelte auch sie.
„Gut, Sie haben gewonnen. Wenn Ihr Seelenfrieden davon abhängt. Aber ich finde, wir sollten dann zu Ihrer Mutter fahren!"
„Nein, das ..., das kann ich nicht, das traue ich mir wirklich nicht zu. Sie müssen zu Mama fahren, ich kann das nicht so gut!"
Wieder schien er sie nicht richtig zu verstehen. Sie wurde aus ihm nicht schlau. Einmal verfolgte er seine Ziele schon beinahe subtil strategisch, und nur wenige Augenblicke später schien es unmöglich, einfachste Schlussfolgerungen zu ziehen. Doch für Petra war es einfach zu anstrengend, ihm alles bis ins letzte Detail zu erklären.
„Kommen Sie schon, zwei bis drei langsame Runden, ich bin Ihr Beifahrer und trinke dabei meinen Kaffee!"
Im selben Moment öffnete sie die Fahrertüre, stieg aus dem Wagen aus und ging um den Wagen herum zu ihm hinüber.
„Im Ernst? Sie lassen mich wirklich fahren?" Er reichte ihr den Cocktail-Kaffee.
„Danke. Ja, warum nicht? Nun setzen Sie sich schon auf die andere Seite. Ein paar kleine Runden und dann sehen wir nach Ihrer Mutter!"
Er rannte unbeholfen um den Wagen, nahm auf dem Fahrersitz Platz und blickte zu ihr hinüber. Sie nahm den ersten Schluck Kaffee.
Auch er trank einen Schluck und versuchte dann den Becher zwischen seine Oberschenkel zu klemmen. Doch seine Unbeholfenheit schien ihm einen Strich durch die Rechung machen zu wollen. Nachdem er es ein zweites Mal wieder nicht geschafft hatte, nahm er den Becher wieder in die Hand.
„Ist vielleicht doch besser, ich trinke den Kaffee erst aus, bevor ich noch die Sitze schmutzig mache!"
„Ja, keine schlechte Idee", antwortete Petra langsam und gönnte sich einen weiteren Schluck.

47.

Ralf fragte sich, wie lange es wohl dauern würde, bis das Zeug zu wirken begann. Jesper hatte etwa 50 Minuten veranschlagt.
„Wie lange haben Sie denn den Wagen schon?", fragte er und nahm einen weiteren Schluck.
„Gute sechs Jahre sind es jetzt", antwortete sie ruhig und blickte in ihren Kaffee.
Ob sie etwas bemerkte?

„Oh, verdammt, ich..., ich bin so ein Versager, nicht einmal zum Kaffeeholen zu gebrauchen, schätze ich!"
Umständlich stellte er seinen Kaffee neben den Schalthebel. Langsam hatte er die Schnauze voll von der Theaterspielerei, es war an der Zeit, endlich die Maske fallen zu lassen und zur Sache zu kommen. Doch er befürchtete, sich noch ein wenig gedulden zu müssen.
„Entschuldigen Sie, ich bin nicht gerade zum Kavalier geboren!", er bemühte sich, leise und unsicher zu wirken und fummelte in seiner linken Jackentasche herum. Doch außer der leeren Spritze gab es dort nichts zu holen. Rechts hatte er mehr Glück und so zog er schließlich zwei Milchdöschen und drei kleine Päckchen Zucker daraus hervor.
„Sorry, wollen Sie Milch oder Zucker? Hatte ich voll vergessen!"
Petra lächelte.
„Milch wäre super, ja!"
Sie nahm die beiden Milchdöschen und kippte deren Inhalt langsam in ihren Kaffee.
Ralf überlegte kurz, ob dies wohl Einfluss auf die Wirkung des Präparats hatte.
„Warten Sie, ich habe auch noch so etwas Ähnliches wie einen Löffel!"
Er gab ihr einen kleinen Stiel aus Plastik, mit dem sie ihren Kaffee umrührte.
„Das können Sie ja noch üben!", sagte sie ruhig und nahm einen weiteren Schluck.
„Jetzt ist es viel besser. Kaffee ohne Milch ist nichts für mich!"
Was sollte die Scheiße? Wollte sie ihm etwa erzählen, er wäre kein Profi? Langsam begann Ralf, ein nicht unerhebliches Maß an Hass zu entwickeln, und aus der Erfahrung mit dem Hündchen wusste er, dass es besser war, dieses Gefühl so schnell wie möglich wegzusperren.
„Na ja, ich werde mir Ihren Rat zu Herzen nehmen. Aber ich habe zumindest noch dran gedacht, gibt das nicht wenigstens die halbe Punktzahl?"
Er starrte aus der Windschutzscheibe auf die Kinderrutsche vor dem Burgerparadies.
Sie antwortete nicht. Ob es endlich losging? Ralf schaute in seinen Kaffee, die Hälfte etwa war ausgetrunken. Gesetzt den Fall, sie war ebenso weit, dann dauerte es möglicherweise tatsächlich nicht mehr lange. Andererseits hatte Jesper ihm mitgeteilt, dass er sich vergewissern musste, dass sie die ganze Dosis intus haben würde.
„Ja, dem könnte man zustimmen!", sagte sie plötzlich.
Ralf war so intensiv seinen Gedanken nachgegangen, dass er keine Ahnung hatte, wovon sie redete.

„Bitte?"
„Na, halbe Punktzahl, warum nicht!" Sie lehnte sich zurück in ihren Sitz. Ralf wartete darauf, dass sie ihn aufforderte, endlich los zu fahren. Stattdessen nahm sie wieder einen Schluck Kaffee. Sie musste den Becher ziemlich hoch halten, bestimmt hatte sie schon die Hälfte geschafft, wenn nicht sogar mehr!
„Irgendwie fühle ich mich jetzt ganz schön entspannt. Ich habe wirklich keine Ahnung ..."
Dann hörte sie auf zu sprechen.
Wovon hatte sie keine Ahnung? Überlegte sie oder konnte sie nicht mehr sprechen? Er schaute auf seine Uhr. Er schätzte, dass es bestimmt schon fünfzehn Minuten lang so ging. Der Drang, endlich die Fassade fallen zu lassen, wurde immer stärker. Er drehte sich zu ihr hinüber. Sie machte einen entspannten Eindruck. Der Kaffeebecher war in ihrer rechten Hand. Sie wirkte leicht schläfrig, trotzdem hatte sie nach wie vor die Augen geöffnet und starrte ihrerseits durch die Windschutzscheibe nach draußen.
„Ganz schön lange her!", flüsterte sie. Das war alles. Sie schien den Kaffee in ihrer Hand kaum noch zu registrieren. Jesper hatte ihm geschrieben, in diesem Zustand würden die Opfer manipulierbar sein. Ralf wurde plötzlich von einer bisher nie da gewesenen Erregung gepackt. Ob er es versuchen sollte? Wahrscheinlich war der Kaffee noch nicht ganz ausgetrunken. Er überlegte kurz, dann nahm er ihre Hand, in der sie noch immer den Kaffee hielt, und führte sie an ihren Mund. Sie reagierte nicht. Da war kein Kommentar, keine abweisende Geste, nichts. Sie ließ es einfach gewähren, als sei es das normalste der Welt. Es war genau, wie Jesper es beschrieben hatte. Das Zeug wirkte, und wie!
„Schön austrinken!", sagte er. Und sie tat, was er wollte. Sie war manipulierbar, obwohl sie noch nicht schlief. Ralf leckte sich die Lippen.
„Geiles Gefühl!", flüsterte er.
Als sie den Kaffee endlich ausgetrunken hatte, lehnte er sich zurück. Es war geschafft:
Er hatte den ersten Menschen angefüttert.
„Was meinen Sie, was ist schon lange her?", fragte er. Im gleichen Moment öffnete er die Fahrertür und warf den Kaffeebecher nach draußen. Es war dunkel, niemand schien Notiz davon zu nehmen. Auch sie nicht.
„Ja, schon sehr lange, sehr lange!"
Ganz klar, sie fing an, irgendwie verworrenes Zeug zu faseln. Außerdem hatte sie keine Reaktion gezeigt, als er den Becher entsorgt hatte.
„Mindestens zehn Jahre, mindestens!"
Ralf hatte keine Ahnung was sie von ihm wollte. Aber auf jeden Fall schien sie sich vollkommen damit abgefunden zu haben, dass die Dinge

waren, wie sie waren. Er saß auf dem Fahrersitz und war der Kapitän. So langsam konnte er wohl den einen oder anderen Schalter umlegen.
„Was willst Du denn immer mit diesen zehn Jahren?", fragte er ruhig und blickte sie an.
„Klaus Schmitt hieß der Typ!", sagte sie ruhig und es schien, als würde sie sich noch weiter in ihrem Sitz zurücklehnen. Wieder war der Vergleich mit dem Autokino passend.
„Klaus Schmitt, ich verstehe. Hat er ...?" Nein. Es war noch zu früh. Was war, wenn sie doch noch zu klar im Kopf war? Er musste noch ein wenig warten, auch wenn es ihm wirklich sehr schwer fiel.
„Was war mit diesem Klaus Schmitt?", fragte er stattdessen eine Spur zu ungeduldig.
Sie lächelte nur.
„Ich glaube, ich werde müde!", flüsterte sie.
„Es wurde aber auch Zeit!", dachte Ralf und leckte sich wieder die Lippen. Er hatte das Gefühl, dass sie ihn jetzt wahrscheinlich nicht mehr daran hindern würde, wenn er den Motor startete, um mit ihr eine Spritztour zu machen. Einmal in die Hölle und zurück, vielleicht!
Er berührte sie leicht. Keine Reaktion. Dann rüttelte er an ihrer Schulter, woraufhin sie sich langsam zu ihm umdrehte.
„Na los, erzähl' schon, was war mit diesem Schmitt? Hat er es Dir besorgt?"
Sie lächelte und schüttelte langsam den Kopf.
Sie sah ihn mit entrücktem Gesichtsausdruck an.
„Er ist einfach stecken geblieben!"
Ralf war geschockt. Stecken geblieben? Was meinte das Flittchen? Es machte ihn aggressiv, aber er durfte sich auf keinen Fall zu irgend etwas hinreißen lassen, das alles kaputt machte. Ohne lange zu überlegen, griff er nach dem Zündschlüssel. Plötzlich fing sie kurz an zu lachen. Ralf erschrak und starrte erneut zu ihr hinüber. Wieder hatte sie ihre Autokino-Position eingenommen. Es kam ihm in diesem Moment beinahe so vor, als spielte sie mit ihm.
„Wirklich stecken geblieben in dieser Kinderrutsche. Sogar die Feuerwehr musste kommen!"
Und dann schloss sie die Augen.
Jetzt begriff er. Sie war mit irgendeinem Idioten unterwegs gewesen, dem König der Dummen, der versucht hatte, diese Kinderrutsche zu benutzen. Keine Spur von sexuellen Phantasien. Sie atmete ruhig.
„He, kleine Schlampe!", flüsterte Ralf.
„He, kleine Schlampe. Kleine Schlampe! Hörst Du mich?", sagte er etwas lauter.

Die Antwort war allenfalls eine Art Grunzen. Offensichtlich hörte sie ihn noch!
„Tja, so ist es eben. Man kann nicht immer nur Glück haben. Hast Du nicht gewusst, dass man keine Fremden in sein Auto lassen darf, Du dumme kleine Krankenhaus-Schlampe?"
Und dann startete er den Wagen und fuhr aus der Parklücke.
Die Frau auf dem Beifahrersitz hatte die Augen geschlossen. Sie hatte keinerlei Einwände, als Ralf entgegen der Abmachung, auf die Regensburger Straße in Richtung Innenstadt bog.
Er wusste, dass sie noch wach war. Aber das spielte keine Rolle. Die Lawine war nicht mehr aufzuhalten. Jesper hatte geschrieben, sie würde langsam dahin dösen. Genau diesen Eindruck machte sie auch. Jesper hatte außerdem darauf hingewiesen, dass man sich sogar noch mit ihr unterhalten konnte, wenn die Dosis noch nicht die volle Wirkung erzielt hatte. Trotzdem würde sie aber nichts von der Unterhaltung mitbekommen.
„Was findest Du an diesem Spinner?", fragte Ralf, als sie sich auf Höhe der Bundesagentur für Arbeit befanden.
Sie reagierte nicht. Wenn er sich nicht täuschte, dann lächelte sie. Ralf schubste sie an der linken Schulter an.
„Sag schon, was findest Du so toll an Schramm?"
„Andreas Schramm, ich liebe Dich!", flüsterte sie.
Nicht unbedingt das, was Ralf hören wollte.
„Wie würde es Dir gefallen, wenn Du ihn nicht mehr sehen würdest, Flittchen? Wie würde Dir das gefallen?"
Sie schien noch immer zu lächeln.
Wieder spürte Ralf, dass er kaum noch gegen seine Aggressionen ankämpfen konnte.
„Ich treibe Dir das Lächeln schon noch aus, darauf kannst Du Gift nehmen!"
Er setzte an der Peterskirche den Blinker nach rechts.
„Aber eigentlich hast Du ja schon Gift genommen, kleine Sau!"

48.

Als Kind hatte er große Angst vor dem Gebäude gehabt. Er würde es sich heute natürlich niemals eingestehen, doch so ganz war dieses Gefühl auch jetzt noch nicht verschwunden. Allein schon die beiden Kühe, die man bereits von weitem sehen konnte, wenn man sich vom Wöhrder Talübergang dem alten Fabrikgebäude näherte, hatten etwas Unheimliches an sich.

Vielleicht nicht unbedingt für jeden, doch Ralf Sommer hatte sich als Kind in seiner Phantasie ausgemalt, das Gebäude würde keine Fabrik beherbergen, in der Milchprodukte hergestellt wurden. Für ihn war es ein riesiges Schlachthaus, in dem die Kühe auf grausame Weise bei lebendigem Leib mit Kettensägen zerstückelt wurden. Es hatte eine Zeit gegeben, da hatte er stets die Augen geschlossen, als er mit seiner Mutter an dem Gebäude vorbei gefahren war. Einmal war er aus einem Albtraum erwacht, in dem er von blutüberströmten Kühen, denen man die Köpfe abgetrennt hatte, im Inneren des Gebäudes verfolgt worden war. Und er hatte lange geglaubt, dass die Geister der toten Kühe in jener verwaisten Fabrikhalle ihr Unwesen trieben.

Dann hatte eines Tages sein Vater drei Räume der leerstehenden Fabrikhalle angemietet. Dies war vor beinahe acht Jahren geschehen. Ralfs Vater hatte sich damals entschieden, drei Limousinen für Hochzeiten und andere feierlichen Anlässe zu erwerben, um das Angebot der Autovermietung Sommer attraktiver und vor allem exklusiver zu gestalten. Diese Fahrzeuge standen allerdings aus Platzgründen während der kalten Monate nicht auf dem Firmengelände in Behringersdorf, sondern in den zu Garagen umfunktionierten Räumen im Haus der toten Kühe. Wenn die Hochzeitssaison begann, wurde eine der beiden Stretchlimousinen in das Gebäude nach Behringersdorf gebracht, wo sie die heiratswilligen Paare durch das Schaufenster begutachten konnten. Bei Bedarf konnten natürlich auch die anderen beiden Limousinen aus dem Haus der toten Kühe geholt werden. Ralf würde sich seine Angst heute niemals eingestehen. Sie war ebenso verblasst, wie die beiden auf den Turm des Gebäudes gemalten Kühe. Aber man konnte sie trotzdem noch sehr gut als solche identifizieren. Doch dies war jetzt nicht wichtig, denn die Tatsache, dass sein Vater die drei fensterlosen Räume angemietet hatte, kam ihm heute sehr zu Gute. Noch wichtiger war aber, dass er, Ralf, seit einem guten Jahr - seitdem er den Führerschein gemacht hatte - gewissermaßen die Obhut über die drei Limousinen hatte. Er kümmerte sich um deren Vermietung, handelte die Konditionen mit den Mietern aus, reinigte die Autos und war gleichzeitig für Wartung, Pflege und Unterbringung zuständig. Als Gegenleistung erhielt er 80 Prozent der Mieteinnahmen. Angst hin oder her, natürlich wirkten die Räumlichkeiten im Haus der toten Kühe nicht gerade einladend, im Moment entsprachen sie jedoch exakt Ralfs Bedürfnissen. Dazu kam, dass er und nur er einen Schlüssel für die Garagen besaß. Bessere Voraussetzungen für die Umsetzung seiner Pläne konnte es gar nicht geben.

Als er das Tor erreicht hatte, sah er, dass Schramms Freundin die Augen geschlossen hatte. Seitdem sie ihm ihre Liebe zu Schramm offenbart hatte,

hatte sie kein Wort mehr gesprochen. Ralf wusste, dass er nicht mehr viel Zeit hatte. Jespers Schilderungen zufolge, konnte es nicht mehr lange dauern, bis die volle Wirkung des Betäubungsmittels erreicht war. Aber Ralf braucht sie noch bei Bewusstsein. Deshalb rüttelte er sie ziemlich heftig am linken Oberarm.
Sie brachte nur ein leises Grummeln zustande, womit Ralf sich zufrieden gab, bedeutete dies doch, dass sie noch nicht ganz schlief.
„Weißt Du, was ich jetzt mit Dir machen werde, Lehrerschlampe?"
Wieder gab sie nur dieses seltsame Grummeln von sich.
„Ob Du verdammt noch mal weißt, was ich jetzt mit Dir machen werde, Du verdammte Schlampe!", schrie er irr.
Dann öffnete sie endlich die Augen.
Er lachte. Jesper hatte Recht. Ohne auf sie zu achten, ging er aus dem Wagen und öffnete das Tor. Petra hatte wieder ihren entspannten Autokino-Blick.
Er fuhr den Wagen durch das Tor. Dann stieg er erneut aus, um es wieder hinter sich zu verschließen. Währenddessen hatte sich Petra kaum bewegt.
„So, gleich ist es soweit. Freust Du Dich schon?", fragte Ralf, dessen Stimme sich dabei beinahe überschlug.
Sie murmelte etwas, das er nicht verstand.
„Was faselst Du da, Du ...Hure!"
Vom Tor waren es noch etwa 30 Meter bis zu den Garagen. Eine davon war leer. Mit einer Fernsteuerung betätigte er das Garagentor. Als sich das Tor langsam öffnete, konnte er eine Spur Unbehagen nicht verhehlen. Er war froh, dass auch dieses Mal keine Kühe in der Garage auf ihn warteten.
„Bist Du eine Kuh? Na sag schon, willst Du eine Kuh sein?"
Er beobachtete sie für einige Sekunden, als sei sie ein Exponat einer Ausstellung: *Betäubte Schönheit in Mittelklassewagen*. Es war geschafft. Dann lächelte er, setzte sich auf den Fahrersitz und fuhr ihren Wagen langsam in die Garage.
Sein silberner Koffer hatte dort schon seit einigen Stunden auf ihn gewartet. Das was es jetzt noch zu tun gab, hatte er im Geiste oft genug durchgespielt. Seit langem schon bewunderte er den Serienmörder Ted Bundy. Doch Bundy hatte nur seinen abartigen Sexualtrieb befriedigt, womit Ralf jedoch überhaupt nichts am Hut hatte. Was er wollte, war Rache, und insofern war das Einzige, was ihn an Bundy tatsächlich faszinierte, dessen Cleverness. Bundy war gleichermaßen intelligent wie gerissen gewesen. So wie er.
Sie war noch wach genug, dass er sie ohne große Schwierigkeiten auf die Fahrerseite ziehen konnte. Dabei konnte er ihr Parfum riechen. Ob sie es von Schramm bekommen hatte? Ob sie es vor dem Verlassen des Kran-

kenhauses für ihn aufgelegt hatte? Das spielte jetzt keine große Rolle mehr. Heute würde dieser Irre von einem Lehrer jedenfalls nicht mehr an ihr schnuppern können. Und die Wahrscheinlichkeit, dass es morgen so sein würde, war kleiner, als die, von toten Kühen gejagt zu werden. Sie gab nach wie vor einige undeutliche Laute von sich, doch die Abstände dazwischen wurden immer länger. Außerdem ging ihr Atem immer gleichförmiger. Ralf wertete dies als gutes Zeichen. Als er sie in der richtigen Position hatte, nahm er die Handschellen und befestige ihre Hände damit am Lenkrad. Dann holte er ein dickes graues Klebeband aus dem Koffer und band damit ihren Oberkörper am Fahrersitz fest. Zuvor musste er den Sitz so weit wie möglich an das Lenkrand heranziehen. Schließlich band er einen schwarzen Schal um ihre Augen. Sie sah aus wie ein Fötus, nach vorne gebeugt und festgebunden.
Ihre Handtasche lag auf dem Rücksitz. Ralf hatte jetzt nicht die Nerven, sie zu durchwühlen. Es war eh besser, wenn er ihre Habseligkeiten an sich nahm, allein schon deshalb, weil sie vielleicht nützliche Informationen enthielten. Er blickte auf seine Uhr. Fast eine Stunde war vergangen, seitdem sie den Kaffee getrunken hatte. Auf Jesper war Verlass, denn jetzt war Schramms Freundin komplett weggetreten.

49.

Er hatte bis tief in die Nacht gewartet. Als er das letzte Mal auf die Uhr geschaut hatte, war es fast zwei Uhr. Obwohl Petra ihm gesagt hatte, er solle sich keine Sorgen machen, gelang es ihm nicht ganz, auf sie zu hören. Irgendwie hatte er gehofft, sie würde bereits heute Abend zurückkommen. Er wurde das Gefühl nicht los, dass sie möglicherweise in Schwierigkeiten war. Dann wiederum klammerte er sich an das, was sie gesagt hatte. In diesen Phasen des Wartens hielt er es für legitim, wenn sie beschloss, noch einen Tag zu warten. Was auch immer los war, sie würde es ihm spätestens morgen erzählen. Trotzdem, was war, wenn sie ihn brauchte? Irgendwann hatte er dann versucht, sie auf dem Handy zu erreichen. Aber sie hatte nicht abgehoben. Konnte sie nicht reden oder wollte sie nicht mit ihm sprechen? Hatte sie sich am Ende alles noch einmal überlegt? Oder gab es vielleicht sogar einen anderen Mann? Spielte sie vielleicht mit ihm? Aber das war natürlich absurd. Dazu kannte er Petra viel zu gut. Es war zum Verrückt werden. Gerade jetzt, gerade heute, nach all dem was passiert war, brauchte er sie so. Es gelang ihm nur sehr schwer, damit umzugehen, aber schließlich schaffte er es dieses Mal auch ohne Alkohol. Nicht nur deshalb, weil er langsam Angst hatte, sich mit dem Frustsaufen angefreundet zu haben, sondern vor allem, weil er nicht wollte, dass er eine Fahne hatte für den Fall, dass sie doch noch nach Hause kommen sollte. Er liebte sie so. Als er zu Bett ging, lange nach Mitternacht, geschah dies in dem festen Glauben, dass es das letzte Mal ohne Petra sein würde.

50.

In jener Nacht hatte Ralf Sommer, die Gürtelschnalle kein Auge zugemacht. An Schlaf war einfach nicht zu denken, denn er hatte sich noch nie so gut gefühlt. Was nicht verwunderlich war, denn er hatte die Sache mit Schramms Freundin tatsächlich durchgezogen. Wie ein Profi. Ein nie da gewesenes Gefühl des Triumphes hatte sich in seinem Körper ausgebreitet und vereinte unglaublich viele Facetten seiner Emotionen: Hass, Rache, Erregung, Macht, Genugtuung... Es war wohl nur mit Vollkommenheit beschreibbar, wirklicher Vollkommenheit in Perfektion. Doch das war noch immer nicht das Beste. Das, was ihm in dieser Situation den größten Kick bescherte, war die Tatsache, dass alles noch jungfräulich war. In gewisser Weise konnte er Gott spielen oder Teufel. Er konnte gnädig sein oder böse. Er konnte alles rückgängig machen, oder den Stein den Abhang hinunter rollen lassen und eine Geröllawine auslösen, die Schramms Leben für immer ruinierte. Es war wie ein Schachspiel. Er selbst hatte die Figuren aufgebaut und er konnte jeden beliebigen Zug machen. Doch niemand zwang ihn dazu, mit dem Spiel zu beginnen. Er konnte die Figuren auch einfach nur stehen lassen und warten. Ja, wenn er wollte, wenn nur er selbst es wollte, konnte er die Figuren auch wieder vom Brett nehmen. Dann würde niemand etwas erfahren. Schramms Freundin würde sich an nichts mehr erinnern können. Sie konnte zu ihrem Freund zurückgehen, fünf Kinder zur Welt bringen und eine fette Lehrergattin werden, die halbtags Bettpfannen leerte und Infusionen legte. Er und nur er hatte die Macht dazu. Und von dieser Vorstellung ging in diesem Moment mehr Faszination aus, als Ralf dies jemals für möglich gehalten hätte. Er konnte gönnerhaft oder gnädig sein. Es würde für immer sein Geheimnis bleiben, wie nahe er Schramm an den Abgrund gebracht hatte, um ihn schließlich zu verschonen. Und er wusste, dass Schramm mit niemandem darüber reden würde. Dies würde nichts anderes bedeuten, als dass dieser Irre für den Rest seines Lebens mit einem schlechten Gewissen herumlaufen musste. Und wer weiß, wahrscheinlich musste er zusätzlich mit der Angst klar kommen, dass da draußen jener Unbekannte lauerte, der über alles Bescheid wusste und möglicherweise irgendwann die Karten auf den Tisch legen würde. Es war nicht sehr viel Phantasie nötig, um sich vorzustellen, dass dies alles Schramm mit der Zeit zermürben würde. Womöglich würde er daran früher oder später zu Grunde gehen. Zugegeben, diese Strategie wurde vielleicht sogar von wahrer Genialität gespeist. Ralf hatte die Fäden in der Hand. So in etwa musste sich Gott fühlen. Drückte man auf grün und die Wellen kamen als angenehme Brandung ans Ufer. Drückte man auf rot und der Tsunami machte alles Leben zunichte. Das Verrückte, aus der Sicht jenes Gottes, war die Tatsache, dass man ihn trotz seiner Grausamkeit anbetete. Gut, möglicherweise konnte Gott nichts dazu und der Teufel hatte einfach nur für einen Bruchteil des Zeitgeschehens seine Finger im Spiel, weil Gott nicht aufgepasst hatte. Vielleicht hatte Gott einfach geschlafen oder die Hunde ausgeführt.

Wie dem auch sei, Ralf konnte Gnade walten lassen. Andererseits barg jenes jungfräuliche Feld so unsäglich viele Chancen. Er konnte jeden beliebigen Schachzug ausführen, Dinge ausprobieren, die er bisher nur in seinen Phantasien ausprobiert hatte. Deshalb konnte er auch nicht warten, er wollte mehr. Jetzt. Das konnte unmöglich alles gewesen sein, Schramm musste büßen. Darauf hatte er so lange hingearbeitet. Dies wiederum bedeutete, dass er die Jungfräulichkeit des vor ihm liegenden Feldes zerstören musste. Er würde die Dinge mit anderen teilen müssen. Kein Zweifel, er musste den ersten Zug machen. Das einzige, was jetzt nicht passieren durfte, war, dass er überdrehte, in der Stunde des Triumphes zu viel wollte und scheiterte. Er hatte alles arrangiert; besser hätte es nicht laufen können. Aber er musste überlegt handeln.

Auf seinem Bett lag der Inhalt ihrer Handtasche. Wahrscheinlich wusste nicht einmal Schramm, was sie jeden Tag mit sich herumtrug: Schminkutensilien, Taschentücher, Hygieneartikel, ein kleines Adressbuch mit einem hellblauen abgenutzten Umschlag und der Aufschrift *STYX*, einen Kalender, einen Block mit gelben Haftnotizen, ihre Geldbörse und, Ralf leckte sich die Lippen, als es auf seiner Hand lag, ihr Mobiltelefon. Die Gürtelschnalle lächelte. Es war eingeschaltet. Keine schlechten Voraussetzungen.

Ralf blätterte das kleine Adressbuch durch und fand ein Foto, auf dem Schramm mit ihr zu sehen war. Im Hintergrund konnte man die Golden Gate Bridge erkennen. Die beiden sahen sehr glücklich aus, was Ralf gar nicht gefiel. Der Gedanke an ihr Gefängnis im Haus der toten Kühe genügte, um seinen Ärger im Keim zu ersticken. Er nahm das Adressbuch und hielt es an seine Nase: Kein Zweifel, es roch nach ihr. Wie sie wohl jetzt roch? Ob sie bereits in den Wagen gepinkelt hatte? Er musste sie nach der Schule besuchen, aber bis dahin gab es noch viel zu tun. Es galt den nächsten Schritt zu planen. Und er musste zwei Aufsätze schreiben.

51.

Zunächst glaubte Petra, in einem abartigen, surrealen Albtraum festzusitzen. Denn ein derartig beklemmendes Angstgefühl kannte sie nur aus Träumen, aus denen sie vor allem in ihrer Kindheit schreiend und schweißgebadet aufgewacht war. Dieses Mal jedoch war es anders, weil in diesem Traum im Grunde genommen nicht viel passierte. Anders als in ihren Albträumen, schien sie hier an einem einzigen Ort zu verharren. Dieser Traum hatte keine Handlung; und obwohl nichts passierte, war ihre Angst größer als jemals zuvor in ihrem Leben. Das Schlimmste waren jedoch diese unglaublichen Schmerzen in ihren Armen und ihrem Rücken. Sie hatte zunächst tatsächlich keine Ahnung, ob sie träumte oder wach war. Aber als die Schmerzen nicht nachließen und sie scheinbar nicht aufwachen konnte, wurde ihr langsam bewusst, dass sie überhaupt nicht schlief. Sie hatte das Gefühl, als hätte man die Fensterläden ihres Bewusstseins verriegelt. Und langsam, nach und nach, begann man jetzt damit, eine Verdunkelung nach der anderen von den Fenstern zu entfernen. Die erste Erkenntnis war, dass sie sich nicht bewegen konnte und dass dies auch diese fürchterlichen Schmerzen verursachte. Ihre Hände schienen in Handschellen zu stecken, die man wiederum irgendwo festgebunden hatte. Jeglicher Versuch, den Oberkörper zu bewegen, scheiterte daran, dass dieser an ihrem Sitz festgebunden war. Was hätte sie dafür gegeben, sich auch nur ein einziges Mal strecken zu dürfen. Ihre Wirbelsäule fühlte sich wie versteinert an. Auch ihren Nacken konnte sie kaum bewegen. Wenn sie versuchte, ihren Kopf, der zwischen ihren ausgestreckten Armen hing, zu bewegen, gelang ihr dies nur minimal. Und auch diese Bewegung war mit unglaublichen Schmerzen verbunden. Irgendwann registrierte sie schließlich, dass sie nichts sehen konnte, obwohl sie ihre Augen bewegen konnte. Zunächst befürchtete sie, erblindet zu sein, doch dann nahm sie wahr, dass man ihr die Augen verbunden hatte. Wo war sie? Wer war für das (was auch immer es war) verantwortlich? Sie versuchte, sich an irgendetwas zu erinnern. Nichts. Ob sie allein war? Oder beobachtete man sie? Warum hatte man ihr die Augen verbunden? War dies alles nur ein schlechter Scherz? Als sie schluckte, spürte sie einen stechenden Schmerz im Rachen. Erst jetzt registrierte sie, dass sie unglaublichen Durst hatte. Ihre Lippen

waren vollkommen ausgetrocknet. Wie lange sie wohl schon so dasaß? Gemessen an ihrem Durst, mussten es schon mehrere Tage sein.
„Hallo?", flüsterte sie, „hört mich jemand?"
Keine Antwort. Das Sprechen tat weh. Sie hatte das Gefühl, dass dadurch ihr Durst noch größer wurde. Dann meldeten sich ihre Rückenschmerzen wieder. Sie hatte noch nie solche Schmerzen gehabt. Irgendwie schienen sich ihre Muskeln zu verkrampfen. Und dann kam ihr plötzlich jener absurde, abartige Gedanke wieder zurück: Konnte es wirklich sein, dass noch jemand in diesem Raum war? Jemand, der sie die ganze Zeit beobachtete und ihre Hilflosigkeit genoss? Jemand, der nicht mit ihr sprechen wollte? Jemand, der sie vielleicht fotografierte und ihre Bilder ins Internet stellte? Sie versuchte sich zu konzentrieren und ruhig zu atmen. Was auch immer mit ihr passierte, es musste eine Erklärung dafür geben und sie musste sie finden. Dabei half es ihr jedoch nicht, wenn sie die Nerven verlor. Andererseits gab es allen Grund dazu. Sie wurde gedemütigt und irgendwie schien es, als kochten ihre Wahrnehmungs- und Kombinationsfähigkeiten auf Sparflamme.
Wo war Andreas? Ja. Sie hatte mit ihm telefoniert. Vorher, bevor dies alles begonnen hatte. Und sie hatte ihm versprochen nach Hause zu kommen, nachdem ...
Der Junge. Richtig, der Junge, sie hatte sich mit ihm getroffen. Er war tatsächlich gekommen, obwohl sie nicht mit ihm gerechnet hätte. Ihre Erinnerung daran schien getrübt zu sein, so als sei seitdem eine sehr lange Zeit vergangen. Ob sie ihr Zeitgefühl verloren hatte? Stand sie unter Schock?
„He, ist jemand hier? Reden Sie doch, was wollen Sie?"
Nichts.
Sie hatte den Jungen getroffen. Er hatte, wie vereinbart, vor dem Krankenhaus auf sie gewartet und dann...? Keine Erinnerung.
Wenn sie schon länger hier war, musste man doch nach ihr suchen, oder? Man musste sie doch vermissen. Im Krankenhaus und Andreas, auch er musste sie vermissen. Sie war durstig, so wahnsinnig durstig. Wie lange konnte ein Mensch ohne Wasser überleben? Eine Woche? Was hatte man mit ihr vor? Wo war sie?
Dann gelang es ihr, die Hände zu bewegen. Es waren tatsächlich Handschellen, mit denen sie gefesselt war. Aber die Stange, an der die Handschellen fixiert waren, schien mit etwas Bogenförmigem verbunden zu sein. Sie versuchte es zu berühren. Ein weiterer Fensterladen ihres Bewusstseins öffnete sich: Kein Zweifel, es musste ein Lenkrad sein.

52.

Auf dem Weg zur Schule war aus Andreas' Sorge Enttäuschung geworden. Petra hatte sicher ihre Gründe, doch er konnte einfach nicht verstehen, weshalb sie nicht nach Hause gekommen war. Gestern Nachmittag hatte er aus ihrer Stimme so viel Liebe herausgehört. Er konnte nicht verstehen, weshalb sie sich nicht wenigstens noch einmal gemeldet hatte. Was konnte so wichtig sein? Spielte sie mit ihm? Warum machte sie so ein Geheimnis aus all dem? Als er auf die Bucher Straße einbog, wurde er durch eine eingehende SMS aus seinen Gedankengängen gerissen. Sein Handy lag auf dem Beifahrersitz. Er betete darum, dass die nächste Ampel rot sein würde und wurde erhört. *Petra Handy*, las er auf dem Display und sein Herz begann zu rasen. Er klickte sich zu ihrer Nachricht durch und las:

Mach Dir keine Sorgen Schatz,
es ist alles in Ordnung. Schaue mir
gerade das Golden Gate Bridge Foto an,
schön dass es Dich gibt!
Ich liebe Dich! Kuss, Petra

Es tat gut, wahnsinnig gut. Es war alles in Ordnung. Irgendwie fühlte er sich in diesem Moment wie ein Idiot, denn er hatte vor Sorge fast die ganze Nacht kein Auge zugemacht. Dabei hatte sie ihm schon am Telefon erzählt, er solle sich keine Sorgen machen. Er hatte keine Ahnung, wann sie das letzte Mal über das Golden-Gate-Foto gesprochen hatten. Es musste mindestens drei Jahre her gewesen sein. Denn seitdem waren sowohl Petras als auch seine Erinnerungen mehr mit ihrem Australienurlaub verbunden gewesen. Damals hatten sie für fast zwei Monate den fünften Kontinent bereist und eine Fülle von bleibenden Eindrücken mitgenommen. Petra hatte sich sogar eine kleine Australienflagge auf ihre linke Fußfessel tätowieren lassen. Irgendwie seltsam, dass sie jetzt den Amerikaurlaub ins Spiel brachte. Möglicherweise wollte sie damit andeuten, dass sie wieder von vorne anfangen wollte. Vielleicht etwas weit hergeholt, aber sonst fand Andreas keinen Bezug dazu. Egal, heute würden sie sich wieder sehen, und nur das zählte im Moment. Bestimmt würde sie ihm dann auch erklären, warum sie es gestern Abend nicht mehr geschafft hatte. Und dann tauchte irgendetwas aus seinem Unterbewusstsein auf, wie ein springender Delphin. Doch ehe er es identifizieren konnte, war es schon wieder abgetaucht. Er spürte nur, dass der Delphin keinen positiven Gedanken nach oben befördert hatte. Kurz bevor er rechts in die Rollnerstraße einbiegen musste, geriet seine Ausgeglichenheit wieder aus den Fugen. Er wusste nicht, was es war, aber irgendetwas machte ihm Angst. Lag es an Löwe? Meldete sich sein schlechtes Gewissen wieder? Fürchtete er, der Sache trotz aller positiven Entwicklungen nicht gewachsen zu sein? War er noch nicht so weit, Petra um sich zu haben? Würde er überhaupt jemals wieder *so weit* sein? Es war verrückt, den ganzen gestrigen Abend hatte er, aus Sorge um Petra, nicht ein einziges Mal an Löwe gedacht. Eine seltsame Form der Erleichterung machte sich breit, als er sich darüber klar wurde. Andererseits gab es wohl bessere Strategien im Umgang mit traumatischen Erlebnissen, als das Durchleben eines erneuten Traumas. Hörte dies nie auf? Musste er sein Leben lang damit leben? War es vielleicht sogar besser, Auer anzurufen, um ihm alles zu erzählen? Er dachte an Petras SMS. Sie glaubte an ihn, sie liebte ihn, und spätestens heute Abend würde er sie wieder sehen. Als sich die Autos vor ihm auf der Tetzelgasse stauten, nahm er noch einmal sein Handy in die Hand, um ihre Nachricht ein zweites Mal zu lesen. Und dann sah er es: keine Großbuchstaben! Warum hatte sie nicht in Großbuchstaben geschrieben?

53.

Er zog sich auf dem Norikusparkplatz um: schwarze Perücke, die Hornbrille, die er schon getragen hatte, als er sich vor einer guten Woche als Anstreicher verkleidet hatte, und einen blauen Arbeitsoverall. Den Weg zur Garage im Haus der toten Kühe legte er zu Fuß zurück. Es war nicht zu leugnen, dass er nervös war. Doch es war wichtiger denn je, kühlen Kopf zu bewahren. In seinem Rucksack befanden sich zwei Flaschen Mineralwasser, eine Tüte mit Laugenbrezeln, ein paar Handschuhe und natürlich die Maske, mit allem was dazu gehörte. Er hätte nicht gedacht, dass ihn die Sache emotional so mitnehmen würde. Es bereitete ihm natürlich unbeschreibliche Freude und Genugtuung, mit Schramm zu spielen, der ihm vor gut zwei Stunden sogar einen Liebesschwur per SMS hatte zukommen lassen. Aber im Laufe des Tages hatte er sich eingestehen müssen, dass er nicht das gleiche Maß an Abneigung für dessen Freundin aufbringen konnte. Er hoffte, dass dies sein Vorhaben nicht beeinträchtigen würde. Andererseits brachte ihn diese Erkenntnis sogar einen Schritt weiter, denn jetzt *wusste* er, dass dieser Hass, den er Schramm gegenüber empfand, nicht auf seine Freundin übertragbar war. Ihm wurde allmählich klar, dass er gegen emotionale Attacken gewappnet sein musste. Dies machte ihn aber nur noch professioneller.

Als er das schwere Eisentor aufsperrte, um auf das verwaiste Firmengelände zu gelangen, hörte er einen seltsamen gleichförmigen Ton. Er hatte keine Ahnung, was es war, aber es gefiel ihm nicht. Er stellte den Rucksack ab und schloss das Tor wieder hinter sich zu. Dann drehte er sich um und vergewisserte sich, dass ihn niemand beobachtete. Nachdem er Brille und Perücke in den Rucksack gesteckt hatte, setzte er sich die Maske auf und brachte Lautsprecher und Verstärker des Stimmenverzerrers am Gürtel seines Overalls an. Er zog die Handschuhe an und näherte sich der Garage. Wieder nahm er diesen seltsamen, gleichförmigen Ton wahr, der allerdings ab und zu unterbrochen wurde und lauter zu sein schien als noch vor wenigen Augenblicken. Und dann wusste er, was es war. Auch wenn ihm die Sinnlosigkeit ihrer Bemühungen klar war, musste er sich eingestehen, dass er unvorsichtig gewesen war und einen Fehler gemacht hatte. Es war zwar nur ein Flüchtigkeitsfehler, doch er durfte sie nicht unterschätzen. Sie war wahrscheinlich ebenso gerissen und gefährlich wie Schramm. Einen Vorteil hatte ihre Huperei: Die Abneigung, die er ihr gegenüber empfand, wurde größer.
Er öffnete die Garage und knipste das Licht an. Die Hupe verstummte. Sie sah jämmerlich aus. Gekrümmt vor Schmerzen und völlig verzweifelt.
„Wer ist da? Bitte? Bitte helfen Sie mir, bitte!"
Ihre Stimme klang völlig anders. So, als wäre sie um Jahre gealtert, blechern. Ralf lächelte. Nein, er brauchte keine Angst zu haben, da würde kein Mitleid aufkommen, nicht nach diesem Scheißtrick mit der Hupe. Er würde es ihr zeigen. Ruhig stellte er seinen Rucksack ab und schloss die Garagentüre. Dann ging er langsam auf ihren Wagen zu. Er sah, dass sich der Teil ihres Oberkörpers, der nicht durch das Klebeband mit dem Sitz verbunden war, auf und ab bewegte.

In diesem Moment glaubte Petra zu halluzinieren. Sie war sich so sicher, dass sie jemanden gehört hatte. Aber was war in einer solchen Situation schon sicher? Sie war am Verdursten, und aus ihren Rückenschmerzen war mittlerweile eine seltsame Lähmung geworden. Vor geraumer Zeit - das Zeitgefühl war ihr völlig abhanden gekommen - hatte sie ihre Blase nicht mehr unter Kontrolle halten können. Wie konnte man sich da noch einer Sache sicher sein? Vielleicht hatte sie auch einfach nur gehofft, jemanden zu hören, der sie aus diesem Albtraum befreite. Wahrscheinlich wurde sie einfach nur langsam verrückt und bemerkte es selbst nicht einmal. Sie hatte aufgehört, sich zu fragen, was mit ihr passierte oder weshalb sie dies alles ertragen musste. Inzwischen war da nur der einzige Gedanke: Überleben.
„Hallo, ist hier jemand?"

Das Sprechen fiel ihr so schwer. Es fühlte sich an, als sei ihr Rachen wund und blutig. Sie fragte sich, ob sie ihren Rücken jemals wieder würde bewegen können. Seit einiger Zeit hatte sie damit aufgehört sich zu bewegen. Womöglich war sie dazu eh nicht mehr in der Lage.
Dann hatte sie das Gefühl, dass sich ihr jemand näherte. Sie konnte nicht erklären weshalb, aber sie glaubte nicht, dass sie sich täuschte. Das Gefühl erinnerte sie an Sonnenbaden, mit geschlossenen Augen. Und dann näherte sich jemand, der die Sonne verdeckte und einen Schatten warf. Dieser Schatten hier ging nicht von der verdunkelten Sonne aus. Doch Petra spürte, dass er da war. Dies meldete ihr Instinkt. Der gleiche Instinkt, den Tiere zum Überleben brauchen.
„Was wollen Sie, ich weiß, dass Sie da sind. Was wollen Sie von mir?" Auch wenn jedes Wort unsägliche Schmerzen verursachte, schaffte Petra es nicht, ruhig zu bleiben. Die Angst davor, auch noch vergewaltigt zu werden, hatte sich in ihr Denken geschlichen. Mit was für einem Verrückten hatte sie es hier zu tun?

Ralf genoss es, sie einfach zu beobachten. Er stand keine zehn Zentimeter von der Windschutzscheibe ihres Wagens entfernt und starrte sie hinter seiner Alien-Maske mit Stimmenverzerrer an. Dies hier gab ihm einen noch viel größeren Kick als das Quälen von Hunden. Obwohl ihre Qualen im Grunde genommen nur ein angenehmes Nebenprodukt seines Plans waren. Er fragte sich, wie lange sie noch winseln würde. Bestimmt tat das Sprechen sehr weh. Sie hatte sicher großen Durst, aber sie musste sich noch ein wenig gedulden. Sie musste zunächst den Kredit abarbeiten, den sie mit dem Betätigen der Hupe aufgenommen hatte. Eigentlich wollte er sie dafür bestrafen, mit Zins und Zinseszins, aber sie in ihrer Hilflosigkeit zu beobachten, war mehr als eine Entschädigung. Er sah, dass sich auf ihrer Hose zwischen ihren Schenkeln dunkle Flecken gebildet hatten. Das erinnerte ihn an den Köter aus der Villengegend, der vor gut zwei Wochen in sein Auto gepisst hatte. So schloss sich der Kreis.
Dann hatte er eine Idee. Er nahm ihr Mobiltelefon aus seinem Rucksack und machte ein Foto von ihr. Als Erinnerung gewissermaßen, wobei es vielleicht auch noch andere Verwendungsmöglichkeiten dafür gab. Und dann mit einem Mal erschrak er so sehr, dass er einen fürchterlichen Schrei ausstieß. Der Stimmenverzerrer funktionierte hervorragend. Aber dies war nicht Teil seines Plans gewesen. Diese Schlampe spielte mit dem Feuer.

Sie hatte noch nie einen solchen Laut gehört. Es war wie in einem Horrorfilm. War da ein Tier mit im Raum? Wie dem auch sei, jetzt wusste sie jedenfalls, dass auf ihren neuen Instinkt Verlass war. Und die Tatsache, dass

sie dieses Etwas mit dem Hupen aus der Reserve gelockt hatte, sprach dafür, dass sie immer noch klar denken konnte. Trotz der Nähe zum Wahnsinn waren ihre Sinne noch immer auf Sendung und präsenter denn je.
Dann wurde die Türe ihres Wagens aufgerissen. Sie hörte ein lautes Röcheln, das unmöglich von einem Menschen stammen konnte. Aber welches Tier konnte eine Autotüre öffnen?
„Bitte, bitte, helfen Sie mir!"
„Halt Deine verdammte Schnauze!" Und dann endlich bemerkte Petra, dass die Stimme irgendwie manipuliert wurde. So wie in Krimis, wo Lösegeldforderungen mit solch künstlich veränderten Stimmen getätigt wurden.
„Bitte, ich..., ich habe solchen Durst!"
„Du warst nicht artig. Wer hat Dir erlaubt, die Hupe zu benutzen?"
Sie hatte es mit einem Irren zu tun, daran gab es keinerlei Zweifel.
„Es war niemand da, den ich hätte fragen können!", antwortete sie trotz der Schmerzen. Und sie wunderte sich selbst darüber, dass sie so viel Mut aufbrachte. Der Irre gab nur sein komisches Stöhnen von sich, ähnlich wie Michael Myers unter seiner Maske in diesem alten Halloween-Streifen mit Jamie Lee Curtis. Offensichtlich hatte der Typ nicht mit einer solchen Antwort gerechnet.
Ralf konnte nicht glauben, was sie gesagt hatte. Das hätte unter normalen Umständen schon ihr Todesurteil bedeuten können. Hatte sie den Verstand verloren?
„Wenn Du nicht willst, dass ich Dich töte, dann lass nie mehr einen solchen Spruch los, hast Du mich verstanden? Und wenn Du noch einmal hupen solltest, dann bist Du tot!"
Petra hatte verstanden. Das hieß wohl im Umkehrschluss, dass sie, gesetzt den Fall sie hätte keinen Überlebenstrieb mehr, nur auf die Hupe zu drücken bräuchte und der Typ würde sie erlösen. Ein wirklich verrückter Gedanke.
„Es tut mir Leid, bitte, bitte binden Sie mich los. Ich habe solche Schmerzen und wahnsinnigen Durst...!"
Ralf lächelte unter seiner Maske. Schon besser.
„Zuerst muss ich die Hupe bestrafen!"
Er öffnete die Motorhaube und klemmte die Hupe des Wagens ab. Er war geschult genug, um dies in weniger als zwei Minuten zu schaffen. Dann warf er die Motorhaube nach oben und überließ sie der Schwerkraft. Sie schnellte wie ein Fallbeil nach unten. Er sah durch die Windschutzscheibe, dass Petra erschrak und vor Schmerzen aufschrie.
„Wenn Du noch eine dumme Aktion startest, lasse ich die Motorhaube wieder runterfallen, aber Dein Kopf wird sie bremsen, verstehst Du?"

Petras letzte Zweifel an der Tatsache, dass der Typ ein gefährlicher Psychopath war, wurden zerstreut.

„Hast Du verstanden?", schrie Ralf mit einem Mal so irr und laut, dass sich selbst der Stimmenverzerrer überschlug.

Wieder erschrak Petra. Wieder zuckte sie so heftig zusammen, dass dieser unbeschreibliche Schmerz durch ihren Rücken fuhr.

„Ja, ich..., ja, ich habe verstanden!"

„Gut."

Er nahm ein Taschenmesser aus seinem Overall und durchschnitt das Klebeband, mit dem Petra an ihren Autositz gefesselt war. Obwohl sie wusste, dass dies eine unbeschreibliche Erleichterung ihrer misslichen Lage darstellte, konnte sie sich nicht bewegen. Dabei wusste sie nicht, ob körperliche oder psychische Gründe dafür verantwortlich waren.

Er schob ihren Sitz näher an das Lenkrad, so dass ihre Wirbelsäule nicht mehr dieser unbequemen Haltung ausgesetzt war. Für kurze Zeit schienen sich ihre Schmerzen sogar noch zu steigern. Doch dann spürte sie, dass es besser wurde. Eine unbeschreibliche Erleichterung breitete sich langsam in ihrem Körper aus. Das Taubheitsgefühl ließ nach. Umso schlimmer jedoch wurde ihr Durst. Sie hatte das Gefühl, keine Minute mehr ohne Wasser auszukommen.

„Danke, vielen Dank. Kann ich bitte etwas zu trinken bekommen?", flüsterte sie und drehte langsam ihren Kopf in Ralfs Richtung. Der schwarze Schal bedeckte nach wie vor ihre Augen. Ralf sah, dass ihr Haar an ihren Wangen klebte. Außerdem nahm er ihren Uringeruch wahr. Im Grunde genommen hatte er auch da einen Fehler gemacht. Er hatte einfach nicht daran gedacht, dass sie auch in ihrer Situation das Bedürfnis haben würde, die Toilette zu benutzen. Er nahm eine Flasche Mineralwasser aus seinem Rucksack, öffnete sie und führte sie an ihren Mund.

54.

Nur die Mailbox. Sie hatte weder auf seine SMS reagiert, noch nahm sie jetzt den Hörer ab. Andreas verließ gerade das Schulgebäude mit den Kurzgeschichten seiner 11. Deutschklasse unter dem Arm und schob sein Mobiltelefon zurück in die Hosentasche. Er wurde nicht schlau aus seiner Freundin. Das war überhaupt nicht ihre Art. Er fing wieder an, sich Sorgen um sie zu machen. Natürlich konnte es sein, dass sie Stress im Krankenhaus hatte, aber dann hatte sie ihr Handy immer abgeschaltet. Das Einzige, an das er sich klammern konnte, war ihre SMS. Andererseits war gerade

die Kurznachricht ein Grund für die Annahme, dass tatsächlich etwas nicht in Ordnung war, denn Petra schrieb eine SMS immer in Großbuchstaben.
„Hallo Herr Schramm, kann es sein, dass es Ihnen nicht gut geht?"
Vor Schreck fielen ihm zwei der Hefte aus der Hand. Er drehte sich um und sah Tina Neuhaus. Dieses Mädchen schien Gedanken lesen zu können. Es war eine Art Déjà-vu-Erlebnis, denn am Tag, als Löwes Leiche gefunden wurde, hatte sie ihn ebenfalls nach dem Unterricht angesprochen, an derselben Stelle des Schulhofs.
„Entschuldigen Sie, ich wollte Sie wirklich nicht erschrecken. Sie bückte sich, um ihm die beiden Hefte aufzuheben.
„Nein, schon gut, Tina. Ich war einfach nur in Gedanken irgendwo anders."
Sie reichte ihm die beiden Hefte.
„Unsere Aufsätze, stimmt's?"
„Ja, genau, damit mir auch nicht langweilig wird am Wochenende!"
Sie lächelte. Andreas sah, dass sie sehr hübsch war.
„Wissen Sie, ich darf so etwas vielleicht nicht sagen oder so, aber Sie sind wirklich in Ordnung. Sie nehmen uns echt ernst, das wollte ich Ihnen eigentlich schon viel früher mal sagen!"
Er versuchte zu lächeln.
„Danke, das ist wirklich sehr nett von Dir, Tina!"
„Kein Problem, ich bin nicht die einzige, die so denkt. Aber ...!"
„Aber ...?"
Das Mädchen schloss die Augen und überlegte.
„Ich hoffe, Sie verstehen mich nicht falsch, wissen Sie, aber irgendwie habe ich das Gefühl, dass Sie etwas mit sich herumtragen." Sie lächelte.
„Und damit meine ich nicht unsere Aufsatzhefte. So als ob sie irgendwas bedrückt...!"
Es war ein Schlag. Völlig unerwartet, unvorbereitet, mitten auf's Kinn. Das bedeutete mit anderen Worten, dass man es ihm anmerkte.
„Wie kommst Du denn da drauf?", fragte er.
„Naja, man sieht es einfach. Wissen Sie, ich beobachte gerne Menschen. Ich habe Ihnen doch erzählt, dass ich gerne Journalistin werden möchte. Und da fallen einem einfach manche Dinge auf. Aber ehrlich gesagt, ist es nicht nur mir aufgefallen!"
Sie räusperte sich und überlegte, ob sie weiterreden sollte.
„Sie haben in letzter Zeit so traurige Augen, wissen Sie. Und bestimmt denken Sie jetzt, was erzählt die da? Sie haben ganz Recht, ich dürfte das eigentlich nicht. Ich bin schließlich Ihre Schülerin, und Ihre Privatangelegenheiten gehen mich nichts an. Aber es ist einfach so, dass ich Sie wirk-

lich sehr nett finde, und ich habe das Gefühl, dass Sie leiden, Herr Schramm!"
Sie sollte lieber Psychologin anstatt Journalistin werden, dachte Andreas. Er bewunderte das Mädchen für ihren Mut. Er war nahe dran, die Fassung zu verlieren, und das, was er jetzt am allerwenigsten gebrauchen konnte, war, vor einer seiner Schülerinnen loszuheulen.
Wieder versuchte er zu lächeln, dieses Mal mit noch weniger Erfolg.
„Weißt Du Tina, ich muss sagen, ich bewundere Deinen Mut, mich anzusprechen, weil ich weiß, dass es sicher mit einer großen Überwindung verbunden war." Er räusperte sich.
„Deine Beobachtungsgabe ist wirklich sehr gut, weil es mir tatsächlich schon besser gegangen ist. Aber ich fürchte, ich muss das alleine schaffen!"
Sie bekam rote Flecken und Andreas spürte ihre Unsicherheit.
„Mach Dir keine Sorgen. Das kriege ich schon geregelt. Leider scheine ich noch nicht professionell genug zu sein, um Teile meines Innenlebens vor meinen Schülern zu verbergen!"
Tina war verlegen. Sie schaute auf den Boden und Andreas spürte, dass sie Angst hatte, einen Fehler gemacht zu haben.
„Und ganz ehrlich, Du hast keinen Fehler gemacht. Das ist in Ordnung!"
„Wirklich, ich habe jetzt ein ziemlich schlechtes Gewissen ...!"
„Das brauchst Du nicht, wirklich!"
„Habe ich mich jetzt blamiert? Schon, oder?"
Er sah den Körper einer jungen Frau und blickte in die unsicheren Augen eines Kindes.
„Nein, gar nicht. Du warst ehrlich, wer kann das heute noch von sich behaupten? Und eines ist ebenfalls wichtig, finde ich: Manchmal gehört es im Leben einfach dazu, dass man sich auch einmal richtig blamiert. Dadurch wirkt man menschlicher, finde ich!"
„Also habe ich mich doch blamiert; Sie wollen mich nur nicht verletzen und wollen es mir nicht sagen!"
„Ich finde nicht, ganz ehrlich. Aber wenn es für Dich so sein sollte, dass Du Dich blamiert hast, gut! So ist einfach das Leben. Wenn man alles vorher hundert Mal abwägt, dann ist die Situation schon vorbei, ehe man eine Entscheidung getroffen hat. Blamiert oder nicht blamiert, ich fand es wirklich sehr mutig. Und es ist ja nicht so, dass Du Dich getäuscht hast!"
„Gut, okay. Dann werde ich mal den Heimweg antreten, schätze mal, ich habe Sie eh schon lange genug aufgehalten!"
„Ach weißt Du, die Aufsätze werden nicht böse sein, wenn ich mit dem Korrigieren etwas später anfange!"
Jetzt lächelte Tina wieder.

„Gut, Herr Schramm, dann noch einen schönen Tag und ... Kopf hoch!"
„Danke, Tina, bis morgen!"

Er öffnete seine Wagentüre, legte die Aufsatzhefte auf den Beifahrersitz und bemerkte, dass sich seine Sorgen schon wieder freischaufelten.

55.

Er sah sofort, dass der Anrufbeantworter blinkte. Es waren insgesamt drei Nachrichten, allein das war schon ungewöhnlich, doch es sollte noch schlimmer kommen.

„Sie haben drei neue Nachrichten. Erste Nachricht:

„Hallo, Petra, hallo ist niemand da? Ja, hier ist Gaby, vom Krankenhaus, ich wollte eigentlich nur sagen, dass wir auf Dich warten, also wenn Du verschlafen hast, dann melde Dich bitte, wenn Du die Nachricht hören solltest! Bis dann!"

Zweite Nachricht:

„Andreas, hier ist Simone. Ich war ein paar Tage weg, Petra hat mir einen Zettel dagelassen, dass sie wieder nach Hause gehen möchte. Naja, also das freut mich natürlich für Euch. Da ist aber etwas, was ich Euch sagen wollte, aber ehrlich gesagt, ich weiß auch nicht, was ich davon halten soll... Das Krankenhaus hat bei mir angerufen, scheinbar hat Petra meine Nummer dort angegeben, jedenfalls ist sie heute nicht zum Dienst gekommen, keine Ahnung. Vielleicht weißt Du ja mehr, oder ihr feiert gerade gemeinsam Wiedervereinigung. Also falls ihr oder Du das hören solltest, es wäre vielleicht ganz gut, mal im Krankenhaus anzurufen. Dann noch einen schönen Tag!"

Dritte Nachricht:

„Hier ist noch einmal Schwester Gaby vom Südklinikum. Petra, wo steckst Du denn? So langsam machen wir uns Sorgen, bitte melde Dich!"

Ende der Nachrichten!"

Andreas warf die Aufsatzhefte auf den Wohnzimmertisch. Sein Herz raste. Sofort kam ihm der Zettel in den Sinn, der nach Löwes Beerdigung unter den Scheibenwischer seines Toyotas geklemmt worden war. Er hatte die Nachricht völlig verdrängt. Kein Zweifel, Petra war in Schwierigkeiten, und es musste damit zu tun haben. Wer auch immer da seine Finger im Spiel hatte, er hatte es nicht bei einer leeren Drohung belassen. Andreas ließ sich langsam auf den Boden sinken. Er lag auf dem Rücken, mitten im Wohnzimmer, und schlug die Hände vor das Gesicht.
„Denk nach, Du Idiot, denk nach!"
Da war das Bedürfnis, nach ihr zu suchen. Aber wo? Hatte sie vielleicht einen Unfall gehabt? Aber was sollte dann diese SMS von heute morgen? Ob man sie gezwungen hatte, die Kurzmitteilung zu schreiben? Das würde dann ja wohl bedeuten, dass ihr noch nichts zugestoßen war. Warum hatte dieser Feigling sich nicht direkt mit ihm angelegt? Er spürte, dass dies alles kein Spaß war. In diesem Moment ging eine weitere Mitteilung auf seinem Handy ein.
Langsam nahm er das Mobiltelefon aus seiner Jackentasche. Er war nicht sonderlich überrascht, als er sah, dass die Nachricht wieder von Petra stammte. Umso überraschter war er jedoch, als er sah, dass es sich um eine Bildmitteilung handelte. Er klickte sich zu dem Bild durch und erstarrte. Nein, auch wenn er es sich gern eingeredet hätte, dies war keine Fälschung und ebenso wenig ein Scherz. Die Frau, die man geknebelt und mit Handschellen an das Lenkrad eines Wagens gefesselt hatte, war Petra. Und an dem Aufkleber der Rockgruppe Styx an der Windschutzscheibe erkannte er Petras Wagen. Noch ehe er seinen Schock verarbeiten konnte, erreichte ihn eine weitere SMS, die wieder nicht in Großbuchstaben geschrieben war:

„Na Schatz, gefalle ich Dir?"

Er war wie paralysiert und hatte keine Ahnung, wie lange er einfach nur dasaß und immer wieder von der Bildmitteilung zur SMS klickte und wieder zurück. Es war ihm nicht möglich, irgendetwas zu tun. Dabei hatte er sein Zeitgefühl völlig verloren. Erst als etliche Minuten später sein Mobiltelefon klingelte, konnte er sich wieder bewegen.

56.

Als Schramms Freundin versorgt war - sie hatte nicht nur genügend zu trinken bekommen, sondern auch etwas zu essen - war es an der Zeit, den nächsten Zug zu machen. Er hielt es für besser, die Operationen auf dem alten Firmengelände des Hauses der toten Kühe durchzuführen, denn da war er in jedem Fall ungestört. Seine Strategie sah einen Dreistufenplan vor: MMS, SMS und Anruf. Dabei war es wichtig, Schramms Schockphase auszunutzen. Und dass sein Deutschlehrer in eine solche Phase hineinschlittern würde, daran gab es nicht den Hauch eines Zweifels. Die Bild- und die Textmitteilung verschickte er unmittelbar hintereinander. Danach ließ er Schramm noch gute 20 Minuten zappeln. Gerade lange genug, um dem Schock auch in tiefere Regionen seiner Psyche vordringen zu lassen. Aber nicht lange genug, um ihm die Möglichkeit zu geben, wieder einen klaren Gedanken zu fassen. Ralf hatte natürlich keine Erfahrungswerte, aber als er endlich Schramms Nummer wählte, glaubte er, seinen Dreistufenplan einer perfekten zeitlichen Planung unterzogen zu haben. Er rückte seinen Stimmenimitator zurecht und lächelte, als das Freizeichen zu hören war.

„Hallo?" Es war nur ein Wort. Doch allemal genug, um die Panik und Gehetztheit in Schramms Stimme zu hören. Ein wunderbarer Moment.
„Hallo Schatzi, na hat Dir mein Bild gefallen?"
Schramm antwortete nicht. Damit schien er nicht gerechnet zu haben.
„Hat es Dir die Sprache verschlagen?"
„Was wollen Sie von mir?" Seine Stimme zitterte, und das machte Ralf nur noch ruhiger.
„Na schön, dann kommen wir eben gleich zur Sache! Du darfst froh sein, mehr als froh, dass ich Dir überhaupt noch eine zweite Chance gebe. Das müsste ich nicht!"
„Ehrlich gesagt, habe ich keine Ahnung, worüber Sie reden!"
„Wenn Sie Theater spielen wollen, dann ist dies ein ganz schlechter Moment. Sie scheinen den Ernst der Lage noch immer nicht verstanden zu haben. Wenn Sie Ihre Freundin wieder haben wollen, dann hören Sie jetzt gut zu. Das ist die letzte Chance. Ich weiß, was Sie mit Löwe gemacht haben. Sie gehen heute noch zur Kripo und erzählen den Beamten alles, ich wiederhole: alles! Und als Zeichen dafür, dass Sie meine Forderungen erfüllt haben, müssen Sie Folgendes tun. Es ist in Ihrem Interesse jetzt gut zuzuhören, denn ich sage das alles nur einmal.
Sorgen Sie dafür, dass morgen früh um 6.15 Uhr in der Morningshow des Bayerischen Rundfunks über einen tragischen Anschlag im Nürnberger

Tiergarten berichtet wird. Der Moderator soll sagen, dass Unbekannte einen Löwen vergiftet haben und das Tier einen qualvollen Tod sterben musste. Außerdem möchte ich, dass der Moderator anschließend ein kurzes Interview mit dem Tiergartendirektor führt. Wenn das über die Bühne gegangen ist, dann und nur dann, werden Sie Ihre Freundin wieder bekommen!"
„Wie bitte? Wie stellen Sie sich das denn vor? Wie soll ich das hinkriegen, dass die im Radio sich auf so etwas einlassen?"
„Die Kripo macht alles möglich. Wenn Sie sich weigern oder irgendwelche Tricks versuchen, dann werden Sie Ihre Freundin nicht mehr lebend zu sehen bekommen!"
„Sie sind ja verrückt, ich ...!" Er konnte nicht mehr sprechen und das gefiel Ralf. Das Spiel lief perfekt.
„Und noch ein letzter Punkt, bevor ich auflege. Versuchen Sie erst gar nicht, das Handy Ihrer Holden zurückzuverfolgen, es würde nur Ihre kostbare Zeit verschwenden!"
Dann schaltete Ralf das Handy aus und klappte es zu. Erst jetzt wurde er etwas nervös. Er hatte eine Generaloffensive gefahren und dem Penner Feuer unter dem Arsch gemacht. Und wenn er die Sache richtig einschätzte, dann waren dessen Tage am Mozartgymnasium damit wohl gezählt. Wenn alles lief wie geplant, war die Welt morgen rosiger als jemals zuvor und das Schramm-Problem war ein für alle Mal gelöst.

57.

Nachdem er den Hörer aufgelegt hatte, war Andreas erstaunlich ruhig. Ihm war klar, dass dieser Verrückte es genauso meinte, wie er es sagte. Petra litt fürchterlich, und das alles hatte nur er allein zu verantworten. Jetzt hatte er gleich mehrere Probleme, von denen das größte die Tatsache war, dass ihm nur sehr wenig Zeit blieb, um zu handeln. Doch im Grunde genommen, gab es nicht mehr viel zu überlegen. Möglicherweise war das, was ihm jetzt bevorstand, bereits überfällig. Er hätte sich viel früher dazu durchringen müssen, zu einem Zeitpunkt, an dem die Chancen weitaus besser gestanden hätten als jetzt. Nicht nur wegen Petra. Es gab keine Alternative - wahrscheinlich hatte es diese nie gegeben: Er musste sich stellen.

„Kriminalpolizei Nürnberg, Sie sprechen mit Herrn Auer, was kann ich für Sie tun?"

Noch konnte er auflegen, wobei er Auer zutraute, dass er seine Nummer bereits auf dem Display identifiziert hatte.
„Herr Auer, hier ist Andreas Schramm, ich brauche Ihre Hilfe!"
„Herr Schramm, Sie? Ist etwas passiert?"
„Es klingt vielleicht in Ihren Ohren seltsam, aber ich kann am Telefon nicht darüber sprechen. Es ist aber wirklich sehr dringend, wissen Sie!"
„Hm, klingt schon irgendwie geheimnisvoll. Können Sie mir gar nichts sagen?"
„Naja, es hängt mit den Vorgängen an der Schule zusammen, bitte! Ich brauche wirklich Hilfe!"
„Gut, wenn Sie am Telefon nicht darüber sprechen möchten, was schlagen Sie vor?"
„Würde es Ihnen etwas ausmachen, bei mir vorbei zu kommen?"
„Prinzipiell nicht, muss es denn wirklich sofort sein?"
„Ja, es ..." Und dann plötzlich konnte Andreas kaum sprechen. Irgendwie war das Bild von Petra wieder da. Er hatte Angst um sie.
„Was ist? Geht es Ihnen nicht gut?", hakte der Polizist nach.
„Nein, es geht mir nicht gut, es geht mir überhaupt nicht gut. Bitte helfen Sie mir!"
„Alles klar, Herr Schramm, ich mache mich sofort auf den Weg, in zehn Minuten bin ich bei Ihnen. Machen Sie keine Dummheiten!"
„Nein, aber bitte beeilen Sie sich!"

Es dauerte noch nicht einmal zehn Minuten, bis Auer an Andreas' Tür läutete. Der junge Lehrer öffnete und war fast froh, Auer zu sehen, der ihm selbst in diesem Moment noch sympathisch war.
„Was ist los mit Ihnen, Sie hören sich ja schrecklich an!"
„Kommen Sie rein!"
Auer warf einen kurzen Blick auf den Irland-Kalender und folgte Andreas ins Wohnzimmer.
„Setzen Sie sich bitte. Tee?"
„Gut, warum nicht, aber sagten Sie nicht, Sie hätten es eilig?"
„Ich musste mich beschäftigen, als ich auf Sie gewartet habe, da habe ich Tee aufgesetzt!"
„Dann ist es in Ordnung!" Auer spürte, dass es Schramm nicht gut ging. Aber er konnte sich im Moment noch keinen Reim auf die Situation machen.
Andreas reichte dem Polizisten eine Tasse Tee.
„Wollen Sie sich nicht setzen?", fragte Auer.
„Nein, ich kann mich nicht setzen, ich bin viel zu aufgeregt!", antwortet Andreas und drückte Auer sein Mobiltelefon in die Hand.

„Hier, schauen Sie sich mal dieses Bild an!"
Auer musterte das Foto.
„Das ist ein Foto, das die Schüler auf ihren Handys haben, nicht wahr?"
„Nein, ganz sicher nicht, es geht hier nicht um irgendwelche Gewaltvideos auf Schülerhandys!", antwortete Andreas, dessen Stimme sich beinahe überschlug.
Auer legte das Mobiltelefon auf den Tisch und griff nach seiner Tasse.
„Und worum geht es dann?"
Andreas schüttelte den Kopf.
„Das ist ein Foto, das mir vor einer guten Stunde jemand geschickt hat. Und es zeigt meine Freundin!"
Das genügte. In diesem Moment war Thomas Auer auf Sendung.
„Was soll das heißen, Ihre Freundin? Erlaubt sich hier jemand einen schlechten Scherz?"
Andreas, der immer noch in der Wohnung stand, als wolle er gerade gehen, vergrub den Kopf in seinen Händen und schüttelte den Kopf.
„Was ist es dann?"
„Ich hab' Scheiße gebaut!"
„Das ist noch nicht sehr konkret, könnten Sie den Sachverhalt vielleicht etwas detaillierter ausführen?"
„Ich habe zuerst noch eine Frage!"
„Schießen Sie los!"
„Gestern, weshalb haben Sie mich nach dem Kalenderblatt gefragt?
Auer wusste zunächst gar nicht, was Andreas wollte.
„Der Irland-Kalender? Keine Ahnung, ich finde das Land einfach schön. Aber was hat das mir Ihrer Freundin zu tun?"
„Nein, ich rede nicht von dem Irland-Kalender!", entgegnete Andreas, der noch immer in der Wohnung auf- und abwanderte.
„Oh, Sie meinen den Schulkalender, ach so!"
„Wissen Sie, es kann sein, dass ich mich täusche, aber ich hatte das Gefühl, Sie wüssten mehr!"
„Ich wüsste mehr? Mehr? Worüber? Warum haben Sie sich ausgerechnet nach dem *The Lion sleeps tonight* - Blatt erkundigt?"
„Was soll denn die Frage? Ich habe einen Kalender in der Hand, auf dem ein Mensch abgebildet ist, der in einer, sagen wir einfach, recht eigenwilligen Pose abgebildet ist. Darunter steht ein Slogan geschrieben, den ich, zumindest in Verbindung mit dem Foto, nicht entschlüsseln kann. Außerdem ist der Mensch gerade mal eine Woche tot. Als Polizist wird man bei so etwas neugierig!"
„Das heißt, Sie haben aus reiner Neugierde gefragt?"

„Wenn Sie so wollen, ja! Aber ich glaube, ich sollte langsam anfangen, Fragen zu stellen, meinen Sie nicht?"
Andreas antwortete nicht.
„Es ist jetzt besser, Sie setzen sich hierher und erzählen mir, was los ist!"

58.

Sie war in den Fängen eines Psychopathen gelandet, das war klar. Aber irgendwie ging es ihr trotz dieser Erkenntnis jetzt besser. Dafür gab es auch eine Reihe von objektiven Argumenten: Er hatte sie vom Lenkrad losgekettet, bevor bleibende Schäden an ihrem Rücken entstanden waren. Er hatte ihr zu essen und trinken gegeben, und er hatte ihr die Möglichkeit gegeben, eine Toilette aufzusuchen. Obwohl sie die Augen verbunden hatte, als er sie dorthin geführt hatte, waren ihr einige Dinge aufgefallen. Von ihrem Versteck bis zur Toilette waren es etwa 60 Schritte. Das hieß, die Toilette lag in unmittelbarer Nähe zu der Garage, in der er sie gefangen hielt. Der Boden, über den er sie geführt hatte, war teilweise asphaltiert und teilweise nur mit Schottersteinen bedeckt. Möglicherweise handelte es sich um ein Neubaugebiet oder um ein Areal, das kaum mehr benutzt wurde. Die Tatsache, dass sie mit dem Typen fast alleine zu sein schien, sprach eher für Letzteres, denn auf Baustellen herrschte wohl normalerweise viel mehr Trubel. Die Toilette war eine mobile Ausführung, die Dinger, die man auf Open-Air-Konzerten fand, oder auf Baustellen ....Es befand sich kein Schloss an der Tür, es musste ein altes, abgewirtschaftetes Modell sein, das schon viel Kacke gesehen hat. Dafür sprach auch schon der penetrante Gestank. Bevor sie die Kabine betreten hatte, hatte er ihr die Handschellen gelöst und ihr sogar erlaubt, ihre Augenbinde abzunehmen. Durch den offenstehenden Spalt konnte sie erkennen, dass er eine Maske trug, die sie an irgendwelche Science Fiction-Filme erinnerte.
Als sie ihre Hosen heruntergelassen hatte, hatte ihr der Typ noch immer den Rücken zugekehrt. Er war also offensichtlich kein Spanner oder die schwanzgesteuerte Psychopathen-Ausgabe. Dann hatte sie ihren Ausweis gesehen. Er war aus der Gesäßtasche ihrer Jeans gerutscht. Sie hatte nicht viel Zeit zu überlegen. Die Erfahrung mit der Hupe drängte sich als Ableiter ihres Geistesblitzes dazwischen. Sicher, er war unberechenbar und es gab ein Risiko. Doch was hatte sie schon zu verlieren? Also nahm sie einen Stift aus ihrer Jackentasche und schrieb das Wort *Hilfe* quer über den Ausweis. Man konnte die Einwort-Nachricht nicht besonders gut erkennen, denn der Ausweis war mit einer Schutzfolie überzogen. Aber es war besser

als nichts. Zu ihrer Überraschung war der Toilettenpapier-Spender bestückt. Das hieß wohl, dass diese stinkende Latrine noch immer benutzt wurde. Also schob sie ihren Ausweis unter den Deckel des Spenders, so dass man es von außen nicht sehen konnte.

„Was ist, hast Du's bald?", klang es schließlich von draußen. Offensichtlich hatte es das Alien sehr eilig. Vielleicht wartete sein Raumschiff irgendwo.

„Ja, ich bin so weit, vielen Dank!" Diese Stimme machte alles irgendwie unwirklich, so, als würde sie Teil eines Computerspiels sein.

Bevor sie die Mobiltoilette verlassen konnte, musste sie dem Ding den Rücken zukehren. Es legte ihr wieder Handschellen und Augenbinde an und führte sie zurück.

Jetzt lag sie auf einer schmalen Pritsche, die vorher nicht im Raum gewesen war. Sie hatte keine Ahnung, wo er sie aufgetrieben hatte, das Ganze hatte jedenfalls keine zwei Minuten gedauert. Sie konnte mit dem Fuß ihr Auto berühren. Mit der linken Hand hatte er sie an ein Metallrohr gekettet. Die rechte Hand konnte sie frei bewegen, so frei, dass sie jederzeit die mit Wasser gefüllte Plastikflasche erreichen konnte. Wie gesagt, betrachtete man alles objektiv, so hatte sich ihre Situation um einiges verbessert. Aber was hatte der Typ mit ihr vor? Wer war er? Warum gerade sie? Man musste doch nach ihr suchen? War sie überhaupt noch in Nürnberg?

Auch wenn sie keine dieser Fragen beantworten konnte, so war da doch ein Funken Hoffnung. Anders, als noch vor ein paar Stunden, als sie sich den Tod gewünscht hatte, gab es nun etwas, das ihre Lebensgeister wieder geweckt hatte und dies lag unter dem Toilettenspender der Gästetoilette. Sie hoffte nur, dass Aliens nie kacken mussten.

59.

Thomas Auer hatte konzentriert zugehört, ohne ein Wort zu sprechen, während Andreas sich alles von der Seele geredet hatte. Dieser hatte nichts ausgelassen: Angefangen damit, wie er Petra zu der Aktion überreden musste, von der Ausführung des Projekts, die mit Löwes vermeintlicher Betäubung geendet hatte, von den nicht geplanten Konsequenzen, von den Gewissensbissen nach dem Tod des Schulleiters und schließlich dem damit verbundenen Konflikt mit Petra. Er hatte Auer auch von der Windschutzscheiben-Botschaft anlässlich Löwes Beerdigung erzählt und seine Ausführungen schließlich mit dem Hinweis auf den Anruf beendet, den er vor

einer guten Stunde von diesem Verrückten erhalten hatte. Während seiner Schilderungen war Andreas erstaunlich ruhig geblieben. Erst als er fast eine Minute lang nicht mehr gesprochen hatte, fand Auer seine Stimme wieder.
„Wissen Sie, was ich nicht verstehe?"
Er blätterte eine Fernsehzeitung durch, die auf dem Wohnzimmertisch gelegen hatte, so als sei er gelangweilt von Andreas' Darstellungen.
„Nein, ich weiß nicht mehr, was ich weiß!", antwortete Andreas, der jetzt mit einem Mal wieder sehr aufgeregt wirkte.
„Ich kann vielleicht verstehen, dass Sie das mit dem Schlafcocktail durchgezogen haben, auch dass Sie Ihre Freundin überredet haben. Ich kann Ihre Beweggründe nachvollziehen, keine Polizei in die Geschichte einzuweihen, obwohl Sie, wie Sie selbst sagen, voller Gewissenskonflikte steckten. Aber nachdem dieser Typ Ihnen gedroht hatte, warum Sie nicht spätestens da Kontakt zur Polizei aufgenommen haben, das kann ich nicht verstehen!"
Andreas wollte den Ausführungen Auers folgen, aber es gelang ihm nicht. Was redete der Typ? Er hatte sich doch genau deshalb mit ihm in Verbindung gesetzt, weil man ihm gedroht hatte!
„Aber ich, ich habe doch Verbindung mit Ihnen aufgenommen, das habe ich doch getan!"
Auer kratzte sich an der Stirn, mehr Columbo denn je.
„Wohl nur etwas zu spät, finden Sie nicht? Sie hätten spätestens nach dem Drohbrief reagieren müssen. Das hätte Ihnen doch wohl klar sein müssen. Jemand, der so etwas schreibt, der muss etwas wissen, und der meint es ernst!"
„Ich weiß, ja, aber es war einfach alles so konfus. Ich hatte Angst um Petra. Sie wissen ja gar nicht, wie fertig sie war. Da konnte ich sie nicht auch noch mit irgendwelchen idiotischen Botschaften konfrontieren. Sie war mit den Nerven am Ende und mir ging es nicht viel besser. Ich will sie nicht verlieren, verstehen Sie? Und in der Schule war es kaum auszuhalten. Ich meine, ich wollte einfach ganz normal mit der Sache umgehen, jedenfalls so, dass es niemandem auffällt. Und irgendwie hatte ich den Scheißzettel total vergessen!"
„Wo ist er eigentlich?"
„Bitte?"
Auer kratzte sich das Kinn.
„Den Drohbrief, könnte ich ihn vielleicht einmal sehen?"
Andreas schien neben sich zu stehen. Er hatte keine Ahnung, wo der Zettel war, hielt es im Moment auch nicht für sehr wichtig.
„Ich weiß nicht, wo der Zettel ist, ich meine, wir haben Wichtigeres zu tun, bitte ...!"

„Hören Sie, das Einzige, was wir im Moment haben, ist ein Foto auf einem Mobiltelefon und dieser Drohbrief. Ich möchte nicht unhöflich erscheinen, aber vielleicht kann ich besser beurteilen, ob der Zettel wichtig ist oder nicht. Ich werde jetzt aufs Revier gehen, und Sie können davon ausgehen, dass wir einen Krisenstab bilden werden, der sich rund um die Uhr um die Sache kümmern wird. Dabei ist jede Kleinigkeit wichtig, ich schlage deshalb vor, dass Sie möglichst schnell diesen Brief auftreiben!"
„Es tut mir Leid, ich kann gar nicht mehr klar denken. Ich habe Angst, verstehen Sie?"
„Das verstehe ich, was ich aber nicht verstehe, ist, weshalb Sie mir nicht schon gestern davon erzählt haben!"
„Ich dachte einfach, es wäre alles nur Zufall. Wer weiß, vielleicht ist Löwe einfach nur so gestorben, das kann doch sein. Warum hätte ich denn schlafende Hunde wecken sollen?"
„Das kann ich, ehrlich gesagt, auch nur bedingt nachvollziehen. Was hätte es denn im schlimmsten Fall bedeutet: Fahrlässige Tötung! Wenn überhaupt!"
Andreas hatte nicht die Nerven. Nicht jetzt. Mit jeder Minute, die verstrich, konnte sich die Lage weiter zuspitzen!
„Ich kann nicht mehr. Sie haben Recht, ja, ich hätte eher reagieren müssen. Bitte, es muss doch irgendetwas geben, das man tun kann, oder?"
„Natürlich, und das werden wir auch. Aber bevor ich die Mordkommission in Bewegung setze und eine Sonderkommission einberufen wird, muss ich so viele Fakten wie möglich zusammentragen, und dazu gehört beispielsweise, dass ich mir über Ihre Motive im Klaren bin. Wer weiß, ob Sie mir nicht noch etwas verheimlichen!"
Auer stand auf.
„Bitte, ich schwöre, dass ich Ihnen alles erzählt habe. Warten Sie ...!"
Er drehte sich um und ging in die Küche. Es dauerte etwa zwei Minuten, aber noch ehe Auer ihm folgen konnte, kam er mit dem Drohbrief zurück.
„Hier, bitte, das ist der Zettel, der an der Scheibe hing!"
Der Polizist griff mit einem Taschentuch nach der Botschaft und schob ihn in seine Jackentasche.
„Gibt es denn überhaupt eine Chance, es bleibt nicht mehr viel Zeit?", hakte Andreas nach.
„Wir müssen zweigleisig fahren, das steht fest!", antwortete Auer ernst, der Richtung Tür ging.
„Zweigleisig?"
„Ja. Ermittlungen führen, das ist die eine Sache, in alle Richtungen, auch wenn die eine oder andere Spur wie eine Sackgasse aussieht. Aber wir

müssen auch auf seine Forderungen eingehen, damit er sich in Sicherheit glaubt."
„Sie meinen, das mit der Morningshow und dem toten Löwen? Können Sie das hinkriegen?"
„Wir werden es wohl müssen, wenn wir den Typen nicht vorher dingfest machen!"
Das half, es half wirklich. Irgendwie hatte Andreas seit langem wieder einmal das Gefühl, das Richtige getan zu haben. Er sah im Gesicht des Polizisten, dass dieser sein Fach verstand und dass er Andreas, trotz dessen anfänglicher Unehrlichkeit, sehr ernst nahm. Auer hatte die Türklinke schon in der Hand, als er sich noch einmal nach Andreas umdrehte.
„Gibt es jemanden in Ihrem Leben, der Sie nicht leiden kann?"
Andreas konnte nur die Schultern zucken.
„Hören Sie, überlegen Sie noch einmal genau. Denken Sie alles durch. Ist in den letzten Tagen vor Löwes Tod vielleicht etwas passiert, irgendetwas Ungewöhnliches? Hatten Sie mit jemandem Streit, auch wenn es noch so banal war? Wir müssen alles wissen, was auch Sie wissen. Der kleinste Hinweis kann uns auf die Spur des Irren führen. Vielleicht ist es jemand, der Ihre Freundin nicht leiden kann. Könnte es sein, dass sie Feinde hat? Das herauszufinden, ist ihr Job. Wenn es irgendetwas gibt, dann rufen Sie mich an!"
„Gut, das werde ich. Aber bitte, bitte ....", er wusste nicht, was er sagen sollte.
„Wir tun unser Bestes!", antwortete Thomas Auer und zog die Türe hinter sich zu.

60.

Es ging sehr schnell. Eine knappe Stunde, nachdem Auer im Kripogebäude am Jakobsplatz angekommen war, saß er mit vier weiteren Kollegen der Mordkommission zu einer ersten Teambesprechung zusammen. Eigentlich hätten es fünf weitere Kollegen sein sollen, doch Helmut Zimmermann, mit dem Thomas sein Büro teilte, genoss noch immer seinen Urlaub in Frankreich. Neben Thomas bestand das Team aus folgenden vier Kollegen: Franz Käferlein, mit 64 Jahren der älteste und erfahrenste. Käferlein stand kurz vor seiner Pension und hatte in seiner Dienstzeit Unmengen von Kontakten geknüpft, von denen viele nicht unbedingt keimfrei waren, wie er es selbst gern auszudrücken pflegte. Aber gerade diese Kontakte halfen dann oft weiter, wenn sich konventionelle Ermittlungsmethoden in ihrem

Ergebnis als unbefriedigend erwiesen. Käfer, wie er oft nur genannt wurde, war nicht nur wegen seines Alters und seiner Erfahrung der Kollege, dessen Wort bei allen anderen das größte Gewicht hatte. Dann war da Heiko Wacker, mit 33 Jahren der jüngste des Teams. Genauso sah er auch aus. Viele die ihn das erste Mal sahen, konnten nicht glauben, dass Wacker ein Polizist, geschweige denn bei der Kripo war. Sein Gesicht war wie das eines Teenagers, von Bartwuchs keine Spur. Er war blond und nur 1,68 Meter groß, wenige Zentimeter nur jenseits der ominösen 1,65 Meter, ohne die einem der Polizeidienst verwehrt wurde. Aber dies alles hielt Heiko nicht davon ab, sehr gewieft und schlagfertig zu sein. Sein Aussehen war nicht selten seinen Ermittlungsmethoden sogar dienlich, denn es schien eine Art von Gutmütigkeit von seiner Erscheinung auszugehen, die ihn oft an wichtige Informationen kommen ließ. Viele im Revier nannten Heiko auch gern Danny, ein Spitzname, der ihm nicht unbedingt gefiel, an den er sich aber mittlerweile gewöhnt hatte. Heikos Markenzeichen waren mitunter rote Backen. Dies hatte dann jedoch weniger mit aufregenden dienstlichen Angelegenheiten zu tun, sondern vielmehr damit, dass sich schöne Frauen in seiner Nähe aufhielten. So wie im Moment bei jener ersten Teambesprechung, denn Julia Ehrlich, die einzige Frau des Teams, war eine sehr hübsche Kollegin. Sie war 42, aber man hätte sie auch auf 32 schätzen können. Julia war dreifache Mutter, ihr Mann hütete das Haus und kümmerte sich um die Kinder. Sie arbeitete schon seit mehr als 10 Jahren bei der Kripo und machte einen ausgezeichneten Job. Ihre Stärke war zum einen ihre Einfühlsamkeit und zum anderen ihre Intelligenz. Es gelang ihr oft Dinge zu kombinieren, die auf den ersten Blick nicht zusammenzupassen schienen. Doch im Zuge der Ermittlungen stellte sich oft heraus, dass Julia von Anfang an richtig gelegen hatte. Der Introvertierteste im Team war Günther Krämer, ein 48-jähriger, leicht untersetzter Mann mit schütterem Haar und Dreitagebart, der nicht gern redete, es sei denn, es musste unbedingt sein. Er hatte das Gemüt eines Skandinaviers, und irgendwie erinnerte auch sein Aussehen an den Prototyp eines Finnen: Helle Haut, schmale Lippen, Stoppelbart. Man schaffte es kaum einmal, Krämer aus der Ruhe zu bringen. Wenn er nicht gerade im Dienst war, nutzte er jede freie Minute, um zum Angeln zu gehen, und nicht selten kamen ihm dabei ermittlungstechnisch die besten Ideen. Krämers Stärke war seine Gelassenheit. Da, wo andere wie Julia oder Danny mitunter ungeduldig wurden, ging er oft knifflige Fakten ein drittes Mal durch oder rief irgendwelche Zeugen ein weiteres Mal an. Oft nahm er einfach seine Angelrute und setzte sich im Morgengrauen an irgendein fränkisches Flüsschen.

Thomas hatte erst nur mit Käfer über die Sache gesprochen. Deshalb hatte er jetzt auch alle anderen über den Stand der Dinge informiert. Langsam entwickelte sich eine Diskussion und die anderen meldeten sich zu Wort.
„Ich habe davon gehört, ja, unsere Älteste geht in die 6. Klasse des Mozartgymnasiums, das muss wirklich furchtbar gewesen sein mit dem Direktor. Ich habe ihn nur einmal kurz gesehen, aber er muss sehr beliebt gewesen sein!", sagte Julia Ehrlich.
„Das kann ich nur bestätigen. Ihr könnt Euch nicht vorstellen, was los war, als ich den Lehrern von seinem Tod berichtet habe. Da haben viele einfach losgeheult!", ergänzte Thomas Auer.
„Was ist das für ein Typ, dieser Lehrer, kann man dem trauen?", fragte Heiko „Danny" Wacker.
Thomas nickte kurz.
„Ich würde sagen, ja. Er ist fix und fertig, ziemlich hilflos, wenn ihr mich fragt. Da ist zum einen die Sache mit Löwe. Er glaubt, er hat ihn auf dem Gewissen, was natürlich durchaus sein kann. Ich habe das Gefühl, dass er das erste Mal in seinem Leben etwas Illegales getan hat. Wenn man sieht, was dabei herausgekommen ist, nicht nur in seinen Augen eine echte Katastrophe. Er musste zudem im Vorfeld seine Freundin zu alldem überreden, was allein wohl schon schwer genug gewesen sein musste. Und jetzt weiß er wirklich nicht mehr weiter...", antwortete Thomas Auer.
„Wie ist er denn eigentlich an Dich gekommen?", wollte Krämer wissen.
„Als ich am Gymnasium war, um die Sache mit Löwe zu untersuchen, da habe ich auch Löwes Computer, der noch eingeschaltet war, begutachtet. Dabei ist mir aufgefallen, dass dieser als letztes eine Datei geöffnet hatte, auf der sich Schramms Daten befunden hatten!"
„Verstehe, und da hast Du einfach ein bisschen nachgebohrt?", fragte Danny.
„Ja, er war ganz kooperativ, ich hatte keinerlei Verdacht!"
„Wie wird eigentlich Löwes Tod bewertet?", fragte Käfer.
„Sein Hausarzt geht ganz klar davon aus, dass es keine Fremdeinwirkung war. Sein ganzes Krankheitsbild scheint zu passen. Instabiler Kreislauf, Herzprobleme ..."
„Das heißt", hakte Julia Ehrlich nach, „dass es durchaus im Bereich des Möglichen liegt, dass der Direktor eines natürlichen Todes gestorben ist, richtig?"
„Davon ist auszugehen!", antwortete Auer.
„Ich weiß nicht ...!" Es war Danny, der offensichtlich noch zögerte.
„Das ist im Moment nicht relevant!", stellte Käfer klar, „wir müssen zunächst die Frau retten. Das hat jetzt absoluten Vorrang. So schlimm die Sache mit dem Schulleiter ist, er wird davon nicht wieder lebendig. Außer-

dem hat der Lehrer ja sozusagen alles gestanden. Gehen wir erst einmal besser die Fakten durch. Gib einfach jedem eine Kopie dieser Windschutzscheiben-Botschaft, Thomas!"
Thomas Auer händigte den Anderen jeweils eine Farbkopie des Zettels aus:

MÖRDER!

SAG DEN BULLEN WAS

LOS IST ODER ES

KOMMT GANZ HART!

Jeder warf einen Blick auf den Zettel. Nach kurzer Zeit sagten alle, was ihnen auffiel:
„Die meisten Buchstaben scheinen aus Illustrierten zu stammen!" (Julia Ehrlich)
„Alles Großbuchstaben!" (Krämer)
„Die Anrede: Er wird geduzt. Ob das beabsichtigt ist?" (Danny)
„Es kommt ganz hart! Das klingt irgendwie umgangssprachlich!" (Krämer)

„Gibt es jemanden hier im Haus, der mit solchen Botschaften Erfahrung hat?", fragte Thomas Auer.
„Nein. Ich bin mir auch nicht sicher, ob es von großem Nutzen ist, zu viel Hoffnung in diesen Brief zu setzen. Andererseits sollten wir nichts unversucht lassen. Fest stehen dürfte, dass uns die Botschaft bis morgen früh nicht weiterhelfen wird. Du hast doch gesagt, dass der Typ morgen früh die Radionummer durchgezogen haben möchte, oder?"
Auer nickte.
„Gut", ergänzte Käferlein, „dann nimmst Du bitte mit dem LKA Kontakt auf wegen des Schreibens, Heiko. Die sollen es analysieren und ein Gutachten erstellen. Da gibt es auf jeden Fall jemanden, der damit Erfahrung hat!"
„Wird erledigt Chef!"

„So, dann noch einmal zu dem Handy!", es war jetzt Käferlein, der die Diskussion leitete, „kannst Du das Bild bitte einmal an die Wand werfen, Thomas?"
Julia zog die Vorhänge zu und Thomas betätigte den Beamer. Als die Anwesenden das Foto von Petra sahen, rückten sie instinktiv alle ihre Stühle ein wenig näher an die vergrößerte Fotografie.

„Nur, um jegliche Eventualitäten anzusprechen, könnte es sein, dass das alles gestellt ist und man sich nur einen Spaß erlaubt?" Erstaunlicherweise war es Julia, die die Frage in den Raum warf.
Niemand antwortete zunächst.
„Ich kann es mir wirklich nicht vorstellen, nein. Wenn Du mit ihm sprechen würdest, der Typ hat wirkliche Angst. Er hat seine Freundin als zuverlässig und liebevoll beschrieben. Und dass sie es ist, darüber gibt es keinen Zweifel. Seht ihr den Aufkleber hier? STYX - das ist eine Band aus den 70ern und 80ern. Ihr Freund sagt, sie hat den Aufkleber sogar im Internet bestellt. Es ist ihr Auto, definitiv."
„Schon klar, ich wollte einfach nur noch einmal nachhaken! Die Frau macht Schreckliches durch, ich kann mir nicht vorstellen, dass man lange in einer solchen Haltung ausharren kann!" Niemand widersprach Julia.

61.

Die ganze Sache war jetzt über zwanzig Jahre her und Franz Käferlein hätte nicht gedacht, dass sie ihm doch noch einmal irgendwann von Nutzen sein würde. Nicht nach all den Jahren. Damals hatte er gerade seinen Dienst bei der Kripo begonnen und seine älteste Tochter Kathrin war mit einem jungen Mann liiert gewesen, mit dem sie zwei Jahre zuvor das Abitur gemacht hatte. Der Mann kam aus Altenfurt, einem Vorort von Nürnberg, und hatte sich an der Uni für ein Studium der Betriebswirtschaft eingeschrieben. Seine wahre Leidenschaft galt allerdings der Musik. Er war ein wandelndes Musiklexikon und hatte sich bereits als DJ einen Namen gemacht. Es war ihm sogar gelungen, lose Kontakte zu einem örtlichen Radiosender aufzubauen, die zu diesem Zeitpunkt bereits so weit gediehen waren, dass er eine Tätigkeit als Moderator vom Sender in Aussicht gestellt bekam. Im Nachtprogramm zwar, aber immerhin. Zu diesem Zeitpunkt allerdings kannte Franz den Freund seiner Tochter kaum. Aber dann, irgendwann an einem Wochenende im Juli, hatte Franz den jungen Mann notgedrungen etwas besser kennen gelernt. Dieser war nämlich in der Nacht zuvor mit Kathrin im Auto unterwegs gewesen und hatte dabei auf dem Heimweg, gegen drei Uhr, einen Wagen in der Nürnberger Innenstadt angefahren. Weil er über den Abend verteilt zwei Bier getrunken hatte, hatte er sich unerlaubt vom Unfallort entfernt, ohne die Polizei zu informieren. An der Stoßstange des Wagens waren nur zwei leichte Kratzer zu sehen. Eigentlich nicht der Rede Wert. Kathrins Freund hätte also mit keinerlei Befürchtungen rechnen müssen, wenn er die Polizei informiert hätte.

Trotzdem war er einfach weiter gefahren, und das war ein Fehler gewesen. Vor allem deshalb, weil es Zeugen für die ganze Geschichte gegeben hatte und weil das angefahrene Auto auf einen CSU-Stadtrat zugelassen war. Dieser wollte die Sache groß aufhängen, und so hatte es danach ausgesehen, dass die Radiomoderator-Karriere des jungen Mannes aufgrund seiner Fahrerflucht schon vorbei war, bevor sie richtig begonnen hatte. Franz konnte sich noch sehr gut daran erinnern, wie er zusammen mit Kathrin und dem jungen DJ bei sengender Hitze auf der Terrasse seines Reihenhauses zu einem Krisengespräch zusammen gesessen hatte. In diesem Gespräch hatte der junge Mann nicht nur alle Schuld auf sich genommen, sondern außerdem darauf bestanden, sich dem Ganzen zu stellen, wenn nur Kathrin nicht damit hineingezogen würde. Dies wiederum hatte Franz hellhörig gemacht und nach langem Hin und Her, bei dem neben seinem Geschick als Vater auch sein Talent als guter Polizist gefragt gewesen war, hatten die beiden dann mit einer anderen Version der Unfallhergangs herausgerückt. Demnach waren nämlich nicht die vermeintlichen zwei Bier der Grund für die Fahrerflucht, sondern vielmehr die Tatsache, dass Kathrin, die gerade dabei gewesen war, den Führerschein zu machen, am Steuer des Wagens gesessen hatte. Obwohl er sehr erbost auf die Geschichte reagiert hatte, hatte Franz das Verhalten des jungen Mannes auch eine gehörige Portion Respekt eingeflößt. Nur deshalb hatte er dann seine - zu dieser Zeit noch nicht so weit gediehenen - Beziehungen spielen lassen. Die waren letztendlich doch einflussreich genug gewesen, um die ganze Geschichte ohne großes Aufheben einer brauchbaren Lösung zuzuführen, ohne den Ruf des jungen Mannes zu schädigen und damit dessen Karriere aufs Spiel zu setzen.

Dann hatte Volker Zeissner Karriere gemacht - und wie. Inzwischen war er nicht nur einer der einflussreichsten Chefredakteure bei Bayern 3, sondern gestaltete auch Fernsehdokumentationen, bei denen es vorwiegend um Reisen ging. Der Kontakt zwischen Franz und Volker war in all den Jahren nie abgerissen, auch wenn Kathrin und der aufstrebende Moderator nach einem Jahr getrennte Wege gegangen waren. Es kam zwar mittlerweile nur noch etwa alle zwei Jahre vor, doch Volker - der inzwischen in der Nähe von München wohnte - ließ es sich nicht nehmen, Franz ab und zu einen Besuch abzustatten. Die Verbundenheit der beiden ließ sich auch daran erkennen, dass Franz die Handynummer von Volker Zeissner hatte. Als er die Nummer gerade eintippte, schlich sich trotz des Ernstes der Umstände ein Lächeln auf Franz' Gesicht bei dem Gedanken daran, wie die beiden damals auf der Terrasse jenes Fahrerflucht-Gespräch geführt hatten. Nach

dem zweiten Läuten hob Volker ab und aus Franz' Lächeln wurde der angespannte Gesichtsausdruck eines Polizisten.
„Franz, das gibt's ja nicht, hast Du nichts zu tun?"
„Schön wär's, aber mir geht es nicht so gut wie Dir. Du lässt wohl wieder mal arbeiten?"
„Immer, immer, Du weißt doch, wenn man gut ist, schiebt man eine ruhige Kugel und die anderen machen die Arbeit!"
„Ja, das ist es wohl. Und ich bin wohl immer noch zu schlecht für den Job!"
„He, Franz, nur gefrotzelt, das weißt Du doch, was ist denn los mit Dir?"
Volkers Stimme veränderte sich. Er hatte eine Antenne für Stimmungen. Einer der Hauptgründe, weshalb er so gut mit Menschen konnte und sich ohne besondere karrierefördernde Beziehungen so weit nach oben gearbeitet hatte.
„Mit mir ist alles in Ordnung, Volker, es gibt da nur etwas, worüber ich mit Dir reden wollte, es ist was Dienstliches, und ich möchte nicht unhöflich wirken, falls Du den Eindruck hast, ich würde einfach mit der Tür ins Haus fallen!"
„Nein, keine Spur Franz. Ich bin doch froh, wenn ich Dir helfen kann. Schieß los, worum geht's denn?"
„Also, es sieht so aus, als hätten wir es hier mit einer Geiselnahme zu tun. Und ich müsste Dich um Hilfe bitten!"
„Klingt ja interessant. Wie kann ich Dir denn bei einer Geiselnahme helfen? Soll ich was durchgeben lassen über das Radio?"
„Nein, ich wünschte es wäre so einfach. Vielleicht kläre ich Dich mal kurz auf, falls Du etwas Zeit hättest!"
„Mach Dir keine Gedanken, Franz!"
„Gut, der Geiselnehmer hat eine Frau in seiner Gewalt, die er irgendwo gefesselt hält. Die Kontakte sind dürftig, eine SMS, eine Bildmitteilung und ein Anruf, den er mit dem Mobiltelefon des Opfers geführt hat. Wir müssen mit dem Schlimmsten rechnen, wenn seine Forderungen nicht erfüllt werden!"
„Die da wären?"
„Also er fordert, dass morgen in Eurer Morningshow eine Meldung über den Äther geht, wo von einem vergifteten Löwen im Nürnberger Tiergarten die Rede sein soll. Außerdem möchte er, dass anschließend der Tiergartendirektor gewissermaßen in einer Liveschaltung Auskunft über den vermeintlichen Vorfall geben soll!"
„Das heißt, der Tiergartendirektor muss auch eingeweiht werden und er muss mitspielen!"

„So ist es, aber in Anbetracht der Ernsthaftigkeit des Falles, sehe ich keine Probleme was den Direktor betrifft!"
„Hm", Volker Zeissner überlegte kurz, „gut, und Du möchtest jetzt, dass wir die Sache im Radio bringen?"
„Der Typ ist unberechenbar und droht der Geisel etwas anzutun, wenn wir seine Forderungen nicht erfüllen!"
„Lass mich kurz überlegen, wie wir das am besten anstellen!" Volker pfiff leise durch seine Zähne, so wie er es schon immer gemacht hatte, wenn er überlegte.
„Weißt Du was, Franz, es ist das Beste, wenn ich es für mich behalte. Den Moderator lassen wir einfach im Glauben, alles wäre echt. Wir lassen die Sache durchlaufen, ohne ihn zu informieren. Ich nehme das auf meine Kappe, keine Bange. Je mehr Leute von der Sache im Vorfeld Wind bekommen, desto mehr undichte Stellen könnte es geben!"
„Das wäre wirklich optimal!", antwortete Franz Käferlein erleichtert. „Und Du meinst wirklich, Du bekommst das hin?"
„Ja, kein Problem. Ich bin morgen früh eh schon in der Regie, da flattert die Meldung über meinen Tisch und ich weise dann das Interview an. Aus meiner Sicht ist dann der Tiergartendirektor der einzige Unsicherheitsfaktor!"
„Mach Dir darüber kein Problem, das kriegen meine Kollegen auf alle Fälle hin. Wichtig ist mir nur, dass im Vorfeld kein Aufhebens um die Geschichte gemacht wird, geschweige denn, dass der Geiselnehmer Wind bekommt!"
„Nein, Franz, keine Angst. Ich bin der Einzige, der hier Bescheid weiß. Kein Risiko!"
„Das war genau das, was ich hören wollte. Hast was gut bei mir ...!"
Volker lächelte.
„Wer hat hier was gut bei wem, Mann? Ohne Dich wäre ich nicht hier!", antwortete er ruhig.
„Trotzdem, vielen Dank. Lass uns heute Abend noch einmal telefonieren, dann kannst Du jetzt Deine Besprechung machen!"
„Gut, das machen wir. Keine Bange, das klappt schon morgen!"
„Dann bis heute Abend!"

62.

Alles, jeder Aspekt seines Lebens, jede emotionale Nuance, jede rational gesteuerte Handlung, alles wurde überlagert von der Sorge um Petra. Es

ging ihm so schlecht wie noch nie, nicht vergleichbar mit dem Zustand, nachdem er den Leichenwagen auf dem Schulhof gesehen hatte, und all dem, was danach passiert war. Selbst den Gedanken an Selbstmord konnte er nicht abrufen. Er konnte nichts tun.
Nichts.
Immer wieder fragte er sich, wie es so weit hatte kommen können. Aber jedes Mal konnte er nicht einmal die Frage zu Ende denken. Dieses Foto, der Drohbrief, die SMS, sie ließen keine anderen Gedanken zu. Wieder schaute er auf die Uhr: Fast 18.00 Uhr, bald würde es dunkel werden. Die Zeit lief ihm davon, und er konnte nichts tun. Er hatte es mit Korrigieren versucht, nicht einmal eine Seite hatte er gelesen. Während des Lesens, wobei er eigentlich nur die Buchstaben aneinander gereiht hatte, war es ihm nicht möglich gewesen, sich auf den Inhalt der Kurzgeschichte zu konzentrieren. Das Einzige, was er wahrgenommen hatte, war sein eigener Herzschlag.
Mein Herz schlägt für Dich ...
Das sagte Petra immer zu ihm, wenn es ihr besonders gut ging. Ob sie es ihm jemals wieder sagen würde?
Er vergrub die Hände in seinem Gesicht. Da war nur sein Herzschlag. Er hatte keine Ahnung, wie lange er einfach so dasaß. Und dann mit einem Mal sprang er auf und schrie. Er nahm die leere Schale, die normalerweise mit Süßigkeiten gefüllt war und warf sie gegen die Wand. Die Schale zersprang in unzählige Splitter. Er schrie und schrie und schrie. So lange, bis er fast heiser war. Und dann endlich ging es ihm ein wenig besser.
„Lass Dich nicht so hinunter ziehen! Du musst etwas machen, es ist die letzte Chance, tu es für Petra, Du verdammtes, blödes Arschloch!" Er führte Selbstgespräche, aber es trug dazu bei, dass es ihm besser ging. Er musste aus dieser seltsamen Lethargie erwachen und alles tun, um seiner Freundin zu helfen. Wieder stieß er einen Schrei aus, so als ob er die Erkenntnis untermauern wollte.
„Verdammt noch mal, tu etwas, tu was, Du Irrer!"
Er ging zu seinem CD-Regal und holte sich das „Best Of" - Album von *Billy Squier*. Er brauchte Lautstärke, um seine Gedanken zu kontrollieren und dieser Lähmung zu entfliehen. Kurz bevor er den CD-Player erreicht hatte, trat er in eine Scherbe. Sie blieb in seiner linken Ferse stecken. Er stieß einen weiteren Schrei aus, gefolgt von einem Fluch. Aber so verrückt es klang, es war genau das, was er brauchte. Er humpelte zum CD-Player, und gab Billy Squier die Gelegenheit, sich auszutoben. Dann sah er die Blutspuren auf dem Fußboden.
„Ich lebe!", flüsterte er, ohne es selbst zu bemerken.

„Petra braucht Dich!", antwortete er wie ein Schizophrener. Er ging ins Badezimmer und holte Petras Spezialkoffer, in dem sämtliche Erste-Hilfe-Utensilien lagerten. Mit einer Pinzette zog er den Splitter aus seiner Ferse. Dann tränkte er einen Wattebausch in Alkohol und tupfte die Wunde damit ab. Er fand ein Pflaster, mit dem er die blutende Wunde schloss. Er spürte plötzlich wieder seine Liebe zu Petra und war dankbar dafür. Er musste es schaffen, diesen Zustand zu kompensieren und verhindern, wieder in diese seltsame Apathie zu gleiten. Nachdem er die Scherben zusammengekehrt hatte, setzte er sich auf den Boden des Wohnzimmers. Billy Squier schrie, aber Andreas nahm ihn kaum war. Er war endlich konzentriert genug, um sich mit seiner Situation auseinander zu setzen. Der erste Gedanke dabei galt seinem Gespräch mit dem Polizisten Thomas Auer. Der hatte ihn gefragt, ob es jemanden in Andreas' Leben gab, von dem er wüsste, dass er ihn nicht leiden konnte. Oder ob Petra Feinde hatte. Außerdem hatte er wissen wollen, ob in den Tagen vor Löwes Tod etwas Ungewöhnliches passiert war oder ob er, Andreas, mit jemandem Streit gehabt hatte. Oder ob er irgendetwas vergessen hatte, auch wenn es nur die kleinste Kleinigkeit war. Da musste es etwas geben, und wenn dem so war, wollte er es finden. Jetzt!

63.

Es war eine sehr ernste Situation. Trotzdem musste Thomas Auer schmunzeln, als er den Tiergartendirektor zum ersten Mal in natura sah. Er war etwa vierzig und hatte die Statur eines Elefanten, erinnerte eher an jemanden, der einen Schwergewichtstitel im Boxen zu verteidigen hatte, als an einen einfühlsamen Zoologen, dem das Wohlergehen von Tieren am Herzen lag. Verbunden mit seinem Namen hatte das Ganze fast schon etwas Groteskes, denn der Direktor hörte auf den Namen Leo Mücke. Unweigerlich kam Thomas der Spruch in den Sinn, man solle aus einer Mücke keinen Elefanten machen. Er wünschte sich, es wäre in seinem Fall auch so. Doch er befürchtete, die Geiselnahme war alles andere als eine Mücke, um bei dem Spruch zu bleiben. Alles hing am seidenen Faden, und Thomas wusste, dass einer der Schlüssel zum Erfolg in der Kooperation mit jenem Hünen lag. Er sah Julia Ehrlich an, dass sie sich ähnliche Gedanken machte, denn in dem Moment, als Mücke sie in sein Büro bat, konnte Thomas den Anflug eines Schmunzelns in den Mundwinkeln seiner Kollegin erkennen.

„Was kann ich für Sie tun?", fragte Mücke, nachdem Thomas und Julia vor seinem Schreibtisch Platz genommen hatten.
„Darf ich Ihnen vielleicht eine Tasse Kaffee anbieten?" Seine Stimme klang sehr ruhig und ausgeglichen.
„Ich fürchte wir haben nicht viel Zeit, Herr Mücke, trotzdem vielen Dank!", erwiderte Thomas und hatte das Gefühl, unhöflich zu sein.
„Kein Problem, dann erzählen Sie mir einfach, was los ist!"
Thomas suchte Blickkontakt zu seiner Kollegin. Julia Ehrlich nickte kaum merklich.
„Na schön, dann will ich es mal auf den Punkt bringen, ohne zu lange um den heißen Brei zu reden! Es geht um eine Geiselnahme und wir brauchen Ihre Hilfe, um es vorsichtig auszudrücken."
Man sah Mücke an, dass er nicht wusste, worauf die Sache hinauslief.
„Um ehrlich zu sein, kann ich mir noch keinen Reim darauf machen. Geht es um eine Lösegeldübergabe?"
„Nein. Aber so falsch liegen sie eigentlich gar nicht. Der Geiselnehmer geht nicht nach dem gewöhnlichen Strickmuster vor. Dies würde heißen: keine Polizei und - wie Sie selbst auch vermuteten - eine Lösegeldforderung. Er hat ausdrücklich das Einschalten der Polizei gefordert. Und er gibt an, seine Geisel wohl auch wieder frei zu lassen, unter der Bedingung, dass seine Forderung erfüllt wird."
Bei seiner Schilderung ließ Auer das Gesicht des Direktors nicht aus den Augen. Es schien fast so, als wolle er ihn hypnotisieren.
„Und wie lauten seine Forderungen?", hakte Mücke nach.
Auer wandte sich an seine Kollegin.
„Er möchte, dass Sie, Herr Mücke, morgen ein Radiointerview geben!"
Mückes interessierter Gesichtsausdruck veränderte sich. Auer glaubte den Anflug von Angst darin zu erkennen.
„Aber wieso, ich meine, geht es um jemanden, der mich kennt? Sind es Verwandte von mir?"
„Nein, es hat nichts mit Ihrem Privatleben zu tun, Herr Mücke. Es ist eine rein dienstliche Angelegenheit. Er möchte, dass der Tiergartendirektor das Interview gibt!", klärte Julia Ehrlich auf.
„Gut, aber weshalb? Worum soll es in diesem Interview denn gehen?"
„Das ist genau der springende Punkt", antwortete Thomas, „Sie sollen sich zum Tod eines Löwen äußern, der vergiftet worden ist!"
„Eines Löwen? Wann und wo wurde dieser Löwe denn vergiftet?"
„Hier, hier im Nürnberger Tiergarten. Der Geiselnehmer möchte Aufmerksamkeit. Er möchte, dass zumindest für kurze Zeit alle Hörer der Sendung glauben, hier im Tiergarten sei ein Löwe vergiftet worden, verstehen Sie? Es ist gewissermaßen ein Code, der ihm sagt, dass die Polizei eingeweiht

ist, eingeweiht in eine andere Sache. Und davon wiederum macht es der Geiselnehmer abhängig, ob die Geisel wieder freigelassen wird!"
Thomas sah, dass Mücke jedes Wort verstanden hatte und bereits mögliche Konsequenzen vor seinem geistigen Auge abwägte.
„Ich glaube, ich habe verstanden. Sie meinen also, ich soll sozusagen als Übermittler eines Codes fungieren, live über das Radio, richtig?"
Die beiden Polizisten nickten synchron.
Mücke schüttelte fast unmerklich den Kopf.
„Ich, ich weiß nicht, wie ich es ausdrücken soll, aber sind Sie sicher, dass dies unbedingt notwendig ist? Wissen Sie, die Öffentlichkeit reagiert nicht gerade erfreut bei solchen Geschichten, um es einmal vorsichtig zu formulieren. Sie können sich sicher noch an den Vorfall mit dem Eisbären vor einigen Jahren erinnern!"
Natürlich wussten Ehrlich und Auer sofort, was Mücke meinte. Damals hatte irgend ein Verrückter, kurz bevor der Tiergarten am Abend schloss, das Tor des Eisbärengeheges geöffnet, was zu einer unkontrollierbaren Situation geführt hatte, an deren Ende die orientierungslos umherirrenden Tiere erschossen werden mussten.
„Das hat einen Sturm der Entrüstung ausgelöst und ich bin froh, dass ich damals noch nicht auf diesem Stuhl saß. Sie stellen sich so etwas vielleicht einfach vor, aber imagemäßig könnte sich aus dieser Geschichte ein echter Schaden entwickeln!"
„Das ist, denke ich, jedem hier im Raum klar!", sagte Julia Ehrlich ruhig. „Aber ich fürchte, es gibt kaum eine Alternative. Der Geiselnehmer hat uns nur die Frist bis morgen Früh gelassen!"
„Ich kann Sie verstehen, natürlich. Aber ich meine, ich will mich wirklich nicht in Ihre Arbeit einmischen und bitte dies auch hiermit gleich zu entschuldigen, aber könnte es denn nicht auch einfach nur sein, dass sich jemand einen Scherz mit der Sache erlaubt?"
Thomas Auer wusste nicht, was seine Kollegin gerade dachte, aber er hätte insgeheim gehofft, dass Mücke den Plan weniger kritisch beäugen würde. Andererseits machte dieser auch nur seinen Job und war offensichtlich bemüht, diesen gut und zum Wohle der Tiergartenbesucher zu erledigen. Er wollte jetzt aber auch keine Grundsatzdiskussion vom Zaun brechen. Spätestens jetzt hätte er die Kooperation von Mücke einfordern können, schließlich hing ein Menschenleben davon ab. Aber er wollte nicht, dass der Direktor auf den Deal einging, nur weil er keine Alternative hatte. Thomas wollte, dass Mücke hinter der Sache stand und das Interview so verlief, dass der Geiselnehmer zufrieden war und keine unkontrollierbare Situation entstand. Als er noch immer dabei war, sich die Worte zurecht-

zulegen, mit der er hoffte, Mücke überzeugen zu können, kam ihm Julia Ehrlich zu Hilfe.
Sie nahm ein DIN-A4-Blatt aus ihrer Jackentasche und legte es auf Mückes Schreibtisch.
„Hier, sehen Sie sich in aller Ruhe das Bild hier an, Herr Mücke. Diese Frau befindet sich im Moment in der Gewalt des Geiselnehmers. Und wie Sie sehen können, behandelt er sie nicht gerade sehr gastfreundlich. Glauben Sie immer noch, dass es sich dabei um einen Scherz handelt?"

64.

Als die Flasche halb leer war, beschlich sie plötzlich die Vision, dass er nicht mehr zurückkommen würde. Dass er sie vergessen hatte oder sie versteckt halten würde, bis sie tot war. Sie stellte sich vor, dass die Mineralwasserflasche eine Art Uhr war. Die Uhr ihres verbliebenen Lebens, die ihr mitteilte, wie lange sie noch hatte. Jeder Schluck brachte sie einen Schritt näher ans Ende. Dabei war ihr Verstand natürlich noch aufmerksam genug, um sie darauf aufmerksam zu machen, dass sie viel trinken musste. Sie hatte zwar keine großen Schmerzen mehr, aber jetzt schoben sich andere Gedanken in ihr Bewusstsein, die der Schmerz gestern - oder war es schon länger her? - nicht zugelassen hätte.
„Teil Dir das Wasser ein, wenn Du nicht jämmerlich krepieren willst!", flüsterte sie.
Andererseits würde sie eh jämmerlich krepieren, falls das Alien nicht wieder zurückkommen würde. War es da vielleicht nicht sogar besser, die Flasche in einem Zug zu leeren? Je schneller desto besser? War der Gedanke verrückt? Oder war es, gemessen an ihrem Zustand, sogar die einzig richtige Entscheidung, die Sache schnell hinter sich zu bringen?
Als die Flasche noch fast voll gewesen war, hatte sie sich nicht nur darüber gefreut, dass er sie von ihren Schmerzen erlöst hatte. Sie hatte es als Entgegenkommen gewertet, dass er ihr nicht mehr die Augen verbunden hatte. Aber sie war inzwischen zu der Erkenntnis gelangt, dass es vielleicht besser gewesen wäre, sie weiter im Dunkeln tappen zu lassen. Eine Zeit lang hatte sie nämlich krampfhaft versucht, irgendetwas zu entdecken, das ihr bei der Einschätzung ihrer Lage weiterhelfen würde. So hatten ihre Augen permanent jeden Zentimeter ihres eingeschränkten Blickfeldes abgesucht. Mit mäßigem Erfolg, denn den größten Teil nahm ihr Auto ein. Dann sah sie eine Uhr über der Tür der Garage. Die Uhr war bei zehn Minuten vor neun stehen geblieben. Sie hatte ein weißes Zifferblatt mit

schwarzen Markierungen und schwarzen Zeigern. Sie erinnerte sie an die alten Bahnhofsuhren. Rechts neben der Uhr sah sie den Teil eines Kalenders mit einem Pin-up-Girl. Sie konnte den Monat November erkennen und das Jahr 2004. Ein Hinweis darauf, dass diese Garage - ihr Gefängnis - nicht mehr offiziell genutzt wurde. Nicht unbedingt von Vorteil, wenn man hoffte, entdeckt zu werden. Das Alien musste sich seiner Sache wohl ziemlich sicher sein. Sie hatte angestrengt versucht, sich an irgendetwas zu erinnern, was ihr weiterhelfen würde. Aber je mehr sie sich bemühte, desto hoffnungsloser schien die Situation. Sie betrachtete die Wasserflasche. Ob sie noch einen Schluck nehmen konnte? Nein. Noch ein bisschen warten.

Dann endlich sah sie Andreas. Sie hatte keine Ahnung, wo er hergekommen war, aber es gab keinen Zweifel. Er hatte sie tatsächlich gefunden. Er hatte Flossen an seinen Füßen, wie ein Taucher. Und jetzt registrierte sie, dass er tatsächlich tauchte. Er trug eine Taucherbrille und eine Sauerstoffflasche. Sie hatte keine Ahnung, weshalb es so lange gedauert hatte, aber erst nach und nach begriff sie, was los war. Sie lag immer noch auf ihrem seltsamen Bett, aber die Garagenwände waren verschwunden. Stattdessen befand sie sich unter Wasser. Dann sah sie, dass das Pin-up-Girl auch da war. Es trug einen spärlichen Bikini und schwamm auf Andreas zu. Andreas wollte an dem Modell vorbeischwimmen, doch das Mädchen stellte sich ihm in den Weg. Es war verrückt, sie konnte schwimmen wie ein Fisch und schien keinerlei Sauerstoff zu benötigen. Erst jetzt sah Petra, dass auch sie selbst keine Sauerstoffmaske trug. Wieder versuchte Andreas an dem Pin-up-Girl vorbei zu schwimmen, doch dann legte die Frau ihre Arme um Andreas. Was wollte sie von ihm? Petra versuchte ihrerseits zu ihrem Freund zu schwimmen, doch sie konnte sich nicht bewegen. Sie war nach wie vor gefesselt, doch nicht an ihr Auto, sondern ein seltsames Utensil, das viel größer schien als ihr Polo. Das Ding hatte eine Farbe, die Petra noch nie gesehen hatte, und es dauerte nicht lange, bis Petra begriff, was es war: ein Raumschiff, mit dem sich das seltsame Alien-Wesen scheinbar fortbewegen konnte. Sie versuchte an der Kette zu ziehen und sich zu befreien. Keine Chance. Die Frau vom November-Kalenderblatt hatte ihre Arme noch immer um Andreas' Hals gelegt. Dieser bewegte seine Lippen und zu Petras Verwunderung konnte sie ihn verstehen.

„Wir müssen weg, los, wir haben nicht viel Zeit!", rief er und versuchte, Petra seinen Arm zu reichen. Aber Miss November schlug den Arm weg. Sie schien Andreas überlegen zu sein.

„Ich kann nicht, ich kann nicht, die Kette, es geht nicht!", rief Petra, wobei sich ihre Stimme beinahe überschlug.

Das Pin-up-Girl nahm nun Andreas die Sauerstoffmaske ab und versuchte ihn zu küssen. Diesem gelang es, sich von ihr zu lösen und auf Petra zuzuschwimmen. Er streckte seine Hand nach ihr aus und Petra griff danach. In diesem Moment glaubte sie, es schaffen zu können, doch das Kalendergirl zog Andreas an dessen Haaren zurück.
„Du kannst ohne Sauerstoff nicht leben!", flüsterte das Mädchen mit einer Stimme, die Petra gut kannte. Und dann sah sie, dass es gar nicht das Pin-up-Girl war, das Andreas nach oben an die Wasseroberfläche zog. Es war das Alien. Bevor Petra die Augen von der Gestalt des Wesens nehmen konnte, zog es von irgendwoher die Bahnhofsuhr hervor, warf sie Petra zu und rief: „Noch 10 Minuten und dann fahren wir!"

Es war ein irres Gefühl, ähnlich einem Drogenrausch, und wenn ihre Lage nicht so ernst gewesen wäre, wer weiß, es wäre möglicherweise auch eine unbekannte Art der Faszination davon ausgegangen. Doch Petra besaß noch genügend Verstand, um die Sache richtig einzuordnen, wobei die Betonung wohl auf *noch* lag.
„Es war ein Traum, nur ein schlimmer Albtraum", flüsterte sie, ohne dass jemand davon Notiz genommen hätte. Aber es war eine Art Traum, den sie bisher nie gekannt hatte. Nicht dass sie noch keine Alpträume gehabt hätte, es ging um die Intensität des Traums. Sie hatte das Gefühl, die Dinge wären tatsächlich passiert. Sie konnte sich an alles so genau erinnern, als wäre sie ein realer Bestandteil des Traums gewesen. Die Stimmen, die Gesichter, das Wasser, ja selbst die Gerüche, alles war so frisch, dass es so schien, als sei der Traum noch nicht zu Ende. Sie befasste sich sogar, wenn auch nur kurz, so doch intensiv, mit dem Gedanken, dass sie möglicherweise jetzt gerade träumte. Dass sich alles umgekehrt hatte, das gewohnte Leben, hier in dieser Garage, in Wirklichkeit der Traum war und die Raumschiffversion unter Wasser eigentlich die Realität darstellte. Noch konnte sie ihre Gedanken kontrollieren und ordnen. Sie wusste, was Einbildung und Traum war. Aber die Tatsache, dass sie sich überhaupt diese Gedanken machte (früher hätte sie wohl *verrückte Gedanken* gesagt), wertete sie so, dass der Wahnsinn langsam aus den dunklen Gassen ihres Bewusstseins gekrochen kam. Sie hatte keine Ahnung, wie lange sie ihm noch die Stirn bieten konnte, aber es war wohl nicht von der Hand zu weisen, dass sie ihn nur schwer würde aufhalten können. Angesichts dieser Perspektiven griff sie jetzt doch nach der Mineralwasserflasche.

65.

Andreas wollte gerade wieder auflegen, als Auer endlich doch an sein Mobiltelefon ging.
„Hallo?"
„Hallo Herr Auer, hier Andreas Schramm. Ich will nicht lange stören, aber - vielleicht gibt es da doch noch zwei Dinge in Zusammenhang mit der Entführung ..."
„Warten Sie bitte einen Moment, ich rufe in einer Minute zurück!"
Ohne auf Andreas' Antwort zu warten, hatte der Polizist wieder aufgelegt. Andreas konnte sich das Ganze nur dadurch erklären, dass die Kripo wohl auf Hochtouren arbeitete, und das beruhigte ihn. Irgendwie hatte er es geschafft, eine Art Schutzschild aufzubauen, durch das seine Panikattacken und Schuldgefühle im Moment nicht durchkamen. Dann läutete das Telefon.
„Hallo!"
„Hallo Herr Schramm, jetzt kann ich reden. Ich war gerade im Auto unterwegs, wir hatten ein Gespräch mit dem Tiergartendirektor."
„Und wie ist es gelaufen?", hakte Andreas nach.
„Er muss natürlich auch seine Interessen vertreten. Aber letztlich ist er auf das Szenario eingegangen, bevor wir es anordnen mussten. In diesem Fall ist es ganz einfach wichtig, dass die Kontaktperson hinter der Sache steht. Sonst könnte die Gefahr bestehen, dass er seine Rolle nur halbherzig spielt oder sogar umfällt. Und dann wiederum könnte die Sache außer Kontrolle geraten!"
„Das heißt, er wird das Radiointerview geben?"
„Davon ist auf jeden Fall auszugehen!"
Andreas schloss die Augen. Vielleicht würde ja doch alles gut werden.
„Ich wollte Ihnen nur sagen, dass mir zwei Sachen eingefallen sind..."
„Schießen Sie los!", forderte der Polizist auf, bevor Andreas den Satz vollendet hatte.
„Also der Entführer hat mir mit Petras Handy nicht nur die Bildmitteilung geschickt. Ich hatte die erste Nachricht völlig vergessen. Natürlich war die auch in Petras Namen verfasst, verstehen Sie? Und ich weiß ganz sicher, dass die Nachricht nicht von Petra stammte, denn sie war nicht in Großbuchstaben verfasst, können Sie mir folgen?"
„Weil Ihre Freundin ihre Kurzmitteilungen immer in Großbuchstaben schreibt?"
„Genau!"
„Und die Nachricht war nicht in Großbuchstaben verfasst? Wann ging die Nachricht bei Ihnen ein?"

„Heute Morgen, als ich auf dem Weg zur Schule war!"
„Und wussten Sie zu diesem Zeitpunkt schon, dass die Nachricht nicht von Ihrer Freundin stammte?", wollte Auer wissen.
„Nein, ich war nicht klar im Kopf, wissen Sie. Ich hatte die ganze Nacht auf Petra gewartet. Ich habe erst später bemerkt, dass die Buchstaben..."
„Worum ging es in der SMS?", unterbrach der Polizist.
„Es war eine Art Liebeserklärung, aber ..."
„Aber was?"
„Ehrlich gesagt, war ich da schon etwas stutzig, weil sie, also ich meine der Entführer, über das Golden Gate Bridge Foto geschrieben hatte!"
„Könnten Sie das bitte etwas genauer erklären!"
Man hörte in Auers Stimme, dass er sehr angespannt war. Keine Spur von Columbo.
„Wir waren vor drei Jahren in Kalifornien, Petra und ich, und seitdem hat sie ein Foto in Ihrer Handtasche, das von uns beiden vor der Golden Gate Bridge aufgenommen wurde. Das war bis vor einem Jahr so etwas wie ein Symbol unserer Verbundenheit!"
„Was aber jetzt nicht mehr der Fall ist?"
„Nein, wir waren letztes Jahr in Australien und seitdem ..."
„Ich verstehe. Seitdem gibt es ein Foto von der Harbour Bridge in Sydney, nehme ich an!"
„Ja, so ungefähr!"
„Warum sind Sie denn nicht sofort nach der SMS stutzig geworden?"
„Ich habe keine Ahnung, wahrscheinlich dachte ich, Petra würde noch einmal von vorne anfangen wollen, deshalb die Golden Gate Bridge ..."
„Hm..." Auer dachte nach, „das heißt, er hat die Tasche Ihrer Freundin. Die Tasche und das Auto. Er muss genug Zeit gehabt haben, die Tasche zu durchsuchen. Und dann ist ihm das Foto in die Hände gefallen. Aber wie konnte er sich ihr nähern? Es kann kein Zufall gewesen sein. Er muss sie ausgesucht haben. Und zwar deshalb, um sich an Ihnen zu rächen wegen Löwes Tod. Ob er Sie beide kennt? Ich meine, nicht nur Sie, sondern auch Ihre Freundin?"
„Ich habe keine Ahnung", antwortete Andreas, der versuchte, Auers Gedankengängen zu folgen.
„Vielleicht sollte ich Ihnen noch etwas sagen, ich meine, Sie hatten gefragt, ob es jemanden gibt, der mich nicht leiden kann, oder so ähnlich, ob es irgendeinen Konflikt gegeben hatte!"
„Ja, jetzt sagen Sie bitte nicht, dass Ihnen erst jetzt eingefallen ist, dass es da jemanden gibt, der Sie abgrundtief hasst?"

Andreas wurde sofort unsicher. Irgendwie gab ihm Auer wieder das Gefühl, dass er ihm nicht glaubte. Was wohl auch kein Wunder war, wenn man von Natur aus misstrauisch sein musste.
„Nein, das nicht. Aber vor einer guten Woche, da hatte ich einen kleinen Konflikt mit einem Schüler. Gut, Konflikt ist vielleicht zu viel. Es gab ein Missverständnis und die Situation wäre fast eskaliert!"
„Wie heißt dieser Schüler?"
„Also, ich möchte noch sagen, dass ich mir nicht vorstellen kann, dass er ..."
„Ich möchte wissen, wie der Schüler heißt, Herr Schramm!"
„Also, er heißt Ansgar Unger!"
„Wissen Sie, wo er wohnt?"
„Nein, ich habe keine Ahnung. Aber ich meine, ich glaube wirklich nicht..."
„Lassen Sie das einfach mal meine Sorge sein! Wichtig ist, dass Sie mir schildern, um welches Missverständnis es sich handelte!"
„Gut, also es ging eigentlich darum, dass ich Ansgar versehentlich abfragen wollte, an einem Tag, an dem er gewissermaßen nicht abgefragt werden durfte..."
„Das müsste ich noch etwas genauer wissen ..."

66.

Zu seiner Genialität gesellte sich jetzt auch noch Genosse Zufall. Er musste nicht lange überlegen, um zu erkennen, dass dies sozusagen das Sahnehäubchen auf seinem ohnehin schon beinahe perfekten Plan war. Im Grunde genommen lief es tatsächlich perfekt, ein Rädchen griff ins andere. Zu gern hätte er Schramm jetzt vor sich gesehen, der sich wahrscheinlich gerade die Augen ausheulte, dieser Jammerlappen. Und die Polizei würde wohl spätestens nach der Tiergartenshow auf Schramm zukommen. Ob man ihn wegen Mordes anklagen würde? Wie dem auch sei, das mit dem Schuldienst war wohl ein für alle Mal ad acta gelegt. Da musste man wirklich keine hellseherischen Fähigkeiten besitzen. Und insofern war Ralfs Rechnung perfekt aufgegangen.
Er lächelte, als er das Fax sah, das an Kruses Pinnwand hing. Kruse war für den gesamten Fuhrpark der Firma zuständig. Mit ihm hatte sich Ralf immer gut gestellt, schließlich war Kruse der Mitarbeiter in der Firma seines Vaters, der über das Schlüsselbrett wachte, an dem nahezu sämtliche Wagenschlüssel der Autovermietung hingen. Seitdem Ralf die Sonderfahr-

zeuge unter sich hatte, beschlich ihn durchaus das Gefühl, von Kruse geachtet zu werden. Trotzdem musste man immer auf der Hut sein, wenn man ein Vollprofi war.
„Hallo Herr Kruse", Ralf lächelte.
„Hallo Ralf, alles in Ordnung? Brauchst Du einen Wagen?"
Der Typ war nicht ungefährlich, und er war fett, was ihm auf den ersten Blick so etwas wie einen Hauch von Gemütlichkeit gab. Aber Ralf traute ihm trotzdem nicht.
„Nein, kein Bedarf, mein Golf ist durch nichts zu toppen. Aber das Fax hier klingt interessant?"
„Das Fax? Du meinst den Avensis?"
„Ja, genau. Das ist doch ein Kombi, oder?", fragte Ralf, als ob er sich tatsächlich für den Wagen interessieren würde.
„Korrekt. Warum fragst Du?"
„Wissen Sie, ich wollte Papa überraschen, Sie wissen doch, dass er Frankenwein liebt!", antwortete Ralf geheimnisvoll. Er hatte diese Strategie gewählt, weil er wusste, dass Kruse auf dem besten Weg war, ein Alkoholproblem zu bekommen. Wahrscheinlich wusste dieser es selbst noch nicht einmal.
Kruse legte den Mietvertrag zur Seite, an dem er gerade arbeitete.
„Frankenwein?"
„Ich würde den Wagen gern in Würzburg holen, er steht doch in Würzburg, oder?"
„Ja, das stimmt, er steht in Würzburg. Wir haben ihn sehr günstig bekommen. Und Du willst ihn überführen?"
„Na ja, ich würde mich bereit erklären, warum nicht?"
Kruse setzte sein Schweinchengrinsen auf.
„Das ist ein Wort. Aber warum ..."
„Ich möchte Vater überraschen, und ein Avensis ist groß genug, um auf dem Rückweg noch zwei Kisten Wein mitzunehmen. Von einem Weingut in Iphofen, das ist nur ein kurzer Umweg von Würzburg. Wenn Sie wollen, kann ich Ihnen auch welchen mitbringen!"
Das schien zu wirken.
„Na schön, ich habe nichts dagegen, aber wir brauchen das Fahrzeug schon morgen!"
„Ich würde sogar heute noch fahren, Herr Kruse."
Kruse schaute auf seine Uhr.
„Es ist schon fast 16.00 Uhr. Da müsstest Du aber sehr bald los!"
„Kein Problem, ich meine, wenn ich ICE fahren darf...!"
„Das wäre machbar, aber Du musst noch einige Stationen mit der Straßenbahn fahren, wenn Du oben bist!"

„Wo ist da das Problem? Hier steht Ihr Mann!"
„Gut, dann machen wir Nägel mit Köpfen. Ich rufe gleich den Händler in Würzburg an, und Du kannst Dir drüben bei Herrn Popp einen Satz rote Nummernschilder besorgen. Die Fahrkarte kann ich Dir ausstellen, Du musst Dich aber schicken!"
„Keine Sorge, ich bin schon unterwegs!", antwortete Ralf.

Manchmal kam es Ralf sogar alles ein bisschen zu einfach vor. Nicht, dass es ihm etwas ausgemacht hätte, doch er fühlte sich durchaus im Stande, noch weitaus kritischere Situationen zu meistern. Die Fahrkarte, die ihm Fettsack Kruse ausgestellt hatte, hatte er auf der Autobahnraststätte Aurach in eine Mülltonne geworfen. Wie immer, wenn er um Unauffälligkeit bedacht war, hatte er seinen Golf gewählt. Diesen hatte er in Würzburg in einem Parkhaus am Hauptbahnhof abgestellt, und zwar auf den Parkplätzen für Langzeitparker. Fettsack Kruse hatte ihm erklärt, wie man mit öffentlichen Verkehrsmitteln vom Bahnhof zu dem Toyotahändler kam. Kurz vor 18.00 Uhr betrat Ralf mit den roten Nummernschildern unter dem Arm das Firmengelände des Toyotahändlers. Keine 20 Minuten später saß er in dem Avensis und lauschte den Anweisungen des Navigationssystems, mit dem er zu dem Weingut in Iphofen gelotst wurde. Natürlich hatte er sich vorher telefonisch erkundigt, ob es ein Problem darstellte, gegen 19.00 Uhr noch Wein zu kaufen. Das Zögern des Weinverkäufers hatte sich schnell in Zustimmung verwandelt, nachdem Ralf den Kauf von mindestens vier Kisten in Aussicht gestellt hatte.

67.

Gegen 20 Uhr trat der Krisenstab *Geiselnahme Tiergarten*, wie der Fall jetzt offiziell hieß, zum zweiten Mal zusammen. Gute zwei Stunden später hatte man sich ausgetauscht und sämtliche bisher zusammengetragenen Fakten in einem Protokoll zusammengefasst. Man war zu dem Ergebnis gekommen, zu diesem Zeitpunkt keine Presse über die Ereignisse zu informieren, vor allem deshalb, weil man nicht wollte, dass irgendwelche Informationen über das Radiointerview in die falschen Hände gelangen konnten und damit der Erfolg des Unternehmens gefährdet wäre. Der Tiergartendirektor wurde als verlässlich eingestuft. Mit ihm würde im Anschluss an die Sitzung noch einmal die detaillierte Vorgehensweise besprochen werden. Ähnlich verhielt es sich mit Volker Zeissner. Wenn es bezüglich des Radiointerviews noch ein Restrisiko gab, dann ging dieses

von dem Moderator aus, der ja nicht in die Geschehnisse eingeweiht werden würde, nicht zuletzt deshalb, um dem Geiselnehmer das Gefühl zu geben, die Fäden in der Hand zu halten. Heiko Wacker hatte sich mit dem Drohbrief befasst und mit dem LKA Kontakt aufgenommen, wo die Botschaft im Moment analysiert wurde. Günther Krämer hatte eine Fahndung nach Petras Wagen eingeleitet. Mit der Eingabe der Daten des Wagens in den Computer waren sämtliche Polizeistationen bundesweit über den Polo in Kenntnis gesetzt worden. Dabei spielte der Aufkleber der Rockgruppe *Styx* eine nicht unerhebliche Rolle. Jedenfalls wurde in der Fahndung explizit auf den Aufkleber an der Windschutzscheibe hingewiesen. Man hatte auch versucht, über den Mobiltelefonanbieter von Petras Handy eine Ortung des Geräts durchzuführen, was jedoch zu keinem Ergebnis geführt hatte, da das Handy nicht mehr in Betrieb war.
Insofern konnte man davon sprechen, dass der Krisenstab seine Hausaufgaben gemacht hatte. Aber da war noch das Problem Ansgar Unger.
„Wie bewertest Du den Jungen?", wollte Käferlein wissen, und alle Anwesenden richteten ihre Blicke auf Thomas Auer.
„Ich bin mir nicht ganz sicher, aber mein Gefühl sagt mir, dass er es nicht ist!", antwortete Auer ruhig und hielt den fragenden Blicken seiner Kollegen stand.
„Könntest Du bitte etwas genauer darauf eingehen?"
Es war Günther Krämer, der sich mit Auers Urteil nicht zufrieden geben wollte.
„Also, ich habe die stellvertretende Schulleiterin angerufen, um mich nach dem Jungen zu erkundigen. Ich sagte ihr, dass Ansgar möglicherweise in kriminelle Machenschaften in Zusammenhang mit Handy-Delikten verwickelt sein könnte!"
„Und?", hakte Krämer nach.
„Die Frau hat ihn als absoluten Musterschüler beschrieben, nicht unbedingt was die Zensuren betrifft, sondern vielmehr dessen Engagement und Verhalten. Er arbeitet aktiv in der SMV mit, beteiligt sich an verschiedenen Projekten, ist sich für nichts zu schade. Er ist wohl ein begnadeter Volleyballspieler und hat die Schule im Alleingang zum Gewinn der Nürnberger Schulmeisterschaft geführt. Bei vielen Schülern soll er sogar eine Art Kultstatus besitzen!", fasste Thomas Auer zusammen.
„Wenn ich es also richtig verstehe, lebt der Junge für Volleyball!", führte Thomas Auer weiter aus, „das hat auch sein Trainer bestätigt, mit dem ich telefoniert habe. Man kann sagen, dass er die letzten Tage fast nur mit Trainieren verbracht hat. Er hat am Wochenende irgendein wichtiges Sichtungsturnier in der Nähe von München. Er trainiert übrigens auch jetzt gerade. Seit seiner Beschattung hat er noch keinen Anruf getätigt, nichts!

Es sind natürlich alles keine Beweise, aber ich halte ihn nicht für gefährlich!"
„Andererseits ist es bisher der einzige Hinweis. Ich würde vorschlagen, wir beschatten ihn weiter, zumindest bis die Radionummer durch ist!", ordnete Käferlein an.
Er ließ den Blick in die Runde schweifen, niemand widersprach.
„Wie sieht es mit der Telefonüberwachung aus?", wollte Julia Ehrlich wissen.
„Wenn wir ihn beschatten, dann überwachen wir auch seine Telefonate!", antwortete der Leiter der Kommission.
Schließlich wurden Krämer und Wacker auf die Beschattung von Ansgar Unger angesetzt. Sie lösten damit zwei Beamte ab, welche die Observierung des Jungen seit dem Nachmittag übernommen hatten. Julia Ehrlich und Andreas Auer wollten noch einmal mit Mücke das Radiointerview durchgehen und Käferlein mit Volker Zeissner die letzten Details zu der Radioaktion klären. Etwa zur gleichen Zeit, als sich der Krisenstab auflöste, begann auch Ralf Sommer mit den Vorbereitungen für den nächsten Tag.

68.

Wenn alles gut ging, würde Schramm morgen seinen letzten Unterrichtstag vor sich haben. Gut, möglicherweise würde es noch etwas dauern, wahrscheinlich musste man Löwes Leiche wieder ausbuddeln und untersuchen. Ralf war sich sicher, sich des Problems Schlappschwanz Schramm so gut wie entledigt zu haben. Dafür war es wichtig, nichts dem Zufall zu überlassen. Wenngleich man zugeben musste, dass es schon eine glückliche Fügung war, dass die Autovermietung Sommer im Besitz eines VW Polo TDI war.
Nachdem Ralf mit den Weinkisten und dem Avensis aus Würzburg zurückgekommen war, wollte Kruse gerade den Laden dicht machen. Es war eine von Ralfs leichtesten Übungen, den freundlich-gutmütigen, etwas tollpatschigen Jungen zu mimen, der darauf bedacht war, sich von der besten Seite zu zeigen. Er stellte eine Kiste auf Kruses Schreibtisch und legte die roten Nummernschilder daneben.
„Alles erledigt. Hab den Wagen zum Waschen auf den Parkplatz gestellt. Der Wein ist für Sie, Herr Kruse!", sagte Ralf ruhig und reichte ihm die Schlüssel des Avensis.
„Wie bitte?", fragte Kruse erstaunt.

„Ja, kein Problem, wirklich. Ich kenne die Leute von dem Weingut sehr gut und die haben mir einen Spezialpreis gemacht. Ich habe die Kiste praktisch umsonst bekommen, und ich weiß, dass Sie einen guten Wein zu schätzen wissen!"
Er lächelte, weil er sah, dass Kruse angefüttert genug war, dass er anbiss. Um die beiden fetten Backen des Mitarbeiters legte sich der leichte Anflug eines Lächelns, das er nicht kaschieren konnte, auch wenn er es versuchte. Ralf wusste nicht genau, was er von Kruse halten sollte, hielt es jedoch nach wie vor für angebracht, ihn als gefährlich einzustufen. Aber jetzt hatte er angebissen, die Anfütterungsaktion Frankenwein hatte ihren Zweck erfüllt.
„Wissen Sie", sagte Ralf ruhig, „ich weiß, was Sie hier Tag für Tag leisten. Mein Vater sagt immer, Sie seien sein bester Mann!"
Jetzt grinste Kruse wie ein Schwein, dessen Trog mir frischen Abfällen aufgefüllt worden war.
„Das sagt er wirklich?"
„Klar, klar Mann. Ich meine, mein Vater bewundert ihre Weitsicht und dass Sie einfach integer sind. Genau das sagt er immer!"
Kruses Grinsen war wie eine Maske. Das Kompliment und der Wein hatten ihn auf eine emotionale Insel der Glückseligkeit geschickt.
„Ja, dann weiß man wenigstens, weshalb man das jeden Tag macht, Ralf, wirklich!" Er schaute auf seine Uhr.
„Es wird langsam Zeit, dass ich den Laden dicht mache, es ist schon nach acht! Kann ich noch etwas für Dich tun?", fragte Kruse mehr aus Höflichkeit.
„Naja, ich ..." (Ralf war darauf bedacht, die Pause nicht zu lange hinauszuzögern) „...na ja, ach, eigentlich nicht!"
Kruse hob seine Augenbrauen. Er hatte schon wieder angebissen.
„Was ist denn, sag schon?", erwiderte der dicke Mann hinter seinem Schreibtisch und beäugte dabei die Weinkiste.
Ralf wusste, dass er die nächste Frage so banal wie möglich formulieren musste.
„Ich ... wissen Sie vielleicht, ob wir einen VW Polo TDI im Fuhrpark haben?" Natürlich wusste Ralf, dass ein solches Fahrzeug existierte, und er wusste auch, dass es dem von Krankenschwester Petra Zimmermann, der Superbraut, zum Verwechseln ähnlich sah. Der Wagen von Petra war nur eine Nuance dunkler. Aber er wollte, dass Kruse selbst darauf kam, er wollte die Frage als Bauchfrage aufgefasst wissen, denn Kruse war nach wie vor gefährlich, auch in angefüttertem Zustand mit Weinkiste.
„Einen Polo oder Golf?", hakte Kruse nach, der offensichtlich nicht richtig zugehört hatte.

Was für ein armer Hosenscheißer, dachte Ralf und begann erneut mit seiner Belanglos-Masche:
„Ähm, einen ... einen Polo, ja einen, ich glaube einen Polo!"
„Da muss ich nachschauen, hast Glück, dass ich den Computer noch eingeschaltet habe... Moment...!"
Seine Wurstfinger bewegten sich mit erstaunlicher Gewandtheit über die Tastatur.
„Ja, wir haben sogar zwei. Einer ist im Moment vermietet, der andere ist verfügbar!"
Er blickte vom Bildschirm hoch. Ralf sah, dass Schweiß auf Kruses Stirn stand. Ob er erregt war, wegen des Kompliments? Oder war es die Vorfreude auf den einen oder anderen Schoppen Frankenwein am Abend?
„Naja, ich weiß nicht, wie ich es sagen soll, wissen Sie, einer meiner Freunde hat in zwei Tagen Führerscheinprüfung, auf diesem Auto, und ...ähm ... na ja ...!"
Kruse lächelte. Er lächelte tatsächlich wie ein dickes, kleines Ferkel, ein Ferkel mit randloser Brille. Offensichtlich genoss er es, den Gönnerhaften zu spielen.
„Kein Problem, Ralf. Nimm ihn einfach mit, aber morgen Mittag muss er wieder verfügbar sein, okay?"
„Wirklich, super, das ist echt in Ordnung, Mann!", antwortete Ralf, der nichts anderes erwartet hatte, wie auf Knopfdruck.
„Und Sie können sicher sein, ich baue keinen Mist. Wir wollen nur das Einparken üben, wissen Sie!"
„Schon in Ordnung", antwortete Kruse und fuhr seinen Computer herunter.

Ralf war froh, dass er darauf gekommen war. Gemessen an dem Projekt insgesamt, war es eine Kleinigkeit, aber gerade das Nichtbeachten solcher Kleinigkeiten barg meist das größte Gefahrenpotential. Er hatte es nicht mit Deppen zu tun. Man konnte Schramm zwar einen Schlappschwanz nennen, aber der Lehrer war intelligent. Und es war klar, dass sich im Moment die Polizei, irgendwelche Kripofuzzis, der Sache angenommen hatte. Er hoffte, dass man so etwas wie eine Spezialeinheit gebildet hatte. Dies würde aber auch bedeuten, dass die Bullen versuchten, auch der kleinsten Kleinigkeit in Zusammenhang mit seinem Projekt nach zu gehen. Aber Ralf hatte sie durchschaut. Nein, mit dem Wagen würden sie auf Granit beißen, auch wenn die Fahrt sicher kein Spaßtrip werden würde.
Die Idee war im Grunde genommen sehr simpel: Er tat das, was er mit sich selbst auch getan hatte. Aber bevor er dem Wagen der kranken Schwester - dieses Wortspiel war ihm gestern Nacht gekommen, als er den Aufsatz verfasst hatte - eine neue Identität gab, musste er die Spuren beseitigen. Es

war bereits dunkel, als er mit dem Leihwagen auf das Gelände des Hauses der toten Kühe rollte. Niemand nahm Notiz von ihm. Trotzdem hatte er die Perücke mit Schnauzbart - Verkleidung angelegt. Nachdem er den Wagen vor der Oldtimer-Garage abgestellt hatte, schlüpfte er in die Alien-Maske. Natürlich dachte er auch an den Stimmenverzerrer. Er nahm eine Taschenlampe und öffnete die Garage, in der Schramms kranke Schwester einen schönen Tag verbracht hatte. Das Wortspiel gefiel ihm wirklich. Niemand konnte es sehen, aber unter der kalten Maske des Aliens legte sich ein ebenso kaltes Lächeln auf Ralfs Gesicht.

69.

Sie hatte wohl geschlafen, zumindest schien es so, dass sie nicht mehr in der Lage war, das, was um sie herum geschah, zeitlich einzuordnen. Es war dunkel. Aber das Geräusch eines sich nähernden Wagens hatte sie wieder zu sich kommen lassen. Sie war nicht weit davon entfernt, die erste Idee, sich durch Rufen bemerkbar zu machen, in die Tat umzusetzen. Aber was war, wenn es wieder dieser Irre war? Konnte es auch sein, dass sie sich die Wagengeräusche nur eingebildet hatte? Hatte sie wieder zu träumen begonnen? Oder spielte ihr einfach ihre Phantasie einen Streich? Ihre freie Hand griff nach der Mineralwasserflasche ... leer. Sie konnte ihren Herzschlag hören. Nein. Es war keine Einbildung, da draußen war jemand, direkt vor der Tür der Garage. Sie konnte es hören. Dies bedeutete wohl, dass die Person - wer auch immer es war - von dem Vorhandensein der Garage wusste. Demnach konnte es auch die Polizei oder jemand sein, der sie suchte, jemand der nachgeforscht hatte; und es musste Leute geben, die nach ihr suchten ...Andreas? Aber hätten sich potentielle Retter nicht akustisch bemerkbar gemacht? Was hatten Polizisten schon zu befürchten. Sie waren sicher bewaffnet, und es war wohl auch klar, dass sie mindestens zu zweit auftraten. Das Wort *Zeitzünder* kam ihr in den Sinn. Ja, sie konnten glauben, dass ein Zeitzünder an der Innenseite der Tür angebracht war. Deshalb gingen sie mit Bedacht vor. Dies könnte eine Erklärung sein. Aber sie hörte keine Stimmen. Das wiederum konnte nur heißen, dass es sich um eine einzelne Person handelte. Zufall? Nein, nicht jetzt. Nicht in der Nacht. Nicht hier. Sie dachte an das Dixiklo, dies hier war ein einsamer Ort, niemand verirrte sich hier zufällig, nicht einmal zum Kacken. Wenn dem so war, dann gab es nur eine Erklärung: Das Alien kam zurück!

70.

Der Strahl seiner Taschenlampe haftete auf Schramms Freundin. Sie machte einen geradezu jämmerlichen Eindruck. Aber das hatte sie sich selbst eingebrockt. Sie hätte sich einen richtigen Freund suchen müssen. Und dann erwischte ihn eine Panikbreitseite. Sie bewegte sich nicht. Konnte es sein, dass sie tot war? Ralf Sommer kam näher. Nur sein metallisches Atmen durch den Stimmenverzerrer war zu hören. Dabei richtete er die Lampe immer auf ihr Gesicht. Endlich zuckte sie kurz und wandte sich von ihm ab, wobei ihre Augen noch immer geschlossen waren. Sie schlief, ja, sie schlief. Ob es an der Erschöpfung lag? Ralf sah, dass die Mineralwasserflasche leer war. Es war schon komisch, denn er schien fast Mitleid mit ihr zu haben. Aber er wusste, dass er sich das jetzt nicht leisten durfte. Das war ein Zeichen von Schwäche, und Schwäche war nicht professionell. Außerdem war die Sache bald vorbei. Im Grunde genommen war es sogar gut, dass sie schlief, so konnte er die Spuren ungestört beseitigen. Wenn er damit fertig war, konnte er ihr immer noch etwas zu essen und zu trinken geben.

Er hatte aus der Werkstatt ein Sammelsurium von Reinigungsmitteln mitgenommen. Es ging vor allem darum, Fingerabdrücke zu beseitigen, also rieb er das Auto innen gründlich mit Reinigungstüchern ab. Er beseitigte die beiden Kaffeebecher, die Milchdöschen und die Plastiklöffel. Anschließend rieb er das Auto auch noch an seiner Außenseite ab. Dabei galt das Hauptaugenmerk der Motorhaube und der Fahrerseite, Stellen, an denen er sich in den letzten beiden Tagen hauptsächlich zu schaffen gemacht hatte. In Gedanken war er dabei bereits beim nächsten Schritt, der Fahrt nach Würzburg. Er war sich sicher, dass die Tarnung des Wagens perfekt sein würde, und in Sachen Schlafcocktail hatten Jespers Zutaten gehalten, was dieser versprochen hatte. Als er sich an der Fahrertüre des Wagens zu schaffen machte, wägte er im Geiste gerade ab, ob es besser sein würde, sie während der Fahrt im Kofferraum unterzubringen. Es hatte Vor- und Nachteile. Aber noch bevor er diese weiter gegeneinander aufwiegen konnte, traf ihn ein gewaltiger Schlag von hinten in die Nieren.

71.

Es war Intuition, sich schlafend zu stellen, reine Intuition. Aber es erfüllte seinen Zweck. Offensichtlich wollte das Alien mit ihr verreisen und zuvor noch die Spuren an ihrem Wagen verwischen. Und erst als der Typ hinter

der Maske mit einem schier unerschöpflichen Vorrat an Reinigungstüchern und einer Akribie, die ihn tatsächlich nicht menschlich erscheinen ließ, sich dem Säubern des Wagens zugewandt hatte, reifte in ihr der Entschluss, einen vielleicht letzten Versuch zu starten. Sie wusste, dass es möglicherweise ein Fehler sein konnte, aber sie wusste auch, dass sie etwas tun musste, so lange sie noch den Verstand dazu hatte. Wenn sie schon durchdrehen würde, dann wenigstens in einem Stadium, in dem sie es sich nicht vorwerfen lassen musste, nicht alles versucht zu haben. Und im Moment sah es tatsächlich so aus, als ob das Maskending nichts anderes im Sinn hatte, als ihren Wagen zu reinigen. Ein bizarrer Gedanke kam ihr in den Sinn: Unsere Reinigungsmittel sind nicht von dieser Welt...gar nicht so schlecht. Als sich das Putzalien an der Fahrertüre zu schaffen machte, wusste sie, dass es so weit war. Sie wusste aber auch, dass sie nur einen Versuch haben würde, einen einzigen Versuch. Dass das Putzalien ganz schön ins Schwitzen kam, konnte man an seinem Atem hören. Jetzt bückte es sich und steckte ihr seinen außerirdischen Hintern entgegen. Petra zog ihr rechtes Bein so weit es ging an sich. Sie versuchte, sich etwas nach rechts zu drehen. Sie hatte einmal gehört, dass man jemandem in der Nierengegend ziemliche Schmerzen zufügen konnte, und im Optimalfall würde das Putzalien mit dem Kopf nach vorne auf die Kante der offen stehenden Tür fallen. Jetzt oder nie. Wie ein Katapult schnellte ihr Bein nach vorne. Sie traf genau ins Schwarze. Das Ding wurde nach vorn geschleudert und noch bevor es seine Hände schützend vor die Maske legen konnte, traf es mit dem Kopf auf die Türkante. Sie hörte ein bizarres, metallisches Stöhnen und sah, dass der Typ regungslos mit dem Gesicht nach unten vor ihrem Wagen lag. Was sie von ihrer Position aus nicht sehen konnte war, dass unter der Alienmaske Blut zum Vorschein kam, das sehr menschlich aussah.
Sie brauchte einen Moment, um zu realisieren, dass sie den Typen tatsächlich getroffen hatte, ihm möglicherweise sogar ernsthafte Verletzungen zugefügt hatte. Jetzt versuchte sie, ihn mit ihrem Bein zu berühren. Keine Chance. Ohne lange zu überlegen, fing sie an, nach Hilfe zu rufen.

72.

Als Ralf Sommer langsam zu sich kam, wusste er sofort, dass er einen Fehler begangen hatte. Unter normalen Umständen hätte sich jetzt eine unkontrollierbare Wut auf sich selbst und vor allem die kranke Schwester eingestellt, allein schon deshalb, weil sie um Hilfe rief. Doch in diesem

Fall war es anders, denn er fühlte die warme Flüssigkeit, die an der Innenseite der Maske herunterlief. Kein Zweifel, er blutete, blutete wie ein abgestochenes Schwein. Er versuchte aufzustehen und spürte den Schmerz in seiner linken Niere. Er hatte die verdammte Schlampe unterschätzt. Beim zweiten Mal gelang es ihm endlich, sich aufzurichten. Im selben Moment verstummte die kranke Schwester. Er drehte sich langsam zu ihr um und ging auf sie zu.
„Das war nicht gut, Baby, gar nicht gut. Noch ein Wort und ich bringe dich jetzt gleich um!", flüsterte er.
Er trat ihr mit aller Kraft, die er aufbringen konnte, auf das Knie. Sie schrie auf.
„Habe ich Dir nicht gesagt, Du sollst Deine Fresse halten?"
Die Freundin seines Deutschlehrers wendete seinen Blick von ihm ab und jammerte vor Schmerzen.
Ralf ging auf die andere Seite ihres Wagens und öffnete die Beifahrertüre. Dann nahm er die Maske ab. Eine etwa vier Zentimeter große Platzwunde klaffte über seiner linken Augenbraue. Außerdem war sein Auge dick geschwollen. Sein ganzes Gesicht war blutüberströmt, ebenso seine Kleidung. Und jetzt wurde ihm klar, dass er auch im Wagen seine Blutspuren zurückgelassen hatte. So viel zum Thema *Spuren beseitigen*. Jetzt war sein verfluchter genetischer Fingerabdruck im Wagen. Er glaubte nicht, dass es möglich sein würde, das Blut so zu entfernen, dass die Bullen und die Spurenanalytiker nichts mehr finden würden. Und wenn, dann würde er es ganz sicher nicht in der zur Verfügung stehenden Zeit schaffen. Das hieß nichts anderes, als dass er vergessen konnte, sie mit ihrem Wagen nach Würzburg in das Parkhaus zu schaffen. Genauso gut hätte er seinen Personalausweis im Wagen liegen lassen können.
Im Verbandskasten ihres Wagens fand er genügend Material, um sich einen behelfsmäßigen Turban anzulegen. Sie hätte es sicher besser hinbekommen, es war schon fast komisch. Ihm war klar, dass er so nicht weitermachen konnte. Zunächst musste er wieder einigermaßen wie ein Mensch aussehen, sonst würde jeder 99 jährige Graue-Star-Patient Verdacht schöpfen, wenn er in diesem Zustand unterwegs sein würde. Andererseits lief ihm die Zeit davon. Würzburg war gestorben, er musste es anders schaffen, aber es war ihm auch klar, dass er der kranken Schwester im wahrsten Sinne des Wortes weder sein Gesicht zeigen, noch ihr den Rücken zuwenden konnte. Es sei denn, sie würde tatsächlich schlafen...
Genau das war es! Warum war er nicht gleich darauf gekommen?

73.

Er hatte sie getroffen, hart getroffen und im ersten Moment glaubte sie, dass er ihr die Kniescheibe gebrochen hatte. Doch gemessen an ihren Rückenschmerzen vom Vortag war dies gar nichts. Im Gegenteil. Jetzt war sie wieder richtig wach. Und sie hatte das Gefühl, ihm auch einen Schlag versetzt zu haben, von dem sich der Alientyp nur sehr langsam erholte. Offensichtlich hatte er nicht mit ihr gerechnet. Fest stand außerdem, dass das Alien bestimmt für zwanzig Minuten außer Gefecht gesetzt gewesen war. Zwanzig Minuten, in denen sie sich die Seele aus dem Leib geschrieen hatte, leider jedoch ohne Erfolg. Dies bedeutete wohl, dass das Alien sein Raumschiff mit Bedacht geparkt hatte. Offensichtlich wusste der Typ, dass sich auf diesem Anwesen keine Leute herumtrieben, ja sich scheinbar nicht einmal zufällig dort verirrten.

Als er sich zu ihr umgedreht hatte, war sie überrascht über den großen Blutfleck, der sich auf der Kleidung des Typen gebildet hatte und von dem dünnen, aber stetigen Rinnsal unter der Alien-Maske gespeist wurde. Sie hatte ihm zumindest eine große Platzwunde zugefügt. Das Ding müsste eigentlich verarztet werden, das war sicher. Ob Mister Maske wusste, dass sie Krankenschwester war? Seit gut zehn Minuten war er aus ihrem Blickfeld verschwunden, wahrscheinlich deshalb, um sich selbst zu helfen.

Schließlich kam er mit einer kleinen Flasche Mineralwasser und einer Tüte zurück. Es war ein bizarres Bild: die blutverschmierte Alienmaske, in der einen Hand die Flasche und in der anderen die Tüte ... dazu dieser Stimmenverzerrer. Es erweckte fast den Anschein, dass er sie lebend und gut ernährt brauchte. Ob er gerade mit dem Oberalien Kontakt aufgenommen hatte und den Auftrag erhalten hatte, ihren Gesundheitszustand nicht zu gefährden? Petra musste beinahe lachen. Sie hatte Angst, dass der Wahnsinn wieder aus seinem Versteck gekrochen kam.

Dann hättest Du nicht nach mir treten dürfen, Du Irrer, dachte sie und wusste, dass sie nicht weit davon entfernt war, dics auszusprechen.

„Hör auf, Spielchen zu treiben, Schlampe!", sagte der Typ.

„Beim nächsten Mal mach ich Dich fertig. Dann wird es das letzte Mal sein, dass Du etwas zu essen oder trinken bekommst!"

Er warf ihr die Tüte zu und reichte ihr die Wasserflasche.

„Was hast Du mit mir vor?", flüsterte Petra ruhig.

Doch der Maskenmann gab keine Antwort. Er drehte sich um und zog die Garagentür hinter sich zu.

74.

Von Feigen und Feigen
oder Tequila Sunrise

Kurzgeschichte von Ansgar Unger

„Ich hab Feigen mitgebracht, eine ganze Tüte voll. Feigen für die Feigen!", sagte Louis und ließ eine Mischung aus Überheblichkeit und Verachtung in seiner Stimme mitschwingen. Er lächelte und öffnete die Türen seines alten Toyotas. Werft Euer Angelzeug einfach in den Kofferraum und steigt ein. Die Fische warten nicht auf uns."
Jo setzte sich auf den Beifahrersitz, während Pete sich auf den Rücksitz zwängte. Die Beiden nahmen kurz Blickkontakt miteinander auf. Sie schienen das gleiche zu denken, aber niemand gab Antwort. Es war besser so, Louis war offensichtlich noch immer in Hochstimmung.
„Was ist los ihr Bachbremsen, hat es euch die Sprache verschlagen?"
„Schon in Ordnung, Du weißt doch, Reden ist Silber...!", antwortete Pete von der Rückbank.
„Oh, ich muss gleich weinen!", erwiderte Louis und startete den Wagen, „soll ich Euch was sagen Jungs, ich fühle mich einfach gut, so richtig gut! Ist ja auch kein Wunder. Ich konnte mich kaum retten vor lauter Fanpost, wenn ihr versteht, was ich meine!" Er klopfte Jo auf den Oberschenkel.
„Was ist mit Dir, hättest nicht gedacht, dass ich das Ding durchziehe, nicht wahr?"
Jo lächelte ruhig. Er wusste, dass Louis mit Nichtbeachtung am wenigsten umgehen konnte. Wenn er jetzt einen großen Kommentar zu der gestrigen Aktion abgeben würde, dann würde Louis - bis sie am See angekommen waren - einen Monolog darüber halten. Und das konnte eine gute halbe Stunde dauern. Außerdem hatte er eine kleine Überraschung für den selbstgefälligen jungen Mann am Steuer parat. Nein, heute würden andere die Ernte ein-

fahren, feige hin oder Feigen her. Louis würde keinen einzigen Fisch fangen. Dafür würde Jo schon sorgen, und er hatte nicht einmal Pete eingeweiht. Schweigen ist Gold!

„Jo, ich rede mit Dir? Nimm Dir eine Feige und klinke Dich in das Gespräch ein. Wie wäre es mit einer kleinen Huldigung?" Louis ließ nicht locker.
Jo nahm eine der Feigen und reichte Pete die Tüte. Als auch dieser davon kostete, fing Louis an zu lachen!
„Die Feigen essen Feigen!", so ist es richtig.
„Okay Mann, Du warst klasse, der Beste, alles klar!", meldete sich Pete vom Rücksitz.
„Na also, das wollte ich hören und ich bin sicher, Onkel Jo sieht es genauso, habe ich Recht!"
„Na klar, der Kandidat der Woche, keine Frage. Das denken bestimmt auch alle, die Dein Foto im Internet sehen, meinst Du nicht auch? Und wer weiß, vielleicht wird auch der eine oder andere Bulle auf Dich aufmerksam ...!"
„Oh, oh könnte es sein, ich frage nur, könnte es vielleicht sein, dass ich so etwas wie Neid heraushöre?"
Louis lächelte und schaute abwechselnd vom Rückspiegel zum Beifahrersitz.
„Hör zu, Superman, ich meine, es war cool, okay, aber findest Du nicht, dass es an der Zeit ist, wieder auf normal zu kommen?"
„He Jungs, ihr hättet es auch bringen können, ihr auch. Macht bitte nicht mich dafür verantwortlich, dass ihr zu feige wart!"
Jetzt hielt es auch Pete für besser, den Mund zu halten.
„Es wäre ganz einfach gewesen: Ausziehen, auf das Fahrrad setzen und drei Runden um die Lorenzkirche drehen... oder waren es vier?"
„Bestimmt hast Du Dir den Pimmel wund gerieben dabei!", sagte Jo ruhig.
„Woher weißt Du das, hast Du Erfahrung mit Nacktradeln?"

„Was dachtest Du denn?", fragte Jo ruhig, „ich habe das Patent angemeldet."
Es hatte geholfen. Und zumindest für die restliche Strecke schafften es Pete und Jo, die Konversation auf andere Themen zu lenken. Aber den Beiden war klar, dass das Thema Feigheit spätestens am See wieder um Beachtung buhlen würde.

„Ich werde Euch eins sagen, Jungs, es gibt nur Einen, der die wirklich großen Fische an Land zieht, und ich brauche Euch nicht zu sagen, wer das sein wird!", stellte Louis klar, als er den Wagen am Waldparkplatz abstellte und seine Angelausrüstung aus dem Kofferraum nahm.
„Du wirst es sein, oder?", antwortete Jo, und reichte Louis so beiläufig wie möglich die Dose mit den vergifteten Würmern, bei der er vorher das Etikett eingerissen hatte.
„Du sagst es, du sagst es. Ihr werdet sehen, ich werde mich heute wieder einmal selbst übertreffen. Danke für die Würmer. Das Besorgen von Würmern hast Du drauf, Onkel Jo!"
Jo antwortet nicht. Er lächelte nur und reichte auch Pete eine Dose. Zuletzt nahm er seine eigenen Angelutensilien und bahnte sich kommentarlos den Weg zum Steg.
Louis lächelte Pete an.
„Jo hat es eilig, er will der Erste sein. Aber es wird ihm nichts nützen, es wird dem armen Jungen nichts nützen!"
„Halt die Luft an, wir werden sehen!", antwortete Pete und setzte sich neben Jo auf den Steg.
Alle drei warfen ihre Angeln aus und warteten. Selbst Louis hielt sich mit seinen Selbstbeweihräucherungen zurück und richtete seinen Blick auf den See. Der neue Tag erwachte, und man konnte am Horizont den Sonnenaufgang erahnen. Zehn Minuten sprach niemand ein Wort.
Dann flüsterte Pete: „Tequila Sunrise!"
„Was redest Du?", fragte Louis und drehte seinen Kopf in Petes Richtung.

„Tequila Sunrise!" wiederholte Pete, „das ist ein Cocktail!"
„Und?"
„Die Feigen sind intelligent, deswegen sind sie manchmal feige, verstehst Du?", fragte Pete zurück und zauberte damit ein Lächeln auf Jos Gesicht!"
„Ist das irgend so ein Gymnasium-Scheiß?", fragte Louis leicht ungehalten.
„Nein, Sunrise ist Englisch, und das bedeutet Sonnenaufgang." Er deutete in die Richtung, in der die Sonne begann, den neuen Tag zu begrüßen, „da ist mir einfach der Name des Cocktails eingefallen, klar?"
„Klar, ich bevorzuge Bier!", antwortete Louis eine Spur beleidigt, woraufhin Jo in schallendes Gelächter ausbrach.
„Komm wieder runter, Onkel Jo, Du vertreibst die Fische, Mann!"
„Schon klar, Louis Trenker, ich denke nicht, dass es Pete darum ging, seine Vorliebe für Getränke zum Besten zu geben, die Atmosphäre des Morgengrauens, gepaart mit dem Aufgehen der Sonne hat ihn schlicht und ergreifend an einen Longdrink mit dem Namen Tequila Sunrise erinnert!"
„Sülz mich nicht voll, ich will Fische fangen, Alter!"
Jo lächelte, denn er wusste, dass sich heute kein einziger Fisch an Louis' Angel verirren würde.
„Woher weißt Du eigentlich so viel über Cocktails und so?", fragte Louis einige Minuten später.
„Meine Schwester jobbt in einer Bar!", antwortete Pete.
„Cool, mixt sie auch Cocktails?", fragte Jo.
„Manchmal, aber meistens bedient sie!"

Wieder vergingen einige Minuten, in denen die drei regungslos auf dem Steg saßen. Es lag Jo auf der Zunge, Louis auf sein fehlendes Anglerglück und das Nichteintreffen seiner Vorhersagen anzusprechen, aber er beschloss, noch etwas zu warten.

„Wusstet ihr eigentlich, dass es einen Schnaps gibt, der oft mit Tequila verwechselt wird und Mescal heißt?", fragte Pete.
„Keine Ahnung, Mann. Klär uns auf, aber mache es kurz!", raunte Louis und bewegte seine Angel hin und her.
„Also gut, dann will ich Euch mal über die vier Irrtümer des Tequilas aufklären: 1. Tequila wird nicht von Kakteen, sondern von einer Pflanze mit Namen Agave gewonnen. 2. Man muss Tequila nicht unbedingt mit Salz und Zitrone trinken und wenn man so verfährt, ist die Reihenfolge völlig egal. 3. Tequila muss nicht aus einer Flasche kommen, die einen roten Sombrero-Verschluss hat. 4. Man schreibt Tequila mit nur einem „l"!"
„Wie interessant, und was soll das jetzt?", fragte Louis, ohne den Blick von seiner Angel zu nehmen.
„Du wolltest, dass ich Dich aufkläre, aber ich sollte es kurz machen. War es zu kurz für Dich?"
Wieder lächelte Jo. Langsam wurde es Zeit.
„Scheinbar wollen die Fische nicht so, wie Du willst, was?", fragte er ruhig
„Halt die Luft an. Wir unterhalten uns in zehn Minuten, dann wollen wir sehen, wer Mobby Dick gefangen hat!"
„Also, mein nacktradelnder Biertrinker. Es gibt da den kleinen Bruder des Tequilas, namens Mescal. Sieht ähnlich aus, schmeckt wohl auch ähnlich. Ist aber eine Spur spezieller!", sagte Pete ruhig.
„Spann mich nicht auf die Folter!"
„Im Mescal ist der Wurm drin!"
„Alles klar, ich habe verstanden!", giftete Louis und zog seine Angel aus dem See.
„Wahrscheinlich sind die Fische weiter draußen!", flüsterte er und warf den Haken so weit er konnte auf den See hinaus.
„Ja, Mann, das habe ich auch schon gehört. Da schwimmt tatsächlich ein Wurm auf dem Grund der Flasche!", sagte Jo.
Erst jetzt verstand Louis und richtete seinen Blick abwechselnd auf seine beiden Freunde.

„Ihr verarscht mich, Leute, oder? Welcher normale Mensch trinkt ein Gesöff, in dem ein Wurm schwimmt?"
„Weißt du was, die Leute trinken nicht nur aus der Flasche, derjenige, der das letzte Glas aus einer Flasche Mescal abbekommt, lässt es sich in der Regel auch nicht nehmen, den Wurm, dick und fett wie er ist, zu verspeisen!"
„Erzähl es einem anderen, ich bin vielleicht nicht so schlau wie ihr, aber Deine *Gute-Nacht-Geschichten* kannst Du anderswo loswerden!", antwortete Louis.
„Ich kann es nachvollziehen, alter Nacktradler, ich hab auch so reagiert. Aber ich habe mich im Internet schlau gemacht. Und es stimmt. Ich kann Dir auch sagen, warum der kleine fette Wurm so begehrt ist ... er soll den großen Wurm des Verzehrers aufrichten, wenn Du verstehst, was ich meine!"
„Wurm Viagra!", brachte es Jo auf den Punkt.
„Keine Ahnung, was ihr euch zusammenspinnt, aber auf diesen Zauber falle ich ganz bestimmt nicht rein!"
„Louis, ganz ehrlich, ich hätte es auch nicht geglaubt, aber meine Schwester hatte vor ein paar Wochen Fotos von einem Typen in der Bar dabei, der den Wurm gerade auf einem silbernen Tablett serviert bekam. Zusammen mit dem letzten Mescal aus der Flasche, versteht sich!"
„Und?", fragte Louis
„Er hat ihn gegessen! Und noch am selben Abend Zwillinge gezeugt!"
Dieses Mal lachten alle drei.
Dann vergingen wieder einige Minuten ohne jegliche Unterhaltung.

„Gut Jungs, dann ist es wohl an der Zeit für unser beliebtes Spiel: Bist Du feige?"
Ohne lange zu überlegen, nahm er einen vergifteten Wurm aus seiner Dose und lächelte.

„Na, wer von Euch würde sich trauen, einen dicken, fetten Wurm hinunterzuschlingen? Wenn ihr wollt, dann mache ich es Euch einmal vor ..."

Ende

Andreas legte die Geschichte auf seinen Schreibtisch. Andreas gefiel sie, auch wenn sie sehr dialoglastig war. Aber darum ging es nicht. Es war ein klassisches Outing. Oder konnte es Zufall sein? War es tatsächlich Ansgar Unger, der die ganze Show mit der Entführung abzog? Es war bereits nach 24 Uhr, ein neuer Tag war angebrochen. In wenigen Stunden würde er Petra wieder haben. Wie um alles in der Welt kam Ansgar Unger auf solche Gedanken. Und warum verpackte er das alles noch in eine verschlüsselte Botschaft? Spielte er mit ihm? Hatte er keine Ahnung, dass damit sein Schicksal besiegelt war? Jetzt war Andreas froh darüber, dass er Auer von Ansgar und dem Konflikt im Klassenzimmer erzählt hatte. Und wenn die Polizei Ansgar bewachte, dann würden sie ihn in nur wenigen Stunden dingfest machen. Das passte aber alles irgendwie nicht zu dem Jungen, den Andreas bisher für von Grund auf ehrlich gehalten hatte. Konnte es sein, dass die Geschichte einfach nur ein Zufallsprodukt war? Da wurde jemand zufällig vergiftet, das war doch wohl die Botschaft der Story. Oder wollte Ansgar ihm einfach nur noch einmal sagen, dass er es war, der Bescheid wusste und einfach nur eine bizarre Art von Gerechtigkeit einforderte. Gerechtigkeit, die letztlich in einem gegenseitigen Schweigegelübde besiegelt wurde. Ich weiß, was Du getan hast, Du weißt was ich getan habe, aber niemand wird jemals etwas davon erfahren. Das konnte durchaus im Bereich des Möglichen sein, aber warum wollte der Junge dann, dass sich Andreas der Polizei offenbarte? Schließlich musste er doch damit rechnen, dass die Polizei Ermittlungen anstellen würde. Und diese Ermittlungen würden spätestens dann vertieft werden, wenn Petra wieder frei war.
Wenn Petra wieder frei war.
Der letzte Gedanke verhallte irgendwo in seinem Kopf.
Wenn.
Und wenn nicht?
Was war, wenn der Junge nur bluffte. Konnte er tatsächlich so naiv sein, zu glauben, er würde noch immer am längeren Hebel sitzen? Die Fakten waren wohl nicht von der Hand zu weisen, und insofern war Andreas froh, dass Ansgar Unger observiert wurde. Das war gut, und wenn alles glatt lief, war der Spuk morgen früh vorbei. Was aber war, wenn nicht alles glatt

lief, oder wenn Ansgar Unger der Sache nicht gewachsen war und die Nerven verlor? Andreas schüttelte den Kopf. Eigentlich traute er es dem Jungen wirklich nicht zu. Er musste jetzt warten auf morgen und durfte dabei auf keinen Fall selbst die Nerven verlieren. Was auch immer der Sinn dieser Kurzgeschichte war, er konnte einfach nicht glauben, das Ansgar etwas mit Petras Entführung zu tun hatte. Es brachte ihn nicht weiter, sich mit derartigen Vermutungen den Kopf zu zermartern. Das Korrigieren der Kurzgeschichten hatte ihn wenigstens ein bisschen abgelenkt und ihm geholfen, auf andere Gedanken zu kommen. Er schrieb eine kurze Beurteilung auf Ansgars Geschichte und legte sie nachdenklich auf den Stapel der korrigierten Arbeiten. Dann griff er nach der nächsten Geschichte. Er sehnte sich nach Petra.

75.

Er nahm die Maske ab und spürte sofort, dass die Schwellung über seinem Auge noch größer geworden war. Mit Sicherheit würde auch ein Veilchen zurück bleiben. Aber das größere Problem war die Platzwunde. Der behelfsmäßige Verband, der die Bezeichnung Turban eigentlich nicht verdiente, konnte die Blutung zwar eindämmen, war jedoch bereits durchgeweicht. Diese Schlampe hatte ihn getroffen. Aber wenn er zurückkam, würde sie schlafen, dann konnte er die Sache durchziehen, egal wie. Jespers Dormicum-Saft würde sie bis dahin in das Reich der Betäubten geschickt haben. Das Wichtigste war jetzt, dass er die Nerven behielt. Er musste ruhiger werden, sonst konnte alles den Bach runter gehen. Es blieb ihm keine andere Wahl, er musste sich in seinem Zustand in den Leihwagen setzen, und zwar, ohne irgendwelche Blutflecken zu hinterlassen. In der zweiten Garage fand er eine Abdeckplane, die er auf den Fahrersitz des Wagens legte. Im Gegensatz zu dem Sitzpolster, würde sich die Plane leicht abwischen lassen. Er betrachtete sein Gesicht im Rückspiegel - es war das eines gezeichneten Boxers. Dafür hatte sie eigentlich den Tod verdient.
Er wusste, dass es nur einen Menschen gab, der ihm jetzt helfen konnte. Natürlich hatte er die Nummer von Dr. Maier nicht in seinem Handy gespeichert, weshalb auch? Er schaute auf die digitale Anzeige des Armaturenbretts: 23.09 Uhr. Er musste den Doktor besuchen.
Gute zehn Minuten später hatte er Doktor Maiers Haus im Stadtteil Ebensee erreicht. Dr. Maier war wohl der einzige Mensch, der Ralf Sommer wirklich etwas bedeutete. Er hatte Respekt vor ihm und zählte auf das Ur-

teil des Arztes. Dies hatte vor allem damit zu tun, dass der Doktor bei Ralf, als dieser acht Jahre alt war, eine Hirnhautentzündung im Frühstadium richtig diagnostiziert und ihm so vermutlich das Leben gerettet hatte. Der frühere Hausarzt der Familie hatte eine leichte Grippe diagnostiziert, und die Familie wieder nach Hause geschickt. Aber Doktor Maier, den die Familie noch in der Nacht kontaktierte, als das Fieber nicht heruntergegangen war, hatte Ralf eingehender untersucht. Dabei hatte er den Zeckenbiss in Ralfs Achselhöhle entdeckt und sofort die richtigen Schlussfolgerungen gezogen. Heute war Doktor Maier schon 61, und Ralf wusste nicht, ob er auch jetzt noch kurz vor Mitternacht für ihn Zeit haben würde.

Nach dem fünften Läuten sah er, dass im oberen Stock des Hauses das Licht anging. Einige Sekunden später hörte er Doktor Maiers müde Stimme in der Sprechanlage:

„Ja, wer ist da? Haben Sie eine Ahnung, wie spät es ist?"

Ralf wusste, dass er jetzt die richtigen Worte finden musste.

„Hier ist Ralf Sommer, Herr Doktor. Es tut mit Leid, ehrlich, aber ich hatte einen Unfall. Bitte helfen Sie mir!"

Ohne zu antworten, betätigte der Arzt den Türöffner.

Es war fast halb zwei, als Ralf wieder auf dem Gelände des Hauses der toten Kühe war. Doktor Maier hatte ihn wieder hinbekommen. Die Platzwunde wurde mit 5 Stichen genäht, er hatte ihm das Gesicht gewaschen und eine Salbe auf das Auge aufgetragen, um die Schwellung und den damit verbundenen Bluterguss zu lindern. Auf dem Rückweg zur Garage hatte Ralf noch zu Hause Station gemacht, um sich frische Kleider anzuziehen und die Alienmaske zu waschen. Außerdem nahm er einen weiteren Eimer, eine Flasche Spiritus und einen Schwamm mit. Jetzt war er endlich wieder bereit. Die Aktion hatte ihn viel Zeit gekostet, aber er hatte so auch genügend lange die Möglichkeit zum Überlegen gehabt. Je länger er sich damit beschäftigt hatte, desto mehr war die Erkenntnis in ihm gereift, dass er an seinem Würzburg-Plan festhalten musste. Die Alternative wäre gewesen, den Wagen der kranken Schwester anderweitig zu entsorgen, und dazu fehlte ihm die Erfahrung. Sicher, er hätte das Auto mit Benzin übergießen können, aber das klappte nur in Filmen problemlos. Die Würzburg-Variante hatte er durchdacht und geplant. Der einzige Haken waren die Blutflecken im Wagen der Schwester. Doch just in dem Moment, als Doktor Maier ihm gerade das Gesicht gewaschen hatte, war ihm endlich die Lösung eingefallen. Im Grunde genommen war es einfach, man musste nur darauf kommen. Doch bevor er zu euphorisch wurde, musste er die Voraussetzungen überprüfen.

Als er die Garagentür öffnete, leuchtete er wieder zunächst die Schwester ab. Sie schlief, aber das hatte sie beim letzten Mal auch getan. „Scheiß-Biest!", flüsterte Ralf durch den Stimmenverzerrer. Er näherte sich ihr und rüttelte an ihrem Arm. Keine Reaktion. Dann kniff er sie in den Oberarm - nichts. Er leuchtete auf die Mineralwasserflasche: leer. Dormicum macht's möglich. Dann leuchtete er ihren Wagen nach Blutspuren ab: Nicht optimal, aber machbar. Ein wenig Erleichterung machte sich in ihm breit. Es zahlte sich aus, dass sozusagen ein Duplikat ihres Wagens vor der Tür parkte. Zunächst füllte er den Eimer in der Nebengarage mit Wasser und gab einen großen Spritzer Spiritus dazu. Damit entfernte er die Blutspuren der Tür auf der Fahrerseite. Wie er vermutet hatte, war im Innenbereich hauptsächlich die Fußmatte blutgetränkt. Die war natürlich leicht austauschbar. Er hielt es für besser, auch die Matte der Beifahrerseite auszutauschen. Kein Mensch würde merken, dass die Fußmatte nicht dieselbe war. Nicht einmal Fettsack Kruse würde es bemerken, dafür würde Ralf ihn weiter mit Wein und platten Lobpreisungen im Namen seines Vaters schmieren. Aber Ralfs weitere Befürchtung bewahrheitete sich: Der Fahrersitz war auch mit Blut beschmiert. Er versuchte es zunächst mit der Spirituslösung, aber dadurch wurden die Flecken sogar noch größer. Bevor er mit der Ausbauaktion begann, suchte er mit der Taschenlampe noch den Bereich unterhalb des Fahrersitzes ab. Nichts. Das Blut hatte sich auf dem Sitz verteilt, nicht besonders schön, aber es hätte noch schlimmer kommen können.

Vor einem guten Jahr hatte er in den Osterferien ein paar Tage in der Werkstatt ausgeholfen, weil dies sein Vater so gewollt hatte. Das kam ihm jetzt zu Gute. Denn er wusste, dass der Ausbau des Sitzes eine Tortur sein konnte, wenn man es ungeschickt anstellte. Nicht etwa die Schrauben, die es zu lösen galt, waren das Problem, sondern der Gurtstraffer und dessen Kabelsteckverbindung, die man unbedingt vorher entfernen musste. Daran konnte sich Ralf glücklicherweise noch erinnern und so war es ihm nach einer guten halben Stunde gelungen, den blutverschmierten Sitz des Wagens der kranken Schwester fachmännisch auszubauen.

Kurz nach 3 Uhr war er fertig. Die Fahrersitze der beiden Autos waren erfolgreich getauscht worden. Ebenso deren Nummernschilder. Und so hatte es zwar länger gedauert als vorgesehen, aber schließlich hatte er dem Wagen der kranken Schwester eine neue, blutfleckenlose Identität gegeben. Er war wieder im Rennen. In gut drei Stunden würde die Löwen-Nachricht über den Äther gehen, und dann war der Spuk vorbei.

Ralf war zu aufgedreht, um noch eine Stunde zu schlafen. Außerdem würde seine Wunde sicher schmerzen. Und dann gab es noch die Vision der absoluten Blamage, das Auftreten des Versagers schlechthin: Er hätte alles verschlafen können. Deshalb entschloss er sich, den Weg nach Würzburg bereits jetzt anzutreten. Außerdem war die Gefahr, in eine Polizeikontrolle zu geraten, nachts möglicherweise nicht so hoch. Nicht dass ihm dies etwas ausgemacht hätte. Selbst wenn ihn die Polizisten angehalten hätten, er war in einem registrierten Fahrzeug mit einwandfreien Nummernschildern. Sicher würde der Wagen der kranken Schwester in irgendwelchen polizeilichen Computern registriert sein, sicher würde man auch die Augen nach diesem Wagen offen halten. Aber nicht, wenn er ein Nummernschild hatte, das einen Wagen des gleichen Modells identifizierte. Nein, ganz sicher nicht. Und nun kam ein weiterer Vorteil des Nachtfahrens zum Tragen: Keinem Polizisten der Welt würde auffallen, dass dieser Wagen etwas zu dunkel war, als es der Fahrzeugschein eigentlich auswies. Und so war es keine Polizeistreife, die dafür verantwortlich war, dass Ralf kurz vor der Autobahnausfahrt Geiselwind noch ein weiteres Mal von Panik erfüllt wurde.

76.

Volker Zeissner wusste, dass das, was vor ihm lag, ein gewisses Restrisiko barg, aber das war immer so, wenn es um ein Live-Interview ging. Es gab außer ihm niemand im Sender, der wusste, dass das Interview sich auf eine Eilmeldung beziehen würde, die schlichtweg frei erfunden war. Das Interview war arrangiert und nichts weiter als eine verschlüsselte Botschaft, allerdings nicht für den Moderator. Volkers langjährige Erfahrung und sein Bauchgefühl sagten ihm, dass es richtig war, den Moderator nicht im Vorfeld über den wahren Beweggrund des Interviews zu informieren. Man tat journalistisch normalerweise dann den besten Job, wenn dieser Job authentisch war. Handelte es sich um ein abgekartetes Spiel, beispielsweise wenn man bei einem Interview genau vorgegeben bekam, welche Fragen man stellen durfte, dann kam dabei meistens irgend ein nichtssagender Einheitsbrei heraus. Hinzu kam, dass Volker bereits während des ersten Gesprächs mit Franz Käferlein gespürt hatte, wie ernst die Situation war.
Der Entführer hatte das Interview für etwa 6.15 Uhr gefordert. Die Studiouhr zeigte 5.50 Uhr, und Volker wusste, dass es langsam an der Zeit war, die vermeintliche Eilmeldung an seinen Moderator, der per Kopfhörer mit ihm verbunden war, weiterzuleiten. Tim Schulze, so hieß der Moderator,

sagte gerade den nächsten Musiktitel an. Als das Lied anlief, meldete sich Volker auf dem Kopfhörer des Moderators.
„Tim, hier ist gerade eine kleine Bombe reingekommen...!"
„Schieß los...", forderte Schulze auf, der seinen Drehstuhl in Richtung Glasscheibe bewegte, um mit dem dahinter sitzenden Volker Zeissner Blickkontakt aufzunehmen.
„Im Tiergarten von Nürnberg wurde ein Löwe vergiftet!"
„Wie war das?" Volker sah dem jungen Moderator an, dass er ihm die Geschichte abkaufte. Gut so.
„Ein Pfleger hat das Tier vor gut einer Stunde gefunden. Das war wohl eher Zufall, denn der hätte normalerweise noch gar nicht da sein müssen ...!"
„Blöde Frage, aber ist der Löwe tot?"
„Kann man so sagen ...! Pass auf, ich werde versuchen, den Direktor des Tiergartens zu erreichen, den könntest Du dann nach den 6-Uhr Nachrichten interviewen, was hältst Du davon?"
Tim hob den Daumen.
„Wie kann es denn so etwas geben, welcher Irre macht so etwas?", fragte er.
„Ich weiß es nicht, keine Ahnung, aber das kannst Du ja später den Direktor fragen! Warte mal kurz, ich habe ihn gerade in der Leitung!"

Tatsächlich telefonierte Volker gerade mit Leo Mücke. Dabei ging es jedoch nicht darum, vermeintliche Einzelheiten des Tathergangs zu eruieren, sondern Mücke noch einmal die letzten Instruktionen zu geben.
„Guten Morgen, Herr Mücke, ich denke jetzt wird es langsam ernst!", sagte Volker Zeissner ruhig.
„Ja, das wird es wohl, ich hoffe nur, dass es kein Fehler ist!"
„Keine Sorge, es geht schlicht und ergreifend um die junge Frau. Sie brauchen keine Bedenken zu haben, wir werden die Sache in spätestens einer Stunde richtig stellen!"
„Mir ist trotzdem nicht wohl bei der Sache, Sie wissen ja, was vor einigen Jahren mit den Eisbären...!"
Volker hatte geahnt, dass Mücke darauf zu sprechen kommen würde. Franz Käferlein hatte ihn gestern in ihrem zweiten Telefongespräch schon darauf vorbereitet.
„Keine Bange, ich glaube, wenn Sie mithelfen, diesen Irren dingfest zu machen, da wiegt dies alles wieder auf. Die Bevölkerung wird es sehr positiv aufnehmen, glauben Sie mir!"
„Ich hoffe, Sie haben Recht!"

„Das denke ich schon. Haben Sie noch Fragen wegen des Interviews, Herr Mücke?"
„Nein, die Beamten haben mir gestern noch einmal einige Tipps gegeben, wichtig ist wohl, dass es authentisch rüberkommt!"
„Genau, das ist ganz wichtig, versuchen Sie so zu wirken, als hätten Sie gerade erst davon erfahren, machen Sie einen gefassten Eindruck, wie ein Profi. Sie müssen auch noch gar keine Details abgeben!"
„Ja, das ist in Ordnung! Und wie ist es mit dem Moderator, der weiß von nichts, oder?"
„Genau, er wird denken, alles sei authentisch. Ich muss ihm später beibringen, dass alles nur gestellt war, auch nicht gerade einfach!"
„Warum wurde er nicht informiert?", wollte Mücke wissen.
„Das Hauptargument war einfach: Man wollte ausschließen, dass im Vorfeld irgendetwas durchsickert. Der Typ, der die Frau entführt hat, soll im Glauben gelassen werden, er habe alles im Griff!"
„Na schön. Wann geht es los?"
„Die Nachrichten laufen gerade im Hintergrund. Dort wird man nichts darüber berichten. Ich werde Sie jetzt zu unserem Moderator Tim Schulze durchstellen, und in etwa acht Minuten werden Sie dann draufgeschaltet!"

Als der Nachrichtensprecher fertig war und Tim über die morgendlichen Verkehrsstörungen informiert hatte, spielte er zunächst noch einen Song. Zu dieser Zeit wartete bereits der Tiergartendirektor auf das Telefoninterview. Nach dem Song moderierte Tim das Ereignis am Tiergarten an:
„Ja, liebe Hörerinnen und Hörer, jetzt bin ich ja auch nicht mehr ganz neu im Geschäft, aber manchmal gibt es Sachen, da kann man nur noch mit dem Kopf schütteln. Wir haben soeben eine Eilmeldung aus Nürnberg erhalten, dort ist in der vergangenen Nacht im Tiergarten ein Löwe vergiftet worden. Unbegreiflich, nicht wahr? Ich habe jetzt den Direktor des Tiergartens am Telefon, Herrn Leo Mücke, bei dem ich mich an dieser Stelle schon einmal sehr herzlich dafür bedanken möchte, dass er sich unseren Fragen stellt. Herr Mücke, können Sie unseren Hörern vielleicht kurz schildern, was genau passiert ist?"
„Ich kann im Moment eigentlich nur so viel sagen, dass einer unserer Löwen, der 13-jährige King vor einer guten Stunde von einem Pfleger tot im Gehege gefunden wurde. Das Tier wurde sofort zur Obduktion freigegeben, aber man kann mit einer an Sicherheit grenzenden Wahrscheinlichkeit davon ausgehen, dass King vergiftet wurde!"
„Kann man jetzt schon sagen, dass dies mit Vorsatz geschehen ist oder ist es vielleicht auch denkbar, dass der Löwe etwas Falsches gefressen haben könnte?", fragte Tim Schulze nach.

„Es ist davon auszugehen, dass die Tat vorsätzlich durchgeführt wurde!"
„Haben Sie schon Erkenntnisse darüber, womit der Löwe vergiftet wurde, oder wer als Täter in Frage kommen könnte?"
„Wissen Sie, die Tat ist uns erst seit gut einer Stunde bekannt. King wird von unseren Veterinären untersucht, es sind noch einige Tests nötig, um die Substanz zu identifizieren, an der King verendet ist. Erst nachdem die toxikologischen Ergebnisse vorliegen, kann man sich damit beschäftigen, wer als Täter in Frage kommen könnte. Es ist jedenfalls an dieser Stelle völlig abwegig, irgendwelche Spekulationen zu machen."
„Hat der Löwe denn das Gift mit dem Futter aufgenommen?"
„Auch darüber gibt es noch keine Erkenntnisse. Wenn es über das Futter aufgenommen wurde, dann müssten die anderen Löwen eigentlich auch davon betroffen sein, dem ist allerdings glücklicherweise nicht so!"
„Herr Mücke, welche Konsequenzen ergeben sich aus diesem tragischen Fall?"
„Das ist mit sehr großer Wahrscheinlichkeit die Tat eines Verrückten, der allerdings auch, ich sag mal, über ein gewisses Know-how verfügen musste. Was letztendlich die Motive waren, darüber ließe sich zum jetzigen Zeitpunkt allenfalls spekulieren, und, wie ich schon sagte, bringen uns Spekulationen an dieser Stelle nicht weiter. Im Gegenteil!"
„Könnte es sein, dass jemand als Täter in Frage kommt, der im weitesten Sinne mit dem Tiergartenpersonal in Verbindung gebracht werden kann?"
„Man kann natürlich nichts ausschließen, aber ich möchte mich, um es nochmals zu betonen, nicht an Spekulationen beteiligen!"
„Das ist natürlich verständlich. Was bedeutet dies jetzt für den Tiergarten Nürnberg?", hakte Tim Schulze nach.
„Ich muss gestehen, dass ich Ihre Frage nicht verstehe, Herr Schulze!" Mücke klang etwas genervt.
„Ich könnte mir vorstellen, dass sich die Besucher vielleicht Sorgen machen!"
„Nun, die Besucher brauchen sich keine Sorgen zu machen, es wird alles für ihre Sicherheit getan. Was heute passiert ist, ist einmalig in der Geschichte des Tiergartens Nürnberg. Deshalb haben wir uns auch entschlossen, den Tiergarten später planmäßig zu öffnen!"
„Herr Mücke, ich bedanke mich für das Gespräch und wünsche Ihnen viel Erfolg bei der Aufklärung dieses sehr bedauerlichen Falles. Das war Leo Mücke, Direktor des Nürnberger Tiergartens, in dem vor einer guten Stunde ein vergifteter Löwe im Gehege gefunden wurde!"

77.

Er hatte an alles gedacht: Identität des Wagens, sämtliche Spuren waren verwischt, er hatte sich gut getarnt, trug Handschuhe, die kranke Schwester lag auf dem Rücksitz, so dass man sie nicht sah, wenn man an ihm vorbeifuhr. Aber dann sah er im Rückspiegel, dass ihre Finger zuckten. Kein Zweifel, sie wachte auf. Instinktiv berührte er seine genähte Wunde, eine Trophäe seiner Unprofessionalität. Jesper hatte ihm mitgeteilt, sie würde sich nach dem Aufwachen an nichts mehr erinnern können, und dies war auch beim ersten Mal so gewesen. Aber er musste einfach sicherstellen, dass sie noch ein paar Stunden weggetreten war. Sie durfte jetzt noch nicht aufwachen, und nicht nur deshalb, weil sie unberechenbar war. Sie sollte erst zu sich kommen, wenn er sich aus dem Staub gemacht hatte und das Interview längst über den Äther gegangen war.

„Verfluchtes Biest, ich hätte Dir ganz das Licht ausknipsen sollen!", fluchte Ralf, die Gürtelschnalle. Er hatte nicht viel Zeit zum Überlegen, es waren noch gut 30 Kilometer bis Würzburg. Die Uhr zeigte 4.11 Uhr. Er setzte den Blinker und fuhr an der Ausfahrt Geiselwind von der Autobahn ab. Er fand einen Parkplatz an einem LKW-Rasthof. Es war keine Menschenseele zu sehen.

„Jetzt nicht noch einen Fehler machen!", flüsterte er und nahm eine weitere Mineralwasserflasche aus seinem Rucksack. Dann holte er die Spritze und den Dormicum-Saft. Zum dritten Mal mischte er jetzt den Schlaftrunk, er hatte langsam genug. Viel lieber hätte er ihr jetzt Schmerzen zugefügt. Große Schmerzen, schließlich hatte sie es verdient. Er betrachtete sie vom Fahrersitz aus. Ihr rechtes Augenlid zuckte. Ob sie es wohl spüren würde, wenn er ihr ein Auge herausreißen würde? Im Grunde genommen war dies eine geniale Idee: Wenn er ihr beide Augen herausriss, konnte sie auch aufwachen, sie würde ihn nicht erkennen. Er konnte ja die beiden Augen auf das Armaturenbrett legen ... Der Gedanke faszinierte ihn. Aber das ging nicht, schließlich war er ein Profi. Das Entfernen der Augen würde den Wagen ein weiteres Mal verunreinigen.

„Nein, vielleicht ein anderes Mal", flüsterte er und füllte den Inhalt der Spritze in die Mineralwasserflasche. Dann wurde ihm klar, dass die Schwester zwar langsam aufwachte, aber keinesfalls imstande war, das Mineralwasser selbst zu trinken. Es blieb ihm also nichts anderes übrig - er musste ihr das Zeug irgendwie selbst einflößen. Er setzte sich zu ihr auf die Rückbank und legte ihren Kopf auf seine Oberschenkel. Dieses Mal sah er das Zucken hinter ihren beiden Augen. Es sah aus, als würde sie träumen. Auch ihre linke Hand bewegte sich, die Schwester kam zu sich. Er hatte nicht die Nerven zu warten, bis sie die Augen öffnete. Deshalb hob er ihren

Kopf und führte die Flasche an ihren Mund. Er kippte die Flasche leicht, keine Chance. Das Wasser lief unkontrolliert über ihr Kinn auf Ralfs Hose.
„Scheißschwester, trink!"
Auch beim zweiten Mal hatte er keinen Erfolg, wieder lief das Mineralwasser über das Kinn der kranken Schwester.
„Wenn Du nicht trinkst, nehme ich Dir ein Auge weg!"
Er drückte ihre Nase zu. Nach einigen Sekunden öffnete sie Augen und Mund und schnappte nach Luft. Sie hustete kurz. Dann führte Ralf zum dritten Mal die Flasche an ihren Mund. Dieses Mal klappte es, sie schluckte, wobei ihre Augen noch immer geschlossen waren.
„Gut so, zieh es Dir rein, Schwester!"
Ralf hatte keine Ahnung, ob dies Zufall war oder irgendwelche körperliche Abläufe der menschlichen Anatomie dafür verantwortlich waren - Fakt war, dass der Nasentrick sein Ziel erfüllte. Nach gut zehn Minuten hatte sie fast die ganze Flasche ausgetrunken. Er musste kurz daran denken, wie sie sich vollgepinkelt hatte ...und wenn schon, sie konnte auch pinkeln, so lange sie nicht auf seine Hosen pisste. Schließlich war es ihr Wagen. Gute zehn Minuten später hatten die Zuckungen hinter Petras Augen wieder aufgehört. Jespers Mischung zeigte wieder Wirkung. Nachdem Ralf alle Utensilien in seinem Rucksack verstaut hatte, setzte er sich erneut hinter das Steuer des Wagens.
„Einmal Würzburg? Wie Sie wünschen, gnädige Frau!", sagte er ruhig und startete den Wagen.

Zwanzig Minuten später nahm er die Ausfahrt Rottendorf und setzte seinen Weg auf einer zweispurigen Bundesstraße fort. Es war 5.17 Uhr und noch zu früh, als dass der morgendliche Pendlerverkehr Ralfs zeitliche Planungen noch hätte aus dem Ruder laufen lassen können. Petra lag regungslos auf dem Rücksitz. Obwohl Ralf die ganze Nacht kein Auge zugemacht hatte, sorgte das Adrenalin in seinen Adern dafür, dass er nicht müde wurde. Bald hatte er es geschafft. Sein erster großer Coup war dann vollbracht und Schramm hatte seine gerechte Strafe erhalten. Ralf zweifelte nicht mehr daran, dass Schramm die Bullen tatsächlich verständigt hatte. Dieser Irre war selbst Schuld, er hätte es auch einfach haben können, wenn er sich gleich gestellt hätte. Eine Polizeistreife kam ihm auf der anderen Seite entgegen. Aber diese Amateure hatten keine Ahnung, wer hier auf der anderen Seite der Leitplanke an ihnen vorbeifuhr. Ralf bedauerte es fast ein wenig, dass sie keine Notiz von ihm nahmen. Armselige Stümper.
„He was ist, wollt ihr mich nicht anhalten! Das könnte Euer großer Tag werden, Freunde!"
Aber der Streifenwagen fuhr einfach weiter.

„Selbst Schuld, ihr zweitklassigen Penner", flüsterte er. Im Rückspiegel sah er, dass Petra sich nicht regte. Es sah so aus, als hätte er alles richtig gemacht. Er nutzte die restlichen Minuten auf dem Weg zum Parkhaus dazu, sich einen Plan für den Tag zurechtzulegen. Das Wichtigste war, dass er nicht auffiel, was bedeutete, dass er ganz normal zur Schule gehen musste, auch wenn er noch so müde war. Vorher musste er den Wagen noch bei Fettsack Kruse abgeben. Da hieß es, die Sache mit dem Blutfleck zu erklären. Und hier war ein weiteres Problem, das gelöst werden musste: Er musste sich eine plausible Erklärung für seine Kopfverletzung einfallen lassen. Aber ansonsten war die Aktion wohl durch. Die kranke Schwester würde sich an nichts mehr erinnern können. Und selbst wenn sie die eine oder andere vage Erinnerung an all das hatte, es würde ihr nicht viel bringen, denn er hatte sämtliche Spuren verwischt.

Endlich hatte er das Parkhaus erreicht. Er steuerte den Wagen der kranken Schwester in den zweiten Stock zu den Dauerparkplätzen. Dabei hatte er Glück, denn neben seinem Golf war noch eine Parklücke frei. Gleich hatte er es geschafft. Er nahm die Nummernschilder der kranken Schwester aus dem Kofferraum und vertauschte sie mit denen des Leihwagens. Dann nahm er seinen Rucksack zusammen mit dem silbernen Koffer aus Petras Wagen und verstaute beides in seinem Golf. Noch immer hatte er die Handschuhe nicht ausgezogen. Er dachte auch daran, den Schlüssel im Wagen der Schwester stecken zu lassen, so konnte sie selbst den Heimweg antreten. Aber zunächst musste noch die Radiosache laufen. Er legte den Rückwärtsgang ein und steuerte seinen Golf in eine Lücke, die um einiges vom Wagen der Schwester entfernt war, von wo er ihren Wagen dennoch immer im Blick haben würde. Zwölf Minuten später wurde das Tiergartendirektor-Interview anmoderiert. Ralf Sommer lächelte.
„Das war's, kleine Schwester, das war's. Hättest Du alles viel einfacher haben können, bedanke Dich bei Deinem kleinen Versager. Fahr langsam, kleine Schwester!", flüsterte er und startete seinen Wagen.

78.

Pedro Veronese hatte sich vor drei Monaten vorgenommen, einen Marathon zu laufen, und seitdem trainierte der gebürtige Italiener mit dem fränkischen Dialekt fast täglich dafür. Meistens war er mit Peter Lippmann unterwegs, den er schon seit seinem 14. Lebensjahr kannte, seit sie damals in der Realschule nebeneinander gesessen hatten. Die beiden hatten schnell

gemerkt, dass sie außer den gleichen Vornamen noch viele Gemeinsamkeiten hatten. Dazu gehörte seit einigen Jahren auch die Verbundenheit zum Ausdauersport im Allgemeinen und dem Laufen im Besonderen. So traf es sich sehr gut, dass auch Peter sich auf das Marathonprojekt eingelassen hatte. Es war erst kurz nach 6 Uhr und der größte Teil Nürnbergs schien noch zu schlafen, als die beiden, von Ebensee kommend, den Wöhrder See entlang liefen. Peter war noch müde und so hielt Pedro im Grunde genommen einen Monolog. Es ging um das Schafkopfen. Pedro berichtete von einem Computerprogramm, mit dem man das in Franken äußerst beliebte Kartenspiel sehr gut alleine spielen konnte.
„Man kann den drei virtuellen Mitspielern auch Namen vergeben. Und die reden sogar. *Mit der Grünen!* und so, nicht schlecht, sag ich Dir!"
Peter lächelte.
„Ich kann Dir das Spiel besorgen, wenn Du willst, ist kein Problem!"
„Ne, lass mal, ich spiele liebe mit Menschen!"
„Ich auch, klar, aber es macht trotzdem ...!"
Und dann hörte Pedro auf zu sprechen.
„Es macht trotzdem ...", hakte sein Freund nach.
Aber Pedro gab keine Antwort und verlangsamte das Tempo.
„Was ist los, Junge?"
Pedro wurde noch langsamer und verzog das Gesicht.
„Geht's Dir nicht gut, Alter?"
„Mich zerreißt's, Mann!"
„Hast Du Schmerzen?"
Aber Pedro antwortete nicht. Stattdessen versuchte er, wieder schneller zu laufen, aber es klappte nicht. Im Gegenteil, er wurde noch langsamer.
„He, sollen wir stehen bleiben?", fragte Peter besorgt.
„Das ist Wahnsinn, wie ein Tsunami, verdammt..."
„Was denn, hast Du Bauchschmerzen?"
„Nein, ich muss kacken, Alter!"
Peter lächelte.
„Und, was ist das für ein Problem, geh doch einfach hier ins Gebüsch. Kein Mensch ist unterwegs, lass es raus!"
„Ne, ne Mann, keine Chance!" Pedro blieb stehen.
„Wie keine Chance, was ist das denn für eine Meldung?"
„Es geht nicht, nicht so. Ich kann so was nicht, echt. So was konnte ich noch nie. Aber ich hatte auch noch nie so ein ...das gibt's nicht. Das ist wie aus dem Nichts gekommen, von der einen auf die andere Sekunde, ohne Vorwarnung!"
„Und jetzt?"
„Keine Ahnung, ich brauch ein Klo und zwar dringend!"

„Das ist hier um 6.10 Uhr nicht so einfach aufzutreiben, Alter!"
„Wahnsinn, wie Du mich aufbaust, aber es ist absoluter Alarm, wenn Du mich verstehst!"
Und dann hatte Peter eine Idee.
„Es gibt eine Chance, Mann. Du musst noch fünf Minuten durchhalten, und dann kann ich Dich erlösen!"
Die fünf Minuten waren vielleicht die längsten in Pedros Leben, was seinem Freund nicht entging. Deshalb hielt dieser einen Monolog.
„Ich hatte dort vor gut zwei Jahren ein Bauleitungsprojekt, kann sein, dass es auch noch länger her ist. Und, frag mich warum, die Verleihfirma hat diese Mobiltoilette nie abgeholt, zumindest stand sie vor zwei Monaten noch da, als ich zum letzten Mal auf dem Gelände war. Geht's noch?"
Pedro richtete den Blick angestrengt nach vorn.
„Wir haben es gleich geschafft! Eine Minute noch, die letzte Hürde ist das Tor, da musst Du drüberklettern, aber das ist sicher kein Problem!"

Als er die Türe öffnete, nahm Pedro den Geruch, der von der Mobiltoilette ausging, nicht einmal wahr. Es war im wahrsten Sinne des Wortes eine echte Befreiung. Er hatte keine Ahnung, woher dieser Kackanfall gekommen war, vermutlich hatte er etwas Falsches gegessen. Aber das war im Moment nicht wichtig, denn er hatte die Katastrophe gerade noch verhindert. Instinktiv griff er nach dem Toilettenpapierspender. Er konnte nicht glauben, dass dieser tatsächlich noch bestückt war, denn er hätte schwören können, dass er seit langem der einzige hier war, der die mobile Dienstleistung in Anspruch genommen hatte. Und als er nach dem Papier griff, steigerte sich seine Verwunderung sogar noch, denn der Ausweis von Schwester Petra Zimmermann landete direkt vor seinen Füßen.

79.

Er hatte keine Wahl, auch wenn ihm überhaupt nicht danach zumute war, Andreas musste auch heute zur Schule gehen. Natürlich saß er wie auf Kohlen, darauf wartend, endlich etwas von Petra zu hören. Insgeheim hatte er auf eine gute Nachricht gehofft - unmittelbar nach dem Radiointerview - denn schließlich war man damit auf die Forderungen des Verrückten eingegangen. Doch um 7.30 Uhr hatte sich Auer noch immer nicht bei ihm gemeldet. Er hatte ihm versprochen, ihm, sobald es eine neue Entwicklung geben würde, Bescheid zu geben. Und so wusste Andreas nur, dass er den Schultag irgendwie überstehen musste, ohne dabei die Nerven zu verlieren.

Der Aufsatz von Ansgar Unger war vielleicht ein noch größeres Problem, denn Andreas spürte, dass ihn der Text bis ins Mark getroffen hatte. Konnte es tatsächlich Zufall sein, dass er das Thema Vergiftung und die damit verbundene moralische Ebene des schlechten Gewissens zum zentralen Thema gemacht hatte? Oder war es ein Hinweis so nach dem Motto: „Ich habe die Sache im Griff, und Du hältst besser still, wenn Du Deine Freundin wieder haben willst!" Wollte er ihn einfach nur provozieren? Andreas überlegte, ob er Auer nicht über den Aufsatz informieren sollte. Aber schließlich hatte er ihm bereits über den Konflikt mit Ansgar von letzter Woche berichtet und seitdem, so hatte er es zumindest verstanden, wurde Ansgar von der Polizei überwacht. Trotzdem befürchtete er die Kontrolle zu verlieren, wenn er dem Jungen heute in die Augen schauen musste.

Als jedoch die Stunde anfing, nahm eine seltsame Lähmung von ihm Besitz. Er kam sich vor wie eine Maschine, die auf Funktionieren programmiert war. Die Maschine spulte das Unterrichtsgeschehen ab, ohne dass er, Andreas Schramm, dafür verantwortlich zu sein schien. Die Maschine teilte Arbeitsblätter aus, gab Anweisungen, stellte Fragen, moderierte eine Diskussion, schrieb an die Tafel. Doch die Maschine war nicht wirklich der Andreas Schramm, den die Schüler sahen. Sie war das Ergebnis einer Ausnahmesituation. Der echte Andreas Schramm hatte sich in seine eigenen Gedanken zurückgezogen, um dort Zuflucht zu suchen. Dort beschäftigte er sich permanent mit Petra. Er tauchte in eine gedankliche Ersatzwelt ab, die, wie er hoffte, die nahe Zukunft widerspiegelte. Er saß dabei einfach mit Petra zusammen und hielt nur ihre Hand. Alles war wieder in Ordnung, alles war gut.

Andreas hatte noch nie etwas derartiges erlebt, es schien so, als hätte die Maschine alles unter Kontrolle, obwohl er mit jeder Minute, die verstrich, immer weiter in seine Gedankenwelt flüchtete. Wenn es überhaupt noch eine Verbindung zu der Lehrermaschine gab, so war deren Draht nur sehr, sehr dünn. Die Maschine nahm Ansgar Unger durchaus wahr, aber es gelang ihr ohne Probleme, professionell mit ihm und dem Aufsatz, der Angst, dem unausgesprochenen Druck umzugehen. Mitunter schickte Andreas aus seiner Gedankenwelt einen emotionalen Impuls an die Maschine, aber der dünne Draht ließ kaum etwas durch. Und die Situation wurde immer bizarrer, denn Andreas konnte sich mit einem Mal selbst sehen. Er sah, wie er vor der Klasse stand und unterrichtete, redete, schwieg, lächelte, an die Tafel schrieb. Er sah einen ruhigen Schüler, dessen Name ihm jetzt nicht einfallen wollte und dem am heutigen Tag die Aufmerksamkeit aller anderen galt, weil er eine Kopfverletzung und ein blaues Auge hatte. Er sah, wie ihn die anderen aufzogen und dieser mehr schlecht als recht darum bemüht war, die Frotzeleien mit einem Lächeln über sich ergehen zu lassen. Aber er wollte nicht wissen, wie die Maschine dies alles schaffte, im Grunde genommen war ihm alles egal. Die Maschine hätte den Raum verlassen können, es hätte ihm nichts ausgemacht. Denn dies alles war nicht wichtig. Er wollte zu Petra und in seinen Gedanken konnte er bei ihr sein. Zu lange schon waren sie getrennt und es war ihm egal, wie lange die Lehrermaschine hier noch ihren Job machen musste, er würde erst dann wieder herauskommen, wenn sie sich von den Schülern verabschiedet hatte. Dann würde er aus seinem Versteck ausbrechen und den Polizisten anrufen, dessen Namen er vergessen hatte. Aber die Maschine kannte seinen Namen und wenn er wieder ihren Platz einnahm, in ein paar Minuten, jenseits des Klassenzimmers, dann konnte er wieder auf die Daten der Maschine zugreifen, in das Lehrerzimmer gehen und die Nummer des Polizisten wählen.

80.

„He Mama, schau mal, die Frau liegt immer noch da!", rief Tim, als er das Auto seiner Mutter erreicht hatte. Diese war etwa zehn Meter hinter ihm, bepackt mit vielen Tüten vom Einkauf. Wie jedes Mal, wenn Tim einen Kieferorthopäden-Termin hatte, nutzte seine Mutter die Zeit, um in der Stadt nach Sonderangeboten Ausschau zu halten. Heute hatte Tim ein Paar neue Turnschuhe von Puma bekommen, die er gleich anbehalten hatte. Um zu testen, wie schnell er in den neuen Schuhen war, war er seiner Mutter immer wieder davon gerannt. Dabei hatte er allerdings nach jeweils etwa 200 Metern auf sie gewartet, weil er sich in der großen Stadt nicht verlaufen wollte. Tim und seine Mutter kamen aus einem kleinen Dorf, etwa eine Autostunde von Würzburg entfernt. Zuletzt hatte er auf dem Bahnhofsvorplatz auf seine Mutter gewartet, von da an war ihm der Rest des Weges bekannt, und so war er, so schnell er konnte, zum Parkhaus gelaufen, die Treppen hinaufgehastet, um schließlich erst unmittelbar vor dem alten Renault zum Stehen zu kommen. Seine neuen Schuhe hatten so viel Faszination auf ihn ausgeübt, dass er zunächst nicht mehr an die schlafende Frau im Wagen neben dem Renault gedacht hatte. Als sie vor gut drei Stunden in das Parkhaus gefahren waren, war er sofort auf die Frau aufmerksam geworden. Er hatte seine Mutter verwundert gefragt, was wohl mit der Frau los war. Diese hatte Tim aufgefordert, er solle die Frau schlafen lassen, vielleicht würde sie im Auto einfach auf die Abfahrt ihres Zuges warten, oder sie war einfach nur müde. Als jedoch die Frau nach gut drei

Stunden noch immer schlief, hatte Tim das Gefühl, dass sie möglicherweise krank war.
„Was hast Du gesagt?", fragte seine Mutter.
Tim drückte seinen Kopf an die Scheibe des Wagens.
„Die Frau, sie schläft immer noch. Das ist doch komisch, oder? Die rührt sich gar nicht!"
Tims Mutter stellt ihre Taschen ab.
„Bist Du sicher?"
„Ja, klar, schau mal! Meinst Du, die ist krank?"

Tims Mutter näherte sich langsam dem Wagen. Sie schaute durch das hintere Fenster und sah die Frau. Sie lag tatsächlich noch immer genauso da wie vor drei Stunden. Ihr Gesicht war ungesund blass. So, als wollte sie die junge Frau nicht erschrecken, klopfte Tims Mutter halbherzig an die Scheibe. Die Frau reagierte nicht. Tims Mutter blickte ihren 11-jährigen Sohn fragend an. Dieser nickte. Wieder klopfte seine Mutter an die Scheibe des Wagens, dieses Mal ein wenig stärker. Als die Frau wieder nicht reagierte, klopfte sie heftig gegen die Scheibe.
„Hallo, geht es Ihnen nicht gut?"
Doch die Frau zeigte keine Reaktion.

81.

Die Warterei war auch für Thomas Auer und seine Kollegen eine echte Nervenprobe. Sie waren zum Nichtstun verdammt, konnten im Grunde genommen nur untätig dasitzen. Man war schließlich auf die Forderung des Verrückten eingegangen. Natürlich bestand die nicht unbegründete Hoffnung, dass er seine Geisel längst schon freigelassen hatte, und diese sich erst dann wieder in der Öffentlichkeit zeigen würde, wenn sie dazu bereit war. Was aber auch einfach heißen konnte, dass sie zunächst mit Andreas Schramm Kontakt aufnehmen würde. Doch beides war bisher nicht geschehen. Es gab keine Spur und keinen Kontakt mehr. Im Grunde genommen hatte es einen direkten Kontakt des Entführers zur Polizei nie gegeben, alles war über Schramm gelaufen. Dieser hatte Auer bereits fünf Mal angerufen, und mit jedem Mal hatte die Panik Schramms Stimme ein wenig mehr den Stempel aufgedrückt. Auer hatte kein gutes Gefühl und vermutete, dass Schramm bald die Nerven verlieren würde. Aber wie alle anderen Mitarbeiter der Sonderkommission konnte auch Auer nicht mehr tun. Man hatte alle möglichen Hebel in Bewegung gesetzt: Die Fahndung nach dem Wagen der Entführten lief, die Untersuchung der Schrift des Drohbriefes war in Auftrag gegeben worden, man hatte eine - erfolglose - Ortung des Mobiltelefons der Opfers veranlasst und überwachte den jungen Mann, mit dem Schramm vor einigen Tagen gestritten hatte. Außerdem hatten die einzelnen Mitglieder der Sonderkommission die Arbeitskolleginnen der Geisel befragt, denn in dem Krankenhaus, in dem sie arbeitete, wurde sie zum letzten Mal vor ihrer Entführung gesehen. Doch sämtliche Befragungen hatten bisher keine brauchbaren Hinweise gebracht. Auer konnte sich keinen Reim auf die Sache machen und war mittlerweile sogar schon so weit, in Erwägung zu ziehen, dass Schramm selbst die ganze Entführungsgeschichte inszeniert haben konnte. Dann aber läutete das Telefon auf seinem Schreibtisch und als er danach griff, wusste er noch nicht, dass sich von jetzt an die Situation dramatisch verändern würde.

„Kripo Nürnberg, Auer!"
„Hier Herrmann Kohl, Kripo Würzburg. Sie haben eine Fahndung nach einem Polo TDI mit Nürnberger Kennzeichen rausgegeben!"
„Ja, sicher!", antwortete Auer und konnte seine Aufregung nicht verbergen, „haben Sie den Wagen gefunden?"
„Ja, es sieht fast so aus, aber das ist noch nicht alles!"
„Das heißt?"
„Das heißt, dass auf dem Rücksitz des Wagens eine weibliche Frauenleiche lag! Alter etwa dreißig, könnte mit der Identität der Fahrzeughalterin übereinstimmen!"
Das war's. Kurz und prägnant. Polizeijargon eben. Auer war sofort voll da, Kanäle standen auf Input. Indizien hin, berechtigte Zweifel her, Fingerabdrücke, Blutproben, Gegenüberstellungen, die ganze Leier, es würde nichts daran ändern. Die Sache war klar und er wusste es, sicher. Es gab keinen Zweifel, auch wenn er gern daran geglaubt hätte: Die tote Frau war Schramms Freundin.
„Schöne Scheiße!", flüsterte er.
„Soll ich Ihnen die Fotos vom Tatort mailen!"
„Ja, bitte, schicken sie die Sachen an die Mailadresse des Fahndungsaufrufs!"
„Kein Problem. Der Gerichtsmediziner hat die Leiche zur Obduktion freigegeben!"
„Gut, alles in Ordnung!"
„Sollen wir jemanden wegen der Obduktion benachrichtigen?"
„Nein, darum kümmere ich mich, Herr Kohl!"
„Gut, tut mir Leid, ich schicke Ihnen dann die Bilder!"
„Ist gut, Danke!"

„Keine Ursache!"

Seine Gedanken waren sofort bei Schramm. Thomas Auer hatte das Gefühl, dass der junge Lehrer unter Umständen nicht über die Nachricht hinwegkommen würde, obgleich man sie ihm natürlich nicht vorenthalten konnte. Es lag nun an ihm, Schramm die Nachricht zu überbringen. Er rieb sich die Schläfen, wartete auf den Eingang von Kohls E-Mail und befasste sich gedanklich damit, wie er sich Schramm gegenüber verhalten sollte. Aber noch bevor er sich auch nur annähernd eine Strategie zurechtlegen konnte, waren die drei Bilder bereits auf seinem Computer. Er öffnete das erste Bild und schluckte: Man sah die Frau auf der Rückbank ihres Wagens liegen. Sie war so blass, dass ihre Lippen kaum zu erkennen waren. Ihre dunklen Haare klebten an ihren Wangen, die sehr spitz wirkten. Sie hatte die Augen geschlossen, die in dem von Schmerz gezeichneten Gesichtszügen übernatürlich groß wirkten. Trotzdem hätte man auch meinen können, sie würde schlafen. Schramm hatte ihm ein Foto von seiner Freundin gegeben, von dem ihm eine lebensfrohe junge Frau entgegenlächelte. Auch wenn die Frau auf dem Rücksitz des Wagens mehr als zehn Jahre älter aussah, es gab wirklich keinen Zweifel, dies hier war eindeutig Petra Zimmermann. Thomas Auer konnte den Blick nicht von dem Foto wenden.
„Was für ein Irrer macht so was?", flüsterte er.
Die beiden anderen Fotos zeigten Petras Gesicht in Nahaufnahme. Sie war fast weiß, ihre geschlossenen Augen lagen sehr tief in den Höhlen und die unteren Augenlider waren so dunkel, dass man den Eindruck gewinnen konnte, man hätte sie angemalt. Aber Auer wusste es besser: Das waren die grausamen Überreste, welche die Tortur hinterlassen hatte. Ihre Wangen waren eingefallen, die Backenknochen standen viel weiter hervor als auf dem Foto, das ihr Freund von ihr gemacht hatte. Auer schloss die Augen. Das war das Schlimmste an diesem Job: hoffnungsvoll Wartende besuchen zu müssen und den Tod mitzubringen.

82.

Auer gab dem jungen Lehrer noch fünf Minuten Zeit, bevor er an dessen Tür klingeln wollte. Fast eine Stunde hatte er in seinen Wagen, den er in einer Parkbucht unweit von Schramms Wohnung abgestellt hatte, auf Schramm gewartet, von wo er einen guten Blick auf dessen Haustüre hatte. Dabei hatte er sich permanent in Gedanken damit befasst, wie er dem

Lehrer die Nachricht am schonendsten beibringen konnte. Letztlich war ihm allerdings klar geworden, dass man bei dem, was gesagt werden musste, nicht von Schonung sprechen konnte. Er fragte sich, ob Schramm selbst schon damit rechnete, dass die Entführung seiner Freundin nicht das von allen erhoffte glückliche Ende genommen haben konnte. Auer hielt den Lehrer für intelligent genug, dies zu tun, bezweifelte allerdings, ob er noch im Stande war, die gegenwärtige Situation allein mit dem Kopf zu bewerten. Bei seinem letzten Anruf vor etwa drei Stunden hatte Schramm einen sehr verzweifelten und hilflosen Eindruck gemacht. Während des Wartens hatte Auer auch die Möglichkeit in Erwägung gezogen, dass Schramm einfach nicht mehr nach Hause kommen würde und stattdessen irgendwelche unüberlegten Aktionen startete, mit der er glaubte, das Problem auf eigene Faust zu lösen. Dies würde durchaus zur Befürchtung Anlass geben, dass Schramm die Nerven verloren hatte. Was sich letztlich jedoch als unbegründet herausstellte, denn Schramm hatte - Auer blickte auf seine Armbanduhr - vor gut fünf Minuten seine Wohnung betreten. Es war an der Zeit. Er verließ seinen Wagen und überquerte die Straße. Er bemühte sich ruhig zu atmen, aber es gelang ihm nur schwer. Mit Herzklopfen näherte er seine zitternde Hand Schramms Türklingel. Nicht gerade professionell, dachte er.
„Ja, wer ist da?"
„Herr Schramm? Hier ist Thomas Auer, darf ich reinkommen?"
„Gibt es etwas Neues von Petra?"
Die Stimme des Lehrers überschlug sich fast.
„Ja. Darf ich reinkommen?"
„Natürlich!" Thomas Auer hörte Erleichterung in Schramms Stimme. Nicht unbedingt die besten Vorzeichen für das, was ihm gleich bevorstehen würde.

Als er die vier Stockwerke, die zu Schramms Wohnung führten, nach oben gegangen war, sah er, dass dieser bereits im Türrahmen auf ihn wartete.
„Ich habe schon gedacht, es kommt nie mehr Bewegung in die Sache!", sagte der Lehrer aufgeregt und knetete seine Hände.
„Hat sich der Entführer gemeldet? Hat er sie freigelassen?"
Auer antwortete nicht. Er sah, dass die Sache nicht spurlos an Schramm vorübergegangen war. Der Lehrer sah ungepflegt aus, seine Haare klebten fettig an seinem Kopf, er hatte rote, schorfartige Stellen im Gesicht, wirkte übernächtigt. Kein Wunder.
„Lassen Sie uns erst einmal hineingehen!", antwortete Auer schließlich mit all der Gelassenheit, die er aufbringen konnte.

„Gut, von mir aus. Aber ich kann Ihnen sagen, dass ich am Ende bin. Sagen Sie mir, was los ist, sonst drehe ich komplett durch. Sie können sich nicht vorstellen, was das für ein Tag war. Ich war wie ferngesteuert, hab keine Ahnung, wie ich den Schultag rumgebracht habe ..."
Inzwischen war Auer an dem Irlandkalender vorbeigegangen und hatte sich den Weg zu Schramms Wohnzimmer gebahnt. Dieser war ihm, einen Monolog führend, gefolgt. Das erste, was Thomas Auer auffiel, war die leere Schale auf dem Wohnzimmertisch. Er musste daran denken, wie Schramm ihm das letzte Mal erzählt hatte, dass sich normalerweise Süßigkeiten in der Schale befanden, dass das Auffüllen allerdings Petras Job war, und es langsam Zeit wurde, dass die Schale wieder gefüllt wurde. So oder so ähnlich hatte er es formuliert. Eine bizarre Gedankenzelle, die ihm suggerierte, den leeren Süßigkeitenteller als Aufhänger für die Todesnachricht zu verwenden, hatte in einem hinteren Winkel von Auers Denken zu leben begonnen. Sie teilte sich in Bruchteilen von Sekunden millionenfach, so dass er dem Befehl beinahe nicht mehr standhalten konnte. Dann allerdings hatte Schramm aufgehört zu sprechen. Auer wendete den Blick von den nicht vorhandenen Süßigkeiten ab und drehte sich dem Lehrer zu, der ihn gespannt fixierte. Es vergingen zwar nur einige Sekunden, aber in Auers subjektiver zeitlicher Wahrnehmung hatte er das Gefühl, es würde mit einem Mal alles verlangsamt ablaufen - in einer Art Superzeitlupe, in der man in nur einer Sekunde die Ewigkeit aufsaugen konnte. Während dieses seltsamen Moments war der Polizist nur auf Schramms Augen fixiert. Er konnte darin lesen, sah die Hoffnung, die Erleichterung, den Wunsch, dass alles gut werden würde. Aber dann, mit einem Mal, schien die Hoffnung zu verblassen, um schließlich Angst zu weichen. Wenig später war auch die Angst verblasst, stattdessen sah Auer nur noch die Erkenntnis, ja verzweifelte Gewissheit in Schramms Augen. Jetzt schien dieser etwas zu ahnen, mehr noch, er schien es zu wissen!
„Sagen Sie es mir einfach. Kommen Sie schon, es ist etwas passiert, stimmt's?"
Erst Schramms Frage beendete dieses seltsame Zeit-Szenario.
„Setzen Sie sich, Herr Schramm!"
„Verdammt noch mal, sagen Sie schon, was los ist!", schrie Schramm plötzlich.
„Ja. Sie haben Recht. Es ist etwas passiert. Ihre Freundin ist tot!"

Wieder war es still. Die beiden Männer standen sich keine zwei Meter gegenüber. So als wollten sie sich duellieren. Thomas Auer wusste, dass man den Ausgang solcher Situationen nie prognostizieren konnte. Er hörte den jungen Lehrer atmen. Dieser schloss die Augen und sank wie in Zeitlupe

zu Boden. Es schien so, als hätte Auers Kugel ins Schwarze getroffen, um bei dem Vergleich mit dem Duell zu bleiben. Für wenige Sekunden saß Schramm mit verschlossenen Augen und angewinkelten Beinen da. Sein Atem wurde immer lauter. Dann drehte er sich um und legte sich auf den Bauch, mitten in der Wohnung. Noch immer gab er keinen Laut von sich.
„Hören Sie, egal wie, Sie müssen jetzt versuchen, nicht die Nerven zu verlieren!"
Schramm reagierte nicht. Thomas Auer sah, dass sich der Oberkörper des Lehrers auf und ab bewegte. Dann hörte er das Schluchzen. In diesem Moment befürchtete er, dass Schramm die Kontrolle verlieren und durchdrehen würde.
„Herr Schramm, kann ich Ihnen helfen? Hören Sie mich?"
Er ging langsam auf den Lehrer zu. In Gedanken beschäftigte er sich damit, einen Polizeipsychologen zu verständigen, der sich um Schramm kümmern konnte.
„Gibt es jemanden, den ich informieren könnte?"
Dann drehte sich Andreas Schramm um. Seine Augen waren gerötet. Langsam stand er auf.
„Nein, ich, nein. Ich..., das kann nicht sein!"
„Hören Sie, wenn Sie wollen, kann ich einen Arzt anrufen, der sich um Sie kümmert ...!"
„Nein, ich glaube es geht schon!" Der Lehrer stand auf und setzte sich auf das Sofa. Er vergrub den Kopf in den Händen.
„Was ist passiert?", fragte er, ohne aufzusehen.
„Wir wissen es nicht genau. Sie wurde in ihrem Wagen gefunden. In Würzburg!"
„Würzburg?" Schramm blickte von dem Kissen hoch.
„Ja. Wundert Sie das?"
„Nein, es wundert mich nicht!" Schramm versuchte vergeblich, sarkastisch zu lächeln. Stattdessen rannen ihm weiter Tränen über die Wangen.
„Petra kommt aus Würzburg!"
„Das wussten wir nicht!", sagte Auer mehr zu sich selbst. Sein Polizistengehirn versuchte einen Zusammenhang herzustellen und fragte sich, ob es möglich sein konnte, dass der Entführer aus Petra Zimmermanns Würzburger Zeit stammen konnte.
„Hatte sie noch Kontakte, ich meine, könnte es sein, dass...!"
Schramm lehnte sich zurück
„Was weiß ich, sicher hatte sie Kontakte, aber ich kann mir nicht vorstellen, dass der Irre aus Würzburg kommt und die Scheiße ins Rollen gebracht hat, woher sollte er wissen, dass ich Löwe ...!" Und dann vergrub er wieder den Kopf in den Händen.

„Es sei denn, ihre Freundin hat es jemandem erzählt, jemandem aus Würzburg, meine ich!"
„Kein Ahnung, ich glaube nicht, dass sie mit jemandem gesprochen hat, und selbst wenn, weshalb sollte er sie entführen?"
In diesem Moment hatte Schramm offensichtlich den ersten Schock überwunden.
„Können Sie mir vielleicht sagen, was genau passiert ist? Wie ist sie gestorben?"
„Wir können erst mehr sagen, wenn ihre Leiche obduziert wurde!"
Schramm stand auf.
„Sie meinen, Petra wird aufgeschnitten, einfach so!" Er schluckte. Sein Kinn vibrierte, und dann begann er wieder zu weinen.
„Sind Sie in der Lage, die Sache allein durchzustehen, oder benötigen Sie Hilfe?", fragte Auer ruhig.
„Was wollen Sie von mir? Wie soll ich mich Ihrer Meinung nach verhalten? Ich kann nicht mehr, verstehen Sie. Es ist alles vorbei, alles! Vielleicht reagieren manche Menschen in solchen Situationen gelassen, aber dazu gehöre ich scheinbar nicht!"
„Niemand möchte, dass Sie keine Emotionen zeigen, ich möchte einfach verhindern, dass Sie irgend welche Dummheiten machen und unüberlegt reagieren!", sagte Auer ruhig.
„Ich weiß nicht, wie ich weiter machen soll, verstehen Sie? Es ist alles meine Schuld, meine Schuld!"
Der Polizist suchte nach den richtigen Worten.
„Ich kann Ihnen nicht widersprechen, aber der, der für den Tod Ihrer Freundin verantwortlich ist, handelte aus freien Stücken. Er hatte ein Motiv dafür, und dieses Motiv gilt es zu finden. Es sieht so aus, dass Sie der einzige Mensch sind, der möglicherweise einen Zugang zu diesem Motiv herstellen kann. Ich bitte Sie einfach noch einmal zu überlegen, welche Beweggründe ein Mensch haben könnte, um sich auf diese Weise bei Ihnen zu rächen, denn danach sieht es meiner Meinung nach aus, wenn man alle bisherigen Kontaktaufnahmen mit in Betracht zieht! Wer hat etwas gegen Sie, Herr Schramm?"
Es schien so, als hätte es gewirkt. Schramms Blick wurde klarer. Er nickte.
„Wirklich, ich habe keine Ahnung. Ich komme mit allen Menschen klar, ich meine, ich habe eine Dummheit gemacht, mit der Tablettenaktion, und das hat mein ganzen Leben zerstört. Ich bin offensichtlich nicht gerade auf der Sonnenseite das Lebens geboren!"
„Wer hat etwas gegen Sie?", Auer ließ nicht locker.

„Wirklich, ich weiß es nicht. Da war der Konflikt mit Ansgar Unger vor gut einer Woche, aber das war eine Bagatelle, die am gleichen Tag noch aus der Welt geschaffen wurde!"
„Wir haben den Schüler beobachtet, er kommt nicht in Frage. Er hat gestern Abend trainiert und ist dann nach Hause gegangen!"
Erst in diesem Moment fiel Andreas Schramm Ansgars Kurzgeschichte wieder ein.

83.

In dem Moment, als ihn Auer auf Ansgar Unger brachte, erlebte Andreas Ähnliches wie einige Stunden vorher, als er im Unterricht versuchte hatte, die Zeit bis zum Gong zu überbrücken. Die Stelle in seinem Kopf, die für die Koordination von Gefühlen, Gedanken und daraus resultierenden Handlungen zuständig war, hatte die Notbremse gezogen. Es erinnerte ihn an die alten Enterprisefolgen, in denen immer dann, wenn ein Mitglied der Besatzung des Raumschiffs sich einer Tür näherte, diese wie von Geisterhand (so kam es Andreas damals vor) geöffnet wurde, um unmittelbar, nachdem das Besatzungsmitglied die Türe passiert hatte, wieder auf die selbe unerklärliche Weise scheinbar selbstständig geschlossen zu werden. Ein Begriff wie Lichtschranke war Andreas damals noch völlig fremd gewesen. In seiner Phantasie existierte jemand auf der Enterprise, der alles wusste, sei es auch solch banale Dinge, wenn jemand durch eine Tür hindurchgehen wollte.
Mit der Nennung von Ungers Namen hatte sein emotionaler Koordinator - der möglicherweise auch alles wusste - die Tür zu Andreas' Gefühlen verriegelt, um so dem Teil, der für Strategie, Rationalität und Kombination zuständig war, absolute Handlungsvollmacht zu erteilen. Man konnte es auch einfach formulieren: Es gelang Andreas, den Schmerz und die Trauer, die unendliche Ohnmacht und Verzweiflung, das Gefühl, nicht mehr weiter leben zu können, hinter Verschluss zu halten und jedweden Zugriff darauf zu blockieren. Er hatte keine Ahnung, wie so etwas möglich war. Er war jedenfalls von einer auf die andere Sekunde dazu in der Lage. Er hatte keine Ahnung, wie er das alles bewerkstelligt hatte, es spielte im Grunde genommen auch keine Rolle. Fakt war, dass er mit einem Mal auf Sendung war, wie ein ausgehungerter Leopard, der eine Herde Antilopen erspäht hat.
Der Polizist mühte sich redlich, ihm Zuspruch und Trost zukommen zu lassen, was Andreas durchaus zu würdigen wusste. Er hielt es für vorteil-

haft, Auer im Glauben zu lassen, das jener Zuspruch zu seiner eigenen Beruhigung beitrug. Es war ihm natürlich durchaus bewusst, dass Auer ein Profi war und möglicherweise bald registrierte, dass Andreas jene emotionale Türe geschlossen hatte. Wahrscheinlich würde Auer dies einfach nur als Schock bezeichnen. Er schien überhaupt eine unglaubliche Begabung für seinen Beruf zu haben, denn schließlich hatte er sich vor einigen Minuten sofort auf das Stichwort „Würzburg" gestürzt. Andreas war sich sicher, dass Auer die Würzburg-Spur verfolgen und damit einhergehend auch Petras Eltern befragen würde. Für kurze Zeit öffnete der Pförtner in Andreas' Kopf noch einmal die Gefühlstür und Andreas erspähte durch deren schmalen Lichtspalt Petras hilflose Eltern. Doch ehe sich die Zukunftsvision, in der er ihren Eltern die schreckliche Nachricht beibringen musste, aufbauen konnte, war die Tür wieder wie ein Fallbeil nach unten geschnellt. Die Türe war wieder geschlossen. Gut. Es war trotzdem nicht von der Hand zu weisen, dass Auer die Veränderung in Andreas' Verhalten bald registrieren würde. Andererseits bewertete der Polizist die Situation vielleicht auch einfach damit, dass Andreas sich gefasst hatte. In dessen Kopf begann allmählich ein Plan zu entstehen, wieder einmal. Glücklicherweise hatte er im Moment keinen Zugang zu den Erinnerungen an seinen letzten fatalen Plan.

Er musste handeln, nur das zählte jetzt. Auch wenn Ansgar nach Auers Meinung nichts mit Petras Entführung zu tun hatte, so vertrat Andreas eine andere Meinung. Er hatte den Aufsatz mehrere Male gelesen, und er war sich absolut sicher, dass der Volleyballgott etwas mit der Geschichte zu tun haben musste. Wenn dies den Tatsachen entsprach, offenbarten sich Andreas zwei Strategien: 1. Er konnte Auer von dem Aufsatz erzählen. Aber das würde bedeuten, dass er die Handlungskompetenz in die Hände des Polizisten legen musste, der sich wiederum nach eigenen Worten sicher war, dass Ansgar Unger nichts mit der Sache zu tun hatte. Schließlich hatte man ihn beobachtet. Daraus würde sich ergeben, dass er, Andreas, den Polizisten überreden musste - ein langwieriger Prozess, der möglicherweise Misstrauen bei Auer auslösen würde. Bei dem Polizisten konnte so womöglich der Eindruck erweckt werden, Andreas würde eine persönliche Fehde austragen. Vielleicht zog Columbo auch den Schluss, Andreas wolle von seiner eigenen Schuld ablenken. Dann zählte er vielleicht bald selbst zu den Verdächtigen. Zugegeben, das waren irre Gedanken. Irre Gedanken, die trotzdem nicht vollkommen haltlos waren. Aber es gab noch eine weitere Strategie: 2. Statt dem Polizisten von dem Aufsatz und seinen Schlussfolgerungen zu berichten, konnte er die Dinge selbst in die Hand nehmen.

84.

Nach einigem Hin und Her war Auer endlich gegangen. Vorher musste Andreas dem Polizisten allerdings versprechen, „keine Dummheiten zu machen" und sich gegen Abend noch einmal bei ihm zu melden. Man musste kein Psychologe sein, um zu erkennen, dass sich Auer Sorgen um Andreas' Zustand machte.

Die fünf Minuten, die er alleine in der Wohnung zugebracht hatte, waren die Schlimmsten. Er spürte, dass die imaginäre Türe zu seiner Gefühlswelt zwar nach wie vor geschlossen war, es allerdings nicht mehr lange dauern konnte, bis sie nach oben schnellen und ihn mit all seinen dunklen Emotionen allein lassen würde. Vorher musste er den Absprung schaffen, den Weg nach draußen finden, so schnell wie möglich. Unter dem Stapel mit abgelegten, noch nicht sortierten Schulsachen fand er endlich, wonach er gesucht hatte: die Adressenliste seiner 11. Klasse. Er ging kurz ins Bad, um sich frisch zu machen. Dabei roch er Petras Parfum. In diesem Moment war sie ihm so nah, so unendlich nah, und er wusste, dass dies vielleicht das letzte Mal war, dass er sie beinahe körperlich spüren konnte. Ihr Geruch war noch da, und so gut es tat, so sehr rüttelte es auch an der Gefühlstür. Wie von einem eisigen Windhauch im tiefsten Winter erreichte ihn von irgendwoher die Gewissheit, sich eine neue Wohnung suchen zu müssen, wenn er nicht tatsächlich den Verstand verlieren wollte. Er fürchtete sich vor seinen eigenen Gedanken. Deshalb musste er umgehend nach draußen, wenn er noch länger handlungsfähig bleiben wollte.

Gute fünf Minuten später saß er in seinem alten Toyota und es ging ihm ein wenig besser, denn endlich schien die imaginäre Tür gut genug gesichert zu sein. *Du musst Dir eine andere Wohnung suchen, wenn Du das irgendwie überstehen willst.* Es gelang ihm dieses Mal, wenn auch nur für sehr kurze Zeit, dem Gedanken in die Augen zu schauen. Ja. Das musste er wohl. *Nicht daran denken, nicht jetzt.* Er schaute noch einmal auf die Adresse: Schillerstraße - Nordstadt.

Wie heute morgen, als er sich in eine Lehrermaschine verwandelt zu haben schien, übernahm die Maschine jetzt die Rolle des ortskundigen Autofahrers. Sie steuerte seinen Wagen durch die Stadt, blieb an roten Ampeln stehen, beachtete die rechts vor links - Regelungen, hielt vor Zebrastreifen, und erreichte schließlich ohne Schwierigkeiten, wie programmiert, das Haus, in dem die Familie Unger wohnte. Sein Selbst hatte sich in der Zeit in irgendeine Nische seines Unterbewusstseins zurückgezogen. Als sein Wagen etwa fünf Meter vor dem Haus des Schülers zum Stehen kam, schlich Andreas langsam wieder aus der Hintertüre seines Denkens hervor und löste die Maschine ab. Er musterte das Haus. Ob einer der Balkone zur Wohnung der Ungers führte? Was spielte das für eine Rolle? Er musste warten, so oder so, es gab keine Alternative. Wenn seine Überlegungen in die richtige Richtung mündeten, würde Unger früher oder später mit einer Sporttasche aus dem Haus kommen, um sich auf den Weg zum Training zu machen. Andreas musste also einfach im Wagen auf ihn warten. Keine besonders schwierige Aufgabe. Er fragte sich, ob das Haus noch immer von Polizisten überwacht wurde, hielt es allerdings nach kurzem Abwägen für eher unwahrscheinlich. Schließlich hatte ihm Auer mitgeteilt, dass Unger nicht als Täter in Frage käme. Woher zogen die Polizisten eigentlich diesen Schluss? Vielleicht hatte er ja einen Komplizen, jemand, dem die ausführenden Aktionen übertragen worden waren. Es war 16.43 Uhr. Wann fingen die Vereine denn wohl normalerweise an zu trainieren? Hatte der Junge nicht am Wochenende ein wichtiges Turnier? Konnte es sein, dass er bereits weg war, irgendwo mit dem Bus unterwegs? Sicher eine Möglichkeit, aber er musste jetzt einfach Geduld haben. Andreas schloss kurz die Augen. Erst jetzt bemerkte er, wie müde er war. Aber er konnte es sich jetzt nicht leisten einzuschlafen. Nur kurz die Augen schließen und etwas zur Ruhe kommen. Nur ganz kurz ...

Er hatte sich in ein Insekt verwandelt. Dies bereitete ihm eine ungewohnte Perspektive auf seine imaginäre *Enterprise-Tür*, hinter der all sein emotionaler Schmerz verbarrikadiert war und darauf wartete, entweder entsorgt oder durch seinen eigenen Selbstmord bedeutungslos zu werden. Andreas sah seine beiden Fühler. Er stand auf sechs abgewinkelten, stachligen Beinen. Auch wenn er sich selbst nicht sehen konnte - er schien eine Kakerlake zu sein.
Für die Kakerlake war die Tür riesig, unüberwindbar. Dennoch war sie gefährlich, war sie doch auch eine Einladung, die eine gierige Kakerlake in der Regel gerne annahm: Geradezu instinktiv krabbelte Andreas deshalb auf den schmalen Spalt zu, der mit seinem neuen Insektenpanzer auf Augenhöhe lag. Mit dem einfältigen Insekteninstinkt, Nahrung erhoffend, ausgestattet, näherte er sich dem Spalt, durch den ein wenig Licht zu erkennen war. Ohne darüber nachzudenken, schlüpfte er unter der Türe hindurch. Dahinter warteten seine Sorgen in personifizierter Form. Petra saß aufrecht auf einem Stuhl, der mitten im Raum stand. Sie war ausgemergelt und gezeichnet, von all der Qual in den Fängen ihres Peinigers. Sie hatte fettiges, strähniges Haar, aber ihr Gesicht war das eines Engels. Die Andreas-Kakerlake wusste, dass Petra tot war, dennoch rief sie immer wieder nach ihm. Er wollte mit ihr sprechen, sie trösten, aber mehr als ein hektisches Krabbeln brachte er nicht zustande. Neben ihr saß Petras

Mutter. Sie hatte die Hände vors Gesicht geschlagen und weinte. Dabei schüttelte sie ihren Kopf und Andreas sah ihr Haar, das schneeweiß geworden war. Irgendwo im hinteren Bereich des Raums kniete Petras Vater. Er trug einen gelben Anzug, der Andreas an Mitarbeiter einer Firma erinnerte, die mit giftigen Utensilien hantieren mussten. Er hatte Andreas den Rücken zugewandt. Neugierig krabbelte Andreas auf ihn zu. Als er sich ihm auf wenige Meter genähert hatte, sah Andreas, dass Petras Vater auch weinte, aber nicht laut schluchzend wie seine Frau, sondern leise wimmernd. Immer wieder flüsterte er den Namen seiner Tochter, monoton, irr, einem beschwörerischen Singsang gleich. Andreas krabbelte weiter neugierig auf ihn zu. Endlich sah er, dass Petras Vater mit einem skalpellartigen Gegenstand dünne Scheiben von einem Stück Brot abschnitt, das aussah, wie Andreas' eigener, menschlicher Kopf. Die Fühler seines Insektenkopfs bewegten sich aufgeregt, er wollte von den dünnen Scheiben kosten. Langsam, seinem Überlebenstrieb folgend, näherte er sich zielstrebig seiner vermeintlichen Beute. Petra Vater trauerte weiter auf jene skurrile Art und Weise um seine Tochter, ohne Notiz von der Küchenschabe zu nehmen, die nur noch wenige Zentimeter von den Andreas-Brotscheiben entfernt war. All die Trauer in jenem Raum war für Andreas in diesem Moment bedeutungslos - er wollte nur zu seiner Beute. Und dann, aus den Winkeln seiner Insektenaugen, sah er einen riesigen Schuh auf sich zukommen.
„Hab ich Dich endlich!", rief Löwe, den Andreas vorher nicht registriert hatte Es gelang der Kakerlake erstaunlich schnell und geschickt, die Richtung zu wechseln. So konnte Löwe ihm nur das rechte Hinterbein abtrennen ...!

Ein lautes Hupen holte ihn endgültig zurück. Es war die Hupe seines eigenen Wagens, auf die Andreas im Schlaf seinen Kopf gelegt hatte. Hinter ihm lag der surrealste und gleichzeitig einschneidendste Albtraum seines Lebens. Doch er hatte nicht viel Zeit, sich darüber Gedanken zu machen, denn der Typ, der auf sein unfreiwilliges Hupen aufmerksam geworden war und jetzt langsam auf ihn zukam, war Ansgar Unger.

85.

Die Mitglieder der Sonderkommission saßen zusammen, und eine Spur von Ratlosigkeit in ihren Gesichtern war unübersehbar. Eine derartige Entwicklung im Entführungsfall Petra Zimmermann, der mittlerweile zum

Mordfall Petra Zimmermann geworden war, war nicht vorhersehbar gewesen. Bis gestern war man davon ausgegangen, es mit einem Wichtigtuer zu tun zu haben, jemandem, der sich an Andreas Schramm hatte rächen wollen, wofür auch immer.
„Gibt es irgend einen möglichen Grund für die Eskalation?", fragte Franz Käferlein ruhig.
„Nein. Ganz sicher nicht. Wir haben seine Forderungen erfüllt, uns minutiös an alles gehalten", antwortete Thomas Auer konzentriert. Man sah ihm an, dass gerade er an der Entwicklung zu knabbern hatte.
„Es ist auch ungewöhnlich, findet ihr nicht?", fragte Julia Ehrlich. Ohne auf eine Antwort zu warten ergänzte sie:
„Wer macht so etwas? Ich meine, das Motiv des Entführers, ich betone: des Entführers, nicht des Mörders ist offensichtlich darin begründet, dass sich eine dritte Person, die mit dem Opfer in sehr engem Kontakt steht, der Polizei stellt. Für ein Verbrechen, das zumindest strafrechtlich eher zu den kleineren Kalibern gerechnet werden kann. Ich beziehe mich nicht auf die moralische Komponente, welcher wohl die größere Bedeutung zukommt. Der Entführer will Schramm an den Pranger stellen!"
„Was ihm auch gelingt!", warf Heiko Wacker ein.
„Genau, was ihm gelingt. Sein Plan geht auf. Aber ...!", Julia Ehrlich brach ab.
„Aber?", hakte Günther Krämer nach.
„Aber warum tötet der Entführer? Im Grunde genommen tut er dies ohne jegliches Motiv. Er hat doch bereits sein Ziel erreicht, Schramm hat sich gestellt, wird - so nimmt der Entführer sicher an - seine, in den Augen des Entführers gerechte, Strafe erhalten!"
Die anderen ließen Julias Argumente wirken.
„Da ist was dran, auf alle Fälle. Willst Du damit sagen, sie könnte eines natürlichen Todes gestorben sein?", fragte Wacker.
„Nein, ich denke nicht, kein natürlicher Tod, mit Sicherheit kein natürlicher Tod, das wird der Gerichtsmediziner bestimmt ausschließen, dessen bin ich mir sicher", mutmaßte Thomas Auer, „aber es könnte sein, dass der Entführer das Opfer versehentlich, ungewollt getötet hat!"
„Gift?", warf Krämer auf seine unnachahmlich einsilbige Art ein.
„Möglich, aber wer vergiftet schon versehentlich?", fragte Heiko.
„Lebensmittelvergiftung, wer weiß, was er ihr zu essen gegeben hat?", stellte Krämer klar.
„Nicht jeder isst täglich alten Fisch!", ergänzte Franz Käferlein und schmunzelte.
„Deine nächsten Bachforellen kannst Du Dir selbst fangen", konterte Krämer gespielt beleidigt.

„Egal ob Fisch oder nicht, irgendwie hat die ganze Entführung vielleicht einfach nicht perfekt geklappt. Ich meine, warum bringt der Entführer die Frau nach Würzburg? Kann sein, dass er sie zu diesem Zweck mit Medikamenten ruhig gestellt hat!"
„Medikamente - ... das würde bedeuten, dass der Entführer aus dem Umfeld ihres Arbeitsplatzes kommen könnte. Schließlich war sie Krankenschwester!", mutmaßte Heiko.
„Wir müssen in alle Richtungen ermitteln, jeder auch noch so unwahrscheinlichen Hypothese nachgehen", forderte Käferlein, „dazu gehören auf jeden Fall auch die Mitarbeiter der Toten, das ist klar. Kümmerst Du Dich darum, Thomas?"
Auer nickte.
„Mag sein, dass jemand aus dem Krankenhaus als Entführer in Frage kommt. Aber ich glaube ehrlich gesagt, dass eine Verbindung zu Schramms Umfeld nach wie vor eher in Betracht kommt. Und irgendwie habe ich das Gefühl, dass er auch einen Verdacht hat! Zumindest wirkte er vorhin so!", ergänzte Auer.
„Der Schüler, mit dem er die Auseinandersetzung hatte?", fragte Julia.
„Ich weiß es nicht, offensichtlich ist ihm der Junge nicht geheuer. Aber er wurde doch beschattet, oder?"
Käferlein nickte. „Negativ. Absolut negativ!"
„Könnte es ein Kollege gewesen sein, ein anderer Lehrer?", fragte Günther Krämer.
„Wir müssen auch das in Betracht ziehen. Ich würde vorschlagen, das ist eine Sache für die Experten des Mobilen Einsatzkommandos aus München. Sobald wir einen konkreten Verdacht haben, abgesehen von dem Volleyballjungen, sollen die den Verdächtigen beschatten. Außerdem möchte ich das Kollegium noch einmal befragen, zusammen mit Dir, Thomas!"
Auer hob kurz die Hand.
„Ich weiß nicht!", hakte Julia Ehrlich ein, „Ich weiß nicht, ob eine offensive Vorgehensweise schon so gut ist, zu diesem Zeitpunkt...!"
Typisch Julia. Sie war schon einen Schritt weiter als ihre Kollegen. Diese warteten gespannt auf ihr Argument, denn sie wussten, dass das, was jetzt kommen würde, eine neue, andere Sichtweise auf den Status Quo des Sachverhaltes werfen würde.
„Also. Ich bitte, sich auf meine Denkweise einzulassen. Gut?"
Niemand erhob Einspruch.
„Nehmen wir an, der Entführer hat einfach nur einen Fehler gemacht. Einen kleinen, vielleicht auch einen großen Fehler, vielleicht eine einzige, unüberlegte Aktion, vielleicht aber auch eine amateurhafte Aneinanderreihung von Fehleinschätzungen und falschen Schlussfolgerungen. Ganz

egal, es ist im Grunde genommen auch nicht wichtig. Was alleine zählt, ist die Tatsache, dass sein Opfer die Entführung nicht überlebt hat. Das halte ich für sehr wahrscheinlich, denn abgesehen von einem fehlenden Motiv für die Ermordung der armen Frau, hätte er das alles auch viel einfacher haben können, findet ihr nicht?
Wieder antwortete niemand.
„Na, überlegt doch mal: Wenn er sie wirklich hätte töten wollen, warum hat er sie dann nach Würzburg gefahren? Das war doch viel zu gefährlich. 120 Kilometer auf der Autobahn mit einer Leiche auf dem Beifahrersitz. Dann kann ich das Opfer auch erdrosseln und in einem Waldstück oder einem See loswerden. Also nehmen wir an, es war ein *Unfall*. Ich will das Ding nicht klein machen, ganz im Gegenteil. Aber ich will das Arschloch finden, so schnell wie möglich, und ich glaube nicht, dass es der Sache dienlich sein wird, wenn wir eine Pressekonferenz geben, und das ganze Lehrerkollegium und womöglich noch unzählige Schüler zu diesem Zeitpunkt bereits befragen!"
Franz Käferlein lächelte.
„Julchen, Julchen. Du machst mir Angst!"
„Du willst ihn in Sicherheit wiegen, richtig!", hakte Thomas Auer nach.
„Genau das will ich. Wer auch immer die Frau auf dem Gewissen hat, der soll nicht wissen, dass es schief gegangen ist, das soll er nicht wissen. Er soll denken, die Sache wäre gelaufen, aus und vorbei! Er soll glauben, alles sei nach Plan gelaufen!"
„Aber wir müssen doch wohl irgendwann damit an die Presse gehen, oder?", fragte Heiko Wacker und nahm Blickkontakt zu Käferlein auf.
„Das müssen wir, aber ich kann die Sache noch hinauszögern. Das Problem wird sein, die Kollegen in Würzburg auch zum Stillhalten zu bewegen. Aber das kriege ich schon hin!"
„Ich glaube auch, Julia hat Recht. Da war kein Profi am Werk. Und wenn sich jemand in Sicherheit wiegt, dann macht er Fehler. Das heißt aber auch, dass wir uns auf die Fahndung konzentrieren müssen. Auf das, was wir schon haben!", sagte Auer.
„Was da wäre?", fragte Krämer.
„Die Spuren im Wagen der Toten. Dann dieser Drohbrief, die Jungs aus München müssten doch langsam was vorzuweisen haben! Außerdem sollten wir fahndungstechnisch versuchen, möglicherweise Zeugen ausfindig zu machen, die den Wagen von Petra Zimmermann gesehen haben. Vielleicht ist ihnen irgendetwas aufgefallen! Und wir sollten trotzdem im Krankenhaus nachhaken. Vielleicht hat sie dort ihren Entführer getroffen, möglicherweise kannte sie ihn sogar, auch wenn es unwahrscheinlich sein sollte. Die heißeste Spur stellt allerdings nach wie vor das Umfeld von

Schramm dar. Schließlich war er es ja auch, an dem sich der Entführer, vielleicht ist es ja auch eine Entführerin, rächen wollte."
Just in dem Moment, da Thomas fertig war, klingelte sein Handy.
„Hallo? Ja? Ja, sicher! Bitte? Natürlich ist es das. Sind Sie ganz sicher? Worauf lässt das schließen? Gibt es ein Patent für so etwas? Nein. Ja, ja sofort, so schnell wie möglich! Ja. Bis dann, vielen Dank!"
Alle anderen musterten Auer gespannt.
„Kann sein, dass wenigstens etwas Bewegung in die Sache kommt. Könnte sein, dass uns die Freunde aus München gehört haben!"
„Könntest Du bitte zur Sache kommen!", fragte Käferlein und zog seine Augenbrauen nach oben.
„Die Analyse des Drohbriefes ist abgeschlossen! Mit ziemlich überraschendem Ergebnis!"

86.

Ungers Gesicht spiegelte eine Mischung aus Ungläubigkeit und Überraschung wider. Andreas hingegen war sofort auf Sendung, trotz seiner Müdigkeit und des mysteriösen Albtraums. Es lief wohl auf die Überrumpelungsstrategie hinaus, und das war vielleicht nicht die schlechteste Ausgangssituation. Als der Junge nur noch einen Meter vom Schramms Wagen entfernt war, kurbelte dieser das Fahrerfenster des Toyotas herunter.
„Herr Schramm, was machen Sie denn hier?"
Wenn Ansgar die Überraschung vorspielte, war er wirklich gut. Möglicherweise hatte er den Jungen unterschätzt.
„Ehrlich gesagt, komme ich zufällig hier vorbei, ich war gerade beim Zahnarzt, hier in der Nähe, weißt Du!"
„Oje, das ist was Schlimmes, oder? Ich ertrage das nicht, allein der Gedanke daran, macht mich nervös!"
Der Junge machte auf Smalltalk, war die personifizierte Coolness.
„Was machst Du? Training oder …?"
„Exakt. Ich habe am Wochenende ein Sichtungs-Trainingslager für die Bayernauswahl, und heute trainiere ich noch einmal mit dem Verein!"
„Wo musst Du denn hin?"
„Wir trainieren in der Ballspielhalle in Altenfurt, kennen Sie die?"
„Das ist doch in der Nähe von Fischbach, oder?"
„Ja, genau, im Grunde genommen nur ein Katzensprung davon entfernt!"
„Ein ziemliches Stück jedoch von hier, oder?"

„Kann man so sagen, aber wenn Gott will, habe ich in einem guten halben Jahr meinen Führerschein!"
Gott. Den hätte er besser nicht ins Spiel gebracht, nicht heute, nicht jetzt!
„Also, weißt Du was, ich muss noch nach Fischbach, da wohnt ein Freund von mir, wenn Du willst, nehme ich Dich nach Altenfurt mit!"
Der Junge war überrascht. Andreas fragte sich, ob er ahnte, dass er ihn verdächtigte. Jetzt würde sich zeigen, ob er ein echter Profi war.
„Das würden Sie wirklich machen?"
„Klar, warum nicht? Ich weiß, wie das ist, wenn man auf die öffentlichen Verkehrsmittel angewiesen ist. Na los, steig ein!"
Andreas drehte sich zur Beifahrertüre, um diese zu entriegeln. Für einen kurzen Moment war er davon überzeugt, Ansgar würde dankend ablehnen. Doch keine Sekunde später hatte dieser bereits die Türe geöffnet und seine Sporttasche auf den Rücksitz geworfen.
„Mann, das glaube ich nicht, mein Lehrer fährt mich zum Training. Echt abgefahren. Wenn ich das den Jungs erzähle!"
„Kein Problem, Ansgar, wenn Du mal berühmt bist, kannst Du ja irgendwann ein gutes Wort für mich einlegen!"
Er drehte sich verwundert zu Andreas um, der gerade auf die Rollnerstraße eingebogen war.
„Ein gutes Wort, bei wem denn?"
„Keine Ahnung, sag Du's mir?", fragte Schramm zurück, ohne den Jungen anzuschauen.
„Ich? Wollen Sie mich irgendwie testen oder so?"
Andreas hatte keine Ahnung, was die Frage sollte. Sie klang allerdings alles andere als unbedarft. Er wusste etwas, das war wohl offensichtlich. Und das eine war klar: Der Volleyballgott würde diesen Wagen erst dann wieder verlassen, wenn er die Dinge beim Namen genannt hatte.
„Das war nur so dahin gesagt. Der Einzige, bei dem man ein gutes Wort hätte einlegen können, ist tot!"
„Oh Mann, das stimmt. Ich könnte heulen, wenn ich nur daran denke. Löwe war der Beste, der Allerbeste!"
„Ja. Das war er wohl. Wie siehst Du die Sache eigentlich, Ansgar?", fragte Andreas und bog auf den Stadtring ein.
„Wie meinen Sie das, Herr Schramm?"
„Du weißt, was ich meine, oder?"
Der Junge schwieg.
„Oder?", hakte Andreas nach.
„Ich habe keine Ahnung, wovon Sie reden Herr Schramm!", antwortete Ansgar ruhig und fuhr sich nervös durch das Haar.

„Also schön, dann lass es mich anders formulieren: *Von Feigen und Feigen – oder Tequila Sunrise* ... ich habe es gelesen, Ansgar!"
„Sie haben was gelesen, Herr Schramm?"
„Hör zu, Du willst mir jetzt aber nicht sagen, dass Du nicht weißt, was *Von Feigen und Feigen* bedeutet, oder?"
Andreas schaute zu dem Jungen hinüber und sah dunkle Regenwolken in dessen Gesicht.
„Meinen Aufsatz, Sie reden von meinem Aufsatz, oder?"
„Genau davon rede ich, das hat aber heute lange gedauert. Du bist doch sonst nicht so begriffsstutzig!"
Der Junge drehte seinen Kopf in Andreas' Richtung. Kein Zweifel, er hatte Angst.
Andreas lächelte. Na endlich. Die Aufwärmphase war vorbei.
„Also, kommen wir nun endlich zur Sache", sagte er, als er den Stadtring auf Höhe der Welserstraße entlang fuhr, „ich muss zunächst einmal sagen, dass mich die Qualität Deiner Kurzgeschichte wirklich überrascht, vielleicht sogar fasziniert hat. Sie war für einen Elftklässler ausgesprochen gut, das muss ich wirklich sagen!"
Dann hörte er auf zu sprechen. Er wollte dem Jungen die Möglichkeit geben, von sich aus mit der Wahrheit herauszurücken. Aber nach etwa zehn Sekunden Schweigen, übernahm Andreas erneut das Kommando. Vorher bog er in die Äußere Sulzbacher Straße ein. Er rechnete damit, dass sich der Junge über den Umweg beschweren würde. Doch dieser hüllte sich weiter in Schweigen.
„Gut. Wie Du willst. Kannst Du mir sagen, wie Du ausgerechnet auf diese Thematik gekommen bist, Ansgar?"
Der Junge wusste nicht, was er sagen sollte.
„Pass auf, was soll das Spiel? Ich weiß Bescheid, verstehst Du? Ich weiß alles, aber ich will es von Dir hören, Du Drecksack! Du hast mit der Story den Bogen überspannt. Ist Dir nicht klar, dass das einem eidesstattlichen Schuldbekenntnis gleichkommt?"
Spätestens zu diesem Zeitpunkt beschlich Ansgar Unger echtes Unbehagen. Jetzt wusste er, dass sein Deutschlehrer nicht einfach nur zufällig auf ihn getroffen war. Seitdem einem seiner Mitspieler in der Umkleidekabine einmal das Handy geklaut wurde, verzichtete Ansgar stets auf sein Mobiltelefon, wenn er zum Training fuhr. In diesem Moment hatte er zum ersten Mal das Gefühl, dass dies ein Fehler war. Er wusste nicht genau, was mit Schramm los war, aber es schien so, als hätte er den Verstand verloren. Er war wohl dahinter gekommen, dass er, Ansgar, die Kurzgeschichte nicht selbst geschrieben hatte. Aber er konnte ihn nicht einfach einen Drecksack nennen. Und was sollte die Geschichte mit dem Schuldbekenntnis? Litt der

Typ unter Verfolgungswahn? Irgendein Instinkt hielt Ansgar davon ab, offensiv zu reagieren.

„He, Mann, ich weiß wirklich nicht, was Sie von mir wollen, ich hab echt keine Ahnung. Es tut mir Leid, wenn Ihnen die Geschichte nicht gefallen hat, oder so. Aber ich glaube, es ist besser, wenn Sie mich jetzt rauslassen, ich meine, ich würde es vorziehen, lieber mit der S-Bahn ..."

„Verdammt noch mal, Ansgar, warum tust Du das? Warum tust Du mir das an? Was habe ich dir getan, was hat sie Dir getan?"

Ansgar hatte keine Ahnung, was Schramm wollte.

„Hören Sie, ich weiß nicht, was Sie von mir wollen, wirklich! Es tut mir Leid, wenn es Ihnen nicht gut geht. Liegt es an Löwe? Ich meine, ..."

„Löwe? Wie kommst Du auf Löwe? Du weißt es, nicht wahr? Stell Dich nicht blöd, Junge, ich kann auch anders, ich hab eigentlich nichts mehr zu verlieren! Das warst Du, hab ich Recht? Du warst es, aber warum musste sie sterben?"

Ansgar Unger fuhr sich aufgeregt durch das Gesicht. Während dessen beschleunigte Andreas seinen Toyota.

„Sterben? Wer musste sterben? Ich weiß wirklich nicht, was los ist, Herr Schramm. Wer musste sterben?"

„Petra. Sie ist tot, und Du weißt, dass sie tot ist. Du hast sie auf dem Gewissen und wenn Du nicht auch bald tot sein willst, würde ich Dir empfehlen, die Wahrheit zu sagen. Hier, jetzt, das ist Deine einzige Chance, Deine einzige Chance. Noch kannst Du da rauskommen, lebend meine ich. Was die Polizei mit Dir macht, keine Ahnung, darauf habe ich keinen Einfluss. Aber Du hast das Spiel überreizt, um es gelinde zu formulieren. Dein Leben ist verpfuscht, so oder so. In dieser Beziehung teilen wir das gleiche Schicksal. Ich für meinen Teil habe nichts mehr zu verlieren. Im Gegensatz zu Dir. Lass uns einen Tie-Break spielen, die 50:50 - Chance. Wahrheit oder Sterben!"

Bei Ansgar Unger läuteten jetzt sämtliche Alarmglocken, denn Schramm war nicht mehr zurechnungsfähig, und es schien so, als würde er seinen Worten Taten folgen lassen. Er überlegte kurz, ob er es riskieren konnte, aus dem fahrenden Wagen zu springen. Aber Schramm hatte den Wagen inzwischen auf beinahe 90 Stundenkilometer beschleunigt. Er musste auf eine rote Ampel hoffen.

„Herr Schramm, ich weiß wirklich nicht, was los ist, ehrlich. Ich habe Angst, verstehen Sie, ich meine, was haben Sie vor mit mir?"

„Das hängt von Dir ab, Junge, wenn Du die Wahrheit sagst, dann ist alles in Ordnung und Du kommst heil davon. Aber ich würde schnell handeln, denn der Tie-Break läuft bereits!"

Wahrheit? Von welcher Wahrheit sprach er. Ansgar schaute aus dem Fenster und sah, dass die Ampel etwa hundert Meter vor ihnen auf rot sprang. Er hatte nur diese eine Chance. Aber die Chance war keine Chance, denn Schramm ignorierte die Ampel und setzte seine Fahrt ungebremst fort.
„Mir macht es nichts aus zu sterben, jetzt nicht mehr. Das Leben hat seinen Sinn verloren, und ich weiß, dass Du weißt, weshalb!"
„Bitte, bitte Herr Schramm, ich bin erst 17. Ich weiß nicht, was Sie von mir wollen. Ich gebe aber gern alles zu, was Sie wollen, nur, bitte, lassen Sie mich gehen!"
„Was hast Du mit ihr gemacht? Warum gerade sie, warum nicht mich, sie hatte nichts mit alldem zu tun...!"
„He Mann, bitte, vielleicht sollten Sie einfach zu einem Arzt gehen, verstehen Sie? Das hat doch keinen Sinn, Herr Schramm!"
Ansgar krallte sich an der Halterung der Beifahrertüre fest. Sie waren nur noch wenige hundert Meter von der Auffahrt zur Autobahn entfernt, und Schramm beschleunigte den Wagen immer mehr. Mehrere Male waren sie bereits angehupt worden. Fast jeder zweite entgegenkommende Wagen gab Lichthupe.
„Falsche Antwort, ganz falsch. Sieht so aus, als würdest Du den Tie-Break verlieren, und nicht einmal so knapp! Ich hätte nie gedacht, dass mir so etwas einmal in den Sinn kommen würde, aber Du wolltest es wohl nicht anders. Hattest Du nicht gesagt, dass Du in einem halben Jahr Deinen Führerschein machen willst, Ansgar? Gut, dann schon mal vorab folgender Hinweis: Prinzipiell führen zwei Straßen auf eine Autobahn: Die, die mit einem weißen Pfeil auf blauem Grund, wie hier links in etwa 100 Metern zu sehen. Das ist die offizielle, legale Möglichkeit. Aber dann gibt es noch ein rotes Schild mit einem weißen Balken. Die so gekennzeichnete Straße sollte man nicht benutzen, da muss man nämlich mit Gegenverkehr rechnen, weißt Du? Nimm diesen Weg nie, es sei denn, Du stehst auf den ganz besonderen Kick, oder, Du hast nichts mehr zu verlieren, nicht einmal einen Tie-Break. Aber das Eine kann ich Dir sagen: Die Aufmerksamkeit gehört Dir, wenn Du Dich für das rot-weiße Einfahrtsschild entscheidest. Falls Du mir nicht glaubst, zeige ich es Dir, pass mal auf!"
Schramm zog den Toyota ohne Vorwarnung nach links, überquerte die Gegenfahrbahn, wobei mehrere entgegenkommende Fahrzeuge scharf bremsen mussten, und steuerte in falscher Fahrtrichtung auf die Autobahnausfahrt zu.
„Sieht so aus, als hättest Du verloren, Ansgar!"

87.

Andreas Schramm kam in einem Krankenhaus zu sich. Drei gebrochene Rippen bereiteten ihm starke Schmerzen beim Atmen. Von seinem Kopf, der sich auf die gefühlte doppelte Größe ausgedehnt hatte, ging ein dumpfer, pochender Schmerz aus. Man hatte ihm eine Nackenstütze verpasst und versorgte ihn mit einer Infusion. Gemessen an den Verletzungen Ansgar Ungers, waren seine Verletzungen allerdings nur unbedeutende Kratzer. Sein Glück war, dass sie schlimm genug waren, um von dem am Unfallort anwesenden Arzt als „krankenhausreif" eingestuft zu werden. Andernfalls hätte Andreas sein Krankenzimmer nämlich mit einer Gefängniszelle tauschen müssen. Von alldem, wie auch von der Ernsthaftigkeit der Verletzungen des Jungen, wusste Andreas zu diesem Zeitpunkt allerdings noch nichts. Thomas Auer, der Kripobeamte, würde ihn jedoch bald über alles informieren. Draußen vor seiner Zimmertür saß ein Polizeibeamter. Wenn auch die Fluchtgefahr in seinem Fall eher unwahrscheinlich war, so hatte der ermittelnde Staatsanwalt die Überwachung aus eben diesem Grund ausdrücklich angeordnet. Die wenigen Minuten des Alleinseins, angefangen von dem Zeitpunkt, da er wieder zu sich kam, bis zu dem Moment, da Thomas Auer ihm Gesellschaft leisten würde, verbrachte Andreas damit, die Ereignisse der letzten 15 Stunden noch einmal Revue passieren zu lassen. Angestrengt versuchte er herauszufinden, ob er seinen Wagen tatsächlich bis auf die Autobahn manövriert hatte, und wie er letztendlich gestoppt worden war. Nach nur wenigen Augenblicken hatte sich jedoch der Schmerz über Petras Tod wieder aus seinem Versteck geschlichen. Dabei nahm er allerdings nicht mehr, wie gestern Nachmittag noch, sein ganzes Denken ein. Mindestens ebenso sehr belastete ihn in diesem Moment die Sorge um den Jungen.
Ob er tot war? Konnte es tatsächlich sein, dass Ansgar Unger mit Petras Entführung nichts zu tun hatte?
Petra ...wie soll ich so nur weiter leben können?

Er fragte sich, ob er wohl im Südklinikum, Petras Krankenhaus, lag? Dann wunderte er sich, weshalb keine Polizei da war. Warum hatte man ihn nicht vernommen? Ob irgendwo Kameras installiert wurden? Und was war mit dem Jungen los? Angestrengt kratzt er sich die rechte Augenbraue. Er sah die Klingel an seinem Bett, mit der man die Schwester benachrichtigen konnte. Was hätte er dafür gegeben, wenn ein Knopfdruck genügen würde, um Petra durch die Zimmertüre kommen zu sehen. Er hasste sich. So wie jetzt hatte er nie werden wollen. Warum hatte er nicht auf sie gehört? Dann betätigte er die Klingel.

Keine Minute später betrat ein Polizist sein Zimmer. Als er sah, dass Andreas aufgewacht war, nahm der Beamte sein Mobiltelefon aus der Tasche. Vorher näherte er sich Andreas und sagte:
„Machen Sie jetzt keine Dummheiten, es ist so schon schlimm genug!"
Er wählte eine Nummer und wartete.
„Er ist aufgewacht. Nein. Ja. Mache ich, bis gleich!"
Als der Polizist aufgelegt hatte, wandte er sich an Andreas.
„Brauchen Sie etwas?"
„Nein, nein. Ich..., können Sie mir vielleicht sagen, was genau passiert ist?"
„Sie müssen sich einen Moment gedulden, es kommt gleich ein Kollege!", antwortete der Polizist, der noch sehr jung wirkte. Er hatte eine Narbe an der linken Seite seines Kinns.
„Ich verstehe. Können Sie mir wenigstens sagen, wie es dem Jungen geht, ich meine, der in meinem Auto mitgefahren ist?"
„Er ist wohl außer Lebensgefahr, aber es sah nicht gut aus. Mehr kann ich auch nicht sagen!"
Andreas nickte.
Dann starrte er an die Decke. Er konnte immer noch nicht glauben, was er getan hatte. Aber er konnte sich nicht daran erinnern, wie die Sache ausgegangen war? Hatte er einen Unfall mit einem anderen Wagen verursacht? Was meinte der Polizist mit „es sah nicht gut aus"?
„Darf ich Ihnen noch eine Frage stellen?"
Der Polizist nickte.
„In welchem Krankenhaus bin ich?"
„Nordklinikum!"
Andreas schloss die Augen. Wenigstens das.

Auer betrat das Zimmer, ohne anzuklopfen. Im selben Moment erhob sich der andere Polizist, nickte Auer zu und ging kommentarlos aus dem Zimmer.
„Wie geht es Ihnen?", fragte Auer, und Andreas sah ihm an, dass er die Frage nur aus Höflichkeit stellte. Da war keine Spur mehr von Columbo. Er würde nicht lange taktieren, sondern ziemlich schnell zur Sache kommen.
„Es geht schon."
„Gut, dann ohne viele Sentimentalitäten und langes Taktieren: Sie sitzen in der Scheiße, ziemlich tief sogar, würde ich sagen. Ich weiß nicht, welcher Teufel Sie gestern geritten hat, aber spätestens seit dieser Aktion sind Sie aktenkundig. Die Phase des armen Schweins, der eine kleine Dummheit begangen hat, die möglicherweise aufgrund einer Verquickung unglückli-

cher Ereignisse große Ausmaße angenommen hat, ist nahtlos in einen Straftatenkatalog, der gut und gern drei Jahre Gefängnis bedeuten kann, übergegangen. Das muss Ihnen klar sein. Und Sie können von Glück reden, dass der Junge so gut reagiert hat!"
Andreas antwortete nicht.
„Eines muss ich noch sagen, alles was Sie jetzt sagen, kann man gegen Sie verwenden, wenn Sie verstehen, was ich meine. Sie haben natürlich das Recht, einen Anwalt anzurufen!"
„Einen Anwalt? Aber ich habe keinen Anwalt, Herr Auer!"
„Das kann man ganz leicht aus der Welt schaffen. Da gibt es etliche, die ihre Dienste gern zur Verfügung stellen. Man muss sie nur anrufen und nach Lage der Dinge könnte ihr Fall nicht einmal so unlukrativ werden. Aber dies zu beurteilen, obliegt dem Ermittlungsrichter, dem Sie aller Voraussicht nach schon morgen vorgeführt werden!"
„Ich kann verstehen, dass Sie nicht gut auf mich zu sprechen sind, Herr Auer, aber ..."
„Hören Sie, Sie scheinen das immer noch nicht zu registrieren, hier geht es nicht darum, wie ich auf Sie zu sprechen bin, nicht die Spur. Wir sind mindestens drei Ebenen höher in diesem Spiel. Sie sind offiziell in Untersuchungshaft, verstehen Sie!"
„Untersuchungshaft?", Andreas wiederholte das Wort wie eine Krebsdiagnose.
„Exakt!"
„Was bedeutet das, ich meine, ich weiß wirklich nicht ...!"
„Also, nach Ihrer Autoaktion hat sich der leitende Staatsanwalt der Sache angenommen. Dabei hat er mit mir Kontakt aufgenommen, besser gesagt mit unserer Sonderkommission, wobei nicht nur die Sache von gestern zur Sprache kam. Ich musste ihm auch von Löwe erzählen, verstehen Sie? Auch das ist jetzt offiziell. Die Autobahnfahrt allein, das hätte ich mit ihm vielleicht noch in Richtung Unzurechnungsfähigkeit deichseln können. Dazu hätte man ihre Unbescholtenheit in die Waagschale werfen können, verbunden mit der Tatsache, dass der Tod ihrer Freundin einen Schock ausgelöst hat. Aber zusammen mit der vermeintlichen Vergiftung - Sie können von Glück sagen, dass der Arzt angeordnet hat, Sie aufgrund Ihres Zustandes in einem Krankenhaus unter zu bringen. Aufgrund der Fluchtgefahr werden Sie von zwei Beamten - einen davon haben Sie ja bereits kennen gelernt - rund um die Uhr bewacht. Wenn es Ihr Gesundheitszustand zulässt, werden Sie, wie ich schon sagte, wahrscheinlich schon morgen, einem Ermittlungsrichter vorgeführt. Dieser wird dann entscheiden, ob Sie bis zu Ihrer Verhandlung in U-Haft bleiben müssen, oder ob Sie wieder auf freien Fuß kommen. So einfach ist das. Und ich würde

Ihnen raten, mit Anwalt aufzukreuzen. Es kann sein, dass auch ich bei der Verhandlung anwesend sein werde, denn der Ermittlungsrichter möchte sich ein umfassendes Bild von Ihnen machen!"
Andreas schloss die Augen.
„Das sind die Fakten. Können Sie mir vielleicht verraten, was Sie mit dieser verrückten Aktion erreichen wollten?"
„Wie geht es Ansgar? Kommt er durch?"
„Ja, er ist nicht in Lebensgefahr, obwohl es ihn ganz schön erwischt hat: Schlimme Gehirnerschütterung, Bruch des rechten Schlüsselbeins und des rechten Schien- und Wadenbeins. Auch einige Rippen sind in Mitleidenschaft gezogen!"
Andreas biss sich auf die Lippen. Er war froh, dass der Junge lebte, gleichzeitig aber machte er sich große Sorgen um ihn. Ob er im selben Krankenhaus lag?
„Es tut mir Leid, es tut mir so Leid!", flüsterte er.
„Ich verstehe nicht, wie Sie so reagieren konnten. Dass man in Ihrer Lage die Nerven verlieren kann, nach dem Tod Ihrer Freundin - gut. Nachvollziehbar. Aber warum fixieren Sie sich so auf diesen Jungen?"
„Ich war mir sicher, dass er es war. Es kommt außer ihm niemand in Frage, verstehen Sie?"
„Ehrlich gesagt, nein. Wir hatten ihn beschattet. Er hat sich nichts zu schulden kommen lassen. Volleyballspielen, das war alles, das ist aktenkundig, Herr Schramm! Und ich erinnere mich, dass ich Sie gestern über die Ergebnisse der Observation in Kenntnis gesetzt hatte."
Andreas antwortete nicht. Er dachte an Ansgars Aufsatz und überlegte, ob er Auer davon erzählen sollte.
„Werde ich im Gefängnis bleiben müssen, ich meine, bis zu meiner Verhandlung?"
„Das entscheidet der Ermittlungsrichter. Aber ich könnte mir durchaus vorstellen, dass Sie damit rechnen müssen. Ich bin kein Jurist, aber da gibt es schon mehrere Anklagepunkte: Vollendete gefährliche Körperverletzung bei besonderer Gefährdung der Allgemeinheit, Nötigung, Eingriff in die Straßenverkehrsordnung und die Sache mit Löwe!"
„Manchmal glaube ich, dass ich in einer Parallelwelt bin, verstehen Sie? Oder als hätte man mich in einen schlechten Film eingeschleust, so wie in einem Science Fiction - Roman. Ich denke dann, dass ich aufwache und alles ist wieder wie ... oder dass der Regisseur die Dreharbeiten für beendet erklärt und mich wieder nach Hause schickt!" Auer reagierte nicht auf Schramms Phantasien und konzentrierte sich auf das Wesentliche.

„Wie ich schon sagte, ich werde dabei sein, wenn Sie dem Ermittlungsrichter vorgeführt werden. Das muss nicht unbedingt ein Nachteil sein, aber stellen Sie sich darauf ein, dass Sie in U-Haft bleiben müssen!"
„Es tut mir wirklich Leid, ich weiß auch nicht, warum ich durchgedreht bin. Aber nach all der Warterei, wissen Sie, ich dachte einfach, sie kommt wieder heim!"
Er biss sich auf die Zähne und weinte. Dafür hasste er sich.
„Hören Sie, es ist jetzt einfach wichtig, dass Sie, gesetzt den Fall dass der Richter Sie rauslässt, keinerlei Eigenaktionen mehr starten. Überlassen Sie uns die Ermittlungen. Arbeiten Sie mit uns zusammen, dann wird es uns gelingen, die Sache aufzuklären. Aber hören Sie auf, James Bond zu spielen. Die Fakten sprechen ihre eigene Sprache, da spielt es keine Rolle, wie Sie in die Situation reingeschlittert sind. Es ist auch nicht von Belang, wie ich über all das denke. Ich will den Mörder Ihrer Freundin finden, sofern es sich um Mord handelt, verstehen Sie?"
Andreas nickte. Er starrte wieder an die Decke.
Dann zog der Polizist einen Zettel aus seiner Hemdtasche und entfaltete ihn auf dem kleinen Tisch neben Andreas' Bett.
„Hier, es könnte sein, dass wir eine Spur haben!"
Andreas sah, dass es sich um eine Fotokopie des Drohbriefes handelte. Er nahm den Brief in die Hand und atmete tief durch, wobei wieder ein Schmerz wie ein Stich in seine Rippen fuhr.

MÖRDER!
S**A**G DE**N** BULLEN WAS
LO**S** IST O**DER** ES
K**O**MMT G**A**NZ HART

„Es ist wohl so, dass in diesem Brief Buchstaben einer Schriftart aufgetaucht sind, die es offiziell noch gar nicht gibt!", klärte Auer auf, „die Buchstaben, um die es sich handelt, sind umrandet! Die Jungs aus München haben festgestellt, dass es sich um eine Weiterentwicklung der Schriftart *Westminster* handelt. Sagt Ihnen das vielleicht etwas?"
Angestrengt betrachtete Andreas die Buchstaben. Es tat irgendwie gut, denn es lenkte von all dem ab, was jetzt vor ihm lag, all den Sorgen und Problemen seines verpfuschten Lebens, welches keinerlei Perspektiven mehr zu bieten schien. Im Grunde genommen gab es nur noch ein Ziel: Er wollte herausfinden, wer Petra dieses Leid zugefügt hatte. Das war die einzige Motivation zum Weiterleben. Wie hypnotisiert starrte er auf die markierten Buchstaben, und für einen kurzen Moment wähnte er so etwas wie

Erkenntnis, ein Aufflackern einer Erinnerung dahinter. Aber es war zu kurz, als dass er es hätte wahrnehmen, geschweige denn auswerten können.
„Nein, es tut mir Leid, ich..., ich kann mich einfach nicht richtig konzentrieren. Dürfte ich die Kopie vielleicht behalten, ich meine, nur für den Fall, dass mir etwas einfallen sollte?"
„Kein Problem, klar. Aber eines ist auch klar, keine Eigenaktionen mehr, verstanden?"
Andreas nickte. Und nach einer kurzen Pause fragte er:
„Wieso das alles? Ich meine, wer schreibt einen Drohbrief und entwickelt eine eigene Schriftart dafür. Ist es nicht normalerweise so, dass man so unauffällig, so wenig angreifbar wie möglich erscheinen will?"
„Prinzipiell ja. Das Papier aus dem die Buchstaben ausgeschnitten wurden, stammt auch definitiv nicht aus Illustrierten, so wie die restlichen Buchstaben! Es gibt mehrere Theorien: Nummer 1: Der Täter war ein Amateur, hat einfach Fehler gemacht, oder Theorie 2: Er wollte sich verewigen mit der Schriftart - hinter der möglicherweise sogar so etwas wie eine Botschaft stecken könnte. Dies heißt dann wohl auch, dass er sich seiner Sache ziemlich sicher sein muss. Außerdem muss er so etwas wie ein Computerfreak sein, jemand, der dieses Metier beherrscht. Nicht nachvollziehbar ist in diesem Fall allerdings, weshalb er nicht den ganzen Brief in der Schriftart verfasst hat und sich die Mühe gemacht hat, die Wörter aus einzelnen Buchstabenfragmenten zusammen zu stellen. Es könnte natürlich auch alles nur - und das wäre dann Theorie 3 - Zufall sein und er hat die Buchstaben aus einem Stapel Material herausgezogen, ohne nachzudenken, verstehen Sie?"
„Dann verstehe ich aber nicht, wie die Buchstaben in den Stapel gelangt sind, ich meine, falls es Zufall war. Das würde ja heißen, dass er zufällig in den Besitz eines Papiers gelangt ist, das mit einer bisher unbekannten Schriftart beschrieben wurde. Wer, wenn nicht er selbst, hätte das Papier denn verfassen sollen?"
Auer war überrascht von Schramms Auffassungsgabe und dessen Schlussfolgerungen. In Anbetracht des seelischen Zustandes des Lehrers hätte er ihm dies nicht zugetraut. Schramm musste davon besessen sein, den Mörder dingfest zu machen.
„Gute Frage. Ich weiß es nicht. Vielleicht war es ein Prospekt, irgend eine exklusive Werbung, die bei dem Irren im Briefkasten gelandet war, keine Ahnung. Es ist allerdings schon seltsam, dass die Schriftgelehrten aus München der Ursache der Schrift noch nicht auf die Spur gekommen sind. Das lässt den Schluss zu, es handle sich um eine eher noch kaum verbreitete, neue Schrift. Woraus man wohl wiederum schließen könnte, dass nur sehr Wenige bisher mit der Schriftart in Berührung gekommen sind!"

„Das heißt, wenn man herausfinden würde, wo die Schrift aufgetaucht ist - ich meine, gesetzt den Fall, der Täter hat sie nicht selbst erfunden, und macht sich einen Spaß mit der Sache - dann würde man den Täterkreis stark einengen können?"
„So könnte man es wohl ausdrücken!", bestätigte der Polizist.

88.

Der Aufenthalt in seiner Wohnung machte ihm Angst. Es war eine Angst, die er bisher nicht gekannt hatte, die auch nicht fassbar, geschweige denn erklärbar war. Er wusste nur, dass dies alles mit Petras Tod zu tun hatte. Denn es schien fast so, als sei sie immer noch da. Dafür waren nicht nur die vielen Dinge verantwortlich, die sich in der Wohnung befanden: ihre Kleidung, ihr Geruch, ihre Bücher, die Kosmetika im Bad, die Bilder, die sie aufgehängt hatte, die Kerzen, der Süßigkeitenteller ... es war viel mehr, so viel mehr. Alles erinnerte an sie, und es kam Andreas so vor, als wäre sie tatsächlich noch bei ihm. Aber er war noch nicht stark genug, um dieses Gefühl genießen zu können – er fürchtete sich davor. Sie redete mit ihm, nicht immer, aber es war eindeutig ihre Stimme. Sie schien ihn sogar zu berühren. Er konnte sie tatsächlich fühlen, so seltsam es sich auch anhörte. Manchmal versuchte er sich einzureden, den Verstand zu verlieren, doch er wusste, dass dem nicht so war. Für all das waren seine Emotionen verantwortlich, ein Cocktail aus Ohnmacht, Trauer, Verlustangst, Schuldgefühl und Wut. Er war nicht in der Lage, alles getrennt voneinander auf sich wirken zu lassen oder auch nur annähernd zu verarbeiten.
Wenn Sie mit ihm redete, gab er bereitwillig Antwort. Auch er selbst begann mitunter die Konversation und in diesen Momenten hatte es den Anschein, als sei sie nie weg gewesen. Als er am Nachmittag mit dem Zug ihre Eltern besucht hatte - man hatte ihm die Fahrerlaubnis entzogen -, hatte er sie sogar körperlich neben sich sitzen gesehen. Wie gut es getan hatte, mit ihr zu reden. Er wusste nicht, wie lange sie einfach nur ihre Gedanken ausgetauscht hatten, bis sie von dem Schaffner unterbrochen worden waren, der sich nach seinem Befinden erkundigt hatte. Er war zwar kein Psychologe, doch womöglich war all dies gar nicht so ungewöhnlich in seiner Situation. Trotzdem gab es eine Sache, die beinahe absurd war: In all den Gesprächen, die er seit ihrem Tod mit ihr in seiner Phantasie geführt hatte, war ihre Entführung und ihr Tod vollkommen außen vor geblieben. Weder er noch sie hatte das Thema angeschnitten. Es blieb stets unausgesprochen. Er für seinen Teil wusste, warum er ihren Tod in ihrer

emotionalen Gegenwart tabuisierte: Würde er das Gesprächsthema darauf lenken, hieße es gleichzeitig, ihren Tod zu akzeptieren, und davor fürchtete er sich mehr als vor all dem, was sonst noch auf ihn wartete. Er hatte sich bereits mit dem Gedanken befasst, sich eine neue Wohnung zu suchen, um dieses seltsame Angstgefühl, welches von Petras emotionaler Nähe ausging, in den Griff zu bekommen. Aber noch war er dazu nicht in der Lage, aus dem gleichen Grund, da er in ihrer emotionalen Gegenwart ihren Tod ignorierte.

Die beiden letzten Tage waren wie im Zeitraffer abgelaufen, so als hätte er sie gar nicht selbst erlebt. Es war ihm in weniger als einer halben Stunde noch gelungen, einen Anwalt anzuheuern. Kunz war ihm nicht sonderlich sympathisch, doch dies spielte im Grunde genommen keine große Rolle. Wichtiger war, dass er es geschafft hatte, den Haftrichter davon zu überzeugen, Andreas bis zu dessen eigentlicher Gerichtsverhandlung von der Untersuchungshaft zu verschonen. Sowohl Kunz als auch Thomas Auer hatten im Vorfeld von einer 50:50 - Chance gesprochen. Einer der Ausschlag gebenden Aspekte war neben Andreas' bisheriger kriminalistischer Unbescholtenheit wohl die Tatsache, dass er sich reumütig zeigte. Er hatte weder versucht, sich zu rechtfertigen, noch die Sache klein zu reden. Außerdem hatte er mehrmals betont, dass er sehr besorgt um den Zustand von Ansgar Unger war, bei dem er sich in aller Form entschuldigen wolle. Dies hatte den Richter wohl letztlich überzeugt.

Auer hatte ihn begleitet, als er seine Habseligkeiten in der Schule abgeholt hatte. Peter Weimer, der Hausmeister hatte das Gebäude zu diesem Zweck eigens am Samstag aufgesperrt. Andreas hatte sein Fach im Lehrerzimmer geleert, seine Schlüssel abgegeben und sich kurz von einer sehr kühl wirkenden Frau Gerling verabschiedet, in deren Augen er hatte ablesen können, dass sie ihn für Löwes Mörder hielt. In dem Artikel, in dem eine große Nürnberger Tageszeitung die *Amokfahrt mit einem Schüler* für die Öffentlichkeit zugänglich machte, hatte es zwar noch keinen Hinweis auf Andreas' mögliche Verwicklung in Löwes Tod gegeben. Doch er glaubte, dass Frau Gerling wahrscheinlich bereits über den Sachverhalt informiert worden war. Von wem auch immer. Er machte weder den Versuch sich zu rechtfertigen, noch sich danach zu erkundigen, ob er, gesetzt den Fall, alles würde für ihn juristisch gut ausgehen, noch einmal eine Möglichkeit haben würde, die Referendarzeit zu beenden. Er kam sich fremd vor, deplatziert, schuldig. Dabei hatte er sich im Grunde genommen nichts mehr gewünscht, als mit Jugendlichen zu arbeiten, und in dem Lehrerberuf hatte er wirkliche Erfüllung gefunden. Es hatte ihm so großen Spaß gemacht, dass er sich nicht vorstellen konnte, nie mehr in diesem Beruf arbeiten zu dürfen.

Schlimmer jedoch als der Besuch in der Schule war der Besuch bei Petras Eltern. Petra war das jüngste von fünf Kindern gewesen, und Andreas hätte dies gern als mögliche Erklärung dafür gewertet, dass ihre Eltern deren Tod vordergründig sehr gefasst aufnahmen. Aber Andreas kannte Josef und Maria Zimmermann - sie hießen tatsächlich so – gut genug, um zu wissen, dass sie alles andere als *sehr gefasst* waren. Insbesondere Frau Zimmermann hatte gezeichnet gewirkt. Man konnte den Schock aus ihrem ansonsten so ausgeglichen wirkenden Gesicht ablesen. Josef Zimmermann hatte immer wieder den Kopf geschüttelt und den Arm um seine Frau gelegt. Andreas hatte im Vorfeld mit einer Tirade aus Schuldzuweisungen und Erklärungsbedürfnissen gerechnet, aber nichts davon war tatsächlich eingetreten. Der Schmerz, mit dem Petras Eltern konfrontiert wurden, war in diesem Moment viel zu stark, als dass es zu derartigen Konfrontationen kommen konnte. Sie hatten sich nicht einmal danach erkundigt, wann Petras Leichnam freigegeben wurde, oder wie man ihre Beerdigung organisierten musste. Vor Fragen wie diesen hatte sich Andreas am meisten gefürchtet. Als er mit den beiden am Tisch gesessen und einfach über Petra gesprochen hatte, war ihm kurz der Albtraum in den Sinn gekommen, in dem er die Gestalt einer Küchenschabe angenommen und Petras Eltern aufgesucht hatte. Er schämte sich für all das, was er den beiden angetan hatte.

Jetzt war es Sonntagabend, und er war allein in der Wohnung – allein mit Petras emotionaler Nähe und der Angst, damit nicht umgehen zu können. Nachdem er sich die Ereignisse der letzten beiden Tage noch einmal vor Augen geführt hatte, war er sich sicher, dass er sich zwar einer Reihe von Problemen gestellt hatte, dass diese jedoch noch nicht restlos ausgestanden waren. Es fing schon mit der lapidaren Sache an, nicht zu wissen, was er morgen machen wollte. Den Seminarbesuch konnte er montags jedenfalls bis auf Weiteres vergessen. Wahrscheinlich war das Thema Referendarzeit ein für alle Mal ad acta gelegt. Er saß im Wohnzimmer, starrte den ausgeschalteten Fernseher an und wartete darauf, Petras Stimme zu hören. Dann sah er die Kopie des Drohbriefes, den er gestern achtlos auf den Boden geworfen hatte. Es war so viel passiert, dass er völlig vergessen hatte, sich damit zu befassen. Auer hatte einige Buchstaben markiert, die von einer bisher unbekannten Schriftart stammten. Er drehte den Brief in seiner Hand, so als hoffte er, darin eine verschlüsselte Botschaft zu entdecken. Dann führte er den Brief ganz nahe an seine Augen.

„Hm", murmelte er, ohne es selbst zu bemerken, „schauen schon irgendwie komisch aus, die Buchstaben. Aber welcher Idiot schreibt einen Drohbrief

mit einer eigens dafür erfundenen Schriftart? Und warum verfasst er dann nicht den ganzen Brief in diesem Stil?"
Er hörte in den Raum hinein und hoffte eine Antwort von Petra zu bekommen. Doch dieses Mal blieb sie stumm. Das erste Mal eigentlich. Bedeutete dies, dass er sie verlor? Oder verabschiedete sich das, was von ihr noch da gewesen war, von ihm?
„He Schatz, wo bist Du? Du wüsstest es doch, oder? Du hattest immer die besten Ideen, konntest viel besser kombinieren als ich!"
Er bemerkte nicht, dass er in der Vergangenheit mit ihr sprach. Er fühlte sich allein, vielleicht zum ersten Mal, seit ihrem Tod. Die Hoffnung verschwand am Horizont, die Hoffnung, wieder das gleiche Leben leben zu dürfen, wie noch vor einer guten Woche. Er spürte, dass er Gefahr lief, von Depressionen übermannt zu werden. Erst jetzt bemerkte er auch wieder die Schmerzen in seinen Rippen, die ihn noch einige Wochen an seine Amokfahrt erinnern würden. Es kam ihm so vor, als wäre all dies in den vergangenen beiden Tagen in einem codierten Nummernkonto seiner Erinnerungen weggesperrt worden. Er musste an Ansgar denken. Wie es ihm wohl gerade ging? Der Wunsch, mit ihm zu reden war, wieder da - ihm einfach zu sagen, wie Leid ihm alles tat. Aber er hatte keine Ahnung, wie er mit dem Jungen in Kontakt treten sollte. Er schämte sich, fand einfach nicht die Kraft, mit ihm zu sprechen. Was hatte das alles noch für einen Sinn, jetzt, wo Petra nicht mehr da war? Er fühlte sich all dem nicht gewachsen. Und irgendwo in einer dunklen Ecke seines gezeichneten Verstands lauerte der Wunsch, sich wieder zu betrinken.

89.

Chrissie würde es ihm natürlich nie sagen, aber sie hatte das Gefühl, das Ansgars Unfall – der ja eigentlich gar kein Unfall war – sogar seine gute Seite hatte. Denn so, wie er hier und jetzt in diesem Krankenzimmer mit ihr redete, wie er, - trotz seiner Schmerzen - auf sie einging, sich bemühte, höflich und nett zu sein, so hatte sie ihn nur sehr kurz gekannt, in der Phase, in der sie mit ihm befreundet gewesen war. Eigentlich waren es nur zwei oder drei Wochen gewesen, in denen Ansgar so mit ihr umgegangen war, und es war dieser Ansgar, in den sie sich letztlich auch verliebt hatte. Von jenen Gefühlen war heute natürlich nichts mehr übrig nach über einem halben Jahr, doch spätestens jetzt fing sie an, ihn wieder zu mögen und sich in seiner Gegenwart nicht mehr unwohl zu fühlen. Er wirkte nicht mehr so verbohrt, überehrgeizig, ohne jeglichen Humor. Und obwohl ihm

die Verletzung mindestens ein halbes Jahr an verpasstem Volleyballtraining kostete und seinen sportlichen Aufstieg von einer auf die andere Sekunde jäh unterbrochen, möglicherweise sogar beendet hatte, war Ansgar ausgeglichen wie schon lange nicht mehr. Seine rechte Körperhälfte war ziemlich lädiert: Das Bein, an dem ein bizarres Schrauben- und Drahtgestell befestigt war, lag in einer Art Schiene, die Schürfwunden waren mit einigen Verbänden versorgt worden und um seine muskulösen Schultern hatte man einen sogenannten Rucksackverband gelegt, um damit das gebrochene Schlüsselbein ruhig zu stellen. Außerdem hatte man ihm einen Stützverband um den Hals gelegt.
„Hast Du starke Schmerzen?", wollte Christine wissen.
„Heute geht es eigentlich, gestern nach der Schienbein-OP war es der Hammer, nachdem die Schmerzmittel nicht mehr gewirkt haben!"
Sie nickte.
„Und jetzt ist es besser?"
„Schon, das Blöde sind nach wie vor die gebrochenen Rippen. Da kann man aber auch nicht viel machen. Bei jedem Atemzug merkst Du das, am schlimmsten ist es, wenn ich lache!"
„Dann sollte ich wohl keine Witze machen, was?"
„Nicht unbedingt!" Er lächelte.
„Schön, dass Du gekommen bist, wirklich!"
„Das mache ich doch gern, das weißt Du doch, oder?"
„Klar, weiß ich. Aber es ist trotzdem schön!" Er versuchte sich ein wenig auf seine linke, einigermaßen unversehrte, Seite zu drehen, um sie besser anschauen zu können. Außer den beiden war noch ein junger Mann im Zimmer, der mit geschlossenen Augen in seinem Bett lag und Musik über einen mp3-Player hörte.
„Waren eigentlich schon mehr Leute aus der Klasse da?"
„Ne, schätze mal, das wissen noch gar nicht so viele. Ist ja erst nach der Schule passiert am Freitag. Und der Zeitungsbericht war ja auch ohne Namen. Hätte jeder sein können!"
Das stimmte. Sie musste daran denken, dass ihr Steffi von Ansgars Unfall erzählt hatte, weil ihre Mutter für die Tageszeitung arbeitete, in welcher der eher sachlich nüchterne Artikel abgedruckt worden war. Gerade für Steffi war das Thema Geisterfahrt nicht so leicht zu verarbeiten gewesen, denn als sie mit ihrer Mutter darüber gesprochen hatte, waren bei Beiden die schlimmen Erinnerungen an den letzten Sommer wieder hochgekommen, als ihr Vater bei einem ähnlichen Unfall ums Leben gekommen war. Ansgar beäugte Chrissie, und sie spürte, dass sie jetzt schnell irgendetwas sagen musste, wenn sie verhindern wollte, dass er sich nach

ihren Gedanken erkundigte. Worüber sie jetzt auf keinen Fall sprechen wollte, war der schreckliche Tod von Steffi Bischofs Vater.
„Hast Du eine Ahnung, warum Herr Schramm das gemacht hat?", fragte sie schließlich, ohne vorher lange darüber nachgedacht zu haben.
Diese Mal war es Ansgar, der überlegte und nach den richtigen Worten zu suchen schien.
„Schwer zu sagen, ehrlich gesagt, ich habe ihn jedenfalls noch nie so gesehen, wirklich. Ich meine, er war wie weggetreten, völlig neben der Spur. Er hat auch lauter so wirres Zeug von sich gegeben, wie auf einem Trip oder so!"
„Wie meinst Du das, wirres Zeug?"
Mit einem Mal wurden Ansgars Gesichtszüge ganz hart. Er biss sich auf die Lippen und überlegte.
„Das war nicht der Schramm, den Du und ich kennen. Es war jemand völlig anderer. Er wollte von mir die Wahrheit hören!"
„Die Wahrheit? Welche Wahrheit?" Für einen kurzen Moment war Chrissie erleichtert über das, was Ansgar sagte. Denn sie hätte Schramm ein solches Verhalten niemals zugetraut. So aberwitzig es nach all dem, was in den letzten beiden Tagen passiert war, auch schien, sie mochte ihren Deutschlehrer noch immer. Und es tat wirklich gut, zu hören, dass er in einem Akt der Verzweiflung so gehandelt haben musste. Auch wenn es natürlich dessen Verhalten nicht entschuldigte, so wurde es zumindest erklärbar.
„Ich weiß es wirklich nicht. Es ging wohl um eine Frau, eine Petra, die tot ist. Ich hatte nicht den blassesten Schimmer, was er von mir wollte!"
„Petra, wer ist Petra? Jemand aus der Schule?"
Ansgar verzog schmerzverzerrt das Gesicht.
„Alles in Ordnung?"
„Ja, es geht schon. Die verdammten Rippen. Ne, ich glaube nicht, dass es was mit der Schule zu tun hat. Er hat plötzlich auch von Löwe angefangen, weißt Du!"
„Von Herrn Löwe?"
„Ja, ja, ich konnte mir auch keinen Reim darauf machen, weshalb. Er hat so einen verplanten Mist gefaselt, alles und nichts, völlig verdreht. Ich konnte mir auch nicht alles merken. Ich meine, er ist mit 120 Sachen oder so durch die Stadt gefahren!"
„Wo hat er Dich denn eigentlich aufgegabelt?"
„In der Schillerstraße, direkt vor unserer Wohnung!"
„Hat er Dich abgepasst?"
Ansgar überlegte.

„Nein, ich glaube nicht. Er hat es zumindest nicht gesagt. Aber wer macht so etwas schon, wenn er jemanden abpasst. Er sagte, er wäre beim Zahnarzt gewesen!"
„Das klingt ja völlig verrückt, wie in einem Film!"
„Sag ich Dir doch. Das war voll bizarr, als ob sich jemand einen schlechten Scherz mit Dir erlaubt. Mit versteckter Kamera oder so, aber in diesem Fall hatte man wohl die Kamera vergessen. Naja, ging ja noch einmal glimpflich aus!"
Er schaute zu seinem verschraubten Schienbein.
„Aber wieso macht er so etwas, ich meine, er war doch immer so nett!"
„Naja, wenn er in dem Wagen sein wahres Gesicht gezeigt hat oder seinen ganz persönlichen Mr. Hyde Gassi geführt hat ...ganz nett trifft es nicht unbedingt!"
Ihre Blicke kreuzten sich, und plötzlich mussten beide laut lachen. Der junge Mann, der in Ansgars Zimmer lag, wandte sich ihnen zu und lächelte. Ansgar hob kurz die linke Hand.
„Au, meine Rippen, au, hör jetzt mit dem Lachen auf!"
„Schon gut. Aber hast Du irgendeine Ahnung, was das alles mit Dir zu tun haben könnte, dass bei Herrn Schramm eine Sicherung durchgebrannt ist?"
Wieder überlegte Ansgar. Dieses Mal sah Chrissie ein leichtes Zucken um seinen linken Mundwinkel. Er musste eigentlich nichts sagen, denn dieses Zucken gab die Antwort. Er wusste etwas, oder er hatte zumindest eine Vermutung.
„Warum interessierst Du Dich denn so für Schramm, ich meine, was weiß ich, was mit ihm los war? Es ging ihm sicher verdammt schlecht, mag sein, aber ich wäre um ein Haar dabei draufgegangen!"
Chrissie versuchte zu lächeln.
„Tut mir Leid, so hab ich das auch nicht gemeint. Aber ich wundere mich einfach, dass jemand, der eigentlich sehr ausgeglichen ist ...!"
„Was soll ich sagen?", unterbrach Ansgar.
„Es könnte ja sein, dass da etwas ist, Ansgar, ich kenne Dich. Ich werde den Eindruck nicht los, dass Du mir nicht alles gesagt hast. Kann natürlich auch sein, dass ich mich irre, klar. Aber das glaube ich nicht. Lass es mich mal so sagen, wenn Du mit jemandem reden wolltest, ich stünde zur Verfügung. Und ich würde auch kein Wort darüber verlieren, zu niemandem, und ich denke, das weißt Du!"
„Mensch Chrissie. Du müsstest Dich mal sehen. Ich sag Dir nur eins, bitte werde niemals Psychologin, sonst entlockst Du mit dieser Masche dem Teufel noch seine Handynummer!"
Dieses Mal lächelte Chrissie nicht. Sie wusste, dass sie die Sache richtig eingeordnet hatte.

„Gut, ich erzähle es Dir. Aber das bleibt unter uns, okay?"
Sie nickte.
„Er hat von meinem Aufsatz angefangen!"
„Von Deinem Aufsatz?"
„Ja, von der Kurzgeschichte, die er uns aufgegeben hatte...!"
„Alles klar, jetzt bin ich dabei! Was hat die Geschichte denn mit all dem zu tun?"
„Nun, da müsste ich noch etwas ausholen, hat die Dame noch Zeit?"
„Die Dame nimmt sich die Zeit für den Herrn!"
„Also, zuerst habe ich gar nicht verstanden, was er wollte. Er hat einfach nur den Titel der Geschichte genannt! Wie aus dem Nichts!"
„Und? Was ist daran so sonderbar, abgesehen davon, dass er überhaupt damit anfing?"
„Wie soll ich sagen, ich konnte mich gar nicht mehr an den Titel meiner Geschichte erinnern, ich wusste gar nicht, was Schramm wollte!"
„Das klingt nicht gerade logisch, wie kann es denn sein, dass Dir der Titel nicht mehr eingefallen ist? Warst Du irgendwie in so einem komischen Schockzustand?"
„Auch!" Wieder biss er sich auf die Lippen.
„Was meinst Du mit *auch*?"
„Hör zu, Chrissie, ich muss Dir das nicht erzählen, und ich weiß auch nicht, warum ich es Dir erzählen sollte, ich weiß nur, *dass* ich es Dir erzähle. Aber bitte, bitte behalte es für Dich. Ich denke, ich habe ein schlechtes Gewissen, und deshalb kommt mir die Gelegenheit auch nicht gerade ungelegen!"
„Okay. Ich habe wirklich keine Ahnung, was das alles soll, aber Du wirst mich ja hoffentlich nicht noch länger auf die Folter spannen!"
„Sie ist nicht von mir!"
Chrissie runzelte die Stirn.
„Die Geschichte, die Kurzgeschichte ist nicht von mir!"
Chrissie hielt den Atem an. Sie hatte alles erwartet, nur das nicht. Das bedeutete, Ansgar hatte falsch gespielt. Das war vollkommen gegen sein oberstes Prinzip.
„Was? Das kann nicht sein. Du? Du hast falsch gespielt?"
Ansgar nickte ernst.
„Wieso, ich meine, das bist doch nicht Du? Hast Du sie irgendwie abgeschrieben?"
„Könnte man so sagen, irgendwie...!"
„Könnte man sagen? Jetzt komm schon, lass Dir nicht jedes Wort aus der Nase ziehen!"
„Die Schnalle hat sie geschrieben!", sagte Ansgar ruhig.

„Schnalle?"
„Die dicke Gürtelschnalle, Ralfi Sommer, es war seine Geschichte!"
Chrissie konnte nicht glauben, was sie da hörte. Sie musste sofort an ihr seltsames Rendezvous mit Ralf Sommer denken und fröstelte.
„Bitte? Sag das noch mal!"
„Er wollte mir einen Gefallen tun, Du kennst ihn doch. Er war fast schon penetrant, ich meine, ich weiß, es war ein Fehler. Als Gegenleistung sollte ich ihn zu einem Döner einladen, am besten irgendwo, wo es die halbe Schule mitbekommen sollte! Er wollte in den Club der Elitären eingeführt werden, was weiß ich. Manchmal denke ich, der tickt nicht ganz richtig!"
„Und Du glaubst, Schramm hat gemerkt, dass der Aufsatz nicht von Dir war?"
„Was weiß ich, keine Ahnung. Aber wenn, ich meine, wenn das die Reaktion auf einen geklauten Aufsatz ist, dann sollte der Typ ernsthaft über einen Berufswechsel nachdenken."

90.

Thomas Auer hatte schon gut zehn Minuten mit Susanne Schuster gesprochen, die man wohl als Petra Zimmermanns beste Kollegin bezeichnen konnte. Die Beiden hatten sich angefreundet und in regelmäßigen Abständen auch öfters gemeinsam etwas unternommen. Umso verständlicher war es deshalb auch, dass die junge Frau noch unter Schock stand, als sie über Andreas Schramms verstorbene Freundin sprach. Auer machte es nichts aus, die Frau einfach reden zu lassen. Dies schien ihr gut zu tun; außerdem halfen ihre Schilderungen Thomas Auer dabei, ein besseres Bild über die Verstorbene zu bekommen. Informationen über das Opfer waren nicht selten nützlich dabei, um Rückschlüsse auf ein mögliches Motiv des Täters zu gewinnen. Wobei in diesem Fall das Motiv eigentlich klar war. Es handelte sich mit ziemlicher Sicherheit um einen Racheakt an dem Lebensgefährten des Opfers. Der Täter hatte sich gewissermaßen für den indirekten Weg entschieden. Vielleicht gab das Gespräch aber Erkenntnisse darüber, warum der Täter diesen Umweg gewählt hatte. Susanne hatte im bisherigen Verlauf der Unterhaltung immer wieder Petras Selbstlosigkeit und ihre überaus große Hilfsbereitschaft betont.
„Und sie hat die Menschen ernst genommen, wissen Sie!", sagte sie und nahm einen Schluck aus ihrer Kaffeetasse. Die beiden saßen in der Cafeteria des Südklinikums.
„Sie meinen, wenn jemand Probleme hatte, die Patienten?"

„Ja, für Petra war das nicht nur ein Job. Sie hat das wirklich gern gemacht, trotz der erschwerten Bedingungen der letzten Jahre, Sparmaßnahmen und so weiter. Sie war ja auch eigentlich total überqualifiziert."
„Überqualifiziert?"
„Ja, sie hatte Abitur und wollte ursprünglich Medizin studieren, aber irgendwie hat es mit dem Notendurchschnitt nicht ganz hingehauen. Ich weiß auch nicht so genau. Aber es gab das Ziel, mittelfristig es noch einmal anzugehen mit dem Studium!"
Darüber hatte er mit Schramm auch schon gesprochen. Dies war wohl auch der Grund dafür, dass sie sich auf die Sache mit dem Schlafmittel eingelassen hatte, als es darum gegangen war, den Direktor zu betäuben. Auer erinnerte sich daran, dass Schramm ihm erzählt hatte, es sei wohl in erster Linie darum gegangen, die Zukunft zu planen. Er überlegte, ob er dies zur Sprache bringen sollte. Vielleicht war allerdings diese direkte Vorgehensweise die falsche Lösung.
„Ist Ihnen in den letzten Tagen, bevor das alles passiert ist, irgend etwas aufgefallen?", fragte er stattdessen.
Sie überlegte.
„Nein, nicht dass ich wüsste!"
„Gab es vielleicht einen Zwischenfall mit einem Patienten oder mit einem der Ärzte? Oder gab es neue Kontakte in Zusammenhang mit ihrem Beruf? Verstehen Sie, auch der kleinste Hinweis könnte uns weiterhelfen!"
„Ich kann dazu nur sagen, dass sie es als eine der wenigen verstanden hat, die Sprache aller zu sprechen. Sie konnte mit Patienten genauso gut wie mit Ärzten. Ja, und das Verhältnis zum Pflegepersonal war sowieso perfekt!"
„Und da gab es nichts, was vielleicht auf den zweiten Blick etwas sonderbar war?"
Sie stützte ihr Kinn auf ihre linke Hand und blickte an Thomas Auer vorbei. So, als ginge sie im Geiste die letzten Tage, die Petra auf der Station zugebracht hatte, noch einmal durch.
„Hm, ich weiß nicht, ob das in die entsprechende Kategorie gehört, aber vor gut zwei Wochen, da lief jemand durch die Station, dem es nicht sehr gut zu gehen schien. Ziemlich leidend und ungepflegt, wissen Sie!"
„Ein Patient?"
„Nein, kein Patient, ich hielt ihn zunächst für einen Besucher, was aber nicht der Fall war!"
„Und kannte ihn Frau Zimmermann?"
„Nein, das nicht, aber sie hat mit ihm gesprochen, ein- oder zweimal. Es ging wohl um die Mutter des Mannes, so weit ich mich erinnern kann!"
„Aber was ist daran ungewöhnlich?"

„Das ist doch Ihr Job; ich meine, aus unserer Sicht ist es schon seltsam, wenn irgendeine Gestalt eine halbe Stunde lang den Flur auf- und abgeht, der weder Patient, noch Besucher ist, verstehen Sie!"
„Könnte es sein, dass der Mann nicht zufällig gerade auf der Station auf- und abgegangen ist, auf der Petra Zimmermann arbeitete?"
„Ich weiß es nicht, so weit würde ich nicht gehen. Aber die ganze Körpersprache... es war schon so etwas wie ein unausgesprochener Hilfeschrei, und wie ich schon sagte, das fiel bei Petra dann schon auf fruchtbaren Boden!"
„Und Sie würden ausschließen, dass sich die beiden kannten!"
„Ja, definitiv. Petra hatte ihn noch nie zuvor gesehen!"
„Und es blieb nicht bei der einen Unterhaltung zwischen den Beiden?"
„Nein, ich glaube, er ist noch einmal vorbeigekommen. Aber da hatte ich keinen Dienst!"
„Könnten Sie den Mann vielleicht beschreiben?", fragte Auer.
„Glauben Sie, der könnte was mit Petras Entführung zu tun haben?"
„Keine Ahnung, aber er zählt zu den Personen, mit denen Petra Zimmermann vor ihrer Entführung Kontakt hatte!"
„Oh Gott. Gut, ich hab ihn einmal kurz gesehen. Er war noch nicht sehr alt, vielleicht 20, keine Ahnung. Nicht unbedingt schlank, eher ungepflegt, ziemlich fettige Haare, die er nach hinten gekämmt hatte. Und auch seine Kleidung deutete eher darauf hin, dass er aus weniger betuchten Kreisen stammte!"
Auer notierte alles mit.
„Gut! Das ist doch schon einmal was. Vielleicht haben Sie uns wirklich weiter geholfen, Frau Schuster!"
Sie schaute auf ihre Uhr.
„Ich muss jetzt aber wieder weiter machen, die Patienten müssen auch am Sonntag pünktlich ihr Abendessen bekommen!"
„Ja, natürlich. Ich bedanke mich, dass Sie sich die Zeit genommen haben!"
Sie nickte. Thomas Auer sah, dass eine Träne über ihre rechte Wange lief.
„Wissen Sie, sie war wirklich etwas Besonderes!"
„Ich kann Ihnen nur versprechen, dass wir alles in unserer Macht stehende tun, um den Fall aufzuklären!"
„Wenn Sie noch irgendwelche Fragen haben, dann rufen Sie mich an. Sie haben ja meine Nummer!"
Auer zog die Karte der Krankenschwester aus seiner Jackentasche.
„Ja, die habe ich. Und nochmals vielen Dank, Frau Schuster!"

Auf dem Weg zum Ausgang des Klinikums hätte Auer fast Christine Neuhaus über den Haufen gerannt, die sich vor wenigen Minuten von Ansgar

Unger verabschiedet hatte und nach ihrem klingelnden Handy suchte. Auer zog seinerseits sein Mobiltelefon aus der Tasche. Sich entschuldigend, lächelte er der jungen Frau zu und drückte sich zu Schramms Festnetznummer durch.

91.

Als er dem Drang, sich zu betrinken, beinahe nicht mehr die Stirn bieten konnte, versuchte er es mit Plan B: Hard and Heavy. Er entschied sich für ein altes Cheap Trick - Album: One on One! Er hatte eine der beiden Boxen seiner Musikanlage in das Badezimmer gestellt und beschlossen, ein Bad zu nehmen. Wenigstens hatte er während der Zeit, in der er in der Wanne lag, nicht die Möglichkeit, auf Alkoholsuche zu gehen. Außerdem, wobei diesbezüglich eher der Wunsch Vater des Gedankens war, hoffte er, dass ihn das Album von seinen schwarzen Gedanken ablenken würde. Im Grunde genommen bekämpfte er schwarz mit schwarz, denn jenes Album hatte in seiner Teenagerzeit stets zu seinem Begleiter gezählt, als die Horrorromane, die er damals verschlungen hatte, gar nicht brutal genug sein konnten. Er musste daran denken, wie er vor wenigen Wochen mit seiner elften Klasse über Lesegewohnheiten gesprochen hatte. Ein Schüler hatte von ihm wissen wollen, was er über Horrorromane dachte.
„Nein!", flüsterte er und hatte die Augen geschlossen, „es gibt in jedem Genre gute und schlechte Bücher. Das Genre an sich kann nicht schlecht sein...!" In Gedanken war er wieder im Klassenzimmer. Als er die Augen öffnete, suchte er das Badezimmer von der Wanne aus nach Dingen ab, die ihn nicht an Petra erinnerten. Nicht gerade viele Treffer, selbst sein After Shave fiel nicht in diese Kategorie, denn dies war ein Geschenk von Petra gewesen. Das Poster von Homer Simpson an der Decke gehörte vielleicht dazu, wobei sie sich in den letzten Jahren auch mit der gelben Kultfamilie angefreundet hatte. Wie dem auch sei, diese Beschäftigung verschaffte ihm zumindest ein wenig Ablenkung, und so war trotz allem der Schmerz ein wenig erträglicher geworden. Der Badewannen-Hardrock-Mix war zumindest eine Alternative zu seinen Alkoholgelüsten. Als seine Augen die Reise durch das Badezimmer fast beendet hatten, blieben sie plötzlich auf Mozart's Cinema-Guide haften. Andreas hatte ihn auf den Stapel Illustrierte gelegt, die er bisweilen durchblätterte, wenn er sich ein Bad genehmigte und nicht gerade dem Alkoholmissbrauch ein Schnäppchen schlagen wollte. Er musste sich zwar etwas strecken, aber er befolgte schließlich die Anweisung seines Kopfes, den Kinoführer mit in sein Ba-

dewannenrefugium zu nehmen. Die Erinnerung daran, als ihm Christine Neuhaus im Rahmen des Projekttages die Broschüre vorgestellt hatte, war wieder da. Das Mädchen hatte sehr souverän und überzeugend gewirkt, eine Seite, die Andreas während des normalen Frontalunterrichtes bis dahin nicht an ihr aufgefallen war. Die Art und Weise, wie sie ihn nicht nur informiert, sondern auch für die Sache interessiert hatte, war wirklich beeindruckend gewesen. Wie er überhaupt sagen musste, dass der Projekttag oder vielmehr die dabei präsentierten Schülerarbeiten fast ausnahmslos sehr professionell entwickelt und durchdacht gewesen waren. Er musste an Christians Kalender denken. „The Lion sleeps tonight!" - mit diesem Kalenderblatt hatte alles angefangen. Einige der Arbeiten waren in den letzten Jahren sogar prämiert worden. Er schloss die Augen. Aber anders als er befürchtete, wühlte ihn nicht der Gedanke an das „The Lion sleeps tonight" - Kalenderblatt auf. Im Gegenteil. Die prämierten Projektarbeiten forderten aus irgendeinem seltsamen Grund mehr Beachtung.
„Ich hab keine Ahnung. Eigentlich kann ich mich nur noch an eine Arbeit erinnern, und die hatte auch Tina Neuhaus vorgestellt!"
Er tauchte kurz unter Wasser, aber es war lange genug, um in dieser Zeit irgendwo in seinem geschundenen Verstand die nötige Schlussfolgerung zu ziehen.
„Time is running!", sangen Cheap Trick, als er wie ein Korken aus der Sektflasche aus der Badewanne schoss, und vielleicht hatten sie Recht! Die Zeit rannte, aber es konnte sein, dass sie ab jetzt wieder für ihn laufen würde. Er machte sich nicht die Mühe, sich abzutrocknen. Er musste es durchziehen, bevor er es sich anders überlegen konnte. Es dauerte keine Minute, bis er die Telefonliste seiner 11. Klasse gefunden hatte.

92.

„Christine Neuhaus!"
„Tina? Entschuldige bitte, hier spricht Schramm!"
Christine konnte nicht antworten. Hatte sie sich verhört?
„Hallo?", hakte Andreas nach.
„Ja, Herr Schramm?"
„Ja, richtig. Ich, ich weiß nicht, wie ich es ausdrücken soll, ich hätte gern mit Dir gesprochen. Aber Du hast sicher schon gehört, was passiert ist, vor zwei Tagen meine ich. Also, ich kann natürlich verstehen, wenn Du nicht mit mir reden willst!"

„Ja, ich habe davon gehört, Herr Schramm; ich muss wirklich sagen, dass ich es nicht glauben konnte, ganz ehrlich!"
„Weißt Du, ich kann es ja selbst nicht glauben. Ich habe vollkommen die Kontrolle verloren, und es tut mir Leid, ich ...!"
„Wollen Sie mit mir darüber sprechen?"
„Ja und nein. Weißt Du, wie es Ansgar geht?"
„Ich war ihn gerade besuchen, gehe gerade aus dem Krankenhaus raus. Es geht ihm schon besser, er hat auch schon wieder seine Scherze gemacht. Aber die OP an seinem Bein war wohl nicht so easy!"
„Das tut mir wirklich Leid. Meinst Du, er würde mich empfangen, ich meine, wenn ich ihn besuchen würde?"
„Ich denke schon, warum nicht, obwohl ihn die Sache natürlich auch emotional ziemlich mitgenommen hat!"
„Weißt Du, ich kann Dir leider nicht erklären, was so alles im Vorfeld passiert ist, wirklich. Aber ich will es auch nicht klein machen oder auf andere schieben. Letztlich habe ich mir das alles selbst eingebrockt und muss jetzt auch die Zeche dafür zahlen!"
„Ja, ich weiß nicht ...!"
Andreas Schramm bemerkte erst jetzt, dass er das Mädchen überforderte. Sie war wohl nicht gerade die beste Ansprechpartnerin, wenn es darum ging, sein Innenleben nach außen zu kehren.
„Tut mir Leid, denke nicht darüber nach. Ich wollte Dich nur etwas fragen."
„Kein Problem, was gibt es denn?"
„Tina, kannst Du Dich noch an den Präsentationstag erinnern?"
„Natürlich, ich habe Sie über unsere beiden Projekte informiert!"
„Stimmt genau, Mozart's Cinema-Guide ..."
„...und die Staaten der USA!", vollendete Christine.
„Genau. Und, ich kann Dir leider nicht erklären, warum, aber zu der Sache mit dem USA-Projekt, da hätte ich eine Frage. Also, weißt Du, ich habe mir das vorhin noch einmal alles überlegt, den Aufwand, den ihr betrieben habt und so, hattest Du nicht gesagt, dass dafür sogar eine eigene Schriftart entwickelt wurde?"
„Ja, stimmt genau! Von Simon und Andy!"
„Simon und Andy?"
„Ja, die beiden kennen Sie nicht mehr. Simon ist in die Fachoberschule gewechselt und Andy hat nach der 10. Klasse eine Lehre als Fachinformatiker begonnen. Das war echt das Beste für ihn, was der drauf hat, wenn es um Computer geht, ist wirklich unglaublich!"
„Okay. Und wozu wurde die Schriftart letztlich eingesetzt?"

„Nur zur Beschriftung der Bundesstaaten auf den Plakaten und den T-Shirts. Darauf haben wir uns mit der Lehrerin geeinigt. Das sollte so einen einmaligen, unverwechselbaren Touch erhalten mit einem hohen Wiedererkennungswert, nicht alltäglich, genauso, wie das Projekt aufgebaut war!"
„Was Euch wirklich eindringlich gelungen ist. Also bei mir hat das Projekt bleibende Eindrücke hinterlassen. Wer hat denn alles an dem Projekt teilgenommen?"
„Insgesamt waren wir 22 Schüler. Ich kann Ihnen gern das Foto mit den Teilnehmern mailen. Da trägt auch jeder sein T-Shirt mit dem jeweiligen Staat drauf!"
„Das wäre wirklich sehr nett von Dir, Tina!"
„Kein Problem, da bräuchte ich nur Ihre Emailadresse!"
„Ja, ich werde Dir gleich eine SMS schicken!"
„Gut, dann schicke ich Ihnen das Foto, wenn ich zu Hause bin!"
„Tina?"
„Mir ist noch etwas eingefallen, ich habe noch Eure Aufsätze, weißt Du?"
„Ja, und?"
„Naja, Du wirst es morgen wahrscheinlich eh erfahren, ich werde nicht mehr in die Schule kommen, als Lehrer meine ich!"
Das Mädchen gab keine Antwort.
„Hallo, Tina!"
„Ja. Ich habe das eben nicht verstanden!"
„Die Sache mit Ansgar hat mich meinen Job gekostet, und ich muss sagen, zurecht!"
„Oh."
„Ja, ihr werdet einen neuen Deutschlehrer bekommen!"
„Aber ...!"
„Es wäre nicht mehr gegangen. Das wird alles vor Gericht geklärt werden!"
Andreas spürte, dass das Mädchen überfordert war.
„Mach Dir keine Gedanken, Tina, wirklich. Es ist nur so, ich würde Euch gerne Eure Aufsätze, die teilweise wirklich sehr gut waren, zukommen lassen. Vielleicht könntest Du das in der Klasse ja mal ansprechen. Also ich könnte sie einfach an die Schule schicken. Ich könnte sie auch jemandem übergeben, jemandem von Euch, Dir oder Ansgar, keine Ahnung. Oder wir könnten uns auch alle gemeinsam noch einmal treffen. Allerdings könnte das dann nicht auf den Schulgelände sein, denn ich habe Hausverbot!"
„Oh, das klingt wirklich schrecklich, Herr Schramm!"
„Nein, es ist nicht schrecklich. Ihr müsst jetzt an Euch denken; und nach all dem, was passiert ist, ist es besser, dass ich nicht mehr unterrichte. Das

hätte einfach nicht passieren dürfen, dafür gibt es keine Entschuldigung. Sei doch bitte so nett und erkundige Dich wegen der Aufsätze. Dann sehen wir weiter, ja?"
„Ist gut, ist gut, Herr Schramm!"
„Okay, dann noch einmal vielen Dank, Du hast mir sehr geholfen, wirklich!"
„Ja gut. Dann schicken Sie mir Ihre E-Mail-Adresse!"
„Ja, das mache ich. Und ich freue mich auf das Foto mit dem Projektteilnehmern!"
„Ist gut, Herr Schramm!"
„Kopf hoch, Tina!"
„Ja!".
Chrissie klappte ihr Handy zusammen und weinte.

93.

Lieber Herr Schramm,

wie versprochen, schicke ich Ihnen das Foto der Projektarbeit *Die Staaten der USA*. Ich hoffe, es kann Ihnen weiter helfen. Was Sie vorhin am Telefon gesagt haben, hat mich sehr traurig gemacht. Sie sind wirklich ein sehr guter Lehrer und es ist schade, dass es so gekommen ist. Ich werde Sie sehr vermissen. Vielleicht gibt es ja doch noch eine andere Lösung! Einen schönen Abend noch,

Chrissie

P.S. Wegen der Kurzgeschichten werde ich in der Klasse nachfragen.

Er hatte Petra in diesem Moment zwar nicht vergessen, aber nachdem Christine Neuhaus ihm nach knapp einer Stunde das Foto geschickt hatte, tauchte er in eine andere Welt ein. Es schien fast so, als hätte irgendein unkontrollierbarer Drang von ihm Besitz ergriffen, der von ihm forderte, den Drohbrief zu entschlüsseln. Letztlich ging es dabei natürlich auch nur um

Petra, denn Andreas wusste, dass ein erfolgreiches Entschlüsseln des Briefes möglicherweise Petras Mörder identifizieren würde.
Christine Neumeyers Brief war sehr traurig. Das Mädchen schien ihn wirklich sehr zu mögen, aber er durfte jetzt nicht sentimental werden, sondern musste seinen Kopf einschalten. Vielleicht ermöglichte ihm die Rückgabe der Aufsätze, noch einmal mit Christine und der Klasse zu sprechen.
Nachdem er das Foto geöffnet hatte, wurde er sofort ruhig. Kein Zweifel, er hatte einen Treffer gelandet. Die Personen auf dem Bild trugen alle hellblaue Sweatshirts, auf denen jeweils der Umriss eines amerikanischen Bundesstaates gedruckt war. Der Name des jeweiligen Staates war im Innern dieser Umrisse aufgedruckt, mit einer Schriftart, mit der auch ein Teil des Drohbriefes verfasst worden war, der während Löwes Beerdigung an seinem Auto angebracht worden war. Nicht ohne einen gewissen Stolz registrierte Andreas, dass er die richtigen Schlussfolgerungen gezogen hatte. Demnach müsste also eine dieser Personen in Petras Entführung verwickelt gewesen sein, sie vielleicht sogar getötet haben. Konnte er also mit hundertprozentiger Sicherheit davon ausgehen, dass einer seiner Schüler für den Tod seiner Freundin verantwortlich war? Vor ein paar Tagen hatte er schon einmal ähnliche Schlussfolgerungen gezogen, die ihn fast ins Gefängnis gebracht hätten. Ob es besser war, Auer anzurufen? Aber was hätte er ihm erzählen sollen?
Du könntest ihm erzählen, du wüsstest, woher die Schriftart stammt!
Sein Gewissen hatte Recht, kein Zweifel. Aber er wollte erst einmal alleine weiterforschen. Schließlich hatte er nichts zu verlieren. Jetzt lief ihm auch die Zeit nicht mehr davon.
Auf dem Bild befanden sich 22 Personen, das heißt, es gab 22 Staaten, die er durchgehen musste. Er legte den Drohbrief neben das Foto:

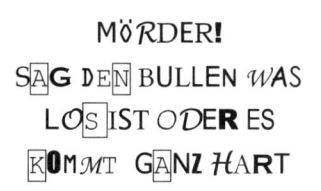

MÖRDER!
SAG DEN BULLEN WAS
LOS IST ODER ES
KOMMT GANZ HART

Es musste ein Staat sein, in dem zweimal der Buchstabe A, und jeweils einmal N, S, und K vorkam und den eine der Personen auf dem Foto auf dem Sweatshirt gedruckt hatte. Folgende Staaten waren auf den Shirts: Oregon, Nevada, Idaho, Utah, Arizona, Wyoming, Colorado, New Mexico,

South Dakota, Kansas, Iowa, Missouri, Wisconsin, Ohio, Kentucky, Alabama, Vermont, Maine, Connecticut, Delaware und Maryland.
Andreas hatte sich auf ein langes Knobeln und Tüfteln eingestellt, auf ein immer wieder Verschieben müssen der Buchstaben, eine Sisyphusarbeit, welche den ganzen Abend in Anspruch nehmen würde. Doch es war nur eine Sache von nicht einmal fünf Minuten: Nur ein einziger Staat traf die Kriterien der zwei A's, ein N, ein S, ein K: der Staat Kansas. Er starrte auf den Bildschirm und fixierte den Schüler: Kein Zweifel, es war wieder Ansgar Unger. Welchen Sinn ergab dies alles? Hatte der Junge doch die Schuld an Petras Tod? War er einfach nur zu gerissen, ein Vollprofi, der alle - Polizei, Justiz und ihn selbst - an der Nase herumführte? Wie war die Polizei eigentlich zu der Schlussfolgerung gelangt, Unger hätte nichts mit der Entführung zu tun? Warum waren die sich so sicher? Gut, er hatte ein Alibi: Volleyballtraining! Aber vielleicht war er nur der Drahtzieher und ließ jemanden für sich arbeiten? Gar nicht so weit hergeholt. Aber wer konnte dann der Komplize sein? Auch jemand, der sich auf dem Foto befand? Hatte Ansgar etwas damit zu tun oder nicht? War dies alles nur Zufall? Die Kurzgeschichte und das Staatensweatshirt inklusive Schriftart? Vielleicht war es wirklich besser, Auer zu Rate zu ziehen, er konnte möglicherweise noch eine andere Schlussfolgerung ziehen. Vielleicht war es aber auch gerade falsch, Auer erneut mit der Verdächtigung Ansgar Ungers zu konfrontieren. Andreas wusste ja selbst nicht einmal, ob es geschickt war, Ansgar zu verdächtigen. Eigentlich passte dies alles nicht ins Bild. Er rieb sich die Augen. Nein, Ansgar war nicht der Typ, der ein Poster zerschnitt, um Buchstaben zu erhalten, die er dann in einen Drohbrief integrierte…und noch dazu in codierter Form. Das bedeutete ja, dass er möglicherweise wollte, dass man ihn verdächtigte! Es wurde immer verworrener, immer komplizierter. Konnte es sein, dass Ansgar nicht das richtige Sweatshirt trug? Andreas spürte, wie es ihm heiß wurde. Seine beiden Schläfen pulsierten.
„Warum tust du das?", fragte er, ohne es zu registrieren. Er schloss die Augen und merkte, dass er müde wurde. Vielleicht war es besser, etwas zu schlafen und dann einen erneuten Versuch zu starten. Möglicherweise hatte er einfach etwas übersehen.
Dann läutete es an seiner Tür.

94.

„Wer ist da?"
„Hier ist Auer; ich hätte Sie gerne noch einmal gesprochen, Herr Schramm!"
„Warten Sie, ich mache auf!"

In der knappen Minute, in der der Polizist das Treppenhaus hinauf in Andreas' Wohnung ging, verwischte dieser die Spuren seines gelösten „Vereinigte Staaten – Rätsels". Er wusste nicht, weshalb er dies tat, vielleicht wäre es sogar besser, Auer von der Sache zu erzählen, aber er wollte noch warten, bis er sich darüber klar geworden war, was er von seinen neuen Erkenntnissen halten konnte. Schließlich würde der Verdacht nach Lage der Dinge nach wie vor auf Ansgar Unger gelenkt werden. Als er die Reste des Drohbriefes zusammen mit dem Ausdruck des Projektfotos in einem Schrankfach seines Arbeitszimmers verstaut hatte, hörte er schon den Polizisten auf die offenstehende Wohnungstür zugehen.
„Kann ich reinkommen?", rief Auer, als er die Tür erreicht hatte.
„Ja, natürlich. Machen Sie einfach die Tür hinter sich zu!", antwortete Andreas und kam dem Polizisten entgegen. Er führte Auer ins Wohnzimmer.
Dieser zog seine Jacke aus und legte sie über einen Stuhl.
„Setzen Sie sich. Darf ich Ihnen etwas zu trinken bringen, ein Bier?"
Auer zögerte. Er schaute auf seine Uhr.
„Warum nicht, haben Sie auch etwas mit weniger Alkohol?"
„Ich kann Ihnen ein leichtes Weizenbier bringen!"
„Das ist in Ordnung, ich fühle mich wie ausgedörrt!"
„Kommt sofort!"

Als Andreas mit den zwei Bieren zurückkam, betrachtete Auer gerade die Fotos, die an den Wänden des Wohnzimmers hingen. Fast alle waren Urlaubsfotos von Petra und Andreas, die meisten davon stammten von ihrem Australienurlaub. Der Polizist drehte sich um, biss sich schuldbewusst auf die Lippen und beschloss, sich eine Bemerkung über die Fotos zu verkneifen. Andreas reichte ihm ein Glas.
Auer begutachtete das Bier.
„Schaut ja richtig professionell aus, wie aus der Kneipe!"
„Hab als Student immer hinter der Theke gejobbt, Jahre lange Erfahrung sozusagen. Naja, wer weiß, wahrscheinlich kann ich demnächst auch beruflich wieder davon zehren!"

Auer wusste nicht, was er darauf antworten sollte. Er konnte Schramm nicht richtig einschätzen. Selbst aus dieser Bemerkung wurde er nicht schlau. War sie sarkastisch gemeint oder machte er sich einfach nur Sorgen um seine Zukunft?
„Kommen Sie, setzen Sie sich!"
Der Polizist setzte sich auf die Couch und nahm einen kräftigen Schluck Bier.
„Tut wirklich gut!"
„Gibt es was Neues?", fragte Andreas, der einen Schluck aus seinem Glas nahm.
„Ich war heute Nachmittag im Krankenhaus und habe mich mit Susanne Schuster, einer guten Kollegin Ihrer Freundin, unterhalten!"
„Ja, ich kenne Susanne. Petra und sie waren gute Freundinnen!"
„Hat Ihnen Ihre Freundin irgendetwas von einem jüngeren Mann erzählt, der Frau Zimmermann – mindestens zwei Mal – im Krankenhaus besucht hatte?"
Andreas überlegte. Da war irgendetwas. Er rieb sich die Stirn. Richtig. Als er das letzte Mal mit ihr telefoniert hatte, das allerletzte Mal...
„Herr Schramm, alles in Ordnung?"
„Ja, es ist alles okay. Mir ist nur gerade etwas eingefallen, etwas ...!"
„Was? Was ist Ihnen eingefallen?"
„Als ich das letzte Mal mit Petra telefoniert hatte, da hat sie tatsächlich einen jungen Mann erwähnt!"
„Was genau hat sie gesagt, das könnte wirklich sehr wichtig sein!"
„Es klang etwas rätselhaft, um ehrlich zu sein. Sie sagte, sie würde sich noch mit einem jungen Mann treffen wollen, um irgendetwas gut machen zu wollen, oder so ähnlich!"
„Gut machen, was gut machen?"
„Sie wollte mir nicht mehr sagen. Ich solle mir keine Sorgen machen, es sei nicht wichtig. Aber für sie wäre es die Gelegenheit, etwas gut zu machen!"
„Könnte es mit Löwes Tod zusammen hängen? Dass sie in dieser Hinsicht etwas gut machen wollte?"
„Das wäre durchaus denkbar. Sie sagte, wenn die Sache erledigt wäre, würde sie ..."
„...Würde sie was?"
Schramm schüttelte langsam den Kopf.
„Dann würde sie wieder zu mir zurückkommen!"
Auer hätte gerne etwas dazu gesagt, etwas Aufbauendes, aber er wusste nicht was. Stattdessen wägte er die Möglichkeit ab, ob dieser ominöse junge Mann dieselbe Person war, von der die Krankenschwester gespro-

chen hatte und etwas mit der Entführung von Petra Zimmermann und ihrem Tod zu tun hatte.
„Hören Sie, ich weiß, wie schlecht es Ihnen geht, aber es sieht wirklich so aus, als würden sich so langsam einige Mosaiksteinchen in Zusammenhang mit Frau Zimmermanns Tod herauskristallisieren. Hat sie Ihnen vielleicht noch etwas gesagt, möglicherweise das Krankenhaus in Zusammenhang mit dem jungen Mann erwähnt?"
Andreas blickte nun seinerseits zu den Fotos hinüber.
„Wissen Sie, wir hatten noch so viel vor, Petra und ich. Sie wollte anfangen zu studieren, im Herbst!"
„Hatte sie schon einen Studienplatz?"
„Nein, sie wusste ja nicht, wohin es mich, nach Beendigung des Referendariats, verschlagen würde. Wir wollten unbedingt zusammen bleiben, und na ja, die Sache mit Löwe, der einzige Grund, warum ich das getan habe, war, um Klarheit darüber zu bekommen, ob ich vielleicht an der Schule bleiben könnte!"
„Es tut mir wirklich Leid. Aber letztlich ist das Einzige, was man tun kann, herauszufinden, wer für das, was passiert ist, verantwortlich war. Und da brauchen wir wirklich Ihre Hilfe. Sie müssen uns alles sagen, was Sie wissen. Auch wenn Sie glauben, es sei nicht wichtig, nichts ist in so einer Sache unwichtig, verstehen Sie!"
Andreas betrachtete sein Bierglas und sah, dass sich der Schaum langsam auflöste, so wie seine Hoffnungen auf eine Zukunft mit Petra. Selbstmord war im Grunde genommen die einzige Alternative. Doch Auer schien seine Gedanken lesen zu können.
„Ich weiß, wie schlimm das alles für Sie sein muss, vor allem nach dem Ausraster am Freitag. Aber Sie dürfen jetzt nicht aufgeben. Sie müssen uns helfen, helfen bei der Suche nach diesem Verrückten!"
Andreas dachte über die entschlüsselte Schriftart nach. Was für einen Sinn hatte es, Auer davon in Kenntnis zu setzen. Er würde womöglich glauben, dass Andreas nach wie vor etwas gegen Ansgar Unger im Schilde führte. Und so beschloss er die Information zunächst für sich zu behalten.
„Ganz ehrlich, ich bin ziemlich leer. Und ich weiß wirklich nicht, was ich Ihnen noch sagen soll, bezüglich dieses Typen, von dem Petra erzählt hat. Ihren Schilderungen zufolge war er einfach nur harmlos!"
Auer nahm einen weiteren Schluck Bier, ging zu seiner Jacke und nahm seine Notizen daraus hervor.
„Frau Schuster gab an, der Mann war etwa 20 Jahre alt, eher ungepflegt, dreckige Kleidung, leicht dick, dunkles, fettiges, nach hinten gekämmtes Haar. Kennen Sie jemanden, auf den diese Beschreibung passen könnte?"
Andreas rieb sich die Augen. Dann schüttelte er langsam den Kopf.

„Ich hab keine Ahnung. Wirklich. Was wollte der Typ von Petra? Glauben Sie, der war es?"
„Ich weiß es nicht, aber er hatte zumindest kurz vor ihrem Tod noch Kontakt zu ihr. Wenn wir ihn finden, kann er uns möglicherweise weitere Erkenntnisse liefern, auch wenn er gar nichts damit zu tun hat!"
„Sicher! Haben Sie nicht die Möglichkeit bei der Polizei ein Phantombild von dem Mann zu erstellen, vielleicht sogar per Computer?"
Auer nickte.
„Ja, ich denke, das werden wir auf alle Fälle veranlassen!"
„Gibt es sonst noch irgendwelche Dinge, die fahndungstechnisch angelaufen sind?"
„Eine ganze Menge. Wir haben Fotos des Wagens Ihrer Freundin mit einem Fahndungsaufruf an jeder Tankstelle und sonstigen markanten Punkten zwischen Nürnberg und Würzburg angebracht und morgen werden sowohl in den Tageszeitungen Würzburgs als auch denen von Nürnberg Fotos des Autos mit entsprechenden Hinweisen erscheinen. Vielleicht ist ja irgendjemandem etwas aufgefallen. Neben dem Foto ihres Wagens enthält der Fahndungsaufruf auch noch ein Foto von Frau Zimmermann, verbunden mit dem Hinweis, dass sie vermutlich in Begleitung eines Mannes gewesen ist."
„Glauben Sie, da wird sich jemand melden?"
„Warum nicht, manchmal lenken Zufälle die Fahndung in die richtige Richtung."
„Was ist mit Petras Wagen?"
„Darum kümmert sich noch immer die Spurensicherung. Die nehmen jede Faser in Augenschein, denen entgeht nichts, dessen können Sie sicher sein. Es kann durchaus sein, dass die Ergebnisse mittlerweile vorliegen!"
„Und was ist mit ...", er konnte es nicht aussprechen, blickte stattdessen auf eines der Bilder von Petra, das an der Wand hing.
„Sie wurde obduziert, ja. Auch da könnten die Ergebnisse schon vorliegen. Wenn nicht schon heute Abend, dann spätestens morgen, im Laufe des Tages. Was nichts anderes heißt, als dass man dann auch über die genaue Todesursache von Frau Zimmermann Bescheid weiß. Wir werden heute auf jeden Fall noch einmal die neuen Ergebnisse sichten und mit allen Mitgliedern der Sonderkommission auf ihre Verwertbarkeit prüfen. Deshalb wäre es wirklich auch wichtig, dass Sie in Gedanken noch einmal alles durchgehen. Jede Kleinigkeit, jede vermeintliche Kleinigkeit kann uns weiterhelfen!"
„Das werde ich, wirklich. Aber manchmal kann ich einfach noch nicht klar denken. Nicht nur wegen Petra, was schlimm genug ist, ich meine, Sie können sich einfach nicht vorstellen, wie schlimm. Aber da ist dann noch

die Sache mit dem Jungen, Unger. Ich weiß nicht, was in mich gefahren ist, ich meine ...ich würde ihn wirklich gern besuchen, wissen Sie!"
„Das wollte ich Sie auch noch fragen ...!", jetzt war plötzlich wieder Auers Columbo-Gesichtsausdruck zurückgekehrt.
„Weshalb hatten Sie sich denn eigentlich trotz allem immer noch so auf diesen Jungen eingeschossen, Sie sind ja regelrecht durchgedreht, das haben Sie ja selbst vor dem Haftrichter angegeben! Gab es da irgendetwas, was ursächlich dafür in Frage kommt, dass Sie die Nerven verloren haben?"
Andreas schlug die Hände vor das Gesicht und überlegte. Er hatte sich schon gewundert, warum Auer die Frage nicht schon viel früher gestellt hatte. Es gab im Grunde genommen bereits zwei Dinge, die er vor Auer verheimlichte: Neben der ermittelten Schriftart war dies die Tatsache, dass Ansgar Unger jene eindeutig zweideutige Kurzgeschichte verfasst hatte, in der er unmissverständlich auf Löwes Tod hingewiesen hatte. Andreas nahm die Hände von seinem Gesicht. Auers Körpersprache verriet, dass dieser eine Antwort erwartete. Andreas hatte bereits einen Versuch unternommen, die Sache mit der Kurzgeschichte gewissermaßen auf eigene Faust zu recherchieren, mit dem eher ernüchternden Ergebnis, nunmehr strafrechtlich aktenkundig geworden zu sein. Vielleicht war es an der Zeit, Auer davon zu erzählen. Möglicherweise konnte dieser dann sogar den Jungen noch einmal zu dem Aufsatz befragen.
„Warten Sie kurz, ich bin gleich wieder da, kann aber ein bisschen dauern!", antwortete Andreas und ging in sein Arbeitszimmer. Er schaltete den alten Fotokopierer an und suchte nach Ansgars Kurzgeschichte. Nach knapp fünf Minuten war der Kopierer aufgewärmt, so dass er seinen Job ausführen konnte. Andreas kam mit einer Kopie der Kurzgeschichte in das Wohnzimmer zurück und reichte diese dem Polizisten.
„Hier, lesen Sie!"

95.

Das Wort Genugtuung war zu klein, viel zu klein, um auszudrücken, was Ralf Sommer empfand und sich ins Unermessliche zu steigern schien. Natürlich hatte er im Grunde nie am Erfolg seines Vorhabens gezweifelt, doch dass sein akribisch durchdachter und professionell ausgeführter Plan von einem solch überwältigenden Erfolg gekrönt sein würde, hatte er im Vorfeld nicht unbedingt voraussehen können. Wenn man im Nachhinein mit etwas Abstand nach Schönheitsfehlern suchte, dann musste man sicher die gewissermaßen in des Wortes ursprünglicher Bedeutung erlittene Platzwunde erwähnen und die Tatsache, dass er Doktor Maiers Hilfe benötigt hatte, um jenen Lapsus erfolgreich zu kaschieren. Letztlich hätte die Unachtsamkeit in der Garage alles zum Kippen bringen können. Doch nach nur drei Tagen - er fuhr sich leicht über die Fäden der genähten Stelle an seiner Stirn - hatten nicht nur der Schmerz und die Schwellung weitgehend an Intensität eingebüßt. Die Narbe hatte in Ralfs Augen mittlerweile sogar eine gute Seite, die ihn mit Stolz erfüllte: Sie war eine Trophäe, die ihm bleiben und ihn immer wieder daran erinnern würde, was er bereits in jungen Jahren geleistet hatte, auf dem Weg zu einem einflussreichen, begehrenswerten Mann. Niemand wusste, woher die Narbe stammte - niemand würde es je erfahren. Und man würde ihm nichts nachweisen können.

Er hatte es ihnen gezeigt, allen, ausnahmslos. Er hatte die Regeln vorgegeben, seine Regeln. Und alle auf der anderen Seite hatten nach seinen Regeln gespielt. Er hatte sie tanzen lassen, nach seinen Bedingungen. Nein, es war besser, man legte sich nicht mit ihm an.

Fettsack Kruse war auch einer von der Dummenbrigade. Angefüttert mit einer Kiste Wein, zugegeben nicht die billigste Sorte, hatte er Ralf aus der Hand gefressen wie der dumme, kleine Welpe, den er vor zwei Wochen über die Autobahn gejagt hatte. Weder die anderen Fußmatten noch der ausgetauschte Fahrersitz war ihm aufgefallen, als er den Leihwagen zusammen mit weiteren Weinflaschen zurückgebracht hatte. Sollte er wirklich einmal das Verlangen verspüren, in die Firma seines Vaters einzusteigen - was angesichts seiner überdurchschnittlich strategischen Fähigkeiten jedoch eher unwahrscheinlich war -, seine erste Amtshandlung würde Kruses Entlassung darstellen. Allein schon deshalb würde ihm die Firmenleitung der Autovermietung Sommer zumindest für einen lausigen Tag sogar gewisse Genugtuung verschaffen. Ja, er hatte Erfahrung damit, unangenehme Mitarbeiter aus ihren Jobs zu bugsieren. In gewisser Weise hatte er Gott gespielt bei Schramm. Er hatte ihn hochgehen lassen nach allen Regeln der Kunst. Ganz Bayern hatte von seiner verschlüsselten Botschaft Kunde erhalten. Alle hatten es hören können, ausnahmslos. Die Bullen hatten tatsächlich mitgespielt, den ganzen Polizeistaat hatte er aufgemischt. Aber auch die Idioten vom Radio hatten sein Spiel mitspielen müssen. Bestimmt hatten sie sich vorher in irgendwelchen Besprechungen die Köpfe heiß diskutiert. Sie hatten das Für und Wider abgewogen, seine Forderungen eingehenden Prüfungen unterzogen, sowohl bei der Polizei, als auch im Sender. Und? Wer hatte am längeren Hebel gesessen? Wer hatte die Fäden in der Hand behalten? Wer hatte diktiert, was Sache war? Wer hatte den ganzen Haufen Leute, die von sich glaubten, einen großen

Einfluss zu haben, wie die Mitglieder der Augsburger Puppenkiste nach seinen Vorgaben marionettengleich manipuliert? Er lächelte sein Spiegelbild an.
„Du - nur Du. Du bist es gewesen!"
Wenn er überhaupt ein Problem mit seinem erfolgreichen Plan hatte, dann war dies mit der Tatsache verbunden, dass er seine begnadete Genialität für sich behalten musste. Er war sich sicher, dass man ihm niemals auf die Schliche kommen würde, dafür war er einfach zu gut. Doch etwas Anerkennung würde ihm sicher gut tun, das musste er sich an dieser Stelle eingestehen. Gut, vielleicht würde sich die kranke Schwester irgendwann an die eine oder andere Begebenheit ihrer kurzen Zweisamkeit mit ihrem Entführer erinnern können. Doch selbst das war eigentlich eher unwahrscheinlich, denn sie hatte nach dem Genuss der eigens für sie nach Jespers Vorgaben gemixten Cocktails stets nicht nur geschlafen wie ein drogenabhängiges Dornröschen, sie hatte sich anschließend tatsächlich - wie Jesper prophezeit hatte - an nichts mehr erinnern können. Wahrscheinlich hockte sie mittlerweile zu Hause bei ihrem Versager von einem Exlehrer - es war vorbei mit Schramms Lehrerkarriere, dessen war sich Ralf absolut sicher - und gab irgendwelche nichtssagenden, zusammenhangslose Antworten eines Junkies auf seine einfältigen, unverständlichen Fragen. „So ist das Leben Schrammboy, der Stärkere setzt sich durch und der Schwächere landet in der Gosse!"
Versager waren für ihn eigentlich bedeutungslos und er pflegte sie normalerweise zu ignorieren. Doch in diesem speziellen Fall hielt er es für das Sahnehäubchen seines Masterplans, dass er dabei dem König der Versager, Ansgar Unger, das Fell über die Ohren gezogen hatte. Gut, er wusste es noch nicht genau, aber sein Gefühl sagte ihm, dass die Kurzgeschichte bei Schramm sicher gewisse Schlussfolgerungen ausgelöst hatte. Und Unger würde niemals ein Wort darüber verlieren, dass die Geschichte nicht von ihm stammte, denn damit hätte er bei sämtlichen Lackaffen sein Gesicht verloren. Wieder ließ Ralf Sommer sein Spiegelbild lächeln. Der kleine Ansgar würde auf die Verliererstraße einbiegen, das war sicher, und womöglich würden bereits am Montag in der Schule gewisse Tatsachen auf den Tisch kommen. Schramm würde Mister Unger packen, da wo es wehtut, und wenn es dessen letzte Amtshandlung war. Denn es war davon auszugehen, dass die Bullen Löwes Leiche wieder ausbuddeln würden. Sie würden dessen totes Fleisch testen unter dem Mikroskop, seine Innereien durchleuchten, chemisch analysieren. Und im Ergebnis würde Schramm vom Hof schleichen, wie ein totes Tier ... Niemand würde ihm eine Träne nachweinen, nicht einmal die schöne Christine Neuhaus, wenn sie erfuhr, dass ihr Halbgott Löwe auf dem Gewissen hatte. Und wer weiß, man sieht

sich immer zweimal im Leben, hieß es im Sprichwort. Möglicherweise würde Chrissie spätestens dann ein Licht aufgehen und sie würde Ralfs wahre Qualitäten erkennen. Das würde sie bestimmt, denn eine Narbe macht einen Mann angeblich erst richtig interessant. Ralf lächelte...
„Aber wer sagt, dass *ich* Dir eine zweite Chance geben werde, kleine Schlampe...", flüsterte er und schloss die Augen

96.

Vor jedem Mitglied der Sonderkommission lagen zwei Fotokopien. Die erste dokumentierte das Ergebnis der Spurensicherung von Petra Zimmermanns Wagen, das zweite Dokument war die Kopie des Obduktionsergebnisses ihrer Leiche. Alle Anwesenden waren erfahren genug, um sich aufgrund der Daten ein Bild von der Situation zu machen. Franz Käferlein gab deshalb allen Zeit genug, um sich mit den Erkenntnissen eingehend zu beschäftigen. Als die Polizeibeamten begannen, in Zweiergesprächen über die Ergebnisse zu reden, ergriff Käferlein schließlich das Wort:
„Das ist also der Stand der Dinge. Zur Todesursache: Ihr seht, dass sowohl im Blut des Opfers, als auch in ihrem Magen Spuren eines Präparates mit dem Namen Dormicum gefunden wurden. Dieses Medikament wird in Krankenhäusern zur Anästhesie eingesetzt und kann nicht mal eben in der Dorfapotheke rezeptfrei erworben werden!"
„Und ist es sicher, dass Frau Zimmermann an dem Medikament gestorben ist?", fragte Heiko Wacker.
„Die Dosis war definitiv zu hoch. Aufgrund der hohen Konzentration des Präparates ist Frau Zimmermann nicht mehr aufgewacht. Ihr Herz hat einfach aufgehört zu schlagen!"
„Jetzt gilt es zu klären, ob das Medikament vorsätzlich überdosiert verabreicht wurde, oder ob das die Tat eines Amateurs war, wie Du es vermutet hast, Julia!", gab Günther Krämer zu bedenken.
„Woher bekommt ein Amateur ein solches Medikament?" wollte Thomas Auer wissen.
Käferlein hob die Schultern.
„Meiner Meinung nach sieht es eher danach aus, dass hier ein Profi seine Finger im Spiel hatte, jemand aus dem Umfeld des Krankenhauses...!", mutmaßte Wacker.
„Scheint logisch, zugegeben, aber wenn es ein Profi war, weshalb hat er das Medikament überdosiert verabreicht? Dies bedeutet doch wohl, dass es in Tötungsabsicht geschehen ist?"

„Vielleicht erzähle ich euch zunächst einmal, wie die Befragungen im Krankenhaus gelaufen sind!"
Thomas Auer blickte in die Runde seiner Kollegen, die - genau wie er - in den letzten beiden Tagen fast ununterbrochen mit den Ermittlungen beschäftigt gewesen waren.
„Also im Gespräch mit Frau Zimmermanns Kollegin wurde ein junger Mann erwähnt, der ihr im Krankenhaus auffiel, der weder Patient noch Besucher eines Patienten war und mit dem Frau Zimmermann wohl mindestens zwei Mal unmittelbar vor ihrer Entführung in Kontakt getreten war. Sie hat gegenüber ihrem Lebensgefährten jenen jungen Mann ebenfalls erwähnt, in dem letzten Telefongespräch, das die beiden geführt hatten. Dabei hat Frau Zimmermann davon gesprochen, sich mit dem Unbekannten treffen zu wollen, um dabei etwas gut zu machen!"
„Gibt es Vermutungen, was damit gemeint sein könnte?", wollte Heiko - Danny - Wacker wissen!
„Es ist durchaus denkbar, dass sie die Aussage in Zusammenhang mit Löwes Tod getroffen hat. Sie war es, die aus dem Krankenhaus die Tabletten mitgenommen hat, die ihr Freund in Löwes Kaffee eingerührt hat. Sie wurde als sehr zuverlässig und hilfsbereit beschrieben, eine gewissenhafte Krankenschwester, der sehr viel an ihrem Job lag. Sie wollte wohl auch ein Medizinstudium in Angriff nehmen!"
„Es ist sicher nicht auszuschließen, dass dies unser Mann ist. Aber warum hat er sie vorher besucht? Warum hat er sie nicht einfach gleich entführt? Ohne sie zu besuchen und damit die Aufmerksamkeit unzähliger Zeugen auf sich zu ziehen?", fragte Wacker nach.
„Sie hat gesagt, sie wollte etwas gut machen an ihm. *Gut machen...*, vielleicht hat der ominöse Unbekannte darauf abgezielt und wusste etwas?", ergänzte Julia Ehrlich.
„Wusste was?", hakte Wacker nach.
„Wenn wir zusammenfassen, was wir haben: 1. Jemand weiß, dass Schramm den Direktor getötet hat. Ich korrigiere, niemand weiß es, aber dieser Jemand geht davon aus, denn er hat es irgendwie – was für mich nach wie vor eines der größten Rätsel darstellt – mitbekommen. 2. Aufgrund dieser Tatsache beschließt er, sich an Schramm zu rächen. 3. Ein mysteriöser Unbekannter, ein junger Mann, besucht Schramms Freundin im Krankenhaus, er ist weder Patient, noch ein Angehöriger eines Patienten. 4. Die Frau stirbt an der Überdosis eines Medikaments, das in Krankenhäusern zur Anästhesie verwendet wird. Habe ich etwas vergessen?"
Niemand antwortete.

„Kurze Zeit später verschwindet Frau Zimmermann wie vom Erdboden, ein klassischer Entführungsfall mit Forderungen, die darauf abzielen, Schramm beruflich zu erledigen! Wer kann an so etwas Interesse haben?"
„Jemand, dem Löwe sehr nahe gestanden hat!", antwortete Günther Krämer.
„Akzeptiert. Aber wer käme da wohl in Frage?", wollte Julia Ehrlich wissen.
„Jemand aus seiner Familie?", hakte sie nach, um hinzuzufügen, „...kaum vorstellbar, oder? Wer aus Löwes Familie könnte dabei gewesen sein, als Schramm die Sache mit dem Schlafmittel durchgezogen hat?"
„Und selbst wenn, warum würde ein Familienmitglied Löwes als vermeintlichen Racheakt Schramms Freundin entführen und die skurrile Radionummer durchziehen! Und gleichzeitig in den Besitz eines anästhesistischen Präparates kommen, mit dem er nach der ganzen Entführungskiste die Frau schließlich ermordet! Nein, das ist die falsche Spur!", ergänzte Käferlein.
„Gut, einverstanden. Wer könnte Schramm dann so sehr hassen, dass er sich an dessen Freundin rächt?", fragte Wacker.
Auer schüttelte den Kopf. Er musste an die Kurzgeschichte des Jungen denken, die ihm Schramm vor einer guten Stunde gegeben hatte. Aber so wie die Dinge lagen, hatte dieser tatsächlich nichts mit der ganzen Sache zu tun. Es lag ihm auf der Zunge, den anderen davon zu berichten. Doch er wusste im Moment selbst noch nicht, was er von der Sache halten sollte. Er hielt es deshalb für besser, den Jungen zunächst selbst im Krankenhaus zu besuchen und danach zu befragen.
„Ich kann nur immer wieder bestätigen, dass die einzige Person, die Schramm immer wieder erwähnt hat, dieser Volleyballspieler war, den er vor zwei Tagen in diese Amokfahrt verwickelt hat!"
„Und es ist sicher, dass der sauber ist?", wollte Krämer wissen.
„Der hat nichts damit zu tun, wir sind noch einmal die Protokolle der Observierung durchgegangen! Keine Chance!", stellte Käferlein klar.
„Wisst ihr, ich finde, es muss jemand aus dem Umfeld Schule sein. Es ging um Löwe. Das war doch der Aufhänger für die ganze Kettenreaktion. Und wenn die Person, die im Krankenhaus aufgetaucht ist, unser Kandidat sein sollte, dann muss er im weitesten Sinne mit der Schule zu tun haben. Es könnte also durchaus ein Schüler sein, findet ihr nicht!", fragte Julia Ehrlich.
„Oder es war ein junger Kollege!", ergänzte Käferlein
„Aber was ich nach wie vor nicht verstehe ist, warum er sich vorher mit ihr getroffen hat. Er musste doch davon ausgehen, gesehen zu werden, oder?", fragte Wacker. „Und wie hat er sich dieses Medikament besorgt? Ob er in

das Krankenhaus eingebrochen ist, irgendwelche Schlösser von Schränken geknackt hat? Diese Hammerpräparate müssen doch unter Verschluss gehalten werden, oder?"
„Habt ihr euch schon einmal überlegt, ob er irgendwie in eine Rolle geschlüpft ist, ich meine, um ihr Vertrauen zu bekommen, sie einzuwickeln?", fragte Julia.
„Du meinst, dass er nicht als die Person aufgetreten ist, die er in Wirklichkeit ist?", erwiderte Krämer.
„Wäre doch denkbar, oder? Schließlich hat sie an ihm etwas gut machen wollen, oder?"
Alle überlegten.
„Ich finde, da hakt die Logik!", antwortete Auer schließlich, „denn, wenn der Tod nicht einkalkuliert gewesen war, musste der Entführer doch davon ausgehen, nach der Freilassung des Opfers leicht identifizierbar zu sein. Wenn es der Typ aus dem Krankenhaus war, dann hatte sie ihn definitiv gesehen. Und das würde meines Erachtens dafür sprechen, dass der Tod der jungen Frau kein Unfall war, sondern nur als Unfall getarnt wurde!"
„Wobei wir dann immer noch keine Erklärung dafür haben, wie er an das Medikament gekommen ist. Es muss doch wohl einen nicht unerheblichen Aufwand für ihn bedeutet haben, das Zeug zu besorgen. Wenn er es dann nur deshalb benutzte, um einen Mord als Unfalltod zu tarnen... das wäre doch viel einfacher möglich gewesen! Ich finde, das ergibt alles überhaupt keinen Sinn!", konstatierte Auer.
Die anderen nickten. Käferlein stand auf und ging zum Fenster. Inzwischen war die Nacht zum stillen Beobachter der Runde geworden.
„Es kann sein, dass wir uns im Kreis drehen. Vielleicht gibt es etwas, was wir bis jetzt übersehen haben ...", sagte er, ohne sich umzudrehen.
„Was kann man denn aus dem Protokoll der Spurensicherung verwenden?", fragte Ehrlich.
„Keine Fingerabdrücke, außer die des Opfers. So wie es aussieht, wurde der Wagen vorher gereinigt. Das heißt wohl, der Entführer musste sich vollkommen unbeobachtet gefühlt haben!" antwortete Käferlein.
„Der Fahrersitz unterscheidet sich vom Beifahrersitz!", stellte Krämer fest.
„Gut, aber ich kann mir nicht vorstellen, dass der Entführer den Sitz ausgetauscht hat. Wo hätte er einen anderen Sitz herbekommen sollen? Und aus welchem Grund hätte er die Sitze überhaupt austauschen sollen? Nein, ich denke, der hatte andere Sorgen, als den Wagen mit schöneren Sitzen auszustatten! Ich denke, ich werde Schramm darauf ansprechen, ob er davon weiß, dass Frau Zimmermanns Wagen mit zwei verschiedenen Sitzmodellen ausgestattet war!", antwortete Auer.

„Was ist eigentlich mit der Presse?", wollte Wacker wissen, „ist es sinnvoll, weiterhin defensiv zu ermitteln?"
Julia Ehrlich, die eine solche Vorgehensweise vorgeschlagen hatte, rieb sich die Nase.
„Ich würde weiterhin so verfahren. Ich kann mir nicht vorstellen, dass der Tod des Opfers geplant war. Und wenn sich der Täter in Sicherheit glaubt, dann wird er Fehler machen, dessen bin ich sicher!", sagte sie.
„Und wenn nicht? Was ist, wenn wir völlig falsch liegen und mit jedem Tag der verstreicht, ohne Hinweise aus der Bevölkerung ..." Mitten im Satz wurde Wacker erneut von seiner Kollegin unterbrochen:
„Nein, ich sage nicht, dass wir keine Hinweise aus der Bevölkerung brauchen. Wir haben die Fahndungsaufrufe aufgehängt, über 1000 zwischen Nürnberg und Würzburg. Darum geht es nicht. Aber wenn der Täter ein Amateur ist, dann muss er glauben, gewonnen zu haben. Und so wird er angreifbar werden!"
„Heißt das, ihr wollt keine Informationen über den Krankenhausbesucher an die Presse weitergeben?", fragte Wacker erstaunt.
„Was wissen wir von ihm? Im Grunde genommen ist er ein Zeuge. All die Unwägbarkeiten: etwas gut machen, das Medikament, er muss Schramm gehasst haben, warum die Tötung ... unwahrscheinlich, dass das alles auf diesen Typen hinausläuft!", mutmaßte Auer.
„Und wenn doch? Vielleicht kann er uns weiterhelfen, oder nicht?" Wacker blieb hartnäckig.
„Willst Du nach ihm fahnden, jetzt schon? Was willst Du ihm anhängen? Du kannst bestenfalls einen Hinweis nach möglichen Zeugen raushauen!", konterte Auer.
„Wir warten noch einen Tag, nicht länger!" ordnete Käferlein an, „das machen die Würzburger Kollegen auch nicht mehr länger mit!"
Niemand widersprach.
„Wichtig ist, dass wir noch einmal alle Hinweise in Ruhe durchgehen, auch wenn sie noch so abwegig sind. Wir müssen auch die Sache mit dem Fahrersitz ihres Wagens prüfen. Heiko, Du findest heraus, wo Frau Zimmermann ihren Wagen gekauft hat, erkundigst dich, ob dort oder in einer anderen Werkstatt ein Sitz ausgetauscht wurde! Thomas, wenn Du mit den Angaben der Krankenschwester ein Phantombild erstellen lässt, erkundigst Du Dich, wie man dieses Dormicum beschaffen kann und ob es vielleicht sogar in den letzten Tagen im Südklinikum abhanden gekommen ist!", ordnete Käferlein an. „Und Julia und Günther, ihr geht Hinweisen nach in Zusammenhang mit den Fahndungsfotos ihres Wagens. Ich setze mich noch einmal mit Würzburg in Verbindung!"
Die Polizisten ließen die Worte ihres Vorgesetzten auf sich wirken.

„Irgendetwas fehlt noch, etwas, das uns die Augen öffnet", sagte Julia Ehrlich ruhig. „Wenn ich nur wüsste, was!"

97.

Sie wollte gerade gehen und dachte an ihre drei Kinder und ihren Mann, der in ihren Augen wirklich Großartiges leistete, weil er ohne Murren zu Hause den Laden schmiss. Sie hatte es eigentlich nie so geplant, doch sie war seit einigen Jahren eine Karrierefrau. Aber jetzt wollte sie nur noch nach Hause, sehnte sich danach, in den eigenen vier Wänden etwas Abstand von dem tragischen Tod Petra Zimmermanns und den damit verbundenen zähen Ermittlungen zu finden. Sie sehnte sich nach einer Umarmung ihres Mannes, seiner ruhigen Stimme und seinen ehrlichen, ernsten Augen. Da läutete das Telefon.
„Ehrlich."
„Julia? Hier ist Simon Wolf!"
Julia Ehrlich hatte, bevor sie den Dienst bei der Kripo angetreten hatte, fünf Jahre lang mit Simon Wolf in der Polizeiinspektion Nürnberg-Mitte am Jakobsplatz zusammengearbeitet. Auch wenn sie sich nicht mehr so oft sahen, so waren sie doch immer noch gute Freunde.
„Simon, hallo, das ist ja eine Überraschung. Da hast Du aber Glück, ich wollte gerade gehen!"
„Ja, ich weiß. Ihr seid ziemlich im Stress wegen dieser Geiselgeschichte, oder?"
„Kann man so sagen, und um ehrlich zu sein, wir tappen noch ganz schön im Dunkeln!"
„Dann will ich am besten gleich zur Sache kommen, denn es kann sein, dass es ein bisschen Licht gibt!"
Julia war sofort da.
„Was hast Du denn? Gab es einen Hinweis auf unsere Fahndung? Wir hatten doch eine Nummer angegeben, warum rufen die denn dann bei Euch an?"
„Nein, mit dem Fahndungsfoto hat es nichts zu tun!"
„Simon, mach es nicht so spannend!"
„Also, bei uns wurde der Ausweis einer Krankenschwester abgegeben, und Du kannst Dir denken, um wessen Ausweis es sich handelt!"
„Petra Zimmermann!"
„Genau!"
„Wer hat ihn abgegeben?"

„Ein Jogger, wir haben alles protokolliert, seine Daten, seine Aussage...!"
„Wo hat er den Ausweis gefunden?", unterbrach Ehrlich.
„Du kennst doch dieses große, nicht mehr benutzte Areal in der Tullnau. Da war früher einmal eine Joghurtfabrik drin oder so!"
„Ja, klar!"
„Unser Jogger hatte ein Problem mit dem Magen, jedenfalls musste er dringend seinen Darm entleeren, um es mal vornehm zu formulieren. In seiner Not ist er über das Tor geklettert, um auf dieses Gelände zu gelangen. Dort stand eine dieser Mobiltoiletten, weißt Du!"
„Und?"
„Naja, als er sich den Hintern abputzen wollte, fiel ihm aus dem Toilettenpapierspender der Ausweis entgegen!"
„Das ist ja mal ein echter Hammer!"
„Könnte der Typ sich die Geschichte ausgedacht haben, ich meine, spielt er irgendwie Theater?"
„Wenn Du mich fragst, negativ. Aber ihr habt seine Daten, ich habe Dir schon eine E-Mail geschrieben mit einem Foto des Ausweises. Es kommt auch in ein paar Minuten eine Streife, die den Ausweis vorbeibringt!"
Julia hatte inzwischen die Mail abgerufen. Ohne sich um den Text der Nachricht zu kümmern, öffnete sie gleich die Anlage.
„Kein Zweifel, das ist sie!", sagte sie mehr zu sich selbst.
„Was hast Du gesagt?"
„Oh, entschuldige, ich hab nur laut gedacht. Habe gerade Deine Mail geöffnet!"
Dann sah sie das Wort, das Petra Zimmermann auf ihren Ausweis geschrieben hatte.
„He, da steht doch was drauf, oder?"
„Ja, ich bin noch nicht dazu gekommen, es Dir zu erzählen, man kann es auf dem Foto zwar nur schwer erkennen, aber auf dem Ausweis kannst Du es noch ziemlich gut lesen. Es heißt eindeutig *Hilfe*."
Julia Ehrlich war ein Profi und sie wusste, dass es gerade jetzt nicht angebracht war, in Gefühlsduselei zu verfallen. Trotzdem fuhr ihr ein kalter Schauer über den Rücken. Die Frau hatte auf diese Weise um Hilfe gerufen, aber niemand hatte diesen Hilferuf vernommen.
„Simon?"
„Ja, bin noch dran!"
„Danke, ich glaube wirklich, dass der Ausweis ein wenig Licht in die Sache bringt."
„Klar, ist mein Job!"
„Ja. Ich weiß. Du, lass uns die Tage telefonieren, sei nicht böse, wenn ich jetzt keinen Kopf dafür habe!"

„Du musst Dich nicht entschuldigen, Julia! Ruf an, wenn Dir danach ist. Und sag Wolfi und den Kindern schöne Grüße!"
„Das mache ich. Ich melde mich, okay?"
„Bis dann, viel Erfolg. Ich hoffe ihr kriegt den Irren bald!"
„Das hoffe ich auch!"
Julia legte nur kurz den Finger auf die Gabel, dann wählte sie Thomas Auers Handynummer.

98.

Am nächsten Morgen entwickelten die Gerüchte um Schramm eine solche Eigendynamik, dass nach nicht einmal einer Stunde neben allen Lehrkräften auch sämtliche Schüler des Mozartgymnasiums darüber informiert waren, dass man ihn vom Dienst suspendiert hatte. Über den Grund gab es die wildesten Spekulationen. Direkt proportional zur verstreichenden Zeit brachten diese immer skurrilere Theorien hervor. Sie reichten von Mord über Zuhälterei, der Beteiligung an einem Bankraub, Entführung, bis zur Mitgliedschaft in einer terroristischen Vereinigung. In einer achten Klasse hielt sich nach der zweiten Pause das hartnäckige Gerücht, Schramm hätte eine falsche Identität angenommen und sei in Wirklichkeit Mitglied einer Gruppe von Schläfern, die man mit Bin Ladens Al-Qaida in Verbindung brachte.
Drei Schülern blieb es vorbehalten, die Wahrheit zu kennen: Steffi Bischof, die von ihrer Mutter aus erster Hand von Schramms Amokfahrt erfahren hatte und aufgrund der traumatischen Erinnerungen an den Tod ihres Vaters kein Wort darüber verlor. Ansgar Unger, der unmittelbar von Schramms Ausraster betroffen gewesen war und daher Informationen aus erster Hand an seine Mitschüler hätte liefern können. Er war dazu allerdings nicht in der Lage, weil er noch mindestens zwei Wochen im Krankenhaus zubringen musste. Die dritte Person war Christine Neuhaus, und sie konnte nicht fassen, wie die Schüler über Schramm redeten. Wie Leute, die ihn nicht einmal kannten, sich derart abfällig, verletzend und vorverurteilend über jenen Menschen äußerten, der ihr nach wie vor nicht aus dem Kopf gehen wollte. Eigentlich hätte sie jetzt die Gelegenheit nutzen müssen, Schramm zu vergessen. Aber sie brachte es nicht fertig. Irgendetwas in ihr suchte noch immer nach einer Erklärung für das Verhalten ihres Deutschlehrers. Deshalb hatte sie wenigstens in ihrer Klasse die Sache einigermaßen gerade rücken wollen und ihren Mitschülern von der Irrfahrt mit Ansgar berichtet. Doch damit nicht genug, sie hatte auch ver-

sucht, Antworten auf die vielen Nachfragen ihrer Klassenkameraden zu geben. So hatte sie darüber berichtet, dass Schramm sehr verstört und abwesend gewirkt und Ansgar mit Fragen konfrontiert hatte, die diesen völlig überfordert hatten. Sie hatte davon berichtet, wie Leid Schramm die Angelegenheit jetzt tat und dass er alles am liebsten ungeschehen machen würde, aber die Suspendierung für gerechtfertigt hielt. Als sie mit der Frage konfrontiert wurde, warum Schramm wohl die Nerven verloren und derart verwirrt gewirkt hatte, hatte sie von jener ominösen Petra berichtet, die wohl nicht mehr am Leben war. Sie mutmaßte, dass ihr Tod wohl etwas mit Schramms Ausraster zu tun haben musste. Es war wie eine Rechtfertigung. Sie fungierte gewissermaßen als Schramms emotionale Anwältin, darauf bedacht, bei ihren Klassenkameraden ein wenig von dem positiven Image ihres Deutschlehrers zu bewahren, das er sich – so glaubte sie – bei allen während der kurzen Zeit aufgebaut hatte. Irgendwann hatte sie aufgehört, weitere Fragen zu beantworten. Es kehrte eine seltsame Ruhe ein. Alle beäugten Christine so, als erwarteten sie von ihr einen Vorschlag, wie man mit der Situation umzugehen gedachte.

„Er hat gesagt, ich soll Euch von ihm grüßen. Und er möchte uns die Kurzgeschichten zurückgeben. Ich soll Euch fragen, ob er sie irgendwo abgeben soll, oder ob es Euch lieber wäre, dass er sie uns persönlich aushändigt und sich dabei dann auch von uns verabschiedet!"

Das Schweigen dauerte nur wenige Augenblicke. Dann kippte die Stimmung. Christine sah niemanden, der dagegen war. In Kleingruppen tauschte man sich über die Informationen aus und schließlich sagte Silke: „Ich finde, dass er ein guter Lehrer ist, er war immer fair und so. Gut, er hat wohl Scheiße gebaut, aber offensichtlich tut es ihm Leid. Und ich finde, es spricht für ihn, dass er sich nicht wie eine Ratte davonschleicht. Es sieht so aus, als liegt ihm etwas an uns. Also, ich habe wirklich kein Problem, mich von ihm zu verabschieden!"

Die anderen nickten. Wieder entstanden die gleichen Gespräche wie vor wenigen Augenblicken.

„He, hört mal zu, Leute!", rief Jo schließlich, und fügte, als der Lärmpegel zurückgegangen war, hinzu: „Lasst uns abstimmen. Also, wer ist dafür, dass wir uns mit Schramm treffen, uns von ihm verabschieden und er uns die Kurzgeschichten gibt?"

Und dann geschah etwas, das Christines Herz schneller schlagen ließ: Alle ihre Mitschüler hoben die Hand.

99.

Ralf Sommer blieb nichts anderes übrig, als das Spiel mitzuspielen, also hob auch er die Hand. Eine unangenehme Wärme hatte sich zu diesem Zeitpunkt allerdings bereits in seinen Eingeweiden breit gemacht, doch es gelang ihm, sich nichts anmerken zu lassen. Wenn die kleine Schlampe Recht hatte - und er zweifelte nicht daran -, dann war wohl doch nicht alles so glatt verlaufen, wie er es vermutet hatte. Im Gegenteil, objektiv betrachtet, hatte er Mist gebaut, daran gab es keinen Zweifel. Schramms kranke Schwester war jetzt eine tote Schwester. Und Ralf hatte sie auf dem Gewissen.

Fakt war allerdings, dass er dies nicht gewollt hatte, aber das spielte jetzt keine Rolle. Wenn er schon versagt hatte, dann durfte er jetzt nicht gleich noch einen drauf setzen, die Nerven verlieren und zur Zimperliese werden. Im Grunde genommen hatte sich doch überhaupt nichts zu seinem Nachteil verändert. Es war eher von Vorteil, wie sich die Situation jetzt darstellte, denn schließlich konnte das Schwesternbiest jetzt nicht mehr gegen ihn aussagen. Sie war gefährlich gewesen und er hatte sie, daran gab es überhaupt nichts zu beschönigen, nicht nur einmal unterschätzt. Aber sie hatte ein Spiel mit dem Feuer gespielt. Dieses Mal registrierte er es nicht, dass er sich über die Fäden seiner Narbe strich. Wenn die Schwester das Spiel nach seinen Regeln mitgespielt hätte, ohne ihre andauernden Mätzchen, dann würde sie jetzt wieder Händchen halten können mit Schramm und wer weiß was noch. So gesehen hatte sie sich ihr armseliges Schicksal selbst eingebrockt. Etwas mehr Entgegenkommen, ein wenig mehr Verstand und Feinfühligkeit für ihre Situation, und sie wäre noch am Leben. Was hatte er nicht alles für sie getan: Essen und Getränke organisiert, sich nach ihrem Wohlbefinden erkundigt, sogar zum Pinkeln hatte er sie geführt. Aber sie wollte ja nicht auf ihn hören, hatte immer wieder versucht, die Aktion zu sabotieren. Sie hatte ihren Tod selbst zu verantworten! Ralf wollte sie laufen lassen, aber dieses Miststück wollte einfach nicht die Regeln einhalten. Nein, niemand konnte ihm jetzt einen Strick aus der Sache drehen. Es war - wenn überhaupt - ein bedauerlicher Unfall, er würde sogar geneigt sein zu behaupten, es handelte sich um höhere Gewalt.

Aber er war trotz allem unvorsichtig gewesen. Wie hatte ihm entgehen können, dass die Schwester die Aktion nicht überlebt hatte? Die Medien mussten doch darüber berichtet haben. Doch anstatt die Zeitungen nach der Entführung zu durchforsten, hatte er sich stattdessen lieber in den Berichten gesuhlt, die über den falschen Alarm in Sachen *Toter Löwe im Tiergarten* durch die Gazetten gegangen waren. Es war schon grotesk, dass

ihn ausgerechnet die kleine süße Chrissie Neuhaus in die Tatsachen eingeweiht hatte.
Sollten sie sich doch alle mit Schramm treffen, warum nicht? Es würde definitiv das letzte Mal sein, und dann würde es endgültig vorbei sein mit ihm. Auf Wiedersehen, Herr Lehrer, niemand wird Sie vermissen. Er hatte sich mit dem Falschen eingelassen. Und was hatten sie schon gegen Ralf in der Hand? Nichts, gar nichts. Er hatte alles perfekt geplant und alle Spuren sorgfältig beseitigt. Und die Tatsache, dass Schramm Volleyballgott Unger, diese Pfeife, mit in die Sache hineingezogen hatte, deutete doch wohl darauf hin, dass Ralf die richtigen Störfeuer gelegt hatte. Auch wenn das Ausmaß des Ergebnisses weit über sein Planungsziel hinausschoss, so hatte es als solches Ralfs Ziele erfüllt. Ralfs Welt war in Ordnung, so wie er sie geschaffen hatte. Er musste jetzt nur auf der Hut sein. Obwohl man ihm nicht das Geringste nachweisen konnte, würde Schramm sicher noch nicht so schnell aufgeben, schließlich hatte er nichts zu verlieren. Schramm war getroffen, und damit gefährlicher denn je. Wenn Ralf darüber nachdachte, barg die neue Situation sogar einen gewissen Reiz, denn schließlich konnte er jetzt noch ein wenig zeigen, was er drauf hatte. Er wusste, dass Schramm nie auf ihn kommen würde. Der Schlappschwanz hatte sich auf Unger versteift, dumm und einfältig wie er nun einmal war. Aber die Polizei würde sicher in der Sache herumschnüffeln und sich bei den Schülern über das Verhältnis zwischen Unger und Schramm erkundigen. Möglicherweise. Vielleicht tappten die Bullen aber auch völlig im Dunkeln und nahmen Schramms Ausraster nicht richtig Ernst. Wie dem auch sei, Ralf würde aufmerksam und wachsam sein. Es galt, die Fühler auszustrecken und nicht blauäugig in den Tag zu leben. Dazu gehörte es auch, ganz Profi zu sein, Schramm ein letztes Mal zu treffen und dabei einen freundlichen, unauffälligen Eindruck zu machen. So wie immer. Er hatte Schramms Freundin erledigt, ihn aus dem Job bugsiert und dafür gesorgt, dass man ihm den Prozess machen würde. Schramm war Geschichte - was wollte er mehr?

100.

Das Bienenheim im Stadtteil Zabo war ein griechisches Restaurant, in dem Thomas Auer gerne saß. Leckeres Essen, normales Publikum, schönes Ambiente, und das Ehepaar, das den Laden führte, war wirklich ausgesprochen nett. Und das Bienenheim hatte einen großen Biergarten. Es war so warm, dass man das erste Mal in diesem Jahr draußen sitzen

konnte. Auer gegenüber saß Julia Ehrlich, die einen großen griechischen Salat bestellt hatte. Vor Auer stand ein Teller frischer Calamares mit Reis. Die beiden Polizisten verbanden das Angenehme mit dem Notwendigen und tauschten während des Mittagessens die neuesten Erkenntnisse aus.
„Gut, dann fange ich mal an, wenn's recht ist. Sonst werden deine Tintenfischringe noch kalt!"
Auer nickte dankbar.
„Bin ganz Ohr!", fügte er mit vollem Mund dazu.
„Also, der Jogger ist sauber und absolut glaubwürdig. Sein Name ist Pedro Veronese. Er war mit einem Freund zusammen unterwegs, schon sehr früh am Morgen. Trainiert für einen Marathon. Er hat mir gesagt, dass er plötzlich - ich zitiere - *kacken* musste. Sein Freund hat ihm den Tipp mit der Mobiltoilette gegeben!"
„Musste kacken, na guten Appetit. Die waren doch am Wöhrder See unterwegs, mitten in der Pampa. Da machen am Tag eine Trilliarde von Hunden ihre Haufen hin. Wenn es wirklich so früh war, wie Du sagst, und wenn es wirklich ein Notfall gewesen ist, warum machte er dann noch einen Umweg von mehr als einer Meile und kletterte über einen scheinbar unüberwindbaren Zaun, um auf dieses Firmengelände zu kommen? Ich finde, das klingt nicht besonders plausibel. Er hätte sich doch auch in die Büsche schlagen können, das hätte um diese Zeit niemand bemerkt?"
Julia lächelte.
„Alter Skeptiker. Aber ich kann Dich beruhigen, ich wollte mich zuerst auch nicht zufrieden geben, aber Veronese hat eine Phobie gegen Notdurft verrichten in Mutter Natur. Der kann das nicht!"
Auer verzog das Gesicht. Dann nahm er einen Schluck Wasser.
„Bist Du sicher?"
„Ich habe mich mit seinem Freund darüber unterhalten, der bestätigte die Aussage!"
„Und die Gefahr, dass beide das Ding gemeinsam durchgezogen haben ...!"
„Nein. Als Frau Zimmermann nach Würzburg gebracht wurde, war Veronese geschäftlich in Hamburg. Ich habe das Hotel gecheckt - todsicheres Alibi!", antwortete Ehrlich.
„Wäre wohl auch zu schön gewesen. Aber wenn der Typ seinen Marathon läuft und kacken muss - stelle ich mir irgendwie schwierig vor mit der Anonymität!"
Julia nahm eine Gabel voll Salat und hob die Augenbrauen.
„Was hast Du rausgekriegt?", fragte sie.
„Also, das Gelände gammelt mehr oder weniger vor sich hin. Da, wo die Mobiltoilette steht, befinden sich einige zu Lagerräumen umfunktionierte Hallen. Eine wird von einer lokalen Punkband, die sich *Die Sackratten*

nennt, zum Verstauen ihrer Anlage und ihres Tourbusses verwendet. In zwei weiteren Räumen lagert eine Autovermietung zwei Sonderfahrzeuge, irgendwelche Limousinen, wenn ich es richtig verstanden habe: Oldtimer, die zu besonderen Anlässen vermietet werden. Und dann ist da noch ein Raum, in dem ein Fahrradladen, der nicht weit davon entfernt ist, sein Lager hat!"
„Hm... und?"
Auer hob die Schultern und nahm seinen Notizblock aus seiner Jackentasche.
„Die Sackratten treiben im Moment in Norddeutschland auf einer Tingeltour ihr Unwesen. Seit mehr als zwei Wochen. Da war Petra Zimmermann noch zu Hause. Ähnlich sieht es bei der Autovermietung aus: Die Saison mit den Sonderfahrzeugen ist noch nicht angelaufen. Ich habe mit jemandem von der Firma gesprochen, der mir mitgeteilt hat, dass seit Ende Oktober die Fahrzeuge nicht mehr bewegt wurden. Ergo auch niemand mehr auf dem Gelände in der Tullnau gewesen ist!"
„Es geht mich ja nichts an, aber wieso seit Ende Oktober ...!"
„Siehst du, jetzt kann ich Dich zitieren, alte Skeptikerin, auch ich habe natürlich diese Frage gestellt. Da hat mir der Mitarbeiter erzählt, dass die Vermietungen ab Mai Konjunktur haben - ich sage nur Wonnemonat -, wenn die Hochzeitssaison anläuft!"
Julia nickte.
„Und was ist mir dem Fahrradladen?"
„Die haben vor einer Woche eine neue Lieferung erhalten, das heißt, da könnte es möglicherweise was geben! Ich habe mit den beiden Mitarbeitern gesprochen, die die Lieferung entgegengenommen haben, denen allerdings nichts Ungewöhnliches aufgefallen ist. Und es musste auch niemand die Toilette benutzen!"
Julia rieb sich die Stirn.
„Natürlich überprüfen wir das ganze noch, die Spurensicherung ist gerade dabei, alles noch einmal zu checken."
„Es muss etwas geben, irgendwie muss dieser verdammte Ausweis doch dort hin gekommen sein!", sagte Ehrlich.
Auer schob seinen leeren Teller beiseite.
„Weißt Du, was ich mir schon gedacht habe? Vielleicht hat es etwas mit dem *Nachtpalais* zu tun?"
„Der Disco?"
„Ja, die ist höchstens fünf Gehminuten davon entfernt. Vielleicht hat der Entführer sie dort aufgerissen, was weiß ich?"
„Glaubst Du, sie war tanzen? Sie hatte doch ihrem Freund erzählt, sie wolle etwas gutmachen?", wunderte sich Ehrlich.

„Keine Ahnung, warum nicht? Vielleicht hatte sie nebenbei was laufen, es gibt nichts, was es nicht gibt ...!"
„Hm. Und sie ist mit ihrem Lover spazieren gegangen und musste dringend mal Pipi ...!"
„Schon gut, verarschen kann ich mich selbst. Ich weiß auch nicht. Wie viele Leute sind an einem Durchschnittsabend am Wochenende in dieser Disco? 500? Vielleicht war einer davon unser Entführer und hat sie mit auf das Firmengelände geschleppt. Klingt das so abwegig?"
Julia überlegte.
„Das klingt plausibel. Ob er sie nachts in der Toilette eingesperrt hat, so lange, bis er sich unbeobachtet fühlte?"
„Zum Beispiel. Der Typ ist ein Irrer, unberechenbar. Vielleicht sollten wir den Fahndungsaufruf in der Disco verteilen!"
„Was ist eigentlich mit ihrem Wagen?", fragte Julia.
„Sie hat ihn vor drei Jahren in Würzburg von einem Privatmann gekauft. Der wiederum hat das Fahrzeug ein Jahr vorher neu gekauft. Kein Hinweis auf unterschiedliche Sitze. Ich habe auch Schramm noch einmal angerufen, der kann sich auch nicht erinnern, dass Frau Zimmermann den Fahrersitz auswechseln ließ!"
„Hast Du schon ...?"
„Natürlich. Sämtliche Werkstätten werden im Moment überprüft, die Jungs arbeiten auf Hochtouren...!"
„Wieso lässt jemand einen Sitz ausbauen aus einem Wagen, mit dem er jemanden entführt hat...", sie flüsterte den Satz fast und schloss dabei die Augen, so als redete sie mehr mit sich selbst als mit ihrem Kollegen, „...auf dem Sitz mussten Spuren hinterlassen worden sein?"
„Gut. Aber wer sagt uns, dass der *Entführer* den Sitz ausgetauscht hat? Er musste es eilig haben, meinst Du nicht? Und ich kann mir vorstellen, dass das gar nicht so einfach ist, einen Sitz auszubauen. Abgesehen davon, wo bekommt man einen Autositz her? Den muss man doch bestellen, oder?"
Julia Ehrlich nickte.
„Sicher, aber mein Gefühl sagt mir, dass da was faul ist. Warten wir mal ab, was die Recherche bei den Werkstätten bringt!"

101.

Sie hatten sich in einem alten Gewächshaus getroffen, und fast die ganze Klasse war gekommen. Andreas Schramm war sehr aufgeregt gewesen, als er sich vor gut zwei Stunden mit dem Fahrrad auf die Suche nach dem

Anwesen gemacht hatte. Seine gebrochenen Rippen hatten bei jeder Erschütterung einen stechenden Schmerz verschickt. Doch die Hoffnung, dass jenes Treffen mit seinen Schülern ein weiterer Schritt sein würde, die Erinnerungen an den Unfall zu verarbeiten, hatte den Schmerz erträglich gemacht. Jo Bartsch hatte ihm erzählt, dass seine Eltern bis vor drei Jahren einen landwirtschaftlichen Betrieb hatten, diesen dann jedoch aufgrund immer weiter sinkender Erträge schließlich eingestellt hatten. Ein Überbleibsel der Tätigkeit stellte jenes Gewächshaus dar, welches Jo in wochenlanger Arbeit mit Freunden zu einem Partytreffpunkt umfunktioniert hatte. Er hatte ein zehnminütiges Gespräch mit Jo geführt, weil er der erste gewesen war, der zum vereinbarten Zeitpunkt am Gewächshaus angekommen war. Chrissie Neuhaus hatte es tatsächlich geschafft, dieses Treffen zu organisieren. Das Mädchen war wirklich ein Engel, und Andreas wusste im Grunde genommen nicht, wie er sich bei ihr bedanken sollte. Er hatte keine Ahnung, dass Tina in ihn verliebt war.

Auf dem Heimweg ließ er die verstrichenen eineinhalb Stunden noch einmal Revue passieren. Er tat dies nicht, weil er sentimental war oder in Selbstmitleid verfiel. Vielmehr spürte er, dass ihn etwas beschäftigte. Dass er auf eine seltsame Weise aufgewühlt war. Er hatte keine Ahnung, woher dieses plötzliche Gefühl kam. Es schien fast so, als wäre Petra wieder präsent, ganz nahe bei ihm, so als wäre sie nie weg gewesen. Insgeheim hoffte er, sie würde wieder mit ihm reden. Doch er wartete vergeblich. Nein, nein, es war anders. Ähnlich zwar, aber trotzdem nicht vergleichbar mit der emotionalen Anwesenheit Petras in den vergangenen Tagen.

Nachdem ihm Jo die Sache mit dem umgebauten Gewächshaus erzählt und gleich noch die Musikanlage vorgeführt hatte - mit dem Song „All along the Watchtower" von Jimi Hendrix -, waren die anderen Schüler langsam eingetrudelt. Von da an herrschte für einige Minuten eine seltsame Stimmung. Es kam ihm fast so vor, als wäre er zunächst Luft für die Schüler gewesen, die es vorgezogen hatten, sich lieber untereinander zu unterhalten. Wahrscheinlich hatten sie sich unsicher gefühlt. Er erklärte es sich damit, dass die Schüler gewusst hatten, was er getan hatte, aber keine Ahnung hatten, wie sie damit umgehen sollten. Sie waren wohl überfordert gewesen. Andreas erinnerte sich daran, dass er zu diesem Zeitpunkt mit dem Gedanken gespielt hatte, wieder zu gehen, weil er sich fehl am Platz gefühlt hatte. Es war ihm vorgekommen, als würde seine Anwesenheit die Stimmung nur drücken. Aber als Christine Neuhaus dann aufgetaucht war, hatte sich die Situation sofort entspannt. Ihr war es gelungen, das Eis zu brechen, indem sie ihren Klassenkameraden von dem Krankenhausbesuch bei Ansgar Unger berichtete. Sie erzählte ihnen, dass Unger sie alle grüßen ließ. In dem Moment spürte Andreas noch immer eine gewisse Erleichterung darüber, dass man Ansgar nach der Amokfahrt nicht in dasselbe Krankenhaus wie ihn selbst gebracht hatte. Er dachte daran, dass es jetzt an der Zeit war, den Jungen zu besuchen. Einer der Schüler hatte ihn dann gebeten, noch die Geschichte zu erzählen, wie er es in Australien mit Angeln versucht hatte. Andreas hatte völlig vergessen, dass er vor zwei Wochen in der Klasse angedeutet hatte, dass er sich damals bis auf die Knochen blamiert hatte. Also hatte er den jungen Leuten die Geschichte erzählt und es war ihm tatsächlich gelungen, sie zum Lachen zu bringen. In diesem Moment war er tatsächlich für kurze Zeit sentimental geworden. Der Gedanke daran, die Zeit zurückzudrehen, nahm von ihm Besitz. Eer wünschte sich einfach eine zweite Chance zu bekommen. Doch dann war ihm Ansgar Ungers Kurzgeschichte wieder eingefallen. Dabei ging es auch um Angeln. Ob dies alles nur Zufall war?

An einer roten Ampel an der Rollnerstraße musste er warten. Wieder kratzte dieses seltsame Gefühl an seiner Seele. Aber es war nicht Petra. Oder sie wollte sich auf eine andere Weise bemerkbar machen. Vielleicht erreichte sie ihn auch nicht mehr, begann ihr Licht langsam zu verblassen. Irgendetwas war passiert in diesem Gewächshaus. Die Ampel sprang auf grün und sofort war er wieder beim Aufarbeiten der letzten Begegnung mit seiner 11. Klasse.

Nachdem er die Angelgeschichte erzählt hatte, hatte er die Kurzgeschichten an die Schüler verteilt. Zu jeder Geschichte hatte er einen kurzen Kommentar abgegeben und die Schüler wirklich noch einmal ausdrücklich für deren Arbeiten gelobt. Als alle ihre Aufsätze erhalten hatten, hatten sie sich noch danach erkundigt, was er jetzt vorhatte. Doch in diesem Moment hatte Andreas das Gefühl, dass es genug war. Er hatte den Drang gespürt, alleine zu sein. Und wieder war es Chrissie Neuhaus, die zu ahnen schien, was in ihm vorgegangen war. Sie war es auch, die sich als erstes bei ihm verabschiedet hatte. Dabei hatte sie ihm die Hand gereicht und ihm viel Glück gewünscht. Dafür war er ihr sehr dankbar gewesen, denn er hatte wirklich gehen wollen. Irgendwie hatte er auch das Gefühl gehabt, die jungen Leute zu nerven und befürchtet, dass wieder eine Phase entstehen könnte, in der er sich fehl am Platz fühlen würde. Und so - er überlegte - so hatten sich nach und nach alle von ihm verabschiedet. Alle waren Tinas Beispiel gefolgt, alle hatten ihm viel Glück gewünscht und ihm die Hand gereicht. Die Hand gereicht ... die Hand.
Es wurde ihm warm, unangenehm warm. Sein Herz begann zu rasen, ähnlich wie bei Petras letztem Anruf. Er hätte es nie zulassen dürfen. Niemals. Er hätte es verhindern müssen, dass sie sich mit dem Typen treffen wollte.

Er dachte an die Botschaft und den entschlüsselten Code: Kansas - Ansgar Unger. Konnte es sein, dass sie sich mit ihm getroffen hatte, um etwas *gut* zu machen? Sie hatte ihm erzählt, er müsse sich keine Sorgen machen, alles würde gut werden. Dann hatte sie aufgelegt und jetzt ... Sein Herzschlag war kaum noch zu kontrollieren. Er spürte, dass ihn etwas aufwühlte, in seinem Inneren tickte, wie eine Bombe, die jeden Moment losgehen konnte. Dann blieb er stehen. Er stieg von seinem Fahrrad ab und begann es zu schieben. Sie hatte ihm gesagt, er solle sich keine Sorgen machen. Jetzt war sie tot. Aber warum? Wieso hatte sie geglaubt, er müsse sich keine Sorgen machen?

„Warum sollte ich mir keine Sorgen machen?", fragte er laut.

Zwei Jugendliche drehten sich nach ihm um, doch er registrierte es nicht einmal, denn er spürte, dass irgendwo in seinem malträtierten Unterbewusstsein eine Antwort verschüttet war. Er setzte sich mitten auf den Fahrradweg und legte das Gesicht in seine Handflächen. Er spürte einen seltsamen Druck, so als würde er innerlich brennen. Dabei atmete er hastig ein und aus. Beim ersten Mal verstand er nicht, was sie sagte. Aber sie war wieder da. Er befürchtete schon, sie wieder zu verlieren, ihre Stimme klang sehr leise. Doch er bekam noch eine zweite Chance und dieses Mal hatte er es verstanden:

Weil er einen Händedruck wie ein Erstklässler hat!

102.

Es gab Menschen, denen man täglich begegnete, ohne ihnen jemals größere Bedeutung beigemessen oder sich länger gedanklich mit ihnen auseinandergesetzt zu haben. Meist waren diese Menschen ruhig, unauffällig, vielleicht sogar auf eine kaum wahrnehmbare Weise sympathisch, wahrscheinlich aber eher zurückhaltend neutral. Die Menschen verkauften einem beispielsweise Brötchen, fuhren jeden Morgen mit dem selben Zug, parkten stets auf dem selben Parkplatz, kauften ihre Zeitung am selben Kiosk, benutzten den selben Aufzug, gingen um 7.30 Uhr durch das selbe Werkstor auf ein Firmengelände oder saßen im Unterricht in der vorletzten Reihe.

Ralf Sommer war einer dieser Menschen. Er war ein guter Schüler, zweifellos, aber er wirkte etwas zu umständlich und langweilig, als dass sich Andreas jemals über dessen Innenleben Gedanken gemacht hätte. Ob er anwesend war oder nicht - es spielte keine Rolle, denn er fiel nicht weiter auf im ganz normalen Klassenzimmer-Alltag.

Andreas hatte das Foto wieder vor sich liegen, in dem sich die Projektschüler in ihren USA-Sweatshirts zeigten. Beinahe fünf Minuten lang hatte er schon Ausschau nach Sommer gehalten, ohne dabei jedoch den gewünschten Erfolg zu verbuchen. Noch immer hatte sich jene seltsame Wärme, die auf dem Fahrrad von ihm Besitz ergriffen hatte, in ihm eingenistet. Petra hatte mit ihm gesprochen. Es war ihre Stimme gewesen, ganz sicher, leise zwar, zugegeben, aber er hatte es sich definitiv nicht nur eingebildet. *Weil er einen Händedruck wie ein Erstklässler hat.* Andreas spürte, dass er ganz nahe an einem Durchbruch bei der Suche nach Petras Peiniger war, denn er hatte keinen Zweifel daran, dass Ralf Sommers Händedruck genau auf Petras Beschreibung gepasst hatte. Er erinnerte sich daran, wie unangenehm der Händedruck des Jungen gewesen war. So unangenehm, dass Andreas die Hand schnell zurückgezogen hatte. Seitdem hatte er Petras Stimme nicht mehr gehört. Ganz gleich ob er sich die Stimme während der letzten Tage nur eingebildet hatte oder ob sie tatsächlich Verbindung mit ihm aufgenommen hatte, es hatte den Anschein, als hätte sie das letzte Mal mit ihm gesprochen, als sie ihn auf den Händedruck aufmerksam gemacht hatte.
„Du hast Dich verabschiedet, nicht wahr?", fragte er leise, ohne von dem Foto aufzusehen. Wie erwartet, erhielt er keine Antwort. Ob der Schock über Petras Tod langsam der Gewissheit wich?
„Irgendetwas stimmt nicht, aber was? Was hast Du übersehen?"
Die Schüler lächelten ihn alle an. Auch Ansgar Unger, bei dem er sich noch immer nicht gerührt hatte, möglicherweise auch deshalb, weil er ihm auch immer noch nicht traute. Es waren 22 Schüler, 22. Und Chrissie Neuhaus hatte ihm erzählt, dass insgesamt 22 Schüler an dem Projekt teilgenommen hatten. Wenn also auf diesem Foto 22 Schüler waren, dann bedeutete dies wohl, dass Ralf Sommer nicht zu den Projektteilnehmern gezählt hatte. Was wiederum den Schluss nahe legte, dass er nichts mit der Sache zu tun haben konnte, weil es ihm nicht möglich gewesen sein konnte, an ein Poster mit jener ominösen Schriftart zu gelangen. Es sei denn, Unger hätte ihm sein Kansas-Poster geschenkt ...
All das war möglicherweise sinnlose Gedankenakrobatik, doch je länger Andreas darüber nachdachte, desto mehr reifte in ihm die Erkenntnis heran, auf der richtigen Spur zu sein. Der Händedruck von Ralf Sommer war der unangenehmste, den er je wahrgenommen hatte. Die beiden Worte *kaltes Fleisch* hatten es geschafft, zu ihm durchzudringen.
„Kaltes Fleisch?"
Andreas schauderte bei dem Gedanken an Sommers Händedruck. Konnte dieser Typ Petra getötet haben?

Dann zählte er, mehr aus Ausweglosigkeit, denn als Akt einer geplanten Strategie, noch einmal die Anzahl der Staaten auf den Shirts der Schüler... 21.
„21?", flüsterte er und zählte die Sweatshirts ein weiteres Mal. 21, wieder nur 21.
„Aber es sind doch 22 Personen?"
Er schlug sich mit der flachen Hand so fest auf die Stirn, dass es klatschte.

Er hatte die junge Lehrerin für eine Schülerin gehalten. Sie trug zwar das gleiche Sweatshirt, statt des Namens eines Staates stand auf diesem allerdings einfach nur das Wort „Teacher". Woraus man schließen konnte, dass einer der Projektteilnehmer nicht auf dem Foto war. Andreas schloss die Augen und dachte an Petra. Sie würde nie wieder kommen, nie wieder. Und in diesem Moment buhlte sein Unterbewusstsein mit dem Gedanken an Petras bevorstehende Beerdigung wieder um Beachtung. Fast hätte der Sog des Schmerzes sein Bewusstsein mit in den Strudel des Unbewussten gezogen. Ein erster ernst zu nehmender Anflug einer Depression, kein Zweifel. Aber letztlich gelang es ihm, standhaft zu bleiben. Denn mehr denn je hatte er in diesem Moment auch das Gefühl, auf dem richtigen Weg zu sein. Aber diese Mal brauchte er Gewissheit, ein zweites Mal würde er sich nicht mehr von seinen Emotionen leiten lassen.

103.

Es hatte den Jungen wirklich ziemlich erwischt, keine Frage. Trotzdem strahlte er in Auers Augen etwas Positives aus, auch wenn er nach seiner Entlassung aus dem Krankenhaus noch einige Zeit mit diesem bizarren Gestell an seinem Schienbein würde verbringen müssen. Der Junge war ein Volleyballtalent, galt als Ausnahmespieler, und insofern barg dies für Auer genügend Spielraum, um im Gespräch über die Smalltalkschiene langsam auf das eigentliche Anliegen seines Besuches zu kommen. Aber Auer wollte jetzt keinen Smalltalk machen, wollte nicht taktieren, den verständnisvollen Beamten mimen, denn er glaubte Schramm gut genug zu kennen, um dessen Ausraster in die Kategorie *untypisch* zu stecken. Kein Zweifel, es war Schramm, der den Jungen in diese missliche Lage gebracht hatte, weil er völlig ausgetickt war und die Kontrolle verloren hatte. Doch Schramm war kein Verrückter, kein Psychopath. Der junge Lehrer war eigentlich ganz in Ordnung. Es musste also doch etwas geben, das ihn zu der Überzeugung gebracht haben musste, dass dieser Ansgar Unger etwas

mit Petra Zimmermanns Entführung und ihrem tragischen Tod zu tun hatte.
Vor gut einer Stunde hatte er noch einmal die Krankenschwester aufgesucht, die Frau Zimmermann mit einem jüngeren Mann beobachtet hatte, einige Tage bevor sie verschwunden war. Das Ergebnis war nicht gerade bahnbrechend in Auers Augen. Man hatte zusammen mit einem Computerexperten ein Phantombild des mutmaßlichen Täters erstellt. Dieser hatte nicht die geringste Ähnlichkeit mit Ansgar Unger. Aber Auer hatte auch den Aufsatz des Volleyballstars gelesen. Literatur war nicht gerade das Steckenpferd des Polizisten, doch es reichte, um zu der Schlussfolgerung zu gelangen, dass Ungers Aufsatz durchaus dazu geführt haben konnte, dass bei Schramm die Sicherung durchgebrannt war. Auer spürte, dass der Junge irgendwie in die ganze Sache verwickelt sein musste. Er hatte keine Ahnung wie, aber er wollte auch nicht die Zeit mit sinnlosem Smalltalk vergeuden. Er hatte zwei Eisen im Feuer und wollte sie schmieden, so lange sie heiß waren.
„Ich hoffe, es geht Ihnen ein wenig besser!", sagte er, nachdem er sich bei Unger vorgestellt hatte.
„Ja, ich kann nicht klagen!"
„Wissen Sie, ich möchte gleich zur Sache kommen, wenn es Ihnen nichts ausmacht. Ich würde einfach nur gern zwei Dinge klären, die in Zusammenhang mit ihrer Verletzung stehen könnten, die also möglicherweise dafür verantwortlich sind, dass Ihr Deutschlehrer die Nerven verloren hatte!"
Unger nickte.
Daraufhin zog Auer eine Kopie des Phantombildes aus seiner Jackentasche. Er legte es auf die Bettdecke des Jungen.
Dieser betrachtete das Bild, nahm es in die linke Hand und legte es langsam wieder zurück.
„Kennen Sie diesen Mann?", fragte Auer.
„Nein, ich, ich glaube nicht, dass ich den kenne, wieso?"
„Sie glauben es nicht? Was wollen Sie damit sagen? Ist es eine 50:50 - Chance, wollen Sie jemanden decken, oder kennen Sie den Mann wirklich nicht?"
Ansgar Unger zuckte, denn Auers Worte hatten ihn getroffen. Er wusste nicht, was er antworten sollte, schließlich hatte er den seltsamen Typ auf dem Bild tatsächlich noch nie gesehen.
„Nein, ich kenne ihn nicht, wirklich, ich meine, wieso sollte ich jemanden decken? Ich hab keine Ahnung, was Sie von mir wollen, ehrlich!"
Genau das hatte Auer mit seiner sehr bestimmten Frage beabsichtigt. Der Junge wurde unsicher, und wenn er tatsächlich mehr wusste, würde er jetzt

vielleicht auf die Fakten zu sprechen kommen. Oder er würde Fehler machen.
„Gut", antwortete der Polizist ruhig.
„Ich möchte mich nicht einmischen oder so, aber könnte ich vielleicht erfahren, na ja, was der Mann auf dem Bild ..."
„Darüber kann ich keine Auskunft geben, es handelt sich um ein Delikt, das im Moment noch eine Dringlichkeitsstufe einnimmt, dass es der Öffentlichkeit vorenthalten wird! Aus ermittlungstechnischen Gründen, gewissermaßen!" Bevor der Junge antworten konnte, ergänzte Auer:
„Wenn Sie mir zu dem Bild nichts sagen können, dann aber doch wohl sicher zu *Von Feigen und Feigen?*"
Auer sah sofort, dass er ins Schwarze getroffen hatte, denn der Junge wurde sichtlich nervös.
„Ich..., wie bitte?"
„Sie haben mich schon verstanden!", konterte Auer kühl.
„Es ist eine Kurzgeschichte, ein Hausaufsatz, den ich geschrieben habe!", antwortete Ansgar und musterte ein weiteres Mal das Phantombild, weil er so den Polizisten nicht ansehen musste.
„Warum haben Sie diese Geschichte geschrieben?"
Unger hob die linke Schulter, er versuchte sich in Auers Richtung zu drehen und verzog dabei schmerzverzerrt das Gesicht.
„Warum? Ich wollte eine gute Note, ich, na ja, es war mein Job, meine Hausaufgabe. Der Aufsatz war wichtig für meine Zeugnisnote!"
„Akzeptiert. Aber warum gerade die Sache mit dem vergifteten Wurm, ich meine, warum gerade diese Handlung?"
„Keine Ahnung, Herr Schramm hat uns kein Thema vorgegeben, wir durften schreiben, was wir wollten, wir sollten einfach kreativ sein!"
Es lag Auer auf der Zunge, das Thema auf Löwes Tod zu lenken, die Tatsache, dass der Chef der Schule vergiftet worden war. Aber man hatte sich in der Sonderkommission darauf verständigt, mit verdeckten Karten zu spielen.
„Wissen Sie, ich kann nicht sagen warum, aber ich habe den Eindruck, dass Sie wissen, warum ich diese Fragen stelle, oder es zumindest erahnen. Ich will Ihnen nur sagen, dass wir in einem ziemlich schwerwiegenden Fall ermitteln, und ich meine damit nicht die Fahrt, die Sie in Schramms Wagen über sich ergehen lassen mussten. Ich werde Ihnen jetzt eine Nummer aufschreiben, unter der Sie mich jederzeit erreichen können. Außerdem lasse ich Ihnen dieses Phantombild da. Falls Sie also entweder zu dem Bild oder Ihrem Aufsatz ein gewisses Mitteilungsbedürfnis hegen sollten, dann scheuen Sie sich nicht, die Nummer zu wählen. Ich will Ihnen allerdings auch sagen, dass man Sie belangen kann, wenn Sie bewusst Informationen

zurückhalten!" Auer musterte Unger ernst. Dann nahm er einen Stift, schrieb seine Handynummer auf eine Seite seines Notizblocks und reichte diese dem Jungen.
„Wissen Sie, ich bitte Sie im Grunde genommen nur um Ihre Hilfe!", ergänzte der Polizist und schickte sich an zu gehen. Als er die Türklinke bereits in der Hand hatte, drehte er sich noch einmal zu dem Schüler um.
„Denken Sie mal darüber nach. Gute Besserung!"

104.

Sie hob nach dem ersten Läuten ab, so als hätte sie auf seinen Anruf gewartet.
„Ja?"
„Tina?"
„Herr Schramm?" Er konnte sich täuschen, hatte jedoch das Gefühl, dass sie aufgeregt war, denn die Stimme des Mädchens schien zu zittern.
„Ja, ich bin es schon wieder. Es tut mir Leid, aber ich hätte noch einmal Deine Hilfe benötigt!"
„Natürlich, kein Problem, Herr Schramm, Sie müssen sich doch nicht entschuldigen!"
„Ich fürchte schon, denn ohne Dich wäre ich nicht so aus der Sache herausgekommen, zumindest in Bezug auf die Klasse 11b! Das war wirklich gut, was ihr heute Nachmittag auf die Beine gestellt habt und so wie ich die Sache sehe, war dies alles Deine Idee, oder?"
Das Mädchen antwortete nicht. Sie schien verlegen zu sein.
„Tina?"
„Ich bin noch da, ja. Danke, ich weiß nicht genau, ob Sie das wirklich ernst meinen, aber ich freue mich natürlich, wenn Sie die Aktion aufgebaut hat. Ehrlich gesagt, kann niemand in der Klasse verstehen, warum das mit Ansgar passiert ist!"
„Weißt Du, ich kann es ja selbst nicht!" Andreas überlegte, ob er noch etwas zu seiner Amokfahrt sagen sollte, entschied sich aber schließlich, es nicht zu tun. Es entstand eine kurze Pause, in der er ein schlechtes Gewissen bekam.
„Wie kann ich Ihnen denn helfen?", fragte sie.
„Weißt Du, es geht um das Foto mit dem USA-Projekt! Kann es sein, dass eine Person fehlt auf dem Bild?"
„Ich weiß es nicht genau, wenn Sie kurz warten, kann ich das Bild laden!"
„Kein Problem, Tina, aber nur, wenn es Dir keine Umstände macht!"

Es war nur eine Floskel. In Wirklichkeit hätte er alles getan, damit sich das Mädchen das Bild noch einmal etwas genauer angesehen hätte. Er hörte die Melodie des Betriebssystems, als sie ihren Computer hochfuhr.
„Warten Sie, ich hab's gleich!", flüsterte sie und klickte sich zu dem Foto durch.
Andreas wusste, dass er unhöflich war, eigentlich hätte er die Pause mit Smalltalk überbrücken müssen, doch er war zu aufgeregt dazu.
„So, warten Sie, gleich hab ich es!" Er hörte das Geräusch von einigen Mausklicks.
„Gut, da ist es!"
„Super. Kannst Du bitte noch einmal nachschauen, ob eine Person ...?"
„Bin schon dabei, Herr Schramm!"
Er hörte wie sie leise zählte.
„...14, 15, 16, 17, 18, 19, 20, 21, 22! Ne, das müsste passen. Es sind genau 22!"
„Ja, das dachte ich auch zuerst, aber die Frau, die Zweite von rechts in der hinteren Reihe, das müsste doch...!"
„Warten Sie ...ja, stimmt, Sie haben Recht, das ist ja Frau Jakobsen, das gibt's nicht, die hätte ich jetzt fast für eine Schülerin gehalten!"
„Da sind wir schon zwei, mir ging es nämlich genauso!"
„Komisch, da hab ich echt nicht mehr dran gedacht. Also wenn das so ist, muss jemand fehlen, ganz klar!"
„Weißt Du vielleicht, um wen es sich handelt?"
Sie überlegte kurz.
„Warten Sie mal. Also ehrlich gesagt, auf den ersten Blick kann ich nicht sagen, wer fehlt. Schließlich ist das jetzt eineinhalb Jahre her und manche der Leute sind nicht mehr in unserer Klasse. Aber ich kann es mir gerne einmal durch den Kopf gehen lassen. Irgendwo müsste ich auch noch eine Liste mit den Teilnehmern haben, das dürfte also kein Problem sein. Wozu brauchen Sie denn die Info?"
Andreas überlegte. Eigentlich hatte er mit der Frage schon viel früher gerechnet. Er konnte dem Mädchen irgendeine belanglose Geschichte erzählen. Aber Christine Neuhaus hatte ihm schon so viel geholfen, dass er sich dazu entschloss, eine wahrheitsgemäße Erklärung für seine Hartnäckigkeit abzugeben.
„Es ist nicht einfach zu erklären, aber dennoch gibt es eine Erklärung, Tina. Und ich würde lügen, wenn ich sagen würde, dass es eigentlich nicht besonders wichtig für mich ist. Das Gegenteil ist der Fall, es ist mir verdammt wichtig. Es hat damit zu tun, was letzten Freitag passiert ist, mit Ansgars schlimmer Verletzung. Ich habe die Nerven verloren, das weißt Du ja schon. Aber dafür gibt es eine Erklärung, und es kann sein, dass Du

mir jetzt wirklich weiter helfen kannst, wenn Du mir sagst, welche Person ...!"
„Ich verstehe, was Sie meinen, aber irgendwie verstehe ich auch gar nichts. Sie hören sich nur sehr besorgt an, und ich möchte auch nicht näher nachfragen, was genau passiert ist. Wissen Sie, ich kann das alles wirklich nicht ganz einordnen. Sie müssten sich noch etwas gedulden, dann werde ich herausfinden, um wen es sich handelt. Ich kann Sie gerne zurückrufen, Herr Schramm!"
Andreas schloss die Augen. Er spürte seinen Herzschlag. Dieses Mädchen war seine einzige Hoffnung.
„Das wäre wirklich sehr, sehr nett, Tina. Du würdest mir unglaublich weiterhelfen, und ich würde Dir nie vergessen, was Du getan hast!"
Wieder entstand eine Pause.
„Tina? Bist Du noch dran?"
„Sind Sie sicher, dass es Ihnen gut geht, Herr Schramm?"
„Nein, ich bin nicht sicher. Ich bin nur sicher, dass es mir nicht gut geht!"
„Oh, das klingt gar nicht positiv, wirklich!"
„Ja. Und ich bin wohl auch weit davon entfernt, mich positiv zu fühlen, aber ...!" Er brach ab.
„Es tut mit leid, Herr Schramm! Ich werde gleich mit dem Suchen beginnen. Und dann, sobald ich weiß, wer fehlt, werde ich Sie zurückrufen!"
Andreas biss sich auf die Lippen. Aufgeregt fuhr er sich durchs Haar.
„Danke, vielen Dank, Tina!"
„Kein Problem, wirklich, ich rufe gleich zurück!"
„Gut, dann bis später!"
„Bis später!"

105.

In diesem Augenblick spürte Christine Neuhaus zum ersten Mal ein gewisses Unbehagen. Noch während des Telefongesprächs mit Schramm hatten ihre Erinnerungen Ralf Sommer, die Gürtelschnalle, an die Oberfläche gespült. Sie war sich zu 100 Prozent sicher gewesen, dass er der 22. Schüler war. Doch irgendetwas hielt sie davon ab, Schramm bereits jetzt davon zu erzählen. Der Grund dafür war nicht etwa, dass sie noch große Zweifel an ihren Erinnerungen hegte. Vielmehr wollte sie noch ein wenig Zeit zum Überlegen haben. Was hatte die Schnalle mit all dem zu tun: Schramms Amokfahrt, damit, dass ihr ehemaliger Deutschlehrer so die Nerven hatte verlieren können? Sie musste unweigerlich daran denken, wie

Steffi die Gürtelschnalle vor einer guten Woche als Psychopathen bezeichnet hatte. Ob er für Schramms Seelenzustand verantwortlich war? Und wenn, aus welchem Grund? Was konnte Ralf Sommer gegen Schramm haben?
Sie schüttelte langsam den Kopf, während sie ihren Ordner mit der Aufschrift „Schule/Projekte" durchsuchte. Nach nicht einmal einer Minute hatte sie gefunden wonach sie suchte: die Liste mit den Teilnehmern des USA-Projektes. Sie hatte sich nicht getäuscht, der fehlende Teilnehmer war Ralf, die Gürtelschnalle. Er war nicht auf dem Foto, weil er das Foto gemacht hatte.
Im gleichen Moment fiel ihr ein, was Ansgar gestern erzählt hatte. Sie konnte es immer noch nicht glauben, dass er seine Kurzgeschichte hatte schreiben lassen. Und ausgerechnet von Ralf Sommer. Das passte überhaupt nicht zu ihm, und sie hatte ihm angesehen, dass er ein schlechtes Gewissen bei der Sache hatte. Wenn sie ihren ehemaligen Deutschlehrer richtig verstanden hatte, dann war zwar die 22. Person, Ralf Sommer, der Auslöser für all das, was passiert war Ausgelassen hatte Schramm seinen Frust allerdings an Ansgar Unger. Konnte es sein, dass Ansgar mit Ralf Sommer irgendetwas eingefädelt hatte, was gegen Schramm gerichtet war? Dies würde bedeuten, dass Ansgar sie nicht nur belogen hatte, sondern sich auch durchaus die ganze Sache selbst eingebrockt hatte und bei weiten nicht das ahnungslose Unfallopfer war, das er mimte. Sie wusste nicht mehr, was sie denken sollte, hatte keine Ahnung, ob sie die richtigen Schlussfolgerungen zog, geschweige denn, worum es eigentlich bei der Sache ging. Was konnte Schramm dazu gebracht haben, einen solchen Hass auf Ansgar zu entwickeln? Schließlich hätte er ihn bei seiner Amokfahrt umbringen können. Chrissie nahm ihr Telefon in die Hand und betätigte den grünen Knopf. Sie hörte das Freizeichen. Als sie die ersten drei Ziffern von Schramms Telefonnummer eingetippt hatte, verharrte sie kurz. Dann drückte sie den roten Knopf. Das Freizeichen verstummte.
„Oh, mein Gott", flüsterte sie. Sofort bildeten sich große rote Flecken auf ihren Wangen.
„Bitte, lass es nicht wahr sein, bitte!", flüsterte sie.
Sie warf das Telefon auf ihr Bett und ging wieder zu ihrem noch immer eingeschalteten Computer zurück. Mit einem Doppelklick war sie in das schier unendliche Universum des World Wide Web geschlüpft. Sie suchte unter Google und gleich als erstes wurde der richtige Treffer angezeigt: Telefonauskunft.de.
Sie entschied sich für die linke Spalte: www.dastelefonbuch.de.
Zwei Felder warteten noch auf sie.

Im ersten Feld wurde sie aufgefordert, den Namen oder eine Telefonnummer einzugeben. Sie tippte Schramms Nummer ein.
Im zweiten Feld konnte man einen gewünschten Ort eingeben.
Sie tippte „Nürnberg". Aufgeregt kratzte sie sich an ihrem Kinn. Dann drückte sie auf einen rosafarbenen Button mit der Aufschrift „Finden".
Was sie befürchtet hatte, trat tatsächlich ein. Sie konnte nicht mehr atmen.
„*Es ging wohl um eine Frau, eine Petra, die tot ist...*" - Ansgars Worte hallten in ihren Erinnerungen wider.
„*Andreas Schramm und Petra Zimmermann*", war auf ihrem Bildschirm zu lesen.

Sie ließ einige Minuten verstreichen, um sich der Tragweite ihrer Entdeckung bewusst zu werden. Dann wurde langsam Angst aus ihrer anfänglichen Nervosität. Schramms Lebensgefährtin war tot. Sie musste in seinem Alter gewesen sein, und deshalb hatte dieser die Nerven verloren, war zu der Amokfahrt mit Ansgar aufgebrochen. Hieß dies, dass seine Freundin ermordet worden war? Und hatte Schramm Ansgar für den Täter gehalten? Oder hielt er die Schnalle für den Täter? Chrissie überlegte. Wieder nahm sie das Telefon in die Hand. Doch auch dieses Mal überlegte sie es sich wieder anders.
Im Keller fand sie die alten Zeitungen der letzten beiden Wochen. Sie suchte die Ausgaben von letzten Freitag und Samstag heraus, dazu kam die aktuelle Ausgabe des heutigen Tages. Sie durchforstete die Todesanzeigen mehrere Male äußerst akribisch, selbst die einzeiligen, klein gedruckten Anzeigen. Nichts, keine Petra Zimmermann. Was hatte das zu bedeuten? Wenn die Frau tatsächlich gestorben war, musste sie sehr jung gestorben sein. Jemand musste um sie trauern, wenn nicht Schramm, dann irgendwelche sonstigen Angehörigen, ihre Eltern, Arbeitskollegen. Sie überflog den Lokalteil der Ausgaben, keinerlei Hinweise auf den Tod einer jungen Frau mit dem Namen Petra Zimmermann. Konnte es sein, dass Schramm derjenige war, der falsch spielte? Sie wusste nicht, was sie denken sollte, ihr Verstand schien mit der Situation überfordert zu sein. Sie musste sich wohl auf ihr Gefühl verlassen.
Also nahm sie den Hörer und wählte endlich Schramms Nummer.

106.

„Wissen Sie, was ich glaube?", fragte Chrissie, ohne sich zu melden.
„Bitte?", erwiderte Schramm.
„Ich glaube, es war alles gar nicht Ihre Schuld, Herr Schramm! Das mit Ansgar und so, ich glaube, Sie können nichts dazu, und das macht mich sehr traurig, wissen Sie?"
Andreas wusste nicht, worauf das Mädchen hinaus wollte.
„Tina, ich verstehe nicht ..."
„Wissen Sie eigentlich, dass Sie der einzige Mensch sind, der mich Tina nennt? Eigentlich nennen mich alle Chrissie!"
„Hör zu Tina, ich weiß nicht, was mit Dir los ist, ich...!"
„Ach Herr Schramm, ich mache mir Sorgen, ganz einfach. Ich weiß nicht, wie ich es sagen soll, aber, naja, ich kann Sie wirklich gut leiden, wissen Sie, trotz der ganzen Sache. Ich bin ganz schön verwirrt, und ich bin alles andere als cool, ehrlich gesagt überfordert mich das alles. Und ich habe irgendwie voll Angst!"
Andreas schaute das Telefon an. Was hatte das zu bedeuten? Schüttete das Mädchen ihm gerade ihr Herz aus? Das konnte er jetzt am wenigsten gebrauchen. Aber wovor fürchtete sie sich?
„Angst, wovor hast Du Angst?"
„Es ist nicht wichtig, wirklich, aber ich glaube, Sie lagen richtig mir Ihrer Vermutung. Sie hatten doch eine Vermutung, stimmt's?
„Vermutung?"
„Bei der fehlenden Person, dem 22. Schüler!"
„Ich würde es nicht unbedingt eine Vermutung nennen, Tina!"
„Manchmal frage ich mich, wann man merkt, dass man erwachsen ist! Haben Sie es eigentlich irgendwie gemerkt?"
Andreas hatte noch immer keine Ahnung, was das Mädchen wollte.
„Ich? Keine Ahnung, ich weiß es nicht!", antwortete er wahrheitsgemäß.
„Wissen Sie, ich glaube, Sie halten mich nicht für erwachsen oder so. Ich glaube, ich bin für Sie eine Schülerin, eine ehemalige Schülerin. Das ist in Ordnung, wirklich. Aber was würden Sie tun, wenn ich mehr wüsste, verstehen Sie? Dinge, von denen Sie nicht glauben würden, dass ich sie weiß!"
Andreas erstarrte. War dies eine Drohung? Stand sie womöglich hinter der ganzen Sache? Hatte sie Petra entführt? Er befürchtete, langsam paranoid zu werden.
„Tina, ich kann nicht mehr, es geht mir nicht gut, ganz beschissen, offen gestanden. Was willst Du mir sagen? Steckst Du hinter der ganzen Sache?"

Er hörte nur noch ihren Atem, der langsam schneller wurde. Dann begann sie leise zu weinen.
„Tina? Was ist denn los?"
Sie schluchzte, brachte keinen Ton heraus.
„Jetzt beruhige Dich, was ist los mit Dir?"
„Ich...weiß...nicht, was los ist!", schluchzte sie.
„Es ist gut, ist schon gut!"
„Es tut mir Leid, wenn ich etwas Falsches gesagt habe!", versuchte Schramm sie zu beruhigen.
„Ich...ich weiß nicht, ob ich Ihnen sagen soll, was ich vermute, verstehen Sie?", fragte Chrissie wieder gefasster.
„Es ist kein Problem für mich, wirklich. Sag es mir, es macht mir nichts aus!", entgegnete Schramm und war bemüht, das Mädchen damit weiter zu beruhigen, obwohl er selbst wie auf Kohlen saß.
„Ich glaube, Ihre Freundin ist tot!", flüsterte Chrissie.
Schramm schluckte.
„Wie kommst Du denn da drauf!", fragte er und wusste nicht, was er davon halten sollte. War sie in die Entführung Petras eingeweiht gewesen? Hatte sie den Auftrag, ihn auszuspionieren?
„Sehen Sie, Sie trauen mir nicht, halten mich für ein Kind, oder so, zumindest nicht für erwachsen. Dabei will ich Ihnen helfen, verstehen Sie? Aber Sie nehmen mich nicht ernst!"
„Tina, bitte mach es mir nicht so schwer. Ich bin ganz unten - ganz, ganz unten. Du hast Recht, ja, meine Freundin Petra ist tot!"
Es entstand eine Pause. Chrissie wollte antworten, brachte jedoch keinen Ton heraus.
„Bist Du jetzt zufrieden?", fragte Schramm.
„Das ist ja furchtbar!", flüsterte das Mädchen.
„Weißt Du, vielleicht geht es mich nichts an, aber woher weißt Du, dass sie tot ist? Es kann eigentlich noch niemand wissen, die Polizei hat noch immer eine Nachrichtensperre laufen, was ihren Tod betrifft und die ganzen Umstände ..."
„Vielleicht bin ich schon zu erwachsen, keine Ahnung. Jedenfalls habe ich einfach nur ein bisschen kombiniert, wissen Sie!"
„Offen gestanden, nein! Was gab es denn da zu kombinieren?"
„Gestern, als ich Ansgar im Krankenhaus besucht habe, da haben wir über die ... Amokfahrt, ich wüsste nicht, wie ich es sonst ausdrücken sollte, gesprochen. Ansgar erzählte mir, dass sie während der Fahrt davon gesprochen hatten, dass eine Petra gestorben ist und dass sie ihn dafür verantwortlich gemacht haben!"

„Das habe ich tatsächlich getan?", fragte Schramm mehr sich selbst als seine Gesprächspartnerin.
„Offensichtlich. Ich bin ganz ehrlich, Sie hatten mir ja Ihre Telefonnummer gegeben und im Telefonbuch, sind Sie zusammen mit einer Frau namens Petra Zimmermann registriert. Das kann kein Zufall sein, Herr Schramm!"
„Du kannst ziemlich gut kombinieren, das muss man Dir lassen, Tina. Vielleicht solltest Du zur Zeitung gehen oder zur Polizei!"
„Glauben Sie, Ansgar hat etwas mit dem Tod Ihrer Freundin zu tun?"
„Ich bin mir nicht sicher! Obwohl ich es ihm eigentlich nicht zutraue, war ich vor drei Tagen noch felsenfest davon überzeugt!"
„Aber wieso, weshalb sollte er so etwas tun?"
„Ich weiß es wirklich nicht, Chrissie!"
„He, Sie haben mich gerade Chrissie genannt, zum ersten Mal!"
„Ist mir gar nicht aufgefallen!"
„Ich, will nicht unhöflich oder penetrant wirken oder so, aber, ich meine, wenn Sie mit jemandem reden wollten, na ja, ich ...!"
„Danke, vielen Dank, ich weiß es wirklich zu schätzen - und das ist keine abgedroschene Floskel. Vielleicht bist Du tatsächlich auf dem besten Weg, richtig erwachsen zu werden. Aber ich muss mir alles erst einmal durch den Kopf gehen lassen, weiß selbst nicht, was ich machen soll, verstehst Du? Alles ist ziemlich komplex, ziemlich verwirrend, tut sehr weh. Vor zwei Wochen habe ich noch ein normales Leben geführt und jetzt ist alles vorbei. Ich verstehe nicht, wie es so weit kommen konnte. Werde es wahrscheinlich nie verstehen, obwohl ich erwachsen bin!"
„Es tut mir Leid!", flüsterte Chrissie.
„Das muss es nicht, denn ich habe mir alles wohl auch selbst eingebrockt!"
„Dann gebe ich Ihnen mal den Namen, was halten Sie davon?"
„Das wäre schön, ja und wer weiß, vielleicht kann ich mir in puncto *Kombinieren* noch eine schöne Scheibe von Dir abschneiden und komme zu neuen Erkenntnissen!"
„Darf ich vorher noch etwas sagen, Herr Schramm!"
„Klar, alles!"
„Also, wenn Sie irgendwie zu dem Entschluss kommen sollten, jene 22. Person könnte irgendwie, sagen wir mal, seltsame Dinge getan haben oder so, dann können Sie mich ruhig wieder anrufen, denn ich könnte Ihnen da vielleicht auch einige Kombinationsanstöße geben!"
„Langsam wirst Du mir unheimlich, Tina!"
„Wissen Sie, ich kenne die Leute in der Klasse wirklich schon lange, manche seit der fünften!"

„Gut, dann weiß ich ja, an wen ich mich wenden muss, falls ich noch weitere Fragen hätte. Kannst Du mir jetzt sagen, um wen es sich handelt, und vielleicht weißt Du ja sogar noch, mit welchem Staat sich die Person beschäftigt hatte!"
„Kein Problem, hier sind die Daten..."

107.

Es war tatsächlich Ralf Sommer. Der Schüler mit dem unangenehmsten Händedruck in der Geschichte des Händeschüttelns war buchstäblich das fehlende Glied in der Staatenkette. Nach Chrissies Recherchen war er deshalb nicht auf dem Foto gewesen, weil er es selbst geschossen hatte. Das alles war zwar nicht schlecht, aber es genügte noch lange nicht, um jenen unscheinbaren, durchaus intelligenten Schüler mit Petras Entführung in Verbindung zu bringen. Dazu reichte allerdings die zusätzliche Information, die er von Christine Neuhaus erhalten hatte, durchaus aus.
Nebraska hatte die zweite Information gelautet.

Nebraska.

Ein weiteres Mal legte er die einzelnen Buchstaben des Drohbriefes auf seinem Schreibtisch aus:

MÖRDER!
SAG DEN BULLEN WAS
LOS IST ODER ES
KOMMT GANZ HART

Es musste ein Staat sein der ein S, ein K, zwei As und ein N enthält.

NebrASKA

Kein Zweifel. Ralf Sommer hatte sich mit Petra getroffen, und er hatte einen Drohbrief verfasst mit den Buchstaben aus einem Poster, von denen es nur 22 gab. Nur zwei davon enthielten jene Buchstaben, die für diesen Drohbrief verwendet wurden.

Er überlegte lange, sehr lange. Bis weit nach Mitternacht. Er benötigte keinen Alkohol und auch die Sehnsucht nach Petra konnte er weitestgehend ausblenden. So bizarr es klang, aber es gelang ihm jetzt besser, sich zu konzentrieren, denn er hatte die Gewissheit und konnte sich ein Bild davon machen, mit wem sie die letzen Stunden ihres Lebens verbracht hatte. Sein Leben hatte so wieder einen Sinn erhalten. Er wollte den Jungen büßen lassen, für jede einzelne Minute.
Zunächst hatte er an Selbstjustiz gedacht. Es hätte ihm nichts ausgemacht, Sommer eine Kugel durch den Kopf zu jagen. Zweite Chance hin oder her, verpfuschtes Leben, egal. Für einen langen, sehr langen Zeitraum war er davon überzeugt gewesen, den Jungen töten zu können.

Dann allerdings holte ihn die Amokfahrt wieder ein, das Ergebnis undurchdachten Handelns. So weit durfte es nicht mehr kommen. Was war, wenn trotz aller Indizien Sommer doch nichts mit Petras Entführung zu tun hatte?
„Niemals", flüsterte er.
Er konnte zur Polizei gehen, offen mit Auer darüber sprechen. Schließlich hatten die eine Sonderkommission gebildet. Dort würde man Sommer in die Mangel nehmen, die Wahrheit aus ihm herausquetschen....
Würden die das wirklich? Oder würde man ihm nicht mehr glauben, nach all dem, was mit Ansgar Unger passiert war? Konnte es sein, dass man ihn nicht mehr ernst nehmen würde, wenn er einen weiteren Schüler mit der Tat belastete? Hatte er den Bogen überspannt? Und was würde dann passieren? Ralf Sommer konnte sich ein Alibi zurechtlegen, ihn seinerseits bei der Polizei als unzurechnungsfähig hinstellen. Konnten ein Händedruck und ein paar Buchstaben eines Posters genügen, dass man den kleinen dicken Schlappschwanz dingfest machen würde?
Vermutlich schon.
Aber das genügte Andreas nicht. Die Polizei konnte er auch noch später einschalten, aber zuvor wollte er auf Nummer sicher gehen. Und er wollte ihn leiden sehen. Sommer sollte das gleiche durchmachen, was er durchgemacht hatte. Außerdem war jetzt eine weitere Sache klar: Sommer wusste von Löwes Pausenkaffee. Wie auch immer er an die Informationen hatte kommen können, es spielte letztlich keine Rolle.

Nach etwa 20 Minuten hatte er die Steckbriefe gefunden, die er von der Klasse angefertigt hatte. Ein Kollege hatte ihn auf die Idee gebracht. Und so hatte er in der ersten Unterrichtsstunde in der 11b Steckbriefe ausgeteilt, die nicht von den jeweiligen Schülern selbst, sondern von einem zufällig ausgewählten Mitschüler angefertigt wurden. Viel war Sommers' Steckbrief allerdings nicht zu entnehmen:

Name: *Ralf Sommer*

Alter *18*

Berufswunsch: *Pilot*

Geschwister: *Keine*

Hobbys: *Kino, Fotographie, Computer*

Lieblingsfilm: *Full Metal Jacket*

Lieblingsband/-sänger: *Seal*

Lieblingsgetränk: *Kaffee mit viel Milch*

Lieblingsessen: *Sushi*

Lieblingsfach: *Deutsch, Geschichte*

Lebensmotto: *Immer positiv denken*

Marotte: *Coffee to go, aber nur mit Milch und Zucker*

Auf den ersten Blick nicht gerade viel, was ihn irgendwie weiterbrachte. Er lehnte sich zurück und konnte es selbst nicht glauben, wie ruhig er war. Alles, was ihn in den letzten Tagen und Nächten beschäftigt hatte, schien von ihm abgefallen zu sein. Er ging in die Küche, stellte das Radio an und holte sich einen Kaffee. Es war 1.54 Uhr. Im Radio diskutierten die Hörer mit dem Moderator über AC/DC. Soweit er es mitbekam, ging es darum, ob Brian Johnson den ersten Sänger Bon Scott 1 zu 1 hatte ersetzen können. Solche Dinge konnte man im Zeitalter der Castingbands, die in der Retorte gezeugt und nach Aussehen zusammengestellt wurden, im Radio wohl tatsächlich nur noch nach Mitternacht thematisieren.
„Full Metal Jacket", flüsterte Schramm, „das ist ein Vietnamfilm, von Stanley Kubrick, oder?"
Wieder ging er die Liste durch.
„Sushi... ich könnte ihn vergiften, in einer Sushibar. Aber wie lotse ich ihn dort hin?"
Er gähnte.
Und dann fiel sein Blick auf Coffee to go.

Inzwischen war es schon nach zwei Uhr und der AC/DC-Song *It's a long way to the top if you wanna Rock'n'Roll* wurde gespielt. Sie hatte ihm ihre Hilfe angeboten. Ob sie noch wach war? Er suchte nach seinem Mobiltelefon. Dessen Akku war leer. Seit Petras Tod hatte er es nicht mehr benutzt. Nachdem er das Handy mit dem Ladestecker verbunden hatte tippte er langsam die SMS:

Jetzt bräuchte ich doch noch Deine Hilfe, Tina. Bist Du noch wach? Gruß A.S.

Er erwartete im Grunde genommen keine Antwort. Zumindest noch nicht jetzt. Sie musste morgen schließlich zur Schule gehen. Wahrscheinlich hatte sie ihr Handy sogar ausgeschaltet.

Doch keine zwei Minuten später verkündete sein Mobiltelefon allerdings den Eingang einer Kurzmitteilung. Andreas rief die SMS ab:

Schießen Sie los!

108.

Die zweite Pause hatte gerade erst begonnen, doch Ralf Sommer saß schon wieder im Klassenzimmer. Er war immer einer der ersten. Auch morgens vor dem Unterricht war er stets mindestens 15 Minuten vor Beginn der ersten Stunde im Klassenzimmer, denn er liebte es präsent zu sein. So konnte er in Ruhe seinen *Coffee to go* zu sich nehmen und seine Gedanken schweifen lassen. Wie schon am Morgen, beschäftigte er sich auch jetzt mit dem gestrigen Meeting im Gewächshaus. „Gewächshaus", flüsterte er und schüttelte angewidert den Kopf. Was für ein schwachsinniger Einfall. Auch wenn Jo es mit viel Liebe aufzupäppeln versucht hatte, so würde das Domizil im Knoblauchsland für ihn, Ralf, immer bleiben, was es war: ein stinkendes Gewächshaus. Sei es drum, der Bauer blieb ein Bauer, auch wenn er nicht mehr nach Mist stank. Im Grunde genommen war das Meeting ein Abgesang auf den König der Loser mit dem schönen Namen Andreas Schramm gewesen. Wie rührend sie sich alle abgemüht hatten, um ihm einen passablen Abgang zu verschaffen. Ralf zog verächtlich die

Mundwinkel nach oben und trank von seinem Kaffee. Am schlimmsten hatte sich Christine Neuhaus aufgeführt. Sie machte auf sentimental, wahrscheinlich stand sie noch immer auf diesen Dreckskerl. Sollte sie doch, wenn es ihr dadurch besser ging. Genau wie heute Morgen - sie war viel früher da gewesen als sonst - traf sie sich wahrscheinlich gerade wieder mit Steffi Bischof im SMV-Zimmer. In einigen Minuten würde sie dann auch wieder hier im Klassenzimmer auftauchen. Wenn sie glaubte, er würde mit ihr sprechen, dann hatte sie sich geschnitten. Er betastete seine Narbe. Ob sie ihn damit attraktiver fand? Selbst wenn es so war, würde er sie zappeln lassen. Nein, so leicht würde er es ihr nicht machen, sie musste schon auf Knien angekrochen kommen und um Gnade winseln. Die anderen trudelten langsam ein, und es war doch erstaunlich, wie viele von ihnen auch jetzt noch über Schramm redeten und damit sinnlos ihre Zeit vergeudeten. Was fanden sie alle nur an diesem Penner? Er hatte versagt auf ganzer Linie. Und er hatte Löwe auf dem Gewissen. Aber sei es drum, sie konnten ja einen Loserclub gründen und das Gewächshaus zu ihrem Vereinslokal machen, wenn es sie glücklich machte. Zu ihrem 20-jährigen Vereinsjubiläum konnten sie ihn, Ralf, dann als Gastredner einladen, der ihnen als VIP nach allen Regeln der Kunst die Leviten lesen würde. Er schaute auf die Uhr. Noch fünf Minuten.
Irgendwie gab sein Magen seit einer guten halben Stunde seltsame Laute von sich. Fast so, als hätte er etwas Falsches gegessen.
Er hatte keine Lust, mit jemandem zu reden. Deshalb schlug er sein Englischbuch auf. Diese Irren hier, manchmal fragte er sich, ob es außer ihm überhaupt einen Normalen in dieser Klasse gab. Wie sentimental sie alle getan hatten im Gewächshaus. Fast so als hätte man alle einer Massenhypnose unterzogen. Wie einfältige Maisstauden hatten sie ihre Köpfe nach Schramm ausgerichtet, als sei er die Sonne. Aber Ralf hatte Wolken gemacht. Ralf Sommer, der Regenmacher. Er schüttelte den Kopf und nahm noch einen Schluck Automatenkaffee, der zwar nicht mit der *to go* - Version am Morgen mithalten konnte, dennoch seinen Zweck erfüllte. Das war auch so ein Ding. Er hatte den Trend mit dem *Coffee to go* gesetzt. Und so nach und nach waren immer mehr auf jenen Zug aufgesprungen. Nicht dass es ihm etwas ausmachte, einen Trend zu setzen, aber es schien niemandem aufzufallen, dass er der Vordenker war. Doch wahrscheinlich war dies das Schicksal, das er mit all den wirklich Großen dieser Welt zu teilen hatte. Genialität musste häufig in der Anonymität einen viel zu langen Dornröschenschlaf schlummern. Ein Klassenzimmer war schließlich nichts anderes als ein Mikrokosmos der großen weiten Welt. Diese Ahnungslosen. Wenn sie wüssten, was er durchgezogen hatte, wie kühl und überlegen er seinen ausgeklügelten Plan in die Tat umgesetzt hatte. Sie

würden ihm die Stiefel lecken. Da spielte der kleine Schönheitsfehler keine Rolle. Die kranke Schwester hatte einfach nur Pech gehabt. Es war im Grunde genommen ein perfekter Mord gewesen. In diesem Moment spürte er, dass es in seinem Magen wieder rumorte, und zwar lauter als je zuvor. Seltsam. Ob er krank wurde? Wieder blickte er auf seine Uhr: nur noch eine Minute. Er musste wohl bis zum nächsten Stundenwechsel durchhalten, bis er auf die Toilette gehen konnte.

Im Fach Wirtschaft und Recht diskutierten sie gerade über die verschiedenen Konjunkturphasen. Feist, ein Loser wie all die anderen im Raum, mühte sich an der Tafel ab, um die einzelnen Ausprägungen der Konjunktur und mögliche Gründe für die jeweiligen Phasen zu entwickeln. Zur Verdeutlichung hatte er eine Kurve an die Tafel gemalt, welche die Schüler auf einem Arbeitsblatt vor sich liegen hatten. Es gab sicher viele Vergleiche, mit der diese Konjunkturkurve standhalten konnte: ein kleiner, symmetrischer Hügel, eine sinusförmige Welle, die man auch aus dem Physikunterricht kannte, einen Frauenbusen in liegender Form, bei dem etwas mit Silikon nachgeholfen worden war. Aber für Ralf Sommer beschrieb das Auf und Ab jener Kurve nach nur wenigen Minuten der Stunde einzig und allein noch den Verlauf seiner Magen-Darm-Attacken. Er hätte nicht gedacht, dass sich aus den anfänglichen Beschwerden so schnell derartige Attacken entwickeln konnten. Diese schwollen langsam, - zunächst unmerklich, dennoch stetig - an, erreichten ihren Höhepunkt und beruhigten sich dann langsam wieder. Im Moment befand er sich - um den Vergleich zu den konjunkturellen Phasen noch einmal zu bemühen - gerade in der Phase der Depression, in der die Kurve nach unten ging. Es ging ihm also ein wenig besser, aber er wusste natürlich, dass schon bald wieder die Boomphase auf ihn warten würde. Und man musste kein Medizinstudium abgeschlossen haben, um zu dem Entschluss zu kommen, dass sich sein Zustand mehr und mehr verschlechterte, denn die Attacken erfolgten in immer kürzeren Abständen in umso heftigerer Form. Begleitet wurden sie jeweils von surrealen Geräuschen, die mittlerweile die Aufmerksamkeit seiner Mitschüler auf sich zogen. Zunächst hatte er noch mit einem aufgesetzten Lächeln versucht, jene Geräusche zu kaschieren. Doch dann, nach etwa 20 Minuten hatte er nur noch ein Ziel: den Stundenwechsel unbeschadet zu erleben. Vergessen war nicht nur der Konjunkturverlauf, sondern auch das Gewächshaus, Schramm, Christine Neuhaus oder das Gefühl, jedem in der Klasse überlegen zu sein. Jetzt ging es nur noch darum, seinem Darmtrakt überlegen zu sein.
Für eine gewisse Zeit hatte er ein Gefühl entwickelt dafür, wann sein Darmtrakt wieder zu kommunizieren beabsichtigte, und es war ihm tat-

sächlich gelungen, durch eingestreute künstliche Huster das Geräusch zu kompensieren. Aber die Attacken wurden immer schlimmer und schwollen zu Bergen an, die ein Entwicklungsland konjunkturell zum reichsten Staat der Welt werden ließ.

„Ist alles in Ordnung mit Dir?", fragte Feist und in diesem Moment wusste Ralf, dass er es nicht mehr schaffen würde. Innerhalb von nur wenigen Sekunden hatte er den Kampf gegen seinen Darmtrakt verloren. Doch er hatte nicht das Glück eines Pedro Veronese, für den eine mobile Toilette zum rettenden Refugium geworden war. Er hatte nur eine Chance, er musste schnell sein, verdammt schnell. Und so sprang er ohne Vorwarnung von seinem Stuhl auf, rannte an Feist vorbei, dessen Frage er völlig ignorierte, und auf die Tür zu. Niemand in der Klasse hatte Ralf je so rennen sehen. Als er die Türe hinter sich gelassen hatte, versuchte er das Unmögliche möglich zu machen, doch auf dem halbem Weg zur Toilette musste er seinen Darm in seine eigenen Hosen entleeren, keine zwei Meter von einem schüchternen Fünftklässler entfernt, der ihn mit offenen Mund anstarrte. Einige seiner Klassenkameraden waren ihm besorgt gefolgt, doch sie hatten Ralf, der Schnalle nicht helfen können.

Und so begab es sich, dass das Mozartgymnasium schon wieder ein neues Tagesgespräch hatte: die Kackaktion von Ralf Sommer, die sich herumsprach wie ein Lauffeuer.

109.

Spätestens jetzt hatte Oskar Vogel ein Problem. Im Grunde genommen hatte er natürlich schon viel länger ein Problem, aber in diesem Moment gesellte sich ein weiteres hinzu. Man könnte es ein kurzfristiges Problem nennen, das sich für kurze Zeit wie ein Schleier über sein Dauerproblem gelegt hatte. Doch noch während er den Fahndungsaufruf vor Augen hatte, wurde ihm klar, dass ein positiver Umgang mit jenem kurzfristigen Problem sogar dazu beitragen konnte, sein Dauerproblem zu lösen und damit sein Leben wieder in den Griff zu bekommen. Wobei er immer noch nicht sicher wusste, ob es dieses Dauerproblem tatsächlich gab. Möglicherweise machte er allein nur ein Problem aus der Angelegenheit.

In der Toilette hingen weitere Plakate der Frau. Ohne lange zu überlegen, riss er eines von der Wand. Dann holte er sich einen Kaffee und ging zum Parkplatz zurück, wo er in das Führerhaus seines Lasters kletterte. Der Montagmorgen war noch sehr jung. Eigentlich hätte er die Zeit nutzen sollen, um sich auf den Weg nach Bremen zu machen, eine Ladung Tierfutter zu holen. Er schaute sich den Fahndungsaufruf etwas genauer an und wusste, dass es keinen Zweifel gab: Es war die Frau, die er letzte Woche in der Nacht von Donnerstag auf Freitag genau hier gesehen hatte. Den Angaben zufolge war sie Opfer eines Verbrechens geworden und man fahndete in diesem Zusammenhang nach einem Mann, in dessen Begleitung die Frau gewesen war. Seitdem Oskar begonnnen hatte, Momente der Zweisamkeit anonymer Personen in fremden Autos zu fotografieren und anschließend die Situation in seinen Bildern festzuhalten, hatte er nicht nur wieder ruhiger schlafen können. Er hatte außerdem eine so große Beobachtungsgabe entwickelt, die es ihm inzwischen sogar ermöglichte, bestimmte Szenarien in seinem Kopf zu speichern, ohne dass es eigentlich nötig gewesen wäre, ein zusätzliches Digitalfoto davon zu erstellen. Das jeweilige Foto diente mittlerweile eigentlich nur noch als Sicherheitsnetz oder doppelten Boden, für den Fall einer plötzlich auftretenden Amnesie. Gut, es war natürlich nicht zu leugnen, dass das Foto mehr Details ans Licht brachte als das Bild, das er in seinem Kopf gespeichert hatte. Aber der Schnappschuss in seinem Kopf ließ ihm Spielraum für Interpretationen und er hatte das Gefühl, dass die Gemälde, die er aufgrund seiner Kopfbilder erstellte, lebendiger, ausdrucksstärker, vielleicht sogar besser waren, als jene, bei denen er sich krampfhaft an die Vorgaben der Fotos gehalten hatte. Er nahm einen Schluck Kaffee. Eines war klar, wenn er zur Polizei ginge, würde er über seine Neigung sprechen müssen, denn die Polizisten würden weitere Fragen stellen. Und es wäre durchaus denkbar, dass man ihn sogar mit jenem Gewaltverbrechen in Verbindung bringen würde. Er ging nach hinten in sein Atelier. Vor zwei Tagen hatte er begonnnen, das Bild mit dieser Frau zu malen: Durch die hintere Windschutzscheibe des Wagens sah man ihren Begleiter, der auf der Rückbank saß. Sie lag mit dem Kopf auf dessen Schoß, während er ihr zu trinken gab. Für Oskar hatte es den Anschein, sie sei krank und ihr Begleiter würde sich liebevoll um sie kümmern. Der Titel *Fieber* war ihm während des Malens für das Bild durch den Kopf gegangen. Doch jetzt - mit dem Wissen, dass es sich bei dem Mann keineswegs um den sich rührend um seine Frau kümmernden Ehemann handelte - wusste er natürlich, dass die Frau nicht einfach nur krank war. Möglicherweise hatte ihr Begleiter sie unter Drogen gesetzt. Konzentriert ließ er seinen Blick über das Foto schweifen, versuchte, ein Detail zu erkennen, was auf das Aussehen des Mannes hätte schließen können. Doch dieser saß mit dem Rücken zu ihm. Er ärgerte sich darüber, dass er nicht mehr Fotos von der Szenerie gemacht hatte, wahrscheinlich würden sich die Polizisten ebenso darüber ärgern. Vielleicht würden sie ihm auch nicht glauben, dass nur dieses eine Foto existierte, was ihn möglicherweise zusätzlich in Verdacht bringen würde, in den Fall verwickelt

zu sein. So gesehen, gab es eine Menge zu verlieren. Er wollte nicht als Autobahnspanner berühmt werden und die Gazetten füllen. Andererseits war man dank seiner Aufmerksamkeit vielleicht dem Autobahnkiller auf die Schliche gekommen. Vielleicht war der Typ schon länger auf Achse und hatte seine Masche - um welche Masche es sich auch immer handelte - schon viele Male durchgezogen. Vielleicht hatte der die Frauen gefügig gemacht, sie anschließend vergewaltigt und dann irgendwo aus dem Auto geworfen. Er nahm einen weiteren Schluck Kaffee und blickte aus dem Fenster. Die Sonne ging auf, ein wunderschöner Tag würde auf ihn warten. Noch war die Autobahn nicht allzu voll, er konnte also einiges an Zeit gutmachen. Warum nicht zuerst nach Bremen fahren und die Ladung aufnehmen? Während dieser Zeit konnte er alles in Ruhe abwägen, einen klaren Kopf bekommen.
Er startete seinen LKW, verließ den Rastplatz in Geiselwind und bog auf den Autobahnzubringer ein. In etwa 500 Metern galt es, sich zu entscheiden: Richtung Würzburg, also nach Norden, um seinem Job nachzugehen, oder Richtung Nürnberg, um bei der Polizei vorzusprechen. Auch 100 Meter vor den beiden Auffahrten hatte er sich noch nicht entschieden. Er schluckte, atmete tief durch und ließ die Möglichkeit verstreichen, der Polizei entscheidende Hinweise zu geben. Stattdessen setzte er den Blinker und bog Richtung Norden auf die Autobahn ein.
„Nichts überstürzen!", flüstere er, „du hast alle Zeit der Welt!"
Doch er spürte schnell, dass er ein schlechtes Gewissen bekam. Konnte es sein, dass er nicht alle Zeit der Welt hatte und die Frau sogar noch gerettet werden konnte? Eher unwahrscheinlich, denn auf dem Fahndungsaufruf hieß es, sie sei Opfer eines Gewaltverbrechens geworden. Wieder warf Oskar einen Blick auf den Fahndungsaufruf, der auf dem Beifahrersitz lag.

Gesucht wird eine junge Frau, die in männlicher Begleitung in einem dunklen VW Polo TDI unterwegs war. Das amtliche Kennzeichen des Wagens ist: N – PZ 908. Auf der Windschutzscheibe des Wagens befindet sich ein Aufkleber der Rockgruppe Styx.

Neben dem Text befanden sich ein Foto der jungen Frau, die Petra Zimmermann hieß, und ein Foto des Wagens.
Styx. Oskar überlegte: *Boat on the River*. Das Lied stammte aus der Zeit Ende der 70er Jahre. Der Refrain des Songs schlich sich in Oskars Gehörgang. Er hatte das Album sogar noch irgendwo zu Hause auf dem Dachboden stehen. Aber an einen Aufkleber der Band konnte er sich nicht erinnern. Wie hätte er sich auch erinnern können, schließlich hatte der

Wagen mit der Rückseite zu seinem LKW geparkt, er hatte also keinen Blick auf die Vorderfront des Wagens der Frau werfen können. Inzwischen hatte er sich der Ausfahrt Rottendorf genähert. Und dann endlich meldete sich seine antrainierte Beobachtungsgabe. *Die Nummer stimmt nicht.*
„Die Nummer stimmt nicht!", sprach er den Gedanken aus. Wie konnte das sein? Warum hatte der Wagen nicht die Autonummer, wie der Wagen auf dem Fahndungsaufruf? Dabei zweifelte Oskar keinesfalls daran, dass es sich bei der jungen Frau um die gesuchte Petra Zimmermann handelte. Er schaute auf die Autobahn, wo irgendwo nach gut 450 Kilometern in Bremen eine Ladung Tierfutter auf ihn wartete.
„Also gut, dann eben nicht!", flüsterte und setzte den Blinker 100 Meter vor dem Schild *Ausfahrt*, um die Autobahn zu verlassen.

110.

„Was war denn das für ein Typ?", fragte Auer, als Oskar Vogel das Revier verlassen hatte.
„Ein komischer Vogel, im wahrsten Sinne des Wortes. Er hat seinen LKW direkt im Hof geparkt, kannst Du Dir das vorstellen?", erwiderte Julia Ehrlich, die bereits den Telefonhörer abgenommen hatte und eine Nummer tippte.
„Ja, hier Ehrlich. Könntet ihr einen der Computerfreaks runter schicken, es ist sehr dringend! Gut, alles klar. Wir sind im Besprechungszimmer!"
Auer nahm die Digitalkamera von Oskar Vogel und ging damit zum Computer.
„Er hat uns seine Kamera gegeben, obwohl er es eigentlich nicht hätte machen müssen!", sagte er und legte die Kamera vorsichtig neben den Computer.
„Was meinst Du, ob Vogel etwas mit der Sache zu tun hat?", fragte Ehrlich.
„Nein, der ist harmlos. Ein Spinner... würde ich sagen, obwohl seine Spielchen durchaus grenzwertig sind. Du kannst es drehen und wenden wie Du willst, aber für mich ist er einfach nur ein Spanner. Oder ein ganz talentierter Maler, oder beides. Oder ein fernfahrender Spanner, der einen guten Maler abgeben würde!"
Er schaute auf die Uhr.
„Wo bleiben die denn?"
„Fischer wollte in ein paar Minuten da sein, ein bisschen Geduld! Wie waren die Bilder denn so?", fragte Julia.

„Ich verstehe ja nicht viel davon, aber ich fand sie wirklich gut. Nicht einfach nur so eine Schmiererei, das war echt professionell. Er hat ein richtiges Atelier in seinem LKW!" Auer lächelte.
„Was es für Menschen gibt. Bin mal gespannt, was sein Chef dazu sagt!"
„Ich denke, der hat keinen Chef, Thomas, hier sieh Dir mal seine Karte an!"
Sie reichte ihm Vogels Karte, der die Kamera bereits an den Computer angeschlossen hatte.
„Oskar Vogel, Transportunternehmer!", las Auer, „dann ist er sein eigener Chef!"
Noch ehe Julia Ehrlich darauf antworten konnte, betrat Michael Fischer den Konferenzraum. Er war Mitte dreißig und sah überhaupt nicht wie jemand aus, den man für einen Computerexperten halten würde. Groß, durchtrainiert und eher alternativ wie er war, wirkte er eher wie ein Tänzer aus einem Theaterensemble.
Auer schaute mit gespieltem Ernst auf seine Armbanduhr.
„Sorry, ja. Ich kann nicht hexen. Meine Frau war gerade noch am Telefon, das Baby ist schon seit drei Tagen überfällig, ich sitze wie auf Kohlen!"
„Schon in Ordnung, Michi, dann wird der Kleine wohl noch eine Stunde warten können!"
„Woher willst Du wissen, ob es ein Kleiner wird?", fragte Julia.
„Es wird ein Mädchen, alter Macho!", antwortete Fischer glücklich.
„Hast du gut gemacht, Michi. Ich hoffe, Du kannst Dich auch hier ein wenig einbringen, es kann sein, dass wir hier den Durchbruch im Fall Zimmermann vor uns haben!", sagte Auer und deutete auf den Computer.
„Was genau sucht ihr?"
„Wir haben ein Foto des vermeintlichen Wagens des Opfers. Leider nur eine Ansicht, die den hinteren Teil des Autos zeigt. Kannst Du die Frau, die auf der Rückbank des Wagens liegt, etwas deutlicher einfangen?"
Fischer nickte.
„Und wenn Du schon dabei bist, auf der Windschutzscheibe müsste ein Aufkleber der Rockgruppe STYX kleben, kannst Du den vielleicht auch einfangen!"
„Sonst noch was?", fragte Fischer, der bereits damit begann, das Foto zu bearbeiten.
„Ne, das wäre zunächst einmal alles! Für den Fall, dass wir das Opfer identifizieren können, kannst Du versuchen, den Mann noch etwas genauer herauszufiltern!", antwortete Auer und nahm hinter dem Rücken von Michael Fischer Blickkontakt zu seiner Kollegin auf. Julia Ehrlich hob den Daumen und lächelte.

Keine fünf Minuten Später hatte Fischer den Kopf der Frau ausgeschnitten, vergrößert und in helleres Licht getaucht, so dass es keinerlei Zweifel für die Polizisten mehr gab. Die Frau, die der Fernfahrer in jener Nacht fotografiert hatte, war tatsächlich Petra Zimmermann.
„Was ist mit dem Mann?", fragte Ehrlich.
„Schwierig, man sieht ihn nur von hinten. Schwarzes dichtes Haar, zu dicht, wenn ihr mich fragt!"
Zur Bestätigung lieferte Michael Fischer auch eine Nahaufnahme des Hinterkopfs von Petras Entführer.
„Eine Perücke?", fragte Auer.
„Möglich, jedenfalls gibt es nicht viel her!"
„Was ist mit dem Aufkleber!", hakte die Polizistin nach.
„Nur mit der Ruhe. In der Ruhe liegt die Kraft!"
Fischer leckte sich die Lippen. Er schnitt den Entführer aus dem Bild und zoomte den verbliebenen Ausschnitt näher heran. Man sah die beiden Nackenstützen und die verschwommene Windschutzscheibe. Nach wenigen Mausklicks war die Scheibe nicht mehr ganz so verschwommen. Wieder einige Augenblicke später konnte man sie erstaunlich gut erkennen.
„Na komm schon, Baby!", flüsterte er und zoomte den linken Bildausschnitt noch näher heran. Und mit einem Mal konnte man ein spiegelverkehrtes großes S und ein spiegelverkehrtes großes T erkennen. Beide Buchstaben waren rot. So wie der STYX-Aufkleber, den Schramm erwähnt hatte, als er den Wagen seiner getöteten Freundin beschrieben hatte.
„Ist er das?", fragte Fischer und drehte sich nach seinen Kollegen um.
„Oskar hat einen echten Treffer gelandet", flüsterte Auer.
„Oskar? Sollte ich den kennen?", erkundigte sich Michael Fischer.
„Wäre auch ein schöner Jungenname, wenn Du mich fragst!"
Fischer lächelte.
„Du kennst unseren Mädchennamen noch nicht. Und was Du auch versuchst, Du wirst es nicht erfahren!"
„Ich tippe auf Rumpelstilzchen!"
„Du willst Dich mit mir anlegen, wie? Sollen wir uns duellieren?", antwortete Fischer und schwang die Computermaus wie einen Morgenstern aus alten Ritterfilmen.
„Lass nur, Lanzelot, das müssen wir verschieben!"
Dann ging Auer zu Julia Ehrlich.
„Wenn das hier der Wagen von Frau Zimmermann ist, dann hat ihn der Entführer mit anderen Nummernschildern ausgestattet!"
„Werde ich noch gebraucht?"

„Nein, Michi, vielen Dank, bist ein Vollprofi. Kümmere Dich um Deine Frau!", antwortete Auer und lächelte.
„Warte mal, Michi. Könntest Du bitte die Nummer hier checken?" Ehrlich reichte ihrem Kollegen einen Zettel mit der Autonummer des Wagens.
„Wird erledigt!", er griff nach dem Zettel und setzte sich noch einmal an den Computer und tippte die Autonummer ein.
„Hier, das ist es: Der Wagen ist gelistet bei einer Autovermietung. Autovermietung Sommer. Sagt Euch das was?"
„Sag das noch mal!", rief Auer.
„Sommer, Autovermietung Sommer!"
„Das gibt's doch nicht!"
„Was gibt es nicht?", hakte Ehrlich nach.
„Das alte Fabrikgelände in der Tullnau. Warte mal!"
Er ging zu seiner Jackentasche und zog sein Notizbuch heraus.
„Hier, ich fasse es nicht: Punkband *Die Sackratten*, Zabo-Fahrradladen und Autovermietung Sommer. Wenn das mal kein Sechser im Lotto ist. In zweien dieser Hallen lagert diese Autovermietung ihre beiden Sonderfahrzeuge!"
„Dann wollen wir mal!", rief Julia Ehrlich und griff nach ihrer Jacke.

111.

Das einzig Gute an der Sache war, dass er allein war. Sein Vater war unterwegs, so wie fast immer, und seine Mutter traf sich mit irgendwelchen bescheuerten Freundinnen, mit denen sie sich wahrscheinlich auch wieder betrinken würde. Er hätte es nicht ertragen, dass sie ihn so gesehen hätten.
Ralf zog seine verschissenen Hosen aus und warf sie aus dem Fenster seines Zimmers in den Garten. Er spürte, wie er den Drang zu schreien kaum noch kontrollieren konnte, ebenso wenig wie das Bedürfnis, ein Tier zu töten. Vielleicht würde ein Tier dieses Mal auch nicht genügen. Unter der Dusche legte sich zwar der Drang zu schreien, nicht jedoch der, sich an Schramm zu rächen. Hätte er die Gelegenheit dazu, er hätte die kranke Schwester von einer Autobahnbrücke geworfen, einfach so. Es hätte ihm nichts ausgemacht, nicht das Geringste. Aber er hasste nicht nur Schramm. Zum ersten Mal hasste er auch sich selbst. Wie konnte das alles passieren? Was hatte er falsch gemacht? Er griff nach einer Bürste, mit der sich sein

Vater immer die Hände wusch, wenn sie ölverschmiert waren und rieb sich damit den Unterarm.
„Schmerzen! Schmerzen! Schmerzen!", schrie er, drückte die Bürste immer stärker gegen seinen Unterarm und hörte erst dann damit auf, als die Stelle zu bluten begann.
„Das hast Du Dir selbst eingebrockt. Du fettes, schwaches Schwein!", flüsterte er und dachte an die Nachricht, die Schramm an seinen Golf geheftet hatte:

Das nächste Mal kommst Du nicht mehr so glimpflich davon, kleiner Hosenscheißer.

Geh' zur Polizei und stell Dich!

Dieser Wahnsinnige hatte sich nicht einmal die Mühe gemacht, seine Schrift zu verstellen.
„Ich werde Dich vernichten, genauso, wie ich Deine Alte vernichtet habe!", flüsterte Ralf und beobachtete, wie sein Blut auf die Duschwanne tropfte und in den Abfluss gespült wurde.
Man hatte ihn gedemütigt, vor der ganzen Klasse. Nie mehr würde man ihn dort ernst nehmen, es sei denn, er würde ihnen zeigen, wozu er imstande war. Die Zeit war reif, überreif. Er musste zwei Fliegen mit einer Klappe schlagen. Er würde so zur Hochform auflaufen, dass ihnen allen die Kinnlade herunterfallen würde. Sie würden von ihm sprechen, heute, morgen, für immer. Und Schramm würde wirklich erledigt sein, ein für allemal.
Aber wie hatte es dieser Irre geschafft, seinen Kaffee zu manipulieren? Ralf musste kein Kommissar Derrick sein um zu dem Schluss zu kommen, dass sein erfolgloser Toilettensprint seinen Ursprung im morgendlichen Coffee to go - Becher hatte. Jemand musste den Becher manipuliert oder ausgetauscht haben. Schramm konnte es eigentlich nicht gewesen sein, denn er durfte sich im Schulhaus nicht mehr blicken lassen. Er hatte schließlich Hausverbot. Und dann erinnerte er sich daran, dass Christine Neuhaus an diesem Morgen ungewöhnlich früh in der Schule gewesen war. Sie war mit Steffi Bischof unterwegs gewesen, als er gerade seine Sportsachen in seinem Schließfach verstaut hatte. Dabei hatte er den Kaffeebecher auf der Fensterbank abgestellt...
Dieses verdammte, verlogene Biest. Sie hatte die Fäden gezogen, musste ihn beobachtet haben. Und als er für einen kurzen Moment seinen Kaffee außer Acht gelassen hatte, hatte sie den Becher mit einem anderen Becher vertauscht. Es musste so gewesen sein. Er stieg aus der Dusche, nahm die Bürste und fuhr sich damit quer über das Gesicht. Sofort waren einige Striemen darauf zu erkennen.

„Keinen Schmerz mehr spüren!", flüsterte er, dann schlug er sich mit den Handflächen auf die Wangen. Er musterte sich im Spiegel.
„So sieht jemand aus, der Rache will!"
Aber das bedeutete, dass sie ihm auch schon am Morgen gefolgt sein musste. Sie musste das Kaffeedouble mit viel Milch in derselben Bäckerei gekauft haben. Die Schlampe hatte mit *ihm* gespielt, nicht umgekehrt. Aber das Schlimmste war - was im Grunde genommen ihr Todesurteil bedeuten konnte -, sie steckte mit Schramm unter einer Decke. Ob sie ihn sich gekrallt hatte? Ob sie es sogar schon mit ihm ...
Was auch passierte, sie würde diesen Tag ihr ganzes Leben lang nicht vergessen, wenn es überhaupt noch ein Leben nach diesem Tag für sie gab.

112.

Thomas Auer mochte den Typen nicht. Auf seinem Schreibtisch stand ein Schild mit der Aufschrift *H. Kruse*. Kruse hatte Ähnlichkeit mit Auers ehemaligem Lateinlehrer. Dieser hatte ähnlich pausbackige, dicke Wangen, die zu keinerlei Mimik imstande zu sein schienen. Die Bügel der randlosen Brille des Mitarbeiters der Autovermietung Sommer hatten sich in dessen fetten Schläfen gefressen, so dass sie am Abend, wenn er seine Sehhilfe abnahm, wahrscheinlich tiefe Rillen darin hinterließen.
„Was kann ich für Sie tun?", fragte Kruse schließlich mit einer quiekend hohen Stimme, die tatsächlich an den Charme eines Schweines erinnerte.
Die beiden Polizisten hielten Kruse ihre Ausweise entgegen.
„Wir sind von der Kriminalpolizei. Dies ist mein Kollege Auer und mein Name ist Ehrlich. Wir hätten ein paar Fragen an Sie, Herr Kruse!"
Kruse hob die Stirn und wie auf Knopfdruck wurden seine Wangen noch roter. Es schien fast so, als käme er sich plötzlich viel wichtiger vor.
„Von der Kripo? Ja, natürlich kann ich Ihnen Ihre Fragen beantworten! Worum geht es denn?"
„Sie haben einen Polo TDI in Ihrem Fuhrpark, mit dem amtlichen Kennzeichen N-AS 786. Ist das korrekt!"
Kruse stutzte kurz, dann antwortete er, ohne in seinem Computer oder irgendwelchen Listen nachzusehen:
„Ja, das stimmt!"
„Wissen Sie das auswendig?", fragte Auer skeptisch.
„Sicher, ich bin hier für den gesamten Fuhrpark zuständig!", antwortete Kruse, eine unabkömmlich wirkende Aura ausstrahlend, und rückte seine Krawatte zurecht, die ihn in absehbarer Zeit zu strangulieren drohte.

„Wissen Sie vielleicht auch auswendig, ob Sie den Wagen in der Nacht von letzen Donnerstag auf Freitag verliehen haben und wenn ja, an wen?"
Kruses Kinn zuckte leicht. Dann zupfte er mit dem Daumen an seiner Nase, so als wolle er sich einen Popel angeln.
„Wissen Sie, da müsste ich kurz im Computer nachsehen, einen Augenblick!"
Die dicken Hände des Mannes gaben irgendwelche Daten in den Computer ein. Er starrte auf den Bildschirm, fummelte wieder an seiner Nase herum und antwortete:
„Also, so wie es aussieht, war der Wagen hier!"
Julia Ehrlich und Thomas Auer nahmen Blickkontakt auf.
„Was soll das heißen, *so wie es aussieht*?", fragte Ehrlich ruhig.
„Das heißt, der Wagen wurde nicht vermietet!", antwortete Kruse und versuchte zu lächeln, was seinen hilflosen, fleischigen Wangen jedoch nur unzureichend gelang.
„Aber warum haben Sie das nicht gleich gesagt?", fragte Auer scharf.
„Das habe ich doch, was wollen Sie denn von mir?"
„Wir wollen nichts von *Ihnen*, das hoffen wir zumindest. Der Wagen könnte eine Rolle in einem Entführungsfall gespielt haben. Ich frage Sie also noch einmal: Könnte es sein, dass der Wagen trotzdem das Firmengelände verlassen hatte, obwohl er im Bestand gemeldet war?"
Kruse hatte endlich Erfolg, denn er begann zwischen Daumen und Zeigefinger seiner rechten Hand etwas sehr hektisch ins Rollen zu bringen. Sein Unterkiefer zuckte noch stärker als zuvor, er war nervös, das war offensichtlich.
„Ich weiß es nicht. Wissen Sie, Herr Auer, ich bin hier nur angestellt, also wenn der Chef einen Wagen für den Eigenbedarf verwenden sollte, da bin ich natürlich überfragt!"
„Gut, dann lassen Sie es mich anders formulieren: Kommt es oft vor, dass ein Wagen mitunter - sagen wir mal - *nicht* offiziell das Firmengelände verlässt?"
Kruse zögerte.
„Es kann schon mal passieren, aber ..."
„Die Firma hat zwei Garagen in einem alten Firmengelände in der Tullnau angemietet, richtig?", erkundigte sich Julia Ehrlich.
„Das stimmt, ja!"
„Was befindet sich in den Garagen?"
„Da sind unsere Sonderfahrzeuge drin, Oldtimer, für ganz besondere Zwecke wie zum Beispiel Hochzeiten. Aber im Moment läuft die Saison noch nicht!"

Auer nickte. Die gleichen Informationen hatte er gestern auch von einem anderen Mitarbeiter erhalten, als er sich nach dem Zweck der beiden Hallen erkundigt hatte. Insofern schien Kruse die Wahrheit zu sagen. Es konnte also durchaus sein, dass der dicke Mitarbeiter mit der seltsamen Stimme tatsächlich davon ausging, der Polo wäre an besagtem Tag nicht bewegt worden. Aber Auer wusste natürlich auch, dass sie auf der richtigen Spur waren, denn Petra Zimmermanns Ausweis wurde auf dem Gelände gefunden, auf dem die Autovermietung Sommer zwei Garagen hatte. Sie wurde außerdem in einem Wagen befördert, an dem Nummernschilder eines Wagens befestigt waren, die eigentlich zu einem Fahrzeug der Autovermietung zählten. Julia Ehrlich schien seine Gedanken lesen zu können.

„Hören Sie, Herr Kruse, wir ermitteln in einem Fall, der dann, wenn er an die Öffentlichkeit gelangen wird, großes Aufsehen erregen wird, und es kann sein, dass dies schon sehr bald sein wird. Alles deutet darauf hin, dass dieser VW Polo, eine wichtige Rolle in dem Fall gespielt haben könnte. Außerdem gibt es ernst zu nehmende Hinweise, die darauf deuten, dass das Gelände in der Tullnau, auf dem sich die beiden Garagen Ihrer Firma befinden, mit diesem Fall in Verbindung gebracht werden können. Das kann doch kein Zufall sein, finden Sie nicht auch?"

Kruse stutzte. Das seltsame Zucken nahm mittlerweile von seinem ganzen Gesicht Besitz.

„Wie kann ich Ihnen denn helfen?", fragte er und breitete die Hände aus.

„Könnte es sein, dass sich irgendwelche Mitarbeiter der Firma Zugang zu dem Gelände in der Tullnau verschafft haben, obwohl, wie Sie sagen, die Saison für die Sonderfahrzeuge noch nicht läuft!", fragte Auer.

„Eigentlich nicht!"

Auer verdrehte die Augen.

„Was soll das? *Eigentlich..., so wie es aussieht...*, wissen Sie, das ist wirklich nicht konkret genug. Wir können unser Gespräch auch gern auf dem Revier fortsetzen!"

Kruse fingerte ein Taschentuch aus seiner Hosentasche, um sich den Schweiß von der Stirn zu wischen.

„Wer könnte auf dem Gelände gewesen sein, Herr Kruse?", fragte Auer energisch.

Und dann wurde Kruse plötzlich ruhiger. Die Zuckungen ließen nach, er schien sich an etwas zu erinnern. Auer wollte nachhaken, aber Ehrlich nahm seinen Arm und schüttelte langsam den Kopf.

„Moment mal, warten Sie. Wann, sagten Sie noch einmal, soll der Wagen unterwegs gewesen sein?", fragte der dicke Mitarbeiter.

„Von letzten Donnerstag auf Freitag!", antwortete Julia Ehrlich ruhig. Und jetzt schienen Kruses Augen zu funkeln.

„Stimmt, na klar, jetzt fällt es mir wieder ein. Da hatte Ralf den Wagen!"
„Ralf?", antworteten die beidem Kripobeamten im Chor.
„Ralf Sommer, der Sohn unseres Chefs. Er hat sich den Wagen geliehen, um mit einem Freund das Einparken zu üben!"
„Sind Sie sicher?"
„Natürlich bin ich mir sicher, Frau Ehrlich. Er wollte den Wagen am Morgen wieder zurückbringen, was er auch getan hat!"
„Wieso ist Ihnen das nicht früher eingefallen?", wollte Auer wissen.
Kruse begann wieder, sich an der Nase zu zupfen.
„Wissen Sie, Sie haben mich selbst drauf gebracht, als Sie sich nach den beiden Garagen erkundigten!"
Auer runzelte die Stirn.
„Könnten Sie dies vielleicht etwas präzisieren?"
„Ralf ist bei uns für die beiden Sonderfahrzeuge zuständig, Vermietung, Wartung, Pflege und Unterbringung. Er hat auch einen der beiden Schlüssel für das Gelände in seinem Besitz!"
„Arbeitet er heute, ich meine: Können wir ihn vielleicht sprechen?"
Kruse versuchte erneut, erfolglos zu lächeln.
„Nein, er arbeitet nicht hier. Der Chef hat ihm einfach die Verantwortung für die beiden Fahrzeuge gegeben, ich denke mal, weil er möchte, dass der Junge langsam reinwächst, wissen Sie!"
Die beiden Polizisten nickten.
„Was macht der Junior des Chefs? Womit verdient er seine Brötchen?", fragte Ehrlich.
„Er geht noch zur Schule!", antwortete Kruse wahrheitsgemäß.
„Welche Schule, auf welche Schule geht er?"
„Das Mozartgymnasium, ist das denn so wichtig?"

113.

Niemand erkannte ihn, es war einfach unglaublich. Er musste absolut authentisch wirken. Wie schon beim letzten Mal zog er ein Bein etwas nach. *Mit dem Krüppel hat man Mitleid*, dachte er, das musste er ausnutzen. Im ganzen Schulhaus ging es sehr hektisch zu. Die Mittagspause war vorbei und die Schüler suchten ihre Klassenräume auf. Seine Klasse war auf dem Weg in den Physiksaal. Diese Idioten. Wahrscheinlich würde man über ihn und das, was am Vormittag vorgefallen war, sprechen. Sollten Sie nur, aber er würde ihnen eine Lektion erteilen. Danach würde

sein kleines Malheur von heute Vormittag absolut in Vergessenheit geraten sein.
Als er die Türe zum Sekretariat öffnete, erkannte er sofort, dass auch dort sehr reger Betrieb herrschte. Keine schlechten Voraussetzungen. Trotzdem galt es vorsichtig zu sein, wenn er Erfolg haben wollte. Beide Sekretärinnen telefonierten. Die Tür zu Löwes ehemaligem Büro war verschlossen. Zu Löwes Zeiten hatte es meistens offen gestanden. Die Zeiten änderten sich. Er fragte sich, ob Frau Gerling das Büro bereits bezogen hatte, oder ob sie nach wie vor im Büro des stellvertretenden Schulleiters ihren Dienst tat und von dort die Fäden zog. An der Theke standen drei Schüler: Eine Zehntklässlerin, die Ralf flüchtig kannte. Sie hieß Marie und hatte beim letzten Musikabend ein Stück auf der Querflöte vorgetragen. Der andere Schüler kam aus einer siebten oder achten Klasse. Ralf hatte ihn schon einige Male gesehen, das war's aber auch. Und dann war dann noch ein Mädchen, das aus einer fünften Klasse kommen musste. Man hätte sie aber auch für eine Grundschülerin halten können. Ralf hatte das Mädchen jedenfalls noch nie gesehen.
Frau Poll, die ältere der beiden Sekretärinnen, beendete ihr Telefonat und ging auf das kleine Mädchen zu.
„So Lilly, Deine Mama kommt in etwa zehn Minuten und holt Dich ab. Bleib einfach bis dahin hier sitzen, ja!" Sie deutete auf einen der Stühle, die links neben der Türe standen.
Lilly nickte erleichtert und ging unsicher zu einem der Stühle. Ralf nahm Blickkontakt zu Marie und dem anderen Schüler auf. Diese reagieren nicht. Dann wandte er sich Frau Poll zu.
„Ich bin schon dran?", fragte er.
„Ja, was kann ich für Sie tun?"
„Ja, komme von Malerfirma, wisse?"
„Was gibt es denn?", fragte Frau Poll und sprach bemüht langsam und deutlich.
„Soll holen eine Schlüssel? Wegen ausmessen von Zimmerhöhe und Fenstern innen. Nächste Woche streichen weiter!"
Frau Poll nickte. Sie ging zu ihrem Schreibtisch zurück und blätterte in ihrem Terminkalender. Dann nahm sie ihre Brille ab und drehte sich nach einem Kalender um, der hinter ihr an der Wand hing. Sie setzte ihre Brille wieder auf und wandte sich Frau Maier, ihrer jüngeren Kollegin zu. Diese legte den Telefonhörer kurz zur Seite.
„Was gibt's?"
„Der Mann von der Malerfirma braucht einen Schlüssel, weil er Räume ausmessen will. Weißt Du was darüber?"
Frau Maier überlegte.

„Ehrlich gesagt nein. Aber das ist ja im Moment kein Wunder!"
„Er sagt, die Arbeiten sollen in der nächsten Woche fortgesetzt werden!"
„Nächste Woche schon?", fragte Frau Maier und wandte sich dabei an Ralf.
Der breitete hilflos die Arme aus.
„Chef sagen zu mir. Sagen haben abgesprochen mit Herr Löwe!"
Frau Maier hob die Augenbrauen und drehte sich zu ihrer Kollegin.
„Sollen wir Frau Gerling benachrichtigen?", fragte sie.
„Ich kann mir nicht vorstellen, dass sie davon weiß. Die rotiert doch eh schon. Was meinst Du?"
„Wie lange wird es dauern?", fragte Frau Poll.
In diesem Moment wusste Ralf, dass er gewonnen hatte.
„Ach, nix so lange wird dauern. Ich muss nur messen und so. In Stunde fertig. Dann bringe Schlüssel wieder!"
Frau Poll nickte. Sie ging zum abschließbaren Schlüsselschrank, der neben einem Aquarium hing. Als sie mit einem Schlüssel auf Ralf zuging, hätte dieser beinahe lächeln müssen. Stattdessen nickte er hektisch.
„Gut, viele Danke. Dann komme und bringe Schlüssel!"
„Ist in Ordnung. Wir sind bis 16.00 Uhr im Büro!"
„Dank Gut!"
Er drehte sich um und als er auf den Gang hinausgegangen war, lächelte er.
„Welcome to the show!", flüsterte er.

114.

Die Warterei machte beinahe wahnsinnig. Allein schon wegen der Erinnerung daran, als er vergeblich auf Petras Nachricht gewartet hatte. Dieses Mal war natürlich keinerlei emotionaler Aspekt damit verbunden. Gleichwohl allerdings meldeten sich seine Schuldgefühle so sehr, dass es körperlich schmerzte. Er hatte mit Christine Neuhaus vereinbart, dass sie ihn bezüglich der Auswirkungen des manipulierten Kaffees auf dem Laufenden halten würde. Er musste sich eingestehen, dass er dieses Mal von Anfang an kein gutes Gefühl bei dem Gedanken daran hatte, Ralf Sommers Kaffeebecher auszutauschen. Allein schon wegen der Parallelen zum Fall Löwe. Obwohl er damals – das sah er auch jetzt noch so – anders als heute, keinerlei Gefahr gewittert hatte. Aber es war schon erstaunlich, wie schnell man seine Prinzipien über Bord werfen konnte. Wobei man natürlich für alles eine maßgeschneiderte Erklärung basteln konnte. Mit einer gut konstruierten Erklärung war beinahe jede Handlung legalisierbar. In diesem

Fall konnte die Tat zum einen damit gerechtfertigt werden, dass ein Abführmittel absolut harmlos war, verglichen mit den in diesem speziellen Fall zu erzielenden Effekten. Außerdem hatte der kleine Irre die Demütigung verdient. Andreas wollte ihn ganz unten sehen, dann erst wollte er zur Polizei gehen, vorausgesetzt der Junge würde nicht von sich aus aufgeben. Sicher hatte er die Botschaft bereits gelesen, den Andreas sein Auto geheftet hatte.
Man konnte es Rache nennen. Der Junge sollte genau das Gleiche fühlen wie er.
Genau das Gleiche.
Aber im Grunde genommen war dies gar nicht möglich, wie sollte er auch die gleiche Leere spüren können, die Petras Tod in ihm ausgelöst hatte? Der ausschlaggebende Punkt für den manipulierten Kaffeebecher lag jedoch in der Einschätzung von Christine. Sie hatte ihn als unberechenbar und gefährlich eingestuft und war geradezu besessen von der Idee gewesen, Ralf Sommer eine Lektion zu erteilen.

Aber sie hatte erst eine SMS geschrieben:

Es hat geklappt. Er hat die Schule verlassen! Liebe Grüße, C.

Das bedeutete, dass er seine Autobotschaft gelesen haben musste. Andreas hatte den Zettel unter dem Scheibenwischer der Fahrerseite angebracht. Die Nachricht war ebenso unmissverständlich wie unübersehbar. Er wusste, dass Ralf Sommer psychopathische Züge aufwies und damit unberechenbar war. Sommer würde eine Reaktion zeigen, aber erst, wenn er die Nerven verloren hatte, erst dann würde man Andreas glauben. Dafür trug er letzten Endes nach der Spazierfahrt mit Ansgar Unger auch selbst die Verantwortung. Wenn er nicht als überdreht gelten wollte, musste er auf Sommers Reaktion warten. Sicher, vielleicht würde dem Jungen auch ein Licht aufgehen und er würde sich nicht aus der Reserve locken lassen, denn er war nicht dumm. Aber die Tatsache, dass er sich die ganze Zeit völlig unauffällig benommen und gleichzeitig den Verdacht gezielt auf Ansgar gelenkt hatte, was schließlich zu Andreas' Ausraster und dadurch zu dessen Suspendierung geführt hatte, zeigte, dass Ralf Sommer außerdem sehr gefährlich war. Wenn die Kaffeeaktion tatsächlich geklappt hatte, dann war er jetzt angeschlagen.
Ob es falsch war? Andreas stellte sich dieselben Fragen, immer und immer wieder. Hätte er Auer einfach anrufen und ihm von seinem neuen Verdacht

erzählen sollen? Doch wie hätte er gegenüber Auer eine passende Begründung für seinen Verdacht geben können? Genügte ein lascher Händedruck als Indiz? Genügte der Aufdruck des Staates Nebraska auf einem Sweatshirt? Wohl nicht. Nein, er tat das Richtige. Es gab keine Alternative. Aber warum meldete sich Christine nicht mehr? Sie hatten vereinbart, dass sie wieder schreiben würde, falls Ralf entweder wieder in die Schule zurückkommen würde, oder sie, Christine, die Schule verlassen hatte. Denn dann, das war klar, würde sie vielleicht Schutz benötigen. Es war nicht von der Hand zu weisen, dass Ralf sie möglicherweise mit der Kaffeeaktion in Verbindung brachte. Schließlich war es ihm auch möglich gewesen, die richtigen Schlüsse bezüglich Löwes Tod zu ziehen. Löwes Tod. Damit hatte alles begonnen. Falls Tina die Schule verlassen würde, würde Andreas sich um sie kümmern. Er durfte kein Risiko eingehen - in seinem eigenen Interesse und natürlich vor allem, um das Mädchen nicht zu gefährden. Dann wollten sie Ansgar zusammen im Krankenhaus besuchen. Tina hatte Andreas erzählt, Ansgar wüsste Dinge, die noch weitere Erkenntnisse ans Licht bringen konnten. Doch es war auch klar, dass auch er, Andreas, noch die eine oder andere Erklärung zu Löwes Tod abzugeben hatte.

115.

Als die Physikstunde endlich vorbei war, hatten sich ihre Mitschüler noch immer nicht beruhigt. Zu unglaublich war der Vorfall des Vormittags gewesen, als sich Ralf - die Schnalle - Sommer buchstäblich in die Hosen gemacht hatte. Viele machten Witze und Anspielungen. Die Sache zog inzwischen so weite Kreise, dass wahrscheinlich alle Schüler und Lehrer darüber informiert waren. Das, was passiert war, würde wie ein Makel an Ralf Sommer hängen bleiben, ein für alle Mal. Und obwohl Christine Ralfs Show durch das Austauschen des morgendlichen *to go – Kaffees* gewissermaßen erst ermöglicht hatte, hatte sie kein schlechtes Gewissen. Im Gegenteil, sie war froh, dass er gedemütigt worden war, denn sie fürchtete sich vor ihm. Wenn er tatsächlich Schramms Freundin entführt und getötet hatte, würde er jetzt sicher nicht irgendwo in einer Ecke sitzen und nach seiner Mama weinen. Er würde alles tun, um sich an Schramm zu rächen. Sie schaute auf ihre Uhr: kurz nach zwei. Es war schon merkwürdig, dass der Gürtel nicht mehr zurückgekommen war. Eigentlich hätte Chrissie erwartet, dass er die Sache ziemlich schnell klarstellen würde. Doch wahrscheinlich gab er sich damit nicht zufrieden. Vermutlich hatte Herr

Schramm Recht und Ralf war bösartig, intelligent und gerissen. Es wurde Zeit, ihrem ehemaligen Lehrer eine weitere SMS zu schicken. Dieser hatte ihr verboten, das Schulhaus alleine zu verlassen, denn er hatte am Morgen bereits die Befürchtung geäußert, Ralf könne der Schule fernbleiben und ihr stattdessen irgendwo auflauern. Ralf hatte mit Sicherheit schon seine Schlüsse gezogen und inzwischen rekonstruiert, dass sie die beiden Kaffeebecher vertauscht haben musste. Sie lächelte: Das Abführmittel war wirklich ein Teufelszeug gewesen.

Sie wollte nur vorher das Klassenbuch im Sekretariat abgeben und Schramm anschließend eine SMS schreiben. Sie hatte ihm versprechen müssen, keine unüberlegten, eigenständigen Entscheidungen zu treffen, die sie in Gefahr bringen konnten. Es war nicht von der Hand zu weisen, dass sie sich mehr als nur geschmeichelt bei dem Gedanken fühlte, dass Schramm besorgt um sie war. Er bedeutete ihr wirklich sehr viel.

„Hallo, Entschuldigung, sind Lehrer hier?"
Sie war so in ihren Gedanken vertieft gewesen, dass sie den Mann überhaupt nicht gehört hatte. Jetzt stand er keine fünf Meter von ihr entfernt. Es war ein Maler, der mindestens fünf Rollen mit Tapeten trug und ziemlich unsicher wirkte. Es schien fast so, als würde er hinken.
„Bitte?"
Der Mann rieb seine rechte Gesichtshälfte an seiner Schulter. Fast wäre ihm dabei eine Tapetenrolle heruntergefallen. Chrissie konnte Hautabschürfungen auf der Wange des Mannes erkennen. Sein schwarzer Schnauzbart erinnerte an den des Trainers der deutschen Handball-Nationalmannschaft.
„Sie sind Lehrerin?", fragte der Maler.
„Ich?", lächelte Chrissie, „nein, ich bin Schülerin!"
„Oh, Schülerin? Sehen aus wie Lehrerin! Wie junge Lehrerin!"
Er hantierte wieder umständlich mit seinen Tapetenrollen und musterte dabei abwechselnd Chrissie und die kleinen Schilder, auf der die Nummer der jeweiligen Zimmer aufgedruckt waren.
„Suchen Sie etwas?"
„Suchen, ja. Suchen Zimmer für Karten! Sie wissen wo?"
Obwohl er eine Brille mit Panzerglas trug, musste er sich den Schildern bis auf wenige Zentimeter nähern, um die Beschriftung lesen zu können.
Chrissie schaute wieder auf ihre Uhr.
„Es ist nicht mehr weit. Eigentlich habe ich nicht mehr viel Zeit, aber ich zeig es Ihnen schnell!"
Der Maler schien verstanden zu haben. Er lächelte!

„Gut, viel Danken. Sie sind sehr gut!"
„Kein Problem. Kommen Sie, es ist gleich hier vorn um die Ecke!"
„Um die Eck. Ja. Dank!", antwortete der Mann, der das Bein tatsächlich nachzog. Er wirkte sehr unbeholfen, wieder sah es aus, als würde eine der Rollen in wenigen Augenblicken herunterfallen.
„Soll ich Ihnen vielleicht etwas abnehmen?"
„Nein, gut schon. Kann schon tragen. Schließen auf, bitte?"
Chrissie runzelte die Stirn.
„Bitte?"
„Schließen Sie auf Schloss?"
„Ach so, ja, das kann ich machen!"
In diesem Moment hatten sie das Kartenzimmer erreicht.
„Haben Sie einen Schlüssel?"
„Ja, sicher. Haben Schlüssel, ist in Jacke, warten!"
Zwei Tapetenrollen fielen zu Boden. Chrissie bückte sich, um sie aufzuheben.
„Nein, schon gut. Machen ich. Kein Problem!"
Er griff in seine Jackentasche und ließ auch den Schlüssel fallen!
„Tut mir Leid, haben Problem seit Unfall!"
Chrissie nickte, hob den Schlüssel auf und steckte ihn in das Zimmerschloss. Als sie die Türe geöffnet hatte, wollte sie sich zu dem Maler umdrehen. Im gleichen Moment warf dieser die drei Tapetenrollen auf ihren Kopf. Chrissie taumelte und fiel rücklings in den Kartenraum. Sie versuchte sich noch auf die Seite zu drehen, doch sie schaffte es nicht mehr. Vorher hatte ihr der Maler auch die beiden auf dem Boden liegenden Tapetenrollen auf den Kopf geworfen. Chrissie wurde es schwarz vor Augen. Sie verlor das Bewusstsein.

116.

Als sie zu sich kam, saß sie auf einem Stuhl. Ihre Beine waren mit einem festen Klebeband umwickelt, so dass sie sich nicht bewegen konnte. Auch ihren Rumpf und ihre Arme hatte er mehrere Male mit dem Band umwickelt. Er hatte sie so mit dem Stuhl verbunden, dass sie nicht einmal mehr ihre Schultern bewegen konnte. Einzig ihren Kopf konnte sie drehen. Schließlich bemerkte sie, dass er das Band auch über ihren Mund geklebt hatte. Es bedeckte sogar einen Teil ihrer Nasenlöcher, so dass ihr das Atmen schwer fiel. Im Grunde genommen konnte sie nur noch ihre Finger bewegen. Sie spürte einen brennenden, dumpfen, pulsierenden Schmerz an

der Außenseite ihres rechten Oberschenkels. Dann registrierte sie, dass sie nur noch aus dem rechten Auge schauen konnte, das linke war zugeschwollen. Hier hatte er sie mit den Tapetenrollen getroffen. Erst jetzt bemerkte sie, dass ihr das Atmen nicht nur aufgrund des Klebebandes schwer fiel. Die Schmerzen ihrer rechten Körperhälfte hatten sich auch über ihren Brustkorb ausgebreitet. Jedes Mal wenn sie einatmete, hatte sie das Gefühl, man würde ihr ein Messer in die Rippen rammen.
Da sie nur mit dem rechten Auge sehen konnte, hatte sie ein stark eingeschränktes Sichtfeld. Sie erkannte die Konturen des Kartenraums. Eine Erinnerung an die 7. Klasse rüttelte an ihren Gedanken, als sie von ihrem Erdkundelehrer den Auftrag erhalten hatte, eine Karte von Japan zu holen und sie stattdessen eine Karte von Jamaika gebracht hatte. Die Karten waren alphabetisch geordnet gewesen.
Der Typ schien nicht im Zimmer zu sein. Es sei denn, er stand links neben oder hinter ihr. Ob er sie beobachtete? Im gleichen Moment schlug er ihr ohne jegliche Vorwarnung mit der Faust auf den Kopf. Christine hatte das Gefühl, ihr Kopf würde zerspringen.
Dann sah sie Ralf aus dem rechten Augenwinkel hinter sich auftauchen. Er trug noch immer die Malerklamotten.
„Ausgeschlafen?", fragte er mit einer hohen, irren Stimme.
Er nahm sich einen Stuhl, den er etwa einen Meter gegenüber von ihrem postierte. Bevor er sich darauf setzte, holte er ein weiteres Mal mit der Faust aus. Chrissie wollte zurückweichen, doch das Klebeband hielt sie davon ab.
„Kleine Schläge auf den Hinterkopf erhöhen die Denkleistung, Schatz!", flüsterte er. Dann formte er seine Lippen zu einem Kussmund.
„Du hättest es auch anders haben können, Liebling. Hattest die Wahl. Aber glaube nicht, dass ich Dich nicht auch noch anders strafen kann. Wenn Du glaubst, Zicken machen zu müssen, dann befinden wir uns jetzt gerade mal in der Aufwärmphase. Frag mal die kleinen Welpen!"
Chrissie hatte Angst. Er hatte den Verstand verloren, daran gab es keinen Zweifel. Er stand auf, ging zurück in den toten Winkel und kam mit einem Baseballschläger zurück. Er lächelte.
„Wirst Du artig sein?"
Sie nickte.
„Wirst Du wirklich ein braves Mädchen sein?"
Sie nickte noch heftiger.
„Das ist guuut. Weißt Du, ich habe nichts mehr zu verlieren, Schatz. Wundere Dich nicht über die Schmerzen in Deinem Bein!" Er strich zärtlich über den Baseballschläger und küsste ihn.

„Ich habe ihn ein bisschen tanzen lassen. Hab nachgeholfen, dass Du besser aufwachen kannst!" Und wieder warf er ihr einen Kuss zu.
„Wirst Du jetzt gut aufpassen, genauso gut wie in den Deutschstunden bei Deinem neuen Lover?"
Chrissie nickte wieder.
„Übrigens, seine Ex ...", er blickte seltsam irr an ihr vorbei, „sie war nicht artig. Sie war böse, wollte nicht hören! Sie wollte einfach nicht auf mich hören!" Er lächelte. „Das war ihr Fehler!"
„Du schaust umwerfend aus, weißt Du? Ich lade Dich jetzt zu einem Kaffee ein. Leider hatte ich keine Zeit mehr, einen Kuchen zu backen. Findest Du nicht, dass es Zeit für eine Kaffeepause ist? Ich kann natürlich nicht garantieren, dass der Kaffee so gut schmeckt, wie der, den Du mir heute morgen dankenswerter Weise hattest zukommen lassen. Obwohl es nicht nötig gewesen wäre!"
Ohne Vorwarnung schlug er ihr mit der Faust genau auf die Stelle, von der sich jener dumpfe Schmerz in ihrem Oberschenkel ausbreitete.
„Bist Du wach?"
Chrissie reagierte nicht, hatte das Gefühl wegzudriften, so schrie ihr Bein. Dann hob er den Baseballschläger.
„Ob Du wach bist?", schrie er.
Sie nickte heftig.
„Keine Spielchen. Wenn Du spielen willst, werde ich gewinnen. Und das wird ein Spiel auf Leben und Tod sein. Magst Du einen Kaffee?"
Sie schloss die Augen und nickte.
„Das ist gut!"
Er ging wieder in den toten Winkel zurück. Sie hörte, dass er zwei Becher füllte. Der Geruch von Kaffee stieg ihr in die Nase.
„Wusstest Du eigentlich, dass Dein kleiner süßer Deutschlehrer ein richtiger Kaffeeexperte ist? Er hat einschlägige Erfahrung mit ganz speziellen Kaffeepausen!"
Er kam zurück und hielt die beiden Becher vor ihr Gesicht.
„Möchtest Du einen Kaffee, Schatz?"
Sie nickte.
„Wirst Du artig sein?"
Wieder nickte sie.
„Willst Du sterben?"
Sie schüttelte heftig den Kopf.
„Ich werde jetzt das Band von Deinem Mund nehmen. Wenn Du nur einmal, auch nur ein einziges Mal versuchst, ein Spiel mit mir zu spielen, dann mach ich Dich fertig. Hast Du verstanden?"
Sie nickte.

„Wirst Du ein Spiel mit mir spielen?"
Sie schüttelte den Kopf.
„Wenn ich Dir das Band abgenommen habe, wirst Du nicht sprechen, klar?"
Sie schloss die Augen, nickte.
„Ich werde Dir dann Kaffee zu trinken geben und Du wirst ihn zügig trinken, verstanden!"
Wieder nickte sie.
Er riss das Band ab. Sie atmete tief durch, es schmerzte zwar, aber es tat gut, endlich wieder richtig Luft zu bekommen. Er führte den Kaffee an ihrem Mund.
„Wenn Du redest, bist Du tot!"
Sie nahm einen kräftigen Schluck, bis der Becher halb leer war.
„So ist es gut, Schatz!", flüsterte er. Dann führte er den Becher wieder an ihren Mund. Sie nahm einen weiteren Schluck. Er strich ihr über den Kopf.
„Es hätte alles so schön werden können", flüsterte er, „aber Du hattest ja andere Pläne!"
Dann führte er den Becher ein weiteres Mal an ihren Mund.
„Austrinken!", befahl er. Er hob den Becher, und sie trank den Kaffee bis zum letzten Schluck aus. Dabei bewegte sie ihre rechte Hand und ertastete das Handy, das in ihrer Hosentasche steckte!

117.

Endlich hörte er das Geräusch einer eingehenden SMS. Keine Sekunde später hatte er die Meldung geöffnet.
Es war ein Déjà-vu-Erlebnis, so intensiv, dass es ihm beinahe die Beine wegzog. Christine Neuhaus saß gefesselt auf einem Stuhl. Ihr Gesicht war stark geschwollen, sie schien kaum bei Bewusstsein zu sein.

> Sie ist tot wenn du nicht mitspielst. Viel Zeit bleibt dir nicht. Weitere Instruktionen findest Du bei Aldi im Fahrradkeller!

Alles holte ihn wieder ein. Was hatte er falsch gemacht? Wie hatte der Irre Christine in seine Gewalt bekommen, ohne dass es jemandem aufgefallen wäre? Doch ihm blieb keine Zeit zur Beantwortung dieser Fragen. Nach alldem, was passiert war, musste er schnell sein, denn Ralf Sommer war

wohl verrückt genug, seine Drohungen wahr zu machen. Trotzdem wollte er nicht begreifen, warum sich das Mädchen nicht wie vereinbart bei ihm gemeldet hatte.
Er kannte nur einen Fahrradkeller, und der befand sich auf dem Schulgelände. Was das Ganze mit Aldi auf sich hatte, wusste er nicht.
Im Wagen - schon wieder eine Straftat: Fahren ohne gültige Fahrerlaubnis - wählte er Auers Handynummer, doch die Leitung war besetzt. Nach etwa zehn Minuten hatte er das Schulgelände erreicht. Das Hausverbot ignorierend, parkte er seinen Wagen auf dem Lehrerparkplatz. Es waren nur noch ein knappes Dutzend Fahrzeuge im Hof. Er versuchte, sich einen Reim auf die Sache zu machen. Was hatte Ralf Sommer vor? Wo war er? Hatte er Christine irgendwo versteckt oder war er selbst bei ihr?
Der Fahrradkeller war offen. Nur noch wenige Fahrräder standen in den dafür vorgesehenen Halterungen. Was hatte Sommer mit *Aldi* gemeint? Andreas schaute sich jedes Fahrrad an. Nichts. Kein Hinweis. War es die falsche Spur? Befand er sich im falschen Fahrradkeller?
Er musste es wohl woanders versuchen. Wenn der Verrückte es ernst meinte, und davon war auszugehen, war die Zeit kostbar. Das Ganze kam dem Finden der Nadel im Heuhaufen gleich. Und dann sah er endlich die Plastiktüte der Supermarktkette, die hinter der schweren Eisentüre des Fahrradkellers hing. Er griff danach, dann klingelte sein Handy.
„Ja?"
„Herr Schramm? Hier Auer, haben Sie gerade bei mir angerufen?"
„Ja, ja, ich glaube, es gibt ein Problem!"
„Heißt das Problem Ralf Sommer?"
Andreas glaubte sich verhört zu haben.
„Herr Schramm, sind Sie noch dran?"
„Ja, ja. Woher ...?"
„Woher ich das weiß? Es ist eine längere Geschichte, aber könnte es sein, dass er etwas mit dem Tod ihrer Freundin zu tun hat?", fragte der Polizist.
„Wissen Sie, ich bin mir wirklich sicher, dass er in die Sache verwickelt ist! Sie müssen es mir glauben. Und es ist noch nicht vorbei!", flüsterte Andreas und warf einen Blick in die Plastiktüte.
„Wo ist Ralf Sommer?", fragte Auer.
„Ich weiß es nicht. Wirklich!"
„Er hat die Schule gegen 12 Uhr verlassen, das haben wir gerade überprüft. Dann war er wohl kurz zu Hause, seitdem fehlt jede Spur von ihm!"
„Wo sind Sie?", fragte Schramm.
„Wir fahren Richtung Rathenauplatz, waren gerade in der Schule!"
„Dann schlage ich vor, Sie fahren wieder zurück. Die Sache ist dabei, zu eskalieren!"

Als der Polizist aufgelegt hatte, nahm Andreas das Megafon und den Umschlag aus der Tüte.
Er stellte das Megafon auf den Boden und öffnete den Umschlag:

> Sie wissen, dass Sie alleine für das alles verantwortlich sind. Es besteht kein Bedarf mehr daran, Briefe verschlüsselt zu formulieren. Auch in dieser Beziehung haben Sie die Regeln vorgegeben. Aber das war es auch schon. Wenn Sie nicht tun, was von Ihnen verlangt wird, können Sie Ihre neue Freundin gleich mit beerdigen, und Sie wissen, dass ich nicht bluffe.
> Sie werden sich jetzt mitten auf dem Schulhof positionieren, und zwar genau da, wo ich ein weißes Kreuz aufgemalt habe. Die Farbe wird noch nicht ganz trocken sein, aber dazu später. Dann werden Sie sich langsam entkleiden. Wenn Sie nur noch eine Unterhose tragen, werden Sie drei Schritte zur Bank gehen, die unmittelbar neben dem Kreuz steht, und einen Brief, der unter der Bank befestigt wurde, laut und deutlich über das Megafon vortragen, so dass es jede Ratte auf dem Schulgelände problemlos verstehen kann. Dann werden Sie sich auch Ihrer Unterhose entledigen und sich genau auf das weiße Kreuz setzen. Ich möchte, dass sie fünf Minuten dort verharren. Unter der Bank klebt auch eine Stoppuhr, deren Countdown auf fünf Minuten eingestellt ist. Falls sie die fünf Minuten nicht einhalten sollten, ist ihr neuer Schwarm tot. Das Gleiche gilt für den Fall, dass sie irgendwelche Spielchen spielen, ein Polizist auftauchen sollte oder Ähnliches. Und für den Fall, dass Sie nach fünf Minuten aufstehen sollten und man kein Kreuz auf ihrem Arsch sehen kann, ist sie auch tot! Wenn Sie sich an meine Vorgaben halten, wird sie überleben. Und - nehmen Sie Ihr Handy mit!

118.

„Sie müssen ihn hinhalten, irgendwie!", forderte Auer ihn auf und gab den Brief seiner Kollegin.
„Sie haben gut reden, ich kann nicht mehr, als mich ausziehen und machen, was er verlangt!"

„Wenn er das gleiche Spiel wie mit Frau Zimmermann durchzieht, wissen wir, wo er die Schülerin versteckt hält!", antwortete Julia Ehrlich ruhig.
„Und was ist, wenn er sich woanders versteckt hat? Er will keine Polizei haben, der ist zu allem fähig!"
Auer überlegte.
„Gut. Wir verständigen Kollegen, die sollen das Gelände überprüfen, in der er Ihre Freundin versteckt hatte. Wir wissen, wo es ist, keine Angst, die Leute haben das im Griff. Er wird keinen Verdacht schöpfen. Wichtig ist, dass Sie ihm das Gefühl geben, er habe alles unter Kontrolle!"
„Das erinnert mich stark an die Radioreportage. Da haben wir ihm auch das Gefühl gegeben, sind auf die Forderungen eingegangen, und trotzdem lebt Petra nicht mehr!"
Während Ehrlich über Funk die Kollegen verständigte, versuchte Auer, Andreas weiter zu beruhigen.
„Wir kriegen ihn, das verspreche ich Ihnen. Nach den Ergebnissen der Obduktion deuten die Indizien darauf hin, dass er Frau Zimmermann nicht vorsätzlich getötet hat, es könnte sich um ein Versehen gehandelt haben, denn es sieht so aus, dass er sie betäubt hat. Mit einem Präparat, das in der Anästhesie verwendet wird! Es könnte durchaus sein, dass Ihre Freundin an einer Überdosierung gestorben ist!"
„Sind Sie sicher? Wie soll er denn an so etwas herangekommen sein?"
„Kein Ahnung wie, auch das werden wir rauskriegen. Glauben Sie mir, wir werden ihn kriegen!"
„Das glaube ich!", antwortet Schramm ruhig und nahm das Megafon in die Hand. „Aber zu welchem Preis?"
Er zeigte Auer das Foto von Christine Neuhaus:
„Schauen Sie sich das Foto an: Das Mädchen wurde gefoltert. Wer weiß, vielleicht hat er ihr auch dieses Präparat eingeflößt. Und wer sagt Ihnen, dass er dieses Mal die richtige Dosierung verwendet hat?"
„Das weiß niemand, und gerade deshalb ist es einfach wichtig, dass Sie ihn hinhalten, damit er glaubt, er hat Sie unter Kontrolle. Er möchte Sie bloßstellen, das scheint alles zu sein, worum es ihm geht. Machen Sie, was er verlangt, vielleicht können wir in der Zeit herausfinden, wo er sich aufhält!"
Schramm nickte.
„Ich weiß nicht, was er mit der Handyaktion vorhat, aber damit macht er einen großen Fehler. Denn so können wir im Hintergrund agieren und miteinander in Kontakt bleiben! Und sollte er wirklich so naiv sein, mit seinem Handy zu telefonieren, dann können wir es orten. Dann hätten wir ihn schon!"

„Ich muss raus auf den Pausenhof und mit der Show beginnen, bevor er Verdacht schöpft!"
„Ja, tun Sie das! Wir werden das Versteck durchkämmen und versuchen, sein Mobiltelefon zu orten. Die Spurensicherung wird sich den Fahrradkeller vornehmen. Denken Sie dran, je länger Sie ihn hinhalten, desto größer ist die Wahrscheinlichkeit, dass wir ihn kriegen!"
„Glauben Sie, er sieht mich, wenn ich auf dem Schulhof stehe?"
Auer kratzte sich die Stirn.
„Es ist denkbar, obwohl ich nicht davon ausgehe, dass er sich auf dem Schulgelände befindet. Er muss damit rechnen, dass wir hier präsent sein werden!"
Andreas deutete auf die umliegenden Häuser:
„Sie meinen, er hat sich in der Nachbarschaft verschanzt?"
„Möglich, egal wo er ist, wir werden ihn finden. Geben Sie ihm nur das Gefühl, er hat alles unter Kontrolle. Sobald Sie Ihre Show abziehen, wird sich der Schulhof mit Leuten füllen, da können sich einige Kollegen in Zivil darunter mischen, verstehen Sie?"
„Kein Risiko, bitte!"
Auer nickte.
„Kein Risiko! Und jetzt gehen Sie!"

119.

Christine wusste, dass es ein Risiko war, dennoch musste sie es versuchen. Sie spürte, dass sie müde wurde. Er hatte ihr erneut das halbe Gesicht verklebt und sie konnte wieder nur schwer atmen. Außerdem hatte sie keine Ahnung, wo er war. Möglicherweise stand er direkt hinter ihr und beobachtete sie. Vor einiger Zeit hatte sie gehört, wie er das Fenster geöffnet hatte. Sie hatte seltsame Geräusche gehört und er hatte ziemlich angestrengt geatmet. Ob er etwas vorbereitete? Jedenfalls hatte sie den Eindruck, als hätte er längere Zeit am Fenster zugebracht, so als würde er auf etwas warten. Möglicherweise hatte sie nicht registriert, dass er das Fenster wieder geschlossen hatte. Vielleicht hatte er inzwischen sogar den Raum verlassen. Sie schien langsam wegzudriften, bekam seltsame Aussetzer. Außerdem hatte sie ihr Zeitgefühl verloren. Wenn er sie bei ihrem Vorhaben beobachtete, würde er sie sicher wieder mit dem Baseballschläger traktieren. Was immer er mit ihr gemacht hatte, der Vorteil dieses seltsamen Apathiezustandes bestand darin, dass sie ihre Schmerzen nicht mehr spürte.

Sie hatte noch nie eine SMS geschrieben, ohne dabei ihr Handy aus der Tasche zu nehmen. Einige ihrer Freundinnen waren darin richtige Expertinnen, schrieben mitunter zehn Kurzmitteilungen in einer Unterrichtsstunde. Aber auch wenn sie keine Erfahrung damit hatte, so musste sie es dennoch versuchen, es war vielleicht ihre einzige Chance.
Sie hatte ihr Handy so eingestellt, dass sie nicht über das Menü gehen musste, um zu dem Punkt *Kurzmitteilungen verfassen* zu gelangen. Es genügte ein einziger Tastendruck.
„Schläfst Du schon, Schlampe?", fragte Ralf Sommer plötzlich.
Chrissie wusste nicht, ob die Stimme aus ihrer Fantasie gekommen war oder ob Ralf sie tatsächlich angesprochen hatte. Sie nahm ihre Hand von ihrer Hosentasche und wartete. Nichts passierte, abgesehen davon, dass sie mehr und mehr das Gefühl bekam, alles um sich herum zu vergessen. Sie würde es definitiv nicht schaffen, das Wort „Kartenraum" zu schreiben. Sie wusste es nicht hundertprozentig, doch es müsste sich dabei um Zimmer 327 handeln. Falls sie sich täuschte, dann täuschte sie sich eben. Also gab sie die Ziffernfolge ein und versuchte sich anschließend auf den Menüpunkt *Senden* durchzuklicken. Dabei musste sie sich auf ihre dahinfließenden Erinnerungen verlassen. Gesetzt den Fall es hatte geklappt, klickte sie sich jetzt zu ihrem Adressbuch durch. Vielleicht war es Gott, der ihr beistand, möglicherweise war es einfach nur Zufall: Der erste Eintrag ihres alphabetisch geordneten Adressbuches war A.S. – Andreas Schramm. Sie hatte ihn erst am gestrigen Abend eingespeichert. Wenige Augenblicke, bevor ihr Kopf auf ihre Brust fiel und sie das Bewusstsein verlor, drückte sie auf eine Taste, von der sie sich erhoffte, dass sie damit den Menüpunkt *Nachricht Senden* aktivierte.

120.

Als er das Kreuz erreicht hatte, das Sommer auf den Schulhof gemalt hatte, stellte er das Megafon ab und legte die wenigen Schritte zu der grünen Bank zurück. Er nahm den Zettel und die Stoppuhr, die unterhalb der Sitzfläche angeklebt waren. Es dauerte einige Augenblicke, bis er endlich bemerkte, dass er einen Fehler begangen hatte. Er führte es auf die Aufregung zurück, wusste jedoch, dass er schnell reagieren musste. Also legte er sowohl den Zettel, als auch die Stoppuhr wieder unter der Bank ab. Sommer wollte, dass er sich zuerst bis auf die Unterhose auszog, deshalb ging Andreas unverrichteter Dinge zu dem Kreuz zurück. Er hoffte, Ralf Sommer würde den Lapsus entschuldigen und Chrissie nicht dafür bestrafen, schließlich hatte er den Fehler sofort korrigiert. Insgeheim befürchtete Andreas jedoch, wieder eine Nachricht von dem Verrückten zu erhalten. Just im gleichen Moment meldete sein Mobiltelefon den Eingang einer Kurzmitteilung. Er musste schlucken, als er sah, dass die Meldung von Chrissie kam. Ob er sich ihres Handys bediente, um mit ihm zu kommunizieren? Die gleiche Tour hatte er durchgezogen, als er Petra in seinen Gewahrsam gebracht hatte. Um nicht Gefahr zu laufen, erkannt zu werden, hatte er damals die Kurzmitteilungen mit deren Handy verfasst. Andreas öffnete die Nachricht. Es schien sich um eine verschlüsselte Botschaft zu halten, etwas, das er nicht verstand, womit er nichts anfangen konnte.

32s

Was wollte er damit sagen? Stammte die Nachricht vielleicht sogar von Christine Neuhaus? Möglicherweise konnte sich die Polizei einen Reim darauf machen. Falls er in diesem Moment tatsächlich von Sommer beobachtet wurde, hatte Andreas nicht viel Zeit. Er schrieb eine SMS an Auer mit folgendem Wortlaut:

ERHIELT EINE SMS VON DER SCHÜLERIN, KÖNNTE AUCH VON IHM STAMMEN: 32S

Wenige Augenblicke, nachdem er die Nachricht verschickt hatte, läutete sein Handy.

„Ich hatte mich doch klar ausgedrückt, als ich sagte: keine Tricks!"
„Was meinst Du?", fragte Schramm und versuchte so gelassen wie möglich zu wirken.
„Was fummeln Sie an Ihrem Handy herum?"
Andreas musste Zeit gewinnen, denn wenn Auer Recht hatte, hatte Ralf in diesem Moment einen großen Fehler gemacht und die Polizisten konnten womöglich seine Position orten.
„Ich fummele nicht herum, ich hatte nur vergessen, es einzuschalten. Es tut mir Leid, es ist mir erst jetzt aufgefallen, deshalb habe ich es sofort eingeschaltet! Ich wollte nicht noch einen Fehler machen, wirklich!"
„Und das hat so lange gedauert? Wenn Sie ein Spiel spielen, krepiert sie jämmerlich!"

Andreas schloss die Augen. Wie gerne hätte er diesem Psychopathen erzählt, was er von ihm hielt.

„Nein, ich spiele kein Spiel, ehrlich. Ich hatte mich nur zweimal beim Eingeben meiner Pinnummer vertippt, es tut mir wirklich Leid!"

„Sie wird sterben, wenn Du jetzt nicht anfängst, Dich auszuziehen, Schwächling!", rief Sommer und legte auf.

Er zog seine Jacke aus, dann seinen Pulli. Schließlich entledigte er sich auch seines T-Shirts und ließ es, wie die anderen Kleidungsstücke auch, auf den Boden fallen. Er blickte sich um: Im Ostflügel standen einige Schüler am Fenster ihres Klassenzimmers und schauten zu ihm nach unten. Es schien los zu gehen. Nachdem er sich die Schuhe ausgezogen hatte, befanden sich scheinbar alle Schüler der Klasse am Fenster. Zwei der Fenster wurden geöffnet. Andreas schluckte. Was hätte er tun sollen? Als er wieder nach oben blickte, säumten bereits mindestens 50 Personen die billigen Plätze. Er konnte nicht glauben, dass überhaupt noch so viele Leute im Gebäude waren. Ob eines dieser Gesichter zu Ralf Sommer gehörte? Er fragte sich, ob die Polizisten schon das Versteck ausgehoben hatten, in dem Petra von Sommer gequält worden war. Jetzt hörte er, dass einige der Zuschauer pfiffen. Er drehte sich um und sah, dass auch die Anwohner auf ihre Balkone hinausgetreten waren und ihn mit gespannter Erwartung anstarrten. Andreas war sicher, dass einige bereits die Polizei oder die Medien verständigt hatten. Er sah, dass viele der Schaulustigen ihre Handys auf ihn richteten. Sie wollten dem Spektakel nicht nur beiwohnen, sie wollten es für die Ewigkeit festhalten.

Dann öffnete der den Gürtel seiner Hose und schob sie langsam nach unten. Rhythmisches Geklatsche setzte ein. Immer mehr Menschen traten auf die Balkone hinaus oder nahmen die Plätze hinter den Fenstern der Schule ein. Er sah, dass eine der Eingangstüren des Schulgebäudes geöffnet wurde und Christian Fischer, sein Lieblingskollege, der den Kalender mit seiner Projektgruppe entworfen hatte, mit konsterniertem Gesichtsausdruck auf ihn zukam. Auch das noch. Als er die Hose neben den anderen Kleidungsstücken ablegte, wurde er angefeuert wie ein Stripper.

121.

„Ja, ist gut, kein Problem. Trotzdem danke!"

„Was ist los?", fragte Auer und winkte die Mitarbeiter der Spurensicherung in den Fahrradkeller.

„Sie haben die Garage überprüft, Fehlanzeige!", antwortete Julia.
„Scheiße noch mal. Wo steckt der Psychopath denn dann? Jungs, verhaltet euch bitte so unauffällig wie möglich. Wir dürfen nichts riskieren. Kann sein, dass der Typ irgendwo in einem Nachbarhaus alles beobachtet!"
„Sollen wir die Häuser durchsuchen lassen?"
„Das dauert viel zu lange, Julia. Bis der Staatsanwalt eine Durchsuchung genehmigt ...!"
Dann ging Schramms SMS bei ihm ein. Er nahm sein Handy aus der Tasche, rief die Nachricht ab und zeigte sie seiner Kollegin.
„32s." Julia runzelte die Stirn.
„Sagt Dir das etwas?"
„Nein, aber wir können das Handy des Mädchens orten, dann können wir sie wenigstens rausholen!"
„Das ist es, Schatz, das ist es!" Er küsste seine Kollegin und wählte Heiko Wackers Handynummer.
„Heiko. Also pass auf, wir haben ihn vielleicht, ihr müsst jetzt schnell sein. Wir brauchen eine Handyortung und zwar das Handy der Schülerin Christine Neuhaus. Nimm Kontakt zur Schule auf, und besorge Dir ihre Daten, dann kontaktierst Du den Mobilfunkanbieter, gib Gas, Junge, Du hast 15 Minuten!"
„Was machen wir?"
„Wir warten, was sonst? Heiko meldet sich wieder. Dem Lärm zufolge müsste Schramm inzwischen in Unterhosen dastehen. Hoffentlich kann er den Psycho noch ein paar Minuten hinhalten!"
„Meinst Du nicht, wir sollten einige Kollegen unter die Schaulustigen mischen?", fragte Julia Ehrlich.
„Warte erst ab, bis er mit dem Vorlesen anfängt!"

122.

„Andreas? Was ist denn los mit Dir? Alles in Ordnung?"
Christians Gesichtsausdruck ließ vermuten, dass er dachte, Andreas hätte den Verstand verloren.
„Christian, es tut mir Leid, ich kann nicht reden. Das ist eine lange Geschichte, lass mich einfach! Ich weiß, was ich mache!"
„Willst Du nicht lieber aufhören und mit nach oben kommen? Bevor dich die Bullen abholen?" Er wirkte hilflos. Geschockt.
„Die Bullen wissen Bescheid. Ich kann Dir nicht mehr sagen!"
Dann läutete Schramms Handy wieder.

Er hob seine Jacke auf und durchsuchte sie nach dem Mobiltelefon.
„Ja!"
„Wenn sich Fischer nicht binnen 20 Sekunden verpisst, ist Deine Schnecke tot!"
„Du musst jetzt hier weg, bitte, sonst wird etwas ganz Schreckliches passieren. Ich meine es ernst. Bitte, Christian! Jemand wird sterben, genau wie Löwe!"
Es schien zu wirken. Christian Fischer drehte sich um und ging zurück zur Eingangstüre.
Die Zuschauer klatschten.
Dann ging Schramm wieder zur Bank hinüber. Wieder nahm er den Zettel, das Megafon und die Stoppuhr und kehrte zu dem gemalten Kreuz auf dem Boden zurück. Bevor er zum Megafon griff, las er die Botschaft leise durch. Er schloss die Augen. Ob die Polizisten schon etwas herausgefunden hatten?
Schramm nahm das Megafon in die linke Hand, den Zettel in die rechte. Er schaltete die Flüstertüte ein und begann zu lesen:
„Achtung, dies ist eine wichtige Durchsage für alle Lehrkräfte, Schüler und sonstigen Schwächlinge dieser Anstalt!"

123.

„Scheiße, ich glaube, ich hab's!", rief Julia Ehrlich.
Thomas Auer beobachtete seine Kollegen bei der Spurensicherung und hörte, wie Schramm damit begann, den Text vorzutragen.
„Thomas, das ist es, ich hab's!"
„Bitte?"
„Die SMS, sie stammt von ihr, nicht von ihm. Es ist keine verschlüsselte Botschaft oder so, sie will uns etwas sagen!"
„32s? Was will sie uns denn damit sagen?"
„Hast du schon einmal eine SMS sehr schnell geschrieben? Zu schnell? Oder in der Hosentasche, ohne Dein Handy herauszunehmen? Blind?"
Ihr Kollege runzelte die Stirn.
„In der Tasche? Blind?"
„In der Hosentasche, ja! Die Kids machen das wohl so in der Schule, um nicht dabei gesehen zu werden, verstehst Du?"
„Nicht gesehen zu werden?"
„Ja. Unsere Helen ist erst 11, aber die kann das. Fast alle in ihrer Klasse schreiben sich während des Unterrichts SMS, ohne dabei ihr Handy aus der

Hosentasche zu nehmen. Aber oft vertippt man sich dabei. Man drückt einmal zu wenig oder einmal zu oft auf die Taste! Man kann ja nicht sehen, was man schreibt!"
Jetzt verstand Auer.
„Du meinst, das soll in Wirklichkeit etwas ganz anderes heißen!"
Julia nickte.
„Und ich glaube, ich weiß auch schon, was es heißen soll. Das S ist falsch. Sie hat nur viermal auf die Taste „7"gedrückt anstatt fünfmal! Es sollte eigentlich eine 7 sein. Sie wollte 327 schreiben!"
Auer lächelte.
„Du hättest Bulle werden sollen, weißt Du das!"
„Ich weiß. Das heißt ..."
„...dass es auf eine Zimmernummer hinausläuft. Zimmer 327. Und das wiederum bedeutet, dass das Mädchen in Zimmer 327 versteckt wird!", rief Auer.
„Ruf Verstärkung, die sollen abchecken, wie man in das Gebäude kommen kann, ohne dass man es von Zimmer 327 verfolgen kann. Sie sollen aber auf jeden Fall in Zivil kommen, mit Lehrertaschen getarnt oder so. Wer weiß, vielleicht spaziert der Irre unerkannt über die Gänge. Bereite die Lehrer auf den Einsatz vor. Wenn möglich, soll die Etage geräumt werden, auf der sich das Zimmer befindet. Und gib Heiko Bescheid, dass er die Ortung des Handys abblasen kann!"

124.

Andreas war selbst überrascht von der Lautstärke des Megafons. Sofort verstummten die Unterhaltungen. Wie Wachsfiguren harrten die Schaulustigen in ihren Positionen aus. Sie würden auf jeden Fall auf ihre Kosten kommen, dies hier war erst der Anfang der Show.
„Ich habe etwas Wichtiges mitzuteilen, etwas was schon längst überfällig war. Wenn ihr Euch fragt, weshalb ich erst jetzt damit rausrücke, so liegt es wohl unter anderem an der Tatsache, dass ich krank und unzurechnungsfähig bin!"
Andreas atmete tief durch, denn er wusste, was jetzt kam. Schließlich hatte er den Text zuvor gelesen. Er sah, dass inzwischen etliche Leute auf dem Schulhof standen: ehemalige Kollegen, Schüler und andere, die er noch nie gesehen hatte. Niemand sprach ein Wort. Er kam sich vor wie ein wertvolles Exponat eines Museums, dem sich die Besucher ungläubig versuchten zu nähern.

„Wie ihr alle wisst, ist unser von allen sehr geschätzte Herr Löwe vor einigen Tagen gestorben. Wir alle erinnern uns noch an seine Beerdigung und den Schmerz, den der Tod von Herrn Löwe bei uns ausgelöst hat. Alle dachten bisher, Löwe sei eines natürlichen Todes gestorben. Doch das stimmt nicht. Löwe ist durch Fremdeinwirkung gestorben. Er wurde getötet. Er wurde heimtückisch ermordet. Man vergiftete ihn, als er sich in seinem Büro aufgehalten hatte!"
Ein Raunen ging durch die Menge, die Wachsfiguren bewegten sich.
„Wenn ihr Euch fragt, woher ich das alles weiß, dann sage ich Euch, dass nur ich es wissen kann, denn ich bin Löwes Mörder! Ich wiederhole: Ich, Andreas Schramm, habe Herrn Löwe ermordet!"
Jetzt herrschte eine beklemmende Stille.
„Sie werden mich hier und heute das letzte Mal so sehen, wie Sie mich in Erinnerung hatten. Bald schon werde ich meine gerechte Strafe abbüßen!"
In dem Moment, da Andreas das Megafon neben der Bank abstellte, begannen die Menschen wieder miteinander zu sprechen. Doch niemand verließ seinen Platz, so als würde man auf die nächste Einlage warten. Erst jetzt sah er, dass ein junger Mann neben der Bank lag.
„Schauen Sie nicht zu mir. Er darf keinen Verdacht schöpfen, denn er kann mich von seiner Position aus nicht sehen! Ich befinde mich außerhalb seines Sichtfeldes!", flüsterte der Mann. Andreas wusste nur, dass er sich jetzt seiner Unterhose entledigen musste.
„Woher...?"
„Nicht. Sprechen Sie nicht. Wir wissen, wo er sich aufhält. Halten Sie ihn einfach noch etwas hin!"
Er nickte. Dann läutete sein Handy.

125.

Sommer registrierte, dass Chrissie mit dem Stuhl zur Seite gekippt war. Er musterte den grotesken Anblick: Sie war auf dem Gesicht gelandet und blutete. Dabei war ihr linkes Auge seltsam geöffnet. Er fragte sich, ob er sich wieder mit der Dosis vertan hatte. Es sah jedenfalls so aus, als wäre sie tot. Seine Besorgnis hielt sich in diesem Moment jedoch in Grenzen, denn Schramm ließ gerade im wahrsten Sinne des Wortes die Hosen herunter. Der Penner hatte verloren, ein für alle Mal. Und wenn die Kleine tot war, dann war dies natürlich auf eine gewisse Weise bitter. Es war nicht geplant gewesen. Eigentlich hatte er sie nur leiden sehen wollen, doch die Dinge hatten sich einfach anders entwickelt. Schließlich hatte sie sich

selbst in die ganze Scheiße hineingeritten. Hätte er die Demütigung mit dem *Coffee to go* etwa einfach auf sich sitzen lassen sollen?
Niemand wusste, wo er sich aufhielt. Diese einfältigen Amateure trauten ihm sicher nicht so viel Kaltschnäuzigkeit zu. Der einzige Penner, der zu wissen schien, was gespielt wurde, entwürdigte sich gerade vor seinen Augen. Er konnte zwar nicht den ganzen Schulhof sehen, doch es genügte, um bei Schramms Demontage Regie zu führen.
Der schlechteste Lehrer aller Zeiten hatte gerade seine Ansprache gehalten, und Ralf stellte nicht ohne Genugtuung fest, dass der Schulkörper dabei war zu kollabieren. Genauso hatte er es sich vorgestellt. Diese verfluchten Irren, sie hatten ihn unterschätzt, alle. Er lächelte. Er würde sich einfach unter die Menge schmuggeln und niemand würde es bemerken. Und wer würde diesem Schramm nach dem heutigen Tag noch glauben?
„Ich werde in die Geschichte eingehen!", flüsterte er.
Er drehte sich zu Chrissie um, die noch immer regungslos dalag. Neben ihrem Kopf hatte sich eine kleine Blutlache gebildet.
Als er Schramm wieder fixierte, sah er, dass sich dessen Lippen bewegten. Das Drehbuch schrieb eigentlich vor, dass er seinen Strip vollendete. Was hatte der Scheißer vor?

126.

„Mit wem reden Sie?"
Andreas schloss die Augen. Er dachte daran, was der Polizist gesagt hatte. *Halten Sie ihn einfach noch etwas hin.*
„Ich rede mit niemandem. Es ist niemand da. Mit wem sollte ich denn sprechen?" Er breitete die Arme aus.
„Wenn Sie spielen wollen, verreckt sie!", schrie Ralf Sommer plötzlich irr und seine Stimme überschlug sich dabei.
Andreas wartete.
„Hast Du mich verstanden, Du Arschloch?"
„Ja. Ich habe Dich verstanden. Mit wem sollte ich denn spielen? Ich stehe hier völlig allein, in der Unterhose. Halb Nürnberg schaut mir zu. Ich bin gedemütigt, entwürdigt. Das ist es doch, was Du wolltest!"
Ralf Sommer lächelte.
„Du scheinst langsam zu begreifen! Und jetzt möchte ich, dass Du es zu Ende bringst. Die Zuschauer werden langsam unruhig!"
„Warum hast Du sie umgebracht?", fragte Andreas. Sofort befürchtete er, einen Fehler gemacht zu haben.

„Sie war nicht artig. Unartige Kinder muss man bestrafen!"
Andreas stutzte, denn er wusste nicht, von wem Sommer gerade sprach. Er hatte seine Frage eigentlich auf Petras Tod ausgerichtet. Doch dies schien Sommer entgangen zu sein. Hieß dies etwa, dass Christine Neuhaus auch bereits tot war? Oder hatte Sommer die Antwort womöglich doch auf Petra bezogen?
„Und jetzt beenden Sie die Show!"
Bevor Andreas antworten konnte, hatte Sommer das Gespräch abgebrochen.
Andreas legte das Handy neben den Kreis. Er blickte sich um. Hunderte von Menschen säumten inzwischen die Balkone der umliegenden Häuser. Ebenso viele hatten sich auf dem Schulhof breit gemacht. In einem Film hätte man ihn wahrscheinlich längst schon verhaftet. Aber dies hier war kein Film. Er blickte auf den Boden, sah das weiße Kreuz, das tatsächlich noch nicht ganz getrocknet war. Dann zog er seine Unterhose nach unten und setze sich, so schnell er konnte, auf das Kreuz. Er bedeckte seinen Schoß mit dem Kleidungsstück und betätigte die Stoppuhr. Der Countdown begann im selben Moment zu laufen, in dem die Unterhaltungen der Zuschauer wieder verstummten.

127.

Er konnte nicht glauben, was er sah. Es hatte tatsächlich geklappt. Schramm hatte sich ausgezogen, saß wie ein Häuflein Elend im Schulhof und machte sich den Arsch schmutzig. Er war jetzt endgültig zur Scheißhausratte mutiert, und dies tat unglaublich gut. Ralf wusste aber auch, dass es jetzt sehr schnell gehen musste. Ihm blieben ganze fünf Minuten, in denen Schramm die ganze Aufmerksamkeit der Show für sich vereinnahmen würde. Er hatte bereits sämtliche Spuren beseitigt, abgesehen von seinem Opfer. Aber möglicherweise hatte er sie inzwischen gewissermaßen auch beseitigt. Er lächelte irr.
Er würde jetzt eine der Tapetenrollen in die eine, seinen Koffer in die andere Hand nehmen und, langsam hinkend, vorbei an all den Schaulustigen in Ruhe das Feld verlassen. Rückzug lautete jetzt die Devise.

„Sommer! Ralf Sommer! Wir wissen, dass Sie sich hier versteckt haben. Kommen Sie mit erhobenen Händen heraus. Es ist vorbei. Sie haben keine Chance!"

Ralf trat gegen den Stuhl, auf dem Christine Neuhaus noch immer gefesselt war.
Wie konnte das passieren? Waren das die Bullen? Oder handelte es sich womöglich um einen billigen Bluff? Es war unmöglich, er hatte doch alles richtig gemacht!
„Herr Sommer, zwingen Sie uns nicht, die Türe aufzubrechen. Wir wissen, dass Sie sich in diesem Raum aufhalten. Machen Sie alles nicht noch schlimmer! Sie haben eine Minute!"
Er blickte zu Christine nach unten. Dann lächelte er!
„Zeit für Plan B!", flüsterte er

128.

Obwohl einige der Menschen wieder zu sprechen begannen, war es nach wie vor erstaunlich ruhig. Die meisten von ihnen schienen wie paralysiert zu sein. Wahrscheinlich hatten sie Angst, etwas zu verpassen. Sie genossen es offensichtlich, eine Reality-Show ohne Netz und doppelten Boden hautnah mit zu erleben. Der TV-Quotenrenner Big Brother war vor ihre Haustüren gekommen. Es tat ihnen gut, das Leiden eines anderen hautnah mitzuerleben, mit dem man nicht einmal Mitleid haben musste, weil er scheinbar etwas Böses getan hatte. Dabei konnten sie alle ihre kleinen und großen Leiden für kurze Zeit vergessen. Die Zuschauer schienen sich zu fragen, ob sie den Mann bedauern oder verteufeln sollten. Und insgeheim hofften wohl alle, dass die Show noch nicht vorbei war.

Andreas vergrub den Kopf in seinen Händen. Hin und wieder öffnete er seine Finger, um einen Blick auf die Stoppuhr zu erhaschen. Er hörte seinen Herzschlag und begann zu frieren. In diesem Moment war ihm Petra wieder ganz nah. Was auch passierte, er würde sie immer lieben. Es gelang ihm nicht, sich damit zu beschäftigen, was die Leute, die ihn dabei beobachteten, wie er nackt mitten auf dem Schulhof hockte, wohl über ihn dachten. Er hatte auch nicht die Kraft, sich zu fragen, ob er im Moment wohl schon auf Internetwebsites oder TV-Stationen live zu sehen war. Nicht einmal an Christine Neuhaus konnte er jetzt denken. Er wollte nur, dass es vorbei war, und dazu fehlten noch knapp drei Minuten. Das Lied, das er gehört hatte, als er am Tag nach dem Meeting mit Löwe auf den Parkplatz gefahren war, kam ihm plötzlich wieder in den Sinn: *I don't want nobody else, I only want you ...* Die Liedzeile beschrieb alles, sie beschrieb alles und gleichzeitig nichts, denn er wusste, dass es zwar die

Wahrheit, aber gleichzeitig die Lüge seines restlichen Lebens war. Petra war tot. Sie war tot, für immer. Er begann zu zittern.
Was Ralf Sommer wohl als nächstes vorhatte? Wo war er überhaupt? Ob er ihn gerade beobachtete? Noch immer hatte er die Hände vor das Gesicht geschlagen. Hatte der Typ tatsächlich existiert, der ihn vor ein paar Minuten angesprochen hatte? Oder war er nur seiner Phantasie entsprungen? Andreas schaute zu der Stelle hinüber: Keine Spur von dem jungen Mann. Hieß dies, er verlor langsam den Verstand? War dies hier alles real? Oder fand das alles lediglich in seiner Phantasie statt? Träumte er womöglich alles nur?
Nur noch zwei Minuten.
Nein. Die Stoppuhr, sein nackter Körper - alles war real. Es existierte. Er existierte. Wahrscheinlich hatte sein Körper irgendwie ein Notprogramm aktiviert, das darauf ausgerichtet war, sämtliche Emotionen auszublenden. Wenn dem so war, funktionierte das Programm gar nicht schlecht. Aber die Erinnerung an Petra und sein Verlustgefühl hatten das Programm scheinbar überlistet.
I don't want nobody else, I only want you ...
Wo waren die Polizisten? Wo war Auer? Hatten sie das Gelände verlassen? Was würde auf ihn warten, wenn der Countdown abgelaufen war, in genau 48 Sekunden? Er schloss die Augen. Wenn er sie das nächste Mal öffnen würde, würde die Zeit abgelaufen sein.

Doch es kam anders, denn keine zwei Sekunden später hörte er den markerschütternden Schrei einer jungen Frau!
Er sah nach oben und bemerkte, dass sich bereits die meisten der Blicke von ihm abgewandt hatten. Hysterische Schreie kamen aus den Kehlen vieler Schaulustiger. Zunächst wusste er nicht, was passiert war. Und dann sah er die Fahnenstange.

129.

Sie hatten ihn *Gürtel* genannt oder *Schnalle*. Seit mehr als einem Jahr schon. Und alle hatten geglaubt, er hätte es nicht bemerkt. Doch Ralf hatte es gewusst, von Anfang an. Selbst was dies betraf, war er ihnen überlegen gewesen. Insofern hatte es schon etwas Komisches, etwas Groteskes, dass einige der Landkarten mit langen Lederbändern umwickelt und an der Decke befestigt waren, die im Grunde genommen wie Gürtel aussahen. Er hatte sich für die Karte *Die Staaten der USA* entschieden. Das schloss den

Kreis, irgendwie. Ralf war ein Profi, deshalb hatte er sich auch gut vorbereitet auf den Plan B. Man musste der Gegenseite immer einen Schritt voraus sein. Sie würden ihn nicht kriegen. Er war ihnen überlegen. Haushoch überlegen.

Von seinem Platz auf dem Fenstersims konnte er Schramm gut erkennen, der wie ein Haufen Müll brav auf dem weißen Kreuz saß. Dieser Jammerlappen. Wie schwach er doch war. Zum Bemitleiden. Sie würden in allen Zeitungen darüber schreiben. Sie würden ihn fertig machen, auf ihn treten, ihn entsorgen.
Er hörte, wie ein Polizist gegen die Türe hämmerte.
„Machen Sie auf, Herr Sommer, dies ist die letzte Warnung!"
Ralf lächelte. Dann sah er zu Chrissie hinüber. Wie schön sie doch war. Es hätte alles ganz anders laufen können. Sie hatte die Wahl gehabt. Aber sie hatte leider die falsche Entscheidung getroffen! Dabei hatte ihr Glück doch schon bei ihr angeklopft.
Schließlich beäugte er ein letztes Mal den Kartengürtel, der von der Fahnenstange, unmittelbar neben dem Fenster, zu seinem Hals führte.
Er hörte, wie jemand die Tür aufbrach.
„Only the good die young!", flüsterte er …
…und sprang.

Epilog

Nicht nur sein Leben hatte sich verändert, auch ihn selbst hatten die Geschehnisse der letzten Wochen verändert. Was vor jenen Wochen noch undenkbar gewesen war, kostete ihn heute kaum mehr als ein müdes Achselzucken. Er fuhr ohne Führerschein, zum wiederholten Mal, obwohl er sich in einigen Wochen - wann genau wusste er noch nicht - in einem Prozess wegen diverser Straftaten zu verantworten hatte. Er konnte eigentlich von Glück reden, dass er dabei nur für die in Zusammenhang mit seiner Amokfahrt verbundenen Delikte verantwortlich gemacht werden würde. Das Schicksal hatte es nämlich so gewollt, dass Löwes Obduktion keine neuen Erkenntnisse ans Licht gebracht hatte, mit denen man Andreas' Strafregister zusätzlich hätte füllen können. Manche bezeichneten derartige Entwicklungen wohl auch gerne als *Glück im Unglück*. Aber gab es ein schlimmeres Unglück, als den einzigen Menschen, den man brauchte, um ein glückliches Leben zu führen, zu verlieren? Was bedeutete schon eine zu erwartende Gefängnisstrafe, wenn das Leben an sich schon ein Gefängnis war? Insofern war es vielleicht einfach nur legitim, dass er sich wieder unerlaubterweise an das Steuer seines Wagens gesetzt hatte. Seit ihrer Beerdigung hatte er Petra fast jeden Tag an ihrem Grab in Würzburg besucht. Er hatte von Menschen gehört, die es vor lauter Schmerz nicht fertig brachten, an die Gräber ihrer Liebsten zu gehen. Doch bei Andreas war es anders. Wenn er an Petras Grab stand, konnte er ihr näher sein. Dann konnte er sie spüren. Nicht mehr so stark wie in den ersten Tagen nach ihrem Tod, aber dennoch stark genug um, das Gefühl zu haben, von ihr berührt zu werden.

Wie jedes Mal, wenn er wieder nach Hause fuhr, machte er auch dieses Mal in Geiselwind Station. Seitdem ihm Auer den Tipp gegeben hatte, war er beinahe besessen davon, den Mann zu treffen, der Petra möglicherweise zuletzt lebend gesehen hatte. War dies jetzt etwa sein einziger Lebensinhalt? Möglicherweise - und wenn schon. Wahrscheinlich ahnte Auer, dass er nach dem Mann suchte und er ahnte womöglich auch, dass er dabei nicht mit öffentlichen Verkehrsmitteln unterwegs war.

Anfangs hatte sich Andreas ein zeitliches Limit bei der Suche gesetzt. Zunächst wollte er so lange nach dem Mann suchen, bis Christine Neuhaus wieder aus dem Krankenhaus entlassen worden war. Nach etwa vier Wochen hatte sie die Klinik verlassen dürfen und Andreas musste seiner Besessenheit ein neues zeitliches Limit setzen. Christine hatte wirklich großes Glück gehabt, denn sie wäre, abgesehen von den Knochenbrüchen und ihrer Augenverletzung, während ihrer Gefangenschaft beinahe erstickt. Aber sie hatte sich erholt, erstaunlich schnell sogar. Das einzige, was an den Horrortrip mit Sommer erinnern würde, war, dass an ihrem rechten Auge eine Beeinträchtigung der Sehstärke zurückgeblieben war. Vielleicht würde ihr auch ein seelisches Trauma bleiben, doch nicht nur in den Gesprächen, die Andreas mit ihr geführt hatte, war ihm klar geworden, dass sie eine starke junge Frau war, die das Leben anpacken wollte, anstatt von ihm davon zu laufen. In dieser Beziehung hatte sie ihm einiges voraus.

Später hatte er das zeitliche Limit an Ansgar Ungers Entlassung aus dem Krankenhaus geknüpft. Inzwischen war der Junge nicht nur wieder zu Hause, er bewegte sich außerdem schon erstaunlich gewandt auf Krücken, ging in den Kraftraum und arbeitete an seinem Volleyballcomeback. Andreas hatte mit ihm ein langes Gespräch geführt, sich bei ihm entschuldigt und ihm seine Hilfe angeboten, wobei auch immer. Der Junge hatte gelächelt und ihn gefragt, ob er wüsste, was passiert war, als er, Andreas, ihm zuletzt seine Hilfe angeboten hatte.

Andreas musste lächeln, wenn er daran dachte. Er war dankbar, dass der Junge Humor hatte und so reagiert hatte. Ansgar war zu jung und unverkrampft, um verbittert zu sein.

Er sah das Schild, das auf die Ausfahrt Geiselwind hinwies und setzte den Blinker. Wie lange würde er noch nach dem Mann suchen? Bis an das Ende seiner Tage? Oder bis er den Verstand verloren hatte? Er kam sich vor wie *Kommissär Matthäi* in Dürrenmatts *Das Versprechen*. Einen Roman, den er schon zigmal gelesen hatte. Dabei war es ihm stets nicht gelungen, eine Spur Mitleid mit dem Protagonisten bei dessen vergeblichen Suche nach einem Serienmörder auszublenden. Ob es Menschen gab - Auer? -, die ihn - Andreas Schramm - ebenfalls bemitleideten? Der Vergleich hinkte natürlich insofern, als dass Andreas nicht nach einem Mörder suchte.

Wie jedes Mal lenkte er seinen Toyota an den Pkw-Parkplätzen vorbei und steuert auf den LKW-Parkplatz zu. Er hing in Gedanken noch immer den vergeblicher Bemühungen von Kommissär Matthäi hinterher, als er dieses Mal tatsächlich den LKW von Oskar Vogel sah. Es gab keinen Zweifel: Sowohl die Nummer, als auch die Farbe des Wagens deckten sich exakt mit Auers Angaben.
Es war irgendwie absolut und er war sich nicht sicher, ob er sich darüber freute. Denn, egal was jetzt passieren würde, sein bisheriger Lebensinhalt würde in den nächsten Minuten nicht mehr existieren, hatte er doch endlich gefunden, wonach er gesucht hatte. Er hatte gute zehn Minuten warten müssen, ehe Vogel die Fahrertüre seines Trucks aufsperrte.
„Entschuldigen Sie, dürfte ich Sie bitte einen Moment sprechen?"
Vogel drehte sich zu ihm um. Er sah nicht aus, wie man sich einen Brummifahrer vorstellte. Er war groß und schlank, hatte kurz rasiertes Haar und einen gepflegten Dreitagebart. Man hätte ihn auch für einen Sportlehrer halten können. Und für einen kurzen Moment befürchtete Andreas, dass der Mann gar nicht Oskar Vogel war. Vielleicht hatte der nach all der Aufregung um Petras Tod seinen Truck verkauft und ging inzwischen einer anderen Beschäftigung nach.
„Kommt drauf an. Um was geht es denn? Sind Sie von der Polizei?"
Andreas versuchte zu lächeln.
„Nein. Ich suche einen Oskar Vogel!"
„Steht vor Ihnen, gibt es Probleme?"
„Kann man sagen, ja. Aber die wären ohne Sie wahrscheinlich noch viel größer. Eigentlich wollte ich mich bei Ihnen bedanken. Dafür, dass Sie den Mut hatten, zur Polizei zu gehen!"
Oskar Vogel nickte kurz.
„Hat man den Kerl geschnappt?"
„Er hat es selbst beendet, kurz davor!"
„Selbstmord?"

Andreas nickte.

„Was haben Sie denn mit der Sache zu tun, wenn Sie kein Bulle sind?"

„Sie war meine Freundin! Wissen Sie, ich komme einfach nicht damit klar. Und ich weiß, dass Sie wahrscheinlich einer der letzte Menschen waren, der Sie lebend gesehen hat. Und ich weiß auch, dass Sie ..."

„Dass ich sie gemalt habe?", ergänzte Oskar Vogel.

„Haben Sie?"

Der Mann bestieg seinen LKW und drehte sich zu Andreas um. Er lächelte.

„Ja. Ja, das habe ich. Kommen Sie mit rein, ich hab's nicht eilig. Darf ich Ihnen einen Kaffee anbieten?

ENDE

Anmerkungen des Autors:

Das im Roman erwähnte „Mozartgymnasium" gibt es in Nürnberg nicht. Ich habe mich für eine fiktive Schule entschieden, um dadurch zum Ausdruck zu bringen, dass die Handlung und die darin erwähnten Personen ebenso wie die verwendeten Namen frei erfunden sind. Das Mozartgymnasium wird im Roman am Egidienplatz platziert, wo sich eigentlich ein Teil der Stadtbibliothek und der Universitätsbibliothek Nürnbergs befindet.
Jegliche Ähnlichkeiten mit lebenden oder verstorbenen Personen sind rein zufällig.

Ein Monat vor der Veröffentlichung des Romans wurde das „Haus der toten Kühe", das eigentlich in Nürnberg unter der Bezeichnung „Milchhof" bekannt war, abgerissen. Trotzdem habe ich den Milchhof nicht wieder aus der Geschichte gestrichen, nicht zuletzt auch deshalb, weil es in Nürnberg viele Menschen gibt, die nicht verstehen können, warum man den Gebäudekomplex aus Nürnbergs Stadtbild entfernt hat. Sicher wäre es möglich gewesen, das Gebäude auch in Zukunft sinnvoll zu nutzen. Es liegt nicht in meinem Ermessen, an dieser Stelle über den Sinn oder Unsinn des Abrisses zu philosophieren, oder sogar alternative Verwendungsmöglichkeiten aufzuzeigen. Die einzige Möglichkeit, um mein Bedauern über den Abriss kund zu tun, bietet die Einbettung der Lokalität in den vorliegenden Thriller.

Danke Schön:

Ich möchte an dieser Stelle auch einigen Personen danken, ohne die der Roman so nicht hätte entstehen können.
Annette Helmreich für die Herstellung des Kontakts zu Herrn Dr. Ingo Kuhfuß.
Herrn Dr. Ingo Kuhfuß für die ersten Basisinformationen zum Thema Anästhesie.
Frank und Steffi Baumann für die Herstellung des Kontakts zu Dr. Diana Siedler.
Dr. Diana Siedler für die vielen hilfreichen Informationen zum Thema Anästhesie und die vielen fachkundigen Tipps.
Herrn Tino Rupp für die Beantwortung von nicht enden wollenden Fragen zur alltäglichen Polizeiarbeit.
Herrn Rechtsanwalt Lars Dennog für das Ausräumen juristischer Unklarheiten.
Matthias Schloßbauer für die Gestaltung des Covers, seine Gelassenheit und Kreativität.

Und natürlich vor allem meiner Frau Sigrid - für die Geduld und Zeit, das Korrekturlesen und die aufbauenden Worte, in Phasen, in denen das Schreiben nicht von der Hand gehen wollte.

Dieter Schneider

Bisherige Buchveröffentlichungen von Dieter Schneider:

Morgen war alles besser - Erzählungen
ISBN 3-8280-1265-5
160 Seiten
Frieling Verlag, Berlin
€ 8,40
(Achtung, dieser Titel ist nur noch direkt beim Autor erhältlich: www.dieter-schneider.info)

***

Columbia Code - Roman
ISBN 3-932717-19-8
316 Seiten
Edition Knurrhahn im Thomas Rüger Verlag
€ 11,---
(erhältlich in jeder Buchhandlung oder direkt beim Verlag)

Pressestimme zu Columbia Code:
„ ..ein spannender und witziger Roman, mit überraschenden Einfällen und herrlich grotesken Querverbindungen ... " (Nürnberger Nachrichten)

Die bisherigen Publikationen der Edition Knurrhahn:

Lieben Sie Reizwörter? Lesen Sie bzw. erleben Sie das Mimikry-Buch **„Einer flog übers Gemüsefach"**. Sie finden darin 55 originelle, witzige und skurrile Kurzgeschichten.
ISBN 3-932717-00-7; € 10,-

***

Lieben Sie außergewöhnliche Gedichte? Gönnen Sie sich den Lyrikband: K.H. Demuß - **„Metamorphe Poesie"**.
ISBN 3-932717-01-5; € 4,90

***

Für Liebhaber des niveauvollen, nicht blutrünstigen Krimis empfiehlt sich **„Eine Ferienidylle"** von W. Handrick.
ISBN 3-932717-02-3; € 7,45

***

Manfred Schwab und Nadina Dinta präsentieren gemeinsam das Buch **„Letzter Fischladen vor der Autobahn"** und bieten darin viel Scherz, Satire, Parodie und Philosophie.
ISBN 3-932717-03-1; € 8,40

***

Gedichte und poetische Texte präsentiert Barbara Lorenz (BaLo) in **„Abrabarbara!"**.
ISBN 3-932717-04-X; € 9,-

***

Ein 14-jähriger Schüler beschreibt seine aufregenden Abenteuer im **„Tagebuch einer Flasche"**, verfasst von K. H. Demuß für junge und jung gebliebene Menschen.
ISBN 3-932717-05-8; € 7,50

***

Karl Heinz Demuß und Thomas Rüger präsentieren in der Broschüre **„Das erste Dutzend ist voll"**, zwölf bei Mimikry - Lesungen entstandene Spontangeschichten.
ISBN 3-932717-06-6; € 3,-

Erotische Reizwortgeschichten präsentiert der zweite Mimikry-Band **„Erlesene Höhepunkte"**, Gastautoren sind u.a. Tanja Kinkel und Jürgen von der Lippe.
ISBN 3-932717-07-4; € 9,95

***

Eine moderne Geistergeschichte und gleichzeitig eine lokalpolitische Posse ist der von Wolfgang Handrick verfasste zeitkritische Roman **„Das Engagement"**.
ISBN 3-932717-08-2; € 8,45

***

Skurrile Kurzgeschichten präsentiert G. Fürstenberger in seinem Band **„Erforschung der Einsamkeit"**.
ISBN 3-932717-09-0; € 9,-

***

Begegnungen sind das Motiv in Ursula Hoffmanns lyrischem Werk **„Sternenwelten"**.
ISBN 3-932717-10-4; € 13,-

***

Kurze Alltagsepisoden versammelt Agnes Chrambach in dem Band **„Die Spatzen pfeifen wieder"**.
ISBN 3-932717-11-2; € 7,50

***

Ein tierisches Abenteuer erzählt die Jugendautorin Michaela Schmid: **„Die Geschichte von Florian Floh..."**.
ISBN 3-932717-12-0; € 7,50

***

Eine Vielzahl an ironisch-witzigen, aber auch nachdenklichen Kurzgeschichten beinhaltet Günter Baums Band **„Der Sturm"**.
ISBN 3-932717-13-9; € 10,-

***

20 alltägliche und phantastische Begebenheiten schildert Gisela Clara Czerny: **„Der Glasäugige"**.
ISBN 3-932717-14-7; € 10,-

15 Jahre VS - Regionalgruppe Nürnberg waren Anlass für die Anthologie „**Unser 20. Jahrhundert**". Die Bandbreite reicht von Karl Bröger und Jakob Wassermann bis zu Fitzgerald Kusz.
ISBN 3-932717-15-5; € 10,-

***

Wovon andere träumen, wird Realität für den Helden der Titelerzählung „**Der Mann, der aus seiner Haut fahren konnte**". Gerd Fürstenberger entführt die Leser in andere Welten.
ISBN 3-932717-16-3; € 10,-

***

Eine illustre Autorenschar, von Dieter Th. Heck bis Renate Schmidt, wirkt mit in der Mimikry-Anthologie „**Seltsame Begegnungen**".
ISBN 3-932717-17-1; € 11,-

***

Eine historische Figur beschreibt der Autor Günter Baum in seiner Novelle „**Agnes Stöcklin**".
ISBN 3-932717-18-X ; € 9,50

***

Dieter Schneider lässt einen internetsüchtigen Journalisten unfreiwillige Verwandlungen durchmachen: „**Columbia-Code**".
ISBN 3-932717-19-8; € 11,-

***

In der napoleonischen Ära spielt Wolfgang Handricks Roman „**Der doppelte Irrtum**".
ISBN 3-932717-20-1; € 9,50

***

Über das Erwachsen werden im Nürnberg der Nachkriegszeit berichtet Max Göbel authentisch in „**Die Oase lebt**".
ISBN 3-932717-21-X; € 12,80

60 Briefe an Anne Frank von Prominenten und Schülern aus der Region vereint die Herausgeberin Madeleine Weishaupt im Buchprojekt „**ich schreibe dir, weil auch ich mir frieden wünsche**".
ISBN 3-932717-22-8; € 9,90

***

Vergnügliche wie hintersinnige Geschichten präsentieren die Wörd-Artisten in ihrem Band „**Als der Java Wizard einen Koffer traf**".
ISBN 3-932717-23-6; € 9,-

***

Eine nachdenkliche Novelle über das Phänomen der Wiedergeburt schrieb Günter Baum: „**Erst als die letzte Trommel schwieg...**".
ISBN 3-932717-24-4; € 7,50

***

Robert Unterburgers erste Kurzgeschichtensammlung „**Jenseits der Lichtung**" schildert alltägliche Erfolge und Niederlagen in einer direkten und klaren Sprache.
ISBN 3-932717-25-2; € 8,-

***

Alltagserlebnisse, aber auch bedenkliche Entwicklungen in Gesellschaft und Politik spießt Max Göbel auf. „**Aus meinem satirischen Tagebuch**" ist ein vergnüglicher und hintersinniger Lesespaß!
ISBN: 978-3-932717-26-0; € 9,80

***

Die zweite von Madeleine Weishaupt herausgegebene Anthologie beinhaltet Briefe an die Schweiz: „**ich schreibe dir, weil ich nicht bei dir bin**".
ISBN 978-932717-27-7; € 9,90

In jeder Buchhandlung oder direkt beim Verlag erhältlich:

Thomas Rüger Verlag, Am Graben 38, 90475 Nürnberg.
Fax: 0911/406094; E-Mail: thomasruegerverlag@web.de
www.thomasruegerverlag.de.vu